国学精典

中国书信精典

殷正林 林开甲
岳葆芬 余芳
选注

山东大学出版社

图书在版编目(CIP)数据

中国书信精典/殷正林等选注.—2版.—济南:山东大学出版社,2008.1

(国学精典)

ISBN 978-7-5607-1733-3

Ⅰ.中...

Ⅱ.殷...

Ⅲ.书信—作品集—中国—古代

Ⅳ.I262

中国版本图书馆CIP数据核字(2000)第39353号

山东大学出版社出版发行

(山东省济南市山大南路27号　邮政编码:250100)

山东省新华书店经销

山东新华印刷厂印刷

720×1010毫米　1/16　30.5印张　630千字

2008年1月第2版　2008年1月第2次印刷

定价:62.00元

出版说明

精神与文化是人类社会的最高追求，也是不同历史时期、不同群体与地区人们的基本需求，尤其是积文明传承之结晶的传统文化，更是其中的基点所在。进入21世纪以来，随着中国社会的飞速发展与历史巨变，国人对精神与文化的追求也与日俱增，特别是当我们的物质世界在不断地告别历史、远离传统之际，我们对于精神家园的缅怀与追寻已成为愈浓的乡思。无论是经典秘籍、诸子百家，还是唐诗宋词、古文小说，都在被身处现代化的人们重新找回。这是民族精神与文化建设的动力所在，也是社会和谐发展的基础所系。基于此，我社对以往出版的传统文化精典著作重加整理，汇成本套“国学精典”丛书，计有《中国智慧精典》、《中国诗词精典》、《中国古文精典》、《中国书信精典》、《中国文言小说精典》、《中国话本小说精典》，共六种，旨在涵括传统国学之精粹。读者一编在手，既可以饱览诸子百家的智慧，又可领略唐诗宋词的美韵；既可鉴赏古代散文的汪洋纵恣，又可体会书柬信札中的文思华采；既可品味文言小说的隽永，又可欣赏话本小说的乐趣。每册内容，都可圈可点，当然，也都可随时读之，高阁藏之。进德修业，堪为良友。

山东大学出版社
2007年12月

前言

书信作为重要的交际工具，自古以来就受到人们的重视。据刘勰《文心雕龙·书记》篇考证，早在春秋之世，书信便成为列国士大夫间通问的手段了。其后，随着社会的发展而用途渐广，并在长期创作实践中成为别具一格的文学体裁。

同其他文体相比，书信与现实生活有着更为密切的联系，表现出极为广泛的实用性和丰富多彩的内容。作者或运用它议论国事，商榷政务；或探讨学问，切磋文章；或述说遭遇，倾诉心曲；或吟咏山水，抒发性情；或荐贤者，求赏知；或示规诫，表劝勉；或叙交谊，达亲情……乃至日常生活中的所思所想，一喜一忧，皆可书入咫尺之幅。书信又是个人之间交流信息、传达思想感情的手段，因而，除了那些纯属应酬性的文字以外，一般都能尽言辞，达心声，成为作者"自己的简洁的注释"（鲁迅《且介亭杂文二集·孔令境编〈当代文人尺牍钞〉序》）。在形式上亦不拘一格，篇幅或长或短，语言或骈或散，或文或白，都根据作者的需要而采用。优秀的书信作品，或真切地反映了现实生活，或坦率而深刻地表述了作者对某些事物的见解，或淋漓尽致地抒发了个人的内心世界，在艺术上则各有造境，异彩纷呈，较之其他文体的上乘之作是毫不逊色的。

书信的这些特点，决定了它对文学、史学研究的重要价值。通过阅读古代书信作品，我们往往可以更加深切地了解作者的生平、思想及某些史实，为知人论世提供翔实可靠的依据。同时，欣赏优秀的书信作品，又可以使我们获得多方面的教益，包括哲理的启示，情操的陶冶或艺术的借鉴，等等。如汉代伟大的史学家、文学家司马迁的《报任安书》，是一篇传颂千古的名作。信中以慷慨悲凉的笔调追忆了他因李陵之祸而遭受摧残和耻辱的过程，倾诉了抑郁不平和忍辱含垢、发愤著书的心情，这对于我们研究司马迁的生平、思想和《史记》这部历史巨著，都有很大的帮助。而信中所提出的"人固有一死，死或重于泰山，或轻于鸿毛"数语，已成为警策千古的至理名言，深深铭刻在华夏子孙的心头。三国时期的政治家、军事家诸葛亮的《诫子书》，言简意赅地说明了修身养德之道。"非淡泊无以明志，非宁静无以致远"，字字凝重，含蕴深沉，令人寻味不已。唐代杰出作家王维的《山中与裴秀才迪书》，以精练而生动的语言描绘了蓝田山清幽的景色，寄托了他高逸磊落的襟怀。清月寒山，白鸥轻鲦，一景一物，皆有深趣。近代民主主义革命家林觉民的《与妻书》，是在1911年3月29日广州起义前夕写给妻子陈意映的绝笔书，作者以质朴的语言表达了对妻子深挚的感情和为革命事业献身的坚定信念。信中所云"以天下人为念"、"乐牺牲吾身与汝身之福利，为天下人谋福利也"等语，表现出中华志士先天下之忧而忧的伟大情操，令人感奋而思有为。这类作品，无论对于从事专业研究的人员，还是乐于进修德业的人们来说，都是值得一读的。

为了使广大读者得以领略我们古代书信创作的成就，继承和发扬其优良传统，更好地发挥书信这一交际工具的作用，也为了给文史研究者提供有益的参考资料，我们选编了这部《中国书信精典》。全书选入自战国至清末民初的作者165人的作品224篇。其中既有著名的政治家、思想家、军事家、文学家、史学家的传世名篇，也有一般人物的文情并茂、脍炙人口之作。既有洋洋数千言的宏篇巨制，也有寥寥百十字的短笺小牍。既有以议论或叙事为主的文章，也有以抒情见长的篇什。在内容上则不拘一格，广泛选取，以使读者全面了解书信的实用价值。选文的编次，大体以时代先后为序。每篇作品之后附有注释，对作者、致书对象、写作背景、引用典故及难解语词等，力求作出简要准确的说明和诠释，以便阅读。

需要说明的是，由于历史或阶级的局限，入选的作品中难免会有种种糟粕，这些当然应予摈弃，但我们阅读的目的，还在于吸取其精华，借鉴其艺术技巧，古为今用，以有利于社会主义精神文明的建设，故不必苛求于古人，亦不必以人废言，而着眼于可取之处，选编的工作正是本着这一宗旨进行的。

我们学识有限，选编、注释中肯定会存在某些缺点与疏误，敬祈专家和读者指正。

选注者

目 录

乐　毅

报燕惠王书①

臣不佞②不能奉承先王之教，以顺左右之心，恐抵斧质之罪③，以伤先生之明，而又害于足下之义，故遁逃奔赵。自负以不肖之罪，故不敢为辞说。今王使使者数之罪④，臣恐侍御者之不察先王之所以畜幸臣之理⑤，而又不白于臣之所以事先王之心，故敢以书对。臣闻贤圣之君不以禄私其亲，功多者授之；不以官随其爱，能当者处之。故察能而授官者，成功之君也；论行而结交者，立名之士也。臣以所学者观之，先王之举错⑥，有高世之心，故假节于魏王⑦，而以身得察于燕。先王过举⑧，擢⑨之乎宾客之中，而立之乎群臣之上。不谋于父兄，而使臣为亚卿⑩。臣自以为奉令承教，可以幸⑪无罪矣，故受命而不辞。

先王命之曰："我有积怨深怒于齐，不量轻弱，而欲以齐为事。"臣对曰："夫齐，霸国之余教，而骤胜⑫之遗事也。闲⑬于甲兵，习于战攻。王若欲伐之，则必举天下而图之；举天下而图之，莫径⑭于结赵矣。且又淮北宋地⑮，楚、魏之所同愿⑯也。赵若许约，楚、赵、宋尽力，四国攻之，齐可大破也。"先王曰："善"。臣乃口受令，具⑰符节，南使臣于赵，顾反命⑱，起兵随而攻齐。以天之道，先王之灵，河北之地⑲，随先王举而有之于济上⑳。济上之军奉令击齐，大胜之，轻卒锐兵，长驱至国㉑。齐王逃遁走莒㉒，仅以身免㉓。珠玉财宝，车甲珍器，尽收入燕；大吕陈于元英㉔，故鼎反乎历室㉕，齐器设于宁台，蓟邱之植㉖，植于汶篁㉗。自五伯㉘以来，功未有及先王者也。先王以为顺于其志，以臣为不顿命㉙，故裂地而封之，使之得比乎小国诸侯。臣不佞，自以为奉令承教，可以幸无罪矣，故受命而弗辞。

臣闻贤明之君，功立而不废，故著于《春秋》；蚤知㉚之士，名成而不毁，故称于后世。若先王之报怨雪耻，夷万乘之强国㉛，收八百岁㉜之蓄积，及至弃群臣㉝之日，遗令诏后嗣之余义，执政任事之臣，所以能循法令、顺庶孽㉞者，施及萌隶㉟，皆可以教于后世。臣闻善作者不必善成，善始者不必善终。昔者伍子胥㊱说听乎阖闾，故吴王远迹至于郢㊲。夫差㊳弗是也，赐之鸱夷而浮之江。故吴王夫差不悟先论之可以立功㊴，故沉子胥而弗悔；子胥不蚤见主之不同量㊵，故入江而不改㊶。夫免身全功，以明先王之迹者，臣之上计也。离毁辱之非㊷，堕㊸先王之名者，臣之所大恐也。临不测之罪，以幸为利者，义之所不敢出也。臣闻古之君子，交绝不出恶声；忠臣之去也，不洁㊹其名。臣虽不佞，数㊺奉教于君子矣。恐侍御者之亲左右之说，而不察疏远㊻之行也，故敢以书报，唯君之留意焉。

【注释】

①乐毅：中山国灵寿（今河北平山东北）人，乐羊的后代。战国著名军事家。为燕昭王所用，被任为上将军，于公元前284年联合赵、楚、韩、魏四国伐齐，攻取齐国七十余城，捣毁齐国都城。后燕昭王去世，惠王即位，中了齐国的反间计，怀疑乐毅谋反，因而削其兵权，以将军骑劫代之。乐毅愤而出奔赵国。齐将田单用火牛阵击败燕军，收复七十余城。惠王害怕乐毅乘机攻燕，便写信给乐毅，言不由衷地请乐毅莫忘燕昭王的知遇之恩，乐毅于是写了这封回信，情致委屈地剖明了自己的心迹。

②不佞：不才。

③斧质之罪：杀身之罪。斧质，杀人刑具。质，通"锧"，腰斩用的垫座。

④数（shǔ）：列举。

⑤侍御者：侍候左右的人。如"执事"、"左右"等。乐毅不敢直斥惠王本人，而以此代指。畜幸：畜养宠幸。

⑥举错：措施。错，通"措"。

⑦假：借。节：外交使臣所持的符节。魏王：即魏昭王，公元前295年至前277年在位。此句指作者自魏归燕。

⑧过举：过高地抬举自己。

⑨擢（zhuó）：提拔。

⑩亚卿：官名，地位仅次于上卿。

⑪幸：侥幸。

⑫骤胜：数胜。此句意谓，齐尝霸天下，而数胜于他国，其余教遗事犹存。

⑬闲：通"娴"，娴熟。

⑭径：直接。

⑮淮北：淮河以北地区。宋地：今江苏铜山、河南商丘、山东曲阜之间的地区。公元前286年，齐、魏、楚联合灭宋，各得地三分之一。上述两地皆属齐。

⑯楚、魏之所同愿：指楚国想夺取淮北地区，魏国想从齐国手中夺取原来的宋国土地。

⑰具：准备。

⑱顾：不久。反：回复。

⑲河北之地：黄河以北的齐国土地。

⑳济上：济水之西，齐界。

㉑国：指齐国国都临淄。

㉒齐王：即齐湣（mǐn）王，公元前300年至前284年在位。莒：今山东莒县。

㉓身免：单身一人逃脱。

㉔大吕：钟名。元英：燕国宫殿名，即宁台宫。

㉕故鼎：指齐军杀燕王哙时，掠夺去的燕鼎。历室：亦为燕国的宫殿名，即燕台宫。

㉖蓟邱：燕都，在今北京市。植：指旗帜。

㉗汶篁（huáng）：齐国汶水（今山东大汶河）岸边的竹林。汶，汶水。篁，竹林。

㉘五伯：指春秋五霸。常指齐桓公、晋文公、楚庄王、秦穆公、宋襄公。

㉙不顿命：不屈使命。顿，耽误。

㉚蚤知：有先见之明。蚤，通“早”。

㉛夷：消灭。万乘：指大国。乘，一车四马，即为一乘。当时以乘的多少代表国势的强弱。

㉜八百岁：从公元前 1065 年周武王封太公望于齐，至公元前 284 年乐毅破齐，共 781 年，约八百年。

㉝弃群臣：指燕昭王去世。

㉞顺庶孽：新立之君，常患庶孽之乱，昭王能预顺之。庶孽，妾所生的儿子。此指兄弟内部之争。

㉟施（yì）：延续。萌隶：百姓。萌，通“氓”，古代指百姓。

㊱伍子胥：春秋时吴国大夫，曾帮助吴王阖闾攻破楚国。后因其劝阻吴王夫差伐齐，抵制越国求和，而被夫差赐死，并将其尸首装进皮口袋沉于江中。

㊲郢：楚国都城。此句指伍子胥帮助阖闾破楚，并长驱至郢，大破楚国。

㊳夫差：阖闾之子。

㊴先论：指伍子胥生前劝夫差不要伐齐，不要和越国讲和，否则将来会被越国消灭的话。

㊵蚤见：同上“蚤知”。量：气量。

㊶不改：谓伍子胥投江而神不化，犹为波涛之神。暗言自己几乎不能幸免。

㊷离：同“罹”，遭受。

㊸堕（huī）：毁坏。

㊹洁：自洁。

㊺数：屡次。

㊻疏远：乐毅自称。

李 斯

谏逐客书①

臣闻吏议逐客②，窃以为过矣。昔缪公③求士，西取由余于戎④，东得百里奚⑤于宛，迎蹇叔⑥于宋，来丕豹、公孙支⑦于晋。此五子者，不产于秦，而缪公用之，并国二十，遂霸西戎。孝公⑧用商鞅之法，移风易俗，民以殷盛，国以富强，百姓乐用⑨，诸侯亲服，获⑩楚、魏之师，举地⑪千里，至今治强。惠王用张仪之计⑫，拔三川⑬之地，西并巴、蜀，北收上郡，南取汉中⑭，包九夷，制鄢、郢⑮，东据成皋之险，割膏腴之壤⑯，遂散六国之从⑰，使之西面事秦，功施⑱到今。昭王得范睢⑲，废穰侯，逐华阳，强公室，杜私门⑳，蚕食诸侯，使秦成帝业。此四君者，皆以客之功。由此观之，客何负于秦哉！向使四君却客而不内㉑，疏士而不用，是使国无富利之实，而秦无强大之名也。

今陛下致昆山之玉㉒，有随、和之宝㉓，垂明月之珠㉔，服太阿之剑㉕，乘纤离㉖之马，建翠凤之旗㉗，树灵鼍之鼓㉘。此数宝者，秦不生一焉，而陛下说㉙之，何也？必秦国之所生然后可，则是夜光之璧不饰朝廷，犀象之器㉚不为玩好，郑、卫之女㉛不充后宫，而骏良駃騠不实外厩㉜，江南金锡不为用，西蜀丹青不为采㉝。所以饰后宫、充下陈㉞、娱心意、说耳目者，必出于秦然后可，则是宛珠之簪、傅玑之珥、阿缟之衣、锦绣之饰不进于前㉟，而随俗雅化、佳冶窈窕赵女不立于侧也㊱。夫击瓮叩缶㊲，弹筝搏髀㊳，而歌呼呜呜快耳目者，真秦之声也；郑、卫、桑间、韶、虞、武、象者㊴，异国之乐也。今弃击瓮叩缶而就郑、卫，退弹筝而取韶虞，若是者何也？快意当前，适观㊵而已矣。今取人则不然，不问可否，不论曲直，非秦者去，为客者逐；然则是所重者在乎色乐珠玉，而所轻者在乎人民也。此非所以跨海内㊶、制诸侯之术也。

臣闻地广者粟多，国大者人众，兵㊷强则士勇。是以太山不让㊸土壤，故能成其大；河海不择细流，故能就其深；王者不却众庶，故能明㊹其德。是以地无四方，民无异国，四时充美，鬼神降福。此五帝三王之所以无敌也。今乃弃黔㊺首以资敌国，却宾客以业诸侯，使天下之士退而不敢西向，裹足不入秦，此所谓"藉寇兵而赍盗粮㊻"者也。夫物不产于秦，可宝者多；士不产于秦，而愿忠者众。今逐客以资敌国，损民以益仇，内自虚而外树怨于诸侯，求国无危，不可得也。

【注释】

①李斯：楚上蔡(今河南上蔡)人。秦代政治家。公元前237年，秦始皇因“郑国事件”而颁布逐客令，驱逐异国贤士，大臣李斯也在被逐之列。在被逐途中，李斯毅然写下了这篇《谏逐客书》上呈秦王，始皇看后马上取消了逐客令，恢复了李斯的职务，并将他迁为廷尉。

②吏：指秦的宗室大臣。议：商议决定。客：客卿，诸侯国授给外来人士的官职。

③缪(mù)公：即秦穆公，公元前659年至前621年在位，春秋时五霸之一。缪，一作“穆”。

④由余：春秋时晋国人，先在西戎供职，后投秦穆公并帮其消灭十二个戎国，统一了西南少数民族。戎：春秋时对西南少数民族的统称。

⑤百里奚：楚国宛人，先为虞国大夫，晋灭虞后，把他作为陪嫁的奴隶送给秦国。他逃回宛地，穆公闻其贤，将他赎回，重用为大夫。

⑥蹇叔：本是岐(今陕西岐山东北)人，游住于宋，被百里奚荐于秦穆公，聘为上大夫。

⑦丕豹：晋国人，因避父难逃至秦国，秦穆公用他为大将。公孙支：春秋时岐人，先游于晋，后为穆公谋臣，官任大夫。

⑧孝公：即秦孝公，公元前361年至前338年在位，他任用商鞅变法，使秦国由弱变强。

⑨乐用：乐为国家效力。

⑩获：俘获。

⑪举地：攻取土地。

⑫惠王：秦惠文王，公元前337年至前311年在位。张仪：魏国人，战国时著名纵横家。曾为秦国宰相，施展“连横”策略，主张秦国分别结盟六国，各个击破，以打破六国的“合纵”策略。

⑬拔：攻取。三川：黄河、洛水、伊水。

⑭巴、蜀：当时的两个小国，在今四川东北部和西部。上郡：郡名，今陕西西北部，本魏地。汉中：今陕西南部和湖北西部，本楚地。

⑮包：兼并。九夷：指楚境少数民族。鄢：今湖北宜城市；郢：今湖北江陵市。鄢、郢当时均属楚地。

⑯成皋：又名“虎牢”，在今河南省荥阳县西北。膏腴之壤：肥沃的土地。

⑰散：拆散、瓦解。从：同“纵”，合纵之意。六国之从，指赵、韩、魏、齐、楚、燕六国联合抗秦的合纵策略。

⑱施：延续。

⑲昭王：即秦昭襄王，公元前306年至前251年在位。范雎：魏国人，仕魏被诬受刑，逃至秦，先为秦客卿，后为秦相。他提出远交近攻的策略。

⑳穰(ráng)侯：名魏冉，封于穰，故称“穰侯”。因其专横跋扈，被昭王削黜。华阳：即华阳君，权倾天下，亦被昭王削夺。公室：指当时的中央集权机构。杜：杜塞。私门：指贵族豪门。

㉑却：拒绝。内：通“纳”，接纳。

㉒致：得到。昆山：古代传说中的产玉之山。

㉓随、和之宝：指随侯珠与和氏璧。相传春秋时，一条大蛇为报答随国国君的救命之恩，衔大珠给随侯，遂成重宝。又相传楚人卞和得璞玉，先后献给楚厉王和楚武王，均因不识该宝而被砍断双脚。楚文王即位，卞和又献，楚文王派人治璞，终得宝玉，因名“和氏璧”。

㉔明月之珠：夜光珠。

㉕服：佩挂。太阿：古剑名，相传是春秋时吴国欧冶子、干将所铸。

㉖纤离：古骏马名。

㉗翠凤之旗：用翠凤的羽毛装饰的旗子。

㉘灵鼍(tuó)之鼓：鼍，产于长江下游的一种鳄鱼，亦称“扬子鳄”，古代视之为神物，故称灵鼍，皮很坚韧，可以蒙鼓。

㉙说：同“悦”。

㉚犀象之器：犀牛角、象牙制品。

㉛郑、卫之女：泛指美女。郑国、卫国的女子多善歌舞，古时认为郑、卫之地多美女。

㉜駃騠(jué tí)：骏马名。厩(jiù)：马棚。

㉝丹青：即丹砂、靛青之类。采：指彩色、颜料。

㉞下陈：指阶下歌舞的美女。泛指后宫中侍奉皇帝的宫女行列。陈，堂下之途。

㉟宛珠：宛地出产的珠子。傅玑之珥：嵌镶珠子的耳环。傅，同“附”，附着。玑，不圆的珠。珥，耳环。阿缟：东阿出产的白色丝织品。

㊱随俗雅化：《文选》李善注：“谓闲雅变化而能随俗也。”佳冶窈窕：装饰漂亮，体态优美好看。赵女：赵国之女。古代赵国以出美女著名。

㊲瓮(wèng)、缶(fǒu)：日用陶器，秦用作打击乐器。叩：叩打。

㊳搏髀(bì)：拍大腿，打拍子。髀，大腿。

㊴桑间：即“桑中”，《诗经·鄘风》的一篇。这里泛指郑卫一带的乐曲。韶虞：即“箫韶”，相传为舜时的著名乐曲。武象：表演作战的乐舞曲，相传是周武王伐纣胜利后所作。

㊵适观：欣赏起来感觉舒适。

㊶跨：据有。海内：全中国。

㊷兵：兵器。

㊸让：舍弃。

㊹明：显示。

㊺黔首：秦称百姓为黔首。

㊻藉(jiè)：借。兵：兵器。赍(jī)：送给。

冯去疾

与李斯书①

山东②群盗大起，而上③方治阿房宫。阿房者，阿亡也④。君前以不直谏阿⑤上意，谓爵禄可以永终，然今上数诮让君⑥，君其⑦危哉！

【注释】

①冯去疾：秦国将军的相。李斯：战国末上蔡（今河南上蔡）人。秦始皇统一中国后，李斯为丞相。秦始皇死，李斯与赵高矫诏杀死秦始皇长子扶苏，立胡亥为帝。后赵高诬告李斯谋反，被腰斩于咸阳市中。

②山东：崤（xiáo）山（今河南洛宁县北）以东。

③上：指秦始皇。

④“房”、“亡”读音接近。阿亡，灭亡的意思。

⑤阿：曲意逢迎。

⑥数（shuò）：多次。诮让：谴责。

⑦其：表推测的语气词，大概、恐怕的意思。

陈　馀

遗章邯书①

白起②为秦将，南征鄢郢③，北坑马服④，攻城略地，不可胜计，而竟赐死。蒙恬为秦将⑤，北逐戎人，开榆中⑥地数千里，竟斩阳周。何者？功多，秦不能尽封，因以法⑦诛之。今将军为秦将三岁矣，所亡失以十万数，而诸侯并起，滋益多。彼赵高素谀⑧日久，今事急⑨，亦恐二世诛之。故欲以法诛将军以塞责⑩，使人更代将军以脱其祸。今将军居外久，多内郤⑪，有功亦诛，无功亦诛。且天之亡秦，无愚智⑫皆知之。今将军内不能直谏，外为亡国将，孤特⑬独立，而欲常存，岂不哀哉！将军何不还兵与诸侯为从，约共攻秦，分王其地，南面称孤⑭。此孰与身伏斧质，妻子为僇乎⑮？

【注释】

①陈馀：秦末大梁（今河南开封）人，投奔陈胜起义军，为校尉，后说服陈胜部将武臣立为赵王，陈馀任大将军，被汉将韩信、张耳所杀。此信是陈馀同秦朝大将章邯作战时写给章邯的劝降信。

②白起：秦国名将。秦昭襄王时，白起率军攻韩、魏、赵、楚等国，都大获全胜，攻下七十多座城；与赵军在长平会战，坑杀赵军降卒四十万人。后与应侯范雎不合，被迫自杀。

③鄢（今湖北宜城市附近）、郢（今湖北沙市西北）是楚国的两座城，郢为楚都。

④坑：坑杀。马服：赵国名将赵奢的封地，这里指赵奢之子赵括。在秦赵长平之战中，赵括为赵军主将，被秦军射死。

⑤蒙恬：秦朝名将。秦始皇派蒙恬率三十万人北筑长城，西起临洮（今甘肃岷县）、东至辽东。秦二世即位，因蒙氏世为大臣，蒙恬又掌握兵权，怀疑他终不为己用，就将他囚于阳周，后赐死。

⑥榆中：今内蒙古自治区伊金霍洛旗一带。

⑦以法：根据法律。

⑧谀：阿谀。

⑨今事急：指陈胜起义后，各地纷纷响应，秦军屡屡失利，秦政权已岌岌可危。急，紧急。

⑩塞责：抵罪。

⑪内郤（xì）：朝廷中的矛盾。郤，同“隙”，不和睦，矛盾。

⑫无愚智：无论是愚笨的人，还是聪明的人。

⑬孤特：孤单。特，孤立。

⑭南面称孤：意指称王。南面，面朝南。孤，帝王自称为孤。

⑮孰与……乎：古代汉语中的固定结构，意思是“与……相比谁（哪一样）好？”斧质，斧头，砧板，指杀人用的刑具。妻子，妻子和孩子。僇（lù），通“戮”，斩杀。

枚　乘

上书谏吴王①

臣闻："得全②者昌，失全者亡。"舜无立锥之地，以有天下；禹无十户之聚③，以王④诸侯；汤武⑤之土不过百里，上不绝三光⑥之明，下不伤百姓之心者，有王术⑦也。故父子之道，天性也。忠臣不避重诛⑧以直谏，则事无遗策⑨，功流万世。臣乘愿披腹心⑩而效愚忠，惟大王少加意念恻怛之心于臣乘言⑪。

夫以一缕之任⑫，系千钧⑬之重，上悬之无极之高⑭，下垂之不测⑮之渊，虽⑯甚愚之人，犹知哀其将绝也。马方骇⑰，鼓而惊之；系⑱方绝，又重镇⑲之。系绝于天，不可复结；坠入深渊，难以复出。其出不出，间不容发⑳。能听忠臣之言，百举必脱㉑。必若所欲为㉒，危于累卵㉓，难于上天。变所欲为，易于反掌，安于泰山。今欲极天命之寿㉔，弊㉕无穷之极乐，究万乘之势㉖，不出反掌之易，居泰山之安，而欲乘累卵之危，走上天之难，此愚臣之所以㉗大惑也。

人性有畏其影而恶其迹㉘者，却背㉙而走。迹愈多，影愈疾，不如就㉚阴而止，影灭迹绝。欲人勿闻，莫若勿言。欲人勿知，莫若勿为。欲汤之沧㉛，一人炊㉜之，百人扬㉝之，无益也，不如绝薪止火而已。不绝之于彼，而救之于此，譬犹抱薪而救火也。养由基㉞，楚之善射者也。去㉟杨叶百步，百发百中。杨叶之大，加百中焉㊱，可谓善射矣。然其所止㊲，百步之内耳，比于臣乘，未知操弓持矢也㊳。福生有基，祸生有胎，纳其基，绝其胎，祸何自来？

泰山之溜㊴穿石，单极之绠断幹㊵。水非石之钻，索非木之锯，渐靡使之然也㊶。夫铢铢而称之㊷，至石必差㊸；寸寸而度之，至丈必过；石称丈量，径㊹而寡失。夫十围之木，始生如蘖㊺，足可搔而绝㊻，手可擢而拔㊼，据其未生，先其未形也。磨砻底砺㊽，不见其损，有时而尽；种树畜养，不见其益，有时而大；积德累行，不知其善，有时而用；弃义背理，不知其恶，有时而忘。臣愿王熟计而身行之，此百世不易之道也。

【注释】

①枚乘：字叔，淮阴（今江苏清江）人，初为西汉吴王刘濞的郎中。刘濞欲谋反，枚乘上书劝谏，不听，枚乘投梁孝王刘武门下。刘濞造反，枚乘再上书劝他罢兵，又不听。汉景帝拜他为弘农都尉，不久辞官。武帝征召他入京，未至而死。枚乘是西汉著名的辞赋家。吴王：刘濞，刘邦哥哥刘仲的儿子，刘邦封他为吴王。汉景帝时，他联合几个侯国举兵反叛，兵败

被杀。
②全:完全,完备。指完美的德行。
③聚:聚居,村庄。
④王(wàng):称王。
⑤汤武:商汤和周武王。商汤,即成汤,灭夏朝,统一中原。周武王,名姬发,讨伐纣王,灭商。
⑥三光:指日、月、星辰。古人把日月星象中的不平常现象视为怪异,认为是上天对帝王治政的警告。
⑦王术:帝王之术,称王天下的方法。
⑧重诛:严厉的责罚。
⑨遗策:遗漏了的好策略。
⑩披腹心:剖腹掏心。披,打开。
⑪少:稍微。恻怛(dá):同情,怜悯。
⑫一缕之任:一根线的负担。缕,丝线。
⑬钧:古代重量单位,一钧为三十斤。
⑭无极之高:极言其高。极,顶点。
⑮不测:无法测度。
⑯虽:即使。
⑰方:将要。骇:惊。
⑱系:指拴重物的丝线。
⑲镇:压。
⑳间(jiàn)不容发:相差极其微小。间,间隙。
㉑百举必脱:做过的一切事情都可以免于祸患。举,行事。脱,解脱,开脱。
㉒必若所欲为:一定要像想做的那样去做,指谋反。
㉓累卵:把鸡蛋堆叠起来。
㉔极天命之上寿:活到上天给予的最高年寿。上寿,汉王充《论衡·正说》:"上寿九十,中寿八十,下寿七十。"
㉕弊:穷尽,指享尽。
㉖究:穷尽,指用尽。万乘(shèng):大国。乘,古代一车四马为一乘。
㉗所以:表示原因。
㉘迹:足迹。
㉙却背:倒退。却,退。
㉚就:接近。
㉛汤:热水。沧(chuàng):冷却。
㉜炊:做饭。这里指烧火。
㉝扬:簸扬。
㉞养由基:春秋时楚国大夫,是著名的神射手。
㉟去:距离。
㊱加百中焉:加上百发百中。
㊲所止:所能达到的限度。

㊳比于臣乘，未知操弓持矢也：养由基跟我相比，只是一个连如何持弓握箭都不懂的人。意思是养由基只能见百步，而枚乘所见甚远。

㊴溜(liù)：屋檐的滴水。这里指山水。

㊵极：屋梁。这里指井架上的木梁。统(gěng)：同"绠"，井绳。幹(hán)：井上的栏圈。

㊶靡(mó)：同"摩"，摩擦。然：如此。

㊷铢铢：一铢一铢地。铢，古代重量单位，二十四铢为一两。

㊸至石(dàn)必差：称到一石一定有差错。石，古代量度单位，一石为一百二十斤。

㊹径：直接，指简易。

㊺蘖(niè)：树木砍去后新生的树芽。

㊻足：脚。搔：挠。绝：断。

㊼擢(zhuó)：抽动。拔：拔出。

㊽磨砻(lóng)：磨。底砺：磨石。底，通"砥"，磨石。

邹　阳

狱中上梁王书①

臣闻"忠无不报，信不见疑"。臣常以为然，徒虚语耳！昔荆轲慕燕丹之义②，白虹贯日③，太子畏之④；卫先生为秦画长平之事⑤，太白食昴⑥，昭王疑之⑦。夫精诚变天地而信不谕两主⑧，岂不哀哉！今臣尽忠竭诚，毕议愿知⑨。左右不明，卒从吏讯⑩，为世所疑。是使荆轲、卫先生复起，而燕、秦不寤也。愿大王熟察之。

昔玉人⑪献宝，楚王诛之；李斯竭忠，胡亥极刑⑫。是以箕子阳狂⑬，接舆避世⑭，恐遭此患也。愿大王察玉人、李斯之意，而后楚王、胡亥之听，毋使臣为箕子、接舆所笑。臣闻比干⑮剖心，子胥鸱夷⑯，臣始不信，乃今知之。愿大王熟察，少加怜焉。

语曰："白头如新，倾盖如故⑰。"何则？知与不知也。故樊於期⑱逃秦之燕，藉荆轲首以奉丹事；王奢⑲去齐之魏，临城自刭，以却齐而存魏。夫王奢、樊於期，非新于齐、秦而故于燕、魏也。所以去二国、死两君者⑳，行合于志而慕义无穷也。是以苏秦㉑不信于天下，为燕尾生㉒；白圭㉓战亡六城，为魏取中山。何则？诚有以相知也。苏秦相燕，人恶之于燕王，王按剑而怒，食以駃騠㉔；白圭显于中山㉕，人恶之于魏文侯，文侯赐以夜光之璧㉖。何则？两主二臣，剖心析胆相信，岂移于浮辞哉？故女无美恶，入宫见妒；士无贤不肖，入朝见嫉。昔司马喜膑脚于宋㉗，卒相中山；范雎摺胁折齿于魏㉘，卒为应侯。此二人者，皆信必然之画㉙，捐㉚朋党之私，挟孤独之交㉛，故不能自免于嫉妒之人也。是以申徒狄㉜蹈雍之河，徐衍㉝负石入海，不容于世，义不苟取比周于朝㉞，以移主上之心。故百里奚㉟乞食于道路，缪公委之以政；宁戚㊱饭牛车下，而桓公委之以国。此二人岂素宦于朝，借誉于左右，然后二主用之哉？感于心，合于行，坚如胶漆，昆弟不能离，岂惑于众口哉？故偏听生奸，独任成乱。昔鲁听季孙㊲之说逐孔子，宋任子冉之计囚墨翟。夫以孔、墨之辩，不能自免于谗谀，而二国以危。何则？众口铄金，积毁销骨也㊳。是以秦用戎人由余㊴而霸中国，齐用越人子臧而强威宣㊵。此二国岂拘于俗、牵于世、系奇偏之辞㊶哉？公听并观㊷，垂明当世。故意合则胡、越为昆弟㊸，由余、子臧是矣；不合则骨肉为仇敌，朱、象、管、蔡是矣㊹。今人主诚能用齐、秦之明，后宋、鲁之听，则五霸不足侔㊺，三王易为比也。

是以圣王觉悟，捐子之之心㊻，而不说田常㊼之贤。封比干㊽之后，修孕妇之墓，故功业覆[49]于天下。何则？欲善无厌也。夫晋文公亲其仇而强霸诸侯，齐桓公用其仇而一匡[50]天下。何则？慈仁殷勤，诚加于心，不可以虚辞借[51]也。至夫秦用商鞅之法，东弱韩、魏，立强天下，而卒车裂[52]之；越用大夫种[53]之谋，禽[54]劲吴而霸中国，遂诛其身。是以孙叔敖三去相而不悔[55]，於陵子仲辞三公[56]，为人灌园。今人主诚能去骄傲之心，怀可报之意，披心腹，见情素[57]，隳肝胆[58]，施德厚，终与之穷达[59]，无爱[60]于士，则桀[61]之犬可使吠尧，而跖之客可使刺由[62]。何况因万乘之权，假[63]圣王之资乎？然则荆轲湛七族[64]，要离燔妻子[65]，岂足为大王道哉？

臣闻明月之珠，夜光之璧，以暗投人[66]于道，众莫不按剑相眄[67]者。何则？无因而至前也。蟠木根柢[68]，轮囷[69]离奇，而为万乘器[70]者。何则？以左右先为之容[71]也。故无因而至前，虽出随侯之珠[72]，夜光之璧，秖足[73]结怨而不见德。故有人先谈，则枯木朽株，树功而不忘。今天下布衣穷居之士，身在贫羸，虽蒙尧、舜之术，挟伊、管[74]之辩，怀龙逢[75]、比干之意，而素无根柢之容，虽竭精神，欲开忠于当世之君，则人主必袭按剑相眄之迹矣。是使布衣之士，不得为枯木朽株之资也。

是以圣王制世御俗[76]，独化于陶钧[77]之上，而不牵乎卑辞之语，不夺乎众多之口。故秦皇帝任中庶子蒙嘉[78]之言，以信荆轲，而匕首窃发；周文王猎泾渭，载吕尚[79]而归，以王天下。秦信左右而亡，周用乌集[80]而王。何则？以其能越拘挛[81]之语，驰域外之义，独观于昭旷之道也。今人主沉于谄谀之辞，牵于帷墙[82]之制，使不羁之士与牛骥同皂[83]，此鲍焦[84]所以愤于世也。

臣闻盛饰入朝者，不以私污义；砥厉名号[85]者，不以利伤行。故里名胜母，曾子不入[86]；邑号朝歌[87]，墨子回车。今欲使天下寥廓之士[88]，笼于威重之权，胁于位势之贵，回面[89]污行以事谄谀之人，而求亲近于左右，则士有伏死堀穴岩薮[90]之中耳，安有尽忠信而趋阙下者哉？

【注释】

①邹阳：齐（今山东淄博市东北）人，初从吴王濞，后为梁孝王门客，因受羊胜谗害而下狱，判处死刑。邹阳在狱中上书梁孝王，慷慨陈词，竭力辨析，表白自己，终于感悟了梁王，得以赦免，并被尊为上客。

②荆轲：战国时卫国人。燕丹：燕太子丹，曾为秦国人质，始皇待之无礼，于是逃回。

③白虹贯日：白色长虹穿日而过。古人认为白虹是战争的预兆，日为君的象征，人间有不平凡行动，就会出现这种异常的天象。据说荆轲为燕丹报仇，去刺杀秦始皇，临行前，曾出现白虹贯日的天象。太子丹认为这是不利的征兆。

④畏之：太子丹害怕荆轲不去秦国。

⑤卫先生：秦人。长平：赵邑，故址在今山西高平县西北。公元前 260 年，秦将白起曾大破赵军于此。

⑥太白食昴（mǎo）：主赵地将有兵事。太白，即金星。食，同“蚀”，此作“侵犯”讲。昴，星宿名。古人认为天上的昴宿相当于地上的赵国地带。秦将白起攻破赵国的长平军之后，想一举灭赵，于是派卫先生去见秦昭王，请求增兵。这时出现太白食昴的天象。

⑦昭王疑之：出现太白食昴的天象，本来可以解释为秦军侵赵的征兆，但昭王却听信了应侯

范雎的话，反而怀疑白起和卫先生，不发兵粮，使灭赵不能成功。

⑧精诚变天地而信不谕两主：精诚变天地，是说荆轲和卫先生的忠心感动了天地，使天象发生了变化。谕，使了解。

⑨毕议愿知：把计议说尽了，希望大王知道。

⑩卒从吏讯：终于受到法吏的审讯。卒，终于。从，听受。讯，审讯。

⑪玉人：指卞和。

⑫胡亥极刑：秦二世胡亥登基后，李斯被捕下狱，备受五种酷刑而死。

⑬箕子：殷纣王叔父，名胥余，封于箕，因谏被囚，假装疯狂。阳：同"佯"。

⑭接舆：春秋时楚国的隐士。避世：隐居。

⑮比干：殷纣王时贤臣，因强谏纣王而被剖心。

⑯子胥：即伍子胥，春秋时吴国大臣，因谏夫差伐齐而被杀。鸱（chī）夷：一种皮制的袋子。吴王夫差用这种皮口袋盛子胥尸体，投入江中。

⑰新：初交，指交情不深。倾盖：陌路相逢，停车交谈。盖，车盖。全句指有些人相识到老，仍不知心，有的陌路相逢，却能一见如故。

⑱樊於期：秦将，因罪而逃到燕国，秦始皇灭其家，并重金购其头。荆轲刺秦王前，希望得樊於期头而能去见秦王，樊於期慷慨自杀。

⑲王奢：齐臣，因罪而逃到魏国。齐以追索王奢而伐魏，王奢为不连累魏国，刚至魏城，就自杀而死。

⑳去：离开。二国：指秦、齐。死：为……效死。两君：指燕太子丹和魏君。

㉑苏秦：战国时著名纵横家。

㉒为燕尾生：对燕国却能像尾生一样忠实守信。尾生，人名。相传他曾与一女子约定在桥上相会，女子尚未到来，水忽然涨了，但他仍守约不肯离开，竟抱桥柱淹死。古人常拿他作为守信用的人的代称。

㉓白圭：战国时中山国的将领，因战败而失掉六城，中山君想杀他，他逃到了魏国，受到厚待，后来他帮助魏国攻取中山国。

㉔駃騠(jué tí)：良马名。

㉕显于中山：以拔中山之功而尊显。

㉖赐：投赠。夜光之璧：暗中发光的宝玉。

㉗司马喜：宋国人。他在宋国受到割去膝盖骨的刑罚，后来逃到中山国，做了宰相。膑脚：割去膝盖骨。

㉘范雎：魏国人，曾随魏国大夫须贾出使齐国。回国后，被须贾谗害，魏宰相魏齐使人痛打范雎，胁(肋骨)和齿都被打折。后逃至秦国，做了秦相，封为应侯。摺(lā)：义同"拉"，折断。

㉙画：计划。

㉚捐：抛弃。

㉛挟：持。孤独之交：指交友少。

㉜申徒狄：殷末人，谏君，不被听信，自投雍水而死。

㉝徐衍：周末人，因不满于乱世，负石自沉于海。

㉞苟取：不顾道义而私取。比周：结私党。

㉟百里奚：春秋时虞国人。虞亡逃楚，被秦穆公用五张羊皮赎来，助成霸业。

㊱宁戚：春秋时卫国人。有德才而不被用。外出行商，住在齐郭门外，夜出唱歌喂牛，被齐

桓公听见，知其贤能，用为大夫。

㊲季孙：春秋时鲁国大夫。孔子时为鲁司寇，齐国送给季孙女子乐队八十人，季孙让鲁君观看女乐，三天不上朝议政，孔子就离职而去。

㊳铄、销：都是熔化的意思。毁：毁谤，谗毁。

㊴由余：春秋时晋人，因事逃到西戎，后为秦穆公招至秦国，助秦成就霸业。

㊵子臧：春秋时越人，齐国重用他，国势强盛。威、宣：指齐威王、齐宣王两世。

㊶奇偏之辞：一面之词。

㊷公听并观：即公正地听取意见，全面地观察事情。

㊸胡：古代北方民族。越：古代南方民族。昆弟：兄弟。

㊹朱：丹朱，尧的儿子。象：舜的弟弟。管：管叔；蔡：蔡叔。二人都是周武王的弟弟。相传丹朱不肖，所以尧不传位给他。象曾有意杀舜。管蔡曾谋叛，被周公囚禁。

㊺侔：比拟，相等。

㊻捐：弃。子之：战国时燕王哙的相，曾骗燕王让位于他，以至燕国大乱。

㊼田常：春秋时齐简公的相，杀简公，夺取了齐国的王位。

㊽封比干：商纣王曾剖比干之心，相传武王伐纣后，曾命闳夭封比干之墓（见《史记·周本纪》）。

㊾覆：覆盖。

㊿匡：正。

51借：给予。

52车裂：酷刑，用牛或马分裂人体。

53种：即文种，越国大夫，曾辅佐越王勾践平了吴国，完成霸业，后被越王所杀。

54禽：同“擒”。

55孙叔敖：楚国令尹，三次被任为令尹，并不喜欢；三次被解职，也不懊恼。悔：恨。

56於（wū）陵：地名，在今山东邹平县东南。子仲：又名陈仲子。三公：秦汉时指丞相、太尉、御史大夫，这里指相。

57情素：真实的情志。

58隳（huī）肝胆：披肝沥胆的意思。

59穷达：逆境和顺境。

60爱：吝惜。

61桀：夏朝暴君。

62跖（zhì）：春秋战国之际人民起义领袖，旧时被诬称为盗跖。由：许由，上古隐士。

63假：凭借。

64荆轲湛（chén）七族：荆轲刺秦王不成，七族因而被杀。此事史书不详。湛，同“沉”，没，这里指被消灭。

65要离：春秋时吴人，为替吴王阖闾刺杀公子庆忌，劝王杀其妻子以取信于庆忌。燔（fán）：烧。

66投人：投向人。

67眄（miǎn）：顾盼。

68蟠：屈曲。木：树木。根柢：树根。

69轮囷：盘曲。

⑳万乘器:天子的珍器。

㉑容:雕饰。

㉒随侯之珠:相传春秋时随侯救蛇所得之珠。

㉓秖:同“只”。

㉔伊管:伊尹、管仲。指最贤能的大臣。

㉕龙逢(páng):关龙逄,夏桀时贤臣,因谏被杀。

㉖制世御俗:意即治理国家。制,统制。御,驾御。

㉗独:独自。化:教化。陶钧:制陶器用的圆轮。

㉘中庶子:官名,太子的属官。蒙嘉:秦国宠臣。

㉙吕尚:周代齐国的始祖。姜姓,名望,俗称“太公望”。因祖先封于吕,故称吕尚。辅佐周武王成就王业。

㉚乌集:偶然遇合,指用吕尚。

㉛拘挛:沾滞,固执。

㉜帷墙:比喻宠臣。

㉝皂:马槽。

㉞鲍焦:春秋时人,据说他因忿世疾俗,不臣天子,不友诸侯,甘心过贫苦生活,后抱木饿死(见《史记·鲁仲连邹阳列传》正义)。

㉟砥厉名号:指修身立名。砥,细质磨刀石。厉,“砺”的本字,粗质磨刀石。砥厉,此处借指磨炼。

㊱曾子:名参,字子舆。孔子弟子,有孝名。相传古代有个里巷,名曰“胜母”,曾子嫌这名字违反孝道,不肯进入。

㊲朝歌:纣时都邑,在今河南汤阴县南。墨子主张“非乐”,故不入“朝歌”、

㊳寥廓之士:指抱负远大的人。

㊴回面:转变面容。

㊵堀穴岩薮:堀(kū),同“窟”。薮(sǒu),湖泽。

卓文君

与司马相如书①

群华②竞芳，五色绫素③。琴尚在御④，而新声代故⑤。锦水有鸳⑥，汉宫有木⑦。彼木而亲，嗟世之人兮，瞀于淫而不悟⑧。朱弦啮⑨，明镜缺。朝露晞⑩，芳弦⑪歇。白头吟，伤离别，努力加餐毋念妾！锦水汤汤⑫，与君永诀！

【注释】

①卓文君：西汉临邛(今四川邛崃)人，富商卓王孙的女儿。卓文君守寡在家，司马相如弹琴挑逗她，她夜奔相如，二人卖酒度日。卓王孙深感羞耻，便分给他们财产，让他们返回成都(今属四川)。后来，司马相如做了官，打算娶妾，卓文君写了这封信与他断绝关系。司马相如读后，放弃了娶妾的想法。司马相如：字长卿，西汉蜀郡成都(今属四川)人，著名辞赋家。武帝时聘为郎，出使邛、筰(zuó)有功。

②华：花。

③绫素：丝绸。绫，薄的有色彩的丝织品。素，没有染色的丝绸。

④御：指使用。

⑤新声代故：新的乐曲代替了旧的乐曲，比喻新欢代替旧人。

⑥锦水：即锦江，流经四川省成都市。鸳：鸳鸯，卓文君自比。

⑦木：树。司马相如要娶的女子是茂陵(今陕西咸阳市西)人，在国都附近，所以用汉宫之树来比喻她。

⑧瞀(mào)：昏乱。淫：好色。

⑨啮(niè)：咬，指咬断。

⑩晞(xī)：晒干。

⑪芳弦：指美妙的乐曲。

⑫汤汤(shāng)：水势浩大。

司马相如

报卓文君书①

五味虽甘②，宁先稻黍③？五色有灿④，而不掩韦布⑤。惟此绿衣⑥，将执子之釜⑦。锦水有鸳，汉宫有木，诵子嘉吟⑧，而回予敬步⑨，当不令负丹青、感白头也⑩！

【注释】

①司马相如：见卓文君《与司马相如书》注①。这是司马相如收到卓文君的信后，非常感愧，于是给卓文君回了这封信。报：回复。

②甘：味道美。

③先：优于，指重要。稻黍：稻子和糜子，古代主要的粮食。

④灿(càn)：光彩夺目。

⑤掩：掩盖，指超过。韦：皮。

⑥惟：句首语气词，无实义。绿衣：指司马相如准备娶的女子。

⑦执子之釜：指为卓文君操劳。子，对对方的尊称。釜，锅。

⑧嘉吟：好诗赋，指卓文君给司马相如的信。

⑨予：我。敬步：警戒的脚步。

⑩负：辜负。丹青：树名，树顶呈红绿两色，所以叫丹青，比喻夫妻。感：感叹。

东方朔

上武帝书①

臣朔少失父母，长养兄嫂。年十二，学书三冬②，文史足用。十五学剑术，十六学《诗》、《书》③，诵二十二万言④。十九学孙、吴兵法⑤，战阵之具⑥，钲⑦鼓之教，亦诵二十二万言。凡臣朔固已诵四十四万言，又常服子路之言⑧。臣朔年二十二，长九尺三寸，目若悬珠，齿若编贝⑨，勇若孟贲⑩，捷如庆忌⑪，廉若鲍叔⑫，信若尾生⑬，若此可以为天子大臣矣。臣朔昧死再拜以闻⑭。

【注释】

①东方朔：字曼倩，平原厌次（今山东惠民）人。汉武帝时弄臣，官至太中大夫，以机敏、滑稽、俳辞亲近武帝。汉武帝初即位，广招天下人才，东方朔给武帝写了这封信，言辞不逊，自我称誉，武帝认为他很奇特，便录用了他。

②学书三冬：学习文字三年。书，文字。三冬，三年，以季节指代全年。

③《诗》、《书》：指《诗经》、《尚书》等。

④言：字。

⑤孙、吴兵法：指战国时期孙武、吴起的兵法书。

⑥战阵之具：攻战、布阵的器具。

⑦钲（zhēng）：古代乐器，用来调节节奏。

⑧服：信服。子路之言：指《论语·颜渊》："子路无宿诺。"无宿诺，没有答应了别人而不去做的话。

⑨编贝：排列起来的贝壳。

⑩孟贲：古代勇士，传说他在水中不怕蛟龙，在陆地上不怕猛虎、犀牛。

⑪庆忌：春秋时吴王僚的儿子，以勇武著名。

⑫鲍叔：即鲍叔牙，春秋时齐国人。鲍叔与管仲友善，他拥立公子小白，而管仲拥立公子纠。公子小白即位为桓公，鲍叔推荐管仲为相。管仲辅佐桓公成霸业。

⑬尾生：战国时鲁国人，以坚守信用著名。他与女子约会在桥下，女子没有来，河水上涨，他抱柱被淹而死。

⑭昧死：冒死罪。以闻：以这封信让武帝听见（即了解）。

司马迁

报任安书①

太史公牛马走司马迁再拜言②,少卿③足下:曩者辱赐书④,教以慎于接物,推贤进士⑤为务,意气⑥勤勤恳恳。若望仆不相师⑦,而流俗人之言,非敢如此也。虽罢驽⑧,亦尝侧闻⑨长者遗风矣。顾自以为身残处秽⑩,动而见尤⑪,欲益反损⑫,是以独抑郁而谁与语。谚曰:"谁为为之?孰令听之⑬?"盖钟子期死,伯牙终身不复鼓琴⑭。何则?士为知己用,女为说己容⑮。若仆大质⑯已亏缺矣,虽才怀随、和⑰,行若由、夷⑱,终不可以为荣,适足以见笑而自点耳⑲。书辞宜答,会东从上来⑳,又迫贱事㉑,相见日浅,卒卒㉒无须臾之闲,得竭志意㉓。今少卿抱不测之罪,涉旬月㉔,迫季冬㉕,仆又薄从上雍㉖,恐卒然不可为讳㉗,是仆终已不得舒愤懑以晓左右㉘,则长逝者魂魄,私恨无穷。请略陈固陋㉙。阙然久不报㉚,幸勿为过。

仆闻之:修身者,智之符㉛也;爱施者,仁之端㉜也;取予㉝者,义之表也;耻辱者,勇之决㉞也;立名者,行之极也㉟。士有此五者,然后可以托于世,而列于君子之林矣。故祸莫憯㊱于欲利,悲莫痛于伤心,行莫丑于辱先,诟莫大于宫刑㊲。刑余之人,无所比数㊳,非一世也,所从来远矣。昔卫灵公与雍渠㊴同载,孔子适陈;商鞅因景监㊵见,赵良寒心;同子参乘㊶,袁丝变色:自古而耻之!夫中材之人㊷,事有关于宦竖㊸,莫不伤气,而况于慷慨之士乎?如今朝廷虽乏人,奈何令刀锯之余㊹,荐天下之豪俊哉!仆赖先人绪业㊺,得待罪辇毂下二十余年矣㊻。所以自惟㊼:上之不能纳忠效信㊽,有奇策才力之誉,自结明主㊾;次之又不能拾遗补阙㊿,招贤进能,显岩穴之士[51];外之不能备行伍[52],攻城野战,有斩将搴[53]旗之功;下之不能积日累劳,取尊官厚禄,以为宗族交游光宠[54]。四者无一遂[55],苟合取容,无所短长之效,可见于此矣。向者仆亦尝厕[56]下大夫之列,陪外廷末议[57],不以此时引纲维[58],尽思虑,今已亏形为扫除之隶[59],在阘茸[60]之中,乃欲仰首伸眉,论列是非,不亦轻朝廷、羞当世之士邪?嗟呼!嗟呼!如仆尚何言哉!尚何言哉!

且事本末未易明也。仆少负不羁之才[61],长无乡曲之誉[62]。主上幸以先人之故,使得奏薄技,出入周卫[63]之中。仆以为戴盆何以望天[64],故绝宾客之知,亡[65]家室之业,日夜思竭其不肖之才力,务一心营职,以求亲媚于主上。而事乃有大谬不然者[66]。

夫仆与李陵俱居门下[67],素非能相善也。趋舍异路[68],未尝衔杯酒,接殷勤之余欢。然仆观其为人，自守奇士[69]，事亲孝，与士信[70]，临财[71]廉，取与义，分别有让[72]，恭俭下人，常思奋不顾身，以殉国家之急。其素所蓄积也，仆以为有国士[73]之风。夫人臣出万死不顾一生之计，赴公家之难，斯已奇矣。今举事一不当，而全躯保妻子[74]之臣，随而媒蘖其短[75]，仆诚私心痛之。且李陵提步卒不满五千，深践戎马之地[76]，足历王庭[77]，垂饵虎口，横挑[78]强胡，仰亿万之师[79]，与单于连战十有余日，所杀过当[80]。虏救死扶伤不给[81]，旃裘之君长咸震怖[82]，乃悉征其左、右贤王举引弓之人[83]，一国共攻而围之。转斗千里，矢尽道穷，求兵不至，士卒死伤如积，然陵一呼劳[84]军，士无不起[85]，躬自流涕[86]，沫血饮泣[87]，更张空拳[88]，冒白刃，北向争死敌[89]者。陵未没时，使有来报，汉公卿王侯皆奉觞[90]上寿。后数日，陵败书闻，主上为之食不甘味，听朝不怡，大臣忧惧，不知所出。仆窃不自料[91]其卑贱，见主上惨怆怛悼[92]，诚欲效其款款之愚，以为李陵素与士大夫绝甘分少[93]，能得人之死力，虽古之名将，不能过也。身虽陷败，彼观[94]其意，且欲得其当[95]而报于汉；事已无可奈何，其所摧败[96]，功亦足以暴[97]于天下矣。仆怀欲陈之而未有路，适会召问，即以此指推言陵之功[98]，欲以广主上之意，塞睚眦[99]之辞。未能尽明，明主不晓，以为仆沮贰师[100]，而为李陵游说，遂下于理[101]。拳拳[102]之忠，终不能自列[103]，因为诬上，卒从吏议[104]。家贫，货赂不足以自赎[105]；交游莫救视，左右亲近[106]，不为一言。身非木石，独与法吏为伍，深幽囹圄之中[107]，谁可告诉者！此真少卿所亲见，仆行事岂不然乎？李陵既生降，颓其家声[108]，而仆又佴之蚕室[109]，重为天下观笑。悲夫！悲夫！事未易一二[110]为俗人言也。

仆之先，非有剖符丹书[111]之功，文史星历[112]，近乎卜祝[113]之间，固主上所戏弄，倡优所畜[114]，流俗之所轻也。假令仆伏法受诛，若九牛亡一毛，与蝼蚁何以异？而世俗又不能与死节者次比[115]，特以为智穷罪极，不能自免，卒就死耳。何也？素所自树立[116]使然也。人固有一死，或重于泰山，或轻于鸿毛，用之所趋异也[117]。太上[118]不辱先，其次不辱身，其次不辱理色[119]，其次不辱辞令，其次诎体[120]受辱，其次易服[121]受辱，其次关木索、被棰楚受辱[122]，其次剔毛发、婴金铁受辱[123]，其次毁肌肤、断肢体受辱[124]，最下腐刑极矣！传[125]曰："刑不上大夫。"此言士节不可不勉励也。猛虎在深山，百兽震恐，及在槛阱之中，摇尾而求食，积威约之渐[126]也。故士有画地为牢，势不可入；削木为吏，议不可对[127]，定计于鲜[128]也。今交手足[129]，受木索、暴肌肤，受榜箠，幽于圜墙之中，当此之时，见狱吏则头抢地，视徒隶则心惕息[130]。何者？积威约之势也。及以至是，言不辱者，所谓强颜耳，曷足贵乎？且西伯[131]，伯也，拘于羑里[132]；李斯，相也，具于五刑；[133]；淮阴[134]，王也，受械[135]于陈；彭越、张敖[136]，南面称孤，系狱抵罪；绛侯诛诸吕[137]，权倾五伯，囚于请室[138]；魏其[139]，大将也，衣赭衣[140]，关三木[141]；季布为朱家钳奴[142]；灌夫受辱于居室[143]。此人皆身至王侯将相，声闻邻国，及罪至罔加[144]，不能引决自裁[145]，在尘埃之中，古今一体[146]，安在其不辱也？由此言之，勇怯，势也；强弱，形成。审[147]矣，何足怪乎？夫人不能早自裁绳墨[148]之外，以稍陵迟[149]，至于鞭箠之间，乃欲引节[150]，斯不亦远乎！古人所以重施刑于大夫者，殆为此也。夫人情莫不贪生恶死，念父母，顾妻子。至激于义理者不然，乃有所不得已也。今仆不幸，早失父母，无兄弟之亲，独身孤立，少卿视仆于妻子何如哉？且勇者不必死节，怯夫慕义，何处不勉焉？仆虽怯懦，欲苟活，亦颇识去就之分[151]矣，何至自沉溺缧绁[152]之辱哉！且夫臧[153]获婢妾，犹能引决，况仆之不得已乎？所以隐忍苟活，幽于粪土之中而不辞者，恨私心有所不尽[154]，鄙陋没世[155]而文采不表于后世也。

古者富贵而名磨灭，不可胜记，唯倜傥[156]非常之人称焉。盖文王拘而演《周易》[157]；仲尼厄[158]而作《春秋》；屈原放逐，乃赋《离骚》；左丘[159]失明，厥有《国语》；孙子膑脚，兵法修列[160]；不韦迁蜀，世传《吕览》[161]；韩非[162]囚秦，《说难》、《孤愤》；《诗》三百篇，大底圣贤发愤之所为作也。此人皆意有所郁结，不得通其道，故述往事，思来者[163]。乃如左丘无目，孙子断足，终不可用，退而论书策，以舒其愤，思垂空文以自见[164]。仆窃不逊，近自托于无能之辞，网罗天下放失旧闻[165]，略考其事，综其终始，稽其成败兴坏之纪[166]，上计轩辕[167]，下至于兹，为十表，本纪十二，书八章，世家三十，列传七十，凡百三十篇。亦欲以究天人之际[168]，通古今之变，成一家之言。草创未就，会遭此祸，惜其不成，是以就极刑而无愠[169]色。仆诚以著此书，藏之名山，传之其人[170]，通邑大都，则仆偿前辱之责[171]，虽万被戮，岂有悔哉！然此可为智者道，难为俗人言也！

且负下未易居[172]，下流多谤议，仆以口语遇遭此祸，重为乡党所笑，以污辱先人，亦何面目复上父母之丘墓乎？虽累百世，垢弥甚耳！是以肠一日而九回[173]，居则忽忽若有所亡，出则不知其所往。每念斯耻，汗未尝不发背沾衣也。身直为闺阁之臣[174]，宁得自引深藏岩穴[175]邪？故且从俗浮沉，与时俯仰，以通其狂惑[176]。今少卿乃教以推贤进士，无乃与仆私心刺谬乎[177]。今虽欲自雕琢，曼辞[178]以自饰，无益于俗不信[179]，适足取辱耳。要之[180]死日，然后是非乃定。书不能悉意，略陈固陋。谨再拜。

【注释】

①司马迁：字子长，夏阳(今陕西韩城)人。西汉著名史学家、文学家和思想家。司马迁因李陵之祸，被捕下狱，惨遭宫刑。两年后出狱任中书令。这时任安写信给他，让他以中书令的身份“推贤进士”，而此时，从表面看来，司马迁“出入奏事”，担任宫中的机要职务，然实际上却是以一个宦者的身份在内廷侍候，为一般士大夫所鄙视。司马迁难以按任安的话去做，故一直没有回信。后来任安因重罪入狱，被判以腰斩，司马迁担心任安一旦被处死，就会永远失去给他回信的机会，使他抱憾终生，同时也无法向老朋友抒发自己满腔的悲愤，于是在任安死前，写下了这篇“千古奇文”。

②太史公：即太史令，是当时司马迁的官职。牛马走：像牛马一样供驱使的仆人。此是自谦之词。

③少卿：任安，字少卿，荥阳人。曾任郎中、益州刺史、北军使者护军等官职。汉武帝征和二年(前 91)，因戾太子举兵事，被判处腰斩。

④曩(nǎng)：从前，过去。辱：谦辞，承蒙的意思。

⑤推贤进士：推举贤才，引进士人。

⑥意气:心意,情意。

⑦望:怨,责备。师:效法,遵从。

⑧罢(pí)驽(nú):疲弱的劣马。自谦才能低下。

⑨侧闻:等于说"窃闻",自谦之词。

⑩身残处秽:指身受宫刑,处在宦官的可耻地步。

⑪尤:过错。

⑫欲益反损:本想做点有益的事,反倒把事情搞坏。

⑬谁为为之:即"为谁为之"。孰令听之:即"令谁听之"。

⑭钟子期:春秋时楚人。伯牙:亦春秋时楚人,善于弹琴,只有钟子期能知音。后来钟子期死了,伯牙就碎琴,终身不再弹。

⑮用:出力。说:同"悦"。容:修饰打扮。

⑯大质:指身体。

⑰随、和:指随侯的珠,卞和的璧。此处比喻美好的才德。

⑱行:品行。由:许由,尧时品质高尚的贤人。夷:伯夷,商末品质高尚的典型。

⑲适:正好。自点:自取污辱。点,玷污,污辱。

⑳会:适逢。东从上来:指跟随汉武帝东巡回来。上,汉武帝。

㉑贱事:指烦琐的事务,谦辞。

㉒卒卒(cù):仓促。卒,同"猝"。

㉓竭志意:尽心意。

㉔涉:过。旬月:一个月。

㉕迫:近。季冬:夏历十二月。汉代规定每年十二月处决犯人。这里指任安快到被处决的日子了。

㉖薄:同"迫",接近。雍:即雍州,那里设有祭祀天神五帝的高坛五畤。汉武帝常到那里祭祀。

㉗不可为讳:不可能避忌(指死刑)。

㉘终已:终于。左右:指任安,古时尊称对方的用语。

㉙固陋:鄙陋,见识短浅。这里谦言自己的心意。

㉚阙然:指相隔很长一段时间。报:答复。

㉛符:信。这里是凭据的意思。

㉜端:端倪,苗头。

㉝取予:取什么,给什么。

㉞决:决断。

㉟行:品行。极:最高境界。

㊱憯(cǎn):同"惨",惨痛。

㊲诟(gòu):耻辱。宫刑:毁坏生殖器官的酷刑。

㊳无所比数:被人轻视、鄙视,地位不能和人相比。

㊴雍渠:卫灵公宠信的宦官。卫灵公出游时,与雍渠同车,叫孔子坐在后面的车上,孔子感到耻辱,就离卫而去。

㊵景监:秦孝公宠信的太监。商鞅见秦孝公就是由景监引荐的,所以贤士赵良感到担心。

㊶同子:汉文帝宠信的宦官赵谈,司马迁称他为同子是因避父(司马谈)讳。参乘:指陪坐在

车上。太常袁丝见汉文帝出游时让赵谈在车上陪乘，就脸色骤变，并伏在车前谏阻。

㊷中材之人：才能平常的人，即一般人。

㊸宦竖：指宦官。竖，奴仆。

㊹刀锯之余：指受过刑的人。此系司马迁自称。

㊺绪业：未竟的事业。这里指司马谈未完成的学术和事业。

㊻待罪辇毂下：在皇帝身边做官的委婉的说法。辇毂，皇帝的车驾。

㊼自惟：自思。

㊽上之：首先的意思。效信：奉献自己的诚实之心。

㊾自结明主：以忠诚之心取得皇帝的信任。

㊿拾遗补阙：替皇帝拾取遗漏，补正过失。

51显岩穴之士：使隐居的人才显现出来。

52备行伍：参加到军队中去。

53搴（qiān）：拔取。

54宗族交游：亲戚朋友。交游，朋友。光宠：光荣。

55遂：成。

56厕（cì）：参与其间。

57处廷：即外朝。末议：陈说议论的自谦之词。

58引：引之使其正直。纲维：纲常法纪，指国家的大法。

59扫除之隶：打扫污秽的奴仆。喻己地位低下。

60阘茸（tà róng）：指地位卑贱。阘为小户，茸为小草。

61负：缺少的意思。不羁之才：才能高超，如骏马不可约束。

62长：年长，成年。乡曲：乡里。

63周卫：宿卫环绕。这里指宫禁。

64戴盆何以望天：古代谚语。是说一个人做事要专心致志。因头上戴盆，无法望天，比喻自己一心营职，无暇他顾。

65亡：抛弃。

66大谬：大错。不然：不像所想象的那样。

67李陵：西汉名将李广的孙子，善骑射，率兵击匈奴，战败而降。俱居门下：均在宫内任职。

68趋舍异路：比喻两人志向不同。趋，趋向。舍，舍弃。

69自守奇士：即自守奇士之节。

70与士信：与士人交往守信用。

71临财：在财物面前。

72分别有让：能恪守长幼尊卑的礼节。

73国士：国内推重的有贤德的人才。

74全躯保妻子：保全自身和妻儿。

75媒蘖其短：指把李陵的过失酿成大罪。媒，媒介。蘖，酿酒的曲。媒蘖，比喻构陷酿罪。

76戎马之地：指匈奴居住的地方。

77历：经过。王庭：匈奴首领单于所居之处，号曰“王庭”。

78横挑：四处挑战。

79仰：向上看。这里指仰攻。敌人在北，汉军在南，南低北高，所以叫仰攻。亿万之师：形容匈奴兵之多。

⑧⓪过当：指超过汉军自己部队的人数。

⑧①不给：顾不上。

⑧②旃(zhān)裘之君长：指匈奴的君长。咸：都。

⑧③举引弓之人：发动所有能拉弓射箭的人。

⑧④劳：慰问，这里是宣传鼓动的意思。

⑧⑤起：奋起。

⑧⑥躬自流涕：指士兵人人都被感动得流泪。

⑧⑦沬(huì)血：满脸流血。饮泣：含着眼泪。

⑧⑧更张：重又拉开。空拳(quān)：无箭的强弓。

⑧⑨死敌：跟敌人拼死命。

⑨⓪奉觞：举杯。

⑨①不自料：不自量。

⑨②惨怆怛(dá)悼：均是悲戚、哀伤的意思。

⑨③绝甘分少：好的东西，自己一点儿也不要，而把稀罕的东西分给别人。

⑨④彼观：即观彼。

⑨⑤得其当：得到一个适当的机会。

⑨⑥其所摧败：指李陵曾以五千步兵击破匈奴八万人。

⑨⑦暴：同"曝"，显露的意思。

⑨⑧指：意旨。推言：论述。

⑨⑨睚眦(yá zì)：怒目而视。这里指诋毁李陵的人。

⑩⓪沮：诋毁。贰师：指贰师将军李广利。李广利是汉武帝宠妃李夫人之兄，武帝派李广利率主力军，命李陵为助军，征伐匈奴，李陵遇敌奋战，而李广利坐观其败，无功而还。司马迁想为李陵说话，武帝却认为是对李广利的诋毁。

⑩①理：掌管诉讼刑狱的官，在上古称为"理官"。

⑩②拳拳：忠谨的样子。

⑩③列：罗列，陈述。

⑩④卒：最后。吏议：狱吏所判决的罪名。

⑩⑤货赂：钱财。自赎：汉法规定，犯罪的人可以出钱赎罪。

⑩⑥左右亲近：指皇帝身边的近臣。

⑩⑦深幽：囚禁。囹圄(líng yǔ)：监狱。

⑩⑧颓：坠落，败坏。家声：家族的声誉。

⑩⑨佴(èr)：相次，随后。蚕室：初受宫刑的人所居的严密而温暖的屋子。因初受宫刑的人怕风寒。

⑪⓪一二：逐一地。

⑪①剖符丹书：剖符，把竹子剖成两半，上面刻上同样的誓言，作为信契，皇帝与有关功臣各执一半，以示信用。丹书，即用朱砂把誓言写在铁制成的契券上，发给功臣，功臣及其后代可凭此减免罪行。

⑪②文史星历：指史籍天文历算之学，即太史令之职。

⑪③卜祝：主占卜和祭祀的人。

⑭倡优所畜:被当做乐师优伶来畜养。

⑮次比:相比较。

⑯素所自树立:指平素所从事的职业和所处的地位。

⑰用:作用,价值。趋异:不同。

⑱太上:最上,第一位。

⑲理色:即情理,面子。

⑳诎体:屈体,指被捆绑之类。

㉑易服:指换上罪人的衣服。

㉒关:穿。木索:即枷锁。棰(chuí):杖。楚:荆条。都是刑具。

㉓剔:同"剃"。婴金铁:以铁圈束颈。婴,缠绕。

㉔毁肌肤、断肤体:古代对重犯人的残酷的肉刑,如割鼻、割耳、黥面、剔去膝盖骨、断足等。

㉕传:指《礼记》。

㉖积威约之渐:日积月累,虎逐渐被驯服。威约,指人对虎施加的威力和约束。

㉗议:审罪。对:对质,回答。

㉘鲜:鲜明,明确。

㉙交手足:指手足被绑。

㉚惕息:恐惧得不敢喘息。

㉛西伯:周文王的封号。

㉜拘:囚。羑(yǒu)里:古城名,在今河南省汤阴县北之牖城。

㉝五刑:商周时期指墨型(额上刺字)、劓刑(割鼻)、刖刑(断足)、宫刑、大辟(死刑),这里指各种酷刑。

㉞淮阴:指淮阴侯韩信,曾被封为楚王。有人告他谋反,在陈被捆绑囚系。

㉟械:拘束手脚的刑具。

㊱彭越:西汉大将,灭楚有功,高祖封其为梁王,后怕其谋反,下狱定罪,后被吕后所杀。张敖:张耳之子,继父业,立为赵王,其手下人想谋杀刘邦,事泄,张敖被捕入狱,后其手下人自首认罪,张敖得释。

㊲绛侯:周勃的封号。他诛杀了吕禄、吕产等人,平定了吕氏叛乱,并迎立高帝次子代王刘恒为汉文帝。

㊳请室:汉代囚禁有罪官吏的监狱。

㊴魏其(jī):魏其侯窦婴。他曾平定七国之乱,立有大功,后因与丞相田蚡不和,下狱,遭杀害。

㊵赭(zhě)衣:古代犯人所穿的赤褐色囚衣。

㊶关三木:加在颈、手、足上的刑具。

㊷季布:项羽的将领,屡困高帝,项羽败,高帝悬赏捉拿季布,季布便剃发变服,自卖于鲁国大侠朱家为奴。钳:以铁圈束颈。

㊸灌夫:汉武帝时将军,因得罪丞相田蚡,而被拘在居室。居室:汉代官署名,是当时贵族犯罪后的拘留之所。

㊹罔加:受到法令的制裁。罔,同"网",法网。

㊺引决自裁:即自杀。

㊻一体:一样。

⑭⑦审：明白，清楚。
⑭⑧绳墨：这里指法律。
⑭⑨以：同“已”。稍：渐。陵迟：颓败，衰落。
⑮⓪引节：坚守气节而自杀。
⑮①去就之分：取舍的界限，指舍身就义。
⑮②缧绁（léi xiè）：拘囚犯人的绳索。这里指囚禁。
⑮③臧获：古代对奴婢的贱称。
⑮④私心有所不尽：指内心想做的事尚未完成。
⑮⑤没世：终生，死后。
⑮⑥倜傥（tì tǎng）：洒脱不羁，才德卓异。
⑮⑦拘：这里指囚禁。演：推演。相传周文王囚于羑里时，将伏羲画的八卦推演成六十四卦，成为《周易》的主要内容。
⑮⑧厄（è）：困厄，这里指政治上不得意。
⑮⑨左丘：即左丘明，相传为鲁国史官。左丘明失明后著《国语》。
⑯⓪孙子：即孙膑，他与魏将庞涓一起学兵法于鬼谷子，后被庞涓陷害，剜去了膝盖骨，写了《孙膑兵法》。修列：编著。
⑯①不韦：即吕不韦，秦丞相，后被秦始皇贬到蜀地。《吕览》：即《吕氏春秋》，是吕不韦做丞相时召集宾客编写的。
⑯②韩非：韩国公子，他屡次上书谏韩王，韩王不用。他又著《说难》、《孤愤》等十余万言。秦王很赞赏韩非的才能，因此急攻韩国，韩派韩非出使秦国，至秦后，被李斯害于狱中。
⑯③思来者：颜师古注：“令将来之人见己志也。”
⑯④垂：流传。空文：与功业不符的文章。见：同“现”。
⑯⑤放失旧闻：散乱失传的文献。失，同“佚”。
⑯⑥稽：求，探究。纪：纲纪，这里指线索、道理。
⑯⑦轩辕：黄帝。
⑯⑧究天人之际：研究天地自然与人类社会的关系。天，天地自然。人，人类社会。
⑯⑨愠（yùn）：恼怒，怨恨。
⑰⓪传之其人：传给可传的人。
⑰①责：同“债”。
⑰②负下：负罪受辱的情况下。未易居：不易处世。
⑰③肠一日而九回：形容自己内心极为痛苦，愁肠百结。
⑰④直：通“值”，担任。闺阁之臣：指宦官。
⑰⑤宁得：哪能。深藏岩穴：指退居归隐。
⑰⑥通其狂惑：疏散自己的烦闷。通，抒发。
⑰⑦无乃：岂不。剌（là）谬：违异，完全相反。
⑰⑧曼辞：美好动听的言辞。曼，美。
⑰⑨不信：不能见信于人。
⑱⓪要之：总之。

终　军

请使匈奴书①

军无横草[②]之功，得列宿卫[③]，食禄[④]五年。边境时有风尘之警[⑤]，臣宜披坚执锐，当矢石，启前行[⑥]，驽下不习金革之事[⑦]。今闻将遣匈奴使者，臣愿尽精厉气[⑧]，奉佐明使[⑨]，书吉凶于单于[⑩]之前。臣年少材下，孤于外官[⑪]，不足以亢[⑫]一方之任，窃不胜愤懑。

【注释】

①终军：字子云，西汉济南（今属山东）人。武帝时为谏议大夫，自荐赴南越，劝南越王归汉，被杀，时年二十几岁。使：出使。

②横草：践踏野草，比喻很微小。

③宿卫：宫廷中宿夜值班，担任警卫。

④禄：俸禄，即薪水。

⑤时：偶尔。风尘：指战争。

⑥启前行：在军队的前列出发。

⑦驽下：才能低下。习：熟习。金革：指战争。

⑧尽精厉气：竭尽精力，激励志气。

⑨奉佐：尊奉辅佐。明使：明智的使者。

⑩单于：匈奴的君长。

⑪孤于外官：在外官中很孤单。外官：古称九卿为外官。

⑫亢：抵挡，这里指担当、胜任。

邹长倩

遗公孙弘书①

夫人无幽显②，道在则尊。虽生刍之贱也③，不能脱落④君子，故赠君生刍一束，《诗》所谓："生刍一束，其人如玉⑤。"五丝为䋤⑥，倍䋤为升，倍升为緎⑦，倍緎为纪，倍纪为緵⑧，倍緵为襚⑨。此自少之多，自微至著⑩也。士之立功勋、效名节⑪，亦复⑫如之，勿以小善不足修而不为也，故赠君素丝一襚。扑满⑬者，以土为器，以蓄钱具。其有入窍⑭，而无出窍，满则扑之。土，粗物也。钱，重货也。入而不出，积而不散，故扑之。士有聚敛而不能散者，将有扑满之败，可不诫欤？故赠君扑满一枚。山川阻修⑮，加以风露⑯，次⑰卿足下，勉作功名⑱。窃在下风⑲，以俟⑳嘉誉。

【注释】

①邹长倩：西汉人，公孙弘的故友。公孙弘家贫，邹长倩以衣物赠之。公孙弘：字季，薛（今山东微山县北）人，学春秋杂说，武帝时以贤良为博士，后为丞相，封平津侯。

②幽显：指地位的低微或显要。

③虽：即使。生刍：新割的青草。

④脱落：轻慢。

⑤"生刍"二句：见《诗经・小雅・白驹》。

⑥五丝为䋤(niè)：五缕丝成为一䋤。䋤，古代计丝的量词。

⑦緎(yù)：计丝单位，二十缕为一緎。

⑧緵(zōng)：计丝单位，八十缕为一緵。

⑨襚(suì)：计丝单位，一百六十缕为一襚。

⑩著：显著。

⑪效名节：致力于名誉和节操。

⑫亦复：也。复，词尾，无义。

⑬扑满：蓄钱器。

⑭窍：孔。

⑮阻修：阻隔而且遥远。

⑯风露：指旅途中要受到的风吹、露湿。

⑰次：送到。

⑱勉作功名：鼓励你建立功业和名声。
⑲下风：喻指卑下的地位。
⑳俟：等待。

李陵

答苏武书①

子卿足下:勤宣令德②,策名清时③,荣问休畅④,幸甚,幸甚!远托⑤异国,昔人⑥所悲,望风怀想,能不依依!昔者不遗⑦,远辱还答⑧,慰诲勤勤,有逾骨肉。陵虽不敏,能不慨然!

自从初降以至今日,身之穷困,独坐愁苦。终日无睹,但见异类⑨。韦鞲毳幕⑩以御风雨,膻肉酪浆⑪以充饥渴。举目言笑,谁与为欢?胡地玄冰⑫,边土惨裂,但闻悲风萧条之声。凉秋九月,塞外草衰。夜不能寐,侧耳远听,胡笳⑬互动,牧马悲鸣,吟啸成群,边声四起。晨坐听之,不觉泪下。嗟乎!子卿,陵独何心,能不悲哉!

与子别后,益复无聊。上念老母临年被戮,妻子无辜,并为鲸鲵⑭,身负国恩,为世所悲。子归受荣,我留受辱,命也何如!身出礼仪之乡,而入无知之俗,违弃君亲之恩,长为蛮夷之域,伤已!令先君之嗣⑮,更成戎狄之族,又自悲矣。功大罪小,不蒙明察,孤负陵心区区之意⑯。每一念至,忽然忘生。陵不难刺心以自明,刎颈以见志,顾国家于我已矣⑰,杀身无益,适足增羞,故每攘臂⑱忍辱,辄复⑲苟活。左右之人见陵如此,以为不入耳之欢,来相劝勉。异方之乐,只令人悲,增忉怛⑳耳。

嗟乎!子卿,人之相知,贵相知心。前书仓卒㉑,未尽所怀,故复略而言之。昔先帝㉒授陵步卒五千,出征绝域㉓。五将失道,陵独遇战,而裹万里之粮,帅徒步之师,出天汉㉔之外,入强胡之域。以五千之众,对十万之军;策疲乏之兵,当新羁之马。然犹斩将搴㉕旗,追奔逐北㉖,灭迹扫尘㉗,斩其枭帅㉘,使三军之士视死如归。陵也不才,希㉙当大任,意谓此时功难堪㉚矣。匈奴既败,举国兴师,更练精兵,强逾十万,单于㉛临阵,亲自合围。客主之形既不相如,步马之势又甚悬绝。疲兵再战,一以当千,然犹扶乘创痛㉜,决命争首㉝。死伤积野,余不满百,而皆扶病,不任干戈。然陵振臂一呼,创病皆起,举刃指虏,胡马奔走。兵尽矢穷,人无尺铁,犹复徒首㉞奋呼,争为先登。当此时也,天地为陵震怒,战士为陵饮血㉟。单于谓陵不可复得,便欲引退。而贼臣㊱教之,遂使复战,故陵不免耳。

昔高皇帝以三十万众困于平城,当此之时,猛将如云,谋臣如雨,然犹七日不食,仅乃得免㊲,况当陵者,岂易为力哉!而执事者㊳云云,苟㊴怨陵以不死。然陵不死，罪也。子卿视陵岂偷生之士而惜死之人哉？宁有背君亲、捐妻子而反为利者乎？然陵不死，有所为也[40]。故欲如前书之言，报恩于国主耳。诚以虚死[41]不如立节，灭名不如报德也。昔范蠡不殉会稽之耻，曹沫不死三败之辱，卒复勾践之仇，报鲁国之羞[42]。区区之心，窃慕此耳。何图志未立而怨已成，计未从而骨肉受刑，此陵所以仰天椎心而泣血也。

足下又云："汉与功臣不薄。"子为汉臣，安得不云尔乎？昔萧、樊囚絷[43]，韩、彭菹醢[44]，晁错受戮[45]，周、魏见辜[46]。其余佐命立功之士，贾谊、亚夫之徒[47]，皆信命世之才，抱将相之具，而受小人之谗，并受祸败之辱，卒使怀才受谤，能不得展。彼二子之遐举[48]，谁不为之痛心哉！陵先将军[49]功略盖天地，义勇冠三军，徒失贵臣之意，刭身绝域之表[50]，此功臣义士所以负戟而长叹者也。何谓不薄哉！

且足下昔以单车之使，适万乘之虏，遭时不遇，至于伏剑[51]不顾，流离辛苦，几死朔北之野。丁年[52]奉使，皓首而归，老母终堂[53]，生妻去帷[54]。此天下所希闻，古今所未有也。蛮貊之人，尚犹嘉子之节，况为天下之主乎？陵谓足下当享茅土[55]之荐，受千乘[56]之赏。闻子之归，赐不过二百万，位不过典属国，无尺土之封加子之勤。而妨功害能之臣尽为万户侯，亲戚贪佞之类悉为廊庙宰。子尚如此，陵复何望哉！

且汉厚诛陵以不死，薄赏子以守节，欲使听之臣望风驰命，此实难矣，所以每顾而不悔者也。陵虽孤[57]恩，汉亦负德。昔人有言："虽忠不烈，视死如归[58]。"陵诚能安[59]，而主岂复能眷眷[60]乎？男儿生以不成名，死则葬蛮夷中，谁复能屈身稽颡[61]，还向北阙[62]使刀笔之吏弄其文墨耶[63]？愿足下勿复望陵。

嗟乎！子卿，夫复何言！相去万里，人绝路殊，生为别世之人，死为异域之鬼，长与足下生死辞矣。幸谢故人，勉事圣君。足下胤子[64]无恙，勿以为念，努力自爱。时因北风，复惠德意。李陵顿首。

【注释】

①李陵：字少卿，西汉陇西成纪（今属甘肃）人。名将李广之孙。汉武帝时为骑都尉。天汉二年（前99），率步兵五千人击匈奴，矢尽兵疲，战败而降。苏武：字子卿，汉杜陵（今陕西长安县西北）人。武帝时出使匈奴，被拘留，坚贞不降，被徙至北海牧羊，历十九载。昭帝即位，苏武归国，拜典属国。宣帝时赐爵关内侯。李陵于此信中叙述了自己战败降敌的经过，表达了思念故国和衔冤负屈的心情。

②宣：发扬。令德：美德。

③策名：书名于简策，谓做官。清时：政治清明的时代。

④荣问：美誉。问，通"闻"。休：美。畅：通，指传扬。以上皆称颂苏武之辞。

⑤托：寄身。

⑥昔人：古人。

⑦昔者：以前。不遗：犹言不弃。

⑧还答：指苏武答复自己的信。

⑨异类：异国之人。

⑩韦耩(gōu):指皮衣。毳幕:毡帐。
⑪酪浆:牛羊的乳汁。
⑫玄冰:厚冰。玄,青色。厚冰之色近玄,故称。
⑬胡笳:我国古代北方民族的管乐器。
⑭"上念"三句:言自己降敌后,祸及家人,老母与妻、子皆被朝廷处死。临年,指老年。鲸鲵,指被诛戮。
⑮先君:先父。嗣:嗣子,指自己。
⑯孤负:同"辜负"。区区:忠诚。
⑰顾:只是。已:止,指恩情断绝。
⑱攘臂:捋袖伸臂,表示愤慨。
⑲辄复:总是。
⑳忉怛(dāo dá):悲痛。
㉑仓卒:同"仓猝"。
㉒先帝:指汉武帝。
㉓绝域:极远的地区。
㉔天汉:代指汉朝的疆域。
㉕搴:拔取。
㉖北:败逃。
㉗灭迹:消除痕迹。扫尘:扫除灰尘。皆比喻消灭敌人之易。
㉘枭帅:勇将。
㉙希:希望。
㉚难堪:难以相比。堪,胜。
㉛单于:匈奴首领的称号。
㉜扶乘创痛:扶其创伤,乘其创痛。
㉝争首:争先。
㉞徒首:不戴头盔。
㉟饮血:饮泣。
㊱贼臣:指管敢。在李陵军中任军候,为校尉所辱,及降匈奴。此时具言李陵军无后援,矢将尽,于是匈奴大举进攻,李陵遂败。
㊲"昔高皇帝"六句:汉高祖七年(前200),韩王信反叛,高祖亲征,追至平城,为匈奴所困,七日不得食,后用陈平密计,始免于难。
㊳执事者:执政大臣。
㊴苟:轻率地。
㊵"然陵"二句:谓自己之所以不守节而死,是想有所作为。
㊶虚死:白白死去。
㊷"昔范蠡"四句:春秋时,越王勾践为吴所败,困于会稽,忍辱求和,后用大夫范蠡之计灭吴国。曹沫事鲁庄公,与齐战,三战三北,庄公割地求和。后鲁与齐盟,曹沫持匕首劫齐桓公,迫其归还鲁地。
㊸萧、樊囚絷:汉高祖时,丞相萧何上言开放上林苑,使百姓入苑耕种,触怒高祖,被拘禁。大将樊哙屡建战功,因遭人诬陷,几乎被斩。

㊹韩、彭菹醢(zū hǎi):韩信、彭越皆汉初大将,佐高祖平定天下,屡立战功,后皆以谋反的罪名被杀。菹醢,古代把人剁为肉酱的酷刑。

㊺晁错受戮:汉景帝时,御史大夫晁错上言请削诸侯封地,以尊京师。吴楚七国以诛错为名起兵反,景帝用爰盎等人言,斩错于东市。

㊻周、魏见辜:周勃为汉高祖功臣,曾遭人诬陷,被捕入狱。魏其侯窦婴为汉景帝时大臣,在平定吴楚七国之乱中起了重要作用,后遭丞相田蚡陷害,被杀。

㊼贾谊:西汉政论家,多有匡正时弊之论。文帝时,任太中大夫,为大臣周勃、灌婴等所排挤,贬为长沙王太傅。亚夫:周勃之子,西汉名将,景帝时为丞相,后被人诬陷,下狱饿死。

㊽遐举:指雄才大略。

㊾先将军:指作者祖父李广。

㊿"徒失"二句:汉武帝时,大将军卫青率军击匈奴,李广为前将军,奉命从东路进军。因路途遥远,又无向导 ,故迷路误期,卫青欲使朝廷治其罪,李广不愿受辱,遂自杀。贵臣,即卫青。刭身,自杀。

51伏剑:以剑自刎。

52丁年:壮年。

53终堂:指母亲去世。

54去帷:改嫁。

55茅土:指封侯。古代帝王以五色土筑社祭之坛。分封诸侯时,即按其封地所在之方向,取某一色土,以茅包之,赐给受封者。

56千乘(shèng):千辆兵车,为古代诸侯所有。

57孤:同"辜",辜负。

58"虽忠"二句:谓忠于君主,虽不刚烈,亦能视死如归。

59安:指甘心为朝廷为死。

60眷眷:眷念。

61稽颡:跪拜请罪。

62北阙:宫殿北面的门楼,此代指朝廷。

63刀笔之吏:指执法官。弄其文墨:谓舞文弄墨,罗织罪名。

64胤子:嗣子。苏武的匈奴时曾娶妇,生子名通国。

路温舒

尚德缓刑书①

臣闻齐有无知之祸，而桓公以兴②；晋有骊姬之难，而文公用伯③。近世赵王不终，诸吕作乱，而孝文为太宗④。由是观之，祸乱之作，将以开圣人也。故桓、文扶微兴坏⑤，尊文、武⑥之业，泽加百姓，功润诸侯，虽不及三王，天下归仁焉。文帝永思至德⑦，以承天心，崇仁义，省刑罚，通关梁⑧，一远近，敬贤如大宾，爱民如赤子，内恕情之所安，而施之于海内⑨，是以囹圄⑩空虚，天下太平。夫继变化之后，必有异旧⑪之恩，此贤圣所以昭天命也。往者，昭帝即世⑫而无嗣，大臣忧戚，焦心合谋，皆以昌邑尊亲，援而立之。然天不授命，淫乱其心，遂以自亡。深察祸变之故，乃皇天之所以开至圣也。故大将军⑬受命武帝，股肱汉国⑭，披肝胆，决大计，黜亡义，立有德⑮，辅天而行，然后宗庙以安，天下咸宁。

臣闻《春秋》正即位，大一统而慎始也。陛下初登至尊，与天合符，宜改前世之失，正始受命之统，涤烦文，除民疾，存亡继绝，以应天意。

臣闻秦有十失，其一尚存，治狱之吏是也。秦之时，羞文学，好武勇，贱仁义之士，贵治狱之吏，正言者谓之诽谤，遏过⑯者谓之妖言。故盛服先生⑰不用于世，忠良切言皆郁于胸，誉谀⑱之声日满于耳，虚美熏心⑲，实祸蔽塞⑳。此乃秦之所以亡天下也。方今天下赖陛下恩厚，亡金革之危、饥寒之患，父子夫妻戮力安家㉑，然太平未洽㉒者，狱㉓乱之也。夫狱者，天下之大命㉔也，死者不可复生，绝者不可复属㉕。《书》曰："与其杀不辜，宁失不经㉖。"今治狱吏则不然，上下相驱，以刻㉗为明，深者获公名，平者多后患。故治狱之吏皆欲人死，非憎人也，自安之道在人之死，是以死人之血流离㉘于市，被刑之徒比肩而立，大辟㉙之计岁以万数，此仁圣之所以伤也。太平之未洽，凡以此也。夫人情安则乐生，痛则思死，棰楚㉚之下，何求而不得？故囚人不胜痛，则饰辞以视之㉛；吏治者利其然㉜，则指道㉝以明之；上奏畏却㉞，则锻练而周内之㉟。盖奏当㊱之成，虽咎繇㊲听之，犹以为死有余辜，何则？成练者㊳众，文致㊴之罪明也。是以狱吏专为深刻㊵，残贼而亡极㊶，偷㊷为一切，不顾国患，此世之大贼也。故俗语曰："画地为狱，议不入；刻木为吏，期不对㊸。"此皆疾吏之风，悲痛之辞也。故天下之患莫深于狱，败法乱正，离亲塞道，莫甚乎治狱之吏。此所谓一尚存者也。

臣闻乌鸢㊹之卵不毁，而后凤凰集；诽谤之罪不诛，而后良言进。故古人有言：

山薮藏疾，川泽纳污，瑾瑜匿恶，国君含垢㊺。唯陛下除诽谤以招切言，开天下之口，广箴谏之路，扫亡秦之失，尊文武之德，省法制，宽刑罚，以废治狱，则太平之风可兴于世，永履和乐，与天亡极，天下幸甚。

【注释】

①路温舒：字长君，西汉巨鹿东里（今属河北）人。曾任县狱吏、廷尉奏曹掾、临淮太守等职。宣帝即位后，路温舒上此奏章，论述了治理国家须尚德缓刑之主张。

②“臣闻”二句：春秋时，齐襄公被公孙无知杀死，襄公之弟公子小白由莒回国，夺取政权，立为君，是为齐桓公，为五霸之一。

③“晋有”二句：春秋时，晋献公宠妃骊姬欲立其子奚齐为太子，于是谮杀太子申生，并逐群公子。公子重耳出奔十九年，回国自立，是为晋文公，为五霸之一。用，因而。伯，同“霸”。

④“近世”三句：汉高祖死后，吕后杀死戚夫人及其子赵王如意，临朝称制，分封诸吕为王侯。吕后死后，诸吕作乱，为大臣周勃等所平定，迎立代王刘恒为君，是为汉文帝。太宗，刘恒的庙号。

⑤扶微兴坏：扶持衰微之王室，振兴颓败之国家。

⑥文、武：指周文王和周武王。

⑦至德：至善至美的德治。

⑧通关梁：使人们自由通过关卡。关梁，水陆交通要道上的关口。

⑨“内恕”二句：谓已心所安之事，才施行于天下。

⑩囹圄：监狱。

⑪异旧：不同于过去。

⑫即世：去世。

⑬大将军：即霍光，汉武帝病危之际，命霍光辅立少子弗陵（昭帝），执掌朝政。

⑭股肱：辅佐。汉国：汉王朝。

⑮“黜亡”二句：谓大将军霍光废黜了品行不端的昌邑王，而拥立有德之君（即汉宣帝）。

⑯遏过：规劝过失。

⑰盛服先生：衣冠整齐的人，指儒者。

⑱誉谀：阿谀吹捧。

⑲虚美：虚荣。熏心：迷惑心志。

⑳实祸：实际存在的祸患。蔽塞：被掩蔽起来。

㉑戮力：并力。安家：使家室安宁，家业兴旺。

㉒洽：普遍。

㉓狱：指讼事、刑罚等。

㉔大命：最重要的事。

㉕属：续接。

㉖“与其”二句：《左传·襄公二十六年》引《夏书》有此二句，盖即此文所本。伪古文《尚书·大禹谟》亦有之。不辜，无罪之人。不经，不守成法。

㉗刻：苛刻。

㉘流离：犹淋漓。

㉙大辟：死刑。

㉚棰楚：刑杖。

㉛饰辞：编造假话，谓屈打成招。视：告。

㉜利其然：认为犯人屈打成招对己有利。

㉝指道：引导。

㉞上奏畏却：上奏之时，害怕被驳回。

㉟锻练：罗织罪状。练，"炼"的假借字。周内：周密而无遗漏。内，同"纳"。

㊱奏当：向皇帝上奏处罪意见。

㊲咎繇：亦作"皋陶"，相传为舜时法官，以公正著称。

㊳成练者：即参与罗织罪名的官吏。成练，成其锻练之辞。

㊴文致：文饰而造成。

㊵深刻：严酷苛刻。

㊶残贼：残害。亡极：无休无止。亡，通"无"。

㊷愉(tōu)：通"偷"，苟且。

㊸"画地"四句：谓在地上画出牢狱，人们也不愿进入；用木头刻为狱吏，也一定不愿受他审讯。议，拟。期，必。

㊹乌鸢(yuān)：乌鸦和鹰。

㊺"山薮"四句：语出《左传·宣公十五年》。薮，大泽。瑾、瑜，美玉。恶，瑕疵。垢，耻辱。

杨　恽

报孙会宗书①

恽材朽行秽，文质无所底②，幸赖先人余业③，得备宿卫④。遭遇时变⑤，以获爵位⑥，终非其任，卒与祸会⑦。足下哀其愚蒙⑧，赐书教督⑨以所不及，殷勤甚厚。然窃恨足下不深惟⑩其终始，而猥随俗之毁誉也⑪。言鄙陋之愚心，则若逆指而文过⑫；默而息乎，恐违孔氏"各言尔志"之义⑬。故敢略陈其愚，惟⑭君子察焉！

恽家方隆盛时，乘朱轮⑮者十人，位在列卿⑯，爵为通侯⑰，总领从官⑱，与⑲闻政事。曾不能以此时有所建明，以宣德化，又不能与群僚同心并力，陪辅朝廷之遗忘⑳，已负窃位素飡㉑之责久矣。怀禄㉒贪势，不能自退，遭遇变故，横被口语㉓，身幽北阙，妻子满狱。当此之时，自以夷灭不足以塞责，岂意得全其首领，复奉先人之丘墓乎？伏惟㉕圣主之恩不可胜量。君子游道㉖，乐以忘忧；小人全躯，说㉗以忘罪。窃自思念，过已大矣，行已亏矣，长为农夫以没世矣。是故身率妻子，戮力耕桑，灌园治产，以给公上㉘，不意当复用此为讥议也。

夫人情所不能止者，圣人弗禁，故君父至尊亲㉙，送其终也，有时而既㉚。臣之得罪已三年矣。田家作苦，岁时伏腊㉛，烹羊炰羔㉜，斗酒自劳㉝。家本秦也，能为㉞秦声。妇赵女也，雅㉟善鼓瑟。奴婢歌者数人，酒后耳热，仰天拊缶而呼呜呜㊱。其诗曰："田㊲彼南山，芜秽不治，种一顷豆，落而为萁㊳。人生行乐耳，须㊴富贵何时！"是日也，拂衣而喜，奋袖低昂，顿足起舞，诚淫荒无度，不知其不可也。恽幸有余禄，方籴贱贩贵㊵，逐什一㊶之利，此贾竖㊷之事，污辱之处，恽亲行之。下流之人，众毁所归，不寒而栗。虽雅知恽者，犹随风而靡㊸，尚何称誉之有！董生㊹不云乎："明明求仁义，常恐不能化民者，卿大夫之意也；明明求财利，常恐困乏者，庶人之事也㊺。"故道不同不相为谋㊻。今子尚安得以卿大夫之制而责仆哉㊼！

夫西河㊽魏土，文侯㊾所兴，有段干木、田子方之遗风㊿，漂然[51]皆有节概，知去就之分。顷者[52]，足下离旧土，临安定[53]。安定山谷之间，昆戎[54]旧壤，子弟贪鄙，岂习俗之移人[55]哉？于今乃睹子之志矣。方当盛汉之隆[56]，愿勉旃[57]，毋多谈。

【注释】

①杨恽：字子幼，西汉华阴（今属山西）人。西汉文学家、史学家司马迁的外孙。为官廉洁无私，秉公执法，为太仆戴长乐所谗，废为庶人。此时，不明就里的友人孙会宗来信指责他。杨恽悲愤难消，冤苦无告，愤然捉笔，回信自辩

②文质：文采和实质。底(zhǐ)：致，达到，取得。

③先人：祖辈、父辈。此指亡父杨敞。余业：遗留的业绩。

④备：充任。宿卫：在宫廷值宿侍卫。

⑤时变：时局变故。此指霍氏集团谋反事。杨恽因告发有功，封为平通侯，迁升中郎将。

⑥爵位：爵号和职位。

⑦卒：终于。与：遭遇。祸会：祸机。这里指杨恽因太仆戴长乐诬告被废为庶人之祸。

⑧愚蒙：愚蠢，蒙昧。

⑨教督：教育，督导。

⑩惟：思考。

⑪猥：随便地。毁誉：偏义复词，偏指毁，即中伤，说坏话。

⑫逆指：违背旨意。文(wèn)过：掩饰自己的过错。

⑬孔氏：指孔子。各言尔志：语见《论语·公冶长》。

⑭惟：希望。

⑮朱轮：用朱红漆成的轮，指古代高官所乘的车。汉制，公卿列侯及食二千石以上的显贵，才能乘坐朱轮。

⑯列卿：指官位列在九卿之中。

⑰通侯：爵位名。原名彻侯，后讳汉武帝名，改称通侯。汉制，异姓功臣封侯为通侯，刘姓子弟封侯为诸侯。

⑱从官：指皇帝的侍从官。

⑲与：参预。

⑳陪辅：辅佐，协助。遗忘：指朝廷疏漏之事。

㉑窃位素飡：窃位，窃居官位而不尽职。素飡，白吃官禄而不出力。飡，同“飧”。

㉒怀禄：留恋官禄。

㉓横被口语：横遭流言飞语。

㉔幽：囚禁。北阙：古代宫殿北面的门楼。大臣奏事或谒见都在此待命。

㉕伏惟：伏在地上想。

㉖游道：游学道艺。

㉗说：同“悦”。

㉘给公上：向主人交纳赋税。给，缴纳赋税。

㉙至尊亲：即至尊至亲，古代君主为至尊，父为至亲。

㉚既：完毕。

㉛伏腊：即盛夏伏日、严冬腊日，古时的两个节日，民间常举行祭祀和宴会。

㉜炰(páo)羔：用泥草等物将羔包住，放到火中煨烤。

㉝自劳：自我慰劳。

㉞为：作，唱。

㉟雅：一向，向来。

㊱拊：同“抚”，敲，拍打。缶(fǒu)：日用瓦器，秦人用作打击乐器。呜呜：歌唱声。

㊲田：耕种，这里用作动词。

㊳萁：豆茎，豆秸。

㊴须：等待。

㊵方：乃。籴(dí)贱贩贵：买进便宜的(货物)再以高价卖出。

㊶什一：十分之一。

㊷贾贤：商贾小子，对商人的蔑称。

㊸靡(mǐ)：倒下。

㊹董生：董仲舒，景帝、武帝时的大儒。

㊺"明明"六句：明明，犹黾黾，勉力。此数句引自董仲舒《对贤良策三》。

㊻道：所走的道路，这里指志向。为谋：出主意。

㊼制：准则，规格。责：要求。

㊽西河：战国魏地的一个郡名，为魏文侯所建，辖境在今河南安阳市一带。

㊾文侯：赵、魏、韩三国分晋时建立魏国的君主，姓魏名斯。

㊿段干木：魏国贤者，魏文侯请他为相，他却乐道不仕，于是魏文侯以客礼相待，尊他为师。田子方：魏国贤士，魏文侯的师友，文侯非常赞赏他，称他为"仁人"。

51漂然：高然貌。

52顷者：前不久。

53安定：汉郡名，在今宁夏固原县，当时孙会宗任安定郡守。

54昆戎：西戎，商、周时我国西北部的一个少数民族部落。

55移人：改变人的志向、性情。

56方：正。隆：兴旺。

57旃(zhān)：这里为"之焉"的合音。

张敞

与朱邑荐士书①

明主游心太古②，广延茂士③，此诚忠臣竭思之时也。直敞远守剧郡④，驭于绳墨⑤，胸臆约结⑥，固亡奇⑦也。虽有，亦安所施⑧？足下以清明之德，掌周稷⑨之业，犹饥者甘糟糠⑩，穰岁余粱肉⑪，何则？有亡之势异也。昔陈平⑫虽贤，得魏倩而后进⑬；韩信虽奇⑭，赖萧何而后信⑮。故事各达其时之英俊⑯。若必伊尹、吕望而后荐之⑰，则此人不因足下⑱而进矣。

【注释】

①张敞：字子高，西汉河东平阳（今山西临汾市西南）人。汉宣帝时任太中大夫、山阳（今河南焦作市东）太守、胶东（今山东平度市东）相、京兆尹等。本文是张敞做胶东相时给当时大司农朱邑的一封信。

②明主：指汉安帝。游心：留心。太古：远古，这里指远古的明君圣主。

③广延：广泛地延请。茂士：优秀士人。

④直：但是。剧郡：灾祸严重的郡。

⑤驭于绳墨：受法度的限制。驭，驾驭、控制。绳墨，规矩、法度。

⑥胸臆约结：志向受到束缚。胸臆，心怀、志趣。

⑦亡奇：没有奇特的地方。亡，通“无”，没有。

⑧虽：即使。施：施展。

⑨周稷：指农业，此时朱邑任大司农，掌管农业。

⑩甘糟糠：把糟糠当做美味。

⑪穰岁：丰收之年。粱肉：美食佳肴。

⑫陈平：秦末汉初时阳武（今河南原阳县东南）人，初随项羽，后辅佐刘邦，多谋略，曾任左、右丞相。

⑬魏倩：字无知，刘邦部属。进：做官。

⑭韩信：淮阴（今江苏清江市南）人，初从项羽，不被重用，后投奔刘邦，拜为大将军。韩信率汉军攻魏，灭赵、燕、楚国，逼死项羽，封为楚王。后被人告发谋反，降为淮阴侯，被吕后杀死。

⑮萧何：沛（今江苏沛县）人，为刘邦重臣，辅佐刘邦建立了汉朝。信：被信任。

⑯故事：过去的事情。达：使……显达。

⑰伊尹：名挚，商汤大臣，辅佐商汤灭亡了夏桀。吕望：姜姓，名望，号“太公望”。周文王时为师，被周武王尊为尚父，辅佐武王消灭了殷朝，封于齐。

⑱足下：古代对对方的尊称。

贾捐之

与友人书①

大丈夫以凌云之气②,而俯首书案之间,午夜一灯,辰窗万字③,盖将学为有用之文④,以歌太平、颂中兴,否亦策治安、演丝纶耳⑤。岂肯为此沾沾⑥,徒作酸文⑦耶!虚辱君命,戏笔横斜⑧。

【注释】

①贾捐之:字君房,洛阳(今属河南)人。著名文学家贾谊的曾孙。汉元帝时上书谈论得失,召他待诏金马门。后与长安令杨兴密谋升迁,事情泄露后,被斩。在这封《与友人书》中,贾捐之提出了"文以致用"的写作原则。

②凌云之气:超出云霄的志气。

③辰窗万字:晨光照明窗户时,就写出十万字。辰,通"晨"。

④盖:语气词,又表示后面一句话是前面句子的原因。学为:学习作。

⑤否:不然。策治安:谋划政治清明、国家安定。演丝纶(lún):书写诏书。演,推广、发挥。丝纶,指帝王诏书。

⑥沾沾:沾沾自喜。

⑦酸文:空洞抒发个人感情的无用之文。

⑧戏笔横斜:随便写一些无绪的话。横斜,比喻文章内容的零乱。

刘 向

戒子歆书①

告歆无忽②:若未有异德③,蒙恩甚厚,将何以报?董生④有云:"吊者⑤在门,贺者在闾⑥。"言有忧则恐惧敬事⑦,敬事则必有善功,而福至也。又曰:"贺者在门,吊者在闾。"言受福则骄奢,骄奢则祸至,故吊随而来。齐顷公⑧之始,藉⑨霸者之余威,轻侮诸侯跂蹇之容,故被鞍之祸,遁服而亡⑩。所谓"贺者在门,吊者在闾"也。兵败师破,人皆吊之。恐惧自新,百姓爱之,诸侯皆归其所夺邑⑪,所谓"吊者在门,贺者在闾"也。今若年少,得黄门侍郎⑫,要显处⑬也。新拜⑭皆谢,贵人叩头,谨战战栗栗,乃可必免⑮。

【注释】

①刘向:本名更生,字子政,西汉沛(今江苏沛县)人。著名经学家、目录学家。曾任谏议大夫、中垒校尉。其子刘歆,字子骏,经学家、目录学家,王莽建立新政权后,尊他为国师。后来刘歆参与谋杀王莽,事情败露,自杀。

②无忽:不要忽视。无,通"勿",不要。

③若:你。异德:特别的功德

④董生:董仲舒,广川(今河北枣强县)人,汉代著名经学家,主张罢黜百家,独尊儒术。

⑤吊者:慰问的人。

⑥闾(lǘ):里巷的门。

⑦敬事:谨慎地对待事情。

⑧齐顷公:春秋时齐国国君,春秋五霸之一齐桓公的后代。

⑨藉:凭借。

⑩"轻侮"三句:齐顷公六年(前593),晋派郤(xì)克出使齐国,齐国太夫人笑郤克是跛子。两年后,晋兵伐齐;又过了两年(前589),齐军伐鲁、卫二国,晋派郤克率军与齐军战于鞍(今山东济南市郊),大败齐军,齐顷公扮作护卫才幸免被俘。跂蹇(jiǎn),跛脚。被,遭受。遁服,改换服装。

⑪邑:城镇。

⑫黄门侍郎:一种没有定员的散官,在宫中可经常与皇帝在一起。

⑬要显处:显要的职位。

⑭新拜:新任职的人。

⑮乃:才。必免:一定免于灾祸。

王　嫱

报元帝书①

臣妾幸得备员禁娈②，谓身依日月③，死有余芳，而失意丹青④，远窜异域，诚得捐躯报主，何敢自怜！独惜国家黜陟⑤，移于贱工⑥，南望汉关⑦，徒增怆结耳⑧！有父有弟，惟陛下幸少⑨怜之。

【注释】

①王嫱：汉元帝时宫人，字昭君，秭归（今属湖北）人。元帝时，匈奴单于呼韩邪入朝求美人作阏（yān）氏（匈奴单于的妻妾），元帝将王嫱嫁给了他，以结和亲。王嫱身穿胡服，骑马出塞，最后死于匈奴。

②备员禁娈（luán）：在宫廷中充当一名宫人。禁，宫廷，内宫。

③谓：认为。日月：这里指皇帝、皇后

④失意丹青：不满意（她的）画像。指画师没有画出王嫱的美貌，元帝看过画像后，将她嫁给了匈奴单于。丹青，绘画用的丹砂和青雘（hù）两种颜料，这里指画的肖像。

⑤黜陟：降低和升迁。

⑥贱工：低贱的工匠，指画师。

⑦汉关：汉朝的关隘。

⑧徒：空，白白地。怆（chuàng）结：悲伤的情结。

⑨少：稍稍。

窦玄妻

与夫窦玄别书①

弃妻斥女②,敬白窦生:卑贱鄙陋,不如贵人③。妾日已远,彼日已亲。何所告诉④?仰呼苍天。悲哉窦生!衣不厌新,人不厌故。悲不可忍,怨不自去。彼独何人,而居我处!

【注释】

①西汉人窦玄被皇帝招为驸马,休掉妻子,其妻悲苦无告,给窦玄写下了这封血泪交加的诀别书。

②弃妻斥女:被抛弃的妻子,被斥逐的女子。此系作者自称。

③贵人:指新嫁窦玄的汉家公主。

④告诉:控告申诉,犹言喊冤。

刘 秀

与子陵书①

古大有为之君②，必有不召之臣③。朕何敢臣子陵哉④！惟此鸿业⑤，若涉春冰⑥，譬之疮痏⑦，须杖而行。若绮里不少高皇⑧，奈何⑨子陵少朕也！箕出颍水之风⑩，非朕之所敢望。

【注释】

①刘秀：即汉光武帝，字文叔，汉高祖刘邦第九世孙。他于王莽末年起兵推翻新朝，恢复了刘氏政权，史称"东汉"。刘秀即位后，加强中央政权，推行了一系列发展经济的措施，增强了国力，历史上称他为"中兴之主"。子陵：严光，字子陵，会稽余姚（今浙江余姚）人。少时与光武帝同学。刘秀即位后，屡次请他入朝为官，严光终不肯。这是汉光武帝刘秀给严光的信，其意仍是请严光入朝。

②古大有为之君：古代很有作为的君王。

③不召之臣：不从征召的臣民。

④朕：秦以后帝王的自称。臣子陵：把子陵作为臣下。

⑤鸿业：大业。此指治理国家。

⑥若涉春冰：好像在春天的薄冰上行走。

⑦疮痏（wěi）：疮伤。

⑧绮里：绮里季，秦末隐居商山（今陕西商县东南）中，汉高祖命太子请他入朝为客。少：轻视。高皇：指汉高祖。

⑨奈何：如何，为什么。

⑩箕山颍水之风：指隐居的生活。晋皇甫谧《高士传·许由》："尧让天下于许由，……由于是遁耕于中岳颍水之阳、箕山之下。……尧又召为九州长，由不欲闻之，洗耳于颍水之滨。"

戒侯霸书①

君房足下:致位台鼎②,甚善。怀仁辅义③天下悦,阿谀顺旨要领绝④。

【注释】

①侯霸:字君房,河南密(今河南密县东南)人。西汉末任太子舍人。王莽时任淮平大尹,有治理才能。刘秀即位后,拜他为尚书令、大司徒,封关内侯。严光和侯霸旧相熟识,侯霸升任尚书令,严光写这封信给他作为警戒。

②致位台鼎:官职到达尚书令。台鼎,即台阁、尚书台,东汉时掌握国家的实际权力。

③怀仁辅义:心怀仁爱,辅佐正义。

④顺旨:迎合君主的意思。要(yāo)领绝:指灭亡。要,即“腰”。领,颈。

马　援

诫兄子严敦书①

吾欲汝曹②闻人过失，如闻父母之名，耳可得闻，口不可得言也。好议论人短长，妄是非正法③，此吾所大恶也，宁死不愿闻子孙有此行也。汝曹知吾恶之甚矣，所以复言者，施衿结缡④，申父母之戒，欲使汝曹不忘之耳。

龙伯高⑤敦厚周慎，口无择言⑥，谦约节俭，廉公有威，吾爱之重之，愿汝曹效之。杜季良⑦豪侠好义，忧人之忧，乐人之乐，清浊无所失⑧，父丧致客，数郡毕至，吾爱之重之，不愿汝曹效也。效伯高不得，犹为谨敕之士，所谓刻鹄不成尚类鹜者也⑨。效季良不得，陷为天下轻薄子，所谓画虎不成反类狗者也。讫今季良尚未可知，郡将下车辄切齿⑩，州郡以为言⑪，吾常为寒心⑫，是以不愿子孙效也。

【注释】

①马援：字文渊，东汉初扶风茂陵（今陕西兴平县东北）人。光武帝刘秀时的名将，曾被封为伏波将军、新息侯。据《后汉书》本传载，援兄马余之子马严、马敦“并喜讥议，而通轻侠客”，时马援正出征交趾（今五岭以南地区），便写了此信进行训诫。

②汝曹：汝辈。曹，辈。

③是非正法：指议论时政。正，通“政”。

④施衿（jīn）结缡（lí）：指女子出嫁时装束打扮。古时女子出嫁，父母亲自为其施衿结缡，申其训诫。衿，佩带。缡，佩巾。

⑤龙伯高：名述，东汉京兆人，时为山都（今湖北襄阳市西北）长。

⑥择言：区别不同的说法。择，区分，辨别。

⑦杜季良：名保，东汉京兆人，时为越骑司马。

⑧清浊无所失：谓善恶皆与之交。清浊，善恶，即好人、坏人。

⑨鹄（hú）：天鹅。鹜（wù）：野鸭。

⑩郡将：郡守，地方长官。下车：始到任。切齿：恨得咬牙。

⑪州郡以为言：乡里中也有许多关于季良的舆论。

⑫寒心：担心。这里指因季良处境并不好而担心。

朱浮

为幽州牧与彭宠书①

盖闻知者顺时而谋②,愚者逆理而动。常窃悲京城太叔③,以不知足而无贤辅④,卒自弃于郑也⑤。伯通以名字典郡⑥,有佐命⑦之功,临人亲职⑧,爱惜仓库⑨;而浮秉征伐之任⑩,欲权⑪时救急,二者皆为国耳。即疑浮相谮⑫,何不诣阙自陈⑬,而为灭族之计⑭乎?

朝廷之于伯通,恩亦厚矣,委以大郡,任以威武⑮,事有柱石之寄,情同子孙之亲。匹夫媵⑯母,尚能致命一餐⑰,岂有身带三绶⑱,职典大邦⑲,而不顾恩义,生心外畔者乎?伯通与吏人语,何以为颜?行步拜起,何以为容?坐卧念之,何以为心?引镜窥影,何以施眉目?举措建功⑳,何以为人?惜乎!弃休令之嘉名㉑,造枭鸱㉒之逆谋;捐传世之庆祚㉓,招破败㉔之重灾。高论尧舜之道,不忍桀之性。生为世笑,死为愚鬼,不亦哀乎!

伯通与耿侠游㉕俱起佐命,同被㉖国恩。侠游谦让,屡有降挹㉗之言;而伯通自伐㉘,以为功高天下。往时辽东有豕,生子白头,异㉙而献之。行至河东,见群豕皆白,怀惭惭而还。若以子之功,论㉚于朝廷,则为辽东豕也。今乃愚妄,自比六国㉛。六国之时,其势各盛,廓土数千里,胜兵将百万,故能据国相持,多历年世。今天下几里?列郡几城?奈何以区区渔阳而结怨天子?此犹河滨㉜之人,捧土以塞孟津㉝,多见其不知量也。

方今天下适定,海内㉞愿安,士无贤不肖㉟,皆乐立名于世。而伯通独中风狂走㊱,自捐㊲盛时,内听骄妇之失计,外信谗邪㊳之谀言,长为群后恶法㊴,永为功臣鉴戒,岂不误哉!定海内者㊵无私仇,勿以前事㊶自误。愿留意㊷顾老母幼弟。凡举事,无为亲厚者所痛,而为见仇者所快㊸。

【注释】

①朱浮:字叔元,沛国萧(今安徽萧县)人。初从光武帝为大司马主簿,后为大将军幽州牧,官至大司空。此是作者任幽州牧时写给他的属下渔阳太守彭宠的一封劝谕信。信中严厉地斥责了彭宠恃功倨傲、拥兵自重、意欲反叛的行径,谆谆劝诫彭宠悬崖勒马,迷途知返。写得大气磅礴、词锋犀利,向被称为声讨檄文之名篇。

②知:同"智"。时:形势,潮流。谋:策划,谋事

③京城太叔:春秋郑庄公之弟共叔段,为母所宠,封于京(在今河南荥阳县境),故称"京城太

叔”，因密谋篡权夺位而为庄公所败，共叔段被逐而逃亡。

④贤辅：贤明有德的助手。

⑤卒：终于。自弃：自绝。

⑥伯通：彭宠的字。名字：很高的名声。典：掌管。郡：汉代行政区划，州以下设郡。彭宠任渔阳郡(今河北东北部的长城以内地区)太守，属幽州牧管辖。

⑦佐命：辅佐真命天子定天下。指彭宠以渔阳郡归顺汉光武帝刘秀，并为刘秀打败王郎提供兵粮。

⑧临人：即临民，管理百姓。唐代因避太宗李世民讳，将古书中“民”改作“人”，后世仍沿用。亲职：管理郡政。

⑨爱惜仓库：指彭宠不肯供给朱浮为笼络人心而安排王莽时代的上流人物所需的钱粮。“爱惜”一词，实际上是责备彭宠抗命的委婉说法。

⑩秉：掌管。征伐之任：汉代州牧掌管一州的军政大权，有讨定属地的责任。

⑪权：权宜。

⑫谮(zèn)：暗害。朱浮因彭宠不听其调遣，而产生过隙，向光武帝刘秀密奏彭宠的罪状。彭宠仇恨朱浮，因而起兵攻打朱浮，遂被定为谋反。“疑”字是朱浮自我掩饰之词。

⑬诣阙自陈：到朝廷去亲自申诉。诣，往，到。阙，宫阙，指朝廷。

⑭灭族之计：指叛乱谋反。古代犯叛乱谋反罪，定罪极重，连亲属族人都要被杀。

⑮威武：指威风显著的武官职衔。彭宠曾被授大将军的称号。

⑯媵(yìng)：陪嫁的婢女。此处泛指一般贫女。

⑰致命一餐：因一顿饭之恩而以生命相报。

⑱绶：古代系官印的丝带。彭宠归顺后刘秀委以渔阳太守之职，封建忠侯，授大将军衔，故说三绶。

⑲典：掌管。大邦：指渔阳郡。

⑳举措：行事。建功：指办理政务。

㉑休、令、嘉：均是美的意思。

㉒枭鸱(xiāo chī)：凶恶之鸟，相传此鸟长大食其母。在此比喻反叛忘恩。

㉓捐：放弃，丢弃。庆祚：福泽。

㉔破败：破家灭族。

㉕耿侠游：即耿况，字侠游。与彭宠合谋归顺光武帝，亦被封为大将军，任太守职。

㉖被：蒙受。

㉗降挹：谦卑退让。

㉘自伐：自我炫耀，自负其能。

㉙异：稀罕，特别。

㉚论：比较，衡量。

㉛六国：战国时期的齐、燕、赵、韩、魏、楚等国。自比六国，言彭宠欲割据一方，自立为王。后彭宠果然自立为燕王而谋反。

㉜河滨：河边。这时指黄河边。

㉝孟津：在今河南孟县，古代为黄河重要渡口。此指黄河。

㉞海内：全国。

㉟无贤不肖：无论有才能还是才能不高的。无，无论。不肖，不贤，指才能不高。

㊱中(zhòng)风狂走:形容神经错乱,举止反常。

㊲自捐:自弃。

㊳谗邪:谗佞之人,指渔阳群吏。光武帝于建武二年(26)召彭宠进京,彭宠怀疑光武帝会因朱浮密奏而加害于己,故其妻与群吏均劝彭宠拒绝前住。

㊴长:永远。群后:指各地州郡长官。恶法:坏榜样。

㊵定海内者:指皇帝。

㊶前事:指作者与彭宠以前的争执。

㊷留意:着想,关心。

㊸亲厚:亲戚朋友。痛:痛心,伤心。见仇:敌对者,敌人。此两句即是成语"亲痛仇快"的出处。

刘 炟

赐东平王苍及琅邪王京书①

中大夫奉使亲闻动静②，嘉之何已③。岁月惊过④，山陵浸远⑤，孤心凄怆，如何如何！闲飨卫士于南宫⑥，因阅视旧时衣物，闻于师曰：其物存，其人亡，不言哀而哀自至，信⑦矣。惟王孝友之德，亦岂不然。今送光烈皇后假紒帛巾各一⑧，及衣一箧⑨，可时奉瞻⑩，以慰凯风寒泉之思⑪，又欲令后生子孙，得见先后衣服之制。今鲁国孔氏尚有仲尼车舆冠履⑫，明德盛者，先灵远也。其光武皇帝器服，中元二年已赋诸国⑬，故不复送。并遗宛马一匹⑭，血从前髆⑮上小孔中出，常闻武帝歌天马沾赤汗⑯，今亲见其然也。顷反虏尚屯⑰，将帅在外，忧念遑遑，未有闲宁⑱。愿王宝精神，加供养。苦言至戒⑲，望之如渴。

【注释】

①刘炟（dá）是汉光武帝之孙，汉明帝之子，即汉章帝。东平王苍、琅邪王京：均为汉光武帝之子。

②动静：指刘苍和刘京在所封国内的言行。

③何已：何止，不止。

④惊过：过得很快，让人吃惊。

⑤山陵浸远：指死去的光武帝距今渐渐久远了。山陵，古代称帝王死为山陵崩。浸，逐渐。

⑥飨（xiǎng）：用酒食款待。南宫：即尚书省。

⑦信：确实。

⑧光烈皇后：即阴丽华，南阳新野（今河南新野）人，生刘庄（汉明帝）。假紒（jì）：假发髻。帛巾：丝质手巾。

⑨箧（qiè）：小箱子。

⑩时：经常。奉瞻：瞻仰。

⑪凯风寒泉之思：对母亲的思念。《诗经·邶风·凯风》："爰有寒泉，在浚之下。有子七人，母氏劳苦。"

⑫仲尼：孔丘。履：鞋。

⑬中元二年：即公元57年。这一年，汉光武帝卒。中元，刘秀的年号。赋诸国：把它交给了各国。

⑭遗（wèi）：赠送。宛马：大宛马。

⑮髆（bó）：肩。

⑯武帝歌天马沾赤汗：贰师将军李广利杀大宛王，献给武帝汗血马，武帝作《西极天马之歌》。

⑰顷：近来。反虏尚屯：叛军还未平定。虏，对敌人的蔑称。屯，聚集。

⑱间宁：片刻宁静。间，间隙，指短时间。

⑲苦言：逆耳的、不好听的话。至：最。戒：警戒。

孔　僖

自讼书①

臣之愚意以为：诽谤者，谓实无此事而虚加诬之也。至如孝武皇帝②，政之美恶③，显在汉史④，坦如日月⑤，是为直说，书传实事，非虚谤也。夫帝者为善，则天下之善咸⑥归焉；其不善，则天下之恶亦萃⑦焉。斯皆有以致之⑧，固不可以诛⑨于人也。且陛下即位以来，政教未过⑩，而德泽⑪有加，天下所具⑫也，臣等独⑬何讥刺哉！假使所非实是⑭，则固应悛改⑮，傥其不当，亦宜含容⑯，又何罪焉⑰？陛下不推原大数⑱，深自为计⑲，徒肆⑳私忿，以快㉑己意。臣等受戮，死即死耳，顾㉒天下之人，必回视易虑㉓，以此事窥陛下心。自今以后苟见不可之事㉔，终莫复言者矣㉕。臣之所以不爱其死㉖，犹敢极言㉗者，诚㉘为陛下深惜此大业。陛下若不自惜，则臣何赖㉙焉！齐桓公亲扬其先君之恶以唱管仲㉚，然后群臣得尽其心。今陛下乃欲以十世之武帝远讳实事㉛，岂不与桓公异哉？臣恐有司卒然见构㉜，衔恨蒙枉㉝，不得自叙，使后世论者擅以陛下有所方比㉞，宁可复使子孙追掩之㉟乎？谨诣阙伏待重诛㊱。

【注释】

①孔僖：字仲和，鲁（今山东曲阜）人。汉章帝时，为兰台令史、郎中等职。孔僖未做官前，与友人崔骃读《春秋》、论时事，被人诬告他诽谤汉武帝，讥讽时政，孔僖给章帝写了此信以自白。章帝看后，没有加罪于他，反拜他为兰台令史。

②孝武皇帝：即汉武帝，孝武是他的谥号。

③美恶：这里指治理政务的好坏得失。

④显在汉史：在汉朝的历史上是很显明的。

⑤坦如日月：像日月一样显露。

⑥咸：全都。

⑦萃：集聚。

⑧斯皆有以致之：这都是有原因导致的。斯，这，这些。

⑨诛：责罚。

⑩未过：没有过失。

⑪德泽：恩德，恩惠。

⑫天下所具：普天之下都具备了。

⑬独：独自。

⑭所非实是：批评真是正确的。
⑮固应悛(quān)改：本来应该改正。悛，改。
⑯宜：应当。含容：包涵。
⑰罪焉：怪罪他们。焉，代词，他们。
⑱推原大数：追究国家大政的本原。推原，追究本原。大数，大局。
⑲深自为计：自己深入地考虑。为计，考虑。
⑳肆：放纵。
㉑快：痛快。
㉒顾：不过，但是。
㉓回视：回过头去看。易虑：作不同的考虑。
㉔苟：如果。不可：不合宜，不正确。
㉕莫：没有。复：再。
㉖所以：表示原因。爱：吝惜。
㉗极言：尽情说出。
㉘诚：确实。
㉙赖：依赖。
㉚齐桓公：名小白，即位后依靠管仲(字夷吾)改革政治，富国强兵，建立了霸业。扬：宣扬。先君：指齐桓公的父亲齐襄公。唱管仲：为管仲谈论齐国政治带头。唱，带头。
㉛乃：竟然。以十世之武帝：因为十代以前的汉武帝。讳：隐讳。
㉜有司：官吏。见构：把诽谤的罪名加在孔僖身上。见，句首语气词，无意义。
㉝衔恨：心怀遗憾。恨，遗憾。蒙枉：蒙受冤枉。
㉞后世论者：后代评论的人。擅：擅自。以：用，拿。方比：比较。
㉟追掩之：为前代国君掩饰。
㊱谨：小心。表示对对方的尊敬。诣阙：到朝廷去。重诛：严厉的责罚。

吴　苍

遗矫慎书①

仲彦足下，勤处隐约②，虽乘云行泥③，栖宿④不同，每有西风⑤，何尝不叹！盖闻黄老之言⑥，乘虚入冥⑦，藏身远遁⑧，亦有理国养人⑨，施于有政⑩。至如登山绝迹，神不著⑪其证，人不睹其验⑫，吾欲先生从其可⑬者，于意何如？昔伊尹⑭不怀道以待尧舜之君，方今明明⑮，四海开辟⑯，巢许无为箕山⑰，夷齐悔入首阳。足下审能骑龙弄凤⑱、翔嬉⑲云间者，亦非狐兔燕雀⑳所敢谋也。

【注释】

①吴苍：汝南（今属河南）人，十分看重矫慎的才名，写这封信劝矫慎出山参与国政。矫慎：字仲彦，扶风茂陵（今陕西咸阳市西）人，自幼喜好道家学说，隐居山林，当时享有很高的名声，但终身不参与政事。

②勤：苦。隐约：穷困。

③乘云：指矫慎的隐居生活。行泥：行走在泥途中，指自己在世俗社会中。

④栖宿：住宿，指所处的环境。

⑤西风：矫慎住在吴苍西面，所以说从西边刮来的风。

⑥盖：句首语气词。黄老之言：指道家的学说。黄指黄帝，老指老子，古代把他们看作道家的始祖。

⑦乘虚：驾驭虚无（按庄子的说法，驾驭六气的变化）。冥：深远的地方。

⑧遁：隐藏。

⑨理：治理。人：人民。

⑩施于有政：把自己的才能给予有德政的社会。

⑪著：显示。

⑫睹：看见。验：验证。

⑬可：合宜。

⑭伊尹：商汤重臣。汤死后，太甲即位，不遵守汤制定的法令，伊尹将他流放到桐宫，自己代理国政。

⑮明明：政治清明。

⑯开辟：开拓。

⑰巢许：巢父、许由。巢父是尧时的隐士，筑巢而居，人称他为巢父。许由也是尧时的隐士，

尧要将天下让给他，他不接受，隐居在箕山。箕山：指隐居。

⑱审：确实。骑龙弄凤：指得道成仙。

⑲嬉（xī）：玩耍。

⑳狐兔燕雀：指志向低下的人，这是吴苍自谦的说法。

李固

与弟圄书①

固年五十七②，鬓发已白，所为容身③而游，满腹而去，周观天下，但未见益州④耳！昔严夫子⑤尝言：经有五⑥，涉⑦其四；州有九⑧，游其八。欲类⑨此子矣。

【注释】

①李固：字子坚，东汉汉中南郑（今陕西南郑县北）人，曾任荆州（今湖北、湖南一带）刺史、大司农、太尉等职，后被大将军梁冀陷害处死。圄：李固弟，生平事迹不详。

②固年五十七：据《后汉书·李固传》，李固被杀时为五十四岁，此处疑有误。

③容身：安身。

④益州：包括今四川东部、云南及贵州。

⑤严夫子：严忌，会稽（今浙江绍兴）人，汉武帝时名臣严助之父。

⑥经有五：汉代儒家的五部经典：《诗经》、《尚书》、《易经》、《春秋》、《仪礼》。

⑦涉：涉猎。

⑧州有九：传说中上古时期我国中原的行政区，据《尚书·禹贡》记载，是冀州、兖州、青州、徐州、扬州、荆州、豫州、梁州、雍州。

⑨类：仿效。

遗黄琼书①

闻已度伊、洛②，近在万岁亭③，岂即事有渐④，将顺王命乎？盖君子谓"伯夷隘，柳下惠不恭"⑤，故传⑥曰："不夷不惠，可否之间⑦。"盖圣贤居身之所珍也⑧。诚遂欲枕山栖谷⑨，拟迹巢、由⑩，斯⑪则可矣；若当辅政济民，今其时也。自生民以来⑫，善政少而乱俗多⑬，必待尧舜之君，此为志士终无时矣⑭。

常闻语⑮曰："峣峣者易缺，皎皎者易污⑯。"《阳春》之曲，和者必寡⑰；盛名之下，其实难副。近鲁阳樊君被征初至⑱，朝廷设坛席，犹待神明⑲。虽无大异⑳，而言行所守无缺;而毁谤布流、应时折减者㉑,岂非观听㉒望深,声名太盛乎?自顷征聘之士胡元安、薛孟尝、朱仲昭、顾季鸿等㉓,其功业皆无所采㉔,是故俗论皆言处士纯盗虚声㉕,愿先生弘此远谟㉖,令众人叹服,一雪㉗此言耳!

【注释】

①黄琼:字士英,江夏安陆(今属湖北)人,是东汉名臣黄香之子。初以父任为太子舍人,辞病不就。顺帝永建年间因公卿引荐,被朝廷征辟,黄琼被迫进京,却又在途中称病不进。朝臣李固久慕黄琼为人,便写了这封书信勉励黄琼出仕。

②度:同"渡"。伊、洛:伊水和洛水,均在东汉京都洛阳南面。

③万岁亭:在今河南登封县西北,相传汉武帝刘彻登临嵩山时,曾听到山上有三呼万岁声,因名。

④即事:面对当前的事件,此指朝廷征辟。渐:徐缓地进行。

⑤君子:指孟轲。"伯夷隘,柳下惠不恭":语出《孟子·公孙丑上》。伯夷是商代孤竹君之子,殷亡后,立声不食周粟,与其弟叔齐饿死在首阳山。隘,指心地褊狭。柳下惠,姓展名禽,春秋时鲁国人,曾做过鲁国的典狱官,据传他曾三次被罢官,但他都"降志辱身",始终不离鲁国。恭,庄重。

⑥传:为六经作注释的著作称为"传"。

⑦"不夷"二句:语出汉人扬雄《法言·渊骞》。夷、惠,即伯夷和柳下惠。可否之间,意思是不偏不倚,采取中庸态度。

⑧居身:立身。珍:珍重。

⑨诚:诚然。枕山栖谷:比喻隐居山泽。

⑩拟:模拟,模仿。迹:踪迹,此指立身行事。巢、由:巢父、许由,尧时的两个隐士。相传尧欲禅位给他们,二人不愿受禅,遁逃而去。

⑪斯:如此,这样。此指黄琼拒绝朝廷征召这件事。

⑫自生民以来:自从有人类社会以来。生民,人类。

⑬善政:清明的政治。乱俗:混乱的社会秩序。

⑭志士:伟人志士,指志在救世济俗的伟大人物。终:终古,永远。

⑮语:谚语,俚语。

⑯峣峣(yáo):高峻貌。缺:折断。皎皎:洁白貌。

⑰《阳春》:古代楚国的乐曲名,属于高雅的音乐。和(hè):唱和。宋玉《对楚王问》:"客有歌于郢中者,其始曰《下里》、《巴人》,国中属而和者数千人……其为《阳春》、《白雪》,国中属而和者不过数十人。"

⑱鲁阳:东汉县名,在今河南鲁山县。樊君:指东汉名士樊英。据史书记载,樊英隐于乡里,州郡和朝廷屡次征召,他都坚持不受。顺帝永建二年(127),朝廷征樊英至京都,但他硬是不肯朝见皇帝。人们只好用轿子将他抬到殿上,他也不肯跪拜。此事一时传为朝野佳话。

⑲设坛席:筑坛设席。犹:犹如,好像。此二句是说,朝廷专门筑坛安席,像对待神明一样尊重樊英,恩礼备至。

⑳大异:奇异的才能。

㉑布流:流布,传播。应时:立时。折减:下降。

㉒观听:指众人所闻见的樊英的种种事迹。

㉓顷：近来。胡元安、薛孟尝、朱仲昭、顾季鸿：此四人都是与樊英同时被征召的名士。

㉔功业：工作成绩。采：取，称道。

㉕是故：所以。俗论：世俗的议论。处士：居家不仕的读书人。纯：纯粹，专门。虚声：虚俘伪夸之名声。

㉖弘：恢弘、施展。远谟：高远的谋略和识见。

㉗雪：洗雪。

虞 诩

被劾自讼书①

法禁者，俗之堤防②；刑罚者，人之衔辔③。今州曰任④郡，郡曰任县，更相委远⑤，百姓怨穷⑥，以苟容为贤⑦，尽节⑧为愚。臣所发举，臧罪非一⑨，二府⑩恐为臣所奏，遂加诬罪。臣将从史鱼死⑪，即以尸谏⑫耳。

【注释】

①虞诩：字升卿，武平（今河南柘城南）人。汉顺帝永建元年（126），虞诩代司隶校尉，几个月中就举告了太傅、太尉、中常侍等几位大臣，引起众官不满，三公向顺帝告他拘捕无辜，因此虞诩上此书自辩，劾：弹劾，即检举官吏的过失。

②俗：民风。堤防：堤坝。防，河堤。

③衔辔：马嚼子和缰绳。

④任：信任。

⑤更相委远：官吏相互依托，一层一层延伸下去。

⑥怨穷：怨恨而又走投无路。

⑦以苟容为贤：把能苟且容身于世的人当做聪明人。

⑧尽节：尽力保全节操。

⑨臧罪：取不义之财的罪行。臧，后代写作“赃”。非一：不是一件。

⑩二府：指丞相和御史。

⑪从史鱼死：跟从史鱼而死。史鱼，春秋时卫国大夫，以敢于直谏著称。相传他死前劝谏卫灵公黜退弥子瑕，任用蘧（qú）伯玉。

⑫以尸谏：用死来进谏。

张 奂

戒兄子书①

汝曹薄祜②,早失贤父,财单艺尽③,今适喘息④。闻仲祉轻傲耆老⑤,侮狎同年⑥,极口恣意⑦。当崇长幼⑧,以礼自持⑨。闻敦煌⑩有人来,同声相道,皆称叔时⑪宽仁,闻之喜而且悲:喜叔时得美称,悲汝得恶论。《经》言:孔于乡党,恂恂如也⑫。恂恂者,恭谦之貌也。《经》难知⑬,且自以汝资⑭父为师,汝父宁轻乡里耶?年少多失,改之为贵。蘧伯玉⑮年五十,见四十九年非。但⑯能改之,不可不思吾言,不自克责⑰,反云:"张甲谤⑱我,李乙怨我,我是⑲无过"。尔亦已矣⑳!

【注释】

①张奂:字然明,酒泉(今属甘肃)人,汉桓帝时曾任议郎、安定属国都尉、使匈奴中郎将、武威太守、度辽将军等官,后被宦官利用,围逼大将军窦武自杀,张奂十分后悔,拒绝了对他的升迁和封侯。

②汝曹:你们。薄祜(hù):少福,指缺少父母的养育和爱护。祜,福。

③财单艺尽:能力单薄。财,通"才",才能。艺,技能,指谋生的本领。

④适:刚刚。喘息:喘过气来,指走出困境。

⑤仲祉(zhǐ):张奂兄长之子。耆(qí)老:老人。耆,老。

⑥侮狎(xiá):轻视,无礼。同年:汉代每年由州郡举孝廉一人,同时被举的人互称"同年"。

⑦极口:极力褒贬他人。恣意:任意。

⑧崇:尊崇。长幼:指儒家提倡的长幼有序。

⑨自持:约束自己。

⑩敦煌:今甘肃敦煌市,张奂原籍。

⑪叔时:仲祉的弟弟。

⑫"《经》言"三句:《经》指《论语》。《论语·乡党》:"孔子于乡党,恂恂如也。"乡党,周朝制度,五百家为一党,一万二千五百家为一乡。后世以"乡党"指乡里、家乡。

⑬知:懂。

⑭资:凭借。

⑮蘧(qú)伯玉:名瑗,春秋时卫国人,孔子的学生,自称自己五十岁,能知四十九年中的过失。

⑯但:只要。

⑰不自克责：不能自己责备自己。

⑱谤：毁谤。

⑲是：正确。

⑳尔亦已矣：你就无可救药了。已，完结。

徐　淑

答夫秦嘉书①

知屆珪璋②，应奉岁使③，策名④王府，观国之光⑤。虽失高素皓然之业⑥，亦是仲尼执鞭之操⑦也。

自初承问⑧，心愿东还，迫疾未宜，抱叹而已！日月已尽⑨，行有伴侣⑩。想严装⑪已办，发迈⑫在近。“谁谓宋远，企予望之⑬。”室迩人遐，我劳⑭如何！深谷逶迤，而君是涉；高山岩岩，而君是越。斯亦难矣！长路悠悠，而君是践；冰霜惨烈，而君是履。身非形影，何得动而辄俱；体非比目，何得同而不离？于是咏萱草⑮之喻，以消两家之思；割今者之恨，以待将来之欢。

今适乐土，优游京邑。观王都之壮丽，察天下之珍妙，得无目玩意移⑯，往而不能出⑰耶？

【注释】

①秦嘉：字士会，东汉诗人，世居陇西（今甘肃东南）。汉桓帝时，秦嘉曾因公将赴洛阳，当时其妻徐淑正病居母家。秦嘉临行前特意修书一封并打发车辆去接徐淑来家话别，但徐淑终因病情严重未能成行。徐淑为表达离别相思之情，就写了这封信。信中有劝勉，有遗憾，有思念，有嘱托，情真意切，十分感人。

②珪璋：玉器，此处指授官的符信。

③岁使：汉郡国每年派遣官吏到京师汇报政绩。

④策名：指出仕为官。

⑤观国之光：参观考察全国的政教风俗。

⑥高素皓然之业：古人常把隐居不仕视为高洁素雅的行为。

⑦仲尼执鞭之操：《论语·述而》：“富而可求也，虽执鞭之士，吾亦为之。”此处借执鞭喻指任官服役。

⑧承问：承蒙问候关照。

⑨日月已尽：日期已临近。

⑩行有伴侣：行旅定有同伴。

⑪严装：端整装束。此指远行的衣装。

⑫发迈：出发远行。

⑬“谁谓”二句：语出《诗经·卫风·河广》，意谓，谁说宋国相隔遥远？踮起脚尖几乎能望见。诗句表达了对远方亲人的思念之情。

⑭劳：此指痛苦。

⑮萱草：忘忧草。《诗经·卫风·伯兮》有"焉得谖草，言树之背"之句。

⑯目玩意移：眼花缭乱，心意转移。意谓为眼前的繁华所迷惑。

⑰往而不能出：一去不回头。

又报秦嘉书①

既惠令音，兼赐诸物。厚顾殷勤，出于非望。镜有文彩之丽，钗有殊异之观。芳香既珍，素琴益好。惠异物于鄙陋，割所爱以相赐。非丰恩之厚，孰肯若斯！览镜执钗，情想仿佛。操琴咏诗，思心成浩。

敕以芳香馥身，喻以明镜鉴形，此言过矣，未获我心也。昔诗人有飞蓬之感②，婕妤有谁荣之叹③。素琴之作，当须君归；明镜之鉴，当待君还。未奉光仪④，则宝钗不列也；未侍帷帐，则芳香不发也。

【注释】

①秦嘉收到妻子徐淑《答夫秦嘉书》之后，接连写了《留郡赠妇诗》和《重报妻书》，并赠以明镜、宝钗、芳香、素琴。他在信中写道："车还空反，甚失所望。兼叙远别，恨恨之情，顾有恨然。闲得此镜，既明且好，形观文彩，世所希有，意甚爱之，故以相与。并宝钗一双、好香四种，素琴一张，常所自弹也。明镜可以鉴形，宝钗可以耀首，芳香可以馥身，素琴可以娱耳。"徐淑因此又写了这封《又报秦嘉书》，表达了睹物思人、感激不已的心情，并表明了坚守贞洁、等夫归来的心志。

②飞蓬之感：此典出自《诗经·卫风·伯兮》："自伯之东，首如飞蓬。"写妻子因思念外出的丈夫，在家懒于修饰装扮，头发如同飘飞的蓬草一样纷乱。

③谁荣之叹：班婕妤《自悼赋》中有"君不御兮谁为荣"之叹，意思是说丈夫不回来就无心装扮。

④未奉光仪：没有见到你的容仪。

黄　忠

与申屠蟠书①

大将军幕府②初开，征辟③海内，并延英俊④，虽有高名盛德⑤，不获异遇⑥。至如先生，特加殊礼⑦，优而不名⑧，设几杖⑨之坐，引领⑩东望，日夜以冀⑪，弥秋⑫历冬，经迈⑬二载，深拒以疾，无惠然之顾⑭。重令爱中郎⑮，昭畅殷勤⑯，至于再三，而先生抗志弥高⑰，所执益固⑱。将军于是抚然⑲失望而有愧色，自以为德薄，深用咎悔⑳。仆窃论之：先生高则有余，智则不足。当今西戎㉑作乱，师旅在外，军国异容㉒，动有刑宪㉓。今颍川荀爽㉔，舆病在道㉕；北郡郑玄㉖，北面受署㉗。彼岂乐羁牵㉘者哉！知时不可佚豫也㉙。且昔人之隐，虽遭其时，犹放声㉚绝迹，巢栖茹薇㉛；其不遇也，则裸身大笑，被㉜发狂歌。今先生处平壤㉝，游人间，吟典籍，袭㉞衣裳，行与昔人谬㉟，而欲蹈其迹、拟其事，不亦难乎？仆愿先生优游俯仰㊱，贵处可否之间㊲。孔氏可师㊳，何必首阳㊴？备托臭味㊵，庶同休戚㊶，是以假飞书以喻左右㊷。

【注释】

①申屠蟠：字子龙，陈留（今河南开封市南）人。少年丧父，家贫，以做工为生，后隐居研读经籍，以博学多识名著一方，官府多次征召，他都推辞不去。大将军何进让他的同乡黄忠写了此信相劝，申屠蟠仍然没有应允。

②幕府：将帅以营帐为府第，所以称“幕府”。

③征辟(bì)：征召。辟，征召

④英俊：杰出人物。

⑤虽有高名盛德：即便有很高名声和优秀品行的。

⑥异遇：特殊的礼遇。

⑦殊礼：不同一般的礼节。

⑧优而不名：指申屠蟠虽然杰出，但并无显著的声誉。

⑨几杖：几案和手杖，供长者坐下和行走时依靠之用。

⑩引领：伸长脖子。

⑪冀：希望，盼望。

⑫弥秋：整个秋季。

⑬迈：超过。

⑭惠然之顾：光临。惠然，与人恩惠。用《诗·邶风·终风》“惠然肯来”之意。

⑮爰中郎：爰延，字季平，东汉陈留（今河南开封市东南陈留城）人。汉桓帝时曾任侍中、五官中郎将、大鸿胪等官。

⑯昭畅殷勤：明白地通达恳切之意。

⑰抗志：坚守志向。弥：更加。

⑱所执：指操守。固：牢固。

⑲抚然：失望的样子。

⑳用：因此。咎悔：自感有罪而悔恨。

㉑西戎：古代对西北少数民族的总称。

㉒异容：改变了平素的状态。

㉓刑宪 ：刑法。宪，法。

㉔颍川：郡名，郡府在今河南禹县。荀爽：字慈明，自幼好学，博通经书，颍川人称赞他："荀氏八龙，慈明无双。"曾任朗中、司空等职。

㉕舆病在道：指荀爽应征，正乘车在途中。病，支持不住。形容旅途的艰辛。

㉖郑玄：字康成，高密（今山东高密）人，汉代经学大师。郑玄受迫胁去见何进，第二天便逃走了。

㉗北面：面向北方。受署：接受官职。

㉘羁牵：约束。

㉙时：时事，形势。佚豫：放弃参与（政事）。

㉚放声：指抛弃世俗的名声。

㉛巢栖：栖息在树巢上。茹薇：吃野生的薇菜。茹，吃。

㉜被：同"披"。

㉝平壤：平原。

㉞袭：披，指穿着。

㉟谬：不同。

㊱愿：希望。优游：悠闲，这里指从容。俯仰：应付，指斟酌。

㊲贵处可否之间：意指要珍重同意与否的决定。

㊳孔氏：孔子。师：学习，仿效。

㊴首阳：首阳山，在今山西永济县南。商代孤竹国君的两个儿子伯夷、叔齐，不愿接受君位，逃到周国。周武王伐纣，他们拦马阻谏。灭纣以后，他们不愿吃周的食物，跑到首阳山，采薇度日，饿死山中。

㊵备：全部。托：托付。臭味：对自己上述意见谦虚的说法。

㊶庶：表示期望。休戚：欢乐和忧虑。

㊷假：借。飞书：快信。喻：使……明白。左右：古代对对方的尊称。

孔　融

论酒禁书①

昨承训答②，陈二代之祸③，及众人之败，以酒亡者，实如来诲④。虽然，徐偃王行仁义而亡⑤，今令不绝仁义；燕哙以让失社稷⑥，今令不禁谦退；鲁因儒而损，今令不弃文学；夏商亦以妇人失天下，今令不断婚姻。而将酒独急⑦者，疑但惜谷耳，非以亡王为戒⑧也。

【注释】

①孔融：字文举，东汉鲁国（今山东曲阜）人，曾任北海国（今山东昌乐县西）相、少府、太中大夫，后被大将军曹操令人诬告处死。由于军粮短缺，引起了兵变，曹操上表禁酒，孔融多次写信给曹操争辩，言语很不客气，这是其中的一封。

②训答：指曹操的回信。训，教诲。

③陈：陈述。二代：两代皇帝。

④实如来诲：确实像你来信所教诲的一样。

⑤徐偃（yǎn）王行仁义而亡：西周穆王时，徐国（今安徽泗县）国君施行仁义，许多临近小国去朝见。后来，周穆王率楚军灭了徐国。

⑥燕哙以让失社稷：传说尧让天下给许由，许由不受。燕国国君燕哙企图效法尧，以取得贤明的声誉，把王位让给燕相子之，不料子之接受了，燕哙因而失去了王位。让，谦让。社稷，国家。

⑦急：紧缩。

⑧以亡王为戒：把灭亡的君主作为鉴戒。

论盛孝章书①

岁月不居②，时节③如流。五十之年，忽焉④已至。公⑤为始满，融又过二。海内知识⑥，零落殆尽⑦，惟会稽盛孝章⑧尚存。其人困于孙氏，妻孥湮没⑨，单子⑩独立，孤危愁苦。若使忧能伤人，此子不得永年矣⑪。

《春秋传》曰："诸侯有相灭亡者，桓公不能救，则桓公⑫耻之。"今孝章实丈夫之雄也，天下谈士⑬，依以扬声⑭，而身不免于幽絷⑮，命不期于旦夕⑯，是吾祖不当复论损益之友⑰，而朱穆⑱所以绝交也。公诚能驰一介之使⑲，加咫尺⑳之书，则孝章可致㉑，友道可弘㉒矣。

今之少年，喜谤㉓前辈，或能㉔讥评孝章。孝章要为㉕有天下大名，九牧㉖之人，所共称叹。燕君市骏马之骨㉗，非欲以骋道里，乃当以招绝足㉘也。惟公匡复汉室㉙，宗社将绝㉚，又能正之。正之之术，实须得贤。珠玉无胫㉛而自至者，以人好之也，况贤者之有足乎？昭王筑台以尊郭隗㉜，隗虽小才，而逢大遇，竟能发明主之至心㉝，故乐毅㉞自魏往，剧辛㉟自赵往，邹衍㊱自齐往。向使郭隗倒悬而王不解㊲，临溺而王不拯㊳，则士亦将高翔远引㊴，莫有北首㊵燕路者矣。

凡所称引㊶，自公所知，而复有云者，欲公崇笃斯义㊷也。因表不悉㊸。

【注释】

①在曹操"挟天子以令诸侯"时期，孔融官至汉室少府，他在当时名气很大，列为"建安七子"之首。公元204年，孔融挚友盛宪(字孝章)因参与反抗孙策的斗争而入狱。精明识事的孔融深知只有实力雄厚且又有天子作幌子的曹操才能解救挚友盛孝章。孔融为使友人免于杀身之祸，终于给与自己政见一向不合的曹操写下了这封信。《论盛孝章书》也是孔融的代表作之一。

②岁月不居：时光不停留。居，止，停留。

③时节：时光。古时一年分四时，一月为二节，所以"时节"与"岁月"同义。

④忽焉：忽然。

⑤公：指曹操，当时曹操刚满五十岁。

⑥海内：国内。知识：相知相识的人，朋友。

⑦零落：指死亡。殆：几乎。

⑧盛孝章：盛宪，字孝章，曾任吴郡太守，因病去官。孙策平定吴会，因宪素有高名，孙策忌之，故将其逮捕入狱。在曹操解救之前，被策杀死狱中。

⑨妻孥(nú)：妻子和儿女。湮(yān)没：埋没，指死亡。

⑩单孑(jié)：孤单无依。

⑪此子：指盛孝章。永年：长寿。

⑫桓公：齐桓公，春秋五霸之一。

⑬谈士：游说清谈之士。

⑭依以扬声：依靠盛孝章来宣扬自己的声名。

⑮幽絷(zhí)：囚禁，拘留。

⑯命不期于旦夕：生命随时都会有危险。不期，不能预料。

⑰吾祖：指孔子。孔融为孔子二十世孙。论损益之友：《论语·季氏》云：孔子曰："益者三友，损者三友。友直、友谅、友多闻，益矣；友便嬖、友善柔、友便佞，损矣。"损，交友有害。益，交友得益。

⑱朱穆：字公叔，东汉人。他慨叹世俗浇薄，社会风气不淳厚，不讲友道，因而著述了《崇厚

论》、《绝交论》，以图力挽狂澜，矫正时弊。
⑲驰：速派。一介之使：一个使臣。一介，一个。
⑳咫尺：简短的书信。咫，八寸。
㉑致：招致，求得。
㉒弘：光大。
㉓谤：诽谤。
㉔或能：有人居然能。
㉕要为：诚为，总之是。
㉖九牧：此指九州(即天下)。
㉗燕君市骏马之骨：典见《战国策·燕策》。燕昭王买死千里马之骨，而招来千里马。市，买。
㉘绝足：指千里马。
㉙匡复汉室：匡扶和兴复汉朝国运。
㉚宗社：宗庙社稷，指东汉政权。将绝：即将灭亡。
㉛胫：小腿，此指足。此两句语出《韩诗外传》卷七："夫珠出于江海，玉出于昆山，无足而至者，犹主君之好也。士有足而不至者，盖主君无好士之意耳。"
㉜昭王筑台以尊郭隗：据《战国策·燕策》载，郭隗对昭王曰："今王诚欲致士，先从隗始。隗且见事，况贤于隗者乎？岂远千里哉！""于是昭王为隗筑宫而师之。乐毅自魏往，邹衍自齐往，剧辛自赵往，士争凑燕。"
㉝发：启发。至心：诚心。
㉞乐毅：战国时魏国名将乐羊之后。仕燕后，昭王拜他为上将军。为燕伐齐，攻下七十余城，被封为昌国君。昭王死后，齐用反间计，迫使乐毅投奔赵国。
㉟剧辛：赵国人，投燕后，破齐之计，其功居多。后伐赵，为赵人所杀。
㊱邹衍：齐人，战国时著名阴阳学家。后奔燕，昭王师事之。
㊲向：当初，以前。使：假使。倒悬：把人倒挂起来，比喻身处困难危险境地。解：解救。
㊳临溺：落水快要溺死之时。拯：拯救。
㊴高翔远引：远走高飞。
㊵北首：向北而行。首，向。
㊶称引：述说。
㊷崇笃斯义：尊崇这个道理。
㊸因表不悉：就此事表白我的意见，不再一一细说了。不悉，不尽。

杜泰姬

戒诸女及妇书①

吾之妊身②,在乎正顺③。及其生也,思存于④抚爱。其长之也,威仪以先后之⑤,礼貌以左右⑥之,恭敬以监临⑦之,懃恪以劝之⑧,孝顺以内之⑨,忠信以发⑩之,是以⑪皆成而无不善,汝曹庶几⑫勿忘吾法也。

【注释】

①杜泰姬:东汉女子。这封信中谈到了教育子女的内容。

②妊身:怀孕。

③乎:于。正顺:胎正产顺。

④思存于:心思放在。

⑤威仪以先后之:用庄重的仪容引导他。先后,指引导。

⑥左右:影响。

⑦监临:指导。

⑧懃(qín)恪(kè):努力,谨慎。劝:勉励。

⑨内之:让他接受。内,通"纳",接受。

⑩发:激发。

⑪是以:用这些(方法)。

⑫庶几:也许。

诸葛亮

诫外生书①

夫志当存高远，慕先贤②，绝情欲，弃疑滞③，使庶几④之志，揭然⑤有所存，恻然⑥有所感；忍屈伸⑦，去细碎⑧，广咨问⑨，除嫌吝⑩，虽有淹留⑪，何损于美趣⑫，何患于不济⑬。若志不强毅，意不慷慨⑭，徒碌碌滞于俗⑮，默默⑯束于情，永窜伏⑰于凡庸，不免于下流⑱矣。

【注释】

①诸葛亮：字孔明，阳都（今山东沂南县南）人，三国时的政治家、军事家。辅佐刘备建立了蜀汉政权，官至丞相，封武乡侯。外生：即外甥，可能指诸葛亮妹妹的儿子庞涣。

②先贤：过去有德行、才能的人。

③疑滞：怀疑和顾虑。

④庶几：近似，指贤人。

⑤揭然：清楚，显明。

⑥恻然：恳切。

⑦忍屈伸：承受住委屈和得意时的考验。

⑧细碎：琐碎的事情。

⑨咨（zī）问：询问。

⑩嫌吝：嫌隙和耻辱。

⑪虽：即使。淹留：停留，指挫折。

⑫美趣：美好的志趣。

⑬患：忧虑。济：成功。

⑭慷慨：意气风发。

⑮徒：空，白白地。碌碌：碌碌无为。滞于俗：被庸俗的事情束缚住。

⑯默默：默默无闻。

⑰窜伏：埋没。

⑱下流：地位低下。

诫子书

夫君子之行[①]，静以修身，俭以养德[②]，非澹泊无以明志[③]，非宁静无以致远[④]。夫学须静也，才须学也；非学无以广才，非志无以成学。淫慢则不能励精[⑤]，险躁则不能冶性[⑥]。年与时驰[⑦]，意与日去[⑧]，遂成枯落[⑨]，多不接世[⑩]，悲守穷庐[⑪]，将复何及[⑫]！

【注释】

①夫：句首语气词。行：行为。

②俭：节俭。以：介词，用。

③澹(dàn)泊：看淡名利。明志：使志向清白、显明。

④致远：达到理想的目标。

⑤淫慢：用心不专，懒惰。励精：振奋精神。励，勉励。

⑥险躁：走捷径，浮躁。冶性：陶冶性情。

⑦年与时驰：年龄与时光飞驰而去。

⑧意与日去：意志随时间流逝而淡薄。

⑨枯落：枯萎的落叶。

⑩接世：继承前辈的事业。

⑪穷庐：贫者所居的房屋。

⑫将复：将。复，词尾，无义。何及：到什么地步。

关　羽

答曹公书①

明公布大义②于天下,而速取自树③,非某④之所敢知。君犹是汉也⑤,羽敢不臣汉⑥哉?敢拜嘉命之辱⑦。

【注释】

①关羽:字云长,河东解(今山西临猗西南)人。最初随同刘备起兵,为别部司马,被曹操俘虏,爱他的才能,拜为偏将军、汉寿亭侯,后来回归刘备,任襄阳(今湖北襄樊)太守,后被孙权所杀。曹公:曹操,字孟德,亳(今安徽亳州)人,早年参加镇压黄巾起义,为济南相,继而起兵讨伐董卓,迎汉献帝定都许(今河南鄢陵县南)。官至丞相、大将军,封魏王。其子曹丕称帝,追赠曹操为太祖、武帝。

②布大义:公布了自己的政治主张。指曹操提出的辅佐汉室的口号。

③自树:树立自己的威望。

④某:关羽自称。

⑤是汉:把汉朝当做正统。是,认为……是正确的。

⑥臣汉:作汉朝的臣子。

⑦嘉命:好的命令,即对关羽有利的命令。辱:敬辞,犹言承受。

曹　丕

与吴质书①

二月三曰，丕白。

岁月易得②，别来行复四年③。三年不见，《东山》犹叹其远④，况乃过之⑤，思何可支⑥！虽书疏往返，未足解其劳结⑦。

昔年疾疫⑧，亲故多离其灾⑨：徐、陈、应、刘⑩，一时俱逝，痛可言邪！昔曰游处，行则连舆⑪，止则接席⑫，何曾须臾相失⑬！每至觞酌流行⑭，丝竹并奏⑮，酒酣耳热，仰而赋诗，当此之时，忽然不自知⑯乐也。谓百年己分⑰，可长共相保，何图⑱数年之间，零落略尽⑲，言之伤心！

顷撰其遗文⑳，都㉑为一集。观其姓名，已为鬼录㉒。追思昔游，犹在心目；而此诸子，化为粪壤㉓，可复道哉㉔！观古今文人，类不护细行㉕；鲜㉖能以名节自立。而伟长独怀文抱质㉗，恬淡寡欲，有箕山之志㉘，可谓彬彬㉙君子者矣。著《中论》二十余篇，成一家之言，辞义典雅，足传于后，此子为不朽矣。德琏常斐然有述作之意㉚，其才学足以著书，美志不遂，良可痛惜！间者㉛历览诸子之文，对之抆泪㉜，既痛逝者，行自念也㉝。孔璋章表殊健㉞，微为繁富。公干有逸气㉟，但未遒㊱耳。其五言诗之善者，妙绝时人㊲。元瑜书记翩翩㊳，致足乐也㊴。仲宣㊵独自善于辞赋，惜其体弱㊶，不足起其文，至于所善，古人无以远过。昔伯牙绝弦于钟期，仲尼覆醢于子路㊷，痛知音之难遇，伤门人之莫逮㊸。诸子但为㊹未及古人，自一时之隽㊺也。今之存者，已不逮矣！后生可畏㊻，来者难诬㊼，然恐吾与足下不及见也。

年行已长大，所怀万端，时有所虑，至通夜不瞑。志意何时复类昔日？已成老翁，但未白头耳！光武言㊽："年三十余，在兵中十岁，所更非一㊾。"吾德不及之，年与之齐矣。以犬羊之质，服虎豹之文㊿，无众星之明，假日月之光[51]，动见瞻观[52]，何时易乎？恐永不复得为昔日游也。少壮真当努力，年一过往，何可攀援[53]？古人思秉烛夜游[54]，良有以也[55]。

顷何以自娱[56]？颇复有所述造不[57]？东望於邑[58]，裁书[59]叙心。丕白。

【注释】

①曹丕：字子桓，沛国谯县（今安徽亳州）人。曹操次子。操死后，袭封魏王，不久称帝，是为魏文帝。本文是曹丕在建安二十三年（218）整理建安旧友文稿时写给挚友吴质的一封信。信中抒发了自己真挚的思念之情，以及对其他故友的深切的怀念之情，语言纯朴，感情真

挚、坦诚，读来真切感人。本文是曹丕书信的代表作，历来被人们称为“文情交至”之作。

②易得：容易得到。

③行：将要。复：又。

④《东山》：《诗经·豳风》中的篇名。其第三章云：“我徂东山，慆慆不归。……自我不见，于今三年。”表达了一个士兵出征三年后对家乡的思念之情。远：时间长。

⑤况乃过之：何况我们分别已超过三年了呢。

⑥支：支持得住。

⑦劳结：郁结。劳，忧思之劳。

⑧昔年疾疫：此指建安二十二年(217)的大疫，“建安七子”中的徐干、陈琳、应玚、刘桢等均死于此。

⑨亲故：亲戚故友。离：通“罹”，遭受。

⑩徐、陈、应、刘：徐干、陈琳、应玚、刘桢。此四人与孔融、王粲、阮瑀，号称“建安七子”，均为汉末文学家。

⑪连舆：车子前后相接。

⑫接席：古人席地而坐，席子连着席子，谓坐在一起。

⑬相失：分离。

⑭觞(shāng)酌流行：巡回行酒。觞，酒杯。

⑮丝：琴类乐器。竹：管乐。并奏：一起奏响。

⑯不自知：没有感觉到。

⑰谓百年己分(fèn)：意为原以为人生都能活到百岁。己分，自己应得之分。

⑱何图：哪里想到。

⑲零落：指死亡。略尽：将完。

⑳顷：刚才，此指近来。撰：编定。

㉑都：合共。

㉒鬼录：指死人名册。

㉓化为粪壤：指死亡化为泥土。

㉔可复道哉：还有什么可说的呢。

㉕类：大率，皆。护：拘。细行：小节。此句言文人大都不拘小节。

㉖鲜：少。

㉗伟长：徐干的字。文：文采。质：好的品行名节。

㉘箕山之志：传说尧让天下于许由，许由不受，而隐居于箕山(今河南境内)。这里是说徐干不慕名利。

㉙彬彬：文质兼备的样了

㉚德琏：应玚的字。斐然：很有文采的样子。

㉛间者：近来。

㉜抆(wěn)泪：擦眼泪。

㉝行：且，又。自念：想到自己。

㉞孔璋：陈琳的字。章表：泛指奏章文字。

㉟公干：刘桢的字。逸气：超逸的才气。

㊱遒(qiú)：劲健。

㊲妙绝时人：超过同时代人。
㊳元瑜：阮瑀的字。书记：章、表、书、疏等文体。翩翩：形容文采优美。
㊴致足乐也：读起来十分愉快。
㊵仲宣：王粲的字。
㊶体弱：文章风格纤弱。
㊷仲尼覆醢(hǎi)于子路：孔子得知子路被卫人剁成肉酱，心中哀痛，叫人把食用的肉酱都倒掉了。醢，肉酱。事见《礼记・檀弓上》。
㊸莫逮(dài)：比不上。逮，及，达到。
㊹但为：只是(在某些方面)。
㊺隽(jùn)：优秀的意思。
㊻后生可畏：后来者大有希望，令人敬畏。语出《论语・子罕》："后生可畏，焉知来者之不如今也。"
㊼诬：轻视。
㊽光武：东汉光武帝刘秀。《东观汉记》："光武赐隗嚣书曰：'吾年已三十余，在兵中十岁，所更非一'"。
㊾所更非一：经历的事不止一件。
㊿以犬羊之质，服虎豹之文：语出扬雄《法言》："羊质而虎皮，见草而悦，见豺而战。"这里是曹丕自谦之言。
51假：借。日月：指其父曹操。
52动见瞻观：指自己身居王位，举止为世人注目，非常拘束。
53攀援：挽留。
54秉烛夜游：及时行乐之意。秉，拿。《古诗十九首》之十五："生年不满百，常怀千岁忧。昼短苦夜长，何不秉烛游？"
55良有以也：确实有道理啊。
56顷何以自娱：近来以什么自娱。
57颇复有所述造不：又写点文章没有？颇，稍微。不，否。
58於(wū)邑：呜咽的意思。
59裁书：写信。

曹植

与杨德祖书[1]

植白:数日不见,思子为劳[2],想同之也[3]。

仆少小好为文章,迄至于今,二十有五年矣,然今世作者,可略而言也。昔仲宣独步于汉南[4],孔璋鹰扬于河朔[5],伟长擅名于青土[6],公干振藻于海隅[7],德琏发迹于大魏[8],足下高视于上京[9]。当此之时,人人自谓握灵蛇之珠[10],家家自谓抱荆山之玉[11],吾王于是设天网以该之[12],顿八纮以掩之[13],今悉集兹国矣。然此数子犹复不能飞轩绝迹[14],一举千里。以孔璋之才,不闲[15]于辞赋,而多自谓能与司马长卿同风[16],譬画虎不成反为狗[17]也,前书嘲之[18],反作论盛道仆赞其文。夫钟期不失听[19],于今称之,吾亦不能妄叹者[20],畏后世之嗤[21]余也。

世人之著述,不能无病,仆常好人讥弹[22]其文,有不善者,应时改定。昔丁敬礼[23]常作小文,使仆润饰之,仆自以才不过若人[24],辞不为也。敬礼谓仆:"卿何所疑难?文之佳恶,吾自得之,后世谁相知定[25]吾文者耶?"吾常叹此达言,以为美谈。昔尼父[26]之文辞,与人通流,至于制《春秋》,游、夏之徒乃不能措一辞[27]。过此而言不病者,吾未之见也。

盖有南威[28]之容,乃可以论于淑媛[29],有龙渊之利[30],乃可以议于断割,刘季绪才不能逮于作者[31],而好诋诃[32]文章,掎摭利病[33]。昔田巴[34]毁五帝,罪三王[35],訾五霸于稷下[36],一旦而服千人,鲁连[37]一说,使终身杜口[38]。刘生之辩,未若田氏,今之仲连,求之不难,可无息乎?人各有好尚,兰茝荪蕙[39]之芳,众人所好,而海畔有逐臭之夫[40];咸池六茎之发[41],众人所共乐,而墨翟有非之之论[42],岂可同哉!

今往仆少小所著辞赋一通相与[43]。夫街谈巷说,必有可采,击辕之歌[44],有应风雅[45],匹夫之思,未易轻弃也。辞赋小道,固未足以揄扬[46]大义,彰未来世也。昔扬子云先朝执戟之臣耳[47],犹称壮夫不为[48]也。吾虽德薄,位为藩侯[49],犹庶几戮力上国[50],流惠[51]下民,建永世之业,流金石之功[52],岂徒以翰墨为勋绩[53],辞赋为君子哉!若吾志未果,吾道不行,则将采庶官之实录[54],辩时俗之得失,定仁义之衷,成一家之言,虽未能藏之于名山,将以传之于同好[55],非要之皓首[56],岂今日之论乎?其言之不惭,恃惠子[57]之知我也。

明早相迎,书不尽怀。植白。

【注释】

①曹植:字子建,沛国谯县(今安徽亳州)人。曹操第三子,封陈王,谥思,世称陈思王。他是建安文学的代表作家。建安二十一年(216),二十五岁的曹植将自己青少年时期的赋作进行了精选和编录后,呈给好友杨修(字德祖)审订,同时附上了这封信。信中向杨修倾吐了自己的抱负,品评了时贤的辞赋文章,语言洗练,形象生动,洵为书翰名篇。

②子:你。劳:苦。

③想同之也:我想你也一定会像我思念你一样思念我吧。

④仲宣:王粲,字仲宣。独步:独一无二,超群出众。汉南:荆州,在汉水之南。王粲曾在荆州依附刘表。

⑤孔璋:即陈琳,字孔璋。鹰扬:像雄鹰一样威猛地飞扬。此指陈琳的文名出人头地。河朔:黄河以北地区。

⑥伟长:即徐干,字伟长。擅名:独享盛名。青土:指青州地区。

⑦公干:即刘桢,字公干。振藻:显耀文采。海隅:海边。刘桢是东平宁阳人,宁阳靠近海边。

⑧德琏:即应玚,字德琏。发迹:显名。这里指出仕。大魏:指魏都许昌一带。

⑨足下:对杨修的敬称。高视:杰出的意思。上京:指京都洛阳。这时杨修在京都洛阳。

⑩灵蛇之珠:即随侯珠。

⑪荆山之玉:即和氏璧。

⑫吾王:指曹操,于建安二十一年(216)自立为魏王。天网:像天一样大的网,此指曹操网罗人才的措施。该:同"赅",包括。

⑬顿:振举。八纮:网绳,此指天下八方。掩:覆取。

⑭飞轩绝迹:飞上极高的境界。轩,鸟飞翔貌。绝迹,无人达到的境界。

⑮闲:同"娴",娴熟。

⑯多;常。司马长卿:即司马相如,字长卿。同风:风格相同。

⑰画虎不成反为狗:古代谚语。语出东汉马援《诫兄子严敦书》。

⑱书:信。嘲:嘲笑、讽刺。

⑲不失听:善听。失听,错听,错误地领会。

⑳妄:妄自,乱加。叹:赞美。

㉑嗤:讥笑。

㉒讥弹:讥刺弹驳,此指批评、指责。

㉓丁敬礼:丁廙,字敬礼,曹植的好友,后来曹丕所杀。

㉔若人:那个人,指丁敬礼。

㉕定:修定。

㉖尼父:孔子。

㉗游、夏:子游、子夏,均为孔子弟子。措一辞:加一句话。

㉘南威:古代美女名。

㉙淑媛:美女。淑,美好。

㉚龙渊:古代宝剑。唐人避唐高祖李渊讳改称龙泉。利:锋利。

㉛刘秀绪:刘表的儿子。逮:及。

㉜诋诃：诋毁指责。
㉝掎（jǐ）摭（zhí）：指摘、挑剔的意思。
㉞田巴：战国时齐国的辩士。
㉟三王：即三皇。
㊱呰：毁谤。稷：稷门，即城门，指齐国都城的西门。
㊲鲁连：鲁仲连。
㊳杜口：闭嘴。杜，堵塞。此句指鲁仲连一提出指责，田巴便再也不谈了。
㊴兰茝（zhǐ）荪蕙：皆为香草名。
㊵海畔有逐臭之夫：古时有一个奇臭无比的人，无法在家居住，而独居于海边上，那里竟有人特别喜欢他身上的这种臭味，而不分黑白地跟随着他。事见《吕氏春秋·遇合》篇。此处比喻爱好反常的人。
㊶咸池：相传是黄帝的乐名。六茎：颛顼的乐名。发：发出声音，这里指演奏。
㊷墨翟有非之之论：墨子有《非乐》篇。
㊸往：送去。一通：一份。相与：相赠。
㊹击辕之歌：指民歌。古人在田间叩击车辕唱歌，人们称之为"击辕之歌"。
㊺应：符合。风雅：指《诗经》中的《国风》和大、小《雅》。
㊻揄扬：宣扬。
㊼扬子云：扬雄，字子云，西汉辞赋家。先朝：指西汉。执戟：汉代郎官，执戟保卫宫廷，职位卑下。
㊽壮夫不为：语出扬雄《法言·吾子》。意为作辞弄赋，是童习小技。男子汉是不屑于写的。
㊾藩侯：即诸侯。
㊿庶几：希望。上国：指中央政权帝室。
51流惠：施恩推惠。
52流：流传。金石之功：《吕氏春秋·求人》："故功绩铭乎金石。"古代常把功绩刻在钟鼎（金）或石碑（石）上。金，钟鼎。石，石碑。
53岂徒：岂仅。翰墨：指文章。
54庶官：百官。实录：指史料。
55同好：有共同志向的人。
56要：约定……期限。之：这个著作计划。皓首：白头。
57惠子：惠施，战国时人，常与庄子互相辩论问题，视为知音。惠子死后，庄子过其墓说："自夫子之死，吾无以为质矣，吾无与言之矣。"事见《庄子·徐无鬼》。此以惠施喻杨修。

刘 廙

戒弟纬①

夫交友之美在于得贤，不可不详②。而世之交者不审③择人，务合党从④，违先圣人交友之义，此非厚己辅仁之谓也⑤。吾观魏讽⑥，不修德行，而专以鸠合⑦为务，华而不实，此直揽世沽名者也⑧，卿其慎之⑨，勿复与通⑩！

【注释】

①刘廙(yì)：字恭嗣，三国时南阳安众(今河南镇平东南)人。先为曹操所用，授五官中郎将文学，曹丕建魏，授黄门侍郎。纬(wěi)：刘纬，刘廙之弟。刘纬与魏讽友好，刘廙得知魏讽有反叛曹操之意，就写了这封信告诫刘纬，刘纬不听，后来魏讽被杀，刘纬因刘廙被曹操看重，才免于一死。

②详：仔细。

③审：慎重

④务合：努力纠合。务，努力。党从：意气相投的人。

⑤厚己：爱护自己。辅仁：帮助他人。

⑥魏讽：字子京，汉末为西曹掾，因与陈祎谋划反曹操，被陈祎告发，受诛杀。

⑦鸠合：即纠合。鸠，鸠鸟，喜群居。

⑧直：只是。揽世沽名：在全社会沽名钓誉。

⑨卿：对人的爱称。其：语气词，起加强作用。

⑩通：往来。

张　纮

临困授子靖留笺①

自古有国有家者，咸欲修德政以比隆②盛世。至于其治③，多不馨香④，非无忠臣贤佐暗于治体也⑤，由主不胜其情⑥，弗⑦能用也。

夫人情惮难而趣易⑧，好同而恶异，与治道⑨相反。传⑩曰："从善如登⑪，从恶如崩⑫。"言善之难也。人君承奕世之基⑬，据自然之势，操八柄⑭之威，甘易同之欢⑮，无假⑯取于人，而忠臣挟难进之术⑰，吐逆耳之言。其不合⑱也，不亦宜乎？虽则有衅⑲，巧辩缘闲⑳，眩㉑于小忠，恋于恩爱，贤愚杂错，长幼失叙，其所由来，情乱之也。故明君悟之，求贤如饥渴，受谏而不厌，抑情损欲，以义割恩。上无偏谬之授㉒，下无希冀㉓之望，宜加三思。含垢藏疾㉔，以成仁覆之大㉕。

【注释】

①张纮：字子纲，广陵（今江苏扬州）人，曾任吴国正议校尉、侍御史、长史等官。这是他在临终时写给儿子张靖的信，信中论述了治理国家没有政绩的原因。此信言辞恳切，论说有理，后来孙权读了也感动得流了泪。困：困窘，指病重。笺：信。

②比隆：比美。

③治：治理，指政绩。

④馨（xīn）香：芳香，指好的声誉。

⑤贤佐：好的大臣。暗：通"谙"，熟悉。治体：治理国家之道。

⑥不胜（shēng）其情：不完全了解他们的情况。

⑦弗：不。

⑧人情：人之常情。惮：畏惧。趣易：趋向容易的事。

⑨治道：治国的道理。

⑩传：这里指《国语·周语》。

⑪登：登高，比喻困难。

⑫崩：崩塌，比喻容易。

⑬弈（yì）世之基：一代接一代的基业。弈，重，累。

⑭八柄：指控制群臣的八种手段。《周礼·天官·大宰》："以八柄诏王驭群臣：一曰爵，以驭其贵；二曰禄，以驭其富；三曰予，以驭其幸；四曰置，以驭其行；五曰生，以驭其福；六曰本，以驭其贫；七曰废，以驭其罪；八曰诛，以驭其过。"

⑮甘：以……为美好的。易：指容易做的事。同：指意见相同。

⑯假：借。

⑰挟(xié)：带。难进之术：不容易做到的办法。

⑱不合：不合君王的心意。

⑲有衅(xìn)：有了过错。

⑳缘闲：趁着空闲。

㉑眩(xuàn)：迷惑。

㉒偏谬(miù)：偏私，错误。授：授意。

㉓希冀：侥幸。

㉔含垢：忍受耻辱。藏疾：隐藏痛苦。

㉕仁覆：仁德庇覆。大：大业。

嵇 康

与山巨源绝交书①

康白:足下昔称吾于颍川②,吾常谓之知言③。然经怪此意④,尚未熟悉于足下,何从便得之与?前年从河东⑤还,显宗、阿都说足下议以吾自代⑥,事虽不行⑦,知足下故⑧不知之。足下傍通⑨,多可而少怪,吾直性狭中⑩,多所不堪⑪,偶与足下相知耳。间闻足下迁⑫,惕然⑬不喜。恐足下羞庖人之独割,引尸祝以自助⑭,手荐鸾刀⑮,漫⑯之膻腥,故具为足下陈其可否。

吾昔读书,得并介之人⑰,或谓无之,今乃信其真有耳。性有所不堪,真不可强。今空语同知有达人⑱,无所不堪,外不殊俗而内不失正⑲,与一世同其波流,而悔吝⑳不生耳。老子、庄周,吾之师也,亲居贱职㉑;柳下惠、东方朔㉒,达人也,安乎卑位。吾岂敢短之哉!又仲尼兼爱,不羞执鞭㉓,子文无欲卿相㉔,而三登令尹。是乃君子思济物㉕之意也。所谓达能兼善而不渝㉖,穷则自得而无闷㉗。以此观之,故尧、舜之君世㉘,许由之岩栖㉙,子房㉚之佐汉,接舆㉛之行歌,其揆㉜一也,仰瞻数君,可谓能遂其志者也。故君子百行㉝,殊途而同致㉞,循性而动㉟,各附㊱所安。故有处朝廷而不出、入山林而不返之论㊲。且延陵高子臧之风㊳,长卿慕相如之节㊴,志气所托,不可夺也。

吾每读尚子平、台孝威㊵传,慨然慕之,想其为人。少加孤露㊶,母兄见骄㊷,不涉经学。性复疏懒㊸,筋驽㊹肉缓,头面常一月十五日不洗,不大闷痒,不能㊺沐也。每常小便而忍不起,令胞中略转乃起耳㊻。又纵逸来久㊼,情意傲散,简㊽与礼相背,懒与慢相成,而为侪类见宽㊾,不攻其过。又读《庄》、《老》重增其放。故使荣进之心日颓㊿,任实之情转笃[51]。此由禽鹿[52],少见驯育,则服从教制;长而见羁,则狂顾顿缨[53],赴蹈汤火,虽饰以金镳[54],飨以嘉肴,逾[55]思长林而志在丰草也。

阮嗣宗[56]口不论人过,吾每师之,而未能及。至性[57]过人,与物无伤,唯饮酒过差[58]耳。至为礼法之士所绳[59],疾之如仇,幸赖大将军[60]保持之耳。吾不如嗣宗之贤,而有慢弛之阙[61],又不识人情,闇于机宜[62];无万石[63]之慎,而有好尽之累[64]。久与事接,疵衅日兴[65],虽欲无患,其可得乎?又人伦有礼,朝廷有法,自惟至熟[66],有必不堪者七,甚不可者二。卧喜晚起,而当关呼之不置[67],一不堪也。抱琴行吟,弋钓[68]草野,而吏卒守之,不得妄动,二不堪也。危坐[69]一时,痹不得摇[70],性[71]复多虱,把搔无已,而当裹以章服[72],揖拜上官,三不堪也。素不便书[73],又不喜作书,而人间多事，堆案盈几[74]，不相酬答，则犯教伤义，欲自勉强，则不能久，四不堪也。不喜吊丧，而人道以此为重，已为未见恕者所怨，至欲见中伤[75]者。虽瞿然[76]自责，然性不可化，欲降心[77]顺俗，则诡故不情[78]，亦终不能获无咎无誉，如此，五不堪也。不喜俗人，而当与之共事，或宾客盈坐，鸣声聒耳[79]，嚣尘臭处[80]，千变百伎，在人目前，六不堪也。心不耐烦，而官事鞅掌[81]，机务缠其心，世故繁其虑，七不堪也。又每非汤、武而薄周、孔[82]，在人间不止此事，会显[83]，世教所不容，此甚不可一也。刚肠疾恶，轻肆直言，遇事便发，此甚不可二也。以促中小心[84]之性，统此九患，不有外难，当有内病，宁可久处人间邪？

又闻道士遗言，饵术、黄精[85]，令人久寿，意甚信之。游山泽，观鱼鸟，心甚乐之。一行作吏，此事便废，安能舍其所乐，而从其所惧哉？

夫人之相知，贵识其天性，因而济之[86]。禹不偪伯成子高[87]，全其节也；仲尼不假盖于子夏[88]，护其短也；近诸葛孔明不偪元直以入蜀[89]，华子鱼不强幼安以卿相[90]，此可谓能相终始，真相知者也。足下见直木必不可以为轮，曲者必不可以为桷[91]，盖不欲以枉其天才[92]，令得其所也。故四民[93]有业，各以得志为乐，唯达者为能通之，此足下度内[94]耳。不可自见好章甫[95]，强越人以文冕[96]也；己嗜臭腐[97]，养鸳雏[98]以死鼠也。吾顷学养生之术，方外荣华[99]，去滋味[100]，游心于寂寞，以无为为贵。纵无九患，尚不顾[101]足下所好者。又有心闷疾，顷转增笃，私意自试[102]，不能堪其所不乐。自卜已审[103]，若道尽途穷则已耳，足下无事冤之[104]，令转于沟壑[105]也。

吾新失母兄之欢[106]，意常凄切。女年十三，男年八岁，未及成人，况复多病，顾此悢悢[107]，如何可言！今但愿守陋巷，教养子孙，时与亲旧叙阔[108]，陈说平生，浊酒一杯，弹琴一曲，志愿毕矣。足下若嬲之不置[109]，不过欲为官得人，以益时用耳。足下旧知吾潦倒粗疏[110]，不切事情[111]，自惟亦皆不如今日之贤能也。若以俗人皆喜荣华，独能离之，以此为快，此最近之[112]，可得言耳[113]。然使长才广度[114]，无所不淹[115]，而能不营[116]，乃可贵耳。若吾多病困，欲离事自全，以保余年，此真所乏[117]耳，岂可见黄门[118]而称贞哉！若趣欲共登王途[119]，期于相致[120]，时为欢益，一旦迫之，必发其狂疾。自非[121]重怨，不至于此也。

野人有快炙背而美芹子者[122]，欲献之至尊，虽有区区[123]之意，亦已疏[124]矣。愿足下勿似之。其意如此，既以解[125]足下，并以为别[126]。嵇康白。

【注释】

①嵇康：字叔夜，谯郡铚（今安徽宿县西南）人。三国魏思想家、文学家、音乐家，“竹林七贤”之一。本文是嵇康于魏元帝景元二年（261）写给老友山涛的一封绝交书。书中嵇康斥责山涛推荐自己做曹魏的尚书吏部郎一职，愤怒地抨击了时政，并隐晦地讽刺了当时实际上的最高统治者司马昭阴谋篡魏的行径，表白了自己绝世不仕的政治态度。山涛：字巨源，河内怀县（今河南武陟县西）人，与嵇康同是“竹林七贤”中的人物，后辞隐出仕，官至大司马、尚书右仆射。

②足下：指山涛。颍川：指山涛的叔父山嵚，曾为颍川（今河南许昌市东）太守。称吾于颍川：指山涛曾在山嵚面前称述过嵇康不愿出仕的志愿。

③知言：知己之言。

④经怪：常怪。此意：指嵇康不愿出仕之意。

⑤河东：郡名，在今山西南部黄河以东地区。嵇康曾一度避居于此。

⑥显宗：公孙崇，字显宗，曾为尚书郎。阿都：吕安，字仲悌，小名阿都。二人均为嵇康至交。自代：指巨源正要升迁，想请嵇康出仕接替自己现在的尚书吏部郎之职。

⑦不行：不成。

⑧故：原来。

⑨傍通：即“旁通”，通达。

⑩狭中：心胸狭窄。

⑪堪：忍受。

⑫间：近来。迁：升官。

⑬惕然：忧惧的样子。

⑭庖人：厨师，此指祭祀时宰牲的人。尸祝：祭祀时向神致祷词的人。《庄子·逍遥游》：“庖人虽不治庖，尸祝不越樽俎而代之矣。”庖人和尸祝各司其职，即使庖人不尽其职，尸祝亦不代之宰烹。此引《庄子》的话来比喻山涛荐引自己的不当。

⑮荐：持，举。鸾刀：指带铃的屠刀。

⑯漫：污染。

⑰并介之人：能兼善天下又耿直孤高的人。并，兼善天下。介，指耿介孤直。

⑱空语：空谈。达人：通达之人。

⑲外不殊俗：外表上与世俗无异。内不失正：内心没有失去正道。

⑳悔吝：悔恨。这句是讽刺山涛与世俗同流合污而无悔恨之心。

㉑亲居贱职：老子曾任周朝的柱下史，庄周曾任宋国蒙县漆园吏，二人职位都很低贱，所以说“亲居贱职”。

㉒柳下惠：春秋鲁国人，曾为鲁国典狱官，被罢职三次。东方朔：汉武帝时为郎官，久不迁升。二人都能安于卑位。

㉓执鞭：赶车。指孔子为了道义，即使当车夫也不感到羞愧。

㉔子文：春秋楚国人，曾三次官升令尹(相当于宰相)，不觉欣喜，又曾三次被罢职，也不觉恼怒，受到孔子称赞。见《论语·公冶长》：“令君子文，三仕为令尹，无喜色；三已之，无愠色。”

㉕济物：济世。

㉖达：显达。渝：改变。

㉗穷：困厄。无闷：无忧。

㉘君世：为君于世。

㉙岩栖：隐居山林。

㉚子房：张良，字子房，汉初三杰之一，曾辅佐刘邦统一天下，建立汉朝。

㉛接舆：春秋时楚国的隐士，曾边行边歌过孔子车前，讽劝孔子归隐。

㉜揆(kuí)：准则，道理。

㉝百行：各种各样的行为表现。

㉞殊途而同致：道路不同，而最终所达到的目的是一样的。

㉟循性而动：依本性而行事。

㊱附：得。

㊲“处朝廷”二句:《韩诗外传》五:“朝廷之人为禄,故入而不出;山林之士为名,故往而不返。”

㊳延陵:即吴公子季礼,季礼居延陵(今江苏武进)。高子臧之风:以子臧之风为高。子臧,曹国公子,曹宣公死时,曹人欲立子臧为君,子臧认为己不当立而离国出走。公元前559年,吴国君主乘卒,公子诸樊当立,但他欲立少弟季礼,季礼以子臧为例,辞而不受。

㊴长卿:司马相如,字长卿,西汉著名辞赋家,小名犬子,因仰慕蔺相如,遂改名相如。

㊵尚子平:即向子平,后汉隐士,曾为小官,归隐后以砍柴为生。台孝威:名终,字孝威,亦是后汉隐士。二人事见《后汉书·逸民传》。

㊶少加孤露:指少年丧父,孤苦无依。孤露,丧父瘦弱。

㊷母兄见骄:为母兄所宠爱。

㊸疏懒:疏玩懒惰。

㊹驽:原指劣马,此指懒散。

㊺不能:不肯。

㊻胞:此指膀胱。略转:稍微转动(就难忍)。

㊼纵逸来久:放纵已久。

㊽简:随便,怠慢。

㊾侪(chái)类:同辈们。宽:宽容。

㊿颓:衰落,颓废。

51任实:放任率真的本性。笃:深厚。

52由:犹。禽:同“擒”。

53狂顾:疯狂四顾。顿:毁坏。缨:缰绳。

54金镳(biāo):指贵重的笼头。

55逾:更加。

56阮嗣宗:阮籍,字嗣宗,陈留尉氏(今河南尉氏)人,嵇康好友,“竹林七贤”之一。

57至性:纯真的天性。

58过差:过度,过量。

59礼法:礼教。绳:约束。

60大将军:指司马昭。据《文选》李善注引孙盛《晋阳秋》,何曾曾向司马昭建议把阮籍流放边疆。但因阮籍对司马氏的反对不太露骨,而且阮籍声名较大,所以司马昭虽对其不满,仍然“保全”了他。

61慢弛之阙:散漫放任的缺点。

62阇于机宜:不明事理。阇,同“暗”。机宜,事宜。

63万石:即石奋,人称万石君。西汉时官至大中大夫。他与其四个儿子皆禄二千石,合为万石,号称“万石君”。他与四子皆以谨慎小心著称。

64好尽:喜欢尽情直言,毫无忌讳。累:累赘,毛病。

65疵衅:毛病和争端。疵,缺点,毛病。衅,争端。

66自惟至熟:自己考虑得很成熟了。惟,考虑。

67当关:守门的人。不置:不止。

68弋(yì)钓:射鸟和钓鱼。弋,射。

69危坐:挺直腰杆跪坐。

⑦痹:麻木。摇:动。
⑦性:生来。
⑫章服:指官服。
⑬便:习。书:写字。
⑭盈:满。几:桌子。
⑮见中伤:加以陷害。
⑯瞿(jù)然:惊恐的样子。
⑰降心:使心志受抑。
⑱诡故:违背本性。不情:不合实情。
⑲聒(guō)耳:杂乱刺耳。
⑳嚣尘臭处:喧嚣声、尘土和臭气杂处在一起。
㉑鞅掌:忙乱。
㉒汤:商汤。武:周武王。周:周公。孔:孔子。四人均是儒家尊崇的明君圣人。此句实质上是表示对王位篡夺的不满。
㉓会显:将会显扬出去。
㉔促中小心:心胸狭小。中,衷,内心。
㉕饵:食,服用。术(zhú):白术。白术和黄精,都是药材,据说久服可以健身延年。
㉖因而济之:从而成全它。
㉗禹:夏禹:偪:同“逼”。伯成子高:传说尧、舜时的诸侯。禹即位后,因嫌禹治理天下不好而辞去诸侯之位归隐田间。禹为全其名节,而没再逼他出仕。
㉘假:借。盖:雨伞。子夏:姓卜名商,孔子弟子。《孔子家语·致思篇》载,孔子外出,遇雨而无伞,弟子建议向子夏借,孔子知子夏吝啬,为不暴露他的缺点,而不肯去借。
㉙诸葛孔明:诸葛亮,字孔明,三国时著名政治家、军事家,佐刘备建立蜀汉。元直:徐庶,字元直。据《三国志·蜀书·诸葛亮传》载,徐庶原来与诸葛亮同佐刘备,后曹操捉获其母以要挟,他便辞别刘备而归曹操,刘备与诸葛亮都未加阻留。
㉚华子鱼:华歆,字子鱼。幼安:管宁,字幼安。二人是同学好友。华歆后来做了魏文帝的相国,荐管宁为太中大夫,魏明帝时又荐为太尉,均固辞不受。
㉛桷(jué):方椽。
㉜枉:曲,改变。天才:这里指本性。
㉝四民:谓士、农、工、商。
㉞度内:自己所知道的。
㉟章甫:古代冠名。
㊱文冕:有文采的冠冕。《庄子·逍遥游》:“宋人资章甫而适诸越,越人断发文身,无所用之。”嵇康引用这句话在于说明所好不同,不可相强。
㊲臭腐:此指仕途。
㊳鸳雏:凤雏,传说它“非梧桐不止,非练食不食,非醴泉不饮”。而鸱(猫头鹰)得到腐鼠,见鸳雏飞过,却怕它抢了自己的食物。见《庄子·秋水》。这里嵇康以鸳雏自喻。
㊴方:正在。外:抛弃。荣华:富贵。
⑩去滋味:此处言不饮酒食肉。
⑩不顾:不理睬。

⑩²自试:自问。
⑩³自卜已审:自己已经考虑清楚。审,详知,清楚。
⑩⁴无事冤之:不要冤屈我。
⑩⁵转于沟壑:指人于死地。
⑩⁶新失母兄之欢:指胞兄刚刚去世。
⑩⁷恨恨(liàng):悲痛。
⑩⁸叙阔:叙述离别之情。
⑩⁹嬲(niǎo):戏弄,纠缠。不置:不放。
⑪⁰旧知:早知。潦倒:放浪。
⑪¹不切事情:不懂人情世事。
⑪²此最近之:这最接近我的本性。
⑪³可得言耳:可以这样说了。
⑪⁴长才广度:才高虑远。
⑪⁵淹:博洽贯通。
⑪⁶不营:指不求仕进。营,经营,钻营。
⑪⁷此真所乏:这是真性所短缺的。
⑪⁸黄门:宦官。宦官受过宫刑,无所谓贞洁。此句是说不应称赞本无才能的人。
⑪⁹趣:同"趋",急于。王途:仕途。
⑫⁰期:希望。致:招致。
⑫¹自非:若不是。
⑫²野人:农夫。快:快意。炙背:晒背。芹子:芹菜。相传从前宋国有个农夫,以为晒背最能取暖,想把这个方法献给国君。同乡的富人告诉他说:从前有人爱吃芹菜,多次向乡绅称道,曾引起众人嘲笑,其人大惭。事见《列子·杨朱》。
⑫³区区:诚挚。
⑫⁴疏:过远,不合事理。
⑫⁵解:晓喻。
⑫⁶别:指绝交。

羊　祜

戒子书①

吾少受先君②之教，能言之年，便召以典文③。年九岁，便诲以《诗》、《书》，然尚无乡人之称④，无清异⑤之名。今之职位，谬恩之加⑥耳，非吾力所能致也。吾不如先君远矣，汝等复不如吾。咨度弘伟⑦，恐汝兄弟未之能也；奇异独达⑧，察汝等将无分也。恭为德首，慎为行基，愿汝等言则忠信，行则笃敬⑨，无⑩口许人以财，无传不经之谈⑪，无听毁誉之语。闻人之过，耳可得受，口不得宣⑫。思而后动，若言行无信，身受大谤⑬，自入刑论⑭，岂复惜汝？耻之祖考⑮。思乃⑯父言，纂⑰乃父教，各讽诵⑱之！

【注释】

①羊祜(hù)：字叔子，南城(今山东费县西南)人，晋武帝时官至征南大将军。

②先君：指死去的父亲。

③典文：经典中的文句。

④乡人之称：同乡人的赞誉。

⑤清异：高尚，超群。

⑥谬恩之加：(皇上)把恩典误给了我。这是作者自谦的说法。

⑦咨度：思考和预测。弘伟：指深广。

⑧奇异独达：具有奇才异能，超群出众。

⑨笃(dǔ)敬：忠厚而恭敬。

⑩无：通“勿”，不要。

⑪不经之谈：指没有根据的话。

⑫宣：宣讲。

⑬谤：指责，指控。

⑭刑论：刑法审问。

⑮祖考：祖父，父亲，泛指祖先。考，死去的父亲。

⑯乃：你。

⑰纂(zuǎn)：通“缵”，继承，接受。

⑱讽诵：背诵。

刘 琨

答卢谌书[1]

琨顿首[2]。损[3]书及诗，备辛酸之苦言，畅经通之远旨[4]，执玩反覆，不能释手。慨然以悲，欢然以喜。

昔在少壮，未尝检括[5]，远慕老庄之齐物[6]，近嘉阮生之放旷[7]，怪厚薄何从而生，哀乐何由而至？自顷辀张[8]，困于逆乱[9]，国破家亡[10]，亲友雕残[11]。负杖行吟，则百忧俱至；块然[12]独坐，则哀愤两集[13]。时复相与[14]，举觞[15]对膝，破涕为笑，排终身之积惨[16]，求数刻之暂欢。譬由疾疢弥年[17]，而欲一丸销之[18]，其可得乎？

夫才生于世，世实须才。和氏之璧[19]，焉得独曜于郢握[20]？夜光之珠[21]，何得专玩于随掌[22]？天下之宝，当与天下共之。但分析[23]之日，不能不怅恨[24]耳。然后知聃、周[25]之为虚诞，嗣宗[26]之为妄作也。昔騄骥倚辀于吴坂[27]，长鸣于良、乐[28]，知与不知也。百里奚[29]愚于虞而智于秦，遇与不遇也。今君遇之矣，勖[30]之而已。

不复属意于文[31]，二十余年矣。久废则无次[32]。想必欲其一反[33]，故称旨[33]送一篇，适足以彰来诗之益美耳[35]。琨顿首顿首。

【注释】

①刘琨：字越石，晋中山魏昌（今河北无极县东北）人。自少有诗名，好老庄，与陆机等文士事奉权贵贾谧，时称“二十四友”。曾任并州刺史、大将军，后为石勒所败，被杀。卢谌(chén)：字子谅，曾任刘琨主簿，后为从事中郎，与刘琨为文友，屡有赠答。晋愍帝建兴末年，卢谌跟随刘琨往投辽西段匹磾，段匹磾任卢谌为别驾，卢谌在与刘琨分手时，曾寄刘琨信并赠诗，本文即是刘琨给卢谌的回信。

②顿首：下跪叩头至地。这是古代书信中的客套话。

③损：损失，破费，敬辞。

④畅：畅达。经通：常道通达。

⑤检括：约束。

⑥老庄：老子、庄子，指道家。齐物：指《庄子·齐物论》中宣扬的万物一齐、否定事物本质差别的唯心主义观点。

⑦嘉：赞赏。阮生：阮籍，字嗣宗，曹魏人，“竹林七贤”之一，以狂放不羁处世。放旷：放任旷达，不拘礼教。

⑧顷：近来。辀(zhōu)张：惊惧的样子。

⑨逆乱：指西晋末的社会大动乱。

⑩国破家亡:晋惠帝时,汝南王司马亮为太宰,专权。楚王司马玮纠合了七个侯王起兵夺权,史称“八王之乱”,战争延续了十六年。北方奴隶主贵族也起兵反晋,灭亡西晋。刘琨的父母在战争中被杀。

⑪雕残:凋零不全。

⑫块然:孤独的样子。

⑬哀愤两集:悲伤和愤怒两情交集。

⑭时复相与:有时又在一起。相与,一起。

⑮觞:酒杯。

⑯积惨:郁积的惨痛。

⑰譬由:譬如。由,通“犹”。疾疢(chèn):热病,这里泛指疾病。弥年:多年。弥,久,长。

⑱一丸:一粒药丸。销:通“消”,消散。

⑲和氏之璧:春秋时楚人卞和所得的宝玉。

⑳曜:放光。郢握:楚国人的手中。郢,楚国的国都。

㉑夜光之珠:指随侯之珠。

㉒随掌:随侯的手中。

㉓分析:分离。

㉔怅恨:怅惘和遗憾。

㉕聃(dān)周:老子(名聃)、庄子(名周)。

㉖嗣宗:阮籍,字嗣宗。

㉗骥騄:良马。骥,良马。騄,騄駬,一种好马。依辀:靠着车辕。辀,车辕。吴坂:地名。

㉘良:王良,春秋时驾车好手。乐:伯乐,战国时楚国善于相马的人。

㉙百里奚:春秋时楚国人,虞国大夫。晋灭虞,秦穆公用为大夫,他辅佐穆公成就霸业。

㉚勖(xù):勉励。

㉛属意于文:把注意力放在写文章上。

㉜无次:没有次序,指文理混乱。

㉝一反:写一封回信。

㉞称(chèn)旨:称你的意。

㉟彰:显明。益美:更加美好。

王胡之

与庾安西书①

此间万顷江湖，挠之不浊，澄之不清，而百姓投一纶②，下一筌③，皆夺其渔具，不输十疋④，皆不得放。不知漆园吏何得持竿不顾⑤，渔父何得鼓枻而歌沧浪也⑥！

【注释】

①王胡之：字修龄，东晋琅邪临沂（今山东临沂）人。历官郡守、侍中、丹杨尹。庾安西：庾翼，字稚恭，开封鄢陵（今河南鄢陵）人。自少有才名，累官至都督江荆司雍梁益六州诸军事、安西将军、荆州刺史。

②纶（lún）：钓鱼线。

③筌（quán）：用竹条或草编制的捕鱼器具。

④输：交纳。疋（pǐ）：同“匹”，指布帛。

⑤漆园吏：指庄子，曾为宋国漆园吏。持竿不顾：见于《庄子·秋水》。

⑥“渔父”句：见于屈原《渔父》。鼓枻（yì）：摇动船桨。沧浪：指《渔父》中渔父唱的歌：“沧浪之水清兮，可以濯吾缨；沧浪之水浊兮，可以濯吾足。”

张天锡

答索商书①

非吾好行，行有得也。观朝荣②，则敬才秀之士；玩芝兰③，则爱德行之臣；睹孤松，则思贞操之贤；临清流，则贵廉洁之行；览蔓草，则贱贪污之吏；逢飓风④，则恶凶狡⑤之徒。若引而伸之，无遗漏矣。

【注释】

①张天锡：字纯嘏，前凉皇帝，在位十二年，降前秦苻坚。后归晋，为护羌校尉、凉州刺史。索商：人名，生平事迹不详。

②朝荣：花名，即木槿，早开暮落。

③玩：玩赏。芝兰：香草名。

④飓风：海上的风暴。

⑤凶狡：凶恶残暴。

登大雷岸与妹书①

吾自发寒雨②，全行日少③，加秋潦浩汗④，山溪猥⑤至，渡泝⑥无边，险径游历，栈石星饭⑦，结荷水宿⑧，旅客贫辛，波路⑨壮阔，始以今日食时⑩，仅及大雷⑪。涂登⑫千里，日逾十晨，严霜惨节⑬，悲风断肌⑭。去亲为客，如何如何！

向因涉顿⑮，凭观川陆，遨神清渚⑯，流睇方曛⑰；东顾五洲⑱之隔，西眺九派⑲之分；窥地门⑳之绝景，望天际之孤云。长图大念㉑，隐心者久矣㉒！南则积山万状，负气㉓争高，含霞饮景㉔，参差代雄㉕，凌跨长陇㉖，前后相属㉗，带天有匝㉘，横地无穷。东则砥原远隰㉙，亡端靡际㉚。寒蓬㉛夕卷，古树云平㉜。旋风四起，思鸟群归。静听无闻，极视不见。北则陂池潜演㉝，湖脉通连，苎蒿攸积㉞，菰芦㉟所繁。栖波之鸟㊱，水化之虫㊲，智吞愚，强捕小，号噪惊聒㊳，纷牣㊴其中。西则回江永指㊵，长波天合，滔滔何穷，漫漫安竭？创古迄今，舳舻㊶相接。思尽波涛，悲满潭壑。烟归八表㊷，终为野尘，而是注集㊸，长写不测㊹，修灵浩荡㊺，知其何故哉？

西南望庐山，又特惊异。基㊻压江潮，峰与辰汉㊼相接。上常积云霞，雕锦缛㊽。若华夕曜㊾，岩泽气通㊿，传明散彩(51)，赫似绛天(52)。左右青霭(53)，表里紫霄(54)。从岭而上，气尽金光，半山以下，纯为黛色(55)。信可以神居帝郊(56)，镇控(57)湘、汉者也。

若潨洞所积(58)，溪壑所射，鼓怒之所豗击(59)，涌澓之所宕涤(60)，则上穷荻浦(61)，下至狶洲(62)，南薄燕派(63)，北极雷淀(64)，削长埤(65)短，可数百里(66)。其中腾波触天，高浪灌日，吞吐百川，写泄万壑。轻烟不流(67)，华鼎振涾(68)。弱草朱靡(69)，洪涟陇蹙(70)。散涣长惊(71)，电透箭疾(72)。穹溘崩聚(73)，坻飞岭覆(74)。回沫冠山，奔涛空谷(75)，碪石(76)为之摧碎，碕岸为之整落(77)。仰视大火(78)，俯听波声，愁魄胁息(79)，心惊慓(80)矣！

至于繁化殊育(81)，诡质怪章(82)，则有江鹅、海鸭、鱼鲛、水虎之类(83)，豚首、象鼻、芒须、针尾之族(84)，石蟹、土蚌、燕箕、雀蛤之俦(85)，坼甲、曲牙、逆鳞、返舌之属，掩沙涨(86)，被草渚(87)，浴雨排风(88)，吹涝弄翮(89)。

夕景欲沉，晓雾将合，孤鹤寒啸，游鸿远吟，樵苏一叹(90)，舟子(91)再泣，诚足悲忧，不可说也。风吹雷飙，夜戒前路(92)，下弦内外(93)，望达所届(94)。

寒暑难适，汝专自慎，夙夜戒护(95)，勿我为念。恐欲知之，聊(96)书所睹。临涂草蹙(97)，辞意不周(98)。

【注释】

①鲍照：字明远，东海（今江苏连云港市东）人。南朝刘宋时代的著名诗人。出身贫贱，为谋生路，曾向临川王刘义庆献诗，被任为国侍郎之职。晋文帝元嘉十六年（439）四月，刘义庆出镇江州（今江西九江）。同年秋天，鲍照从建康（今南京市）赴江州就职，途中经过大雷岸，举目四眺，情怀殷殷，于是挥毫泼墨，给胞妹鲍令晖（为当时著名才女）写下了这封传颂千古的家书。

②发寒雨：冒着寒冷的秋雨出发。

③全行日少：整个行程中都很少见到太阳。

④秋潦：秋雨。潦，积在地上的雨水。浩汗：水势广阔的样子。

⑤猥（wěi）：猝，一下子。

⑥渡泝（sù）：泛指渡水。泝，同“溯”，逆流而上。

⑦栈石：在石岩险绝处用竹木架起的险路。星饭：在星光下吃饭。

⑧结荷：指用荷叶作遮蔽。水宿：在水边过夜。

⑨波路：水路。

⑩食时：指申时（下午3点至5点）。古时一般吃两顿饭，晚饭在申时。

⑪大雷：地名，在今安徽省望江县。

⑫涂：同“途”。登：行进。

⑬惨节：刺骨之意。

⑭断肌：冻裂肌肤。

⑮向：适才。涉顿：指在旅途中止歇。

⑯遨神：神游。清渚：水中小洲。

⑰流睇：放眼四望。方曛（xūn）：正是黄昏时间。这里指傍晚的景色。

⑱五洲：指大雷岸一带的沙洲。

⑲九派：长江于浔阳分为九股支流。

⑳地门：可能是指附近地势险要处。

㉑长图大念：想得很远很深。长，远。大，深。图、念，思考。

㉒隐心者久矣：心中久久感到忧伤惆怅。隐，隐忧。

㉓负气：恃气，不服气。

㉔饮景：饮着阳光。

㉕参差：形容山势高低不一。代雄：争雄。

㉖长陇：指连绵不断的较低的群山。

㉗相属：相连。

㉘带天有匝：形容山脉环绕着天边成一周，延绵无穷。匝，周。

㉙砥原：像磨刀石一样平坦的平原。砥，磨刀石。隰（xí）：低地。

㉚亡端靡际：谓找不到头，望不到边。亡，无。靡，无。

㉛蓬：草名，也叫“转蓬”。

㉜云平：高与云齐。

㉝陂：水泽：演：地下水脉。

㉞苎：麻一类的植物。蒿：一种野草。攸：所。

㉟菰(gū):茭白。芦:芦苇。
㊱栖波之鸟:水鸟。
㊲水化之虫:鱼。《说文》:"鱼,水虫也。"
㊳聒(guō):喧闹声。
㊴纷牣(rèn):充满。
㊵回江:曲折的江流。永指:远去之意。永,长。指,趋。
㊶舳:船尾。舻:船头。
㊷八表:八方极远之地。
㊸是:指江水。注集:流注汇集。
㊹写:同"泻"。不测:指不知其开始和终极。
㊺修灵:这里指神灵。《离骚》:"怨灵修之浩荡兮,终不察夫民心。"《离骚》中,修灵指楚王。浩荡:《离骚》中指昏庸糊涂、不加思虑,这里指漠然无知觉。
㊻基:指山脚。
㊼辰汉:指天空。汉,河汉,即银河。
㊽雕锦缛:像用锦缛装饰的一样。
㊾若华:指夕阳。若,若木,是古代神话中日落之处的树。曜(yào):照耀。
㊿岩泽气通:山泽之间,雾气相通。
51传明散彩:指山泽之气将阳光的明亮色彩传到各处。
52赫:红色。绛天:红色的天。
53霭:云气。
54表里紫霄:即与紫霄为表里。紫霄,深蓝色的天空。
55黛色:青黑色。
56神居帝郊:像神一样处在帝郊。帝郊,天帝所在地。传说九嶷山是帝舜的葬地。
57镇控:镇守控制。
58潨(zhōng):小水流入大水。洞:水流很急。
59鼓怒:指疾风鼓起的怒涛。豗(huī):撞击。
60涌:翻腾。这里指翻腾的波浪。澓(fú):回旋的水流。宕涤:指冲刷。宕,荡击。
61荻浦:长着芦苇的水边。
62狶洲:野猪出没的荒洲。狶,同"豨",猪。
63薄:逼近。𠂢:是"派"的本字,水的支流。
64极:到。淀:指比较浅的湖泊。
65埤(bǐ):补,增补。
66百里:方圆百里。
67轻烟不流:指轻烟凝滞在水流湖泊之上。
68华鼎振涾(tà):意谓像一个巨大华丽的鼎,水在其中振荡沸腾。振涾,振动溢出。
69朱靡:指草被淹没。
70洪涟:洪波。陇蹙:聚集。陇,通"拢"。
71散涣长惊:指浪花四散惊飞。
72电透箭疾:像电光和箭一样快。透,闪过。
73穹:高大。溘(kè):水。崩聚:指水浪起伏。

⑭坻(chí)飞岭覆:就像小岛飞腾,山岭倾覆一样。坻,水中高地。

⑮空谷:将山谷冲刷一空。

⑯碪石:捣衣石。这里指大石头。

⑰碕(qí)岸:曲岸。齑(jī):碎末,粉末。

⑱大火:星宿名,即心宿,火星。

⑲愁魄:心惊魄动。胁息:屏住呼吸。

⑳慓(piāo):疾速。

㉑繁化殊育:指为天地所化育的各种不同的动物。

㉒诡质:体态怪异。诡,诡异,奇异。质,躯体。怪章:外貌奇特。章,外表,花纹。

㉓江鹅:水鸥。鱼鲛:有花纹的一种鱼。水虎:水兽名。

㉔豚首:海豚。象鼻:传说中一种鼻如象的怪鱼。芒须:须如芒的水生动物。针尾:尾如针的水生动物。

㉕燕箕:传说中的一种头圆秃如燕,身圆扁如簸箕的鱼。俦(chóu):类。

㉖掩沙涨:隐藏在沙丘之间。

㉗被草渚:隐藏在草渚之中。被,覆盖。

㉘排风:乘风。

㉙吹涝:指鱼类往外吐水。弄翮(hé):指鸟类举翼。翮,鸟羽的茎,这里指翼。

㉚樵苏:砍柴割草的人。

㉛舟子:船夫。

㉜夜戒前路:夜里停止赶路。

㉝下弦:阴历二十二、二十三日,月亮呈弓弦状,即月缺一半,叫"下弦"。内外:左右。

㉞所届:届所,指目的地。

㉟夙夜:早晚。戒护:注意保重身体。

㊱聊:姑且。

㊲涂:同"途"。草蹙:仓猝。

㊳周:周详。

谢　朓

拜中军记室辞隋王笺①

故吏文学谢朓②，死罪死罪③。即日被尚书④召，以朓补中军新安王⑤记室参军⑤。朓闻潢汙之水⑥，愿朝宗而每竭⑦；驽蹇之乘⑧，希沃若⑨而中疲。何则？皋壤摇落⑩，对之惆怅；歧路西东⑪，或以歍唈⑫。况乃服义徒拥⑬，归志莫从⑭。邈若坠雨⑮，翩似秋蒂⑯。

朓实庸流⑰，行能无算⑱。属天地休明⑲，山川受纳⑳。褒采一介㉑，抽扬小善㉒。故舍耒场圃㉓，奉笔兔园㉔。东乱三江㉕，西浮七泽㉖。契阔戎旃㉗，从容燕语㉘。长裾日曳㉙，后乘载脂㉚。荣立府庭，恩加颜色㉛。沐发晞阳㉜，未测涯涘㉝；抚臆论报㉞，早誓肌骨㉟。

不悟沧溟未运㊱，波臣㊲自荡；渤澥方春㊳，旅翮㊴先谢。清切藩房㊵，寂寥旧荜㊶。轻舟反溯㊷，吊影独留。白云在天，龙门㊸不见。去德滋永㊹，思德滋深。

唯待青江㊺可望，候归艎于春渚㊻；朱邸㊼方开，效蓬心于秋实㊽。如其簪履㊾或存，衽席㊿无改；虽复身填沟壑[51]，犹望妻子如归[52]。揽涕告辞，悲来横集[53]，不任犬马之诚[54]。

【注释】

①谢朓：字玄晖，阳夏（今河南太康）人，南齐时期著名诗人，“永明体”的代表，他与谢灵运并称“二谢”。曾任宣城太守，官至尚书吏部郎。后被诬陷，下狱处死。拜：授予官职。中军：中军将军，指新安王萧昭文。记室：记室参军。隋王：萧子隆，齐武帝萧赜的儿子，封隋王。笺：信。这是谢朓辞谢隋王任命他为记室参军的信。

②故吏：旧日的官吏。文学：汉代州郡、王国所设官职。萧子隆为荆州刺史时，谢朓曾做过他的文学掾。

③死罪：给位尊者写信用的客套话。

④尚书：指尚书省，中央行政机关。

⑤新安王：萧昭文，即帝位不久被杀。

⑥潢（huáng）：积水池。汙：积水。

⑦朝宗：朝见天子，借指江河流归大海。每：常常。

⑧驽：劣马。蹇（jiǎn ）：跛脚。

⑨沃若：马行强健的样子。以上四句都是谢朓自比的话。

⑩皋壤：水泽边的陆地，此指水边草木。

⑪歧路西东：在岔路上分别，各自西东。

⑫或以欷(wū)唈(yi)：有人因此悲伤而抽泣。欷唈，抽泣。

⑬服义徒拥：空有对你高义的钦佩。

⑭归志莫从：归心于你的意向却不能实现。

⑮邈若坠雨：远远地离开你，如同雨从天上坠地。意指既不可复还，且地位相差如天地之远。

⑯翩：轻快的样子。蒂：瓜果与枝蔓相连接的部分。

⑰庸流：平庸之辈。

⑱行能：品行、才能。无算：不值一提。

⑲属(zhǔ)：恰逢。天地：比喻齐武帝肖赜。休明：美好贤明。

⑳山川：比喻隋王萧子隆。受纳：接受容纳。

㉑褒：赞扬。采：采用，录用。一介：一个，自谦之词。

㉒小善：微小的优点。

㉓耒(lěi)：农具。场圃：泛指田园。场，打谷场。圃，菜园。

㉔奉笔：用自己的文才来侍奉。兔园：汉文帝之子刘武（梁孝王）的园囿，这里借指隋王府。

㉕东乱三江：在东面，跟从隋王渡过了三江。乱，渡水。三江，浦阳江、松江、钱塘江。谢朓曾做过会稽太守。

㉖西浮七泽：西面，渡过了七泽。七泽，见于司马相如《子虚赋》："楚有七泽。"所指不详。谢朓曾随萧子隆在荆州，故曰西。

㉗契阔：劳苦，勤苦。戎旃(zhān)：军旗。旃，旗帜。

㉘燕语：悠闲地谈话。燕：通"宴"，安闲。

㉙长裾(jū)日曳：每天拖着衣裾跟随。裾，衣服的前后部分。曳，拖。

㉚乘：车。载脂：车轴已涂上油脂，指驾车紧随。

㉛恩：给予恩惠。加颜色：给以和善的脸色，指十分看重。

㉜沐发晞(xī)阳：出自《楚辞·九歌·少司命》："与汝沐兮咸池，晞汝发兮阳之阿。望美人兮未来，临风怳兮浩歌。"原指少司命对情人的思念，这里借指对隋王的思念。沐发，洗头发。晞阳，晒太阳。

㉝涯涘(sì)：水边，此指边际。

㉞抚臆论报：扪心自问报答你的心意。

㉟早誓肌骨：早已发过铭心刻骨的誓言。

㊱沧溟未运：大海没有动。《庄子·逍遥游》："北冥有鱼……化而为鸟……怒而飞，其翼若垂天之云。是鸟也，海运则将徙于南冥。南冥者，天池也。"冥，通"溟"，大海。这里以大鹏喻隋王尚未遇时升迁。

㊲波臣：鱼，谢朓自喻。

㊳渤澥(xiè)：渤海，喻隋王。方春：正当春天，喻隋王正在上升时期，归附的人很多。

㊴旅翮(hé)：飞行的鸟的翅膀，此系谢朓自喻。

㊵清切：凄清已极。藩房：指隋王。藩，侯王的封国。

㊶旧荜(bì)：指谢朓自己。荜，荜户，用树枝编扎成的门，指代简陋的房舍。

㊷轻舟：指送谢朓去建业（今南京市）的船。反溯：逆流而上，返回荆州。

㊸龙门：见于《楚辞·哀郢》："过夏首而西浮兮，望龙门而不见。"本指楚国郢都东门，这里指

荆州。

㊹去：离开。德：指隋王。滋：愈加。

㊺青江：春水满江。

㊻归艎(huáng)：返回建业的船。艎，艅(yú)艎，一种大船。渚(zhǔ)：小洲。

㊼朱邸：指隋王的官邸。朱，红色。邸，古代侯王或来朝的官员在京的住所。

㊽效蓬心于秋实：献出自己像秋天果实一样的心。

㊾簪履：簪子和鞋，指旧情。

㊿衽(rèn)席：饮宴时所设的席位，亦指旧情。

51虽复：即使。复，词尾。填沟壑：死亡的谦称。古代帝王死称山陵崩，大夫死称捐馆舍，庶民死称填沟壑。

52知归：知道归心于你。

53横集：纵横交集。

54不任犬马之诚：说不尽犬马一样的诚意。不任，不胜，不尽。

谢　氏

贻王肃书①

妾以陋姿，获侍巾栉②。结缡③之后，心协琴瑟④。每从刺绣之余，间及诗歌之事。煮凤嘴⑤以联吟，爇龙涎⑥以吊古。当此之时，君怀金石之贞，妾慕松筠之节。虽菡萏之并蒂、比翼之双飞。未足方⑦其情谊也。

顷缘谗隙之生，远适异国。犹忆临歧分袂，言与涕零。亲戚送者，皆为感叹。呜呼！岁月易迁，山川间隔。君留蓟北，妾在江南。鸿帛杳然，鱼书不至⑧。言念及此，未尝不顾影徘徊，泣数行下也。迩年以来，益复情怀恍惚，镜台寂寞。披览往牒⑨，见画眉⑩之胜事，则膏沐无光；想举案⑪之休风，则珍羞不旨。阅未终篇，废书长想。春花空艳，秋月徒圆。子规时助其哀，寒蛩亦增其戚⑫。秦嘉徐淑⑬，岂伊异人。妾之薄命，一至于斯！

前者北使至南，闻君爵列尚书，联姻帝室。夫尚书为喉舌之司，典领枢机，参赞庶务，银章紫绶，焜耀一时。况以萧史之才名，配弄玉之芳姿⑭。或携手于花前，或弹琴于月下。回视牛衣对泣⑮之日，不啻人间天上！独可叹者，既有丝麻，遂弃菅蒯⑯。糟糠⑰之妻，白首饮恨。使宋宏⑱高义，专美千秋。妾独何心，能不悲哉！

呜呼已矣！衰秋蒲柳，倍加憔悴；昔日缠绵，总成幻影。感连理之分枝，悼盛哀之变态。晨钟一叩，万境皆空⑲。自兹而往，妾惟绣佛长斋，参稽三乘⑳。借菩提之杨枝，洗铅华之繁艳。岂更盼鹨鹕于水中，望鸳鸯于塘上乎㉑！但念机上之丝，本为箔上之蚕，虽云得络，讵㉒属无情？况修途困顿，达人所怜。不敢望窦滔之迎，庶少鉴若兰之志㉓。得假片刻，以罄鄙怀，妾之愿也，惟君图㉔之。

【注释】

①王肃：字恭懿，武德（今河南沁阳东南）人，胸有大志，在南齐武帝时任要职，后因避祸奔走北魏，官至尚书令，蒙诏娶陈留长公主。王肃在北齐时曾聘谢氏为妻，谢氏闻知王肃再娶陈留长公主后，就写了这封信。信中痛苦地回忆了当初的夫妻恩爱和别后相思之情，表达了寄希望于遁入空门、解脱痛苦的心情。王肃后来造了“正觉寺”，谢氏入寺以至终身。

②巾栉（zhì）：巾指洗脸之巾，栉为梳篦总称。古时以“侍巾栉”作为妻妾自谦之词。

③结缡（lí）：古代女子出嫁时，母亲把佩巾结在女儿身上，以作婚后劳作时揩抹之用。后来人们就把结缡作为成婚的代称。

④心协琴瑟：感情就像合奏的琴与瑟一样协调和谐。

⑤煮凤嘴：指烹煮凤嘴茶。

⑥爇(ruò)龙涎：指点燃龙涎香。

⑦方：比得上。

⑧鸿帛、鱼书：二者在古时都是书信的代称。

⑨牒：指典籍。

⑩画眉：典出《汉书·张敞传》，张敞做京兆尹时曾为妇画眉。后以此喻指夫妻恩爱。

⑪举案：《后汉书·梁鸿传》载："（鸿）为人赁舂，每归，妻（孟光）为具食，不敢于鸿前仰视，举案齐眉。"案，有脚的饮食托盘。古时常以"举案齐眉"喻指夫妻相敬如宾。

⑫寒蛩(qióng)：蟋蟀。戚：忧愁。

⑬秦嘉徐淑：秦嘉、徐淑夫妻二人都是东汉诗人，情投意合，历来被奉为恩爱夫妻的典范。

⑭萧史、弄玉：传说春秋时萧史才能出众，善吹箫，能作鸾凤之音，娶秦穆公之女、美貌超群的弄玉为妻，并教她吹箫。后来吹箫时果然把凤引来了，于是弄玉乘凤，萧史乘龙，升天而去。

⑮牛衣对泣：典出《汉书·王章传》，王章到长安求学，因病卧床而无被，只得睡在牛衣中。牛衣，指由乱麻编成的衣服。

⑯既有丝麻，遂弃菅(jiān)蒯(kuǎi)：《左传·成公九年》有"虽有丝麻，无弃菅蒯"之句。菅、蒯，皆草名。古时常用菅蒯的茎编席、造纸，制作绳索及鞋屦等。

⑰糟糠：旧时穷人用酒渣、糠皮粗劣食物来充饥，后来代指曾经共患难的妻子。

⑱宋宏：人名，也作宋弘。《后汉书·宋弘传》中记载的宋弘的名言"贫贱之交不可忘，糟糠之妻不下堂"被传为千古美谈。

⑲晨钟：寺院早晨的钟声。空：佛教指事物虚幻无定，或指理体空寂无定。

⑳参稽：比较考察。三乘：佛教指引导、教化众生得以解脱的三种方法、途径，一般指声闻、缘觉、菩萨三种。

㉑鸂鶒(xī chì)、鸳鸯：二者都是水鸟，常成双成对游于水中。古时常常用以借指恩爱夫妻。

㉒讵(jù)：难道。

㉓窦滔、若兰：前秦人，二人为结发夫妻。窦滔曾因纳妾而疏远了妻子苏惠（字若兰），苏惠就织成回文璇玑图和诗赠与窦滔，其图文婉转循环，五色斑斓，语句凄婉，终于使窦滔回心转意，迎回苏惠，恩爱如初。

㉔图：考虑。

江　淹

报袁叔明书①

仆②知之矣，高皋为别，执手未期③。浮云色晓，怅然魂飞。前辱赠书，知命仆息心越地，采药稽山④，友人幸甚。去岁迫名茂才⑤，冬尽不获有报，引领⑥于邑，情讵⑦可及！足下推仆者⑧，不一二⑨谈也。

仆闻狂士之行有三，窃尝志之⑩。其奇者，则以紫天为宇，环海为池，倮⑪身大笑，被⑫发行歌。其次，则坚坐崩岸，僵卧深窟，朝餐松屑，夜诵仙经。其下，则辞荣城市，退耕岩谷，塞径绝宾，杜墙不出⑬。然者，皆羞为西山之饿夫⑭，东国之黜臣⑮，而况其乡党⑯乎？或有社稷之士⑰，入而忘归，则争论南宫之前，卫主于邪；伏身北阙之下，纳君于治。至乃一说之奇，警畏左右；一剑之功，震栗领国。夫能者，唯横议汉庭⑱，怒发燕路⑲，且犹不数，而况于邻里乎？

若仆之行止，⑳已无可言矣。材不肖㉑，文质无所直㉒，徒以结发㉓游学，备闻士大夫言曰："在国忠，处家孝，取与廉，交友义。"故拂衣于梁齐之馆㉔，抗手于楚赵之门㉕，且㉖十年矣。容貌不能动人，智谋不足自远㉗。竟惭君子之恩，卒离㉘饥寒之祸。近亲不言，左右㉙莫教。凉秋阴阴，独立闲馆，轻尘入户，飞鸟无迹，命保琴书而守妻子，其可得哉？故国史，小官也，而子长㉚为之；执戟，下位也，而子云㉛居之。仆非有轻车骠骑㉜之略，交河云险㉝之功，幸以盗窃文史之末，因循卜祝㉞之间。故俯首求衣，敛眉寄食耳。若十口之隶，去于饥寒。从疾旧里，斥归故乡。箕坐㉟高视，举酒极望。虽五侯交书，群公走币㊱，仆亦在南山之㊲南矣。此可为智者道，难与俗士言也。

方今仲秋风飞，平原彫㊳色。水鸟立于孤洲，苍葭变于河曲。寂然渊视㊴，忧心辞矣。独念贤明蚤世㊵，英华殂落㊶。仆亦何人，以堪久长？一旦松柏被地，坟垄刺天，何时复能衔杯酒者乎？忽忽㊷若狂，愿足下自爱也。

【注释】

①江淹：字文通，济阳考城（今河南兰考）人。南朝梁文学家。历仕宋、齐、梁三朝，累官梁金紫光禄大夫。少孤贫好学，以文章名世。晚年安富尊荣，脱离现实，才思锐减，人称"江郎才尽"。袁叔明：袁炳，字叔明，陈郡阳夏（今河南太康）人，江淹挚友。刘宋末年，江淹因上讽诗被建平王刘景素贬为建安吴兴（今福建浦城）县令三年，在此期间，他的同郡好友袁炳多次致书安慰，并向朝廷荐举江淹。江淹此时对宋末动荡局势深为厌恶和担忧，于是便给袁

炳写了这封回信，表明自己不愿再仕乱世的心迹和意欲归隐的决心。

②仆：自称谦辞。

③执手：握手。未期：没有日期。此句言相见甚难。

④稽山：会稽山，在今浙江省绍兴市东南。

⑤茂才：即秀才。东汉避光武帝刘秀名讳，改称“茂才”。

⑥引领：伸长脖子，形容盼望殷切。

⑦讵(jù)：岂。

⑧足下：敬辞，称对方。推：推举，举荐。

⑨一二：一一。司马迁《报任安书》：“事未易一二为俗人言也。”

⑩窃：谦辞，犹言私下。志：记。

⑪倮(luǒ)：同“裸”。

⑫被：同“披”。

⑬杜墙不出：杜门不出，指不与世人交游。

⑭西山之饿夫：指殷末隐士伯夷、叔齐，因耻食周粟，遂饿死首阳山(一称西山)。

⑮东国之黜臣：指春秋末年大贤人柳下惠。柳下惠：东鲁人，为士师，三次被黜。

⑯乡党：乡里，乡邻。

⑰社稷之士：犹国士，一国中杰出的人物。社稷，国家。

⑱横议：肆意议论。“横议汉庭”，盖用汉时故事，不详何典。

⑲怒发燕路：据《史记·刺客列传》载，侠士荆轲为燕太子丹至诚所感，欲西去秦国刺杀秦王。燕太子丹送荆轲至易水上，为之饯行，高渐离击筑，荆轲歌曰：“风萧萧兮易水寒，壮士一去兮不复还。”发皆上指。

⑳行止：动静，进退，指行为举动。

㉑不肖：不贤。

㉒直：同“值”，犹言称道。

㉓结发：束发，指年轻时。

㉔拂衣：犹振衣，表示振奋。梁齐之馆：代指王侯府第。

㉕抗手：举手，指举手称臣。楚赵之门：代指王侯之门。

㉖且：将，将近。

㉗自远：为自身远谋。

㉘离：同“罹”，遭遇，蒙受。

㉙左右：身边之人。

㉚子长：司马迁，字子长，有良史才，为中书令，作《史记》。

㉛子云：扬雄，字子云，以文才为汉成帝召见，任给事黄门郎。按，汉时郎皆执戟。

㉜轻车骠骑：轻车，指轻车都尉李蔡。骠骑，指骠骑将军霍去病。二人均为西汉智勇双全的名将。

㉝交河云险：古战争地。汉元帝初元元年(前48)在交河设戊己校尉。

㉞卜祝：主管占卜和祭祀的人。司马迁《报任安书》：“文史星历，近乎卜祝之间。固主上所戏弄，倡优所畜，流俗之所轻也。”

㉟箕坐：谓坐时两脚分开，其形如箕，为一种轻蔑的态度。

㊱“五侯”二句：汉成帝时，封其舅王谭为平阿侯，王商为成都侯，王立为江阳侯，王根为曲阳

侯，王逢时为高阳侯，一门五人同日封侯，世称“五侯”。这里以“五侯”代指高官显宦。晋袁淑《白马篇》：“五侯竞书币，群公函为言。”

㊲南山：杨恽《报孙会宗书 ：“田彼南山，荒秽莫治。”后遂借指隐居之所。

㊳彯(piāo)：通“飘”，飘卷。

㊴寂然：静寂貌。渊视：深视。

㊵蚤世：过早地辞世。蚤，同“早”。

㊶殂(cú)落：死亡。

㊷忽忽：心中空虚恍惚。

陶弘景

答谢中书书①

山川之美，古来共谈。高峰入云，清流见底。两岸石壁，五色交晖；青林翠竹，四时②俱备。晓雾将歇③，猿鸟乱鸣；夕阳欲颓④，沉鳞⑤竞跃。实是欲界⑥之仙都。自康乐⑦以来，未复有能与其奇者⑧。

【注释】

①本文是南朝梁代名士陶弘景写给好友谢征的一封短信，信中以清丽如画的文辞描写了江南山水之美，为六朝山水小品之名篇。谢中书：即谢征（一作“微”），曾任梁安成王萧秀的中书鸿胪，故称“谢中书”。陶弘景，字通明，当时隐居在句曲山，自号华阳陶隐居。每当国家有吉凶征讨等大事时，有很多人都前去向他咨询，时人谓之：“山中宰相”。他是信奉道教的思想家，长于描绘山水。有《陶隐居集》。

②四时：四季。

③歇：散尽。

④颓：坠，落下。

⑤沉鳞：水中游鱼。

⑥欲界：佛教所说的三界之一。此指人世间。此界为有七情六欲的众生所居，故称欲界。

⑦康乐：谢灵运，陈郡阳夏（今河南太康）人，移籍会稽（今江苏苏州）。南朝宋诗人，东晋名将谢玄之孙。晋时袭封康乐公，世称“谢康乐”。入宋，曾任永嘉太守、侍中、临川内史等职。后被杀。平生好游山水，以山水诗闻名，开文学史上山水诗一派。

⑧与：参与，领略。其：指山水。奇：奇妙。以上二句言，自谢灵运之后，不再有人能领略山水的妙趣了。

丘 迟

与陈伯之书①

迟顿首。陈将军足下:无恙②,幸甚幸甚!将军勇冠三军,才为世出③,弃燕雀之小志,慕鸿鹄以高翔。昔因机④变化,遭遇明主,立功立事,开国称孤⑤,朱轮华毂⑥,拥旄⑦万里,何其壮也!如何一旦为奔亡之虏⑧,闻鸣镝而股战⑨,对穹庐⑩以屈膝,又何劣邪!

寻君去就之际⑪,非有他故,直以不能内审诸己⑫,外受流言⑬,沉迷猖獗⑭,以至于此。圣朝赦罪责功⑮,弃瑕录用⑯,推赤心于天下⑰,安反侧于万物⑱。此将军之所知,不假仆一二谈也⑲。朱鲔喋血于友于⑳,张绣剚刃于爱子㉑,汉主㉒不以为疑,魏君待之若旧㉓。况将军无昔人之罪,而勋重于当世。夫迷途知返,往哲是与㉔;不远而复,先典攸高㉕。主上屈法申恩㉖,吞舟是漏㉗。将军松柏不剪㉘,亲戚㉙安居,高台㉚未倾,爱妾尚在。悠悠㉛尔心,亦何可言?今功臣名将,雁行有序,佩紫怀黄㉜,赞帷幄之谋㉝;乘轺建节㉞,奉疆埸之任,并刑马作誓㉟,传之子孙。将军独靦颜借命㊱,驱驰毡裘之长㊲,宁不哀哉!

夫以慕容超之强,身送东市㊳;姚泓之盛,面缚西都㊴。故知霜露所均,不育异类㊵;姬汉旧邦,无取杂种㊶。北虏僭盗中原㊷,多历年所㊸,恶积祸盈,理至焦烂㊹。况伪孽昏狡㊺,自相夷戮㊻;部落携离㊼;酋豪猜贰㊽。方当系颈蛮邸㊾,悬首藁街㊿。而将军鱼游于沸鼎[51]之中,燕巢于飞幕[52]之上,不亦惑乎!

暮春三月,江南草长,杂花生树,群莺乱飞。见故国之旗鼓,感平生于畴日[53],抚弦登陴[54],岂不怆悢[55]!所以廉公之思赵将[56],吴子[57]之泣西河,人之情也。将军独无情哉?想早励良规[58],自求多福。

当今皇帝盛明,天下安乐。白环西献,楛矢东来[59];夜郎、滇池,解辫请职[60];朝鲜、昌海、蹶角受化[61]。唯北狄[62]野心,掘强沙塞之间[63],欲延岁月之命耳!中军临川殿下[64],明德茂亲[65],总兹戎重[66],吊民洛汭[67],伐罪秦中[68]。若遂[69]不改,方思仆言,聊布往怀[70],君其详[71]之。丘迟顿首。

【注释】

①陈伯之:睢陵(今江苏睢宁)人。原为齐末江州刺史,梁武帝举兵灭齐后,招降了他,仍封为江州刺史,任镇南将军,封丰城县公。天监元年(502)听信部下挑唆,举兵反梁,兵败投魏,封为平南将军。天监四年,梁中军临川王萧宏率军伐魏,陈伯之领兵在寿阳(今安徽寿

县一带)抵抗梁军。萧宏命随军记室丘迟写了这封信,规劝陈伯之归降。信中晓之以理,动之以情,既义正辞严,又娓娓动听,"伯之得书,乃于寿阳拥兵八千归降"。这是一篇出色的招降文字,一篇传诵千古的骈体书信。丘迟:字希范,吴兴乌程(今浙江吴兴)人,齐时为殿中郎。后仕梁,任中书郎、临川王记室、永嘉(今浙江温州)太守、司空从事中朗等,擅长写骈文和山水诗,盛负文名。

②无恙:古人习用的问候语。恙,忧,病。

③才为世出:才能是当世杰出的。

④因机:顺应时机。此指陈伯之能顺应形势的变化而变化,弃齐归梁。

⑤开国:建国。指梁朝建立。孤:诸侯的自称。陈伯之降梁后因助萧衍平齐有功,封为丰城县公,位比诸侯,所以说"开国称孤"。

⑥朱轮华毂(gǔ):用丹漆涂饰车轮,这里指装饰华丽的车子。毂,车轮中的圆木。

⑦拥旄(máo):指古代高级武官持节统制一方。拥,持。旄,用旄牛尾装饰的旗子,此指旄节,是古代帝王赐给高级官员镇守一方的凭证。

⑧一旦:忽然之间。奔亡之虏:逃亡投敌分子。

⑨鸣镝:响箭。镝,箭头。股战:大腿发抖。

⑩穹庐:毡帐,今俗称蒙古包。

⑪寻:研究,推究。去就:指去梁而就北魏。

⑫直:只,不过。以:因为。审:仔细考虑。

⑬外受流言:指陈的部下邓缮、戴永忠、褚緭等人怂恿陈伯之反萧衍。

⑭沉迷猖獗:迷惑狂妄。

⑮责功:要求立功。

⑯弃瑕录用:指录用人才时不计较人的过错。瑕,玉石上的赤斑,此指人的过失。

⑰推赤心于天下:指梁主对天下人推心置腹,诚心待人。据《后汉书·光武帝纪》载,刘秀破铜马等军时,曾随便带几个人,轻骑入降营中,降者说他"推赤心置人腹中"。

⑱安反侧于万物:指梁主诚心待人,使天下动摇不定的人安定下来。据《后汉书·光武帝纪》载,光武帝破邯郸王郎,搜得自己军中吏人与王郎私通的书信,当众将这些书信烧毁,说:"令反侧子自安。"反侧子,即动摇分子。万物,指各种各样的人。

⑲假:借助。仆:作者对自己的谦称。一二谈:一一叙说。

⑳朱鲔(wěi):王莽末年绿林军的将领。他曾劝更始皇帝刘玄杀了光武帝刘秀的哥哥。后刘秀攻洛阳,朱鲔守之。刘秀派人劝降,朱鲔不敢,怕刘秀加害于他。刘秀再派人对朱鲔说:"夫建大事不忌小怨,今降,官爵可保,况诛罚乎?"朱鲔于是献城投降。友于:指兄弟,此指刘秀之兄刘伯升。

㉑张绣:汉末军阀。据《三国志·魏书·武帝纪》载,建安二年(197)春正月,曹操攻宛城,张绣投降,既而反悔,又和曹操交战,杀死了曹操的儿子曹昂和侄子安民。建安四年,张绣率众投降曹操,封列侯。剚自(zì):刺杀。

㉒汉主:指汉光武帝刘秀。

㉓魏君:曹操。之:指张绣。

㉔往哲:以往的哲人、圣贤。与:赞许。

㉕不远而复,先典攸高:迷途不远而返,这是古代经典所推崇的。先典,古代的典籍,这里指《易经》。《易经·复卦》中有"不远复,无祇悔,元吉"的话。攸,所。高,推崇,以为高。

㉖屈法:轻法。申恩:重恩。
㉗吞舟是漏:能够吞舟的大鱼也可以漏网。指梁武帝轻法重恩,罪恶重大的人也可以宽赦。吞舟,比喻罪恶重大的人。
㉘松柏:古人常在坟旁种植松柏,此代指祖坟。剪:除。
㉙亲戚:这里是指父母兄弟。
㉚高台:指住宅。
㉛悠悠:深思的样子。
㉜紫:紫绶,系官印的带子。黄:指金印。
㉝赞:协助。帷幄:军中的帐幕。
㉞轺(yáo):一匹马拉的轻车,使者所坐。建节:将旄节插立在车上。节,符节,旄节。
㉟刑马作誓:杀白马,饮血为誓,这是古代诸侯会盟的一种仪式,以示庄重。这里是说梁朝有誓约,功臣名将的爵位允许传给子孙。
㊱靦(miǎn)颜:厚颜。借命:偷生。
㊲毡裘之长:指北魏的君主。毡裘,指胡人用羊毛织制的衣着。
㊳慕容超:十六国时南燕的君主,在晋末宋初曾大掠淮北,刘裕北伐活捉他,解赴建康(今南京)斩首。东市:是汉朝在长安处决犯人的场所,后来泛指刑场。
㊴姚泓:十六国时后秦的君主。刘裕打败慕容超后,又伐后秦,攻克长安,后秦主姚泓出降。面缚:面向前,双手捆于背后。西都:长安。
㊵霜露所均:指霜露所及的天地之间。育:养育。异类:指少数民族,旧时对外族的侮称。
㊶姬汉旧邦:是说北方中原地区是周汉的故国。取:收。杂种:对外族的侮称。
㊷北虏:指北魏。虏,敌人。僭(jiàn)盗:即盗号,假称帝号。
㊸多历年所:已经有许多年了。历,过。年所,年数。当时北魏建立已一百多年了。
㊹理至焦烂:理当到了崩溃灭亡之时了。
㊺伪孽:指魏君。孽,妖孽,恶人。昏狡:昏庸狡诈。
㊻夷戮:诛杀。公元 501 年,北魏宣武帝的叔父咸阳王元禧图谋作乱,被赐死。
㊼携离:分裂。携,背叛。
㊽酋豪:酋长。猜:猜忌。贰:二心。
㊾系颈:以绳系颈,投降请罪。蛮邸:外族首领来朝时在京都所住的馆舍。
㊿藁街:汉朝长安的一条街名,蛮邸设在这里。
51沸鼎:盛满沸水的烹饪器。《后汉书·刘陶传》:刘陶上疏曰:"欲铸钱齐货以救其敝,此犹养鱼沸鼎之中,栖鸟烈火之上……用之不时,必至燋烂。"
52飞幕:飘摇不定的帐幕。《左传·襄公二十九年》:"季札曰:'夫子之在此也,犹燕之巢于幕上,'"此句借指陈伯之处境险恶。
53畴日:昔日。
54抚弦登陴(pí):持弓登城,指两军对垒。抚,持。弦,弓弦。陴,城上女墙,即城上小墙。
55怆恨(chuàng liàng):悲伤。
56廉公:廉颇,赵国名将。后赵悼襄王以乐乘代之,颇怒而投奔魏国,魏王不能信用他,这时赵国常被秦军围困,"赵王思复得廉颇,廉颇亦思复用于赵"。思赵将:指廉颇在魏国思复为赵将。
57吴子:吴起。吴起为魏国镇守西河(今陕西郃阳一带),魏武侯听信谗言,将吴起召回。吴起知道自己走后，西河就会被秦占领，所以临走时望西河而哭泣。见《吕氏春秋·长见》。

(58)想：希望，盼望。早励良规：早日作出好的打算。良规，好的打算。

(59)白环西献：《文选》李善注引《世本》曰："舜时，西王母献白环及佩。"白环，白玉制成的环。楛(hù)矢：楛木制成的箭。《文选》李善注引《家语》："孔子曰：昔武王克商，于是肃慎氏贡楛矢石砮。"

(60)夜郎：古国名，今贵州省桐梓县东。滇池：古代的滇国，在今云南省昆明市一带。解辫请职：解其辫发，请求封职，表示归顺汉朝。职，封职。一说朝贡。

(61)朝鲜：东部临国。朝鲜王卫满于汉惠帝时归属中国。昌海：蒲昌海，古代西域国名，今新疆罗布泊。朝鲜、昌海与上句中的夜郎、滇池，均指四周边远国家。蹶角：叩头。受化：接受教化。

(62)北狄：指北魏。

(63)掘强：同"倔强"。沙塞：沙漠边塞。

(64)中军：中军将军。临川：临川王萧宏，梁武帝的弟弟。

(65)明德：好的品行。茂亲：至亲。

(66)总兹戎重：总领这次北伐的军事重任。戎重，军事重任。

(67)吊民：慰问老百姓。洛汭(ruì)：洛水流入黄河的地方，这里泛指洛阳地区。

(68)伐罪：讨伐有罪的人。秦中：今陕西中部地区。

(69)遂：因循，仍旧。

(70)布：陈述。往怀：昔日的情谊。

(71)详：仔细考虑。

吴　均

与顾章书①

仆春月谢病②,还觅薜萝③。梅溪④之西,有石门山者:森壁争霞⑤,孤峰限日⑥。幽岫⑦含云,深溪蓄翠⑧。蝉吟鹤唳,水响猿啼。英英⑨相杂,绵绵成韵⑩。既素重幽居,遂葺宇其上⑪。幸富菊花,偏饶竹实⑫。山谷所资⑬,于斯已办⑭。仁智所乐⑮,岂徒语哉。

【注释】

①吴均:字叔庠,故鄣(今浙江安吉县西北)人,南朝梁代著名文学家,曾任建安王萧伟记室、国侍郎、奉朝请等官职。

②谢病:称病辞官。

③觅:寻找。薜萝:指风景优美的地方。薜,薜荔,常青灌木。萝,兔丝,藤蔓植物。

④梅溪:今浙江安吉县东三十里有梅溪山。

⑤森壁争霞:陡峭的山岩与云霞比高。森,指陡峭。

⑥限日:阻挡着太阳。

⑦幽岫(xiù):幽暗的山峰。岫:有山洞的山。

⑧蓄翠:蓄藏着绿翠,指树木茂郁。

⑨英英:声音和谐的样子。

⑩绵绵:悠长不绝。成韵:形成和谐悦耳的声音。

⑪葺(qì):修缮。宇:本指屋檐,这里指房屋。

⑫偏:最。饶:多。竹实:与上文的菊花都是隐士的食物。

⑬山谷所资:隐居在山谷所需的东西。

⑭斯:代词,此。办:具备。

⑮仁智所乐:仁者、智者所喜欢的。《论语·里仁》:“智者乐水,仁者乐山。”

与宋元思书①

风烟俱净,天山共色。从流飘荡②,任意东西。自富阳至桐庐③,一百许里,奇山异水,天下独绝。

水皆缥碧④,千丈见底。游鱼细石,直视无碍。急湍甚箭⑤,猛浪若奔。

夹岸高山,皆生寒树。负势竞上,互相轩邈⑥,争高直指,千百成峰。泉水激石,泠泠⑦作响。好鸟相鸣,嘤嘤成韵。蝉则千转⑧不穷,猿则百叫无绝。鸢飞戾天者,望峰息心⑨;经纶世务者,窥谷忘反⑩。横柯⑪上蔽,在昼犹昏;疏⑫条交映,有时见日。

【注释】

①本文是吴均写给他的好友宋元思(一作"朱元思")的信。信中以清新明丽的语言形象生动地描写了富春江的秀丽景色和旖旎风光,向来被誉为山水文学的典范之作。

②从流飘荡:指乘船漂流江上。

③富阳:今浙江省富阳县,在富春江下游。桐庐:今浙江省桐庐县,也在富春江边上。

④缥:淡青色。碧:绿色。

⑤湍(tuān):水流很急,这里指急流。甚箭:比箭还快。

⑥负势:指山自负形势之高。竞上:争着攀高。互相轩邈:指竞相伸展,互比高远。轩,高。邈,远。

⑦泠泠(líng):形容水声清亮。

⑧转:通"啭",鸣叫。

⑨鸢(yuān):即鹞鹰。戾天:高飞入天。息心:死了心。这两句是说,就是那能高飞的鸢,看到这样的高峰,也便息了飞越的雄心。这里暗喻追求功名希望飞黄腾达的人。

⑩经纶:经营。世务:人世上的事业,多指从政经商。窥:看到。忘反:留连忘返。这两句话是说,即使有志于世务的人,看到这样的山谷,也会留连忘返。

⑪柯:树枝。

⑫疏:稀疏。

徐　勉

为书诫子嵩①

吾家世清廉，故常居贫素②。至于产业之事，所未尝言，非直③不经营而已。薄躬遭逢④，遂至今日，尊官厚禄，可谓备⑤之。每念叨窃若斯⑥，岂由才致⑦？仰藉先代风范及以福庆⑧，故臻⑨此耳。古人所谓以清白遗子孙，不亦厚乎！

【注释】

①徐勉：字修仁，南北朝时梁人。梁武帝时任中书令。

②贫素：不富裕。素，朴素。

③非直：不但，不仅。

④薄躬：微不足道的自身。遭逢：指遇到好机会。

⑤备：完备。

⑥叨窃：谓不当有而有之，谦辞。若斯：像这样。

⑦岂由才致：哪里是因为自己的才能得到的。

⑧藉：依赖。福庆：福气。

⑨臻：达到。

祖鸿勋

与阳休之书①

阳生大弟，吾比②以家贫亲老，时还故郡。在本县之西界，有雕山焉。其处闲远，水石清丽，高岩四匝③，良田数顷，家先有野舍于斯，而遭乱荒废，今复经始④。即石成基⑤，凭林起栋⑥。萝生映宇⑦，泉流绕阶。月松风草，缘庭绮合⑧。日华云实⑨，傍沼星罗。檐下流烟，共霄气而舒卷⑩；园中桃李，杂松柏而葱茜⑪。时一褰裳涉涧⑫，负杖登峰，心悠悠以孤上⑬，身飘飘而将逝，杳然不复自知在天地间矣。若此者久之，乃还所住。孤坐危石，抚琴对水；独咏山阿⑭，举酒望月。听风声以兴思⑮，闻鹤唳以动怀⑯。企庄生之逍遥⑰，慕尚子之清旷⑱。首戴萌蒲⑲，身衣缊袯⑳。出艺㉑梁稻，归奉慈亲。缓步当车，无事为贵。斯已适矣㉒，岂必抚麈㉓哉！

而吾子既系名声之缰锁㉔，就良工之剞劂㉕。振佩紫台之上，鼓袖丹墀之下㉖。采金匮之漏简㉗，访玉山㉘之遗文。敝精神于丘坟㉙，尽心力于河汉㉚。摛藻期之鞶绣㉛，发议必在芬香。兹自美耳，吾无取焉。尝试论之：夫昆峰㉜积玉，光泽者前㉝毁；瑶山㉞丛桂，芳茂者先折。是以东都有挂冕之臣㉟，南国见捐情之士㊱。斯岂恶梁锦、好蔬布哉㊲？盖欲保其七尺㊳，终其百年㊴耳。今弟官位既达㊵，声华㊶已远。象由齿毙，膏用明煎㊷。既览老氏谷神之谈㊸，应体留侯止足之逸㊹。若能翻然清尚㊺，解佩捐簪㊻，则吾于兹山㊼，庄可办一。得把臂入林，挂巾垂枝；携酒登巘㊽，舒席平山；道素志㊾，论旧款㊿；访丹法[51]，语玄书[52]，斯亦乐矣，何必富贵乎？去矣阳子，途乖趣别[53]，缅寻此旨[54]，杳若天汉[55]。已矣[56]哉，书不尽言。

【注释】

①祖鸿勋：范阳（今北京）人，先在魏为州主簿、廷尉正等职，后弃官归家。高欢征他到并州，官至高阳太守。为官清正，颇得时人称道。阳休之：字子烈，右北平无终（今河北蓟县）人，历官魏、齐、周三朝，曾任太子少保、和州刺史。这封信在当时以描绘山景水色著称。

②比：近来。

③匝（zā）：环绕。

④经始：开始修建。

⑤即石成基：就山石做房基。

⑥凭林起栋：靠着树林盖房屋。凭，依靠。栋，房屋的正梁，指房屋。

⑦萝生映宇：生长出的女萝映照着房檐。

⑧缘庭绮合：缘着庭院像绸缎一样铺满。绮，织有素文的丝织品。

⑨日华:阳光。云实:一种丛木。
⑩霄气:云雾。舒卷:散开、聚拢。
⑪葱茜(qiàn):茂郁。
⑫时:有时。褰(qiān)裳:提起下衣。褰,提起,撩起。裳,古人穿在下身的一种裙。
⑬悠悠:悠然自得。孤上:独自登山。
⑭山阿:山谷。
⑮兴思(sì):引发思绪。
⑯唳(lì):鹤的鸣叫声。动怀:牵动情怀。
⑰企:企望,仰慕。庄生:庄周。逍遥:优游自得貌。庄子著有《逍遥游》一篇。
⑱尚子:尚子平,学道术,辞官隐居,砍柴为生。清旷:清静旷达。
⑲萌蒲:斗笠。
⑳缊袯(bó):蓑衣。
㉑艺:栽种。
㉒斯:代词,这。适:适意。
㉓抚麈(zhǔ):抚摸麈尾,指作高雅清谈。麈,驼鹿,尾可做拂尘。
㉔吾子:对人的爱称。系名声之缰锁:被名声的缰绳拴住。
㉕就良工之剞劂(jī jué):指阳休之受名声的拘束,改变了自己的本性。良工,好的工匠。剞劂,一种刻刀,意指雕刻。
㉖"振佩"二句:在宫殿上摆舞佩带,在殿下挥动衣袖,意指在皇帝面前奔走叩拜。紫台,紫宫,帝王居住在专访。丹墀(chí),古代宫殿前的台阶,漆成红色,叫丹墀。墀,台阶。
㉗金匮:古代帝王藏书之所。漏简:残缺不全的书籍。简,竹简,指书籍。
㉘玉山:古代帝王藏书之所。
㉙敝:尽,用尽。丘坟:古书名。《左传·昭公十二年》:"是能读三坟五典八索九丘。"
㉚河汉:指怪诞的言论,见于《庄子·逍遥游》:"吾闻言于接舆,大而无当,往而不返,吾惊怖其言,犹河汉而无极也。"
㉛摛(chī)藻:写文章遣词用句。鞶(pán) 绣:古人束衣服的大带上的绣花,指辞藻华美。
㉜昆峰:昆山,盛产美玉,在今新疆和田县内。
㉝前:先。
㉞瑶山:传说中的仙境。
㉟东都:洛阳。挂冕之臣:逢萌,字子庆,在长安学通《春秋》经,王莽杀其子宇,逢萌解冠挂在东都城门而归。挂冕,辞官。
㊱南国:楚国。捐情之士:指屈原自沉汨罗江而死。
㊲斯:代词,这,指逢萌、屈原一类人。粱锦:黄粱米和锦绣衣。蔬布:粗食粗布。
㊳七尺:七尺之躯。
㊴百年:指寿命。
㊵既达:已经显达。
㊶声华:名声。
㊷膏用明煎:油脂因为用以照明而燃烧。
㊸老氏:老子。谷神之谈:指长生不老之论。《老子》:"谷神不死,是谓玄牝。"河上公注:"谷,养也。人能养神则不死。神,谓五脏之神也。"

㊹体：体察。留侯：即张良，辅佐刘邦建立了汉朝，封留侯。止足之逸：指辞官隐居。《史记·留侯世家》："留侯乃称曰：'……今以三寸舌为帝者师，封万户，位列侯，此布衣之极，于良足矣。愿弃人间事，从赤松子(传说中的神仙)游耳。'"逸，隐逸。

㊺翻然：一改前貌的样子。清尚：清静高尚，这里指追求清尚。

㊻解佩捐簪：指辞去官职。捐，除去。

㊼兹山：这座山，指雕山。

㊽登巘(yǎn)：登山。巘，大山上的小峰。

㊾道素志：谈论平生的志向。

㊿论旧款：叙旧情。款，款曲，诚恳之情。

(51)访丹法：访求炼丹的方法。

(52)语玄书：谈论玄学书。玄书，指老庄哲学著作。

(53)途乖趣别：道路不同，意趣有别。

(54)缅：远。旨：意思，意愿。

(55)天汉：银河。

(56)已矣：算了。已，止。

庾 信

谢滕王集序启①

信启:伏览制垂赐集序。紫微悬映,如传阙里之书②;青鸟遥飞,似送层城之璧③。若夫甘泉宫里,玉树一丛,玄武阙前,明珠六寸,不得譬此光芒,方斯烛照④。有节有度,即是能平八风;愈唱愈高,殆欲去天三尺。

殿下雄才盖代,逸气横云,济北颜渊,关西孔子⑤。譬其毫翰,则风雨争飞;论其文采,则鱼龙百变。蒲桃绕馆,新开碣石之宫⑥;修竹夹池,始作睢阳之苑⑦。琉璃泛酒,鹦鹉承杯⑧。凤穴歌声,鸾林舞曲⑨。况复行云逐雨,回雪随风。湖阳之尉,既成为喜之因⑩;春陵之侯,便是销忧之地⑪。

某本乏材用,无多作述。加以建邺阳九⑫,劣免儒硎;江陵百六⑬,几从土垅。至如残编落简,并入尘埃;赤轴青箱,多从灰烬。比年疴恙弥留,光阴视息,桑榆已迫,蒲柳方衰,不无秋气之悲,实有途穷之恨。是以精采瞀乱⑭,颇同宋玉;言辞蹇吃,更甚扬雄⑮。一吟一咏,其可知矣。好事者不求,知音者不用。非有班超之志⑯,遂已弃笔;未见陆机之文,久同烧砚⑰。至于凋零之后,残缺所余,又已杂用补袍,随时覆酱。圣慈怜愍,遂垂存录。始知揄扬过差,君子⑱失辞;比拟纵横,小人⑲迷惑。荆玉抵鹊⑳,正恐轻用重宝;龙渊削玉㉑,岂不徒劳神虑?匠石回顾,朽材变于雕梁㉒;孙阳一言,奔踶成于骏马㉓。故知假人延誉㉔,重于连城;借人羽毛,荣于尺玉。溟池九万里,无逾此泽之深;华山五千仞㉕,终愧斯恩㉖之重。

即日金门细管㉗,未动春灰,石壁轻雷,尚藏冬蛰㉘,伏愿圣躬,与时纳豫。南阳宝雉㉙,幸足观瞻;郦县菊泉㉚,差能延寿。伏迟至邺可期,从梁有日㉛。同杞子之盟会㉜,必欲瞻仰风尘;共薛侯而来朝㉝,谨当逢迎冠盖。鱼肠尺素,凤足数行㉞,书此谢辞,终知不尽。谨启。

【注释】

①庾信:字子山,南阳新野(今属河南)人,北周著名文学家。滕王:即宇文逌(yóu),字尔固突,北周文帝宇文泰之子。滕王逌曾制作《庾信集序》,庾信就写了这封短信表达感谢之情。

②紫微:星座名,三垣之一。阙里:在今山东省曲阜市城内,阙里中有孔子宅,宅中有庙。

③青鸟:《山海经》中有"三危之山,三青鸟居之"之说。层城:《淮南子》载"昆仑山上有层城九重"。

④甘泉宫:西汉文学家扬雄曾作《甘泉赋》,传说甘泉宫中,上起神层,前庭植玉树,珊瑚为

枝,碧玉为叶。玄武阙前:指北阙,曾以拥有三寸珠闻名。全句称赞藤王之文章,光芒灿烂,虽珠玉难比。

⑤济北颜渊:《济北先贤传》中说戴宏自喻济北颜渊。关西孔子:《后汉书·杨震传》中有"关西孔子杨伯起"之说。

⑥碣石之宫:《史记·孟子荀卿列传》记载:"驺(zōu)衍如燕,昭王筑碣石宫,身亲往师之。"

⑦睢阳之苑:据《史记》记载,梁孝王筑东苑,方圆三百余里,扩睢阳城七十里。

⑧琉璃泛酒,鹦鹉承杯:琉璃碗是古时的一种酒具。鹦鹉螺因状似鹦鹉而得名,壳用作酒杯,十分奇特美观。

⑨凤穴歌声,鸾林舞曲:据《山海经》记载:"爰有歌舞之鸟,鸾鸟自歌,凤鸟自舞。"

⑩湖阳之尉,既成为喜之因:据《后汉书》记载,光武帝杀湖阳尉,军中分财物不均,众人忿恨,欲谋反,光武帝又把同宗人的财物聚敛起来全部分给众人,众人才满意。所以说"既成为喜之因"

⑪春陵之侯,便是销忧之地:据袁宏《后汉纪》记载,春陵孝侯曾请求汉元帝让他迁徙南阳,以作销愁之地。

⑫建邺阳九:是借指梁武帝太清三年(549)景侯之乱。

⑬江陵百六:是借指梁元帝承圣三年(554)败于魏军。

⑭瞀(mào)乱:迷惑,精神错乱。

⑮言辞蹇吃,更甚扬雄:此处是作者以汉代文学家扬雄口吃不善言谈来自比。

⑯班超之志:指汉代班超曾立大丈夫之志,投笔从戎,建功立业。

⑰陆机之文,久同烧砚:指西晋文学家陆机文名显赫,传说他的弟弟陆云曾写信称赞陆机之文,恨不得烧毁自己的笔砚。

⑱君子:此处指滕王。

⑲小人:此处是作者自称。

⑳荆玉抵鹊:传说卞和因不遇明主,曾怀抱玉璞在荆山之下痛哭,并以玉璞抵乌鹊。

㉑龙渊削玉:传说将烧红的刀剑浸入龙渊之水,铸成的刀剑切玉如泥,极为锋利。

㉒"匠石"二句:借用《庄子·山木》中的一个典故,谦称自己才疏学浅。匠石善于相看树木,众人对一种高大茂密之树纷纷称奇,他却不屑一顾,他认为正是因为此树一无所用才未被砍伐,因而长得高大茂盛。

㉓"孙阳"二句:借用秦穆公时的著名相马者孙阳伯乐善于发现良马的典故,言自己赖滕王而出名。奔踶(chí),奔驰之意。

㉔延誉:指称扬其美,使名誉远播。

㉕仞(rèn):八尺。

㉖斯恩:此恩。

㉗金门细管:传说古时金门山之竹可做律管。

㉘冬蛰:指昆虫得温则生长,得寒则藏匿。

㉙南阳宝雉:传说古代南阳郡的叶君是雄雉之神。

㉚郦县菊泉:传说古时南阳中有郦侯国,中有菊水,其源头皆是芳菊,水质甘甜馨香,饮之能长寿。

㉛至邺:以魏陈思王曹植喻指滕王。从梁:以汉梁孝王喻指滕王。

㉜同杞子之盟会:指春秋时期齐桓公与杞侯、莒子等会盟于曲池。

㉝共薛侯而来朝：据《左传》记载，滕侯、薛侯在朝廷曾争封先后。滕王宇文逌为北周文王之子，恰如当时滕侯乃周朝宗室，所以来朝会时有"共薛侯而来朝"之说。

㉞鱼肠尺素，风足数行：传说古时鱼肠、雁足都曾传送过书信，此处借指这封短信。

谢赵王赉米启①

某启：奉教垂赉米十石。丹乌衔檖，既集西周②；黄雀随车，还飞东市③。渍而为种，不无霜雪之精④；取以论兵，即有山川之势⑤。某陋巷箪瓢，栉风沐雨，剥榆皮于秋塞，掘蛰燕于寒山，仰费国租，遂开尘甑，非丹灶⑥而流珠，异荆台而炊玉⑦。东方朔之捧米⑧，既息长饥；西门豹之垦田⑨，方惭此赉。

【注释】

①赵王宇文招曾赏赐庾信十石米，庾信便写了这封短信答谢赵王。

②"丹乌"二句：传说周武王伐纣之时，"有火自天，止于王屋，流为赤乌，与谷俱来"。檖(suì)，通"穗"。

③"黄雀"二句：《神仙传》："成武丁闻群雀鸣而笑曰：'市东车翻覆米。'群雀相呼往食。遣视之，信然。"

④霜雪之精：《汜胜之书》："取雪汁渍原蚕屎五六日，和谷种之，能御旱，故谓雪为五谷精也。

⑤"取以"二句：《后汉书·马援传》："马援于帝前聚米为山谷，指画形势，开视众军所从道径往来，分析曲折，昭然可晓。"

⑥丹灶：铁丹之灶。

⑦荆台：楚襄王云梦之台。代指楚地。炊玉：《淮南子·俶真训》："譬若钟山之玉，炊以炉炭，三日三夜，而色泽不变。"

⑧东方朔之捧米：《汉书·东方朔传》中记载东方朔对皇上进言："侏儒长三尺余，奉一囊粟，钱二百四十。臣朔长九尺余，亦奉一囊粟，钱二百四十。侏儒饱欲死，臣朔饥欲死。臣言可用，幸异其礼；不可用，罢之，无令但索长安米。"

⑨西门豹之垦田：《史记·滑稽列传》："西门豹为邺令……发民凿十二渠，引河水灌民田，田皆溉。"

为梁上黄侯世子与妇书①

昔仙人导引，尚刻三秋②；神女将梳，犹期九日③。未有龙飞剑匣④，鹤别琴台⑤，莫不衔怨而心悲，闻猿而下泪⑥。人非新市，何处寻家？别异邯郸，那应知路？想镜中看影，当不含啼；栏外将花，居然俱笑。分杯帐里，却扇床前，故是不思，何时能忆！当学海神，逐浪风而来往；勿如织女，待填河而相见⑦。

【注释】

①梁上黄侯世子：指梁上黄侯萧晔之子萧悫(què)。

②仙人导引，尚刻三秋：是夫妻离别之辞。双方八月旦相会是由仙人导引，尚刻三秋之期。

③神女将梳，犹期九日：据《搜神记》记载，传说一青年男子与一神女相交，约定每年三月三日、五月五日、七月七日、九月九日、旦十五日相会。这里所说的九日，是泛指相会之日。

④龙飞剑匣：古时传说有一人经浅濑之时，剑忽于腰中跃出，入水乃变为龙，随后只见二龙相随逝去。

⑤鹤别琴台：古时有鼓琴别鹤的传说。鹤别，喻指夫妻远别。

⑥“莫不”二句：言莫如分两龙于剑匣，别双鹤于琴弦之悲。

⑦“当学”四句：喻指萧悫夫妻南北隔绝。

王　绩

答刺史杜之松书①

月日，博士陈龛至，奉处分②，借《家礼》，并帙封③送至，请领④也。又承欲相招讲礼⑤，闻命惊笑，不能已已。岂明公前眷⑥，或徒与下走⑦相知不熟也？下走意疏体放⑧，性有由然，兼弃俗遗名⑨，为日已久。渊明⑩对酒，非复礼义能拘；叔夜⑪携琴，唯以烟霞自适。登山临水，邈矣忘归；谈虚语元⑫，忽焉终夜。僻居南渚⑬，时来北山，兄弟以俗外相期，乡闾以狂生见待。歌"去来"⑭之作，不觉情亲；咏《招隐》⑮之诗，唯忧句尽。帷天席地，友月交风，新年则柏叶为樽，仲秋则菊花盈把。罗含宅内，自有幽兰数丛⑯；孙绰庭前，空对长松一树⑰。高吟朗啸，挈榼⑱携壶，直与同志者为群，不知老之将至。欲令复整理簪屦⑲，修束⑳精神，揖让邦君之门㉑，低昂刺史㉒之坐，远谈糟粕㉓，近弃醇醪㉔，必不能矣。亦将恐刍狗贻梦，栎社见嘲㉕。去矣君侯，无落㉖吾事。

【注释】

①王绩：字无功，号东皋子，唐绛州龙门（今山西河津）人。隋大业中举孝廉，授扬州六合县丞。后解职还乡里。唐武德初，待诏门下省。贞观初，以疾罢。性情放逸，嗜酒，著有《醉乡记》。杜之松：王绩故人，贞观时，为绛州刺史。曾请王绩讲礼，绩答曰："吾不能揖让邦君门，谈糟粕，弃醇醪也。"之松乃岁时赠以酒脯。此信即为答复杜之松聘请讲礼之事而作。

②处分：嘱咐。

③帙封：书的封套。

④领：接受。

⑤相招讲礼：参见注①。

⑥明公：对有地位之官吏的尊称。眷：顾念。

⑦下走：对自己的谦称。

⑧意疏：志趣疏宕。体放：形骸放浪。

⑨弃俗遗名：弃绝世俗，抛开声名。

⑩渊明：陶渊明，字元亮，或云名潜，字渊明，东晋浔阳柴桑（今江西九江市西南）人。曾任江州祭酒、彭泽令等职，因厌恶官场污浊，遂归隐田园，以诗酒自娱。

⑪叔夜：嵇康，字叔夜，三国魏谯郡铚（今安徽宿县西南）人。拜中散大夫。博闻该通，崇尚老庄，恬静寡欢，不阿权贵，工诗文，善鼓琴，为"竹林七贤"之一。景元中，遭诬陷，为司马昭所杀。以上以陶渊明、嵇康为喻，寄托了自己清高脱俗之志。

⑫虚:道家用语,指清静虚无之理。元:同"玄",道家用语,指玄妙之旨。

⑬渚:水边。

⑭去来:指陶渊明《归去来兮辞》,内容是抒写辞官归乡时的愉悦心情与隐居的乐趣。

⑮《招隐》:晋左思、陆机皆有《招隐诗》,为描写隐居生活之作。

⑯"罗含"二句:罗含,字君章,东晋桂阳耒阳(今湖南耒阳县)人。少有志尚,弱冠,州三辟,不就。桓温临州,补征西将军,转州别驾。以廨舍喧扰,于城西池小洲上立茅屋,伐木为材,织苇为席而居,布衣蔬食。后征为尚书郎。温重其才,迁宜都太守。官至廷尉。相传其致仕后,阶庭忽兰菊丛生,时人以为德行所感。

⑰:"孙绰"二句:孙绰,字兴公,晋太原中都人。博学善文,少有高尚之志,历任著作佐郎、永嘉太守、廷尉卿等职。绰尝于所居斋前种一株松,恒自守护。邻人曰:"树子非不楚楚可怜,但恐永无栋梁日耳。"绰答曰:"枫柳虽复合抱,亦何所施邪?"以上四句,以罗含、孙绰自喻,表达了不同流俗、洁身自好之志。

⑱榼(kē):盛酒器。

⑲整理簪屦:谓整理服饰,修饰仪容。簪,古时插冠或发髻之具。屦,鞋。

⑳修束:修饰,约束。

㉑揖让:宾主会见时相互行礼。揖,拱手行礼。让,谦让。邦君:刺史之别称。

㉒低昂:高低抑扬,指行礼。

㉓糟粕:比喻官场中的事理。

㉔醇醪:美酒。

㉕"亦将"二句:《庄子·天运》:"夫刍狗之未陈也,盛以箧衍,巾以文绣,尸祝齐戒以将之。及其已陈也,行者践其首脊,苏者取而爨之而已。将复取而盛以箧衍,巾以文绣,游居寝卧其下,彼不得梦,必且数眯焉。"刍,草。刍狗,即用刍草结成狗形,古时用以祭祀。祭前珍爱之,祭后废弃之,后因以比喻微贱无用之物。贻,遗留。梦,指噩梦。《庄子·人间世》:"匠石之齐,至于曲辕,见栎社树,其大蔽数千牛,絜之百围……匠伯不顾,遂行不辍。弟子厌观之,走及匠石,曰:'自吾执斧斤以随夫子,未尝见材如此其美也。先生不肯视,行不辍,何邪?'曰:'已矣,勿言之矣!散木也,以为舟则沉,以为棺椁则速腐,以为器则速毁,以为门户则液樠,以为柱则蠹,是不材之木也,无所可用,故能若是之寿。'"栎社,神社旁所种之栎树,喻无用之才,二句以刍狗、栎社为喻,说明自己恐怕成为无用之才而招致困辱与嘲笑。

㉖落:败坏。

答冯子华处士书[①]

乖别甫尔[②]，已十余年。诵采葛[③]之诗，增其慨咏。夫人生一世，忽同过隙[④]，合散消息[⑤]，周流不居，偶逢其适[⑥]，便可卒岁[⑦]。陶生[⑧]云："富贵非吾愿，帝乡不可期[⑨]。"又云："盛夏五月，跂脚北窗下，有凉风暂至，自谓是羲皇上人[⑩]。"嗟乎！适意为乐，雅会吾心。

吾河渚间有先人故田十五六顷，河水四绕，东西趋[⑪]岸各数百步。古人云：河济之滨宜黍[⑫]，况中州之腴乎[⑬]？家兄鉴裁通照[⑭]，知吾纵恣散诞，不闲拜揖[⑮]，糠粃[⑯]礼义，锱铢[⑰]功名，亦以俗外相待，不拘以家务。至于乡族庆吊[⑱]，闺门婚冠[⑲]，寂然不预者已五六岁矣。亲党[⑳]之际，皆以山麋野鹿相畜[㉑]。性嗜琴酒，得尽所怀，幸甚幸甚。近复都卢弃家[㉒]，独坐河渚，结构茅屋，并厨厩[㉓]总十余间，奴婢数人，足以应役。用天之道，分地之利[㉔]，耕耘穮蓘[㉕]，黍秫[㉖]而已。春秋岁时，以酒相续，兼多养凫雁[㉗]，广牧鸡豚。黄精白术[㉘]，枸杞薯蓣[㉙]，朝夕采掇，以供服饵[㉚]。床头素书[㉛]数帙，《庄》、《老》及《易》而已。过此以往，罕尝或披[㉜]。忽忆弟兄，则渡河归家，维舟岸侧，兴尽便返。每遇天地晴朗，则于舟中咏大谢"乱流趋孤屿"之诗[㉝]，渺然尽陂[㉞]泽山林之思，觉瀛洲方丈森然在目前[㉟]。或时与舟人渔子分潭并钓，俯仰极乐，戴星而归。歌咏以会意为巧，不必与夫悠悠[㊱]之闲人相唱和也。孤住河渚，傍无四邻，闻鸡犬，望烟火，便知息身之有地矣。

近复有人见增五加地黄酒方及种薯蓣枸杞等法，用之有效，力省功倍。不能暇修浑沌，并常行之[㊲]。裴孔明虽是异名教[㊳]物，然风月[㊴]之际，往往有高人体气[㊵]。兼特受巧性，思若有神。自作素琴[㊶]一张，云其材是峄阳孤桐[㊷]也。近携以相过，安轸[㊸]立柱。龙唇凤翮[㊹]，实与常琴不同。发音吐韵，非常和朗。吾家三兄生于隋末，伤世扰乱[㊺]，有道无位[㊻]，作《汾亭操)，盖孔子《龟山》[㊼]之流也。吾尝亲受其调[㊽]，颇为曲尽[㊾]。近得裴生琴，更习其操，洋洋[㊿]乎觉声器相得，今便留之，恨不得使足下为钟期[51]，良用耿耿。

吾所居南渚有仲长[52]先生，结庵独处三十载，非其力不食，傍无侍者。虽患喑[53]疾，不得交语，风神肃肃无俗气，携酒对饮，尚有典刑[54]。先生又著《独游颂》及《河渚先生传》，开物寄道悬解之作也[55]。时取玩读，便复江湖相忘。吾往见薛收[56]《白牛溪赋》，韵趣高奇，词义旷远，嵯峨萧瑟，真不可言，壮哉邈乎，扬班[57]之俦也！高人姚义尝语吾日："薛生此文不可多得，登太行，俯沧海，高深极矣。"吾近作《河渚独居赋》,为仲长先生所见,以为可与《白牛》连类,今亦写一本以相示,可与清溪诸贤共详之也。

乱极则治,王途渐亨[58]。天灾不行,年谷丰熟。贤人充其朝,农夫满于野。吾徒江海之士,击壤鼓腹[59],输太平之税耳,帝何力于我哉[60]?又知房李诸贤肆力廊庙[61],吾家魏学士亦申其才。公卿勤勤,有志于礼乐,元首明哲,股肱[62]惟良,何庆如之也。夫思能独放,湖海之士,才堪济世,王者所须。所恨姚义不存,薛生已殁,使云罗天网有所不该[63],以为叹恨耳。

吾比风痹发动[64],常劣劣不能佳[65]。然烟霞山水,性之所适,琴歌酒赋,不绝于时。时游人间,出入郊郭[66],暮春三月,登于北山。松柏群吟,藤萝翳景[67],意甚乐之。箕踞散发[68],与鸟兽同群,醒不乱行,醉不干[69]物,赏洽兴穷[70],还归河渚,蓬室瓮牖[71],弹琴诵书,优哉游哉,聊以卒岁。首夏[72]渐热,足下何如也?愿动息多宜。黄颊[73]之聚,何时暂忘?偶因南风,略示所怀,敬愿珍厚,不一一。王君白。

【注释】

①冯子华:作者友人。处士:旧时称有才德而隐居不仕的人。在这封信中,作者叙述其田园生活景况,寄托了闲逸超脱的襟情。

②乖别:离别。甫尔:指时间短暂。

③采葛:《诗经·王风》篇名,有"一日不见,如三月兮"等诗句,这里借以寄托思念友人之意。

④过隙:即白驹过隙,喻光阴迅速。《庄子·知北游》:"人生天地之间,若白驹之过郤,忽然而已。"郤,通"隙",缝隙。

⑤消息:消长,有进退、得失等义。

⑥适:指适意的人或事。

⑦卒岁:终了一生。

⑧陶生:即东晋大诗人陶渊明。

⑨"富贵"二句:见陶渊明《归去来兮辞》。帝乡,仙乡。

⑩"盛夏"四句:陶渊明《与子俨等疏》:"常言五六月中,北窗下卧,遇凉风暂至,自谓是羲皇上人。"与此所称引略异。跂脚,伸开两脚而坐或卧。跂,通:"歧",分开。羲皇上人,太古之人。

⑪趋:向。

⑫河济:黄河与济水。宜黍:适合种植黍类。

⑬中州:泛指黄河中游地区。腴:指土壤肥沃。

⑭家兄:即作者之兄王通,隋末大儒,聚徒河、汾间,仿古作《六经》,又为《中说》以拟《论语》。鉴裁:识断。通照:通达明彻。

⑮闲:熟悉。拜揖:指官场中的礼仪。

⑯糠粃:比喻蔑视。

⑰锱铢:古代重量单位,六铢为锱,二十四铢为一两。这里比喻轻视。

⑱乡族:乡亲族人。庆吊:贺喜与吊唁等事。

⑲婚冠:婚礼与冠礼。古代男子成年时举行加冠之礼,称为"冠礼"。

⑳亲党:亲戚。

㉑畜:养。
㉒都卢弃家:把家务一概抛开。都卢,一概。
㉓厩:牲口棚。
㉔“用天”二句:见《孝经·庶人章》。谓顺应自然规律,分别土地所能给人带来的利益而加以使用。
㉕穮(biāo):耘田除草。蓘(gǔn):以土壅苗根。
㉖秫:黏高粱。
㉗凫:野鸭。雁:指鹅。
㉘黄精:草名,根可入药。白术:草名,根、茎均可入药。
㉙枸杞:木名,果实与根皮可入药。薯蓣:即山药。
㉚服饵:食用。饵,吃。
㉛素书:写在白绢上的书。素,白色生绢。
㉜披:翻阅。
㉝大谢:即谢灵运,南朝宋阳夏(今河南太康)人。曾任太尉参军、永嘉太守、侍中等职。博览群书,工书画,喜遨游,以山水诗著称。时人以其与族弟谢惠连并称“大小谢”。后以谋反罪被杀。“乱流趋孤屿”句,引自谢灵运《登江中孤屿》诗,但此处引诗有误,原诗作“乱流趋正绝,孤屿媚中川”。
㉞陂:池塘。
㉟瀛洲、方丈:传说中的仙山名。森然:群峰耸立貌。
㊱悠悠:庸俗。
㊲“不能”二句:言不能在无所事事的状态中修养元气,而一并于日常活动中进行修养。混沌,指元气。
㊳名教:礼教。
㊴风月:清风明月。
㊵体气:气质。
㊶素琴:未加装饰之琴。
㊷峄阳孤桐:语见《书·禹贡》。谓峄山之阳特立之桐,适合制作琴瑟。峄山,在今山东省邹城市东南。孤,特立。
㊸轸:琴瑟上用以转动弦的木柱。
㊹龙唇凤翮:言琴的形状如龙唇凤翼。翮,羽翼。
㊺樱(yīng)乱:扰乱。
㊻有道:指有道之士。位:官职。
㊼《龟山》:即《龟山操》,琴曲名,相传为孔子所作。据汉蔡邕《琴操·龟山操》载,鲁季桓子受齐女乐,鲁君溺之,不理朝政。孔子欲谏不得,退而望鲁,见有龟山蔽之,乃作此曲。词曰:“予欲望鲁兮,龟山蔽之。手无斧柯,奈龟山何!”喻季桓子之秉政误国,如龟山之蔽鲁。
㊽调:训练。
㊾曲尽:周到。
㊿洋洋:美盛貌。
51钟期:即钟子期,春秋楚人,精于音律。伯牙鼓琴,志在高山,子期曰:“善哉!峨峨兮若泰山。”志在流水,子期曰:“善哉!洋洋兮若江河。”子期死,伯牙终身不复鼓琴。后遂用为知

音之典故。

㉒仲长:即仲长子光,亦隐者。见《新唐书·隐逸列传》。

㉓喑:嗓子哑,不能发声。

㉔典刑:同"典型",规矩。

㉕开物:揭示事理。寄道:寄寓大道。悬解:使人解脱。

㉖薛收:字伯褒,唐蒲州汾阴(今山西万荣县西南)人,曾任秦王府主簿、天策府记室参军等职。

㉗扬班:扬雄和班固,都是我国汉代著名辞赋家。

㉘王途:做官的途径。亨:通。

㉙击壤鼓腹:谓在太平盛世,过着耕耘饱食的生活。东汉王充《论衡·感虚》:"尧时五十之民,击壤于涂。观者曰:'大哉!尧之德也。'击壤者曰:'吾日出而作,日入而息,凿井而饮,耕田而食,尧何等力?'"《庄子·马蹄》:"夫赫胥氏之时,民居不知所为,行不知所之,含哺而熙,鼓腹而游。"

㉚帝何力与我哉:帝王对我有什么作用呢?力,功用。晋皇甫谧《帝王世纪》载《击壤歌》:"日出而作,日入而息,凿井而饮,耕田而食,帝力何有于我哉!"

㉛房李:房,当指房玄龄,唐太宗时为中书令,史称良相。李:未详。肆力:尽力。廊庙:朝廷。

㉜股肱:喻辅佐之臣。

㉝云罗天网:喻国家网罗人才的措施。该:周备。以上三句谓姚义、薛收已死,不能辅佐朝政,致使人才不能周备。

㉞比:近来。风痹:手足麻木之症。

㉟劣劣:衰弱貌。佳:好。

㊱郊郭:郊野和城郭。

㊲翳景:阴影遮蔽。翳,遮蔽。景,同"影"。

㊳箕踞:伸足而坐。

㊴干:冒犯。

㊵赏:指观赏景物。洽:遍。兴:兴致。

㊶蓬室瓮牖:结蓬草为室,以破瓮为窗。言住着简陋的房屋。

㊷首夏:孟夏。

㊸黄颊:鱼名。

骆宾王

与博昌父老书①

月日，骆宾王致书于博昌父老等。承并无恙②，幸甚，幸甚！

云雨俄别③，封壤④异乡。春渚⑤青山，载劳延想⑥。秋天白露，几变光阴。古人⑦云："别易会难。"不其然也⑧？

自解携襟袖⑨，一十五年。交臂⑩存亡，略无半在。张学士溘从朝露⑪，辟闾公倏掩夜台⑫。故吏门人，多游蒿里⑬；耆年宿德⑭，但见松丘⑮。呜呼！泉壤⑯殊途，幽明⑰永隔。人理危促⑱，天道奚言⑲？感今怀旧，不觉涕之无从也！过隙⑳不留，藏舟难固㉑。追维逝者㉒，浮生几何㉓？哀缘物兴㉔，事因情感。虽蒙庄一指㉕，殆先觉于劳生㉖；秦佚三号㉗，讵忘情于怛化㉘？啜其泣矣，尚何云哉㉙！

又闻移县就乐安故城。廨宇邑居㉚，咸徙其地㉛；里闬阡陌㉜，徒有其名。荒径三秋，蔓草滋于旧馆；颓墉㉝四望，拱木㉞多于故人。嗟呼！仙鹤来归，辽东之城郭犹是㉟；灵乌代谢㊱，汉南之陵谷已非㊲。

昔吾先君㊳，出宰㊴斯邑，清芬㊵虽远，遗爱㊶犹存。延首城池，何心天地㊷！虽则山河四塞，是称无棣之墟；松槚千秋，有切惟桑之里㊸。故每怀夙昔㊹，尚想经过，于役不遑㊺，愿言徒拥㊻。

今西成有岁㊼，东户无为㊽。野老清谈，怡然自得。田家浊酒，乐以忘忧。故可洽赏㊾当年，相欢卒岁㊿。宁复[51]惠存旧好，追思昔游。所恨企子望之[52]，经途密迩[53]，伫中衢而空轸[54]，巾下泽而莫因[55]。风月虚心，形留神送[56]；山川在目，室迩人遐[57]。以此怀劳[58]，增其叹息，情不遗旧[59]，书何尽言。

【注释】

①骆宾王：义乌（今属浙江省）人，官至侍御史，武后时，贬至临海县为丞，弃官。后随徐敬业起兵反对武则天，失败后不知下落。他与王勃、杨炯、卢照邻齐名，有"初唐四杰"之称。骆宾王的父亲在博昌（今山东博兴县南）做过县宰，骆宾王离开博昌也近五十年，博昌县治要迁往乐安城，他特地写这封信抒发自己怀旧之情，以慰当地父老。

②承：敬辞，意为承蒙惦念的意思。无恙（yàng）：没有病痛、祸患。

③云雨俄别：如云雨一样瞬时分别。俄：片刻。

④封壤：疆界，指各自所居住的郡县政区。

⑤渚（zhǔ）：水中的小陆地。

⑥载:语词,无义。延想:经常回想。

⑦古人:指东汉邯郸淳,其诗云:"行矣去矣,别易会难。"

⑧不其然也:难道不是这样吗?其,语气词。

⑨解携襟袖:指分别。相见携手,衣襟与衣袖相触;分别时,襟袖分离。

⑩交臂:指朋友。

⑪张学士:生平事迹不详。溘(kè):忽然。从朝露:指早逝。清晨的露珠在阳光照射下很快消失,以此比喻生命短促。

⑫辟闾公:不详。倏(shū):很快地。掩夜台:指死去。夜台,坟墓。

⑬蒿里:坟地。

⑭耆(qí)年:老年。宿德:素有道德的人。宿,久。

⑮但:仅仅。松丘:坟墓。古代坟墓前后多种松柏,故称"松丘"。

⑯泉壤:死者与活人。泉,黄泉,人死后的归宿。壤,土地,生人所居之地。

⑰幽明:阴间与阳世。幽,昏暗不明,指阴间。

⑱人理:人生道路。危促:危险而短促。

⑲天道:指上天所降的吉凶祸福。奚言:何言,指无从逆料。

⑳过隙:白驹过隙,见于《庄子·知北游》:"人生天地之间,若白驹(指太阳)之过隙,忽然而已。"本指光阴过得很快,这里指光阴。

㉑藏舟难固:比喻死生不能自定。原见与《庄子·大宗师》:"夫藏舟于壑,藏山于泽,谓之固矣,然而夜半有力者负之而走,昧者不知也。"

㉒追:追念,回想。维:语词,无义。

㉓浮生:人生。几何:多少时间。

㉔缘:因为。兴:引发。

㉕蒙庄:庄子,名周,蒙城(今河南商丘市东北)人,故称蒙庄。一指:把天地看作一个手指的说法。《庄子·齐物论》:"天地一指也,万物一马也。"

㉖殆(dài):似乎。劳生:人生的忙碌。见于《庄子·大宗师》:"夫大块载我以形,劳我以生,逸我以老,息我以死。"

㉗秦佚三号:见于《庄子·养生主》:"老聃(dān)死,秦佚吊之,三号而出。"秦佚,老子的朋友。三号,号叫了三声。

㉘讵(jù):难道。怛(dá)化:死亡。

㉙"啜其"二句:意思是我已伤心得抽噎哭泣了,还能谈我忘记旧情吗?啜(chuò),抽噎。

㉚廨(xiè)宇邑居:官府民房。

㉛咸:全部。徙:迁。

㉜闬(hàn):闾巷的门。阡陌:本指田间小路,这里指道路。

㉝颓墉:倒塌的城墙。墉,城墙。

㉞拱木:墓地上的树木。拱,两手相合。

㉟"仙鹤"二句:《搜神后记》:"辽东城门有华表柱,忽有一鹤集柱头,时有少年欲射之,鹤乃飞,徘徊空中而言说:'有鸟有鸟丁令威,去家千岁今来归。城郭如故人民非,何不学仙冢累累。'"作者以此抒发物是人非的感慨。

㊱灵乌代谢:时光流逝之意。灵乌,即金乌,指太阳。

㊲"汉南"句:意在抒发县治迁往乐安的怀旧之感。传说汉代郴县苏耽至孝,成仙回山,作歌

曰："乡原一别，重来是非。甲子不纪，陵谷迁移。"汉，指荆州一带。郴县属荆州。

㊳先君：指自己过世的父亲。

㊴出宰：出任县宰。

㊵清芬：比喻高洁的德行。

㊶遗爱：遗留的对博昌县人民的惠爱。

㊷何心天地：即天地何心，回想往事引发作者憾恨之情。

㊸"虽则"四句：意为博昌县虽然是古齐国险阻之地，对我来说却像故乡一样亲切。无棣，春秋时齐国北部边境邑名，代指齐国。墟，废墟，这里指疆域。松槚（jiǎ），松树和槚树，古代坟墓周围常种的树，代指故乡。切，切近，指亲切。惟桑，故乡。《诗经·小雅·小弁》："惟桑与梓，必恭敬止。"后人常以"桑梓"、"惟桑"指故乡。里，里巷。

㊹夙昔：往昔。

㊺于役：行役，指做官。不遑：没有空闲。遑，闲暇。

㊻愿言徒拥：空有对故乡的思念。愿言，思念。言，语词，无义。

㊼西成：收成。有岁：好年成，丰收。

㊽东户无为：指农闲无可作为。东户，传说中的古代升平社会。

㊾洽赏：共赏。

㊿卒岁：终了一年。

51宁复：宁愿。复，词尾，无义。

52恨：遗憾。企：踮起脚跟。

53密迩：近。

54伫：停留。中衢（qú）：路途中。衢，本指四通八达的道路，此指道路。轸（zhěn）：伤痛。

55巾下泽：给车子盖好帷幔，意指架好车。下泽，轻便的车。莫因：没有理由。

56"风月"二句：当风清月明、思绪宁静的时候，身躯虽在此而心早已飞往博昌。

57室迩人遐：居宅虽近，但主人却很远，无法相见了。

58怀劳：劳心。

59遗旧：忘却旧情。

袁楚客

规魏元忠书[1]

今皇帝新服厥德[2],任官惟贤才,左右惟其人[3]。君为元首,臣作股肱[4],可布大化[5]以利朝廷,存古道以正天下。去邪佞,使小人之道消;进忠良,使君子之道长。岂得安其荣宠,守其循默[6]者哉?若以此为常,非所以爱人治国矣。传曰:苟利社稷,专之可也[7]。君侯念之哉!

昔汉成帝时,王氏[8]擅权。刘向[9]谏曰:"臣闻公族[10]者国之枝叶,枝叶落,本根无所庇荫。方今同姓[11]疏远,母党[12]专政,排摈宗枝[13],孤弱公族,非所以保守社稷,安固国嗣[14]也。"其言甚切,多所称引,成帝虽悲伤叹息,而不能用。此非帝不知之,而不赞[15]者,臣之罪也。其后王氏竟假周公之事[16],而起田常之乱[17]。此乃大臣循默之失也,惟君侯戒之哉!

夫利万物者道[18]也,惟君子能行之;害万物者邪也,惟小人固为之。以道心济物[19],则上天祐之,虽履危而必安矣;以邪心害物,则明神殛[20]之,虽居安而必危矣。何则?势使之然也。故济物者其心广矣,害物者其心褊[21]矣。心广者所务不专于身,心褊者所利不及于物。哲人知其若此,必守道以广其心,屈己以利其物。行道于身而必全其身,行道于国而必全其国。帝王失道之正,大臣必以道化之。昔伊尹[22]有言曰:"予弗克俾厥后为尧舜,其心愧耻,若挞于市[23]。"获览伊尹之说,非尧舜之君,但以道佐之,亦可致之尧舜也。既食人主之禄,而忧人主之事,光赞[24]其美,规救[25]其恶,建功于当年,可谓无负于天下,惟君侯志[26]之哉!

夫欲安天下者先正其本,本正则天下必固,不正其本则天下必危。国之兴亡,实在此矣。师丹[27]曰:太子者,天下之本也。譬之大树,无本则枝叶零瘁[28]。国无太子,则朝野不安。先王必立之者,以储君[29]有次立之势,故令师保[30]教以君人之道,用蕴崇[31]其德,所以重宗社而安天下也。今皇子既长而未定嗣[32],是天下无本,可谓危矣。犹大树无枝叶,何以存乎?愿君侯以清宴[33]之间而尽言于上,择其贤者而立之,此乃安天下之道也。《书》曰:"一人元良,万邦以贞[34]。"斯之谓也。而使春宫久旷[35],岂谓宜乎?此则朝廷之失,君侯不正,谁正之哉?

又闻古之封子弟建侯伯者,将以藩屏[36]王室,安固邦基,垂永代之业,为磐石之宗也[37]。又闻女有内则[38],男有外傅[39]。男女有别,刚柔分矣。内外斯隔,阴阳著[40]矣,岂可滥哉?然而幕府[41]者,丈夫之职,非妇人之事。今诸公主并开建府僚[42],崇置法官[43]，秩[44]若亲王。以女处男职，所谓长阴而抑阳也，而望阴阳不愆[45]，风雨无爽[46]，其可得乎？窃谓非致远之计，乖[47]久长之策。《书》曰："事不师古，以克永代，匪说攸闻[48]。"此之谓也。此则朝廷之二失，君侯不正，谁正之哉？

又闻人之生也，有祸有福，有贵有贱。此并禀之于前业[49]，当受之于此身。然崇佛教者，特以资彼来生[50]，鲜有益于见报[51]，若求之理国，恐不在此矣。然三教[52]俱设，各有所务，而行之者不可过也。行释教者修身之本，行儒教者理国之源。修身是来生之资，理国乃即代[53]之务。然则即代至近，来生至远，舍近求远，不亦乖乎？存彼弃此，不亦谬乎？今度[54]人既多，缁衣[55]满路，率无戒行[56]，宁有经业[57]？空赍重宝[58]，专附权门，取钱奏名[59]，皆有定价。昔之卖官也，钱入公府；今卖度也，钱入私家。以兹入道[60]，实非履正[61]，诡情[62]不变，徒为游食[63]，使法侣有失[64]，而流俗[65]生厌。名曰度人，其实颓[66]矣。今主上虽希心圣教[67]，专想泥空[68]，奈社稷何？奈苍生何？君侯不以中庸[69]之义，悟大圣[70]之志，但能致一代于仁寿[71]之域，斯亦至尊[72]之道也。此则朝廷之三失，君侯不正，谁正之哉？

又闻古人有言曰："唯名与器不可以假人[73]。"《书》曰："天工人其代之[74]。"故知代天工，非才[75]不可。若有所滥，必失天意，而无患祸者，未之有也。今不专精庶政[76]，而留心于奇伎[77]，至于倡优[78]之辈，因其耳目之好，遂升之于位，授之以官，岂非轻朝廷而乱正法邪？然人君无私赏，此上天之化人，私怒者害物，私赏者恐费财，古人此之尤慎，岂得私人以官乎？若以此为政，何以答皇天之命也？此则朝廷之四失，君侯不正，谁正之哉？

又闻：贤者，邦家之光也[79]，任之可以致理，弃之足能生乱。三仁去而殷亡[80]，百里入而秦霸[81]，有国家者，固须择也。昔者战国之代，得士者昌，失士者亡，莫不以求贤为急务。霸者仗之，以命诸侯，况巍巍唐国明天子，苟存斯道，则三皇五帝，可缓步而越也。近者有制搜扬[82]，广求贤俊，戋戋束帛，贲于邱园[83]，翘翘车乘[84]，访及山谷，此我皇勤之之至也。虽有好贤之名，竟无得贤之誉，非皇情之不眷，谅有司[85]之过也。何则？圣主求贤，访诸草泽，及有司选士，多是亲党，若非有贿，必以势求，上失天心，下违人望，即非为官择吏[86]，所谓为人择官[87]，蠹[88]政之源，败国之甚。《书》曰："治乱在庶官[89]。"孔安国[90]曰："得人则理，失人则乱[91]。"葛洪[92]曰："举秀才不知书，察孝廉[93]浊如泥，高第贤良怯如蝇[94]。古人规职勤诵经[95]，今人国家勉营生[96]。"此之谓也。此则朝廷之五失，君侯不正，谁正之哉？

又阉竖[97]者，给宫掖[98]之事，供扫除之役。上古皆备此职，但以奴隶畜[99]之，岂及于官次[100]？中古以来，大道乖丧[101]，不重贤哲，唯亲近习[102]。或委以事，或授以权，遂使竖刁[103]乱齐，伊戾[104]败宋。君侧之人，众所畏惧，葛洪所谓鹰头之蝇，庙垣[105]之鼠，无拳无勇，职为乱阶者也[106]。洎[107]乎后汉，用事尤甚，时君乃不知其失，大臣又畏罪不言，所以害及生灵，毒流天下。至于晚节[108]，竟乱中朝[109]，各相党余[110]，屠害良善。此时也，忠臣义士，睹斯[111]慷慨，不得不权[112]行杀戮，至于无须[113]而横死者，不可胜言。岂非结祸之深，自危之速。《易》曰："小人用壮[114]。"斯之谓也。自大君[115]受命,中兴成务[116],独有阉竖,坐升班秩[117],既无正阙[118],多授员外[119],举其全数,向[120]满千人。苟绾青紫[121],蚕食府库,既非致理[122]之道,实为长乱之阶[123]。《书》曰:"人无于水鉴,当于人鉴[124]。"观往古之成败,亦可见今之得丧。故曰前事之验[125],后事之师。此则朝廷之六失,君侯不正,谁正之哉?

又闻自古圣帝,卑宫菲[126]食,茅茨不翦,采椽不斫[127]。将以俭约遗子孙,亦所以爱惜人力也。《书》曰:"酣酒嗜音,峻宇彫墙,有一于此,未或不亡[128]。"况于臣下,安得以肆屠[129]为务乎?若有僭滥[130],必生患祸。患祸之来,可翘足而待也。今之公王,凡有所赏,将以倾府库,所造私宅,皆是官供。观其疏凿池亭,崇峻廊宇,山无木石,必他山以致之。木无因近,必穷远以采之。珍馆出云[131],画堂赫日[132],造之竟岁,功用不绝。自开泰[133]以来,未之有也。而行者见之,佥[134]曰非国戚不得如此,非贵人不得若斯。仆每闻斯言,将有以讥于君矣。何者?为君所以养人,非所以害人。今外戚不助养人,反害于人,岂有益于吾君乎?然堂上远于百里,君门隔于九重[135],人主既不知之,君侯又不言之,岂使人主虚受谤[136]于天下也?此则朝廷之七失,君侯不正,谁正之哉?

又闻官者将以理人,将以安人,非以乱人,非以害人。故先王欲人理,必选材以理之;欲之安,必省事[137]以安之。不欲人于乱,必拨乱以整之;不欲人有害,必去害以全之。若此,诚欲于天下同忧矣。人有乐,君共之;君有乐,人庆之。可谓同乐矣。如此,则上下无间,君臣合德,同于一体也。若下有怀忧之人,上无同忧之主,欲求人理,不可得也。今天下穷困,海内虚耗,复以州牧县宰,选授多不得人。自余僚佐,鲜有称职,不务公谨,专于割剥[138]。人不聊生,安肯惧死?既不惧死,是能生变。下有忧而上不知也。比之马也,必除其害牧[139];状[140]之羊也,必去其乱群。此道尚有所阙,而反更员外置官,所谓助桀为虐[141],足以速[142]祸也。夫人之情自知,员外恐人不畏,必峻法[143]以惧之,恐财之不足,必枉道[144]以夺之。以有限之物,供无厌之用,欲其不乱,岂可得哉?古人有言:十羊九牧[145]。羊既不得食,人亦不得息。唐虞[146]之代,建官惟[147]百,夏商官倍,亦克用乂[148]。《书》曰:"官不必备,惟其人[149]。"孔子讥管仲曰:"官事不摄,焉得俭[150]?"据此 ,虽正员之官,犹不欲其备,况其员之外更置员外乎?此则朝廷之八失,君侯不正,谁正之哉?

又闻英主开基以定天下者,将以传之于万代也。继明之帝岂得隳[151]之哉?有所下废[152],则政出多门;政出多门,大乱之渐[153]也。近封数夫人者,皆先朝之宫女,赏其勤劳,加之邑号[154]。若备内职[155],则不当知外[156];不备内职,自可居外。安得出入内外,往来宫掖者哉?若下创革[157],内言必出,外言必入,内外互言,禁卫何施?必弄君之法,纵而不禁,非所以重宗庙固国家也。孔子曰:"彼妇之口[158],可以出走。彼妇之谒[159],可以死败。"戒之哉!戒之哉!此则朝廷之九失,君侯不正,谁正之哉?

又闻以正道事君者,将以安天下也。以非道[160]事君者,所以危天下也。臣不可不任之正道者,行仁义以补君之过,非道者行蛊媚[161]以成君之恶。补过者国之干[162]也,成恶者国之贼也。今代或有不修忠正以事君,引鬼神而惑主,然则鬼神之事,冥寞[163]难知,故非道之人因此自致其诈,售其赂遗[164],必据非材之位[165],必食非德之禄[166]。此国贼也。《书》曰:"官不及私昵,惟其能;爵罔及恶德,惟其贤[167]。"又曰:"与治同道罔不兴,与乱同事罔不亡[168]。"传曰:"国之将兴,听于人;将亡,听于神[169]。"岂近是乎?此则朝廷之十失,君侯不正,谁正之乎?

此十失者,诚国之巨蠹。粗而言之,以有言于君侯者,将以扶危去蠹,救苍生之命。愿君侯稍垂意,微有所采。此亦君侯自安之道也,庶几[170]无忽。

【注释】

①袁楚客:唐陈郡(今河南淮阳)人,唐中宗神龙年间为酸枣县尉。魏元忠:唐宋州宋城人。康高宗时,为殿中侍御史。武则天时,为同凤阁鸾台平章事。唐中宗复位后,拜为中书令,封齐国公,又为尚书右仆射。魏元忠曾有清正之名,而此时却畏惧权贵,不能赏善罚恶,誉望大减,袁楚客因写此信以规勉之。

②今皇帝:指唐中宗。新服厥德:指即位。服,实行。厥,其。《书·咸有一德》:"今嗣王新服厥命,惟新厥德。"

③"任官"二句:引自《书·咸有一德》。其人,指忠良之人。

④股肱:大腿和胳膊,比喻辅佐君王的大臣。

⑤大化:广泛的教化。

⑥循默:循守常规,缄默不言。

⑦"传曰"三句:《公羊传·庄公十九年》:"有可以安社稷,利国家者,则专之可也。"专,独断独行。

⑧王氏:王莽,字巨君,汉元城人,为汉元帝皇后之侄。西汉末,以外戚掌朝政,成帝时封新都侯,后毒死汉平帝,自称皇帝,改国号曰"新"。

⑨刘向:原名更生,字子政,为汉高祖弟楚元王刘交四世孙。汉成帝时任光禄大夫,曾校阅群籍,著成《别录》一书。

⑩公族:皇帝家庭的子弟。

⑪同姓:与皇帝同姓的子弟。

⑫母党:母方的亲戚,此指王莽。

⑬排摈:排斥。宗枝:指王室的子孙。

⑭国嗣:国家的后嗣。

⑮赞:佐助。

⑯假周公之事:以周公摄政之事为自己篡夺政权的借口。周公,即姬旦,周武王之弟,为西周初期政治家。武王死后,成王年幼,周公摄政,东征管叔、蔡叔、霍叔及东方夷族,平定叛乱,后归政于成王。

⑰"而起"句:谓像田常一样夺取了国家的政权。田常,又名田成子、田恒。春秋时,陈公子完以内乱奔齐,以陈氏为田氏,其后代逐渐强大。齐简公四年,田常杀死简公,拥立平公,自命为齐相,掌握了齐国政权。

⑱道:指正确的道德观念。

⑲道心:符合正道的思想。济物:助人。

⑳殛:杀。

㉑褊:狭窄。

㉒伊尹：商汤时的大臣，佐汤灭夏桀，继而辅佐卜丙、仲壬、太甲，被后世称为贤相。
㉓“予弗”三句：语见《书·说命》。意思是：我不能使君主成为尧舜一样的明君，便心中感到惭愧和耻辱，好像在市朝上受鞭打之刑。予，我。克，能。俾，使。厥，其。后，君主。挞，鞭打。
㉔光赞：光大，辅助。
㉕规救：规劝，挽救。
㉖志：记。
㉗师丹：字仲公，汉东武人。哀帝时，官至大司空，封高乐侯，因直言进谏，被免为庶人。平帝即位，复封为义阳侯。
㉘零瘁：调零枯萎。
㉙储君：君位的继承者。
㉚师保：辅导与协助君王的官。
㉛蕴崇：积蓄，提高。
㉜嗣：继承王位之子，即太子。
㉝清宴：清静安乐。
㉞“一人”二句：见《书·太甲》。一人，指天子。元，大。良，善。贞，正。
㉟春宫：即东宫，太子所居之处。旷：空。
㊱藩屏：捍卫。
㊲磐石：比喻稳固。宗：宗族。
㊳内则：妇女在家庭中必须遵守的礼仪。《礼仪》中有《内则》篇，以记其事。
㊴外傅：教师。
㊵著：显明。
㊶幕府：官署。
㊷开建府僚：开建官署，设置僚属。
㊸崇置：设置，使之尊贵。法官：执掌法律刑狱之官。
㊹秩：品级。
㊺愆：错乱。
㊻爽：差错。
㊼乖：违背。
㊽“事不”三句：见《书·说命》。以克永代，《说命》作“以克永世”，此避唐太宗李世民讳改。三句意谓，做事不效法古训，而能保国家长久，非说所闻。克，能。匪，非。说，即傅说，商王武丁时的贤相。攸，所。
㊾前业：前世所行的善恶。
㊿资：帮助。来生：佛教轮回之说，谓人死后再投生为人。
51鲜：少。见报：现世的报应。见，“现”的古文。
52三教：指儒、释、道。
53即代：当代。
54度：使人出家。
55缁衣：浅黑色僧服，此借指僧人。
56率：全。戒行：佛教徒遵守戒律的品行。

(57)宁：岂。经业：研究佛经的学业。
(58)空：白白地，谓毫无益处。赍：以物送人。
(59)取钱奏名：谓获取钱财，即给以僧人的称号，聊以凑数。即下文所谓“卖度”。唐代僧尼出家，由官府发给度牒，官府可出售度牒，谓之“卖度”。
(60)入道：盖谓加入佛教。
(61)履正：通过正当的途径。
(62)诡情：弄虚作假。
(63)游食：不事农耕而食。
(64)法侣：僧侣。有失：失去正道。
(65)流俗：俗人。
(66)颓：指制度、风气败坏。
(67)希心：倾心仰慕。圣教：指佛教。
(68)泯空：空寂，佛家所追求的精神境界。
(69)中庸：儒家的道德标准，指不偏不倚，坚守常道。
(70)大圣：道德至高的人。
(71)仁寿：有仁德而长寿。《论语·雍也》：“仁者寿。”
(72)至尊：极其高尚。
(73)“唯名”句：见《左传·成公二年》。名与器，指体现着等级制度的名称和器物，是君主统治臣民的工具。假，借给。
(74)“天工”句：见《书·皋陶谟》。天工，天的职能。代，代替。此句谓天的职能要由人来代替施行。
(75)才：指有才能的人。
(76)庶政：国家的各种政务。
(77)奇伎：奇特的技艺。伎，通“技”。
(78)倡优：从事歌舞杂技的艺人。
(79)“贤者”二句：《诗经·小雅·南山有台》：“乐只君子，邦家之光。”邦家，国家。光，光荣。
(80)“三仁”句：言商纣王不信用微子、箕子、比干三个仁者，殷朝因而灭亡。微子，纣王庶兄，因数谏纣王不听，去国。箕子，纣王诸父，因劝谏纣王而遭囚禁。比干，纣王叔父，因屡谏纣王，被剖心而死。
(81)“百里”句：春秋时，晋献公灭虞，虏其大夫百里奚，作为秦穆公夫人陪嫁之臣。百里奚逃亡，被楚人所执。秦穆公闻其贤，以五羖羊皮赎之，委以国政，后助穆公建成霸业。
(82)制：皇帝的命令。搜扬：寻访，推举。
(83)“戋戋”二句：《易·贲》：“贲于丘园，束帛戋戋。”后用以表示以礼聘贤之义。贲，饰。丘园，丘墟和园圃，草木所生，为隐者居住之处。邱，同“丘”。戋戋，众多貌。束帛，成束的帛，古代用为聘问的礼物。
(84)翘翘车乘：《左传·庄公二十二年》：“诗云：‘翘翘车乘，招我以弓。’”后遂用为聘贤之典。翘翘，高貌。
(85)有司：执掌选士的官署。
(86)为官择吏：即根据官府的需要而选择官吏。
(87)为人择官：即根据个人的需要而选择官吏。

(88)蠹:危害。

(89)"治乱"句:见《书·说命》。谓国家的治与乱在于众官。

(90)孔安国:西汉人。武帝时,为博士,官至谏大夫、临淮太守。今所传《尚书》孔氏传,旧题孔安国撰,学者考定为托名之作,故称伪孔传。

(91)"得人"二句:见上引《书·说命》文之伪孔传。

(92)葛洪:字稚川,号抱朴子,东晋句容(今属江苏)人。始精于儒术,后好神仙导养之法。著有《抱朴子》等书。

(93)孝廉:孝顺、廉洁之士,为古代选举官吏科目之一。

(94)高第:选拔官吏时成绩优秀者之称。贤良:古代选举官吏的科目之一。悋:同"吝",吝啬。

(95)规职:谋求官职。规,谋。经:指儒家经典。

(96)图家:为家庭打算。勉:努力。营生:为生计而经营。

(97)阉竖:即太监。

(99)宫掖:皇宫。

(99)畜:养。

(100)官次:官品。

(101)乖丧:背弃。

(102)近习:与君主亲近的人。

(103)竖刁:又作"竖刀",春秋时齐桓公的近臣,自宫以事桓公,桓公宠之。大臣管仲病,桓公问以国事,管仲劝其远竖刁、易牙(齐桓公臣)。管仲死,而桓公不听其言,使竖刁、易牙专权,后二人作乱,桓公被困死于寿宫。

(104)伊戾:春秋时宋国宦者,向宋公诬告太子痤将勾结楚国作乱,宋公缢杀太子痤。后知痤无罪,乃烹伊戾。

(105)庙垣:宗庙之墙。

(106)"无拳"二句:《诗经·小雅·巧言》:"无拳无勇,职为乱阶。"拳,力气。职,只。乱阶,祸乱的阶梯。

(107)洎:及,到。

(108)晚节:后世。

(109)中朝:朝中。

(110)党余:结成同党。

(111)斯:此,这种情景。

(112)权:权宜。

(113)无须:没有胡须,指宦官。

(114)小人用壮:《易·大壮·九三》:"小人用壮,君子用罔。"意谓小人用为壮盛,君子用为罗网。言小人处于盛时,不知虑及危难。

(115)大君:天子,此指唐中宗。

(116)中兴:使国家重新振兴。此指神龙元年(705),武则天的统治被推翻,唐中宗复位。成务:成就事业。

(117)班秩:朝臣之列。

(118)正阙:官府编制中的官吏缺员。阙,同"缺"。

(119)员外:编制以外的官职。

⑫⓪向:将近。
⑫①苟:随便。绾:系结。青紫:青色和紫色的绶带,贵官所佩带的服饰。
⑫②致理:达到天下大治。
⑫③长乱:产生祸乱。阶:阶梯,比喻缘由。
⑫④"人无"二句:《书·酒诰》:"人无于水监,当于民监。"此避唐太宗李世民讳改"民"为"人"。监,通"鉴"。二句谓:统治者不要用水照视自己,而应当用人民的言行对照检查自己。
⑫⑤验:证验。
⑫⑥菲:微薄。
⑫⑦"茅茨"二句:《韩非子·五蠹》:"尧之王天下也,茅茨不翦,采椽不斫。"茅茨,茅草屋顶。翦,修剪。采椽,柞木椽。斫,削斫。
⑫⑧"酣酒"四句:见《书·五子之歌》。酣,《书》作"甘"。嗜,爱好。音,音乐。峻,高大。宇,屋宇。彫,雕饰。
⑫⑨肆屠:肆意宰杀牲畜,尽情食肉。
⑬⓪僭滥:过分。
⑬①珍馆:珍奇的馆舍。出云:生出云霞,形容其构造华丽。
⑬②画堂:雕画的庭堂。赫日:像日光一样鲜明。
⑬③开泰:谓国运通泰。
⑬④佥:皆,全。
⑬⑤九重:九重天,此形容极其深远。
⑬⑥谤:指责。
⑬⑦省事:精简各种事务。
⑬⑧割剥:盘剥。
⑬⑨"比之"二句:《庄子·徐无鬼》:"夫为天下者,亦奚以异乎牧马者哉?亦去其害马者而已矣。"此用其意。害牧,妨害放牧之马,即害群之马,这里比喻贪官污吏。
⑭⓪状:比方。
⑭①助桀为虐:《史记·留侯世家》:"今始入秦,即安其乐,此所谓助桀为虐。"桀,夏末暴君,此处比喻恶人。
⑭②速:招致。
⑭③峻法:使刑法严酷。
⑭④枉道:通过不正当的途径。枉,曲。
⑭⑤十羊九牧:见《隋书·杨尚希传》。羊,比喻民众。牧,比喻官吏。谓民少官多,人民遭受沉重的剥削。
⑭⑥唐虞:唐尧虞舜。
⑭⑦惟:仅,只。
⑭⑧乂(yì):治理。
⑭⑨"官不"二句:见《尚书·周官》。谓官员不必人员齐备,只有有德之士才能担任。
⑮⓪"孔子"三句:见《论语·八佾》。管仲,春秋时齐桓公之相。官事不摄,谓官员多,一人一职,并不兼理他职。摄,代理。
⑮①隳:毁坏。
⑮②下废:谓使纲纪败坏废弛。

⑮³渐：由来。
⑮⁴邑号：朝廷授予女子的封号。邑，食邑。
⑮⁵内职：宫内的职务，由妇女和近侍之臣担任。
⑮⁶知外：掌管宫外事务。知，掌管。宫外之事当由宫外百官掌管。
⑮⁷创革：创立或改革的措施。
⑮⁸口：指运用口舌，搬弄是非。
⑮⁹谒：请托。
⑯⁰非道：邪恶的方法。
⑯¹蛊媚：献媚以迷惑人。
⑯²干：盾，比喻捍卫者。
⑯³冥寞：渺茫。
⑯⁴赂遗：贿赂。
⑯⁵非材之位：能力不相称的职位。
⑯⁶非德之禄：品德不相称的俸禄。
⑯⁷"官不"四句：见《书·说命》。谓官职不授给亲近宠爱的人，只授给贤能的人；爵位不赐予恶德之人，只赐予贤良之士。罔，不。
⑯⁸"与治"二句：见《书·太甲》。言与治国的贤臣同道，则国家兴旺；与乱国的奸臣同事，则国家败亡。
⑯⁹"国之"四句：见《左传·庄公三十二年》。谓国家将兴旺，政令必顺乎民意，故能听从人民的意愿；国家将灭亡，必然失去民心，故只有听从神灵，乞求其保祐。
⑰⁰庶几：也许可以。表示希望。

张九龄

上姚令公书①

月日，左拾遗张九龄谨奏记紫微令梁公阁下：公登庙堂运天下②者久矣，人之情伪③，事之得失，所更多矣。非曲学④之说、小子之虑所能损益，亦已明矣。然而意有不尽，未可息区区⑤之怀；或以见容，亦犹用九九之术⑥。以此道也，忍弃之乎？

今君侯秉天下之钧⑦，为圣朝之佐，大见信用，渴日⑧太平，千载一时，胡⑨可遇也。而君侯既遇非常之主，已践难得之机，加以明若镜中，运如掌上，有形必察，无往不臻⑩，朝暮羲轩之时⑪，何云伊吕⑫而已。际会⑬易失，功业垂成⑭。而举朝之众倾心，前人之弊未尽，往往拟议⑮，愚用⑯惜焉。何者？任人当才，为政大体，与之共理，无出此途。而曩⑰之用才，非无知人之鉴⑱，某所以失，溺在缘情之举⑲。夫见势则附⑳，俗人之所能也；与㉑不妄受，志士之所难也。君侯察其苟㉒附及不轻受，就而厚㉓之，因而用之，则禽息之首为知己而必碎㉔，豫让之身感国士而能漆㉕。至于合如市道，廉公之门客虚盈；势比雀罗，廷尉之交情贵贱㉖。初则许之以死殉㉗，体面俱柔㉘；终乃背之而饱飞㉙，身名已遂㉚。小人恒㉛态，不可不察。

自君侯职相国之重，持用人之权，而浅中弱植㉜之徒已延颈企踵而至，谄亲戚㉝以求誉，媚宾客以取容㉞，情结笑言㉟，谈生羽翼㊱。万事至广，千变难知。其间岂不有才，所失在于无耻。君侯或弃其所短，收其所长。人且不知深旨㊲之若斯，便谓尽私于此辈。其有议者，则曰不识宰相，无以得迁，不因交游，无以求进。明主在上，君侯为相，安得此言犹出其口？某所以为君侯至惜也。且人可诚感㊳，难可户说㊴，为君侯之计，谢媒介之徒㊵，即虽有所长，一皆沮抑㊶，专谋选众之举㊷，息彼讪上㊸之失。祸生有胎㊹，亦不可忽。

呜呼！古人有言：御寒莫若重裘㊺，止谤莫如自修㊻。修之至极，何谤不息。勿曰无害，其祸将大。夫长才广度㊼，珠潜璧匿㊽，无先容以求达㊾，虽后时而自宁㊿，今岂无之？何近何远，但问于其类，人焉廋[51]哉？虽不识之，有何不可？是知女不私人[52]，可以为妇矣；士不苟进，可以为臣矣。此君侯之度内[53]耳，安用小人之说为？固知山藏海纳[54]，言之无咎，下情上通，气用和洽。是以不敢默默而已也。愿无以人故而废其言，以伤君侯之明。此至愿也，幸甚幸甚。

【注释】

①张九龄：字子寿，唐韶州曲江（今广东韶关）人。玄宗时，历任左拾遗、司勋员外郎、同中书

门下平章事、中书令等职，后因反对重用李林甫、牛仙客等，忤玄宗意，以尚书右丞相罢政事。姚崇：唐陕州硖石（今河南孟津县西）人。玄宗时任紫微令（宰相），封梁公。在这封信中，张九龄说明了用人的重要性，劝姚崇善持政柄，近志士，远小人。

②登庙堂运天下：庙堂，指朝廷。运，运转，比喻治理。

③情伪：真假。

④曲学：指识见浅薄之人。

⑤区区：谦辞，犹言小小。

⑥九九之术：算法，即九九乘法，这里也用作谦辞，犹言微末之术。

⑦钧：制造陶器的转轮，此喻政柄。

⑧濁日：不多的时日。

⑨胡：何。

⑩臻：达到。

⑪羲轩之时：喻清平盛世。羲轩，伏羲和轩辕，传说中上古的圣明君王。

⑫伊吕：伊尹和吕望。伊尹为商汤的贤相，吕望为周武王的贤相。

⑬际会：时机。

⑭垂成：将成。垂，将近。

⑮拟议：揣测议论。

⑯愚：对自己的谦称。用：因而。

⑰曩：昔日。

⑱鉴：明。

⑲溺：陷溺，比喻过失。缘情：徇情。举：举荐人才。

⑳势：权势。附：攀附。

㉑与：给予。

㉒苟：苟且，轻率。

㉓厚：优待。

㉔"则禽"句：禽息，春秋时秦国大夫。向秦穆公举荐百里奚，而不见纳。穆公出，禽息拦车曰："臣生无补于国，不如死也！"遂以头撞车，头破脑出。穆公感悟，而用百里奚，秦国大治。

㉕"豫让"句：豫让，春秋末刺客，事晋智伯。赵襄子与韩、魏灭智伯，豫让乃漆身吞炭，变其音容，谋刺襄子，言曰："智伯以国士遇臣，臣故国士报之。"后谋刺未成，被执自杀。国士，国中才能出众之士。漆，涂漆。以上二句，以禽息、豫让为喻，说明志士能为知己而献身。

㉖"至于"四句：《史记·汲郑列传》太史公曰："始翟公为廷尉，宾客阗门；及废，门外可设雀罗。翟公复为廷尉，宾客欲往，翟公乃大署其门曰：'一死一生，乃知交情。一贫一富，乃知交态。一贵一贱，交情乃见。'"此用其事，谓廉洁的公卿得势之时，地位尊贵，与之交往的人多，宾客盈门，如同街市的道路。一旦失势，地位卑下，与之交往的人就少，宾客冷落，门前可设雀网。

㉗死殉：献出生命来报答知己。

㉘体面：举止和面容。柔：柔媚。

㉙饱飞：如同鸟雀，吃饱便飞去。

㉚身名：地位和名誉。遂：成就。

㉛恒：常。

㉜浅中弱植：谓胸中学识浮浅，根底薄弱。

㉝谄：谄媚，巴结。亲戚：指姚崇的亲戚。

㉞取容：取悦于人。

㉟情结笑言：笑谈之间结下情谊。

㊱谈生羽翼：笑谈之间，如生羽翼，获得显贵的地位。

㊲深旨：深沉的用心。

㊳诚感：以诚心感化。

㊴户说：挨门挨户晓喻。

㊵谢：拒绝。媒介之徒：靠人从中请托而谋求官职之辈。

㊶沮抑：阻止。

㊷选众：由众人中选拔。举：举荐。

㊸讪上：毁谤地位尊贵者。

㊹胎：比喻原由。

㊺重裘：厚皮衣。

㊻自修：修养自己的道德。

㊼长才：优异的才能。广度：博大的气度。

㊽珠潜璧匿：比喻有才华而未被发现。

㊾先容：事先由人介绍。达：显贵。

㊿后时：晚逢其时。宁：安宁。

51廋(sōu)：隐藏。

52私人：指与男子发生不正当的关系。

53度内：识见之中的事。

54山藏海纳：比喻虚心听取他人意见。

王　维

山中与裴秀才迪书①

近腊月下②，景气③和畅，故山殊可过④。足下方温经⑤，猥⑥不敢相烦。辄便往山中，憩感配寺⑦，与山僧饭讫而去。

北涉玄灞⑧，清月映郭。夜登华子冈⑨，辋水沦涟⑩，与月上下⑪。寒山远火，明灭林外。深巷寒犬，吠声如豹。村墟夜舂⑫，复与疏钟⑭相间。此时独坐，僮仆静默，多思曩昔，携手赋诗，步仄径⑭，临清流也。

当待春中，草木蔓发，春山可望，轻鯈⑮出水，白鸥矫翼，露湿青皋⑯，麦陇朝雊⑰。斯之不远，倘能从我游乎？非子天机清妙者，岂能以此不急之务相邀？然是中有深趣矣，无忽！

因驮黄蘖⑱人往，不一。山中人王维白。

【注释】

①王维：字摩诘，太原祁（今山西祁县）人。仕官至尚书右丞，世称王右丞。是唐代著名山水诗人和著名画家。裴迪：关中人，初与王维隐居终南山，后为蜀州刺史、尚书省郎。此是王维晚年隐居故乡辋川时写给老友裴迪的一封书信。信中以冲淡闲远的文笔，生动地描绘了辋川山庄的冬景春色，表达了对老友的深深怀念之情。全信寓情于景，由景生情，情景交融，动人良深，是一篇清新秀丽、充满诗情画意的优美散文。

②腊月：夏历十二月。古人每年在十二月举行“腊祭”。下：末尾。

③景气：景物和气候。

④故山：旧居之辋川山，在今陕西蓝田县南。过：过访。

⑤温经：温习经书。

⑥猥：鄙贱之意。

⑦憩：休息。感配寺：寺名，即感化寺，在今陕西省蓝田县南。

⑧玄：深青色。灞：灞水，源出陕西省蓝田县东，汇入辋水，流入渭水。

⑨华子冈：王维辋川别业二十景之一。

⑩辋水：即辋川，在蓝田县南二十里，向北流入灞河。沦涟：水波纹。

⑪上下：指月影随水波上下浮动。

⑫舂（chōng）：捣米。此指捣米声。

⑬疏钟：稀疏的钟声。

⑭仄径：狭窄的小路。

⑮鲦(tiáo):一种白色鱼,体狭长。

⑯皋:泽边地。

⑰朝雊(gòu):早晨野鸡鸣叫。

⑱黄蘗:一种芸香料植物,可入药。

与工部李侍郎书①

一昨②出后,伏承令从官将军车骑至陋巷见命,恨不得随使者诣舍下谒。才非张载,枉傅元以车相迎③;德谢侯生,辱信陵虚左见待④。古人有此,今也未闻,所以竦踊惕息⑤,通夕不寝。

维自结发⑥,即枉眷顾⑦,侍郎素风⑧,维知之矣。宿昔贵公子常下交布衣⑨,尽礼髦士⑩,绝甘分少⑪,致醴以饭⑫,汲汲⑬于当世之士,常如不及。故夙著闻望⑭,为孟尝平原之俦⑮。及乎晚岁时危⑯,益见臣节。草莽之中,乘舆播越⑰,列郡或弃车走林⑱,畏贼顾望,贡献⑲不至,莫有斗心。侍郎慨然枕戈泣血⑳,奋不顾命,捍卫圣主。杨奉之以兵奉迎㉑,萧何之运粮致馈㉒,曹洪之以良马济㉓,赵衰之以壶飧从㉔。收合亡骑,缮治兵甲,喻以大义,慰而勉之。然后以剑率卒,执戈前驱,浃旬㉕之间,六军响振,以成兴复之业,岂非侍郎忠节盖世,义贯白日,垂名竹帛,为一代宗臣,诚可爱也。或曰:宗子与国同休㉖,不得不尔也。夫仁弱自爱者,且奔窜伏匿㉗,偷延晷刻㉘,穷蹙㉙既至,即匹夫匹妇自经于沟渎㉚,安能决命争首㉛,慷慨大节,死生以之㉜乎?而能不邀㉝宠于上,不干㉞功于下,不怠邦政㉟,不受私谒㊱,时与风流儒雅之士,置酒高会,吟咏先王之遗风㊲,翛然有东山之志㊳,善矣。

维虽老贱,沉迹无状㊴,岂不知有忠义之士乎?亦常延颈企踵㊵,向风慕义㊶无穷也。然不敢自列于下执事者㊷,以为贱贵有伦㊸,等威㊹有序,以闲人持不急之务,朝夕倚门窥户㊺,抑亦侍郎之所恶也。而猥不见遗㊻,思曹公命吴质㊼,将何以塞知已之望,报厚顾之恩?内省㊽空虚,流汗而已。辄先弛状㊾,候凉时即躬诣㊿门下奉谢。王维顿首。

【注释】

①此信为王维晚年所写。时当安史之乱被平定之后。工部李侍郎欲召王维为幕僚,王维写此信以谢之。信中赞颂了李侍郎平定叛乱、捍卫王室的功绩和礼贤下士的高风。

②一昨:前不久。

③“才非”二句:张载,字孟阳,西晋安平(今属河北)人。性闲雅,博学善文。尝为《濛汜赋》,

司隶校尉傅玄见而叹赏，以车迎之，遂知名。元，同“玄”。
④“德谢”二句：战国时，魏公子无忌为信陵君，仁而下士。魏有隐士曰侯嬴，年七十，家贫，为大梁夷门监者。信陵君闻其贤，亲领车骑，空着左位，以迎侯嬴。谢，不如。古时乘车，尊贵者居左位，虚之以待贵宾，谓之“虚左”。以上数句，以张载、侯嬴为况，言自己才德不及二人，却得到了李侍郎的赏重。

⑤竦踊惕息：惶恐不安貌。
⑥结发：束发，指年轻时。
⑦眷顾：眷念，看顾。
⑧素风：淳朴的风度。
⑨宿昔：往昔。贵公子：指李侍郎为公子时。布衣：贫贱之士。
⑩尽礼：礼节周到地对待。髦士：才能卓越之士。
⑪绝甘分少：自绝甘美之食，虽少有而与众人分享之，言与众人同甘苦。司马迁《报任安书》：“以为李陵素与士大夫绝甘分少，能得人之死力，虽古名将不过也。”

⑫致醴以饭：请人吃饭时给予甜酒，亦言尽礼相待。汉楚元王刘交尊敬中大夫穆生，穆生不饮酒，故元王每置酒，特为之设醴。此用其事。
⑬汲汲：急切貌，此言急切地访求。
⑭夙：平素。著：彰显。闻望：声望。
⑮孟尝、平原：即战国时齐国孟尝君、赵国平原君，与魏国信陵君、楚国春申君称四公子，皆执国政，又以礼贤下士、门客众多而著称。俦：类。
⑯“及乎”句：言李侍郎到了晚年，遇上安史之乱所导致的危难时代。
⑰“草莽”二句：安史之乱爆发次年(756)，唐玄宗被迫离开长安，逃往蜀中。此言其事。乘舆，皇帝所乘之车，代指皇帝。播越，颠沛流离。
⑱列郡：诸郡守。弃车走林：丢弃车乘，逃入林莽。
⑲贡献：指地方向朝廷进贡的物品。
⑳枕戈：枕着兵器，言时刻准备杀敌。《世说新语·赏誉》“刘琨称祖车骑为朗诣”注引《晋阳秋》：“刘琨与亲旧书曰：‘吾枕戈待旦，志枭逆虏。’”泣血：哭泣而血出，形容极度悲痛。
㉑“杨奉”句：东汉末年，天下大乱。兴平二年(195)，汉献帝自长安逃亡洛阳，时杨奉为兴义将军，侍送献帝。途遇李傕、郭汜等追击，王师溃败，杨奉等引兵奉迎献帝，破李、郭军，护送车驾东进。
㉒“萧何”句：萧何，汉沛人，佐汉高祖刘邦建立汉王朝，为丞相。汉、楚相争时，萧何常守关中，运粮馈饷，使军无匮乏。
㉓“曹洪”句：曹洪，字子廉，三国谯人，魏武帝曹操之堂弟。从曹操起兵讨董卓，为卓将徐荣所败，曹操失马，曹洪以己马授之，曹操辞让，曹洪曰：“天下可无洪，不可无君。”遂步行护卫曹操还谯。
㉔“赵衰”句：赵衰，春秋时晋文公之臣。晋文公尝为其父献公宠妃骊姬所害，出亡国外，赵衰从亡十九年，后佐文公回国，即君位。壶飧，用壶盛着的水泡饭。《左传·僖公二十五年》：“昔赵衰以壶飧从径，馁而弗食。”以上四句，以杨奉、萧何、曹洪、赵衰之事为喻，赞扬李侍郎忠诚地捍卫王室。
㉕浃旬：即一旬，十天。
㉖宗子：皇族子弟。同休：犹休戚与共。
㉗伏匿：躲藏。

㉘偷延晷(guì)刻:犹苟且偷生。偷,苟且。延,延长。晷刻,暂短的时光。

㉙穷蹙:困厄。

㉚自经:自缢而死。沟渎:沟渠。

㉛决命:拼命。争首:争先。

㉜以之:由之。

㉝邀:求。

㉞干:求取。

㉟邦政:国家的政事。

㊱私谒:以私情求托。

㊲"吟咏"句:言吟咏中显示出先王的遗风。先王,指李侍郎的封为王位的先人。

㊳翛(xiāo)然:超脱貌。东山之志:隐居的志趣。东晋谢安曾隐居东山(在今浙江上虞县西南),后因以指隐居。

㊴沉迹:沉匿其踪迹,指退隐。无状:自由散漫,不为礼节所拘。

㊵延颈企踵:伸长脖颈,踮着脚跟,形容仰慕之意。

㊶向风慕义:向风,向往风采。慕义,仰慕高义。

㊷下执事:在手下做事的人。

㊸伦:次序。

㊹等威:与身份相称的礼仪。威,威仪,礼仪。

㊺倚门窥户:言趋附有权势者的门户。

㊻猥:谦辞,犹言辱。遗:遗弃。

㊼曹公命吴质:吴质,字季重,三国济阴人。以才学通博,为魏文帝曹丕所敬重,官至振威将军,封列侯。

㊽内省:反省。

㊾辄:就,即。驰状:迅速呈上书信。状,指向上级陈述事情的文书,此指书信。

㊿躬诣:躬,亲身。诣,到。

李 白

上安州裴长史书①

白闻天不言而四时行，地不语而百物生②。白人焉，非天地，安得不言而知乎？敢剖心析肝，论举身③之事，便当谈笑以明其心，而粗陈其大纲，一快愤懑，惟君侯④察焉。

白本家金陵⑤，世为右姓⑥。遭沮渠蒙逊⑦之难，奔流咸秦⑧，因官寓家，少长江汉⑨。五岁诵六甲⑩，十岁观百家⑪，轩辕⑫以来，颇得闻矣。常横经籍诗书，制作不倦，迄于今三十春矣。以为士生则桑孤蓬矢射乎四方⑬，故知大丈夫必有四方之志，乃仗剑去国，辞亲远游，南穷苍梧⑭，东涉溟海⑮。见乡人相如大夸云梦之事⑯，云楚有七泽，遂来观焉。而许相公家见招，妻⑰以孙女，便憩迹⑱于此，至移三霜⑲焉。

曩昔东游维扬⑳，不逾一年，散金三十余万，有落魄公子，悉皆济之。此则是白之轻财好施也。又昔与蜀中友人吴指南同游于楚，指南死于洞庭㉑之上，白禫服㉒恸哭，若丧天伦，炎月伏尸，泣尽而继之以血。行路闻者悉皆伤心。猛虎前临，坚守不动。遂权殡㉓于湖侧，便之金陵㉔。数年来观筋骨尚在，白雪泣㉕持刃，躬申洗削㉖，裹骨徒步，负之而趋，寝兴携持，无辍㉗身手，遂丐贷营葬于鄂城之东㉘。故乡路遥，魂魄无主，礼以迁窆㉙，式昭朋情㉚。此则是白存㉛交重义也。又昔与逸人东岩子隐于岷山之阳㉜，白巢居㉝数年，不迹㉞城市，养奇禽千计，呼皆就掌取食，了无惊猜。广汉太守闻而异之，诣庐亲睹，因举㉟二人以有道，并不起㊱。此则白养高忘机不屈之迹也㊲。又前礼部尚书苏公出为益州㊳长史，白于路中投刺㊴，待以布衣之礼㊵，因谓群寮曰："此子天才英丽，下笔不休，虽风力㊶未成，且见专车之骨㊷。若广之以学，可以相如比肩㊸也。"四海明识，且知此谈。前此郡都督马公，朝野豪彦㊹，一见尽礼，许为奇才，因谓长史李京之曰："诸人之文，犹山无烟霞，春无草树。李白之文，清雄奔放，名章俊语，络绎间起，光明洞彻，句句动人。"此则故交元丹亲接斯议。若苏马二公愚人也，复何足陈，倘贤者也，白有可尚㊺。夫唐虞之际，于斯为盛。有妇人焉，九人而已㊻。是知才难，不可多得。白野人也，颇工于文，惟君侯顾之，无按剑㊼也。

伏惟君侯贵而且贤，鹰扬虎视㊽，齿若编贝㊾，肤如凝脂㊿，昭昭乎若玉山上行，朗然映人也[51]。而高义重诺，名飞天京[52]，四方诸侯，闻风[53]暗许，倚剑慷慨，气干虹霓，月费千金，日宴群客，出跃骏马，入罗红颜[54]，所在之处，宾朋成市。故诗人歌曰："宾朋何喧喧，日夜裴公门。愿得裴公之一言，不须驱马埒华轩[55]。"白不知君侯何以得此声于天壤之间，岂不由重诺好贤，谦以下士得也？而晚节改操[56]，栖情翰林[57]，天才超然，度越[58]作者。屈佐郧国[59]，时惟清哉[60]，棱威[61]雄雄，下慑群物[62]。白窃慕高义，已经十年，云山间[63]之，造谒[64]无路。今也运会[65]，得趋末尘[66]，承颜接辞[67]，八九度[68]矣。常欲一雪[69]心迹，崎岖[70]未便，何图谤詈[71]忽生，众口攒毁[72]。将欲投杼[73]，下客震于严威[74]，然自明无辜，何忧悔吝[75]。孔子曰："畏天命，畏大人，畏圣人之言[76]。"过此三者，鬼神不害。若使事得其实，罪当其身，则将浴兰沐芳[77]，自屏于烹鲜之地[78]，惟君侯死生[79]。不然，投山窜海，转死沟壑，岂能明目张胆，托书自陈耶？

昔王东海问犯夜者曰："何所从来？"答曰："从师受学，不觉日晚。"王曰："岂可鞭挞宁越，以立威名[80]？"君侯通人[81]，必不尔也。愿君侯惠以大遇[82]，洞开心颜[83]，终乎前恩，再辱英盼[84]，白必能使精诚动天，长虹贯日[85]，直度易水，不以为寒[86]。若赫然作威，加以大怒，不许门下[87]，逐之长途，白即膝行于前，再拜而去，西入秦海[88]，一观国风[89]，永辞君侯，黄鹄举矣[90]。何王公大人之门不可以弹长剑[91]乎？

【注释】

①李白：字太白，号青莲居士，唐陇西成纪（今甘肃秦安）人。其先世隋末流寓西域，故白出生于安西都护府之碎叶城，神龙初，迁居蜀中绵州彰明县（今四川江油）之青莲乡。天宝初，入长安，为翰林院供奉，遭谗去职，游历江湖。安史乱起，因参加永王李璘幕府，受牵累，被流放夜郎，途中遇赦。晚年寓居东南一带，后病殁于当涂。其诗雄健奔放，想象丰富，与杜甫齐名，世称"李杜"。此信为李白三十岁左右时所写，信中自陈其出身及经历，希望得到裴长史的赏识。

②"白闻"二句：《论语·阳货》："天何言哉？四时行焉，百物生焉，天何言哉？"此用其意。

③举身：指做官。

④君侯：对地位尊贵者的敬称。

⑤金陵：盖即"金城"（故称在今甘肃皋兰县西北）之讹，或因前凉置建康郡于敦煌（今属甘肃省），遂称此建康郡为金陵（见《全唐文》卷三四八李白文下原按）。因李白祖籍陇西成纪，遂以金陵（或金城）代称之。

⑥右姓：豪门大族。据《新唐书·李白传》载，李白为兴圣皇帝九世孙。

⑦沮渠蒙逊：晋临松卢水（今甘肃张掖市南）人。隆安元年（397），沮渠蒙逊等推建康太守段业为凉州牧，建立北凉政权，蒙逊为张掖太守。后蒙逊杀段业，称张掖公，后称河西王。

⑧咸秦：古代秦国之地。咸，咸阳，秦国首都。春秋时，秦穆公曾征服西戎，疆域之大，当包括我国陕西及西北部地区。据《新唐书·李白传》载，白之先世隋末以罪徙西域，即此所谓"奔流咸秦"。

⑨江汉：长江、汉水之间。李白约五岁时随其父徙居绵州彰明县之青莲乡，即此所谓"少长江汉"。

⑩六甲：古代以天干地支相配以计时日，其中有甲子、甲戌、甲申、甲午、甲辰、甲寅，故以六甲指计算时日的知识。

⑪百家：诸子的书籍。

⑫轩辕：传说中远古时期的帝王。

⑬"以为"句：《礼记·内则》："国君士子生……射人以桑弧蓬矢六，射天地四方。"谓男子出生之时，以桑木所做之弓、蓬梗所做之矢，让射人射向天地四方，以寓志在四方之意。

⑭苍梧：亦名"九疑"，传说舜葬于苍梧之野，在今湖南宁远县南。

⑮溟海：大海。

⑯相如：司马相如，字长卿，汉成都人，武帝时任为郎，汉代著名辞赋家。云梦：古代楚国泽名，在今湖南、湖北境内。司马相如曾作《子虚赋》，以夸张的笔法描写了云梦泽的壮丽景象。

⑰妻：以女嫁人。

⑱憩迹：寓居。

⑲三霜：三秋，三载。

⑳曩昔：往昔。维扬：即扬州（今属江苏省）。

㉑洞庭：湖名，在今湖南省北部。

㉒禫（dàn）服：穿着丧服。禫，同"禫"，除丧服的祭礼。

㉓权殡：暂时埋藏。

㉔金陵：南京。

㉕雪泣：拭泪。

㉖躬：亲自。申：一再。洗削：对尸骨加以洗刷修剪。

㉗辍：停止。

㉘丐贷：借贷。鄂城：县名，今属湖北省。

㉙迁窆（biǎn）：迁葬。窆，发土下棺。

㉚式：句首语气词。昭：彰明。

㉛存：顾念。

㉜逸人：隐居之人。岷山：在今四川省松潘县北。阳：山的南面。

㉝巢居：在树上做巢而居，此喻遁世隐居。

㉞迹：涉足。广汉：郡名，在今四川省广汉县地。

㉟举：举荐。

㊱起：指应征人仕。

㊲养高：培养高洁的品德。忘机：忘却机诈之心。不屈：不向世俗屈服。

㊳益州：在今四川省。

㊴投刺：送名片。刺，古人把名字刺在竹简上，故称名片为"刺"。

㊵"待以"句：以庶人的礼节相待，言其礼贤下士，不以贵凌人。布衣，平民。

㊶风力：风格笔力。

㊷专车之骨：满载一车的骨头。《国语·鲁语下》："昔禹致群神于会稽之山，防风氏后至，禹杀而戮之，其骨节专车。"这里比喻学问的较高境界。

㊸比肩：并列。

㊹朝野：朝廷与民间。豪彦：俊杰之士。

㊺尚：尊重。

㊻"夫唐"四句：《论语·泰伯》："舜有臣五人而天下治。武王曰：'予有乱臣十人。'孔子曰：

‘才难，不其然乎？唐虞之际，于斯为盛。有妇人焉，九人而已。’”谓唐尧虞舜之际，于举用人才之事最为兴盛。武王有治理天下之臣十人，而其中有一位妇女，实际只有九位而已。这里借以表示人才难得。

㊼按剑：《史记·鲁仲连邹阳列传》：“臣闻明月之珠，夜光之璧，以暗投人于道路，人无不按剑相眄者。何则？无因而至前也。”此借喻拒纳贤者。

㊽鹰扬虎视：比喻气概威武。鹰扬，如鹰奋扬。虎视，如虎雄视。

㊾编贝：贯连成串的贝壳，比喻牙齿洁白。

㊿凝脂：凝固的油脂，比喻皮肤洁白润泽。

51“昭昭”二句：晋裴楷，字叔则，武帝时官至侍中。楷风神高迈，容仪俊爽，时人称：“见裴叔则如近玉山，映照人也。”此以裴楷喻裴长史。昭昭，明亮貌。上行，上升。

52天京：京都。

53风：指美好的声誉。

54罗：排列。红颜：指美女。

55埒华轩：与贵客等同。埒，等同。华轩，有华盖之车，贵官所乘。

56晚节：晚年。操：操守，志趣。

57栖情：寄情。翰林：犹文苑。

58度越：超越。

59屈佐郧国：谓裴氏担任安州长史，佐理州务。郧国，即安州，古为郧国，故称，故治在今湖北省安陆县。

60时：指当时的政治。惟：语气词。清：清平。

61棱威：威严。

62慑：震慑。群物：众吏民。

63间：隔开。

64造谒：登门拜见。

65运会：遇到时机。

66趋：追随。末尘：后尘。

67承颜接辞：闻见其音容。《汉书·隽不疑传》：“闻暴公子威名旧矣，今乃承颜接辞。”

68度：次，回。

69雪：表明。

70崎岖：比喻处境艰难。

71谤詈：毁谤责骂。

72攒毁：一齐毁谤。攒，聚。

73投杼：据《战国策·秦策二》载，曾参居费邑时，有与之同姓名者杀人。人告曾母曰：“曾参杀人！”母不信，织自若。至第三人来告，母惧，投杼逾墙而走。杼，织具。此借以表示为毁谤所迫而离去。

74“下客”句：言自己畏惧裴长史的威严。下客，身份低下之客，指自己。

75何忧悔吝：何必忧虑日后悔恨。《易·系辞上》：“悔吝者，忧虞之象也。”悔吝，犹悔恨。

76“畏天”三句：见《论语·季氏》。

77浴兰：以兰草为汤而洗浴。沐芳：沐以芳草。

78屏：退避。烹鲜之地：治国安民之所。《老子》：“治大国若烹小鲜。”后遂以烹鲜喻治国之道。鲜，鱼。

⑲惟君侯死生：言生死唯听裴长史处置。

⑳“昔王”数句：《世说新语·政事》：“王安期作东海郡，吏录一犯夜人来。王问：‘何处来？’云：‘从师家受书还，不觉日晚。’王曰：‘鞭挞宁越，以立威名，恐非致理之本。’使吏送令归家。”此用其事，说明为官者当爱惜努力求学、希望为国家建功立业之士。王东海：王承，字安期，东晋晋阳（今山西省太原市西南）人，曾为东海郡守。犯夜：夜间行走，违犯宵禁。宁越：战国时人，苦耕稼之劳，问其友曰：“如何能免此苦？”友曰：“莫如学。”于是宁越勤苦求学，后为周威公之师。

㉑通人：通达事理之人。

㉒惠：加恩。大遇：极高的礼遇。

㉓洞开：开朗。心颜：心情与容颜。

㉔英：英明。盼：重视，赏识。

㉕长虹贯日：《史记·鲁仲连邹阳列传》：“昔者荆轲慕燕丹之义，白虹贯日。”此借以表示自己将胸怀忠义，如长虹遮蔽日光。贯，穿过。

㉖“直度”二句：战国时，荆轲为燕太子丹门客，奉命入秦刺秦王，至易水上，荆轲歌曰：“风萧萧兮易水寒，壮士一去兮不复还！”此用其事，言自己将如荆轲之于燕太子丹一样，竭尽忠诚，以报答裴长史知遇之恩。

㉗不许门下：谓不许自己作为门客。

㉘秦海：盖指古秦国之地。

㉙国风：国家的风俗。

㉚黄鹄：大鸟名，一举千里。举：飞腾。

㉛弹长剑：战国时，冯驩为齐孟尝君门客，起初未受重用，于客舍弹剑作歌曰：“长铗归来乎，食无鱼。”事见《史记·孟尝君列传》。此用其事，指在贵官门下为客。

与韩荆州书①

白闻天下谈士相聚而言曰：“生不用封万户侯②，但愿一识韩荆州。”何令人之景慕③，一至于此！岂不以周公之风，躬吐握之事④，使海内豪俊，奔走而归之。一登龙门⑤，则声价十倍。所以龙盘凤逸⑥之士，皆欲收名定价于君侯⑦。君侯不以富贵而骄之，寒贱而忽⑧之，则三千之中有毛遂⑨。使白得颖脱而出，即其人⑩焉。

白，陇西布衣⑪，流落楚汉⑫。十五好剑术，遍干⑬诸侯。三十成文章，历抵⑭卿相。虽长不满七尺，而心雄万夫⑮。皆王公大人，许与气义⑯。此畴曩⑰心迹，安敢不尽⑱于君侯哉！

君侯制作侔神明[19]，德行动天地。笔参造化[20]，学究天人[21]。幸愿开张心颜[22]，不以长揖[23]见拒。必若接之以高宴[24]，纵之以清谈[25]，请日试万言[26]，倚马可待[27]。今天下以君侯为文章之司命[28]，人物之权衡[29]，一经品题[30]，便作佳士[31]。而今君侯何惜阶前盈尺之地，不使白扬眉吐气，激昂青云耶[32]？昔王子师[33]为豫州，未下车[34]，即辟荀慈明[35]；既下车，又辟孔文举[36]。山涛[37]作冀州，甄拔[38]三十余人，或为侍中、尚书，先代所美[39]。而君侯亦一荐严协律[40]，入为秘书郎。中间崔宗之、房习祖、黎昕、许莹之徒，或以才名见知，或以清白见赏。白每观其衔恩抚躬[41]，忠义奋发。白以此感激[42]，知君侯推赤心于诸贤之腹中，所以不归他人，而愿委身国士[43]。倘急难有用，敢效微躯。

且人非尧舜，谁能尽善？白谟猷[44]筹画，安能自矜[45]？至于制作，积成卷轴，则欲尘秽视听[46]，恐雕虫[47]小技，不合大人。若赐观刍荛[48]，请给纸笔，兼之书人[49]，然后退扫闲轩[50]，缮写呈上。庶青萍、结绿[51]，长价于薛、卞[52]之门。幸推下流[53]，大开奖饰[54]，唯君侯图之[55]。

【注释】

①韩荆州：韩朝宗，长安（今陕西西安市西北）人，累官荆州刺史，喜识拔后进。此信约写于唐玄宗开元二十二年（734），是唐代大诗人李白拜谒荆州刺史韩朝宗的自荐书。史载韩朝宗乐于识拔后进，当时士人咸景慕而从之。李白早年素怀大志，傲岸不羁，曾先后拜会了许多达官贵人而不见知，故上书韩荆州自荐。信中极赞韩荆州之人品，以见国士知遇之不偶。而文势遒放，豪气逼人，全无半点寒酸求乞态，自是青莲伟岸遒逸本色。

②生：平生。万户侯：食邑万户的列侯。

③景慕：景仰羡慕。

④躬：躬行，亲自实践。吐握：即吐哺握发。《韩诗外传》卷三："成王封伯禽（周公的儿子）于鲁，周公诫之曰：'往矣。子无以鲁国骄士。吾文王之子，武王之弟，成王之叔父也，又相天下，吾于天下亦不轻矣。然一沐三握发，一饭三吐哺，犹恐失天下之士。'"谓周公为了接待来访贤士，常常中断自己的沐浴和饮食。

⑤龙门：是黄河上游高峻险要的山峡，不易攀登。传说江海之鱼，集聚在龙门之下，登者化龙。登龙门，比喻被名人接引而使身价倍增。

⑥龙盘凤逸：意谓龙潜伏于深渊之中，时机一到，就会像凤一样飞翔。比喻隐居待时的贤士。盘，盘踞。逸，飞动。

⑦收名定价：得到名声和评价。君侯：东汉以来对州牧的称呼，这里指韩荆州。

⑧忽：轻视。

⑨三千：战国时赵国平原君有三千食客。毛遂：平原君的门客。《史记·平原君列传》载，公元前258年，秦侵赵，平原君奉使去楚求救兵，欲选门客二十人从行，毛遂请求同往，平原君认为其无能，不能同往。毛遂力请，于是随行，果立功，使为上客。

⑩即其人：我就是毛遂那样的人。

⑪陇西：李白自称祖籍为陇西成纪（今甘肃秦安）。布衣：平民。

⑫楚汉：指楚国地区和汉水流域。这里指荆州。

⑬干：干求，谒见。

⑭历抵：一一拜访。历，普遍。抵，触犯，这里指干谒。

⑮心雄万夫：雄心壮志胜过万夫。

⑯许与：赞许。气义：气概和道义。

⑰畴曩：从前。

⑱尽：指详尽地表露心迹。

⑲制作：制礼作乐，这里指政绩。侔：相等。神明：这里指天神。

⑳参：参赞。造化：天地。笔参造化，指文笔精妙，说理透彻，其功可参赞天地。

㉑究：研究。天人：自然和人事的关系。

㉒开张心颜：坦诚相与，和颜相待。

㉓长揖：深深地拱手。古代对尊长行礼是跪拜，平等的礼节是长揖。

㉔必若：假使。接：接待。高宴：上等的宴席。

㉕纵：放任。清谈：尽情畅谈。

㉖请日试万言：请韩荆州让他一日写一万字的文章。

㉗倚马可待：一会就可完成。

㉘司命：神话中主宰功名禄位的神。

㉙权衡：衡量评定。

㉚品题：品评。

㉛佳士：品学兼优的人

㉜激昂：激励奋发。青云：天上，指高位。

㉝王子师：王允，字子师，东汉人，做过豫州刺史。

㉞下车：旧指官吏初到任为下车。

㉟辟(pì)：征辟，聘请。荀慈明：荀爽，字慈明，东汉末年名士。

㊱孔文举：孔融，字文举，东汉末年名士。

㊲山涛：字巨源，西晋人，"竹林七贤"之一。

㊳甄拔：选择提拔。

㊴美：赞美。

㊵严协律：可能是严武。协律，官名，属太常寺，管乐律。

㊶衔恩抚躬：谓自身受恩，忖度如何报答。

㊷感激：感动。

㊸国士：全国中最贤之士，指韩荆州。

㊹谟猷(yóu)：谋略。

㊺自矜：自我矜夸。

㊻尘秽视听：谦言自己的作品会玷污韩荆州的耳目。指想将自己的作品送给荆州观看。尘秽，指脏的东西。

㊼虫：指虫书，笔画如虫的一种字体，为秦代八种字体之一。西汉学童必习秦书八体。

㊽刍荛：除草打柴的人。这里是李白谦指自己的文章。

㊾书人：抄写的人。

㊿闲轩：空闲的房屋。

51庶：或许。青萍：宝剑名，结绿：美玉名。

52薛：薛烛，善于审定宝剑，见《吴越春秋》卷四。卞：卞和，善于辨识宝玉，见《韩非子·和氏》。

㊾推：推举、奖掖。下流：李白谦称自己。

㊿奖饰：奖励称赞。

(55)君侯：即韩荆州。图：考虑。

颜真卿

贻子弟书①

吾去岁中，言事②得罪，以不能违道徇时③，为千古罪人④也。虽贬居远方，终身不耻⑤。汝曹须当谅吾之志⑥，不可不守⑦也。

【注释】

①颜真卿：字清臣，临沂(今属山东)人，唐玄宗时进士，官至监察御史，得罪杨国忠，出为平原(今属山东)太守。安史之乱爆发，他与堂兄颜杲(gǎo)卿起兵抗击。乱平后，为刑部尚书，封鲁郡公。唐德宗时，李希烈自称天下都元帅，颜真卿奉命去劝降，被杀。子弟：对后辈的统称。

②言事：谈论国事。

③以：因为。违道徇时：违背正道，顺从权势。时，时势，这里指权势。

④千古罪人：夸张的说法。

⑤不耻：不以贬官为耻辱。

⑥汝曹：你们。曹，等。谅：体谅。

⑦守：指坚持学习、坚定信念。

李　华

与弟莒书①

三兄报汝：吾疹疾②已定，汝忧吾疾，令吾将息，一一用汝语，令汝知之。且作判官③，事中丞叔父④，小心戒慎，不离使司⑤。昔田仁、任安俱为大将军舍人⑥，卧马厩中。无何⑦，诏大将军出征匈奴，遣大夫赵禹选大将军官属。舍人衣服鲜明，二子冠带颇颣⑧，赵禹独与二子言论于厩中，即日召见，皆拜二千石⑨。汝有二子之实⑩，未遇赵公之举⑪，马厩高眠，今古一也。又仲尼尝为委吏⑫，叹曰："富贵如可求，虽执鞭之士，吾亦为之。"魏舒⑬为郎官，时属沙汰⑭，乃襆被⑮而出，自言曰："当自我始，大才当大用。"如时人识⑯，何为叹愤哉！先师⑰曰："不患无位，患所以立⑱。"汝能自修，况事叔父，吾之休废⑲，永无荣耀于伯仲⑳之间，自非深义高仁、长才厚德，又焉肯惠于朽壤枯木哉㉑！莒省吾书，当努力也！不次㉒，三兄报。

【注释】

①李华：字遐叔，赞皇（今属河北）人，唐代散文家。唐玄宗时曾任监察御史、右补阙。后因投降安禄山被贬黜。

②疹(zhěn)疾：疹子。

③且：将要。判官：地方长官的下属，辅助政务。

④事：侍奉。中丞：御史台的首长。

⑤使司：指任职的官署。

⑥田仁、任安：均汉武帝时人，初为大将军卫青侍从，被命驯马，睡在马圈中。武帝召大将军侍从为郎官，派少府赵禹考查，发现二人是人才。任安官至刺史，田仁官至丞相长史。舍人：掌拟文书的官。

⑦无何：没多久。

⑧颇颣：即"憔悴"，面色黄瘦的样子，这里指衣冠破旧。

⑨二千石：官阶名。汉代从九卿部将至郡守尉都属二千石。

⑩二子：指田仁、任安。实：指才能。

⑪赵公：指赵禹。举：举荐。

⑫仲尼：孔子。委吏：小吏。

⑬魏舒：晋武帝时为尚书郎。当时因郎官太多，要淘汰一些。他说："我应该淘汰。"卷起被褥就走。

⑭属(zhǔ)：交付。沙汰：淘汰。

⑮襆(pú)被:用包袱包起被褥。襆,包袱,作动词,用包袱包裹。

⑯时人:当时的人。识:了解。

⑰先师:指孔子。

⑱患所以立:忧虑的是没有立身的才能。

⑲休废:免官。休,停止。

⑳伯仲:兄弟。

㉑焉:哪里。惠:加恩。朽壤枯木:用于自比的谦虚说法。

㉒不次:不一一述说。

任　华

告辞京尹贾大夫书①

大夫阁下：昔侯嬴邀信陵君车骑过屠门，而信陵为之执绥②，此岂辱公子耶？乃所以成公子名耳。王生命廷尉结袜，廷尉俯偻从命无难色③，此岂辱廷尉耶？亦以成廷尉之名耳。仆所邀明公枉车过陋巷者，岂徒欲成君之名而已哉？窃见天下有识之士，品藻④当世人物，或以君之才望⑤，美则美也，犹有所阙焉。其所阙者，在于恃才傲物耳。仆感君国士之遇，故以国士报君⑥。其所以报者，欲浇⑦君恃才傲物之过，而补君之阙，宜其允迪忠告，惠然来思⑧。而乃踌躕数日不我顾，意者耻从卖醪博徒⑨游者乎？观君似欲以富贵骄⑩仆，乃不知仆欲以贫贱骄君，君何见之晚耶？

抑又闻昔有躄者，耻为平原君家美人所笑，乃诣平原君请笑者头，平原君虽许之，终所不忍。居无何，宾客别去过半，平原君怪之。有一客对曰："以君不杀笑躄者，用君为爱色而贱士。"平原君大惊悔过，即日斩美人头，造躄者门谢焉，宾客由是复来⑪。今君犹惜马蹄不顾我，况有请美人头者，岂复得哉？仆亦恐君之门客于是乎解体⑫，仆解体者也，请从此辞。任华顿首。

【注释】

①任华：唐玄宗时任秘书省校书郎、桂州刺史参佐等职。此信引用战国时信陵君、平原君及汉代张释之的故事，说明礼贤下士的道理，指责了贾大夫以富贵骄人之过。京尹：即京兆尹，京师所在地的行政长官。

②"昔侯嬴"二句：战国时，魏公子无忌封为信陵君，为人仁而下士。魏有隐士曰侯嬴，年七十，家贫，为大梁夷门监者。信陵君闻其贤，就亲领车骑，空出左位（尊者之位），以迎侯嬴，并亲自执辔。侯嬴想观察他是否有诚心，便邀他过屠者（以宰杀牲畜为业的人）朱亥之门，信陵君驱车前往，而颜色愈恭。事见《史记·魏公子列传》。执绥，即执辔。绥，指缰绳。

③"王生"二句：汉文帝时，有隐士王生，精黄老之学，曾被召入廷中。王生曰："吾袜解。"并对廷尉张释之说："为我结袜！"释之乃跪而结之。后世传颂张释之不重权势而尊敬贤者的品格。俯偻，屈身。

④品藻：品评。

⑤才望：才能与声望。

⑥"仆感"二句：《战国策·赵策一》："知伯以国士遇臣，臣故国士报之。"此用其意。国士，国中才能非凡之士。

⑦浇：减少。

⑧"宜其"二句：言应当诚信地按着我所忠告的去做，怀着惠爱之心来访问我。允，诚信。迪，蹈，实行。思，语气词。

⑨卖醪博徒：卖酒的人和赌徒。据《史记·魏公子列传》载，信陵君听说赵国有隐士毛公藏于赌徒之中，薛公藏于卖浆（浆，一作"醪"）者之中，乃亲自访问，与二人游。

⑩骄：轻视。

⑪"抑又"数句：事见《史记·平原君列传》。平原君：赵胜，赵国公子，礼贤下士，宾客多至数千人。躄，跛足。

⑫解体：离散。

刘迺

与宋昱论铨事书①

《虞书》称:“知人则哲,能官人则惠②”,巍巍唐虞③,举④以为难。今文部既始之以抡才⑤,终之以授位,是则知人官人,斯为重任。

昔在禹、稷、皋陶⑥之众圣,犹曰“载采”,采有九德,考绩以九载⑦。近代主司⑧,独委一二小冢宰⑨,察言于一幅之判⑩,观行于一揖⑪之内,何其易哉?古今迟速⑫,何不侔⑬之甚哉?夫判者,以狭词短韵、语有定规为体⑭,亦犹以一小冶而鼓众金⑮,虽欲为鼎为镛⑯,不可得已。故曰判之在文,至局促⑰者。夫铨者,必以崇衣冠、自媒耀为贤⑱,斯又士之丑行,君子所病。若引周公、尼父登之于铨庭⑲,则虽有图书易象之大训⑳,以判体㉑挫之,曾不及徐庾㉒;虽有渊默罕言之至德㉓,以喋喋㉔取之,曾不若啬夫㉕。呜呼!彼干霄㉖蔽日,诚巨树也,当求尺寸之材,必后于椓杙㉗。龙吟虎啸,诚希声㉘也,若尚颊舌之感㉙,必下于蛙黾㉚。观察之际,能不悲夫?

执事虑过龟策㉛,文含雅诰㉜,岂拘以琐琐故事㉝,曲拆因循哉㉞?诚能先咨㉟以政事,次征㊱以文学,退观其理家,进察其临节㊲,则庞鸿㊳深沉之士,亦可窥其门户矣。

【注释】

①刘迺:字永夷,唐河南伊阙(在今河南洛阳市南)人。天宝中进士,官至兵部侍郎。铨:选用官吏。信中论述了选用官吏当知人善任的道理。宋昱:生平事迹不详。

②“《虞书》”二句:《书·皋陶谟》:“知人则哲,能官人安民则惠。”知人,了解人的才能。哲,聪明。能,善于。官人,授人官职。惠,仁爱。

③巍巍:伟大。唐虞:唐尧虞舜。

④举:全,都。

⑤文部:即吏部,掌选用官吏等事。抡:选拔。

⑥禹:远古时期夏部落的领袖。稷:古代周族的始祖。皋陶:舜时掌管刑法之官。

⑦“犹曰”三句:《书·皋陶谟》:“亦行有九德,亦言其人有德,乃言曰载采采。”三句本此,言通过行事考察人的品德,人行事有九种美德,所以通过九个方面的事情来考察他的成绩。载,行。采,事。九德,九种美德,据《皋陶谟》所载,是宽而栗、柔而立、愿而恭、乱而敬、扰而毅、直而温、简而廉、刚而塞、强而义。

⑧主司:指主管选用官吏的部门。

⑨小冢宰:官名。

⑩察言:考察言论。一幅之判:一篇诗文的区别。

⑪一揖:一次作揖,指很简单的礼仪。

⑫迟速:犹言高低、优劣。

⑬侔:等同。

⑭"夫判者"二句:言判断人才之优劣,以短小而有格律之诗文为主。狭词短韵,短小的诗文。定规,格律。

⑮小冶:冶炼金属的小炉。鼓:鼓风吹火以冶炼。

⑯镛:大钟。

⑰局促:狭隘。

⑱祟:修饰。媒耀:夸耀,介绍于人。

⑲周公:即姬旦,周朝初期政治家。尼父:即孔子。铨庭:指吏部。

⑳图书:即河图洛书,传说伏羲效法河图洛书创作了八卦。易象:《周易》的卦象和爻象。

㉑判体:指判断人才能优劣的诗文。

㉒曾:居然。徐庾:指南朝梁徐陵与庾信,皆以诗文著称于时,称为"徐庾体"。

㉓渊默:深沉不言。至德:至高的道德。

㉔喋喋:多言,善于辞令。

㉕啬夫:古代官名,为诸侯朝见天子时负责传达言辞的小官。

㉖干霄:直上云霄。

㉗椓杙(yì):捶钉系牲口的小木桩。

㉘希声:罕闻的声音。

㉙尚:看重。颊舌:口舌。

㉚蛙黾:青蛙。

㉛执事:敬称对方之词。虑过龟策:考虑事情比占卜还要准确。龟策,龟甲和蓍草,古代占卜之具。

㉜雅诰:正确的告诫之语。雅,正。诰,告诫之辞。

㉝琐琐:琐屑。故事:往昔的制度。

㉞曲折:曲意顺从。因循:沿袭旧法而不更改。

㉟咨:询问。

㊱征:验证。

㊲临节:面临关键时刻。节,关节,引申为关键时刻。

㊳庞鸿:形容胸襟阔大。

柳　冕

与权侍郎书①

冕白：昔仲弓问为政，子曰："先有司②。"有司之政，在于举士。是以三代尚德③，尊其教化，故其人贤；西汉尚儒④，明其理乱⑤，故其人智；后汉尚章句⑥，师其传习⑦，故其人守名节；魏晋尚姓⑧，美其氏族⑨，故其人矜伐⑩；隋氏尚吏道⑪，贵其官位，故其人寡廉耻；唐承隋法，不改其理，此天所以待圣主正之。何者？进士⑫以诗赋取人，不先理道⑬，明经以墨义考试⑭，不本儒意⑮，选人以书判殿最⑯，不尊人物，故吏道之理天下，天下奔竞⑰而无廉耻者，以教之者末⑱也，阁下岂不谓然乎？

自顷⑲有司试明经，奏请每经问义十道⑳，五道全写疏㉑，五道全写注。其有明圣人之道、尽六经㉒之义，而不能诵疏与注，一切弃之，恐清识㉓之士无由而进，腐儒之生比肩登第㉔，不亦失乎？阁下因从容启明主，稍革其弊。奏为二等：其有明六经之义、合先王之道者，以为第一等；其有精于诵注者与精于诵疏者，以为次等；不登此二科者，以为下等，不亦善乎？且明六经之义，合先王之道，君子之儒㉕，教之本㉖也。明六经之注与六经之疏，小人之儒㉗，教之末㉘也。今者先章句之儒，后君子之儒，以求清识之士，不亦难乎？是以天下至大，任人之众，而人物殄瘁㉙、廉耻不兴者，亦在取士之道未尽其术也。诚能革其弊，尊其本，举君子之儒先于理行㉚者，俾之入仕㉛，即清识君子也，俾之立朝㉜，即王公大人也。一年得一二十人，十年一二百人，三十年得五六百人，即海内人物不以盛乎？昔唐虞之盛也，十六族而已㉝；周之兴也，十乱而已㉞；汉之王也，三杰而已㉟；太宗之圣地，十八学士而已㊱。岂多乎哉？今海内人物喁然思理㊲，推而广之，以风㊳天下，即天下之士靡然㊴而至矣。是则由于有司以化天下，天下之士得无廉耻乎？冕顿首。

【注释】

①柳冕：字敬叔，唐河东（今山西永济县西南）人。德宗时，历任右补阙、史馆修撰、吏部郎中、太常博士、御史中丞、福建观察使等职。权侍郎：即权德舆，字载之，唐天水略阳（今甘肃秦安县东北）人。德宗时，历任左补阙、中书舍人、礼部侍郎。宪宗时，累拜礼部尚书、同中书门下平章事。在这封信中，柳冕议论了往古取士之道，指出了当时科举制度中的弊端，并希望权德舆为革除时弊、广揽贤才而尽力。

②"昔仲弓"二句：见《论语·子路》。仲弓，即冉雍，孔子的学生。先有司，谓首先委任官吏。有司，古代称官吏为有司。

③三代:指夏、商、周。尚德:崇尚道德。

④儒:儒家。以孔子为代表的学派。

⑤理乱:国家治乱之理。

⑥章句:分析讲解古书章节语句的学问。

⑦师:效法。传习:学问的传承。

⑧尚姓:看重姓氏、门第。

⑨美其氏族:赞美其家族的功勋与地位的高贵。

⑩矜伐:此指因家族有功而自负。

⑪吏道:官吏办事的方法。

⑫进士:唐朝科举考试的科目之一。

⑬理道:治理国家之道。

⑭明经:唐朝科举考试的科目之一,因把儒家经典作为考试内容,故称。墨义:用笔回答经义,回答的依据只能是注和疏。

⑮儒义:指儒家的治国之道。

⑯书判:唐代科举考试制度,考中进士,继而经过吏部选试,录取者则授予官职。选试的内容包括书判,即书法与文理。殿最:考试录取的末名与首名,此作动词用,指决定录取的名次。

⑰奔竞:追名逐利。

⑱教之者末:教育读书人的目标不高。

⑲自顷:近来。

⑳问义:就经典的含义提出问题。道:犹条。

㉑疏:指唐代学者对儒家经典和旧注的解释和发挥。

㉒六经:即《诗》、《书》、《礼》、《乐》、《易》、《春秋》。

㉓清识:识见高明。

㉔腐儒:迂腐。登第:考取进士。

㉕君子之儒:识见高明的儒者。《论语·雍也》:"女为君子儒,无为小人儒。"

㉖本:根本。

㉗小人之儒:识见卑下的儒者。

㉘末:次要的事。

㉙殄瘁:困厄。

㉚理行:实践。理,办事。

㉛俾:使。入仕:做官。

㉜立朝:立于朝廷。

㉝"昔唐虞"二句:谓唐尧虞舜兴盛的时代,只有十六个有才能的大臣而已。《左传·文公十八年》:"是而尧崩而天下如一,同心戴舜,以为天子,以其举十六相,去四凶也。"十六相即十六族。十六族为:苍舒、隤敳、梼戭、大临、尨降、庭坚、仲容、叔达、伯奋、仲堪、叔献、季仲、伯虎、仲熊、叔豹、季狸。

㉞"周之兴也"二句:谓周朝的兴亡,只是靠着十个有治国才能的大臣而已。《书·泰誓中》载武王曰:"予有乱臣十人,同心同德。"十人为:周公旦、召公奭、太公望、毕公、荣公、太颠、闳夭、散宜生、南宫适、文母(即武王母太姒)。乱,治。

㉟“汉之王也”二句：谓汉王室主宰天下，只是依靠三个杰出人物而已。《史记·高祖本纪》载高祖曰：“夫运筹策帷帐之中，决胜于千里之外，吾不如子房。镇国家，抚百姓，给馈饷，不绝粮道，吾不如萧何。连百万之军，战必胜，攻必取，吾不如韩信。此三者，皆人杰出。”子房，即张良。

㊱“太宗”二句：谓如唐太宗之英明，只有十八学士而已。《新唐书·褚亮传》载：唐武德四年，唐太宗时为天策上将军，于宫城西开文学馆，收聘贤才，以杜如晦、房玄龄、于志宁、苏世长、薛收、褚亮、姚思廉、陆德明、孔颖达、李玄道、李守素、虞世南、蔡允恭、颜相时、许敬宗、薛元敬、盖文达、苏勖等为十八学士，为之绘像题赞，以示礼贤之意。

㊲喁然：众鱼之口一齐露出水面，这里比喻人心一致。思理：向往国家大治的局面。

㊳风：教化。

㊴靡然：如同草木随风倒伏一样，形容一齐响应。

与徐给事论文书①

文章本于教化，形②于治乱，系于国风③，故在君子之心为志，形君子之言为文，论君子之道为教。《易》云：“观乎人文，以化成天下④。”此君子之文也。自屈宋⑤以降，为文者本于哀艳⑥，务于恢诞⑦，亡于比兴⑧，失古义⑨矣。虽扬马形似⑩，曹刘骨气⑪，潘陆藻丽⑫，文多用寡⑬，则是一技⑭，君子不为也。

昔武帝⑮好神仙，而相如为《大人赋》以讽⑯，帝览之，飘然有凌云之气，故扬雄病⑰之曰：“讽则讽矣，吾恐不免于劝⑱也。”盖文有余而质不足则流⑲，才有余而雅不足则荡⑳。流荡不返，使人有淫丽㉑之心，此文之病㉒也。雄虽知之，不能行之，行之者惟荀、孟、贾生、董仲舒而已㉓。

仆自下车㉔，为外事所感㉕，感而应之，为文不觉成卷。意虽复古而不逮㉖古，则不足以议古人之文。噫！古人之文，不可及之矣。得见古人之心，在于文乎？苟㉗无文，又不得见古人之心，故未能亡㉘言，亦志之所之㉙也。

【注释】

①此信论述了文章与教化和国家治乱的关系，指出徐给事：未详何人。“文有余而质不足”、“才有余而雅不足”是为文的弊端。

②形：表现。

③系：关系。国风：国家的风气。

④“观乎”二句：见《易·贲》。人文，指人类社会之礼教文化，此特指文章。

⑤屈宋：指屈原和宋玉。

⑥哀艳:内容哀伤而辞采华美。

⑦务:致力。恢诞:夸张怪诞的风格。

⑧亡:失去。比兴:古代诗歌的表现手法。比,比喻,兴,借物以起兴。

⑨古义:指古人有关文学创作的原则。

⑩扬马:指汉代著名辞赋家扬雄和司马相如。形似:谓善于描绘事物的形貌。

⑪曹刘:指曹植与刘桢,为东汉建安时期著名作家。骨气:谓文章有气势。

⑫潘陆:指晋代潘岳和陆机,皆以文章著称。藻丽:谓辞藻华丽。

⑬文多用寡:谓文章虽多,而教化的用处少。

⑭一技:一种技艺。

⑮武帝:即汉武帝。

⑯讽:婉言规劝。

⑰病:批评。

⑱劝:怂恿。

⑲文:文采。质:内容。流:放荡,偏离正道。

⑳雅:正,指正确的思想内容。荡:放荡。

㉑淫丽:追求浮夸艳丽。

㉒病:弊端。

㉓荀:即荀子。孟:即孟子。荀、孟皆为战国时儒家代表人物。贾生:即贾谊,西汉洛阳(今属河南)人,文帝时曾为博士、长沙王太傅。董仲舒:西汉广川(今河北枣强县东)人,景帝时为博士,武帝时历任江都相、胶西王相,为经学大师。

㉔下车:指上任。

㉕感:感动,激发。

㉖逮:及,达到。

㉗苟:如果。

㉘亡:无。

㉙志之所之:《诗·序》:"诗者,志之所之也。在心为志,发言为诗。"此用其意,谓自己的文章是为表达心志而作。

权德舆

与黜陟使柳谏义书①

某月日，试秘书省校书郎权德舆上书阁下：德舆材术无闻，重以拙讷②，虽星轺③往复，皆获趋拜④，竟未得粗承余论⑤，少尽下情。伏蒙以通世⑥之旧，将献状受禄⑦，感戴循环⑧，不知所措，或有所见，敢布愚衷。何者？今皇帝⑨驭天下之初，将欲拔才俊，延幽滞⑩，综核名实⑪，览观风俗，故分诏⑫近臣，省问⑬四方。将天之命⑭，其旨不细⑮。则阁下举一士，用一贤，必当穷验声实⑯，精究终始。一旦以愚当荐士之目⑰，诚众多所未喻⑱也。

凡以故旧之私，不能忘情，与夫推贤类⑲能，其事则异。今者澄清省察，以得人为功，直道公议，天下属目⑳。此时而失，则所失多矣。德舆伏膺儒行㉑，三十未立，拊躬㉒责己，知不如人。俟㉓他时进修，与诸生齿㉔，方冀㉕当大君子眷念之至，申鄙夫报效之分㉖。今若以赀用㉗所迫，苟㉘进一官，则佣书贩舂㉙，亦足自给，必不敢以区区之身，上累名器㉚，敢拒黔敖之食㉛，徐受山涛之恩㉜，下情所守，在此而已。是以竟未获拜谢者，以必所不敢当也。伏惟宴闲㉝之余，俯察愚朴㉞。文章鄙略㉟，不足以烦省览㊱，用此陈露㊲，惭畏伏深㊳，不宣。德舆再拜。

【注释】

①权德舆：见柳冕《与权侍郎书》注①。黜陟使：巡行各地、督察官吏的官，唐代曾改黜陟使为观察使。柳谏议：即柳冕，时为福建观察使，详见柳冕《与权侍郎书》注①。此信为辞谢柳冕举荐自己之事而作，表现了权德舆持身严谨、不苟取禄位的精神。

②重：加。拙讷：笨拙而不善于言谈。

③星轺（yáo）：使者。

④趋拜：进而拜见，指通过使者拜谒柳冕。

⑤余论：议论之余。

⑥通世：世代有交谊之家。

⑦献状：指向朝廷呈献举荐自己的文书。状，向上级陈事之文书。受禄：谓使自己加官而得到俸禄。

⑧循环：反复，一再。

⑨皇帝：指唐德宗。

⑩延：引荐提拔。幽滞：失意而不得进身的贤者。

⑪综核名实：综合考察名称与实际。

⑫诏:命令。

⑬省问:考察,询访。

⑭将:承担。天:指天子。

⑮旨:意义。细:小。

⑯穷:彻底。验:验证。声实:名声与实际。

⑰愚:对自己的谦称。荐士:被举荐之士。目:名目。

⑱喻:明白。

⑲类:比较而分类。

⑳属目:注目。

㉑伏膺:信服而牢记在心。儒行:儒家有关行为的准则。

㉒拊躬:抚拍己身,即自我省察。

㉓俟:待。

㉔齿:并列。

㉕冀:希望。

㉖鄙夫:鄙陋之人。分:本分。

㉗赀用:生活所需的费用。赀,通"资"。

㉘苟:随便。

㉙佣书:受雇于人,为其抄书。贩:贩卖货物。舂:为人舂米。

㉚累:损害。名器:表示等级的称号和器物。

㉛黔敖之食:据《礼记·檀弓下》载,齐国发生饥荒,黔敖置饭于路,以施舍饿者。有饿者来,黔敖曰:"嗟!来食!"饿者曰:"予唯不食嗟来之食,以至于斯也!"终不食而死。此借指轻蔑的施舍。

㉜山涛之恩:指高官举荐之恩。山涛,字巨源,晋河内怀县人。武帝时,官右仆射、侍中,掌选职,以善于甄拔人才而著称。

㉝宴闲:闲居宴乐。

㉞愚朴:愚昧质朴的心意。

㉟鄙略:鄙陋粗略。

㊱省览:阅读。

㊲陈露:陈述,表白。

㊳伏深:深深拜伏,表示十分恭敬。

李　观

上杭州房使君书[1]

观白衣[2]之王臣出，育于天人[3]间二十年矣，胆薄不敢以干[4]大人，头方不足以扇知己[5]。以此而食，诚愧之哉。而闻使君德闳[6]列郡，名截区宇[7]，翕归人望[8]，轰动朝听[9]，灌注我元造[10]，昭苏我苍生[11]。实宜居中作舟[12]，匡上调鼎[13]，千乘[14]之任，未周[15]其用，君子之议，以为屈焉。观禀疏狷[16]之性，执廓大[17]之志，而不能与群俗争狎[18]，独兀尔憔悴[19]，固事亦无可谓[20]。然渠[21]所论，不过物之贵贱，利之丰省[22]，相斥工拙[23]，相旌是非[24]，乃令慷慨之人有霸王之略[25]，而不得语，反见疵瑕耳[26]。尝以天下如使君者未乏，如观者不少，聊且收涕于衽[27]，束臂置胸[28]，庶几于鹍鹏[29]，不遽歌龙蛇也[30]。

使君令问熙洽[31]，穆[32]如清风，家钟其祚[33]，天契之秩[34]，人莫得而涯[35]之，窃窥使君善美双著[36]，其善也，在乎制事中度[37]，立政有要[38]，吏不慢局[39]，狱无挠刑[40]。斩前守之苛弊[41]，若啬夫之去草能[42]。于是民诵之曰："虽有饥馑，必遇丰年，大盗既去，我公来臻[43]。"斯使君之善也。其美也，在乎雅量汪洋[44]，神机贞明[45]，蓄山之灵[46]，洞[47]人之情，鉴[48]有所临，细无遁形[49]，丽藻之振[50]，其音铿铿[51]，斯使君之美也。使君顷在幕府[52]，及统留后事[53]，御卒竞劝[54]，疲民惠和[55]，敏见洽闻[56]，高谢朋伍[57]。不然者，何得奋于戎佐[58]，而一举趾跨上二千石欤[59]？吁！海内同轨[60]，四方万余里，出使君之境，谁获小康？非使君之民，罕沾大赉[61]。郊邑骚屑[62]，人胡畴依[63]？岂不为岁时荐[64]之以水旱，官长坠之于涂炭[65]。观甚不佞[66]，犹知痛之，雄飞[67]丈夫，岂止太息[68]？传曰："自非圣人，内宁必有外忧[69]。"今主上非不圣，但辅相有阙也[70]。以观庸意[71]，倘挺使君于廊庙[72]，则中人以上不为非，中人以下远恶矣。今特遣处民之上，利身而不利国[73]。在朝之右[74]，谀媚[75]不直，缘[76]边之寇，蜂起为蝥贼[77]。观诚守贫窭[78]，无卜式裨国之利[79]，身复多病，无终军系虏之力[80]。但怒发抚髀[81]，气如腾云，苟未获谋[82]，何命之剧[83]终？固当曳履谏天子[84]，借剑趋相门[85]，尽养民治国之计，逐倚法尸禄之吏[86]，使卫青重揖客[87]，孔子畏后生[88]。

使君展转[89]览此书，观非寓言[90]也。观将适于越[91]，途经贵州，无何[92]遇疾，不获俯谒[93]。迫以月尽于纪[94]，道赊其程[95]，衣衾素单[96]，粮糗倏罄[97]。惟有尘镜委匣[98]，韦编[99]在囊。沧洲[100]目前，风水相骇，默默长顾[101]，便堪酸心。艰勤于下邑[102]，凄断于易水[103]，使君知否？知否？念兹在兹[104]，苍惶写言，兢惧待命[105]，有触忌讳，愿开含宏[106]。月日，观再拜。

【注释】

①李观：字元宾，唐赞皇（今属河北）人。贞元进士，官至太子校书郎。善属文，时人比之韩愈。使君：对刺史的尊称。此信赞扬了房刺史的政绩和才干，为朝臣谀媚不直、谋求私利的腐败现象而痛心，并表达了自己报效国家的愿望。

②白衣：犹布衣，指未仕者。

③天人：即天民，犹言百姓。

④干：求，谓请求录用。

⑤头方：喻正直倔强。扇：鼓动。

⑥闳：遍布。

⑦截：犹横，充塞之义。区宇：天地四方。

⑧翕归：一齐归向。翕，聚，合。人望：犹众望。

⑨朝听：朝廷的听闻。

⑩灌注：铸造，比喻造就。元造：谓伟大的时代。元，大。造，世代。

⑪昭苏：使重获生机。苍生：百姓。

⑫居中：居于朝中。作舟：喻担任宰辅大臣。《书·说命上》："爰立作相，王置其左右，命之曰：'……若济巨川，用汝作舟楫。'"

⑬匡：辅佐。上：皇帝。调鼎：调和鼎中之味，喻治理国家大事。《书·说命下》："若作和羹，尔惟盐梅。"调鼎之喻本比。

⑭千乘：兵车千辆，古代小诸侯国称千乘之国，此喻地方长官。

⑮周：尽。

⑯疏狷：狂放狷介。

⑰廓大：广大。

⑱群俗：众多庸俗之人。狎：亲昵，指与达官贵人亲近。

⑲兀尔：孤独貌。憔悴：比喻困苦。

⑳谭：同"谈"。

㉑渠：他们，指"群俗"。

㉒丰省：犹大小。

㉓相斥工拙：谓以巧与拙相互斥责。

㉔相旌是非：谓以是和非相互证明。旌，辨明。以上五句，言庸俗的人们只知议论细枝末节而争长竞短。

㉕慷慨：胸怀大志，意气风发。霸王之略：建立霸王之业的雄才大略。

㉖见：被，遭受。疵瑕：毁谤。

㉗衽：衣袖。

㉘束臂置胸：收缩手臂，置于胸前，表示无所事事。

㉙庶几：希望。鹍鹏：传说中的大鸟，可飞翔于九万里高空，见《庄子·逍遥游》。这里比喻自己希望干一番大事业。

㉚遽：匆忙。歌龙蛇：据《史记·晋世家》载，春秋时，晋国介之推曾随晋文公流亡，后文公回国，赏赐随从者，而不及介之推。于是介之推作《龙蛇歌》曰："龙欲上天，五蛇为辅。龙已升

云，四蛇各入其宇，一蛇独怨，终不见处所。”遂隐居不仕。这里借指隐居。
㉛令问：美好的声音。熙洽：清明。
㉜穆：清明温和。
㉝家钟其祚：谓福气集于其家。钟，聚。祚，福。
㉞天契之秩：谓禄位与天意相合。契，合。秩，俸禄，品级。
㉟涯：测度止境。
㊱著：彰显。
㊲制：裁夺。中度：适合法度或规则。
㊳立政：推行政令。要：重点。
㊴慢局：玩忽职守。局，职务。
㊵挠刑：妄加于人的刑罚。挠，邪曲。
㊶斩：消除。前守：前任州郡长官。苛弊：苛刻的弊端。
㊷“若啬夫”句：像农夫能够除草一样。啬夫，农夫。
㊸臻：到。
㊹雅量：高雅的气度。汪洋：博大貌。
㊺神机：巧妙的谋划。贞明：正确而英明。
㊻蓄山之灵：谓其智慧如同积聚了高山的神灵。
㊼洞：通达。
㊽鉴：明察。
㊾细：细微的事物。遁形：掩藏其情状。
㊿丽藻：华美的文辞。振：指写作。
51铿铿：象声词，比喻文辞明快有力。
52顷：近来。幕府：将帅领兵在外所居的营帐。
53统：总领。留后：官名，代行节度使之事。
54御卒：治下的士兵。竞劝：争先效力。劝，努力。
55疲：疲惫。惠和：仁爱和睦。
56敏见：聪敏的识见。洽闻：广博的见闻。
57高：指风格高尚。谢：逊让。朋伍：朋辈。
58奋：奋起，进身。戎佐：军中处于辅佐地位的官员。
59趾：足。二千石：古代州郡长官所享的俸禄，此代指其官。
60同轨：车辙同一，引申指一统。
61赉：恩惠。
62郊邑：城邑和郊野。骚屑：纷乱不宁。
63胡：何。畴：田地。
64荐：重复。
65涂炭：喻艰难困苦。
66不佞：犹言不才。
67雄飞：比喻志向远大，才能卓越。
68太息：叹息。
69“传曰”三句：《左传·成公十六年》：“自非圣人，外宁必有内忧。”此引盖“外”、“内”误易。

言若非圣人，则外部虽安宁，内部必有忧患。
⑦辅相：辅佐大臣。阙：缺少。
⑦庸意：平庸的看法，谦辞。
⑦挺：引。廊庙：朝廷。
⑦“今特”二句：谓如今只派房使君处于一州百姓之上，任非其才，故只能使其自身闲暇安逸，而不能给国家带来更大的利益。
⑦在朝之右：列于朝班之右，指在朝中为大臣。
⑦谀媚：阿谀献媚。
⑦缘：沿。
⑦蝥贼：吃庄稼的害虫，比喻危害国家的人。
⑦贫窭(jù)：贫穷。
⑦卜式：西汉河南(今河南洛阳市东北)人，以牧羊致富。武帝时，曾献其私财，以充军费。武帝任卜式为中郎，派他到上林苑牧羊，年余，羊繁殖甚多。裨：帮助。
⑧终军：字子云，西汉济南(今属山东)人。武帝时，为谏议大夫。南越与汉和亲，武帝遣终军使南越，劝说其王入朝。终军自请：“愿受长缨，必羁南越王而致之阙下。”遂往说南越王，王请举国内属。系：拘系。虏：敌人。
⑧抚髀：拍打大腿，表示愤慨。髀，大腿。
⑧获谋：实现其谋略。
⑧剧：疾速。
⑧“固当”句：言当如汉代郑崇那样经常规谏天子。《汉书·郑崇传》载：郑崇字子游，汉哀帝时为尚书仆射，常曳革履进谏，哀帝尝笑曰：“我识郑尚书履声。”曳，拖。履，鞋。
⑧“借剑”句：魏相，字弱翁，汉济阴定陶(今山东定陶县西北)人，宣帝时为丞相。其人好武，令诸吏带剑奏事，诸吏有不带剑者，当入奏事，乃至借剑而敢入。见《史记·张丞相列传》、《汉书·魏相传》。此用其事，表示希望有机缘接近执政大臣。
⑧倚法：依仗法律的保护。尸禄：白受俸禄而不做事。
⑧“使卫青”句：卫青，字仲卿，汉河东平阳(今山西临汾市西南)人。武帝时击匈奴有功，官至大将军。汲黯见卫青而不拜，有人劝说他，汲黯道：“夫以大将军有揖客，反不重邪?”卫青听说后，愈加敬重汲黯。见《史记·汲郑列传》。此用其事，言将使高官尊重自己。揖客，只作揖而不跪拜之客，即与主人以平等的礼节相待者。
⑧“孔子”句：《论语·子罕》：“后生可畏。”此言自己有志成为有作为的青年人。
⑧展转：反复。
⑨寓言：谓借比喻而言，以获得对方的信任。
⑨于越：即越，古越国之地。
⑨无何：不久。
⑨俯谒：拜见。
⑨月尽之纪：即一月将尽。
⑨道赊其程：谓路程尚远。赊，远。
⑨衾：被。素单：简朴，单薄。
⑨粮糗(qiǔ)：饭食。倏：很快。罄：尽。
⑨尘镜：布满灰尘的镜子。委：搁置。

⑲韦编:书籍。

⑩沧洲:滨水之地。

⑩顾:望。

⑩艰勤:艰难勤苦。下邑:小城邑。

⑩"凄断"句:据《史记·刺客列传》载,战国时,荆轲为燕太子丹赴秦刺秦王,行至易水,作歌曰:"风萧萧兮易水寒,壮士一去兮不复还!"此用其事,谓自己将辞别房使君而去,凄伤的心情与荆轲在易水时相似。凄断,极度伤感。

⑩念兹在兹:语出《书·大禹谟》,此借指念念不忘。兹,此。

⑩兢惧:谨慎,畏惧。待命:等待安使君的答复。

⑩含宏:指包容广大的胸襟。

韩 愈

与于襄阳书①

七月三日，将仕郎守国子四门博士韩愈②，谨奉书尚书③阁下：

士之能享大名、显当世者，莫不有先达④之士、负天下之望者，为之前⑤焉。士之能垂休光⑥、照后世者，亦莫不有后进之士、负天下之望者，为之后⑦焉。莫为之前，虽美而不彰；莫为之后，虽盛而不传。是二人者，未始不相须⑧也，然而千百载乃一相遇焉，岂上之人无可援⑨，下之人无可推⑩欤？何其相须之殷而相遇之疏也？其故在下之人负其能⑪不肯谄其上，上之人负其位不肯顾其下，故高材多戚戚之穷，盛位无赫赫之光，是二人才之所为皆过也。未尝干⑫之，不可谓上无其人；未尝求之，不可谓下无其人。愈之诵此言久矣，未尝敢以闻于人。

侧闻阁下抱不世之才，特立而独行，道方而事实⑬，卷舒不随乎时⑭，文武⑮唯其所用。岂愈所谓其人哉？抑⑯未闻后进之士，有遇知⑰于左右，获礼⑱于门下者，岂求之而未得邪？将⑲志存乎立功，而事专乎报主，虽遇其人，未暇礼邪？何其宜闻而久不闻也？愈虽不材，其自处不敢后于恒人⑳，阁下将求之而未得欤？古人有言：请自隗始㉑。愈今者惟朝夕刍米仆赁之资是急㉒，不过费阁下一朝之享而足也。如曰吾志存乎立功，而事专乎报主，虽遇其人，未暇礼焉，则非愈之所敢知也。世之龊龊㉓者，即不足以语之，磊落奇伟之人，又不能听焉，则信乎命之穷也！

谨献旧所为文一十八首，如赐览观，亦足知其志之所存。愈恐惧再拜。

【注释】

①韩愈：字退之，唐邓州南阳（今属河南）人。德宗时，官至监察御史，上书言时弊，贬为阳山令。宪宗时，任国子监博士、中书舍人、刑部侍郎等职，因上书反对宪宗迎佛骨事，贬为潮州刺史。穆宗时，历任国子监祭酒、兵部侍郎、吏部侍郎等职。于襄阳：名頔，字允元。德宗贞元年间，为山南东道节度使，治所在襄阳。时韩愈任国子监四门博士，便给于頔写了这封信，希望得到他的赏识和举荐。

②将仕郎：官名。守：唐代品级低而担任较高的职务称守。

③尚书：于頔以工部尚书之职出任山南东道节度使，故称。

④先达：先已发达。

⑤前：引荐。

⑥垂休光：留下美好的声誉。

⑦后：做后继之人。

⑧须：期待。
⑨援：请托。
⑩推：推举。
⑪负其能：以其才能而自负。
⑫干：请求。
⑬道方：遵循方正之道。事实：做切实有用之事。
⑭卷舒：引退与进取。时：时俗。
⑮文武：指时张时弛的治理民众之道。《礼记·杂记》："张而不弛，文武弗能也；弛而不张，文武弗为也；一张一弛，文武之道也。"
⑯抑：然而。
⑰遇知：得到赏识。
⑱获礼：得到礼遇。
⑲将：或者，还是。
⑳恒人：一般人。
㉑请自隗始：战国时，燕昭王欲招揽天下贤士，便向郭隗请教。郭隗说："今王诚欲致士，先从隗始，隗且见事，况贤于隗者乎？岂远千里哉！"燕昭王便为郭隗筑宫，待以师礼，于是乐毅、邹衍、剧辛等贤士相继而至。这里引用其语，表明自己希望得到举荐的心情与郭隗相似。
㉒刍：喂牲口的草。仆：雇用仆人。凭：租赁房屋。
㉓龊龊：形容拘谨。

应科目时与人书①

月日，愈再拜。天池之滨②，大江之濆③，曰有怪物④焉，盖非常鳞凡介之品汇匹俦也⑤。其得水，变化风雨，上下于天不难也。其不及水，盖寻常⑥尺寸之间耳。无高山大陵、旷途绝险为之关隔⑦也，然其穷涸⑧不能自致乎水，为猵獭之笑者盖十八九矣⑨。

如有力者哀其穷而运转之，盖一举手、一投足之劳也。然是物也，负其异于众⑩也，且曰："烂死于沙泥，吾宁⑪乐之。若俯首帖耳，摇尾而乞怜者，非我之志也。"是以有力者遇之，熟视之若无睹也。其死其生，固不可知也。今又有有力者当其前矣，聊试仰首一鸣号焉，庸讵⑫知有力者不哀其穷而忘一举手、一投足之劳，而转之清波乎？其哀之，命也；其不哀之，命也。知其在命，而且鸣号之者，亦命也。

愈今者实有类于是。是以忘其疏愚⑬之罪，而有是说焉。阁下其亦怜察之。

【注释】

①唐德宗贞元九年(793),韩愈参加了博学宏词科考试,因写此信,抒其抱负与怀才不遇之愤慨,希冀得到当权者的赏识。

②天池:南海。《庄子·逍遥游》:"南冥者,天池也。"滨:水边。

③渍(fén):水涯。

④怪物:指龙。

⑤常鳞凡介:一般的水中动物。介,甲壳。品汇:品类。匹俦:相比。

⑥寻常:古代八尺为寻,倍寻为常。

⑦关隔:阻隔。此句言龙如得水,则没有什么高山大陵、远途绝险能把它阻隔。

⑧穷涸:困于干涸的环境中。

⑨猵(bīn)獭:水獭。猵,小獭。十八九:十分之八九。

⑩负其异于众:因其与众不同而自负。

⑪宁:宁愿,甘心。

⑫庸讵:怎么。

⑬疏愚:粗疏愚蠢。

与孟东野书①

与足下别久矣。以吾心之思足下,知足下悬悬②于吾也。各以事牵③,不可合并④。其于人人⑤,非足下之为见,而日与之处,足下知吾心乐否也?吾言之而听者谁欤?吾唱之而和者谁欤⑥?言无听也,唱无和也,独行而无徒⑦也,是非无所与同也⑧,足下知吾心乐否也?

足下才高气清⑨,行古道⑩,处今世,无田而衣食⑪,事亲⑫左右无违,足下用之心勤⑬矣。足下之处身,劳且苦矣。混混与世相浊⑭,独其心追古人而从之,足下之道,其使吾悲也!

去年春,脱汴州之乱⑮,幸不死,无所于归⑯,遂来于此⑰。主人与吾有故⑱,哀其穷,居吾于符离睢上⑲。及秋,将辞去,因被留以职事⑳。默默在此,行㉑一年矣。到今年秋,聊复㉒辞去。江湖,余乐也,与足下终幸矣。

李习之娶吾亡兄之女㉓,期在后月,朝夕当来此。张籍在和州居丧㉔,家甚贫,恐足下不知,故具此白,冀㉕足下一来相视也。自彼㉖至此,虽远,要㉗皆舟行可至,速图之,吾之望也。

春且尽,时气向热,惟侍奉吉庆。愈眼疾比剧㉘,甚无聊,不复一一㉙。愈再拜。

【注释】

①孟东野:孟郊,字东野,唐湖州武康(今浙江武康)人,德宗贞元年间进士,一生穷困潦倒。他与韩愈友谊较深。这封信是韩愈贞元十六年(800)三月在做徐州节度使张建封幕僚时写的。

②悬悬:挂念,惦念。

③牵:牵累。

④合并:相处。

⑤人人:众人。

⑥唱:领唱。和:应和。

⑦无徒:没有门徒。

⑧"是非"句:对问题的赞同或反对,没有与我持相同看法的人。

⑨气清:气质高洁。

⑩古道:这里指儒家学术、思想、伦理及处事方法的总称。

⑪衣食:穿衣吃饭。

⑫事亲:侍奉双亲。

⑬勤:辛苦。

⑭"混混"句:意为与世俗杂乱相处。混混,纷乱的样子。

⑮汴州之乱:唐德宗贞元十五年(799),汴州刺史董晋死,汴州军乱。汴州,今河南省开封市。

⑯于归:归住。

⑰此:指徐州。

⑱主人:指徐州节度使张建封。故:故交。

⑲符离:今安徽省宿县。睢:睢水。

⑳被留以职事:指张建封征他为幕僚。

㉑行:将要。

㉒聊复:暂且。复,词尾。

㉓李习之:李翱,字习之,陇西成纪(今甘肃天水)人,中唐散文家、哲学家,官至山南东道节度使。亡兄:指作者之兄韩弇(yǎn)。

㉔张籍:字文昌,吴郡(今江苏苏州市)人,国子博士,中唐著名诗人。和州:今安徽省和县。

㉕冀:希望。

㉖彼:指湖州(今浙江吴兴湖州镇),孟东野当时居家之地。

㉗要:总之。

㉘比剧:近来加剧。比,近来。

㉙不复一一:不一一答复。

答李翊书①

六月二十六日②，愈白③，李生足下：

生之书辞甚高，而其问何下而恭也！能如是，谁不欲告生以其道④？道德之归也有日⑤矣，况其⑥外之文乎？抑愈所谓望孔子之门墙而不入于其宫者⑦，焉足以知是且⑧非邪？虽然，不可不为生言之。

生所谓"立言⑨"者，是也⑩；生所为者，与所期者，甚似而几⑪矣。抑不知生之志，蕲胜于人而取于人耶⑫？将蕲至于古之立言者耶？蕲胜于人而取于人，则固胜于人而可取于人矣。将蕲至于古之立言者，则无望其速成，无诱于势利，养其根而俟其实⑬，加其膏而希其光⑭。根之茂者其实遂⑮，膏之沃者其光晔⑯；仁义之人，其言蔼如也。

抑又有难者，愈之所为，不自知其至⑰犹未也。虽然，学之二十余年矣。始者，非三代⑱两汉之书不敢观，非圣人之志⑲不敢存。处若忘⑳，行若遗㉑，俨乎㉒其若思，茫乎㉓其若迷。当其取于心而注㉔于手也，惟陈言之务去㉕，戛戛乎㉖其难哉！其观于人㉗，不知其非笑之为非笑也㉘。如是者亦有年㉙，犹不改。然后识古书之正伪，与虽正而不至焉者，昭昭然白黑分矣，而务去之㉚，乃徐㉛有得也。当其取于心而注于手也，汩汩然㉜来矣。其观于人也，笑之则以为喜，誉之则以为忧，以其犹有人之说者存也。如是者亦有年，然后浩乎其沛然矣㉝。吾又惧其杂也，迎而距㉞之，平心而察之，其皆醇㉟也，然后肆㊱焉。虽然，不可以不养也。行之乎仁义之途，游之乎诗书之源，无迷其途，无绝其源，终吾身而已矣。

气㊲，水也；言，浮物也；水大，而物之浮者大小毕浮。气之与言犹是也，气盛，则言之短长与声之高下者皆宜。虽如是，其敢自谓几于成乎？虽几于成，其用于人也奚取焉㊳？虽然，待用于人者，其肖于器邪㊴？用与舍属诸人㊵。君子则不然，处心有道，行己有方，用则施诸人，舍则传诸其徒，垂㊶诸文而为后世法。如是者，其亦足乐乎？其无足乐也？

有志乎古者希㊷矣，志乎古必遗乎今，吾诚乐而悲之。亟㊸称其人，所以劝㊹之，非敢褒其可褒而贬其可贬也。

问于愈者多矣，念生之言，不志乎利，聊相为言之。愈白。

【注释】

①这是韩愈于唐德宗贞元十七年(801)六月写给书生李翊的回信。信中阐述了作者的文学

观和创作论，是韩集中的著名文论。
②六月二十六日：指贞元十七年六月二十六日。
③白：禀告，陈述。谦辞。
④其道：指儒家的仁义之道，即“文以明道”的道。
⑤有日：指长间长。
⑥其：指道德。韩愈认为文章是道德的表现。
⑦抑：连词，表示轻微的转折。望孔子之门墙而不入于其宫：意思是自己的造诣学问还很肤浅，没深人进去。语出《论语·子张》：“譬之宫墙，夫子之墙数仞，不得其门而入，不见宗庙之美，百官之富。”
⑧且：抑或，还是。
⑨立言：指人的言语文章能够流传后世。
⑩是也：是对的。
⑪几：近，相近。
⑫蕲(qí)：通“祈”，求，祈求。胜于人：胜过人。取于人：被人取用。
⑬俟：等待。实：果实。
⑭希：希望。光：光亮。
⑮遂：成熟。
⑯沃：肥美。晔(yè)：火光很盛的样子。
⑰至：指达到“古之立言者”的境界。
⑱三代：指夏、商、周。
⑲圣人之志：指儒家思想，孔孟之道。
⑳处：居住。若忘：好像忘掉了什么。
㉑行若遗：行走时就像丢了什么似的。
㉒俨乎：庄重的样子。
㉓茫乎：什么都不知道的样子。以上四句即韩愈《送高闲上人序》中“虽外物至，不胶于心”之意。形容学习专心致志，不受外界干扰。
㉔注：灌注，这里是传写的意思。
㉕陈言：世人惯用的言词，即陈词滥调。务：必须。
㉖戛戛(jiá)乎：困难貌。
㉗观于人：指文章被人观看。
㉘非：非难。笑：讥笑。
㉙有年：有不少年头了。
㉚去之：指去掉“伪”和“虽正而不至者”。
㉛徐：慢慢地。
㉜汩汩然：水急流貌。这里形容文思敏捷。
㉝浩乎：水势广大的样子。沛然：水势汹涌的样子。比喻文章的思路宽广奔放。
㉞距：通“拒”，阻挡。
㉟醇：纯正。
㊱肆：放纵。指放手去写。
㊲气：指作家的思想修养。《孟子·公孙丑上》：“我善养吾浩然之气。”

㊳奚取焉：有什么可取的呢。

㊴肖：似，像。器：器物。

㊵用：被使用。舍：被舍弃。

㊶垂：流传。

㊷希：稀罕。

㊸亟(qì)：屡次。

㊹劝：劝勉。

与陈给事书①

愈再拜。愈之获见于阁下有年矣。始者亦尝辱一言之誉。贫贱也，衣食于奔走②，不得朝夕继见。其后阁下位益尊，伺候于门墙者③日益进。夫位益尊，则贱者日隔；伺候于门墙者日益进，则爱博而情不专。愈也道不加修，而文日益有名。夫道不加修，则贤者不与；文日益有名，则同进者忌。始之以日隔之疏，加之以不专之望；以不与者之心，而听忌者之说。由是阁下之庭，无愈之迹矣。

去年春，亦尝一进谒于左右矣。温乎其容，若嘉其新也④；属乎其言⑤，若闵其穷也。退而喜也，以告于人。其后如东京取妻子，又不得朝夕继见。及其还也，亦尝一进谒于左右矣。邈⑥乎其容，若不察其愚⑦也；悄乎其言⑧，若不接其情也。退而惧也，不敢复进。

今则释然悟，翻然悔，曰：其邈也，乃所以怒其来之不继也；其悄也，乃所以示其意也。不敏之诛⑨，无所逃避。不敢遂进⑩，辄自疏⑪其所以，并献近所为《复志赋》以下十首为一卷，卷有标轴⑫。《送孟郊序》一首，生纸⑬写，不加装饰，皆有揩字注字处⑭。急于自解而谢⑮，不能俟更写⑯，阁下取其意而略其礼⑰可也。愈恐惧再拜。

【注释】

①陈给事：名京，字庆复，唐德宗贞元年间任给事中。信中始叙不相见之原因，再叙两次相见之情景，流露出对权贵作威作福的不满和对趋炎附势者的鄙视。

②衣食于奔走：言为衣食而奔走。

③伺候于门墙者：即依附事奉陈给事的人。进：增多。

④嘉：赞许。新：新有所成。

⑤属乎其言：谓不断地交谈。属，连续。

⑥邈：远，指疏远，冷淡。

⑦愚:指自己的心意。

⑧悄乎其言;谓默默无言。悄,静。

⑨不敏:不聪明。诛:惩罚。此句言陈给事的冷淡和沉默,是对自己愚蠢的惩罚。

⑩遂进;谓心安理得地进见。遂,安。进,进见。

⑪疏:解释。

⑫标轴:题着书名等文字的卷轴。

⑬生纸:唐代有生纸、熟纸之分。生纸一般用来写丧祭文字或草稿,韩愈急于为自己解释,无暇选择,故用生纸。

⑭揩字:涂抹的字。注字:注解的文字。

⑮谢:表示歉意。

⑯俟:等待。更写:重写一遍。

⑰取其意而略其礼:谓理解其心意而忽略其礼节。

与鄂州柳中丞书①

愈愚,不能量② 事势可否。比常念淮右以靡弊困顿三州之地③,蚊蚋蚁虫之聚④,感凶竖煦濡饮食之惠⑤,提童子之手,坐之堂上,奉以为师;出死力以抗逆明诏⑥,战天下之兵;乘机逐利,四出侵暴⑦,屠烧县邑,贼杀不辜⑧。环其地数千里,莫不被其毒⑨,洛、汝、襄、荆、许、颍、淮、江⑩,为之骚然⑪。丞相、公卿、士大夫劳于图议;握兵之将、熊罴貙虎之士⑫,畏懦蹙蹜⑬,莫肯杖戈为士卒前行者。独阁下奋然率先,扬兵界上⑭,将二州⑮ 之守,亲出入行间⑯,与士卒均辛苦⑰,生其气势⑱。见将军之锋颖⑲,凛然⑳ 有向敌之意。用儒雅文字章句之业㉑,取先天下武夫㉒,关其口而夺之气㉓。愚初闻时方食㉔,不觉弃匕箸起立㉕。岂以为阁下真能引孤军单进㉖,与死寇㉗ 角逐,争一旦侥幸之利哉?就令㉘ 如是,亦不足贵㉙。其所以㉚ 服人心,在行事适机宜㉛,而风采可畏爱故也㉜。是以前状辄述鄙诚眷惠㉝。手翰㉞ 还答,益增欣悚㉟。

夫一㊱ 众人心力耳目,使所至如时雨㊲,三代㊳ 用师,不出是道㊴。阁下果能充其言㊵,继之以无倦,得形便之地㊶,甲兵足用,虽国家故所失地㊷,旬岁㊸ 可坐而得,况此小寇,安足置齿牙间!勉而卒之㊹,以俟㊺ 其至。幸甚!

夫远征军士,行者有羁旅离别之思㊻,居者有怨旷骚动之忧㊼,本军有馈饷㊽ 烦费之难,地主多姑息形迹之患㊾。急之㊿ 则怨,缓之则不用命(51);浮寄孤悬(52),形势销弱(53);又与贼不相谙(54),委临敌恐骇(55),难以有功。若召募土人,必得豪勇,与贼相熟，知其气力所极[56]，无望风之惊；爱护乡里，勇于自战。征兵满万，不如召募数千。阁下以为如何？倘可上闻行之否[57]？计已与裴中丞[58]相见。行营[59]事，宜不惜时赐示及[60]，幸甚！不宣[61]。愈再拜。

【注释】

①鄂州：今湖北武昌市。柳中丞：柳公绰，字宽，华原（今陕西耀县）人，唐宪宗时，先后为御史丞、湖南观察使，元和八年(813)为鄂州刺史。朝廷讨伐吴元济，征调鄂州五千兵归安州（今湖北安陆）刺史李昕指挥，柳公绰向朝廷请求自领兵讨伐，获准。

②量：权衡。

③比：近来。淮右：淮西，辖申（今河南信阳）、光（今河南潢川）、蔡（今河南汝南）三州。元和九年(814)，淮西彰义军节度使吴少阳死，其子吴元济拥兵自立。靡弊：败坏。困顿：疲敝。

④蚊蚋(ruì)：蚊虫，喻叛军。蚋，一种小飞虫。

⑤凶竖：凶恶的小子，指吴元济。竖，对人的蔑称，相当于“小子”。煦(xǔ)濡饮食之惠：温饱之类的小恩惠。煦，温暖。

⑥抗逆明诏：反抗皇上英明的诏令。

⑦侵暴：欺凌施暴。侵，迫害，欺凌。

⑧贼：杀害。不辜：无辜的人民。

⑨被其毒：遭受他的祸害。被，遭受。

⑩洛：洛州，今河南省洛阳市东。汝：汝州，今河南临汝县。襄：襄州，今湖北襄樊市。荆：荆州，今湖北江陵市。许：许州，今河南许昌市。颖：颍州，今安徽阜阳市。淮：淮夷，今淮河一带。江：江州，今江西九江市西南。

⑪骚然：动乱。

⑫熊罴(pí)貙(chū)虎之士：指勇猛的战士。罴，马熊。貙，一种野兽。

⑬畏懦蹙蹜(cù sù)：畏惧不安。

⑭扬兵界上：在与敌人接界的地方举起武器。兵，兵器。

⑮二州：指鄂州、安州。

⑯行间：军队中。行，行伍，军队。

⑰均辛苦：同甘苦。

⑱生其气势：提高他们的士气。

⑲锋颖：锋芒。颖，物件的尖锐部分。

⑳凛然：严肃的样子。

㉑“用儒雅”句：意谓以一个平日只会写文章的文雅书生。

㉒取先：超过。武夫：武士。

㉓关其口：封住了他们的口。夺之气：打掉了他们的傲气。

㉔愚：韩愈自称，谦辞。方食：正在吃饭。

㉕匕：勺。箸(zhù)：筷子。

㉖岂：表示疑问，是否。引：率领。

㉗死寇：拼死的敌人。

㉘就令：即使。

㉙贵：重视。

㉚所以：表示原因。
㉛适机宜：适合时机。
㉜风采：精神和态度。畏爱：敬畏，爱戴。
㉝前状：上次给你的信 。状，一种文体，下对上陈述事理所用，这里指信，有谦虚之意。鄙：谦辞。眷惠：思慕和爱戴。
㉞手翰：手笔，书信。翰，笔。
㉟欣悚：欣喜和敬畏。
㊱一：使一致，统一。
㊲时雨：及时雨。
㊳三代：夏、商、周。
㊴不出是道：没有超出这种方法。
㊵阁下：对人的尊称。充其言：实现来信中说的话。
㊶形便之地：形势有利的地方。
㊷故所失地：原先丢失的州邑。
㊸旬岁：一年。
㊹勉：努力。卒之：使战斗进行到底。
㊺俟：等待。
㊻行者：出发的人。羁(jī)旅：客居他乡。
㊼居者：留守的人。怨旷：因战争而不能结婚的怨女、旷夫。
㊽馈饷：输送粮饷。
㊾地主：当地的人。姑息形迹：宽容士兵的行为。
㊿急之：对士兵约束得紧。急，紧迫。
51不用命：不听从命令。
52浮寄孤悬：指军队驻扎在外，没有依托。
53形势销弱：指军队士气逐渐低落。
54谙(ān)：熟悉，了解。
55委：委派。临敌：与敌作战。
56气力：实力。所极：能达到的限度。
57倘：或许。上闻：使上面了解，即向上面报告。
58裴中丞：裴度。元和十年(815)，裴度以御史中丞视察淮西战事。元和十二年，唐宪宗命他指挥淮西战役。
59行营：军营。
60不惜时：不吝惜时间。及：到达，指给我。
61不宣：书信中的惯用语，意为不再详细述说。

为人求荐书①

某闻木在山，马在肆②，过之而不顾者，虽日累千万人，未为不材与下乘也③。

及至匠石过之而不睨[④],伯乐[⑤]遇之而不顾,然后知其非栋梁之材、超逸之足[⑥]也。以某在公之宇下非一日[⑦],而又辱居姻娅[⑧]之后,是生于匠石之园,长于伯乐之厩[⑨]者也。于是而不得知[⑩],假有见知者[⑪],千万人亦何足云[⑫]。今赖天子每岁诏公卿大夫贡士[⑬],若某等比[⑭],咸得以荐闻[⑮],是以冒进其说以累于执事[⑯],亦不自量已。然执事其知某何如哉?昔人有鬻马不售于市者[⑰],知伯乐之善相也,从而求之。伯乐一顾,增价三倍。某与执事颇相类[⑱],是故始终[⑲]言之耳。某再拜。

【注释】

①荐:推荐,引荐。这是韩愈为人代写的求荐书。

②肆:店铺。

③未为:未必是。不材:无用之才。下乘:劣马。

④匠石:古代一位名叫石的匠人,有精湛的技术,见《庄子·徐无鬼》。睨(nì):斜着眼睛看。

⑤伯乐:古代一位善于相马的人,能识别千里马。

⑥超逸之足:超群的足力。

⑦以:凭着。某:自称,我。公:对受书人的尊称。宇下:屋檐下,比喻庇护下。

⑧姻娅:亲戚。姻,婿父、妻父。娅,女婿互称。

⑨厩(jiù):马圈。

⑩于是:在这里。不得知:没有得到了解,即没有得到赏识的意思。

⑪假:如果。见知者:赏识(某)的人。

⑫何足云:不值一谈。云,谈论。

⑬贡士:推荐优秀人才。唐朝制度,每年下诏命百官向朝廷举荐贤才。

⑭若某等比:像我一样的人。

⑮咸:全都。以荐闻:凭借推荐被了解。闻,听,这里指被知、被了解。

⑯冒进:冒昧进献。累:劳累。执事:对收信人的敬称。

⑰鬻(yù):卖。售:卖出去。

⑱相类:相似。

⑲始终:反复。

答吕医山人书①

愈白:惠书责以不能如信陵执辔[②]者。夫信陵,战国公子,欲以取士声势倾天下而然耳[③]。如仆者,自度若世无孔子,不当在弟子[④]之列。以吾子[⑤]始自山出,有朴茂[⑥]之美意,恐未砻[⑦]以世事。又,自周后文弊[⑧],百子[⑨]为书,各自名家[⑩],乱圣人之宗[⑪]。后生习传,杂而不贯[⑫],故设问以观吾子。其已成熟乎,将以为友也;其未成熟乎，将以讲去其非而趋是耳⑬，不如六国公子有市于道者也⑭。方今天下入仕，惟以进士明经⑮，及卿大夫之世耳。其人率⑯皆习熟时俗，工于语言，识形势，善俟人主意⑰，故天下靡靡⑱，日入于衰坏，恐不复振起。务欲进足下趋死不顾利害去就之人于朝⑲，以争救之耳，非谓当今公卿间无足下辈文学知识也，不得以信陵比。然足下衣破衣、系麻鞋，率然⑳叩吾门，吾待足下，虽未尽宾主之道，不可谓亡意㉑者。足下行天下，得此于人盖寡，乃遂能责不足㉒于我，此真仆所汲汲㉓求者。议虽未中节㉔，其不肯阿曲㉕以事人者，灼灼㉖明矣。方将坐足下三浴而三薰㉗之，听仆之所为，少安无躁。愈顿首。

【注释】

①吕医山人：生平事迹不详。

②信陵执辔(pèi)：指礼贤下士。据《史记·魏公子列传》载，信陵君请隐士侯嬴出仕，侯嬴不肯，于是设宴大会宾客，亲往迎接侯生。侯生坐车上，信陵君亲自为他驾车通过街市。信陵，信陵君，名无忌，战国魏安釐王异母弟，有食客三千。秦围赵，魏使晋鄙救赵，晋鄙畏惧，按兵不动。信陵君使如姬盗魏王虎符，杀晋鄙，领兵救赵胜秦。执辔，驾车。辔，缰绳。

③倾天下：满天下。然：如此。

④弟子：指儒生。

⑤吾子：对人的爱称。

⑥朴茂：诚实厚重。

⑦砻(lóng)：磨砺，喻指揣摩清楚。

⑧自周后：指自孔、孟之后。文弊：文章滥作。

⑨百子：即诸子。

⑩名家：称为一家。

⑪圣人：指孔子。宗：宗旨。

⑫杂而不贯：混杂各家的学说而不能贯通。

⑬以讲：用讲解的办法。趋是：指使后生走向正确的方向。

⑭六国公子：这里指信陵君。市于道：指为侯嬴驾车通过街市。

⑮进士明经：唐代在礼部举行科考，以诗赋取中者称"进士"，以经义取中者称"明经"。

⑯率：一般。

⑰俟：窥测。人主：指皇帝。

⑱靡靡：相顺随。

⑲务：极力。进：引进。去就：指丢官或做官。

⑳率然：不加思索地。

㉑亡意：无意。

㉒责不足：指责缺点或过失。

㉓汲汲：急切的样子。

㉔中节：中肯。

㉕阿曲：阿谀，曲意奉承人。

㉖灼灼：显明的样子。

㉗三浴而三薰：再三熏香沐浴，表示对人的礼遇和尊重。

贺进士王参元失火书①

得杨八书，知足下遇火灾，家无余储。仆始闻而骇，中而疑，终乃大喜，盖将吊②而更以贺也，道远言略，犹未能究知其状，若果荡焉泯焉③而悉无有，乃吾所以尤贺者也。

足下勤奉养④，乐朝夕⑤，惟恬安无事是望也。今乃有焚炀赫烈之虞⑥，以震骇左右，而脂膏滫瀡⑦之具，或以不给。吾是以始而骇也。

凡人之言皆曰：盈虚倚伏⑧，去来之不可常。或将大有为也，乃始厄困震悸，于是有水火之孽⑨，有群小之愠⑩，劳苦变动，而后能光明，古之人皆然。斯道辽阔诞漫⑪，虽圣人不能以是必信，是故中而疑也。

以足下读古人书，为文章，善小学⑫，其为多能若是，而进不能出群士之上，以取显贵者，盖无他焉。京城人多言足下家有积货，士之好廉名⑬者，皆畏忌不敢道足下之善；独自得之，心蓄⑭之，衔忍⑮而不出诸口。以公道之难明，而世之多嫌⑯也。一出口，则嗤嗤⑰者以为得重赂。仆自贞元十五年见足下之文章，蓄之者盖六七年未尝言。是仆私一身而负公道久矣，非特负足下也。及为御史尚书郎，自以幸为天子近臣，得奋其舌⑱，思以发明足下之郁塞⑲，然时称道于行列⑳，犹有顾视而窃笑者。仆良恨修己之不亮㉑，素誉㉒之不立，而为世嫌㉓之所加，常与孟几道㉔言而痛之。乃今幸为天火之所涤荡，凡众之疑虑，举为灰埃，黔㉕其庐，赭㉖其垣，以示其无有，而足下之才能乃可显白而不污。其实出矣，是祝融、回禄之相吾子也㉗。则仆与几道十年之相知，不若兹火一夕之为足下誉也。宥而彰之㉘，使夫蓄于心者，咸得开其喙㉙。发策决科者㉚，授子而不栗㉛。虽欲如向之蓄缩㉜受侮，其可得乎？于兹吾有望于子，是以终乃大喜也。

古者列国有灾，同位者㉝皆相吊。许不吊灾，君子恶之㉞。今吾之所陈若是，有以异乎古，故将吊而更以贺也。颜、曾㉟之养，其为乐也大矣，又何阙焉？

【注释】

①柳宗元：字子厚，唐河东解（今山西永济）人。贞元中为监察御史。唐顺宗时，任礼部员外郎，参加王叔文等领导的政治革新运动，事败，贬永州司马。宪宗时，任柳州刺史。王参元：濮阳（今属河南）人，柳宗元之友。信中对王参元遭受火灾表达了始骇、中疑、终喜之情，抨击了官场中互相猜忌、压抑贤士的恶习。

②吊：对别人遭受灾难而表示慰问。

③荡焉泯焉：形容完全丧失。

④奉养：奉养父母。

⑤乐朝夕：以朝夕与父母共处为乐。

⑥焚炀：焚烧。赫烈：形容火势猛烈。虞：忧患，不幸。

⑦脂膏滫瀡（xiǔ suǐ）：指烹调饮食。脂膏，加油脂。滫瀡，添加作料使食物柔滑。

⑧盈虚：盈余和不足。倚伏：互相依存与转化。

⑨孽：灾祸。

⑩愠：忌恨诽谤。

⑪辽阔：谓大而空。诞漫：虚诞，难以凭信。

⑫小学：指文字、音韵、训诂等学问。

⑬廉名：廉洁的名声。

⑭心蓄：藏在心中，即心里明白。

⑮衔忍：隐忍。

⑯嫌：猜嫌。

⑰嗤嗤：讥笑貌。

⑱奋其舌：尽力言之。

⑲郁塞：谓遭受压抑阻碍。

⑳称道：赞扬。行列：同僚。

㉑修己：对自己道德的修养。亮：显扬。

㉒素誉：高洁的声誉。

㉓世嫌：世人的猜忌。

㉔孟几道：名简，柳宗元的朋友。

㉕黔：黑。

㉖赭：红褐色。

㉗祝融、回禄：皆传说中的火神。相：帮助。

㉘宥：解脱。彰：谓彰显其美德。

㉙喙：口。

㉚发策决科者：主持科举考试的官吏。

㉛授：谓授以官职。栗：恐惧。

㉜蓄缩：退缩，言畏忌世嫌。

㉝同位者：同等地位的诸侯。

㉞“许不”二句：《左传·昭公十八年》：“宋、卫、陈、郑皆火……陈不救火，许不吊灾，君子是以知陈，许之先亡也。”

㉟颜、曾：指颜回、曾子，皆孔子的学生。二人都很清贫，却很注重道德修养。

答周君巢饵药久寿书①

奉二月九日书，所以抚教甚具②，无以加焉。丈人用文雅，从知己③，日以惇大府之政④，甚适。东西来者皆曰："海上多君子，周为倡⑤焉。"敢再拜称贺。

宗元以罪大摈废⑥，居小州，与囚徒为朋⑦，行则若带纆索⑧，处则若关桎梏⑨，彳亍⑩而无所趋，拳拘而不能肆⑪，槁然若蘖⑫，颓然若璞⑬。其形固若是，则其中者可得矣⑭，然犹未尝肯道鬼神等事。今丈人乃盛誉山泽之臞者⑮，以为寿且神⑯，其道若与尧、舜、孔子似不相类，何哉？又乃曰：饵药可以久寿，将分以见与⑰。固小子⑱之所不欲得也。尝以⑲君子之道，处⑳焉则外愚而内益智，外讷而内益辩㉑，外柔而内益刚；出焉则外内若一㉒，而时动以取其宜当㉓，而生人㉔之性得以安，圣人之道得以光㉕。获是而中㉖，虽不至耇老㉗，其道寿矣。今夫山泽之臞，于我无有焉。视世之乱若理，视人之害若利，视道之悖若义㉘；我㉙寿而生，彼夭㉚而死，固无能动其肺肝㉛焉。昧昧㉜而趋，屯屯㉝而居，浩然若有余；掘草烹石㉞，以私其筋骨㉟而日以益愚。他人莫利，己独以愉。若是者愈㊱千百年，滋所谓夭也㊲，又何以为高明之图㊳哉？

宗元始者讲道不笃㊴，以蒙世显利㊵，动获大僇㊶，用是奔窜禁锢㊷，为世之所诟病㊸。凡所设施㊹，皆以为戾㊺，从而吠者㊻成群。已不能明，而况人乎？然苟守先圣之道，由大中以出，虽万受摈弃，不更乎其内㊼。大都类往时京城西㊽与丈人言者，愚不能改。亦欲丈人固往时所执㊾，推而大之，不为方士所惑。仕虽未达，无忘生人之患，则圣人之道幸甚，其必有陈㊿矣。不宣。宗元再拜。

【注释】

①周君巢：为柳宗元、韩愈的共同朋友，迷信神仙方术。饵：服食。久寿：延年益寿。

②抚教：安慰教诲。具：全面。

③丈人：古代对长者的尊称，此指周君巢。用文雅：凭借着渊博的学识。从知己：跟随了解自己的人，指周君巢当时为幕府从事。

④日以：日以继日，一天天地。惇(chún)：淳厚，质朴，此为使动用法，使……淳厚起来。大府：高级官府。

⑤倡：首倡，带头。

⑥摈废：抛弃罢黜，指由礼部员外郎贬为永州司马。

⑦与囚徒为朋：唐朝时，永州属荒僻之地，犯官罪人常被流放至此，所以这样说。

⑧纆(mò)索：绳索。

⑨桎梏(zhì gù):枷锁。桎,束缚双脚的刑具。梏,束缚双手的刑具。

⑩彳亍(chì chù):欲行又止的样子。

⑪拳拘:蜷曲着肢体。肆:随意,指伸展四肢。

⑫槁然:枯萎的样子。蘖(niè):树干砍倒后再生的树芽。

⑬颓然:颓丧的样子。璞:未雕琢的玉石。

⑭其中者:指身体内的精神。得:得知。

⑮乃:居然。山泽之臞(qú)者:指隐居在山中、水泽边学道的人。臞,瘦,指代清瘦的人。

⑯寿且神:长寿而又有法术。

⑰见与:给予。见,语助词,无实义。

⑱小子:作者的谦称。

⑲以:认为。

⑳处:指居家不做官。

㉑讷(nè):不善言辞。辩:有口才。

㉒出:指外出做官。

㉓"而时"句:根据时势采取恰当的措施。

㉔生人:生民,人民。唐代因避太宗李世民名讳,"民"常写作"人"。

㉕光:发扬光大。

㉖获是而中:能够这样并且做到大中。中,大中之道,作者把朴素唯物思想和政治改革概括为大中。

㉗虽:即使。耇(gǒu)老:老年,指长寿。耇,老。

㉘悖:背离。义:合适。

㉙我:指山泽之臞。

㉚夭:夭折。

㉛无能动其肺肝:无动于衷。

㉜昧昧:昏暗的样子,指精神上的浑浑噩噩。

㉝屯屯:混混沌沌。屯,通"沌"。

㉞石:指药石。

㉟私其筋骨:利于他自己的身体。

㊱愈:通"逾",超过。

㊲滋:通"兹",这。夭:灾祸。

㊳图:打算。

㊴讲道:讲求道理。讲,讲求,理解。笃:深厚。

㊵蒙世显利:蒙受社会的大利,指在朝做官。

㊶僇(lù):侮辱,指贬官。

㊷用是:因此。奔窜:指贬到偏远的永州。禁锢:限制不准做官。朝廷曾下令,即使遇大赦,王叔文集团的成员也不得迁升,有如禁锢一样。

㊸诟病:指责。

㊹凡所设施:自己设立的所有制度和措施。

㊺戾:背理。

㊻吠者:比喻攻击他的人。吠,狗叫。

㊼更：改变。内：指政治思想。

㊽京城西：指柳宗元在京城的家。京城，长安。

㊾固：坚持。所执：指持有的观点和主张。

㊿有陈：有表现。

与韩愈论史官书①

正月二十一日，某顿首十八丈退之侍者前②。获书言史事，云具与刘秀才书，及今乃见书稿，私心甚不喜，与退之往年言史事甚大谬。

若书中言，退之不宜一日在馆下，安有探宰相意，以为苟以史荣一韩退之耶？若果尔，退之岂宜虚受宰相荣已，而冒居③馆下，近密地，食奉养，役使掌固，利纸笔为私书，取以供子弟费？古之志于道者，不若是。

且退之以为纪录者有刑祸，避不肯就，尤非也。史以名为褒贬，犹且恐惧不敢为；设使退之为御史中丞大夫，其褒贬成败人愈益显，其宜恐惧尤大也，则又将扬扬④入台府，美食安坐，行呼唱于朝廷而已耶？在御史犹尔，设使退之为宰相，生杀出入升黜天下士，其敌益众，则又将扬扬入政事堂，美食安坐，行呼唱于内庭外衢而已耶？何以异不为史而荣其号、利其禄也？

又言"不有人祸，则有天刑"。若以罪夫前古之为史者，然亦甚惑。凡居其位，思直其道。道苟直，虽死不可回也；如回之，莫若亟去其位。孔子之困于鲁、卫、陈、宋、蔡、齐、楚者，其时暗，诸侯不能行也。其不遇⑤而死，不以作《春秋》故也。当其时，虽不作《春秋》，孔子犹不遇而死也。若周公、史佚，虽纪言书事，犹遇且显也。又不得以《春秋》为孔子累。范晔⑥悖乱，虽不为史，其族亦赤。司马迁触天子喜怒，班固不检下，崔浩沽其直以斗暴虏，皆非中道⑦。左丘明以疾盲，出于不幸；子夏不为史亦盲，不可以是为戒。其余皆不出此。是退之宜守中道，不忘其直，无以他事自恐。退之之恐，唯在不直，不得中道，刑祸非所恐也。

凡言二百年文武士多有，诚如此者。今退之曰：我一人也，何能明？则同职者又所云若是，后来继今者又所云若是，人人皆曰"我一人"，则卒谁能纪传之耶？如退之但以所闻知，孜孜不敢怠，同职者、后来继今者，亦各以所闻知，孜孜不敢怠，则庶几不坠，使卒有明也。不然，徒信人口语，每每异辞，日以滋久，则所云"磊磊轩天地者"⑧，决必沉没，且乱杂无可考，非有志者所忍恣也。果有志，岂当待人督责迫蹙⑨，然后为官守耶？

又凡鬼神事，渺茫荒惑无可准，明者所不道。退之之智而犹惧于此。今学如退之，辞如退之，好议论如退之，慷慨自谓正直行行⑩焉如退之，犹所云若是，则唐之史述，其卒无可托乎？明天子、贤宰相得史才如此，而又不果，甚可痛哉！退之宜更思，可为速为。果卒以为恐惧不敢，则一日可引去，又何以云"行且谋"也？今当为而不为，又诿馆中他人及后生者，此大惑已。不勉已而欲勉人，难矣哉！

【注释】

①唐宪宗指元和八年(813)，韩愈被任用为比部郎中兼史馆修撰。他对当史官十分不情愿，竟说"为史者，不有人祸，则有天刑"，分别给刘轲和柳宗元写信表达这种情绪。柳宗元写了这封回信劝诫韩愈要"居其位"，"直其道"，"道苟直，虽死不可回也"。

②顿首：古代书信中的客套语，即叩头。十八丈：柳宗元对韩愈的尊称。因为韩愈年纪大，又排行十八，故称"十八丈"。

③冒居：挂名充数。

④扬扬：得意洋洋的样子。

⑤不遇：不被重用。

⑥范晔：南朝宋时史学家，著有《后汉书》，因与谋反案牵连而被灭族。

⑦皆非中道：都不符合"中道"。这里是说，司马迁触怒天子，班固不约束部下，崔浩自夸能抗强暴，这些史官的做法都不符合作者心目中的"中道"。

⑧磊磊轩天地者：指光明磊落顶天立地的伟人。

⑨督责迫蹙(cù)：督促、逼迫。

⑩正直行行(háng)：正直刚强。

答韦中立论师道书①

二十一日，宗元白：辱书云，欲相师。仆道不笃②，业甚浅近，环顾其中③，未见可师者。虽尝好言论，为文章，甚不自是④也。不意吾子自京师来蛮夷间⑤，乃幸见取⑥。仆自卜⑦固无取，假令有取，亦不敢为人师。为众人师且不敢，况敢为吾子师乎？

孟子称："人之患，在好为人师。"由魏晋氏以下，人益不事⑧师。今之世不闻有师，有，辄哗笑之，以为狂人。独韩愈奋不顾流俗，犯笑侮，收召后学，作《师说》，因抗颜⑨而为师。世果群怪聚骂⑩，指目牵引⑪，而增与为言辞。愈以是得狂名。居长安，炊不暇熟，又挈挈⑫而东。如是者数矣。

屈子赋曰："邑犬群吠，吠所怪也。"仆往闻庸蜀⑬之南，恒雨少日，日出则犬吠。余以为过言⑭。前六七年，仆来南。二年冬，幸大雪，逾岭，被⑮南越中数州。数州之犬皆苍黄吠噬[16]，狂走者累日，至无雪乃已。然后始信前所闻者。今韩愈既自以为蜀之日，而吾子又欲使吾为越之雪，不以病乎？非独见病，亦以病吾子。然雪与日岂有过哉？顾吠者犬耳！度[17]今天下不吠者几人？而谁敢炫[18]怪于群目，以召闹取怒乎？

仆自谪过以来，益少志虑，居南中九年，增脚气病，渐不喜闹，岂可使呶呶者早暮咈吾耳、骚吾心[19]，则固僵仆烦愦[20]，愈不可过矣。平居望外遭齿舌不少[21]，独欠为人师耳。

抑又闻之，古者重冠礼，将以责成人之道。是圣人所尤用心者也。数百年来，人不复行。近有孙昌胤者，独发愤行之。既成礼，明日造朝[22]，至外廷，荐笏[23]言于卿士曰："某子冠毕。"应之者咸怃然[24]。京兆尹郑叔则怫然曳笏却立[25]，曰："何预我耶[26]！"廷中皆大笑。天下不以非郑尹而快孙子，何哉？独为所不为[27]也。今之命师者，大类此。

吾子行厚而辞深，凡所作，皆恢恢然[28]有古人形貌，虽仆敢为师，亦何所增加也！假而以仆年先吾子，闻道著书之日不后，诚欲往来言所闻，则仆固愿悉陈中所得者。吾子苟自择之，取某事，去某事，则可矣。若定是非以教吾子，仆材不足，而又畏前所陈者，其为不敢也，决[29]矣。吾子前所欲见吾文，既悉以陈之，非以耀明于子[30]，聊欲以观子气色诚好恶何如也。今书来，言者皆大过，吾子诚非佞誉诬谀[31]之徒，直见爱甚故然耳[32]。始吾幼且少，为文章，以辞为工，及长，乃知文者以明道，是固不苟为炳炳烺烺、务采色、夸声音而以为能也[33]。凡吾所陈，皆自谓近道，而不知道之果近乎？远乎？吾子好道而可[34]吾文，或者其于道不远矣。

故吾每为文章，未尝敢以轻心掉之[35]，惧其剽而不留[36]也；未尝敢以怠心易之[37]，惧其弛而不严也；未尝敢以昏气[38]出之，惧其昧没[39]而杂也；未尝敢以矜气[40]作之，惧其偃蹇[41]而骄也。抑之欲其奥，扬之欲其明；疏之欲其通，廉之欲其节；激而发之欲其清，固而存之欲其重。此吾所以羽翼[42]夫道也。

本之《书》以求其质[43]，本之《诗》以求其恒[44]，本之《礼》以求其宜[45]，本之《春秋》以求其断[46]，本之《易》以求其动[47]，此吾所以取道之源也。参之谷梁氏以厉其气，参之孟、荀以畅其支，参之庄、老以肆其端，参之《国语》以博其趣，参之《离骚》以致其幽，参之太史公以著其洁。此吾所以旁推交通[48]而以为之文也。凡若此者，果是耶，非耶？有取乎，抑其无取乎？吾子幸观焉、择焉，有余以告焉。

苟亟来以广是道[49]，子不有得焉，则我得矣，又何以师云尔哉！取其实而去其名，无招越蜀吠怪，而为外廷所笑，则幸[50]矣。宗元白。

【注释】

①这是柳宗元被贬永州期间写给韦中立的一封回信。韦中立是元和十四年(819)进士，未中进士前曾写信要求拜柳宗元为师。柳宗元在这封信中阐明了自己对于师道的观点，力主"取其实而去其名"，并重点提出了"文以明道"的主张。柳宗元还由师道生发开来，谈到了写作态度和总结前人经验、博采众人之长等问题，形成了较为鲜明的文学主张。

②笃：深厚，专注。

③环顾其中：从各个方面看。

④甚不自是：自己很不敢自信，不敢认为自己是对的。

⑤吾子：对别人的尊称。蛮夷间：指当时作者被贬的地处偏远的永州。蛮夷，是古代统治者对边远地区少数民族的蔑称。

⑥见取：被你认为有可取之处。

⑦自卜：自己估量自己。

⑧事：侍奉，尊敬。

⑨抗颜：态度刚正不屈。

⑩群怪聚骂：纷纷指责辱骂。

⑪指目牵引：用手指着，用眼盯着，互相拉扯指点示意。

⑫挈挈：急迫的样子。

⑬庸：古国名，在今湖北竹山县东南。蜀：古国名，在今四川成都市一带。

⑭过言：夸大之辞。

⑮被：覆盖。

⑯苍黄：同“仓皇”，惊慌的样子。噬：咬。

⑰度(duó)：揣度，推想。

⑱炫：炫耀，自夸。

⑲呶呶(náo)：喧闹声。咈(fú)：骚扰。

⑳烦愦(kuì)：烦恼心乱。

㉑望外：意外。齿舌：口舌，闲话。

㉒造朝：上朝。

㉓荐笏：把笏板插进绅带。

㉔怃然：茫然自失的样子。

㉕怫然：愤怒的样子。曳：拖。却立：退一步站立。

㉖何预我耶：与我有什么相干。

㉗为所不为：做别人所不做的。

㉘恢恢然：恢宏宽阔的样子。

㉙决：主意已定。

㉚耀明于子：向你炫耀高明之处。

㉛佞誉诬谀：花言巧语地奉承。

㉜直：同“只”，只不过。见爱：被你喜爱。

㉝炳炳烺烺(lǎng)：光彩灿烂。比喻文章精心修饰，音调和谐。采色：华丽的辞藻。

㉞可：认可，赞许。

㉟轻心掉之：漫不经心地逞强对待它。

㊱剽而不留：轻浮而不沉着。

㊲以怠心易之：以懈怠之心来从事它。

㊳昏气：昏沉之气。

㊴昧没：隐蔽不明，晦涩。

㊵矜气：骄矜之气。

㊶偃蹇：傲慢不恭。

㊷羽翼：辅助。

㊸质：质朴。

㊹恒：永恒。

㊺宜：合理。

㊻断：明断。

㊼动：变化。

㊽旁推交通：吸取众家之长而融会贯通。

㊾苟：如果。亟来：及早交往。广：探究。是道：指为文之道。

㊿幸：幸运。

刘禹锡

上杜司徒书①

月日，故吏守朗州司马员外置同正员刘某谨斋沐致诚②，命仆夫持书，敢献于司徒相公阁下：昔称韩非③善著书，而《说难》、《孤愤》④尤为激切，故司马子长⑤深悲之，为著于篇，显白其事。夫以非之书，可谓善言人情，使逢时遇合之士观之⑥，固无以异于它书矣。而独深悲之者，岂非遭罹世故⑦，益感其言之至⑧邪？小人受性颛蒙⑨，涉道⑩未至，末学见浅⑪，少年气粗，常谓尽诚可以绝嫌猜⑫，徇公可以弭谗慝⑬，谓慎独防微为近隘⑭，谓艰贞用晦为废忠⑮。刍狗⑯已陈，刻舟徒识⑰，罟获随足⑱，怅然无知，事去凝想，时时自笑。然后知韩非之善说，司马子长之深悲，迹符理会⑲，千古相见，虽欲勿悲，可乎？

大凡恒人之所以灵于庶类⑳，以其能群㉑以胜物也。烈士㉒之所以异于恒人，以其仗节以死谊也㉓。然则交相丧者世与道㉔，难合并者机与时㉕。是以有死谊之心，而卒不获其所㉖者，世人悲之。获其所矣，而一旦如不得终焉者，君子悲之。世人之悲，悲其不遇㉗，无成㉘而亏，故其感也近。君子之悲，悲其不幸，既得而丧，故其感也深。其悲则同，其所以为悲则异。若小人者，其不幸欤？间者昧于藩身㉙，推致危地，始以飞谤生衅㉚，终成公议抵刑㉛。旬朔㉜之间，再投裔土㉝。外黩相公知人之鉴㉞，内贻慈亲非疾之忧㉟。常恐恩义两乖㊱，家国同负。寒心销志㊲，以生为惭。虽欲沥血以自明㊳，吁㊴天以自诉，适足来众多之诮㊵，岂复有特达见知者耶㊶？遂用诅盟于心㊷，不获自白，以内咎为弭谤之具㊸，以吞声为窒隙㊹之媒，庶乎㊺日月至焉，而是非乃辨。

会友人江陵法曹掾韩愈以不幸相悲，且曰："相国扶风公之遇子也厚，非独余知之，天下之人皆知之矣。余闻初子之横为口语所中㊻，独相国深明之。及不得已而退，则为之流涕以诀㊼。又不得已而谴㊽，则为之择地以居。求之于今，难与侔㊾矣。抑余又闻曩子之介于司徒府㊿，奉诚敬于山园[51]，上公亟称于人[52]，以为不懈于位。今则有修仪以赞其诏相者[53]，有备物以赞其容卫者[54]，七月礼毕[55]，一朝庆行[56]，诰言扬之[57]，授以显秩[58]。子独足趾一跌[59]，而前劳并捐[60]，祝网[61]之辰，动絓疏目[62]。可封之代[63]，乃为穷[64]人。斯常情之所悲，矧[65]知子之厚者？夫踣[66]者思起，必谆[67]而求拯；疾者思愈，必呻而求医。子宜谆于有力而呻于有术，如何以箝口自绝为智[68]，以甘心受诬为贤，嗛然自咎[69]，求知于默[70]？彼李斯遂焉而为上卿[71]，邹阳囚焉而为上客[72]，二子者岂默以求知者邪？若可诉而不言，则陷于畏[73]；可言而不辩，则邻[74]于怨。畏与怨，君子之所不处，子其处之哉？”

韩生之言未及竟，而小人不知感从中来。始赧然[75]以愧，又缺然以栗[76]，终悄然[77]以悲。悲斯[78]叹，叹斯愤，愤必有泄[79]，故见乎词，敢闻左右，投所闵[80]也。嗟夫！人之至信者心目[81]也，天性者父子也[82]，不惑者圣贤也。然而于窃铁而知心目之可乱[83]，于掇蜂而知父子之可间[84]，于拾煤而知圣贤之可疑[85]。况乎道谢孔颜[86]，恩异天性[87]，是非之际，爱恶相攻。争先利途，虞相轧则衅起[88]；希合贵意[89]，虽无嫌而谤生[90]。鲁酒致邯郸之围[91]，飞鸢生博者之祸[92]。伯仁之杀由偶对，伯奢之冤以器声[93]。动罹[94]险中，皆出意表，虽欲周[95]防，亦难曲施[96]，加以吠声[97]者多，辨实者寡，飞语[98]一发，胪言[99]四驰，萌芽始奋[100]，枝叶俄[101]茂，方谓语怪[102]，终成祸梯[103]。呜呼！人必求知，不能自达[104]。何投分效节[105]，有积尘[106]之难？何谮行爱弛[107]，有决防[108]之易？何将进[109]之日，必自见其可而后亲[110]？何将退[111]之时，乃人言其否而遂弃？良由邪人必微[112]，邪谋必阴[113]，阴则难明，微则易信。罔极大甚[114]，古今同途。是以前修鉴其若此[115]，姑以推心取信[116]，不以循迹[117]生嫌。由是求忠臣于孝子，求良妇于骂己。食子尽节也，推其忍可以疑心[118]；放麛违命也，推其仁可以属国[119]。若谓其孝于亲，未必能忠，专于夫，未必能贞，忍于子，未必能忍于其他，仁于兽，未必能仁于其类，则是天下之人尽不可信，而尽可诬[120]，固不然也。

凡人之行已，必恒于所安[121]，苟非狂易，不能甚异。小人自居门下，仅逾十年，未尝信宿[122]而不侍坐，率性所履[123]，固无遁逃[124]，言行之间，足见真态。伏惟推心以明其迹，追往以鉴于今。苟谓其尝掩人以自售矣[125]，尝近名以冒进矣[126]，尝欺谩[127]于言说矣，尝沓贪于求售矣[128]，尝狎比其琐细矣[129]，尝媒孽其僚友矣[130]，尝矫激以买直矣[131]，尝诂谖以取容矣[132]，尝漏言于咨诹矣[133]，尝败务以簿书矣[134]，有一于此，虽人谓其贤，我得而刑[135]也，岂止于弃乎？苟或反是，虽人谓其盗，我得而任也，庸[136]可而弃乎？由是而言，小人之善否，不在众人[137]，所以受谴已还[138]，行[139]及半岁，当食而叹，闻弦尚惊[140]，不以众人之善[141]为是非，唯以相公之意为衡准[142]。自违间左右[143]，亟蒙简书[144]，慰诲勤勤，穷悴[145]增感，伏想仁念[146]，必思有以拯之。况礼道贵终[147]，人情尚旧，尝尽其力，必加以仁，于犬马之微，有帷盖之报[148]，顾异于是，岂无庶几[149]？倘浮言[150]可以事久而明，众嗤[151]可以时久而息，宏我大信[152]，以祛[153]群疑，使茕茕[154]微志，无已矣[155]之叹。觊[156]乎异日，得夷平民[157]，然后裹足西向，谢恩有所。复以尘缨黧貌[158]，称故吏于相门。此言朝遂[159]，可以夕死。何则？复于变[160]者其义重，拯于危者其感深，睽[161]而后合，示终不可睽也；否而后泰[162]，示终不及否也。获实于已丧，得途于既迷，与夫平居不为艰故所激者[163]，其味异矣。

伏以大君继明[164]，元宰柄用[165]，鸿钧播平分之气[166]，悬象廓无私之照[167]。涣汗大号[168]，与人惟新[169]，昭回汪涉[170]，旁[171]下郡国。投荒[172]为民者，咸释拲梏[173]，遂还里闾[174]，系于稍食[175]，犹在羁绊[176]，伏读赦令，许移近郊[177]。今武陵[178]距京师，赢[179]二千者无几，小人祖先壤树在京索间[180]，瘠田可耕，陋室未毁。濡[181]露增感，临风永[182]怀。

伏希闵其至诚，而少加推恕[183]，命东曹补吏[184]，置籍于荥阳伍中[185]，得奉安舆而西拜先人松槚[186]，誓当赍志没齿[187]，尽力于井臼[188]之间，斯遂心之愿也。如或官谤未塞[189]，私欲[190]未从，虽为裔民[191]，乃有善地。则北距澧浦[192]，资宿春而可行[193]，无道途之勤，蠲仆赁之费[194]，重以镇南，用和辅理[195]，扇仁风于上游[196]，霁严施惠[197]，得以自遂[198]，斯便家[199]之愿也。伏惟降意详察，择可行者处之。乞恩于指顾[200]之间，为惠有生成之重[201]，虽百谷之仰膏雨[202]，岂喻其急焉？嗟哉小生，仕逢圣日[203]，岂曰不辰[204]？知有相居[205]，岂曰不遇？而乘运钟否[206]，俾躬罹灾[207]，同生[208]无手足之助，终岁有病贫之厄。孰不求达？而独招嫌；孰不求安？而独乖次[209]。赋命[210]如此，虽悔可追？湘沅[211]之滨，寒暑一候，阳雁[212]才到，华言[213]罕闻，猿哀鸟思，啁啾响异[214]，莫[215]夜之后，并来愁肠。怀乡倦越吟之苦[216]，举目多似人之喜[217]。俯视遗体[218]，仰安高堂[219]，悲愁惴栗[220]，常集方寸[221]。尽意之具，固不在言[222]，身远与寡[223]，舍兹何托？是以因言以见意，恃旧以求哀，敢希末光[224]，下烛幽蛰[225]。孤志多感，重恩难忘，顾瞻门馆[226]，惭恋交会，伏纸流涕，不知所云。禹锡惶悚再拜。

【注释】

①刘禹锡：字梦得，唐洛阳（今属河南）人。德宗时，在淮南节度使杜佑府中为管书记，后为监察御史，与柳宗元等参加了以王叔文为首的政治革新运动。宪宗即位，革新事败，刘禹锡被贬为朗州（在今湖南）司马，后历任播州、夔州、和州、苏州刺史，太子宾客，检校礼部尚书等职。杜司徒：杜佑，字君卿，唐京兆万年县（今陕西长安）人。德宗时历任淮南节度使、检校司徒、同中书门下平章事等职。宪宗时，拜司徒，封岐国公。此信作于朗州任上，信中抒发了秉忠报国而遭贬谪的悲愤心情，希望得到杜佑的同情和帮助，调往荥阳，以摆脱艰厄的处境。

②故吏：杜佑任淮南节度使时，曾任刘禹锡管书记，故称。员外：指在正额以外所置之官。同正员：与正额之官相同。斋沐：斋戒沐浴，表示虔敬。

③韩非：战国时韩国人，学于荀子。建议韩王变法，不用。后使于秦，秦王爱其才，然为李斯所忌，谗毁入狱，逼使自杀。有《韩非子》一书传世。

④《说难》、《孤愤》：《韩非子》篇名。《说难》的内容是说明臣下向君主进言之难，《孤愤》是表达其不容于时的孤独悲愤之情。

⑤司马子长：即司马迁。

⑥逢时：遭逢政治清明的时代。遇合：得到君王的赏识。

⑦遭罹：遭遇。世故：人世的变故。

⑧至：深切。

⑨受性：禀性。颛蒙：愚昧无知。

⑩涉道：研究学问。

⑪末学：学问肤浅。见浅：见识短浅。

⑫嫌猜：嫌疑猜忌。

⑬徇公：舍身为公。弭：消除。谗愬：谗毁。愬，同“诉”。

⑭慎独：独处时也谨慎持正。《礼记·中庸》：“莫见乎隐，莫显乎微，故君子慎其独也。”防微：防止细微的不良现象出现。隘：指心胸狭隘。

⑮艰贞:处于艰难之时而坚贞不屈。用晦:韬晦隐迹。废忠:丢弃忠心。

⑯刍狗:以草结成的狗,祭祀时用之,祭后即弃之(见《庄子·天运》)。此借喻鄙微无用的言论。

⑰刻舟徒识:用刻舟求剑故事(见《吕氏春秋·察今》),比喻自己做事迂腐,徒劳无获。

⑱罣(gǔ)获:触犯法度,被加以罪名。罣,法网。随足:形容迅速。此句言革新事败而获罪被谪。

⑲迹符:事迹相符。理会:道理相同。

⑳恒人:常人。庶类:众物。

㉑群:聚集起来。

㉒烈士:志向远大之士。

㉓仗节:保持节操。死谊:为正义而献身。

㉔交相丧者世与道:世与道交臂而失,言不易遇上政治清明的世道。

㉕"难合"句:机与时难以相合,言不易得到时机。

㉖所:地位。

㉗不遇:不得赏识。

㉘无成:无所成就。

㉙间者:近来。昧:愚昧不明。藩身:保护自身。藩,篱笆,引申为保护。

㉚飞谤:流言毁谤。衅:嫌隙。

㉛公议:官府议定。抵刑:抵罪受刑。

㉜旬朔:十天至一月。

㉝再投裔土:两次被放逐到边远之地。革新事败之后,刘禹锡先被贬为连州(今属广东省)刺史,未至,又贬为朗州(今湖南省常德市)司马。二州皆边远之地。

㉞黩:辱。鉴:明。

㉟贻:给予。非疾之忧:虽无病痛而为之忧,谓忧其不如人。《孟子·告子上》:"孟子曰:'今有无名之指,屈而不信,非疾痛害事也,如有能信之者,则不远秦楚之路,为指之不若人也。'"

㊱乖:背逆。

㊲寒心:因失望而痛心。销志:志气消磨。

㊳沥血:滴血,表示竭诚。自明:表明自己的心志。

㊴吁:呼喊。

㊵来:招来。诮:讥讽。

㊶特达:特别。见知:谓了解自己。西汉王褒《四子讲德论》:"咨夫特达而相知者,千载一遇也。"

㊷诅盟于心:在内心立下誓言。诅盟,盟约。

㊸内咎:责备自己。弭:消除。谤:毁谤。

㊹窒隙:消除嫌隙。

㊺庶乎:也许。

㊻横:出乎意料。口语:谗言。中:中伤。

㊼诀:告别。

㊽谴:贬谪。

㊾侔：相比。

㊿曩：往昔。介于司徒府：谓在杜佑府中为佐僚。介，辅佐。

51山园：帝王的陵墓，此盖指德宗的陵墓。此句谓刘禹锡曾参与为德宗营建陵墓之事。

52上公：高官。亟：屡次。

53修仪：修饬仪表。赞：助。诏相：指在祭祀时告喻并辅佐君王（此盖指宪宗）行礼。《周礼·春官·大宗伯》："诏相王之大礼。"诏，告。相，辅佐。

54备物：置备礼器。容卫：仪节与护卫。

55七月礼毕：谓德宗之葬礼完毕。《左传·隐公元年》："天子七月而葬。"

56庆行：庆贺成功。行，犹成。

57诰言：帝王的告喻。扬：表彰。

58显秩：显要的职位。秩，职位。

59足趾一跌：犹失足，谓因参加革新运动而获罪。足趾，足。

60捐：抛弃。

61祝网：言布施恩德，法令尚宽。《史记·殷本纪》："汤出，见野张网四面，祝曰：'自天下四方皆入吾网。'汤曰：'嘻，尽之矣！'乃去其三面，祝曰：'欲左，左。欲右，右。不用命，乃入吾网。'诸侯闻之，曰：'汤德至矣，及禽兽。'"祝，祷。

62动：往往。絓（guà）：拘牵。疏目：律条。

63封：指封官赐爵。代：世。

64穷：困厄。

65矧（shěn）：何况。

66踣：跌倒。

67謼：同"呼"。

68箝口：闭口不言。自绝：自动断绝与他人的联系。

69嗛（qiè）：含恨隐忍。自咎：归罪于己。

70求知于默：沉默不语而希望别人了解自己。

71"彼李斯"句：李斯，战国末楚国上蔡人。入秦，说秦王并六国，拜为客卿。时议逐诸侯客，李斯亦在其中，乃上书谏，秦王除逐客令，复李斯官。见《史记》本传。

72"邹阳"句：邹阳，战国时齐国人，游于梁，游说于羊胜、公孙诡之间，以求自达。羊胜等嫉之，于梁孝王前加以诋毁，孝王怒，囚邹阳，将杀之。邹阳于狱中上书，孝王释之，后待为上客。事见《史记·鲁仲连邹阳列传》。

73陷于畏：有畏惧的过失。

74邻：近似。

75赧（nǎn）然：惭愧貌。

76缺然：形容自感欠缺。栗：恐惧。

77悄然：忧伤貌。

78斯：连词，犹则。

79泄：发泄。

80闵：怜悯。

81至信者心目：最相信的是自己的心和目。

82"天性"句：与生俱来的是父子之情。

⑧③“然而”句:《列子·说符》:“人有亡铁者,意其邻之子。视其行步,窃铁也;颜色,窃铁也;言语,窃铁也;动作态度无为而不窃铁也。俄而扫其谷而得其铁,他日复见其邻人之子,动作态度无似窃铁者。”此用其事,谓通过窃铁的故事可知心和目是可以被迷惑的。铁,斧。

⑧④“于掇蜂”句:据蔡邕《琴操·履霜操》载,周宣王时大臣尹吉甫的后妻欲陷害前妻之子伯奇,便取毒蜂放在自己衣领上,命伯奇掇取之。尹吉甫遥见,误认为伯奇对后母有不良之心,于是放逐伯奇于野。此用其事,谓通过掇蜂的故事可知父子是可以离间的。间,离间。

⑧⑤“于拾煤”句:据《吕氏春秋·任数》载,孔子尝困于陈、蔡之间,弟子颜回索米烧饭,煤灰落入甑中,颜回认为弃食不祥,因而以手抓而食之。孔子望见,误认为颜回窃食。此用其事,谓由拾煤的故事可知圣贤也可以因疑惑而致误。

⑧⑥道谢孔颜:道德不如孔子和颜回。谢,不如。

⑧⑦恩异天性:恩情不同于父子之情。

⑧⑧虞:欺诈。轧:倾轧。衅:嫌隙。

⑧⑨希:求。贵意:指天子之意。

⑨⓪嫌:嫌隙。谤:诽谤。

⑨①“鲁酒”句:《庄子·胠箧》:“鲁酒薄而邯郸围。”《经典释文·庄子音义》引许慎注《淮南子》云:“楚会诸侯,鲁、赵俱献酒于楚王,鲁酒薄而赵酒厚。楚之主酒吏求酒于赵,赵不与,吏怒,乃以赵厚酒易鲁薄酒,奏之,楚王以赵酒薄,故围邯郸也。”此用其事,比喻因小人挑拨离间而使贤良遭受打击。

⑨②“飞鸢”句:《淮南子·人间训》:“虞氏,梁之大富人也……升高楼,临大路,设乐陈酒,击博其上,游侠相随而行……飞鸢适堕其腐鼠,而中游侠。游侠相与言曰:虞氏富乐之日久矣,而常有轻易人之志,吾不敢侵犯,而乃辱我以腐鼠。如此不报,无以立务于天下,请与公僇力一志!悉率徒属,而必以灭其家。此所谓类之而非者也。”此用其事,谓因似是而非、令人疑惑之事而招致祸患。鸢,老鹰。博,指射物以较胜负的游戏。

⑨③“伯奢”句:东汉末,曹操为董卓所逼,逃离洛阳,路过故人吕伯奢家,伯奢子备宾主礼,曹操闻其食器声,疑将图己,遂杀之。见《三国志·魏书·武帝纪》注引《世语》、孙盛《杂记》。

⑨④罹:遭遇。

⑨⑤周:周密。

⑨⑥曲施:处处做到。曲,周全。

⑨⑦吠声:群犬随着一犬吠。比喻随声附和。东汉王符《潜夫论·贤难》:“谚曰:‘一犬吠形,百犬吠声。’”

⑨⑧飞语:没有根据的话。

⑨⑨胪言:流言。

⑩⓪奋:发。

⑩①俄:很快。

⑩②语怪:奇谈怪论。

⑩③祸梯:灾祸发生的缘由。

⑩④“人必”二句:谓人必求得君王或高官的赏识,而不能无所依傍就使自己通达。

⑩⑤投分:志趣投合。分,犹志。效节:效忠。

⑩⑥积尘:比喻蒙受诽谤和耻辱。

⑩⑦谮:谗言。行:流行。爱:指皇帝的恩爱。弛:减损。

⑩⑧决防:犹决堤,比喻无法防备谗言的中伤。

⑩⑨进:进身,得到提拔。

⑪⓪"必自"句:必须亲自看到他合适,然后才亲近他。

⑪①退:贬谪。

⑪②邪人:品行不正之人。微:隐蔽而巧妙。

⑪③邪谋:奸谋。阴:隐藏。

⑪④罔极:不合中正之道。罔,无。极,准则。大甚:过分。

⑪⑤前修:以前的贤者。鉴:明察。

⑪⑥姑:通"故",所以。推心:坦诚相待。

⑪⑦循迹:犹捕风捉影。循,依照。迹,迹象。

⑪⑧"食子"二句:《韩非子·说林上》:"乐羊为魏将而攻中山,其子在中山,中山之君烹其子而遗之羹,乐羊坐于幕下而啜之,尽一杯。文侯谓堵师赞曰:'乐羊以我故而食其子之肉。'答曰:'其子而食之,且谁不食?'乐羊罢中山,文侯赏其功而疑其心。"此用其事,谓即使像乐羊那样食子之肉,尽臣之节,然而就其忍心而言,却可以怀疑其用心不良。乐羊,战国时人,为魏文侯之将。

⑪⑨"放麛"二句:《韩非子·说林上》:"孟孙猎得麑,使秦西巴持之归,其母随之而啼,秦西巴弗忍而与之。孟孙归,至而求麑,答曰:'余弗忍而与其母。'孟孙大怒,逐之。居三月,复召以为其子傅。其御曰:'曩将罪之,今召以为子傅,何也?'孟孙曰:'夫不忍麑,又且忍吾子乎?'"此用其事,谓秦西巴放麑,虽违孟孙之命,然而就其仁爱之心而论,却可以把国事托付给他。麛,同"麑",幼鹿。属,通"嘱",托付。

⑫⓪诬:无辜而加罪。

⑫①"凡人"二句:谓凡人行事,其性情一定在他所熟悉的环境里经常表现出来。

⑫②信宿:连宿两夜,指很短的时间。

⑫③率性:依照本性。履:行事。

⑫④遁逃:谓躲过杜司徒的观察。

⑫⑤掩人:凌驾于他人之上。掩,超过。自售:自我炫耀。

⑫⑥近名:追求功名。冒进:轻率进取。

⑫⑦欺谩:欺骗。

⑫⑧沓贪:贪婪。求售:求得赏识。

⑫⑨狎比:亲近。琐细:细小,此喻小人。

⑬⓪媒蘖:陷害。僚友:同僚。

⑬①矫激:故意做作,显得与众不同。买直:谋取正直的名声。

⑬②诂谌(chè zhé):同"呫嗫",附耳细语,形容对上级说话时谄媚的样子。取容:求宠。

⑬③漏言:漏掉当说的话。咨诹:指长官的咨询。

⑬④败务:败坏政务。簿书:官府的文书。刘禹锡曾在杜佑府中任掌书记,负责文书之事,此句谓自己不曾在履行职责时败坏政务。

⑬⑤刑:处以刑罚。

⑬⑥庸:岂。

⑬⑦"小人"二句:我的善良与否,不在于众人的看法。言只有杜佑才真正了解自己。

⑬⑧谴:贬谪。已还:犹以来。

⑬⑨行：将。
⑭⓪闻弦尚惊：比喻受过挫折而心有余悸。用惊弓之鸟的典故。见《战国策·楚策四》。
⑭①善：喜好。
⑭②衡准：标准。
⑭③违间：离开。左右：身边。
⑭④亟：屡次。蒙：接受。简书：书信。
⑭⑤穷悴：困苦。
⑭⑥仁念：仁慈的心意。
⑭⑦礼道贵终：礼义贵在人死之后的体现。古代很重视丧礼，故云。终，死。此句言外之意是做事有始有终，才合乎礼义。
⑭⑧"于犬马"二句：谓如犬马之微贱，有劳于人，死后尚用帷盖埋葬，以示报答。《礼记·檀弓下》："敝帷不弃，为埋马也；敝盖不弃，为埋狗也。"帷，车的帷幔。盖，车的顶盖。
⑭⑨"顾异"二句：言人与犬马不同，岂能不希望报答呢？是，代指犬马。庶几，表示希望。
⑮⓪浮言：诬罔不实之言。
⑮①嗤：讥笑。
⑮②宏：广泛地显示。大信：极其诚信。
⑮③祛：消除。
⑮④茕茕：独孤貌。
⑮⑤已矣：犹算了，表示无可奈何。
⑮⑥觊：希望。
⑮⑦夷：等同。平民：老百姓。
⑮⑧尘缨：冠带沾满尘土，形容风尘仆仆。黧(lí)貌：面色黑黄。
⑮⑨遂：实现。
⑯⓪复于变：反复经历变故。
⑯①睽(kuí)：分离。
⑯②否：《易》卦名，为闭塞不通之象，此借指不顺利。泰：《易》卦名，上下交通之象，此借指通泰。
⑯③平居：平素。艰故：多难的变故。激：激发，感动。
⑯④大君：天子，指唐宪宗。继明：继续光明，指继承君位。
⑯⑤元宰：宰相。柄用：得到信任并执掌朝政。
⑯⑥鸿钧：鸿，大。钧，制造陶器的转轮。此以鸿钧比喻辅政大臣。播：分布。平分之气：即阴阳之气。此句言大臣燮理阴阳，化育万物。
⑯⑦悬象：宣布法令。廓：光大。无私之照：公正的照察。
⑯⑧涣汗大号：谓皇帝发布号令。涣汗，比喻君王发布号令，如涣然汗出，不可收回。
⑯⑨惟新：推行新政。
⑰⓪昭回：《诗经·大雅·云汉》："倬彼云汉，昭回于天。"指天河星辰的光芒运转于天空，这里借喻皇帝的恩泽。汪涉：深广貌。
⑰①旁：普遍。
⑰②投荒：被贬谪流放到荒远之地。
⑰③咸：全。拲(gǒng)梏：囚具。

⑰④里闾：故乡。

⑰⑤系：依附。稍食：官府发给的月俸。

⑰⑥羁绊：束缚，指因罪被谪而未得赦免。

⑰⑦近郊：指靠近城邑的地区。

⑰⑧武陵：郡名，曾改名朗州，刘禹锡此时被贬为朗州司马，故称。即今湖南常德市。

⑰⑨赢：有余，超过。

⑱⓪壤树：墓地。京索：地名，在今河南荥阳县一带。

⑱①濡：沾。

⑱②永：长久。

⑱③推恕：宽恕。

⑱④东曹：犹东司，唐代设于东都洛阳的官署。补吏：补充官吏的缺额。

⑱⑤"置籍"句：谓把姓名编入荥阳县（今属河南）官吏的簿册中，即调到荥阳县为官。籍，簿册。

⑱⑥奉安舆：谓孝敬赡养父母。奉，在旁推拥。安舆，安车，老人所乘。松槚：松树和槚树，其木可以制棺，此作为墓地之代称。

⑱⑦赍志：守志。没齿：终生。

⑱⑧井臼：汲水舂米，指料理家务。

⑱⑨官谤：因做官犯有过失而受到责难。塞：消除。

⑲⓪私欲：指自己报效国家、建立功业的愿望。

⑲①裔民：被放逐到边远地区的人。

⑲②澧：澧水，在今河南省。浦：水滨。

⑲③资：凭借。宿舂：两天的饭食。宿，隔夜。

⑲④蠲（juān）：免去。仆赁：雇用仆人和租借物品。

⑲⑤和：温和的政令。辅理：辅佐朝廷治理。

⑲⑥扇：传布。仁风：恩泽。上游：高官，此当指杜佑。这句是说自己将在荥阳一带传布杜佑的恩泽。

⑲⑦霁（jì）：收敛。严：指严酷的法令。

⑲⑧自遂：自己称心如愿。

⑲⑨便家：有利于家族。

⑳⓪指顾：一指一顾，形容时间短暂。

⑳①为惠：指杜佑给自己恩惠。生成：生养抚育。

⑳②膏雨：润泽百谷之雨。

⑳③圣日：圣明之世。

⑳④不辰：不逢时。

⑳⑤知：知遇。相居：盖指宰相，即杜佑。

⑳⑥乘运：遇上好时机。钟否：言经受许多艰厄，事事不顺利。钟，聚集。

⑳⑦俾：使。躬：亲身。罹：遭遇。

⑳⑧同生：指兄弟。

⑳⑨乖次：谓所处之地不如人愿。次，处。

㉑⓪赋命：命运。

㉑①湘沅：湘江和沅水，在今湖南。

㉑②阳雁：鸿雁。

㉑③华言：华美的言辞，盖指杜佑给自己的书信。

㉑④啁啾：形容鸣叫声。响异：声音异乎寻常。

㉑⑤莫："暮"之古字。

㉑⑥"怀乡"句：《史记·张仪列传》："越人庄舄仕楚执珪，有顷而病。楚王曰：'舄故越之鄙细人也。今仕楚执珪，贵富矣，亦思越不？'中谢对曰：'凡人之思故，在其病也。彼思越则越声，不思越则楚声。'使人往听之，犹尚越声也。"此用其事，比喻自己思乡之苦。

㉑⑦"举目"句：《庄子·徐无鬼》："子不闻夫越之流人乎？去国数日，见其所知而喜；去国旬月，见所尝见于国中者喜；乃期年也，见似人者而喜矣。不亦去人滋久，思人滋深乎？"流人，被放逐的人。所知，相识之人。似人，似曾相识之人。此用其意，谓自己与相识之人分离日久，十分思念。

㉑⑧遗体：古代称自身为父母之遗体。

㉑⑨仰安：企盼安宁。高堂：父母。

㉒⓪惴栗：恐惧不安。

㉒①方寸：指心中。

㉒②"尽意"二句：谓言辞本来不能完全表达自己的心意。

㉒③与寡：亲近的人很少。与，亲近。

㉒④末光：余光。

㉒⑤烛：照。幽蛰：指失意而不得进身之人。

㉒⑥门馆：官署。

答道州薛郎中论方书书①

禹锡再拜：初，兄出中台②，守江华③，人咸曰："函牛之鼎以之烹小鲜④，惜乎！余地澶漫而无庸也⑤！"愚独心有慨焉⑥，以为君子受乾阳健行之气⑦，不可以息⑧。苟吾位不足以充吾道⑨，是宜寄余术百艺以泄神用⑩，其无暇日与得位同。

久欲以是理求有得于兄⑪，而未有路⑫。会崔生来，辱⑬书教，果惠以所著奇方十通⑭。商古今之宜而去其并猥⑮，以一物足以了病者居多⑯。非累试辄效，不在是族⑰；或取诸屑近⑱，亦以捃拾⑲。虑恒人多怠忽不省⑳，必建言显白㉑，扬其功于已然㉒。其他立论，率以弭病于将然为先㉓，而攻治为后。言君臣㉔必以时，言宣补必以性㉕；言砭灸必本其输荥㉖，言祓禳㉗必因其风俗；剂和㉘之宜，炮剔㉙之良；曝炙有阴阳之侯㉚，煎烹有多少之取；挠劳以制驶㉛，露置以养洁㉜。味有所走㉝，薰有所归[34],存诸纤悉[35],易[36]则生患。非博极遐览之士[37],孰能知其所从来哉!

愚少多病,犹省[38]为童儿时,夙具襦裤[39],保姆抱之以如[40]医巫家,针烙灌饵,咺然[41]啼号,巫妪辄阳阳满志[42],引手直求,竟未知何等方[43]、何等药饵。及壮,见里中儿年齿比者[44],必睨然[45]武健可爱,羞已之不如,遂从世医号富于术者借其书[46],伏读之。得《小品方》[47],于群方为最古;又得《药对》[48],知《本草》[49]之所自出;考《素问》[50],识荣卫、经络、百骸、九窍之相成[51]。学切脉以探表候[52],而天机[53]昏浅,布指于位[54],不能分累菽之重轻[55],第知息至而已[56]。然于药石不为懵矣[57]。尔来垂三十年[58],其术足以自卫。或行乎门内[59],疾辄良已;家之婴儿,未尝诣医门求治者。顷因欲编次已试者为一家方书[60],顾[61]力不足。今兄能我先[62],所以辱贶[63]之喜,信逾拱璧[64],有以赏音适道[65]耳!

常思世人居平[66]不读一方,病则委于千金于庸夫之手[67],至于甚殆[68]而曰不幸。岂真不幸耶?甚者或乘少壮之气,笑人言医,以为非急,昌言[69]曰:饴口[70]饱腹,药其如我何!所承之气,有时而既[71],于祷神佞佛[72],遂甘心焉。兄以愚言复观之,其人固比肩[73]耳。前蒙示药焙[74]法,谨如教。地之慝[75]果不能伤,虽柴胡、水泻[76]喜速朽者,率久居而无害[77]。万物不可以无法,谓生[78]不由养致,其诬[79]乎!

山川匪遐[80],事[81]使之远。形不接而谕者[82],莫贤乎书。临纸怊怅[83]。不宣。禹锡再拜。

【注释】

①道州:又名江华郡,郡治在今湖南道县。薛郎中:薛景晦,曾任刑部郎中,后贬为道州刺史。方书:医药书。

②中台:指尚书省,唐时曾改称中台。

③守江华:指薛景晦贬官为江华郡刺史。

④函牛之鼎:装得下牛的大鼎。函,包容,容纳。鼎,古代烹煮用的金属器物,或圆形,或方形;或三足,或四足。小鲜:小鱼。

⑤澶(dàn)漫:宽余的样子。庸:用。

⑥愚:作者自称,谦辞。有慨:有感慨。焉:代词,在此,对此。

⑦乾阳:本指太阳,此指天地自然。健行:无休止地运行。健,强有力。

⑧息:止息,停息。

⑨位:地位,职位。充:推广,实施。道:指政治主张。

⑩"是宜"句:这就应该把思想寄托在各种技术上去发挥作用。余术百艺,指六艺(礼、乐、御、射、书、数)之外的技术。泄,发泄,指发挥。

⑪是理:这个道理。有得:有收获。

⑫路:指机会。

⑬辱:侮辱,敬辞。

⑭惠:施恩惠,赠送之意。奇方十通:指薛景晦所著《古今集验方》十卷。通,量词,用于文书,指一份,这里指一卷。

⑮商古今之宜:意指书中选取了古今药方中合理的部分。商,商酌,指选取。猥(wěi):芜杂。

⑯一物:指一种药。了病:治好病。

⑰族:类。

⑱屑近:微小浅近,指民间偏方。

⑲捃(jùn)拾:搜集。捃,收集。

⑳恒人:常人,一般人。怠忽:懈怠疏忽。不省(xǐng):不明白。

㉑建言:指文辞表达。显白:浅显明白。

㉒已然:指已经取得的药效。

㉓率:一般,大致。弭(mǐ)病:防止疾病。弭,消除。将然:将要发生。

㉔君臣:中医术语:方剂中起主要作用的药为"君",起辅助作用的为"臣"。

㉕宣补:中医术语:发散、通壅塞叫"宣",营养滋补叫"补"。性:指病情。

㉖砭(biān):针砭,古代以石针刺穴位治病。灸(jiǔ):燃烧艾绒烤穴位治病。本:根据。输(shù)荥(xíng):穴位名称,这里泛指穴位。

㉗祓禳(fú rǎng):古代预防疾病、消除瘟疫的措施,如端午节涂雄黄酒、挂艾蒿等。

㉘剂和:药剂调配。

㉙炮剔:焙烤、挑剔生药。

㉚曝炙:日晒、火炒。阴阳:温度高低。候:指程度。

㉛挠劳:搅动。制驶:控制质量重的药迅速下沉。

㉜露置:放在露天,这是对某些草药的加工方法。养洁:保养药性的纯净。

㉝味有所走:中医药性理论:酸走筋,苦走骨,甜走肉,辛走气,咸走血。

㉞薰有所归:中医理论:药有寒、热、温、凉四性,必须"春食凉,夏食寒","秋食温,冬食热"。薰,指药性。

㉟纤悉:细微,指细微差别。

㊱易:轻视。

㊲博极:知识渊博。遐览:见识多广。

㊳省(xǐng):明白。

㊴夙(sù):平素。具:穿着。襦(rú)裤:短衣裤。襦,短衣。

㊵如:到,往。

㊶咺(xuǎn)然:啼哭不止的样子。

㊷巫妪(yù):巫婆。阳阳:自得的样子。

㊸竟:竟然。何等方:什么药方。

㊹年齿:年龄。比:相近。

㊺睨(nì)然:斜眼而视的样子,形容身体强壮的神情。

㊻号:号称。富于术者:医术很高的人。

㊼《小品方》:记载小方剂的书。

㊽《药对》:《雷公药对》,北齐徐之才著。

㊾《本草》:《神农本草经》,宋代医家掌禹锡等认为,它是西汉时人托神农之名撰写的药书。

㊿《素问》:《黄帝素问》,据考证,是战国时人所著医书,与《灵枢》合称为《内经》。

(51)荣卫:指血气。血为荣,气为卫。经络:人体中的经脉、络脉。百骸:骨骼。九窍:耳、目、口、鼻、尿道、肛门。

(52)切脉:摸脉。表候:身体外部显现出的症候。

(53)天机:天资。

㊾布指于位：把手指放在脉位上。

㊿累菽：中医切脉时的力度。累，积。菽，豆。

56第：仅仅。息至：脉搏跳动的次数。中医切脉时，根据自己的呼吸次数判断病人脉搏的缓疾，称为"息至"。

57药石：药物、砭石。懵(měng)：无知。

58尔来：从那以来，指学医以来。垂：将近。

59行乎门内：给家人看病。

60顷：不久。编次：编集。

61顾：但是。

62我先：先于我。

63贶(kuàng)：赠送。

64信：确实。拱璧：一拱大的璧玉，形容十分珍贵。

65赏音适道：与知音共赏，对志同者有益。

66居平：平时。

67委：托付。千金：千金之躯，身体。

68殆：危险。

69昌言：扬言。

70饴口：让嘴吃得好。饴，饴糖，作使动用法，让……香甜。

71既：结束，衰竭。

72佞(nìng)佛：拜佛。佞，巧言谄媚。

73比肩：并肩，指人很多。

74焙(bèi)：将药放在瓦器上，用火烘烤。

75慝(tè)：阴气。

76柴胡、水泻：中药名。

77率：大都。久居：久放。

78生：生命，寿命。

79诬：诬妄，荒谬。

80山川：指两地的距离。匪：通"非"，不是。

81事：事务。

82形不接：指不能见面。谕：明白，了解，指通达心意。

83怊(chāo)怅：失意的样子。

元　稹

诲侄等书①

告仑等：吾谪窜方始②，见汝未期③，粗以所怀贻诲于汝④。汝等心志未立，冠岁行登⑤。古人讥十九童心⑥，能不自惧？吾不能远谕⑦他人，汝独不见吾兄之奉家法乎？吾家世俭贫，先人遗训常恐置产怠子孙⑧，故家无樵苏⑨之地，尔所详也。吾窃见吾兄自二十年来，以下士之禄持窘绝之家⑩，其间半是乞丐羁游⑪以相给足。然而吾生三十二年矣，知衣食之所自。始东都⑫为御史时，吾常自思：尚不省受吾兄正色之训，而况于鞭笞诘责乎⑬？呜呼！吾所以幸而为兄者，则汝所以得而为父矣！有父如此，尚不足为汝师乎？吾尚有血诚⑭将告于汝：吾幼乏歧嶷⑮，十岁知方⑯，严毅之训⑰不闻，师友之资尽废⑱。忆得初读书时，感慈旨⑲一言之叹，遂志于学。是时尚在凤翔⑳，每借书于齐仓曹㉑家，徒步执卷就陆姊夫师授，栖栖勤勤㉒，其始也若此，至年十五，得明经及第㉓，因捧先人旧书，于西窗下钻仰沉吟㉔，仅于不窥园井矣㉕。如是者十年，然后粗沾一命㉖，粗成一名，及今思之，上不能及乌鸟之报复㉗，下未能减亲戚之饥寒，抱衅㉘终身，偷活今日。故李密㉙云："生愿为人兄，得奉养之日长。"吾每念㉚此言，无不雨涕。汝等又见吾自御史来，效职㉛无避祸之心，临事有致命㉜之志，尚知之乎？吾此意，虽吾弟兄未忍及此。盖以往岁忝职㉝谏官，不忍小见㉞，妄干朝听㉟，谪弃河南㊱，泣血西归，生死无告。幸余命不殒㊲，重戴冠缨㊳，常誓效死君前，扬名后代，殁有以谢先人于地下耳㊴。呜呼！及其时㊵而不思，既思之而不及㊶，尚何言哉！今汝等父母天地㊷，兄弟成行，不于此时佩服㊸诗书，以求荣达，其为人㊹耶？其曰人㊺耶？吾又以吾兄所职易涉悔尤㊻，汝等出入游从亦宜切慎。吾诚不宜言及于此。吾生长京城，朋从不少，然而未尝识倡优㊼之门，不曾于喧哗㊽纵观，汝信之乎？吾终鲜㊾姊妹，陆氏诸生，念之倍汝，小婢子等㊿。既抱吾殁身之恨[51]，未有吾克己之诚，日夜思之，若忘生次[52]。汝因便录吾此书寄之，庶其自发[53]，千万努力，无弃斯须[54]。稹付仑、郑等。

【注释】

①元稹：字微之，唐河南（今河南洛阳）人，曾任左拾遗、同中书门下平章事、武昌节度使等。元稹与白居易交好，共同提倡新乐府，世称他们为"元白"，他们的诗为"元和体"。

②谪窜：贬官调离。唐宪宗元和五年（810），元稹由鉴察御史贬为江陵（今属湖北）士曹参军。

③未期:没有日期。
④粗:粗略。所怀:想到的东西。贻:遗留。
⑤冠岁:二十岁。古代男子二十岁行冠礼,即成年礼。行登:将成,将要到了。
⑥古人讥十九童心:《左传》曰:鲁昭公立十九年,尚有孩童之心,人们都讥笑他。
⑦谕:比喻。
⑧怠子孙:使子孙懒惰。
⑨樵苏:砍柴割草。
⑩下士:下级官吏。持:操持,供养。窘绝:非常窘困。
⑪羁(jī)游:在外做客,奔走。羁,寄留在外。
⑫东都:指洛阳。
⑬省(xǐng):明白。正色:严肃,板着脸。训:训斥。鞭笞(chī):用鞭子打。诘(jié)责:责问。诘,责问。
⑭血诚:指心底的话。
⑮岐嶷(nì):很聪明。岐,分岔,指很多。嶷,小时聪明。
⑯方:指言行规范。
⑰严毅之训:父亲的坚定教训。严,古代对父亲的尊称。
⑱资:帮助。废:停止,指没有。
⑲慈旨:母亲的意旨。慈,古代对母亲的尊称。
⑳凤翔:今陕西省凤翔县。
㉑仓曹:郡衙中管理粮食的属官。
㉒栖栖:忙碌的样子。勤勤:勤恳的样子。
㉓明经:明于经术之意,唐代科举考试名目之一。及第:考中,考取。
㉔钻仰沉吟:钻研思考。
㉕仅(jìn)于:几乎到了。不窥园井:足不出户的意思。园井,种花木、蔬菜的园子和天井。
㉖粗沾一命,凑合得到一个小官。一命,周朝时官分九等,称为"九命"。
㉗及:赶上,比得上。乌鸟:乌鸦。古人认为它是孝鸟,老鸦老了以后,小鸦觅食喂养老鸦。报复:报答。
㉘衅(xìn):间隙,指遗憾。
㉙李密:字令伯,西晋人。年幼丧父,母亲改嫁后,他由祖母抚养成人。武帝任命他为太子洗马,他因祖母年事已高,无人赡养,上表恳辞。这篇《陈情表》,辞意恳切,十分有名。
㉚念:想到。
㉛效职:效力职务。
㉜致命:舍生忘死。
㉝忝职:愧任。忝,惭愧。
㉞小见:个人的见解。
㉟干:干犯,冒犯。朝闻:皇上的听闻。
㊱谪弃河南:在河南贬官。
㊲殒(yǔn):死亡。
㊳戴冠缨:指做官。
㊴殁(mò):死。谢:告诉。

⑩及其时：指趁着元稹的哥哥在世时。

㊶不及：指看不到他的哥哥。

㊷天地：一天一地，指健在。

㊸佩服：敬仰悦服，意为恭读。

㊹为人：做人。

㊺曰人：叫做人。

㊻所职：担任的职务。涉：涉及，招致。悔尤：过错。

㊼倡优：妓女、艺人。

㊽喧哗：人多热闹的地方。

㊾终鲜：少。鲜，少。

㊿婢(bì)子：女子。等：同样。

51殁身：终身。恨：遗憾。

52生次：生存。

53庶：希望。自发：自己奋发。

54斯须：片刻时间。

白居易

与元九书①

月日，居易白，微之足下：

自足下谪江陵②，至于今，凡枉赠答诗仅③百篇。每诗来，或辱序，或辱书，冠于卷首，皆所以陈古今歌诗之义，且自叙为文因缘与年月之远近也。仆既受足下诗，又谕④足下此意，常欲承答来旨，粗论歌诗大端⑤，并自述为文之意，总为一书，致足下前。累岁⑥以来，牵故少暇，间有容隙⑦，或欲为之，又自思所陈亦无出足下之见，临纸复罢者数四，卒不能成就其志，以至于今。今俟罪浔阳⑧，除盥栉食寝外无余事⑨，因览足下去通州日所留新旧文二十六轴⑩，开卷得意，忽如会面。心所蓄者，便欲快言，往往自疑，不知相去⑪万里也。既而愤悱⑫之气思有所泄，遂追就前志，勉为此书。足下幸试为仆留意一省⑬。

夫文尚矣，三才⑭各有文：天之文，三光⑮首之；地之文，五材⑯首之；人之文，六经⑰首之。就六经言，《诗》又首之。何者？圣人感人心而天下和平。感人心者，莫先乎情，莫始乎言，莫切⑱乎声，莫深乎义。诗者：根情，苗言，华声，实义⑲。上自圣贤，下至愚骙⑳，微乃豚鱼㉑，幽㉒及鬼神，群分㉓而气同，形异而情一㉔，未有声入而不应，情交而不感者。

圣人知其然，因㉕其言，经之以六义㉖；缘其声，纬之以五音㉗。音有韵，义有类。韵协则言顺，言顺则声易入；类举㉘则情见，情见则感易交。于是乎孕大含深，贯微洞密㉙，上下通而一气㉚泰，忧乐合而百志熙。五帝三皇所以直道而行㉛，垂拱而理㉜者，揭此以为大柄，决㉝此以为大宝也。故闻"元首明，股肱良"之歌㉞，则知虞道昌矣。闻五子洛汭之歌㊱，则知夏政荒矣。言者无罪，闻者作戒，言者闻者莫不两尽其心焉。

洎㊲周衰秦兴，采诗官㊳废，上不以诗补察时政，下不以歌泄导人情。乃至于谄成之风㊴动，救失之道缺㊵。于时六义始刓㊶矣。

国风变为骚辞㊷，五言始于苏、李㊸。苏、李、骚人㊹，皆不遇㊺者，各系其志，发而为文。故"河梁"之句㊻，止于伤别，泽畔之吟㊼，归于怨思。彷徨抑郁，不暇及他耳。然去《诗》未远，梗概尚存。故兴离别则引双凫一雁㊽为喻，讽君子小人则引香草恶鸟㊾为比。虽义类不具，犹得风人之什二三㊿焉。于时六义始缺矣。

晋、宋以还[51]，得者盖寡[52]。以康乐[53]之奥博，多溺于山水；以渊明之高古[54]，偏放于田园。江、鲍[55]之流，又狭于此。如梁鸿《五噫》之例者[56]，百无一二焉。于是六义浸微[57]矣，陵夷[58]矣。

至于梁、陈间，率[59]不过嘲风雪、弄花草而已。噫！风雪花草之物，"三百篇"[60]中岂舍之乎？顾[61]所用何如耳。设如"北风其凉"[62]，假风以刺威虐也；"雨雪霏霏"[63]，因雪以愍[64]征役也；"棠棣之华"[65]，感华以讽兄弟也；"采采芣苢"[66]，美草以乐有子也：皆兴发于此而义归于彼。反是者，可乎哉？然则"余霞散成绮，澄江净如练"[67]，"离花先委露，别叶乍辞风"[68]之什，丽则丽矣，吾不知其所讽焉。故仆所谓嘲风雪、弄花草而已。于时六义尽去矣。

唐兴二百年，其间诗人不可胜数。所可举者，陈子昂[69]有《感遇》诗二十首，鲍防[70]有《感兴》诗十五首。又诗之豪者，世称李、杜[71]。李之作，才矣奇矣，人不逮[72]矣，索其风雅比兴，十无一焉。杜诗最多，可传者千余首，至于贯穿今古[73]，覼缕[74]格律，尽工尽善，又过于李。然撮[75]其《新安吏》、《石壕吏》、《潼关吏》、《塞芦子》、《留花门》之章，"朱门酒肉臭，路有冻死骨"之句，亦不过三四十首。杜尚如此，况不逮杜者乎！

仆常痛诗道崩坏，忽忽愤发，或食辍哺[76]，夜辍寝，不量才力，欲扶起之。嗟夫！事有大谬者[77]，又不可一二而言，然亦不能不粗陈于左右。

仆始生六七月时，乳母抱弄于书屏下，有指"无"字"之"字示仆者，仆虽口未能言，心已默识[78]。后有问此二字者，虽百十其试，而指之不差，则仆宿昔之缘[79]，已在文字中矣。及五六岁，便学为诗，九岁谙识声韵，十五六始知有进士，苦节读书。二十已来，昼课赋[80]，夜课书，间又课诗，不遑[81]寝息矣。以至于口舌成疮，手肘成胝[82]，既壮而肤革[83]不丰盈，未老而齿发早衰白，瞥瞥然[84]如飞蝇垂珠在眸子中也，动以万数[85]。盖以苦学力文所致，又自悲矣。

家贫多故，二十七方从乡赋[86]。既第之后，虽专于科试，亦不废诗。及授校书郎[87]时，已盈三四百首。或出示交友如足下辈，见皆谓之工，其实未窥作者之域[88]耳。自登朝[89]来，年齿渐长，阅事渐多，每与人言，多询时务；每读书史，多求理道[90]，始知文章合[91]为时而著，歌诗合为事而作。是时皇帝初即位[92]，宰府有正人[93]，屡降玺书，访人急病[94]。仆当此日，擢在翰林[95]，身是谏官[96]，手请谏纸。启奏之外，有可以救济人病[97]，裨补时阙[98]，而难于指言[99]者，辄咏歌之，欲稍稍递进闻于上。上以广宸聪[100]，副忧勤[101]；次以酬恩奖[102]，塞言责[103]；下以复[104]吾平生之志。岂图志未就而悔[105]已生，言未闻而谤已成[106]矣。

又请为左右终言之[107]。凡闻仆《贺雨》诗，而众口籍籍[108]，已谓非宜[109]矣。闻仆《哭孔戡》诗，众面脉脉[110]，尽不悦矣。闻《秦中吟》，则权豪贵近者相目而变色矣。闻《乐游园》[111]寄足下诗，则执政柄者扼腕矣。闻《宿紫阁村》[112]诗，则握军要者切齿矣。大率如此，不可遍举。不相与[113]者，号为沽名，号为诋讦[114]，号为讪谤[115]。苟相与者，则如牛僧儒[116]之戒焉。乃至骨肉妻孥[117]皆以我为非也。其不我非者[118]，举世不过三两人。有邓鲂[119]者，见仆诗而喜，无何而鲂死。有唐衢[120]者，见仆诗而泣，未几而衢死。其余则足下，足下又十年来困踬[121]若此。呜呼！岂六义四始[122]之风，天将破坏不可支持耶？抑又不知天之意不欲使下人之病苦闻于上耶？不然，何有志于诗者不利若此之甚也？

然仆又自思关东[123]一男子耳，除读书属文外，其他懵然[124]无知，乃至书画棋博可以接群居之欢者，一无通晓，即其愚拙可知矣。初应进士时，中朝无缌麻之亲[125]，达官无半面之旧[126]；策蹇步于利足之途[127]，张空拳于战文之场[128]。十年之间，三登科第[129]，名入众耳，迹升清贯[130]，出交贤俊，入侍冕旒[131]。始得名于文章，终得罪于文章，亦其宜也。

日者又闻亲友间说：礼、吏部举选人[132]，多以仆私试赋、判[133]，传为准的[134]；其余诗句，亦往往在人口中。仆恧然[135]自愧，不之信也。及再来长安，又闻有军使高霞寓者[136]，欲聘倡妓。妓大夸曰："我诵得白学士《长恨歌》，岂同他妓哉？"由是增价。又足下书云：到通州[137]日，见江馆柱间有题仆诗者，复何人哉？又昨过汉南[138]日，适遇主人集众乐娱他宾，诸妓见仆来，指而相顾曰："此是《秦中吟》、《长恨歌》主耳。"自长安抵江西[139]，三四千里，凡乡校、佛寺、逆旅、行舟之中[140]，往往有题仆诗者；士庶、僧徒、孀妇、处女之口，每每有咏仆诗者。此诚雕虫[141]之技，不足为多[142]，然今时俗所重，正在此耳。虽前贤如渊、云者[143]，前辈如李、杜者，亦未能忘情于其间哉！

古人云："名者公器，不可以多取。"仆是何者？窃时之名已多。既窃时名，又欲窃时之富贵，使己为造物者，肯兼与之乎？今之迍穷[144]，理固然也。况诗人多蹇[145]，如陈子昂、杜甫，各授一拾遗，而迍剥[146]至死。李白、孟浩然辈，不及一命[147]，穷悴终身。近日孟郊六十，终试协律；张籍五十，未离一太祝[148]。彼何人哉？彼何人哉？况仆之才，又不逮彼。今虽谪佐远郡[149]，而官品至第五，月俸四五万，寒有衣，饥有食，给身之外，施及家人。亦可谓不负白氏之子矣。微之微之，勿念我哉！

仆数月来，检讨囊帙中[150]，得新旧诗，各以类分，分为卷目。自拾遗以来，凡所遇所感，关于美刺兴比者；又自武德讫元和[151]，因事立题，题为《新乐府》者，共一百五十首，谓之"讽谕诗"。又或退公独处，或移病[152]闲居，知足保和[153]，吟玩性情者一百首，谓之"闲适诗"。又有事物牵于外，情理动于内，随感遇而形于叹咏者一百首，谓之"感伤诗"。又有五言、七言、长句、短句，自一百韵至两韵者四百余首，谓之"杂律诗"。凡为十五卷，约八百首，异时相见，当尽致于执事[154]。

微之，古人云："穷则独善其身，达则兼济天下[155]。"仆虽不肖，常师此语[156]。大丈夫所守者道，所待者时。时之来也，为云龙，为风鹏[157]，勃然突然，陈力以出；时之不来也，为雾豹，为冥鸿[158]，寂兮寥兮[159]，奉身而退[160]。进退出处[161]，何往而不自得哉？故仆志在兼济，行在独善。奉而始终之则为道，言而发明之则为诗。谓之"讽谕诗"，兼济之志也；谓之"闲适诗"，独善之义也。故览仆诗者，知仆之道焉。其余"杂律诗"，或诱于一时一物，发于一笑一吟，率然成章，非平生所尚者；但以亲朋合散之际，取其释恨佐欢。今铨次[162]之间，未能删去；他时有为我编集斯文者，略之可也。

微之，夫贵耳贱目、荣古陋今[163]，人之大情也。仆不能远征古旧，如近岁韦苏州[164]歌行，才丽之外，颇近兴讽；其五言诗又高雅闲淡，自成一家之体。今之秉笔者谁能及之？然当苏州在时，人亦未甚爱重；必待身后，人始贵之。今仆之诗，人所爱者，悉不过杂律诗与《长恨歌》已下耳。时之所重，仆之所轻。至于"讽谕"者，意激而言质[165]；"闲适"者，思淡而词迂；以质合迂，宜人之不爱也。今所爱者，并世而生，独足下耳。然千百年后，安知复无如足下者出，而知爱我诗哉？故自八九年来，与足下小通[166]则以诗相戒，小穷则以诗相勉，索居[167]则以诗相慰，同处则以诗相娱，知吾罪吾，率以诗也。如今年春游城南时，与足下马上相戏，因各诵新艳小律，不杂他篇，自皇子陂归昭国里[168]，迭吟递唱[169]，不绝声者二十里余。樊、李[170]在旁，无所措口[171]。知我者以为诗仙，不知我者以为诗魔。何则？劳心灵[172]，役声气[173]，连朝接夕，不自知其苦，非魔而何？偶同人当美景，或花时宴罢，或月夜酒酣，一咏一吟，不知老之将至，虽骖鸾鹤、游蓬瀛者之适[174]，无以加于此[175]焉，又非仙而何？微之，微之！此吾所以与足下外形骸、脱踪迹、傲轩鼎、轻人寰者[176]，又以此也。当此之时，足下兴有余力，且欲与仆悉索还往中诗，取其尤长者，如张十八[177]古乐府，李二十[178]新歌行，卢、杨[179]二秘书律诗，窦七、元八[180]绝句，博搜精掇，编而次之[181]，号《元白往还诗集》。众君子得拟议于此者，莫不踊跃欣喜，以为盛事。嗟乎！言未终而足下左转[182]，不数月而仆又继行。心期索然[183]，何日成就？又可为之叹息矣！

又仆尝语足下：凡人为文，私于自是，不忍于割截，或失于繁多；其间妍媸[184]，益又自惑。必待交友有公鉴无姑息者，讨论而削夺之，然后繁简当否，得其中矣。况仆与足下为文，尤患其多，己尚病之，况他人乎？今且各纂诗笔[185]，粗为卷第，待与足下相见日，各出所有，终前志焉。又不知相遇是何年？相见在何地？溘然[186]而至，则如之何！微之，微之，知我心哉！

浔阳腊月，江风苦寒，岁暮鲜[187]欢，夜长无睡，引笔铺纸，悄然[188]灯前；有念则书，言无次第，勿以繁杂为倦，且以代一夕之话也。微之，微之，知我心哉！乐天再拜。

【注释】

①白居易：字乐天，下邽（今陕西渭南县西北）人，官至太子少傅，他与元稹均为唐代著名诗人，常有书信和诗作来往。白居易强调诗的讽刺意义和作用，欲扶起崩坏的诗道，因此得罪了权贵，被贬谪江州（今江西九江）。元稹：字微之，河南（今河南洛阳）人，因排行第九，故称元九。唐穆宗长庆二年(822)为相。著有《元氏长庆集》六十卷，补遗六卷。本文是白居易写给好友元稹的一封探讨文学理论的书信，这封信是在被贬之后所写，所以也是一篇发愤之作。

②谪江陵：指元稹因得罪当时的权贵，于公元 810 年由监察御史贬职为江陵士曹参军。江陵，在今湖北。

③仅：这里作"几乎"讲。

④谕：了解。

⑤大端：大概。

⑥累岁：多年。

⑦容隙：空闲。

⑧俟罪:戴罪等候处罚。浔阳:在今江西九江市。
⑨盥(guàn):洗脸。栉(zhì):梳头。
⑩通州:在今四川省达县。元稹于元和十年(815)调任通州司马。轴:卷。
⑪相去:相隔,相距。
⑫愤悱:郁闷,忧烦。
⑬省(xǐng):察看。
⑭三才:天、地、人。
⑮三光:日、月、星。
⑯五材:金、木、水、火、土,即"五行"。
⑰六经:即《诗》、《书》、《礼》、《乐》、《易》、《春秋》。
⑱切:亲切。
⑲根情:以情为根本。苗言:以言语为苗叶。华声:以声音为花朵。实义:以思想为果实。
⑳愚骙(ái):愚蠢的人。
㉑微:微小。及:到。
㉒幽:神秘,幽深。
㉓群分:种类不同。
㉔情一:感情相通。
㉕因:依据。
㉖六义:指《诗经》的风、雅、颂、赋、比、兴。风、雅、颂是《诗经》的分类;赋、比、兴是《诗经》的不同表现手法。
㉗五音:宫、商、角、徵(zhǐ)、羽。
㉘类举:义类明析。举,揭示,明确。
㉙贯微洞密:指揭穿世事的奥妙,洞察心灵的秘密。
㉚一气:天地之气。古代哲学家认为天地万物是气所构成。《庄子·知北游》:"通天下一气耳。"
㉛五帝:黄帝、颛顼、喾、尧、舜。三皇:燧人、伏羲、神农。
㉜垂拱而理:不费气力就能治理好天下。
㉝揭:高举。柄:武器。
㉞决:抓住。
㉟"元首明,股肱良"之歌:相传虞舜在位时,天下大治,他和臣子皋陶一唱一和作歌。其中有"元首明哉!股肱良哉!庶事康哉!"等句,见《书·益稷》。元首,君主。股肱,臣子。
㊱五子洛汭(ruì)之歌:夏朝的统治者太康荒淫失国,他的兄弟五人在洛水旁等候他不来,作了五首歌词,表示心中的怨恨。见《伪古文尚书·五子之歌》。洛,洛水。汭,水流限曲之处。
㊲洎(jì):到了。
㊳采诗官:周代搜集民间诗歌的官。
㊴谄成之风:恭维成绩的风气。
㊵救失之道:补救过失的方法。缺:没有,消失。
㊶刓(wán):削,削弱。
㊷国风:《诗经》中重要组成部分,反映当时十五国的民情风俗。骚辞:楚辞。

㊸苏、李:指西汉的苏武和李陵。

㊹骚人:泛指诗人,或具体指屈原。

㊺不遇:指有才能却得不到统治者的赏识。

㊻"河梁"之句:代指苏、李赠答的诗。汉代托名李陵与苏武诗的第三首有"携手上河梁"之句。河梁,桥。

㊼泽畔之吟:代指屈原所写的作品。语本《楚辞·渔父》:"屈原既放,游于江潭,行吟泽畔,颜色憔悴,形容枯槁……"

㊽双凫一雁:见托名苏武《别李陵》诗:"双凫俱北飞,一凫独南翔。"

㊾香草恶鸟:《离骚》用香草比君子,用恶鸟比小人。

㊿什二三:十分之二三。

51以还:以来。

52得者盖寡:意为能保持《国风》六义的人,一般说来更少了。

53康乐:谢灵运,晋时袭封康乐公,为刘宋时著名诗人。

54渊明:陶渊明,晋、宋间的杰出诗人,描写田园生活的诗歌成就极高。高古:高洁古雅。

55江、鲍:江淹和鲍照,都是六朝晚期著名诗人。

56"如梁鸿"句:梁鸿,东汉章帝时人,他路过京城洛阳时,看到皇帝宫阙雄伟豪华,而百姓却贫穷不堪,因而作《五噫》歌,表示了自己的愤慨和沉痛心情。

57浸微:渐渐衰落。

58陵夷:衰败。

59率:大抵。

60三百篇:指《诗经》。《诗经》共三百零五篇,举其成数称三百篇。

61顾:但。

62北风其凉:《诗经·邶风·北风》第一章的第一句。这首诗是讽刺暴政的。

63雨雪霏霏:见《诗·小雅·采薇》最后一章。这是一首反映守边士兵生活疾苦的诗。

64愍(mǐn):同情,哀怜。

65棠棣之华:《诗经·小雅·棠棣》中的句子。这首诗喻兄弟敬重友爱。棠棣,一种像李子的植物,棠棣花二三朵依在一起,使人联想到兄弟之间应和睦相处。

66采采芣苢(fú yǐ):《诗经·周南·芣苢》中的句子。这是一首描写妇女采芣苢子的诗。芣苢,即车前草,古人认为其子治妇女不孕。

67"余霞"二句:谢朓《晚登三山还望京邑》诗中的名句。是说晚霞散布天空如同锦缎,澄澈的江水如同白绸。

68"离花"二句:鲍照《玩月城西门廨中》诗中的名句。意谓花过早地被露打落,叶过早地被风吹掉。

69陈子昂:字伯玉,唐代现实主义诗歌的先驱者。所作《感遇诗》今存三十八篇。

70鲍防:字子慎,唐天宝时诗人。他的十五首《感兴》诗已亡佚。

71李、杜:李白、杜甫。

72逮:及,胜过。

73贯穿今古:指能融会贯通古今诗人的优点。

74覼(luó)缕:委曲详尽而有条理。

75撮:集聚。

⑯辍:停止。哺:吃饭。
⑰事有大谬者:事情与愿望大相违背的。
⑱默识:默默记住。
⑲宿昔之缘:前生的缘分。
⑳课赋:学习作赋。
㉑不遑:没有闲暇。
㉒胝(zhī):磨出的老茧。
㉓肤革:皮肤,肌肤。
㉔瞀瞀(mào)然:目眩眼花的样子。
㉕动以万数:是说眼前常有无数的黑点乱飞,犹言两眼冒金星。
㉖乡赋:地方上选拔人才的考试。
㉗校书郎:秘书省下属书籍的小官。
㉘作者之域:指诗人的门径。
㉙登朝:做了朝廷的官。
㉚理道:治理天下的道理。
㉛合:应该。
㉜皇帝初即位:指唐宪宗李纯初即皇帝位,改号"元和"。
㉝正人:正直的官,这里指宰相杜黄裳、郑䌹等人。
㉞访人急病:访问人民的急难与疾苦。
㉟擢(zhuó):提拔。翰林:白居易于元和二年(807)擢升为翰林学士,为皇帝起草文书,当时被称为"内相"。
㊱谏官:指拾遗官。元和三年白居易任左拾遗,仍充翰林学士。
㊲病:苦难。
㊳裨(bì)补时阙:弥补政治上的缺陷。阙,通"缺"。
㊴指言:明言。
⑩宸(chén)聪:皇帝的听闻。
⑩副忧勤:辅助皇帝操劳国事。
⑩酬恩奖:报答皇帝的恩德奖赏。
⑩塞言责:尽谏官进言的责任。
⑩复:实现。
⑩悔:祸事。
⑩言未闻而谤已成:话还没传到皇帝耳朵而诽谤已出现。
⑩终言之:彻底地讲一讲。
⑩籍籍:闲话很多。
⑩非宜:不适宜,不应该。
⑩脉脉:板起面孔相视的样子。
⑪《乐游园》:即《登乐游园望》诗。
⑫《宿紫阁村》:即《宿紫阁山北村》诗。
⑬相与:交好。
⑭诋讦:攻击别人的缺点。这里指攻击朝廷。

⑮讪谤：讥刺毁谤。

⑯牛僧儒之戒：牛僧儒在元和三年(808)参加唐宪宗策试贤良方正直言极谏举人的考试时，指陈时政，言辞激烈，因此得罪了权贵和宦官，牛僧儒和考官都受到了打击和排挤。

⑰孥：子女。

⑱其不我非者：认为我没有错的。

⑲邓鲂：与白居易同时代的诗人。

⑳唐衢：白居易同时代的诗人。《旧唐书·唐衢传》："唐衢者，应进士，久而不第。能为歌诗，意多感发。见人文章有所伤叹者，读讫必哭，涕泗不能已。……故世谓唐衢善哭。"白氏有《寄唐生》、《伤唐衢》等诗。

㉑困踬：受打击，不得志。

㉒四始：《国风》第一篇《关雎》，《小雅》第一篇《鹿鸣》，《大雅》第一篇《文王》，《颂》第一篇《清庙》，合称四始。始，开头的第一篇。

㉓关东：唐代以长安为中心，称函谷关或潼关以东地区为"关东"。白居易生于河南新郑，属关东地区。

㉔懵(měng)然：什么都不知道的样子。

㉕中朝：即朝中。缌(sī)麻：即细麻布，古代"五服"中最轻的丧服，这里指最疏远的亲属。

㉖半面之旧：见过一面的交情。

㉗蹇(jiǎn)：跛脚。利足之途：指追逐科名的道路。

㉘战文之场：比赛文章的战场。

㉙三登科第：白居易于贞元六年(800)登进士第；贞元八年应吏部试，登书判拔萃科；贞元十二年登"才识兼茂，明于体用"科，故称"三登科第"。

㉚清贯：接近皇帝、地位"清高"的官员。

㉛冕旒(liú)：皇帝的冠服，这里指皇帝。

㉜日者：前些日子。礼、吏部：即礼部与吏部。礼部主持进士考试，吏部主持各种特科考试，进士及第后，须经吏部特科考试，录取后方可授官。

㉝私试：李肇《国史补》载："进士将试前，群居而赋，谓之私试。"赋、判：两种文体。

㉞准的：标准。

㉟恧(nǜ)然：惭愧的样子。

㊱军使：即节度使。高霞寓：范阳人，当时为振武、邠宁节度使。

㊲通州：今四川省达县。

㊳汉南：指今湖北省襄阳市。白居易贬江州时曾路过这里。

㊴江西：唐朝江南西道(今江西、安徽、湖北等省的一部分地区)的简称。

㊵乡校：地方上办的学校。逆旅：旅馆。

㊶雕虫：秦书八体之一，古代学童必习之。故人们常以雕虫喻小技、小道。

㊷多：推重，赞美。

㊸渊：王褒，字子渊，西汉著名辞赋家。云：扬雄，字子云，西汉后期大学问家，著名的辞赋家。

㊹迍(zhūn)穷：困顿贫穷。

㊺蹇(jiǎn)：困顿不得志。

㊻迍剥：困顿和被迫害。

⑭⑦不及一命：连最小的官也没做过。周代官阶共有九命，一命是最低的一级。
⑭⑧太祝：太常寺下属的管祭祀祈祷的小官。
⑭⑨谪佐远郡：贬为边远州郡的佐吏。指作者被贬为江州司马。
⑮⓪检讨：检查核对。囊：书袋。帙(zhì)：书套。
⑮①武德：唐高祖年号(618～626)。元和：唐宪宗年号(806～821)。
⑮②移病：因病请假。
⑮③保和：保持心情顺和。
⑮④执事：对于对方的一种敬称。
⑮⑤"穷则"二句：语出《孟子·尽心上》，是说贫困不得意时，只能完善自己，做了大官有了地位，就应该把天下治理好，使天下人都从善。
⑮⑥常师此语：常把这句话作座右铭。
⑮⑦为云龙，为风鹏：比喻贤者得到报效国家的时机，像龙乘云、鹏乘风一样。
⑮⑧雾豹：隐藏在雾里的豹，比喻隐士。冥鸿：飞入高空中的鸿雁，比喻隐迹避难的人。
⑮⑨寂兮寥兮：悄悄地。
⑯⓪奉身而退：抽身隐退。
⑯①出：出仕。处：隐退。
⑯②铨次：编排。
⑯③贵耳贱目、荣古陋今：重视耳闻，轻视眼见，崇信古代，贬低现代。
⑯④韦苏州：即韦应物，因做过苏州刺史，故称。
⑯⑤意激而言质：思想激切而言语朴直。
⑯⑥小通：时运稍微好些。
⑯⑦索居：孤独地各处一方。
⑯⑧皇子陂(pí)：唐代长安城南的一处名胜，《太平寰宇记》说，陂北原上有秦皇子冢，故名。昭国里：在长安城中的东南部，白居易曾居住在那里。
⑯⑨迭吟递唱：轮流吟诗唱和。
⑰⓪樊、李：樊宗宪与李景信。一说，是指樊宗师和李建。
⑰①无所措口：无法插嘴。
⑰②劳心灵：绞尽脑汁，劳苦精神。
⑰③役声气：费尽气力。
⑰④骖(cān)鸾鹤：即跨鹤登仙的意思。蓬瀛：蓬莱和瀛洲，是传说中海上的两座仙山。适：快乐。
⑰⑤无以加于此：也超不过这作诗的快乐。
⑰⑥外形骸：忽略形体，指不拘形态。脱踪迹：摆脱礼法的约束。傲轩鼎：轻视富贵权势。轩鼎，豪门贵族所乘坐的车和所用的食器。人寰：人世，指世俗社会。
⑰⑦张十八：即张籍。
⑰⑧李二十：即李绅，与白居易同时的诗人。
⑰⑨卢、杨：卢拱、杨巨源。
⑱⓪窦七、元八：窦巩、元宗简。
⑱①编而次之：按次序编排起来。
⑱②左转：即降职。古人以左为不顺，故称降职为"左迁"或"左转"。

⑱③心期索然：情绪低落。
⑱④妍媸（chī）：美恶。
⑱⑤诗笔：韵文和散文。
⑱⑥溘（kè）然：忽然。
⑱⑦鲜：少。
⑱⑧悄然：安静冷清地。

崔莺莺

答元微之书①

捧览来问，抚爱过深，儿女之情②，悲喜交集。兼惠花胜③一合，口脂五寸，致耀首膏唇之饰。虽荷④殊恩，谁复为容？睹物增怀，但积悲叹耳！

伏承⑤便于京中就业，进修之道，固在便安⑥。但恨僻陋之人，永以遐弃。命也如此，知复何言！自去秋以来，常忽忽如有所失。于喧哗之下，或勉为语笑；闲宵自处，无不泪零。乃至梦寐之间，亦多感咽离忧之思。绸缪缱绻⑦，暂若寻常。幽会未终，惊魂已断。虽半衾如暖，而思之甚遥。忆昨拜辞，倏逾旧岁。长安行乐之地，触绪牵情。何幸不忘幽微，眷念无斁⑧！鄙薄之志，无以奉酬。至于终始之盟，则固不忒⑨。

鄙昔中表相因，或同宴处。婢仆见诱⑩，遂致私诚。儿女之心，不能自固⑪。君子有援琴之挑⑫，鄙人无投梭之拒⑬。及荐寝席，义盛意深。愚陋之情，永谓终托。岂期既见君子，而不能定情，致有自献之羞，不复明侍巾栉⑭。没身⑮永恨，含叹何言！倘仁人用心，俯遂幽眇⑯，虽死之日，犹生之年。如或达士略情⑰，舍小从大⑱，以先配为丑行，调要盟之可欺⑲，则当骨化形销，丹诚不泯，因风委露，犹托清尘⑳。存没之诚，言尽于此。临纸呜咽，情不能申。千万珍重，珍重千万！

玉环一枚，是儿婴年所弄㉑，寄充君子下体所佩。玉取其终坚润不渝，环取其终始不绝。兼乱丝一絇㉒，文竹茶碾子一枚㉓。此数物不足见珍，意者欲君子如玉之真，弊志如环不解。泪痕在竹，愁绪萦丝。因物达诚㉔，永以为好耳！心迩身遐，拜会无期。幽愤所钟，千里神合。千万珍重！春风多厉，强饭㉕为佳。慎言自保，无以鄙为深念。

【注释】

①元微之：元稹，字微之，唐代诗人，官至宰相。他以自己与崔莺莺的爱情故事为素材，创作了传奇《会真记》（又称《莺莺传》）。起初，元稹诱引崔莺莺的侍女红娘牵线，作诗挑逗崔莺莺，崔莺莺与他一见倾心，并以身相许。后来，元稹赴长安应试，遂与崔莺莺相别。滞留长安时，元稹曾写信给崔莺莺，崔莺莺写了这封答信，表达了忠贞的相爱之情。

②儿女之情：指男女恋情。

③花胜：古代妇女的一种装饰品，剪彩而成。

④荷：承受。

⑤伏承：谦辞，得知之意。
⑥便安：便利安稳。
⑦绸缪（móu）缱绻（qiǎn quǎn）：情意缠绵，难舍难分。
⑧无斁（yì）：不厌。
⑨忒（tè）：变化，误差。
⑩见诱：被引诱。
⑪固：抑制，约束。
⑫援琴之挑：《史记·司马相如列传》：“卓王孙有女文君新寡，好音，司马相如以琴心挑之。”
⑬投梭之拒：晋人谢鲲挑逗正在织布的邻家女子，邻家女子随手抓起梭子投向谢鲲，打折了谢鲲两齿。后人用“投梭之拒”指妇女抗拒男子的挑逗引诱。
⑭明侍巾栉：巾指洗脸之巾，栉为梳篦总称，古时常用“侍巾栉”作为妇女的谦称。此处用“明侍巾栉”代指明媒正娶。
⑮没身：终生。
⑯俯遂幽眇：体贴苦衷。
⑰略情：看得清楚。
⑱舍小从大：此指抛弃爱情而追求功名利禄。
⑲要盟：本指强行签订的盟约，此指二人婚约。可欺：可以翻悔。
⑳清尘：对人的尊称，指对方的身边。
㉑所弄：玩物。
㉒乱丝一绚（qú）：指一缕头发。乱丝，此谦指头发。绚，履头饰。
㉓文竹：即斑竹。《博物志》载：“尧之二女，舜之二妃，曰湘夫人。帝崩，二妃啼，以涕挥竹，竹尽斑。”茶碾子：碾磨茶叶的器具。
㉔因物达诚：借这些东西表达真诚之心。
㉕强饭：努力加餐，勉强进食。旧时祝愿身体健康用语。

吕 温

与族兄皋请学《春秋》书①

儒风②不振久矣。某生于百代之下,不顾昧劣③,凛然④有志,翘企圣域⑤,莫知所从,如仰高山,临大川,未获梯航⑥,而欲济⑦乎深,臻⑧乎极也。

凡学之道,严师为难⑨。师资道丧⑩,八百年矣。自凤鸟不至,麒麟遇获⑪,血流战国⑫,火发暴秦⑬,先王之道几陨于地⑭,赖汉氏勃焉而拯之⑮,酾糟粕,扬煨烬,披云雾,揭日月⑯,夫子⑰文章灭而复耀,与火德⑱俱朗者四百余年。当时大教⑲中兴,去圣⑳未远,学士非师说不敢辄㉑言,鸿儒硕生㉒,乐以善诱宏道㉓,虽为公卿,教授不辍㉔,其徒大者至千余人,小者亦数百人,或升乎堂,或入于室,洋洋济济㉕,有古风也。

夫学者,岂徒受章句㉖而已?盖必求所以化人,日日新,又日新㉗,以至乎终身。夫教者,岂徒博㉘文字而已?盖必本之以忠孝㉙,申之以礼义㉚,敦之以信让㉛,激之以廉耻㉜,过则匡之㉝,失则更之,如切如磋,如琢如磨㉞,以至乎无瑕。故两汉多名臣,谏诤㉟之风,同乎三代㊱,盖由其身受师保㊲之教诲,朋友之箴诫㊳,既知己之损益,不忍观人之成败也㊴。

魏晋之后,其风大坏,学者皆以不师为天纵㊵,独学为生知㊶。译疏翻音㊷,执疑护失㊸,率乃私意㊹,攻乎异端。以讽诵章句㊺为精,以穿凿㊻文字为奥。至于圣贤之微旨㊼,教化之大本,人伦之纪律㊽,王道㊾之根源,则荡然莫知所措矣。其先进者,亦以教授为鄙。公卿大夫,耻为人师。至使乡校㊿之老人,呼以"先生",则勃然动色。痛乎风俗之移人也如是!

是以今之君子,事君者不谏诤,与人交者无切磋,盖由其身不受师保之教诲、朋友之箴规,既不知己之损益,恶肯顾人之成败乎?而今而后,乃知不师不友之人,不可与为政而论交矣。且不师者,废学之渐[51]也,恐数百年后,又不及于今日。则我先师[52]之道,其陨于深泉[53]?是用终日不食,终夜不寝,驰[54]古今而慷慨,抱文籍而太息[55],吾兄亦曾以是为念乎?

小子狂简[56],实有微志,蕴童蒙求我之愿[57],立朝闻夕死[58]之誓。所与者不唯鸿硕之老[59],博洽[60]之士,与我同志者则为吾师。与兄略言其志也:其所贵乎道者六,其《诗》、《书》、《礼》、《乐》、《大易》、《春秋》欤?人皆知之,鄙尚[61]或异。所曰《礼》者,非酌献酬酢之数、周旋裼袭之容也[62],必可以经乾坤、运阴阳、管人情、措天下者[63]，某愿学焉。所曰《乐》者，非缀兆屈伸之度、铿锵鼓舞之节也[64]，必可以厚风俗、仁鬼神、熙元精、茂万物者[65]，某愿学焉。所曰《易》者，非揲蓍演数之妙、画卦举繇之能也[66]，必可以正性命、观化元、贯众妙、贞夫一者[67]，某愿学焉。所曰《书》者，非古今文字之舛、大小章句之异也[68]，必可以辩帝王、稽道德、补大政、建皇极者[69]，某愿学焉。所曰《诗》者，非山川风土之状、草木鸟兽之名也，必可以警暴虐、刺淫昏、全君亲、尽忠孝者[70]，某愿学也。所曰《春秋》者，非战争攻伐之事、聘享盟会之仪也[71]，必可以尊天子、讨诸侯、正华夷、绳贼乱者[72]，某愿学焉。此外非圣人所论，不与于君臣父子之际[73]，虽欲博闻，不敢学矣。吾兄达者也，可不曰然乎？

尝阅雅论，深于《春秋》，其间所得，实曰渊正[74]。窃不自揣[75]，愿以《春秋》三传执抠衣之礼[76]于左右。童蒙求我，兄得辞乎？朝闻夕死，某可逆乎？无以流俗所轻，而忽贤圣之所重也。其余五经，当今孰可为某师者，幸详鄙志而与择焉。

【注释】

①吕温：字和叔，一字化光，唐河中（今山西永济县西）人。贞元进士，历任左拾遗、衡州刺史等职。在这封给族兄吕皋的信中，作者论述了儒家学说对于经国济民和道德修养的重要意义，表达了自己求学的志向。他还提出“凡学之道，严师为难”，则说明了教师在传播学问、施行教化的事业中的崇高地位。

②儒风：儒家的风范。

③昧劣：愚昧浅鄙。

④凛然：严肃貌。

⑤翘企：向往。圣域：圣人的境界。

⑥梯航：比喻途径。

⑦济：渡过。

⑧臻：达到。

⑨“凡学”二句：见《礼记·学记》。严，尊敬。

⑩师资道丧：言为师之道被破坏了。师资，老师。

⑪“自凤鸟”二句：《论语·子罕》：“子曰：‘凤鸟不至，河不出图，吾已矣乎。’”《春秋·哀公十四年》：“西狩获麟，孔子曰：‘吾道穷矣。’”传说中凤鸟和麒麟都是祥瑞之兽，凤鸟不至，麒麟被获，都是乱世的象征。这里借以表明春秋末期，即孔子生活的时代。

⑫血流战国：即诸侯相互争战杀戮的战国时期。

⑬火发暴秦：谓残暴的秦始皇焚书坑儒。据《史记·秦始皇本纪》载，秦始皇三十四年（前210），丞相李斯建议禁止儒生根据古制而非议朝政，凭借私学而宣传其主张，于是秦始皇下令焚毁民间所藏的《诗》、《书》和百家之书。次年，又坑杀咸阳儒生四百六十余人。

⑭先王之道：指夏、商、周历代英明君王所行之道。陨：落。

⑮汉氏：即汉朝。勃：兴起。

⑯“釃糟粕”四句：比喻驱除邪说，复兴儒学。釃，滤出。煨烬，灰烬。揭，显露。

⑰夫子：指孔子。

⑱火德：古代以金、木、水、火、土五行相生相克的道理解释王朝的兴替，有人认为汉朝以火德王，此借指流朝的国运。

⑲大教：指弘扬儒家的教化。
⑳圣：圣人，指孔子。
㉑辄：轻率。
㉒鸿儒硕生：皆指学识渊博的儒者。鸿、硕，大。
㉓善诱：善于诱导。宏道：发扬儒家学说。
㉔辍：中止。
㉕洋洋济济：形容众多而仪容优美。
㉖章句：分析古书章节句读的学问。
㉗"日日"二句：见《礼记·大学》，谓日日更新。
㉘博：多识。
㉙本之以忠孝：使学生把忠孝当作根本。
㉚"申之"句：向学生说明礼义。申，表明。
㉛"敦之"句：用诚信和谦让的美德督促学生。敦，督促。
㉜"激之"句：以廉耻之心激励学生。
㉝过：过分。匡：纠正。
㉞"如切"二句：见《诗经·卫风·淇奥》。切，指加工骨器；磋，指加工象牙；琢，指加工玉器；磨，指加工石器。这里借喻相互研讨学问。
㉟谏诤：直言规劝。
㊱三代：指夏、商、周。
㊲师保：老师。
㊳箴诫：规劝告诫。
㊴"不忍"句：言不忍心看到别人有成功与失败的不同遭遇。
㊵不师：不向老师学习。天纵：犹天赋。
㊶生知：生来就有的知识。
㊷译：解释经义。疏：疏通经义。翻音：即反切，古代给文字拼音的一种方法。
㊸执疑：有疑惑不解之处而固执己见。护失：有过失而不改正。
㊹率：依照。乃：犹其。私意：个人的看法。
㊺讽诵章句：诵读一章一句。
㊻穿凿：牵强附会地解释。
㊼微旨：深刻的意蕴。
㊽人伦：人与人之间的关系。纪律：纲纪法度。
㊾王道：以仁义治天下之道。
㊿乡校：地方所办的学校。
51渐：苗头。
52先师：前辈老师。
53其：大概。深泉：犹黄泉。
54驰：遐想。
55太息：叹息。
56狂简：志大而粗率。
57蕴：怀着。童蒙求我：见《易·蒙》。童蒙，蒙昧无知的儿童。这里借指幼稚的儿童向老师学习。

(58)朝闻夕死:《论语·里仁》:"朝闻道,夕死可矣。"

(59)鸿硕之老:知识十分渊博的老人。

(60)博洽:知识广博。

(61)鄙尚:鄙人的崇尚。

(62)酌献:酌酒献客或敬神。酬酢(zuò):主宾之间相互敬酒。数:礼的种种仪式的规定。周旋:相互应酬。裼(xī)袭:指表示礼节的不同服饰。裼,指袒开外衣,不尽覆其裘;袭,指尽覆其裘。容:仪表。

(63)经乾坤:治理天地,喻治国。运阴阳:运转阴阳之气,以化育万物。管人情:了解民情并加以治理。措天下:措办天下之事。

(64)缀兆:指舞蹈者聚集的行列和行动的区域。屈伸:指舞姿或屈或伸。度:规矩。铿锵:指有节奏的乐声。鼓舞:合乐而起舞。节:节奏。

(65)厚风俗:使风俗淳厚。仁鬼神:供奉鬼神,得到祐护。仁,犹存,供养。熙:使之兴盛。元精:天地之精气。

(66)揲(shé):按照定数分排。蓍(shì):蓍草,古代占卦之具。演数:按数推演,以占吉凶。画卦举繇:谓排列成卦爻的形象。《易》有六十四卦,每卦由六爻组成。繇,通"爻"。

(67)正性命:使万物的不同属性和寿命的长短符合正道。化元:盖即元化,即造化。众妙:即万物运动变化的奥妙。贞夫一:盖言使人们贞正专一。

(68)古今文字:指《尚书》有古文、今文。舛:不一致。大小章句:汉代研究今文《尚书》的学者有夏侯胜、夏侯建,其著作称《大小夏侯章句》。

(69)辩:通"辨",识别。稽:考察。大政:国家重大的政令。皇极:帝王统治天下的准则。

(70)刺:讽刺。淫昏:荒淫昏庸。全:保全。君亲:尊敬君主、孝敬父母的道德规范。

(71)聘:诸侯之间相互问候。享:诸侯向天子进献物品。盟会:缔结盟约。

(72)正华夷:端正中国与其他民族之间的关系。绳:纠正。贼乱:指犯上作乱、危害国家的人。

(73)与:关联。君臣父子:指君与臣、父与子之间的关系。

(74)渊正:深厚而正确。

(75)自揣:估量自己的能力。

(76)执抠衣之礼:即执弟子礼。抠衣,提裳而行,表示恭敬。

皇甫湜

答李生书①

辱书适曛黑②，使者立复③，不果一二④。承来意之厚，传曰：言及之而不言，失人⑤。粗书其愚⑥，为足下答，幸察。

来书所谓今之工文⑦，或先于奇怪者⑧，顾⑨其文工与否耳。夫意新则异于常，异于常则怪矣；词高则出于众，出于众则奇矣。虎豹之文⑩，不得不炳⑪于犬羊；鸾凤之音，不得不锵⑫于乌鹊；金玉之光，不得不炫⑬于瓦石。非有意先之也，乃自然也。必崔嵬然后为岳⑭，必滔天然后为海。明堂⑮之栋，必挠云霓⑯；骊龙⑰之珠，必锢⑱深泉。足下以少年气盛，固当以出拔为意⑲；学文之初，且未自尽其才，何遽⑳称力不能哉？图王不成，其弊犹可以霸㉑；其仅自见也，将不胜其弊矣！孔子讥其身不能者㉒，幸勉而思进之也。

来书所谓浮艳声病之文㉓，耻不为者，虽诚可耻，但虑足下方今不尔㉔，且不能自信其言也。何者？足下举进士，举进士者，有司高张科格㉕，每岁聚者试之，其所取乃足下所不为者也。“工欲善其事，必先利其器。”㉖足下方伐柯而舍其斧㉗，可乎哉？耻之，不当求也；求而耻之，惑也。今吾子㉘求之矣，是徒涉而耻濡足也㉙，宁能自信其言哉？

来书所谓汲汲于立法宁人者㉚，乃在位者之事，圣人得势所施为也，非诗赋之任也。功既成，泽既流㉛，咏歌纪述，光扬之，作作焉㉜。圣人不得势，方以文词行于后。今吾子始学未仕而急其事，亦太早计矣。

凡来书所谓数㉝者，似言之未称㉞，思之或过，其余则皆善矣。既承嘉惠，敢自疏怠㉟，聊复所为㊱，俟见方尽㊲。湜再拜。

【注释】

①皇甫湜(shí)：字持正，新安(今属浙江)人，韩愈的得意弟子，官至工部侍郎。李生：李翱，字习之，陕西成纪(今甘肃秦安县东)人，韩愈的侄女婿。

②曛(xūn)黑：黄昏。曛，黄昏。

③立复：立等回答。

④不果一二：不能做到十之一二。

⑤“传曰”三句：作者混用了《论语》中的两句话。《论语·卫灵公》：“子曰：‘可与言而不与言，失人；不可与言与之言，失言。’”《论语·季氏》：“言及之而不言，谓之隐。”皇甫湜引用的

这句话，意思是可以对别人说而不说出来，错在交谈者的选择。

⑥粗书：粗略地写下。愚：愚见，不聪明的看法。

⑦工文：文辞工整的文章。

⑧奇怪者：指有新意并讲究文辞的文章。

⑨顾：看。

⑩文：花纹。

⑪炳：显明。

⑫锵(qiāng)：象声词，作动词用，响亮。

⑬炫：耀眼。

⑭崔嵬：高大的样子。岳：山岳。

⑮明堂：古代帝王宣明政教、举行大典的地方。

⑯挠云霓(ní)：形容很高。挠，扰。云霓，云彩。霓，副虹，与彩虹同时出现。

⑰骊龙：传说中的黑龙。《庄子·列御寇》："夫千金之珠，必在九重之渊，而骊龙颔下。"

⑱锢：禁锢。

⑲固当：本来应该。出拔：出类拔萃。

⑳遽：竟然。

㉑"图王"二句：见东汉王充《论衡·气寿篇》，原意是图谋称王天下做不到，还可称霸诸侯，这里借来指不能做到出类拔萃，也可求其次。

㉒"孔子"句：《论语·述而》："冉求曰：'非不说子之道，力不足也。'子曰：'力不足者，中道而废，今汝画。'"

㉓浮艳声病之文：指骈文及诗赋。

㉔不尔：不如此。

㉕有司：古代设官分职，各有专司，所以叫有司。这里指主管科考的部门。科格：科考的规则。

㉖"工欲"二句：出自《论语·卫灵公》。器，工具。

㉗伐柯而舍其斧：《诗经·豳(bīn)风·伐柯》："伐柯如之何？非斧不克。"柯，斧柄。克，能。作者的意思是，要考进士，就不能抛弃必考的"浮艳声病之文"。

㉘吾子：古代对人的爱称。

㉙徒涉：徒步过河。濡：沾湿。

㉚汲汲：心情急切的样子。宁人：安定百姓。

㉛泽既流：对人民已经施予恩泽。

㉜作作焉：光芒四射的样子。

㉝数：命运。

㉞未称：不恰当。

㉟敢自疏怠：自己不敢疏忽懈怠，指不敢不马上回信。

㊱复：回答。所为：指自己的主张。

㊲俟见方尽：等到见面才能尽情地谈。

杜　牧

投知己书①

夫子曰："不怨天，不尤人，下学而上达，知我者其天乎②？"复曰："知我者以《春秋》，罪我者亦以《春秋》③。"此圣人操心④不顾世人之是非也。柱厉叔事莒敖公，莒敖公不知。及莒敖公有难，柱厉叔死之⑤。不知我则已反以死报之，盖怨不知之深也。豫让谓赵襄子曰："智伯以国士待我，我以国士报之⑥。"此乃烈士义夫，有才感其知，不顾其生也。行无坚明之异，才无尺寸之用，泛泛然求知于人，知则不能有所报，不知则怒，此乃众人之心也，圣贤义烈之士既不可到。

小生有异于众人者，审己切也⑦。审己之行，审己之才，皆不出众人，亦不求知于人。已或有知之者，则藏缩退避，唯恐知之深，盖自度无可以为报效也。或有因缘他事、不得已求知于人者，苟不知，未尝退有怼⑧言怨色，形于妻子之前。此乃比于众人，唯审己求知也。

太和二年，小生应进士举。当其时，先进之士以小生行可与进，业可与修，喧而誉之，争为知己者不啻⑨二十人。小生适来十年江湖间，时时以家事一抵京师，事已即返，尝所谓喧而誉之为知己者，多已显贵，未尝一到其门。何者？自十年来，行不益进，业不益修，中夜忖量，自愧于心，欲持何说复于知己之前、为进拜之资乎？默默藏缩，苟免寒饥为幸耳。

昨李巡官⑩至，忽传阁下旨音，似知姓名，或欲异日必录在门下。阁下为世之伟人钜⑪德，小生一获进谒，一陪燕享⑫，则亦荣矣，况欲异日终置之于榻席⑬之上，齿于数子⑭之列乎？无攀缘丝发之因⑮，出特达倜傥之知⑯。小生自度，宜为何才可以塞⑰阁下之求？宜为何道可以报阁下之德？是以自承命以来，审己愈切，抚心独惊，忽忽⑱思之，而不自知其然也。若蒙待之以众人之地⑲，求之以众人之才，责之以众人之报，亦庶几异日受约束指顾于簿书之间⑳，知无不为，为不及私，亦或能提笔伸纸，作咏歌以发盛德㉑，止此而已。其他望于古人，责以不及，非小生之所堪任，伏恐阁下听闻之过㉒，求取之异㉓，敢不特自发明，导说其衷，一开阁下视听。其他感激发愤，怀愧恩德，临纸汗发㉔，不知所裁㉕。某恐惧再拜。

【注释】

①杜牧：字牧之，唐京兆万年（今陕西西安市西北）人。太和二年（828）进士。曾为沈传师江

西团练府巡官、牛僧孺淮南节度府掌书记，历监察御史、司勋员外郎，黄州、池州、睦州、湖州刺史，中书舍人等职。知己：盖即牛僧孺。此信为感谢牛僧孺对自己的赏识而作，信中说明了贤者审己、求知的态度，表现出严于律己、不苟取名利的志趣。

②“夫子”五句：夫子，即孔子。引文见《论语·宪问》。尤，责备。下学，学习人事。上达，通达天命。

③“复曰”三句：见《孟子·滕文公下》。相传孔子看到世道衰微，出现了臣弑其君、子弑其父等现象，十分忧虑，就写了《春秋》一书，寓含了对历史上的人和事的褒贬之意。所以说“了解我的在于《春秋》，责怪我的也在于《春秋》”。

④操心：秉心，怀抱其志向。

⑤“柱厉叔”四句：柱厉叔，春秋时莒国人，为莒敖公臣，因不得赏识而隐居海上，后来莒敖公有难，又前往而与之共死，并说：“以丑后世人主之不知其臣者。”事见《吕氏春秋·恃君》。

⑥“豫让”三句：事见《战国策·赵策一》及《史记·刺客列传》。豫让，春秋战国之际刺客，事智伯。赵襄子与韩、魏灭智伯，豫让自毁音容，谋刺襄子，为智伯报仇。曾言：“智伯以国士遇我，我故以国士报之。”后事败被执，自杀。国士，一国中杰出之士。

⑦审己：检查自己。切：深刻。

⑧怼(duì)：怨恨。

⑨不啻：不止。

⑩巡官：官名，为节度使或团练使的属僚。

⑪钜：大。

⑫燕享：用酒食祭祀鬼神。

⑬榻席：古代坐卧之具。

⑭数子：指下属官员。

⑮攀缘：攀附。丝发：喻微小。

⑯特达：特殊。倜傥：卓越，不同凡响。以上二句谓自己没有丝毫机会可以攀附对方，而对方却格外赏识自己，认为自己卓荦不群。

⑰塞：满足。

⑱忽忽：困惑貌。

⑲地：地位。

⑳受约束指顾于簿书之间：谓在牛僧孺管理驱使下尽职于簿书之间。簿书，官府中的文书，掌书记之职是负责文书工作。

㉑发盛德：赞扬牛僧孺的大德。

㉒听闻之过：听到了有关自己的错误的传闻。

㉓求取之异：对自己有着与众不同的期望和要求。

㉔汗发：流汗，惶恐貌。

㉕不知所裁：谓不知如何回答。裁，裁答。

吴武陵

与孟简书①

古称一世三十年，子厚之谪十二年②，殆③半世矣。霆砰电射④，天怒也，不能终朝⑤。安有圣人在上，毕世⑥而怒人臣耶？

【注释】

①吴武陵：信州（今云南弥渡县东北）人。唐文宗初为太学博士，后为超州刺史，因贪赃贬为潘州司户参军。孟简：字几道，平昌（今山东商河县北）人，官至户部侍郎，加御史中丞。

②子厚：柳宗元，字子厚。唐顺宗时，任礼部员外郎，因参与王叔文为首的改革，失败后贬为永州司马，十年后改任柳州刺史，卒于任中。谪：贬官。

③殆：将近。

④霆砰电射：雷鸣电闪，比喻天子发怒。霆，雷霆。

⑤不能终朝：在早朝上不停止，指对柳宗元的贬黜没有止境。

⑥毕世：一辈子。

与富郑公书①

有蜀人苏洵者②,文学之士也,自云奔走德望③,思一见而无所求。然洵达人④,以为某⑤能取信于公者,求为先容⑥。既不可却,亦不忍欺,辄以冒闻⑦,可否进退,则在公命也。

【注释】

①欧阳修:字永叔,号醉翁、六一居士,吉水(今江西吉水)人,宋代杰出文学家。官至枢密副使、参知政事,因与推行新法的王安石不合,退居颍川。富郑公:富弼,字彦国,河南洛阳(今属河南)人。官至枢密使、相国,封郑国公。

②苏洵:字明允,号老泉,眉山(今属四川)人,以文章闻名当时。后因欧阳修的举荐,授秘书省校书郎。

③奔走德望:为品德和名望所驱使。

④达人:明智达理之人。

⑤某:欧阳修自称。

⑥先容:推荐。

⑦辄以冒闻:就冒昧地让您了解这件事。辄,就。以,介词,以之,拿它。闻,知道。

与高司谏书①

修顿首再拜白司谏足下②:某年十七时,家随州③,见天圣二年进士及第榜④,始识足下姓名。是时予年少,未与人接⑤,又居远方,但闻今宋舍人兄弟与叶道卿、郑天休数人者⑥,以文学大有名,号称得人⑦。而足下厕⑧其间,独无卓卓⑨可道说者,予因疑足下,不知何如人也。

其后更十一年⑩,予再至京师。足下已为御史里行⑪,然犹未暇一识足下之面,但时时于予友尹师鲁⑫问足下之贤否。而师鲁说足下正直有学问,君子人也。予犹疑之。夫正直者，不可屈曲；有学问者，必能辨是非。以不可屈之节，有能辨是非之明，又为言事之官，而俯仰默默⑬，无异众人，是果贤者耶？此不得使予之不疑也。

自足下为谏官来，始得相识。侃然⑭正色，论前世事，历历⑮可听，褒贬是非无一谬说。噫！持此辨以示人，孰不爱之？虽予亦疑足下真君子也。

是予自闻足下之名及相识，凡十有四年，而三疑之。今者，推其实迹而较之⑯，然后决知足下非君子也。

前日范希文⑰贬官后，与足下相见于道安⑱家，足下诋诮⑲希文为人。予始闻之，疑是戏言；及见师鲁，亦知足下深非希文所为，然后其疑遂决。希文平生刚正，好学通古今，其立朝有本末⑳，天下所共知，今又以言事触宰相得罪。足下既不能为辩其非辜㉑，又畏有识者之责己，遂随而诋之，以为当黜㉒，是可怪也！

夫人之性，刚果懦软，禀之于天，不可勉强，虽圣人亦不以不能责人之必能㉓。今足下家有老母，身惜官位，惧饥寒而顾利禄，不敢一忤宰相以近刑祸㉔，此乃庸人之常情，不过作一不才谏官尔。虽朝廷君子，亦将闵㉕足下之不能，而不责以必能也。今乃不然，反昂然自得，了无愧畏，便毁其贤以为当黜，庶乎㉖饰己不言之过。夫力所不敢为㉗，乃愚者之不逮㉘，以智文㉙其过，此君子之贼也㉚。

且希文果不贤邪？自三四年来，从大理寺丞至前行员外郎、作待制日㉛，日备顾问，今班行㉜中无与比者。是天子骤用㉝不贤之人？夫使天子待不贤以为贤，是聪明有所未尽。足下身为司谏，乃耳目之官㉞，当其骤用时，何不一为天子辨其不贤，反默默无一语，待其自败㉟，然后随而非之？若果贤邪，则今日天子与宰相以忤意㊱逐贤人，足下何得不言？是㊲则足下以希文为贤，亦不免责；以为不贤，亦不免责：大抵罪在默默尔。

昔汉杀萧望之与王章㊳，计其当时之议，必不肯明言杀贤者也。必以石显、王凤为忠臣，望之与章为不贤而被罪也。今足下视石显、王凤果忠邪？望之与章果不贤邪？当时亦有谏臣，必不肯自言畏祸而不谏，亦必曰当诛而不足谏也。今足下视之，果当诛邪？是直㊴可欺当时之人，而不可欺后世也。今足下又欲欺今人，而不惧后世之不可欺邪？况今之人未可欺也。

伏以今皇帝即位以来㊵，进用谏臣，容纳言论，如曹修古、刘越㊶，虽殁犹被褒称。今希文与孔道辅皆自谏诤擢用㊷。足下幸生此时，遇纳谏之圣主如此，犹不敢一言，何也？前日又闻御史台榜朝堂㊸，戒百官不得越职言事，是可言者惟谏臣尔。若足下又遂不言，是天下无得言者也。足下在其位而不言，便当去之，无妨他人之堪其任者也。昨日安道贬官，师鲁待罪，足下犹能以面目见士大夫，出入朝中称谏官，是足下不复知人间有羞耻事尔！所可惜者，圣朝有事，谏官不言，而使他人言之，书在史册，他日为朝廷羞者，足下也。

《春秋》之法㊹，责贤者备㊺。今某区区，犹望足下之能一言者，不忍便绝㊻足下而不以贤者责也。若犹以谓希文不贤而当逐，则予今所言如此，乃是朋邪之人㊼

尔，愿足下直携此书于朝，使正予罪而诛之，使天下皆释然知希文之当逐，亦谏臣之一效[48]也。

前日足下在安道家，召予往论希文之事，时坐有他客，不能尽所怀，故辄布区区[49]，伏惟幸察[50]，不宣[51]。修再拜。

【注释】

①宋神宗景祐三年(1036)，大臣范仲淹因上书言事得罪了权相吕夷简，无辜遭贬，朝臣多为之辩护，唯身居左司谏(官名，掌规谏讽喻)之位的高若讷却落井下石，以为范氏合该黜贬。于此之时，欧阳修给高若讷写了这封信，痛斥他“不复知人间有羞耻事”。若讷大怒，将此信上呈神宗，欧阳修因此被贬夷陵(今湖北宜昌)县令。

②顿首再拜：古人书信中的客套话。白：说。

③家随州：家住随州。欧阳修四岁丧父，母亲郑氏带他投靠叔父至随州(今湖北随县)，其叔父欧阳晔时任随州推官。

④天圣二年：公元1024年。进士及第：宋初考取进士后，按成绩分为三等，考取第一名的称为进士及第。

⑤接：交往。

⑥宋舍人兄弟：指宋庠和宋祁。宋庠，字公序，安陆(今湖北安陆)人。官至宰相，曾做过起居舍人，故称舍人。宋祁，宋庠之弟，字子京，做过翰林学士。欧阳修《归田录》卷一称他们“自布衣时，名动天下，号为二宋”。叶道卿：叶清臣，字道卿，长洲(今江苏吴县)人，善写文章，官至翰林学士。郑天休：郑戬，字天休，以属辞知名，官至枢密副使、奉国军节度使。

⑦得人：得到人才。

⑧厕：置身于其中。

⑨卓卓：出众，突出。

⑩更十一年：又过了十一年。

⑪御史里行：官名。见习御史，非正官，无定员。

⑫尹师鲁：尹洙，字师鲁，河南(今河南洛阳)人。官至起居舍人、直龙图阁，曾做过太子中允。与作者同倡古文，范仲淹被贬时，他上书愿同贬，结果被降职。

⑬俯仰：随人进退，没有主见。默默：闭口不言。

⑭侃然：刚正不阿的样子。

⑮历历：分明有条理。

⑯推：推究，考察。较：对照。

⑰范希文：即范仲淹，字希文，遭权相吕夷简诬陷，被贬为饶州(今江西波阳)知府。

⑱道安：作者的好友余靖，字道安，韶州曲江(今广东韶关)人。时任集贤校理，以直谏著名，因为范鸣不平，亦被贬，官至工部尚书。

⑲诋诮：毁谤，责备。

⑳本末：主次，先后。这里指能分清主次，坚持原则。

㉑非辜：无辜，无罪。

㉒黜(chù)：贬谪。

㉓以不能责人之必能：拿别人根本办不到的事强求人家一定办到。

㉔忤：触犯。近：这里指“招致”。

㉕闵：同“悯”。

㉖庶乎：希望能。

㉗力所不敢为：有能力却不敢去做。

㉘不逮：力所不及。

㉙文：粉饰，掩饰。

㉚君子之贼：上层人士中的败类。

㉛大理寺：全国最高司法机关，长官为大理寺卿，大理寺丞是其属官。前行员外郎：官名，即吏部员外郎。唐宋时尚书省六部分前行、中行、后行。吏部、兵部为前行，户部、刑部为中行，礼部、工部为后行。待制：官名，即天章阁待制，皇帝的顾问。

㉜班行：指同行。

㉝骤用：破格任用。

㉞耳目之官：古时掌管监察、执法、谏议的官吏，是皇帝的耳目，故称“耳目之官”。

㉟自败：自己把事情搞糟。

㊱忤意：违背个人意愿。

㊲是：这样。

㊳萧望之：字长倩，兰陵（今山东枣庄）人。汉宣帝时任太子太傅，后辅佐幼主元帝，因反对宦官弘恭、石显为中书令，而被石显等人诬告下狱，饮鸩自杀。王章：字仲卿，钜平（今山东宁阳）人。汉成帝时为谏大夫、京兆尹，帝舅王凤专权，王章上书言“凤不可任用”，被王凤诬陷下狱，被害。

㊴直：只。

㊵伏：称述尊者时的敬辞。以：自。今皇帝：宋仁宗赵祯。

㊶曹修古：字述之，建州建安（今福建建瓯）人，官至刑部员外郎。仁宗初即位时，章献太后垂帘听政，宦官专权，修古直谏被贬，后遇赦复官，后卒。太后崩，帝思修古，特赠右谏议大夫，赐其家钱二十万。见《宋史》本传。刘越：字子长，大名（今属河北）人。官至秘书丞。曾因上书请太后还政，被贬，仁宗亲政时，越已卒，赠右司谏，赐其家钱十万。见《宋史·滕宗谅传》。

㊷孔道辅：字原鲁，曲阜（今山东曲阜）人，宋仁宗时有名的谏官，进士出身。曾任御史中丞。明道二年（1033），仁宗废郭皇后，道辅与范仲淹入宫谏阻，均被贬，三年后复官升职。谏诤：直言劝告。擢（zhuó）用：提拔任用。

㊸御史台：中央最高监察机关。榜朝堂：在朝廷张榜公布。

㊹《春秋》之法：孔子著的《春秋》的义法。

㊺责贤者备：对于贤者求其全备。

㊻绝：彼此断绝关系。

㊼朋邪之人：与奸邪之辈结为朋党的人。

㊽效：功劳。

㊾辄：特。布：陈述。

㊿伏惟：表希望的敬辞。幸察：以观看为幸。

51不宣：古人书信结束时的套语，谓言不尽意。

答吴充秀才书①

修顿首白，先辈② 吴君足下：前辱示书及文三篇，发而读之，浩乎若千万言之多；及少③ 定而视焉，才数百言尔。非夫辞丰意雄，霈然④ 有不可御之势，何以至此！然犹自患伥伥莫有开之使前者⑤，此好学之谦言也。

修材不足用于时，仕不足荣于世，其毁誉不足轻重，气力⑥ 不足动人，世之欲假誉⑦ 以为重，借力而后进者，奚取于修焉！先辈学精文雄，其施于时，又非待假誉而为重，借力而后进者也。然而惠然见临，若有所责⑧，得非⑨ 急于谋道，不择其人而问焉者欤？

夫学者未始⑩ 不为道，而至者鲜焉⑪。非道之于人远也，学者有所溺⑫ 焉尔。盖文之为言，难工而可喜⑬，易悦而自足。世之学者，往往溺之。一有工焉，则曰：吾学足矣。甚者至弃百事不关于心，曰：吾文士也，职于文而已。此其所以至之鲜也。

昔孔子老而归鲁，六经之作，数年之顷⑭ 尔。然读《易》者如无《春秋》⑮，读《书》者如无《诗》。何其用功少而至于至也！圣人之文，虽不可及，然大抵道胜者文不难而自至也。故孟子皇皇⑯ 不暇著书，荀卿盖亦晚而有作⑰。若子云、仲淹⑱，方勉焉以模言语，此道未足而强⑲ 言者也。

后之惑者，徒见前世之文传，以为学者文而已，故愈力愈勤而愈不至。此足下所谓终日不出于轩序⑳，不能纵横高下皆如意者，道未足也。若道之充焉，虽行乎天地，入于渊泉，无不之㉑ 也。

先辈之文，浩乎霈然㉒，可谓善矣，而又志㉓ 于为道，犹自以为未广。若不止焉，孟、荀可至而不难也。修，学道而不至者，然幸不甘于所悦而溺于所止，因吾子㉔ 之能不自止，又以励修之少进焉㉕，幸甚幸甚。修白。

【注释】

①吴充：字冲卿，浦城（今属福建）人。本文是欧阳修写给吴充的一封谈文学理论的回信。欧阳修是宋代散文大家，“为文天才自然，丰约中度”。当时，欧阳修声名甚盛，“天下翕然师尊之”。吴充未满二十就中“进士”，熙宁末，王安石罢相，他“遂代为同中书门下平章事”（宰相），时人认为他是“心正而力不足”。他推崇欧阳修为人忠直，因此向欧阳修请教文与道的关系。欧阳修在本文中指出“文”必以“道”为内容，不要只做“职于文”的“文士”。欧阳修所说的“道”，虽只限于儒家之“道”，但他提出的不要为文而文的主张，却是很可取的。

②先辈：这里是对一般举子的尊称。当时欧阳修三十四岁，吴充二十岁，欧阳修用“先辈”称

吴，是尊重对方，指对方的学业比自己深，含有“老师”之意。

③少：稍。

④霈然：同“沛然”，盛大的样子。

⑤患：忧虑。伥伥：无所适从的样子。开之使前：开导他，使他前进。

⑥气力：指势力。

⑦假誉：借着别人的称赞以提高自己的名声。誉，这里指称赞。

⑧责：求。指想得到欧阳修的指导。

⑨得非：岂不是。

⑩未始：未尝。

⑪至：达到。鲜：少。

⑫溺：嗜好至极。

⑬工：精到。可喜：可使自己欣喜。

⑭顷：顷刻，指短时间内。此句指孔子晚年修订六经，只用了短短几年的时间。

⑮然读《易》者如无《春秋》：指此二书不类同，各有自己完整独立的体系。

⑯皇皇：同“遑遑”，忙乱、紧迫的样子。

⑰荀卿盖亦晚而有作：《史记·孟子荀卿列传》：“春申君死而荀卿废，因家兰陵。……于是推儒墨道德之行事兴坏，序列著数万言而卒。”此句言荀卿也是晚年才有所著述。

⑱子云：西汉扬雄，字子云。仲淹：隋末王通，字仲淹。扬雄《太玄经》模仿《易》，《法言》模仿《论语》；王通《元经》（已佚）模仿《春秋》，《中说》模仿《论语》。

⑲强：勉强。指勉强著书。

⑳轩序：指住所。

㉑之：达到。

㉒霈然：雨盛貌。此处形容文思喷涌。

㉓志：立志。

㉔吾子：对人的爱称。

㉕励：策励。进：进益。

苏　洵

上欧阳内翰第一书①

内翰执事②，洵布衣穷居，常窃有叹，以为天下之人不能皆贤，不能皆不肖，故贤人君子之处于世，合必离，离必合。往者天子方有意于治，而范公③在相府，富公④为枢密副使，执事与余公、蔡公⑤为谏官，尹公⑥驰骋上下，用力于兵革之地。方是之时，天下之人，毛发丝粟⑦之才，纷纷然而起，合而为之。而洵也自度其愚鲁无用之身，不足以自奋于其间，退而养其心，幸其道之将成，而可以复见于当世之贤人君子。不幸道未成，而范公西，富公北，执事与余公、蔡公分散四出，而尹公亦失势，奔走于小官。洵时在京师，亲见其事，忽忽⑧仰天叹息，以为斯人之去，而道虽成，不复足以为荣也。既复自思念，往者众君子之进于朝，其始也必有善人焉推之，今也亦必有小人焉间之。今之世无复有善人焉推之，今也亦必有小人焉间之。今之世无复有善人也则已矣，如其不然也，吾何忧焉？姑养其心，使其道大有成而待之，何伤！退而处十年，虽未敢自谓其道有成矣，然浩浩乎其胸中，若与曩⑨者异。而余公适亦有成功于南方，执事与蔡公复相继登于朝，富公复自外入为宰相，其势将复合为一，喜且自贺，以为道既已粗成，而果将有以发之也。

既又反而思其向之所慕望爱悦之而不得见之者，盖有六人，今将往见之矣，而六人者，已有范公、尹公二人亡焉，则又为之潸然⑩出涕以悲。呜呼！二人者不可复见矣，而所恃以慰此心者，犹有四人也，则又以自解。思其止于四人也，则又汲汲⑪欲一识其面，以发其心之所欲言。而富公又为天子之宰相，远方寒士，未可遽以言通于其前，余公、蔡公，远者又在万里外，独执事在朝廷间，而其位差⑫不甚贵，可以叫呼扳援⑬而闻之以言，而饥寒衰老之病，又痼⑭而留之，使不克自至于执事之庭。夫以慕望爱悦其人之心，十年而不得见，而其人已死，如范公、尹公二人者，则四人者之中，非其势不可遽以言通者，何可以不能自往而遽已也！

执事之文章，天下之人莫不知之，然窃自以为洵之知之特深，逾于天下之人。何者？孟子之文，语约⑮而意尽，不为巉刻⑯斩绝之言，而其锋不可犯。韩子⑰之文，如长江大河，浑浩流转，鱼鼋蛟龙，万怪惶惑，而抑遏蔽掩，不使自露，而人望见其渊然之光，苍然之色，亦自畏避，不敢迫视。执事之文，纡余委备⑱，往复百折，而条达疏畅，无所间断，气尽语极，急言竭论，而容与闲易⑲，无艰难劳苦之态。此三者皆断然自为一家之文也。惟李翱⑳之文，其味黯然而长，其光油然而幽，俯仰揖让，有执事之态；陆贽㉑之文，遣言措意，切近的当㉒，有执事之实；而执事之才，又自有过人者，盖执事之文，非孟子、韩子之文，而欧阳子之文也。

夫乐道人之善，而不为谄者，以其人诚足以当之也。彼不知者，则以为誉人以求其悦己也。夫誉人以求其悦己，洵亦不为也。而其所以道执事光明盛大之德，而不自知止者，亦欲执事之知其知我也。虽然，执事之名，满于天下，虽不见其文，而固已知有欧阳子矣。而洵也不幸，堕在草野泥涂㉓之中，而其知道之心，又近而粗成，而欲徒手奉咫尺之书，自托于执事，将使执事何从而知之，何从而信之哉？洵少年不学，生二十五岁，始知读书，从士君子游。年既已晚，而又不遂刻意厉行，以古人自期，而视与己同列者，皆不胜己，则遂以为可矣。其后困益甚，然后取古人之文而读之，始觉其出言用意，与己大异。时复内顾，自思其才，则又似夫不遂止于是而已者。由是尽烧曩时所为文数百篇，取《论语》、《孟子》、《韩子》及其他圣人、贤人之文，而兀然㉔端坐，终日以读之者，七八年矣。方其始也，入其中而惶然，博观于其外而骇然以惊；及其久也，读之益精，而其胸中豁然以明，若人之言固当然者。然犹未敢自出其言也。时既久，胸中之言日益多，不能自制，试出而书之；已而再三读之，浑浑㉕乎觉其来之易矣。然犹未敢以为是也。近所为《洪范论》、《史论》凡七篇，执事观其如何？嘻㉖！区区㉗而自言，不知者又将以为自誉，以求人之知己也。惟执事思其十年之心㉘如是之不偶然也而察之。

【注释】

①苏洵：字明允，眉山（今属四川）人。北宋散文家。欧阳内翰：指欧阳修，当时任翰林学士（又称内翰）。这是苏洵向欧阳修自荐的一封信。

②执事：侍从左右供使唤的人。旧时书信中为尊重对方起见，不直称对方名姓，而称呼对方左右管事的人，以表示恭敬。

③范公：指范仲淹，曾任枢密副使、参知政事。

④富公：指富弼，曾任枢密副使。

⑤余公：指余靖，曾在谏院任职。蔡公：指蔡襄，曾知谏院。

⑥尹公：指尹洙，当时知泾州、渭州，正对西夏用兵。

⑦毛发丝粟：毛、发、丝、粟，都比喻微小。

⑧忽忽：失意的样子。

⑨曩（nǎng）：以往，从前。

⑩潸（shān）然：泪流的样子。

⑪汲汲：心情急切。

⑫差：比较，较为。

⑬扳援：援引。

⑭痼（gù）：久病。

⑮约：简括。

⑯巉（chán）刻：险峻，这里借指文章峭厉。

⑰韩子：韩愈。

⑱纡余委备：纡徐有余而委曲详备。

⑲容与闲易：舒徐不迫而安闲平易。

⑳李翱：唐代著名文士，文章平正严谨。

㉑陆贽：唐代人，曾任翰林学士。

㉒的当：准确。

㉓草野泥涂：此处比喻卑下的地位。

㉔兀然：发呆的样子。

㉕浑浑：水流盛大的样子。

㉖嘻：叹息之声。

㉗区区：微小，此处系作者自指。

㉘十年之心：指作者对欧阳修等明臣贤士的思慕向往之心。

曾巩

寄欧阳舍人书①

去秋人还，蒙赐书，及所撰先大父墓碑铭②，反复观诵，感与惭并。夫铭志之著于世，义近于史，而亦有与史异者。盖史之于善恶无所不书，而铭者，盖古之人有功德、材行、志义之美者，惧后世之不知，则必于铭见之。或纳于庙，或存于墓，一也。苟其人之恶，则于铭乎何有③？此其所以与史异也。其辞之作，所以使死者无有所憾，生者得以致其严④。而善人喜于见传⑤，则勇于自立；恶人无有所记，则以愧而惧。至于通材达识⑥、义烈节士、嘉言善状，皆见于篇，则足为后法。警劝之道，非近乎史，其将安近？

及世之衰，人之子孙者，一欲褒扬其亲，而不本乎理。故虽恶人，皆务勒铭以夸后世⑦。立言者既莫之拒而不为，又以其子孙之请⑧也，书其恶焉，则人情之所不得⑨，于是乎铭始不实。后之作铭者，当观其人，苟托之非人，则书之非公与是⑩，则不足以行世而传后。故千百年来，公卿大夫，至于里巷之士，莫不有铭，而传者盖少。其故非他，托之非人，书之非公与是故也。

然则孰为其人而能尽公与是欤？非畜道德⑪而能文章者，无以为也。盖有道德者之于恶人，则不受而铭之，于众人，则能辨焉。而人之行，有情善而迹非⑫，有意奸而外淑⑬，有善恶相悬而不可以实指⑭，有实大于名，有名侈于实。犹之用人，非畜道德者，恶⑮能辨之不惑，议之不徇⑯？不惑不徇，则公且是矣。而其辞之不工，则世犹不传，于是又在其文章兼胜焉。故曰：非畜道德而能文章者，无以为也。岂非然哉？

然畜道德而能文章者，虽或并世而有，亦或数十年或一二百年而有之，其传之难如此，其遇之难又如此。若先生之道德文章，固所谓数百年而有者也。先祖之言行卓卓⑰，幸遇而得铭其公与是，其传世行后无疑也。而世之学者每观传记所书古人之事，至于所可感，则往往衋然⑱不知涕之流落也，况其子孙也哉？况巩也哉？其追睎祖德⑲，而思所以传之之由，则知先生推一赐于巩，而及其三世⑳。其感与报，宜若何而图之？

抑又思若巩之浅薄滞拙㉑，而先生进之，先祖之屯蹶否塞以死㉒，而先生显之。则世之魁闳豪杰不世出之士，其谁不愿进于门？潜遁幽抑之士，其谁不有望于世？善谁不为？而恶谁不愧以惧？为人之父祖者，孰不欲教其子孙？为人之子孙者，孰不欲宠荣其父祖？此数美者，一归于先生。既拜赐之辱，且敢进其所以然。所论世族之次㉓，敢不承教而加详焉。愧甚，不宣。

【注释】

①曾巩：字子固，宋建昌南丰（今江西南丰）人。官至中书舍人。欧阳舍人：即欧阳修。此信论述了铭文的特点及教化作用。

②大父：祖父，此指曾巩祖父曾致尧。墓碑铭：即欧阳修为曾致尧撰写的《曾公神道碑铭》。

③“苟其”二句：如果其人有恶行，则何必写到铭文中呢？

④致其严：表达其恭敬之意。

⑤见传：被称赞传扬。

⑥通材达识：富有才力和学识通达之士。

⑦勒：镌刻。铭：铭文。

⑧请：请托。

⑨“书其”二句：谓如果叙写其恶行，则于人情上说不过去。

⑩“苟托”二句：谓如果托付作铭的人不是品行端正的人，则所写铭文就会不公正不正确。

⑪畜道德：注意道德修养。

⑫情善而迹非：内心是善良的，而表现却有不善之处。

⑬淑：美好。

⑭悬：悬殊。实指：写出实际情状。

⑮恶（wū）：何，怎么。

⑯徇：徇私情。

⑰卓卓：显著。

⑱衋然：伤痛貌。

⑲追晞：缅怀想象。

⑳“则知”二句：谓体会到先生为我一人赐作铭文，恩惠及于祖孙三代。

㉑滞拙：迟钝笨拙。

㉒屯蹶否塞：艰难而不顺利。“屯”、“否”皆《周易》卦名，屯有艰难之义，否有闭塞不通之义。

㉓世族：家族。次：辈次。

司马光

给子康书①

吾本寒家，世以清白相承。吾性不喜华靡[2]，自为乳儿，长者如以金银华美之服，辄羞赧弃去之[3]。二十忝科名[4]，闻喜宴独不戴花。同年[5]曰："君赐不可违也。"乃簪[6]一花。平生衣取蔽寒，食取充腹，亦不敢服垢敝以矫俗干名[7]，但顺吾性而已。众人皆以奢靡为荣，吾心独以俭素为美，人皆嗤吾固陋[8]，吾不以为病[9]，应[10]之曰：孔子称"与其不逊也，宁固[11]。"又曰："以约失之者鲜矣[12]。"又曰："士志于道而耻恶衣恶食者，未足与议也[13]。"古人以俭为美德，今人乃以俭相诟病。嘻！异哉！

近岁风俗尤为侈靡，走卒类士服[14]，农夫蹑[15]丝履。吾记天圣[16]中先公为郡牧判官，客至，未尝不置酒，或三行、五行，多不过七行。酒沽于市，果止于梨、枣、栗、柿之类，肴止于脯、醢、菜羹[17]，器用瓷漆。当时士大夫家皆然，人不相非[18]也。会数[19]而礼勤，物薄而情厚。近日士大夫家，酒非内法[20]，果肴非远方珍异，食非多品，器皿非满案，不敢会宾友。常数日营聚[21]，然后敢发书。苟或不然[22]，人争非之，以为鄙吝，故不随俗靡者盖鲜矣！嗟呼！风俗颓敝如是[23]，居位者[24]虽不能禁，忍助之乎？

又闻昔李文靖公为相[25]，治居第[26]于封邱门内，厅事前仅容旋马[27]，或言其大隘[28]。公笑曰："居第当传子孙，此为宰相厅事诚隘，为太祝奉礼厅事已宽矣[29]。"参政鲁公为谏官[30]，真宗遣使急召之，得于酒家。既入，问其所来，以实对。上曰："卿为清望[31]官，奈何饮于酒肆？"对曰："臣家贫，客至无器皿、肴果，故就酒家觞之[32]。"上以其无隐，益重之。张文节[33]为相，自奉养如为河阳掌书记时[34]，所亲或规之曰[35]："公今受俸不少，而自奉若此，公虽自信清约[36]，外人颇有公孙布被之讥[37]，公宜少[38]从众。"公叹曰："吾今日之俸，虽举家锦衣玉食[39]，何患不能？然人之常情，由俭入奢易，由奢入俭难。吾今日之俸，岂能常有？身岂能常存？一旦异于今日，家人习奢已久，不能顿[40]俭，必致失所[41]。岂若吾居位、去位，身在、身亡，常如一日乎？"呜呼！大贤之深谋远虑，岂庸人所及哉！

御孙[42]曰："俭，德之共也；侈，恶之大也。"共，同也，言有德者皆由俭来也。夫俭则寡欲。君子寡欲，则不役于物[43]，可以直道而行；小人寡欲，则能谨身[44]、节用，远罪丰家。故曰："俭，德之共也。"侈则多欲。君子多欲，则贪慕富贵，枉道[45]速祸；

小人多欲，则多求忘用，丧身败家。是以居官必贿，居乡必盗。故曰：侈，恶之大也。“昔正考父饘粥以糊口㊻，孟僖子知其后必有达人㊼。季文子㊽相三君，妾不衣帛，马不食粟，君子以为忠。管仲镂簋朱纮㊾，山节藻棁㊿，孔子鄙其小器[51]。公叔文子享卫灵公[52]，史鳍[53]知其及祸。及戍[54]，果以富得罪出亡。何曾日食万钱[55]，至孙以骄溢倾家[56]。石崇[57]以奢靡夸人，卒以此死东市[58]。近世寇莱公[59]豪侈冠一时，然以功业大，人莫之非，子孙习其家风，今多穷困。其余以俭立名，以侈自败者多矣，不可偏数[60]，聊举数人以训汝。汝非徒身当服行[61]，当以训汝子孙，使知前辈之风俗[62]云。

【注释】

①司马光：字君实，夏县（今属山西）人，宋代史学家。神宗死后，司马光主持国政，任尚书左仆射兼门下待郎，立即下令废除王安石制定的新法，恢复了旧制。他做宰相仅几个月就病死了。他编撰的《资治通鉴》是一部十分重要的中国史籍。

②华靡：浮华，奢侈。

③辄（zhé）：总是。羞赧（nǎn）：害羞脸红。赧，脸红。

④忝（tiǎn）：指惭愧地考中，谦辞。科名：指进士。

⑤同年：同次科考中选的人。

⑥簪（zān）：插在头上。

⑦服：穿。垢敝：肮脏，破烂。矫俗：违背世俗。干名：获取名声。

⑧嗤（chī）：讥笑。固陋：鄙陋，无知。

⑨病：短处，毛病。

⑩应：回答。

⑪“与其”二句：见《论语·述而》。意谓与其因奢侈而傲慢，宁可因节俭而被看作固陋。

⑫“以约”二句：见《论语·里仁》。意指因为节俭而犯错误的很少。

⑬“士志”二句：见《论语·里仁》。意谓士人立志学习圣人之道而以劣质的衣服、食物为耻辱，他就不值得一谈了。

⑭走卒类士服：小兵的穿着类似于士大夫的衣服。

⑮蹑（niè）：踩，即穿。

⑯天圣：宋仁宗的年号（1023～1032）。

⑰脯：肉干。醢（hǎi）：肉酱。

⑱相非：相互批评、指责。

⑲会数（shuò）：相会频繁。

⑳内法：宫廷中酿酒法。

㉑营聚：操办、聚物，指准备。

㉒苟：如果。或：有人。

㉓颓敝：败坏。如是：像这样。

㉔居位者：指做大官的人。

㉕李文靖公：李沆，字太初，宋真宗时宰相，卒谥“文靖”。史载他素不注意自己的饮食及生活条件，十分俭朴。

㉖居第：住宅。

㉗厅事：厅堂。旋马：马打转。

㉘大:同“太”。隘:狭小。
㉙太祝:掌管祭祀的官。宰相因过错常被贬作太祝。奉礼:指接受皇帝要祭祀的命令。
㉚参政:参知政事。鲁公:鲁宗道,为人端正,敢于直谏。
㉛清望:清白名声。
㉜觞(shāng)之:请客饮酒。
㉝张文节:张知白,字用晦,卒谥“文节”。宋真宗时任参加政事,为官清廉,居家俭朴。
㉞奉养:供养。河阳:今河南省孟县。
㉟所亲:亲近的人。规:劝。
㊱清约:清廉节俭。
㊲公孙:公孙弘,汉武帝时宰相,有人指责他为人虚伪,薪俸很多,却用麻布做被子。
㊳少:稍稍。
㊴举:全。锦衣玉食:形容穿得好、吃得好。
㊵顿:立即。
㊶失所:失去生活的依靠。
㊷御孙:春秋时鲁国大夫,他规谏鲁庄公修缮桓公庙太奢华。
㊸役于物:被身外之物所役使。
㊹谨身:持身谨慎。
㊺枉道:不走正道。
㊻正考父:春秋时宋国的上卿,孔子的祖先。饘(zhān):稠粥。
㊼孟僖子:即仲孙貜(jué),春秋时鲁国的贵族。达人:指孔子。
㊽季文子:春秋时鲁国贵族。
㊾镂簋(guǐ):雕镂的食器。朱纮(hóng):红色的帽带。纮,古时冠冕上的纽带。
㊿山节藻棁(zhuó):画着山形、水草的屋顶木架。节,房屋斗拱。棁,屋梁上的立柱。
51小器:不成大材。
52公叔文子:春秋时卫国的贵族。享:宴请。
53史鳍(qiú):春秋时卫国的贵族。
54戌:公叔文子的儿子。公叔文子死后,卫灵公嫉妒他富有,将他驱逐出卫国。
55何曾:字颖考,陈国阳夏(今河南太康)人。曹魏时曾任司隶校尉、尚书、镇北将军、司徒,入晋为丞相、太尉、太傅。他生活奢侈,每日饮食要耗费一万钱。他的孙子沿袭了家风,奢侈傲慢,多被人仇视,其中有的被诛杀,至西晋末,整个家族已没有剩下的人。
56倾家:家族覆灭。
57石崇:字季伦,南皮(今属河北省)人,晋武帝时为大司农、大仆、卫尉、侍中,以抢劫商贾致富,财产无数,与贵戚王恺、羊琇比富,后被赵王司马伦所杀。
58东市:汉代长安处决犯人的地方,后以东市代指刑场。
59寇莱公:寇准,字平仲,华州下邽(今陕西渭南)人。为人刚直,宋太宗时任谏议大夫、枢密副使、同知院事、参知政事。宋真宗时,任集贤殿大学士、宰相。《宋史》说他少年富贵,喜豪侈,家中点灯不用油,连厨房中也用巨烛。
60偏数:完全数过来。
61非徒:不仅。服行:服从实行。
62风俗:传统习惯。

王安石

与马运判书①

运判阁下：比奉书②，即蒙宠答③，以感以怍④，且承访⑤以所闻，何阁下逮下之周也⑥！尝以谓方今之所以穷空⑦，不独费出之无节⑧，又失所以⑨生财之道故也。富其家者资⑩之国，富其国者资之天下，欲富天下则资之天地。盖为家者⑪，不为其子生财⑫；有父之严而子富焉，则何求而不得？今阖门而与其子市⑬，而门之外莫入焉，虽尽得子之财，犹不富也。盖近世之言利虽善矣，皆有国者⑭资天下之术耳，直⑮相市于门之内而已，此其所以困与？在阁下之明，宜已尽知，当患⑯不得为耳。不得为，则尚何赖于不肖者⑰之言耶？

今岁东南饥馑如此⑱，汴水又绝⑲，其经画⑳固劳心。私窃度之㉑，京师兵食宜窘㉒，薪刍百谷之价亦必踊㉓。以谓宜料畿兵之驽怯者就食诸郡㉔，可以舒漕挽之急㉕。古人论天下之兵，以为犹人之血脉，不及㉖则枯，聚则疽㉗，分使就食，亦血脉流通之势也。倘可上闻行之否。

【注释】

①王安石：字介甫，号半山，临川（今江西抚州）人。宋仁宋时任参加政事、宰相，积极推行新法，受到朝廷保守派的强烈反对，被迫辞职。马运判：马遵，字仲涂，饶州（今江西波阳）人，当时任江淮荆湖两浙制置发运判官。

②比：近来。奉书：指王安石给马遵写过一封信。

③蒙：承蒙。宠答：宠爱我写了回信。

④以感以怍（zuò）：我又感激又惭愧。以，连词，又。怍，惭愧。

⑤访：询问。

⑥逮下：对待下级。周：周到。

⑦方今：现在。穷空：穷困空乏。

⑧无节：没有节制。

⑨所以：表示方法。

⑩资：凭借，依赖。

⑪为家者：主持家庭的人。

⑫不为其子生财：不因为他儿子的钱发财，意谓不拿儿子的钱发财。为（wèi），因为。

⑬阖（hé）门：关起门。市：交易。

⑭有国者：指帝王。

⑮直:不过。

⑯患:忧虑。

⑰不肖者:指不贤明的人。

⑱"今岁"句:指宋仁宋庆历七年(1047),东南大旱。饥馑,指灾荒。

⑲汴水:发源于河南省,东入淮河。绝:干涸。

⑳经画:经营,策划。

㉑私:私下。窃:谦辞。度:估计。

㉒兵食:军粮。宜窘:大概很紧张。窘,窘迫。

㉓薪刍(chú):柴草和牲口草料。踊:上涨。

㉔料:料理,安排。畿(jī)兵:京城的军队。驽怯者:指战斗力差的人。驽,体质差。就食诸郡:到各郡去吃粮食。

㉕舒:舒缓。漕:水路运输。挽:拉车,指陆运。

㉖不及:达不到。

㉗聚:聚集,指壅塞。疽(jū):毒疮。

答司马谏议书①

某启②:昨日蒙教,窃以为与君实游处相好之日久③,而议事每不合,所操之术④多异故也。虽欲强聒⑤,终必不蒙见察⑥,故略上报,不复一一自辩。重念蒙君实视遇⑦厚,于反复不宜卤莽⑧,故今具道所以⑨,冀君实或见恕也。

盖儒者所争,尤在名实⑩。名实已明,而天下之理得矣。今君实所以见教者,以为侵官、生事、征利、拒谏⑪,以致天下怨谤也。某则以为受命于人主⑫,议法度而修之于朝廷,以授之于有司⑬,不为侵官;举先王之政,以兴利除弊,不为生事;为天下理财,不为征利;辟邪说,难壬人⑭,不为拒谏。至于怨诽之多,则固前知其如此也。人习于苟且⑮非一日,士大夫多以不恤⑯国事、同俗自媚于众为善。上乃欲变此⑰,而某不量敌之众寡,欲出力助上以抗之,则众何为而不汹汹然?盘庚⑱之迁,胥⑲怨者民也,非特朝廷士大夫而已。盘庚不为怨者故改其度⑳,度义㉑而后动,是而不见可悔故也。

如君实责我以在位久,未能助上大有为,以膏泽斯民㉒,则某知罪矣。如曰今日当一切不事事,守前所为而已,则非某之所敢知㉓。

无由㉔会晦,不任区区向往之至㉕。

【注释】

①熙宁二年(1069),在宋神宗支持下,王安石推行新政,实行变法,但却触犯了大官僚、大地

主和富商大贾的利益，遭到了与他们有密切经济联系的皇室重臣的反对，翰林学士兼右谏议大夫司马光代表官绅豪右的利益，一面上书皇帝，一面三次写信给王安石，责难新政、阻挠变法。王安石在接到其第二封信后，又愤然提笔写了这封答辩书，表白了自己改革弊政、推行新法的正确性和决心。本文是一篇颇富特色的著名的政论文。

②某：写信人的自称。启：说。

③君实：司马光的字。游处：共同游玩相处，这里指交往。

④所操之术：所持的政治主张。

⑤强聒(guō)：尽最大力量啰唆、辩解。聒，吵闹，噪乱。

⑥见察：见谅。

⑦视遇：看待。

⑧反复：指书信来往。卤：同“鲁”。

⑨具道所以：详细说明其中缘由。

⑩名实：指名义上和实际上是否相符。

⑪侵官：侵犯原来官吏的职权。王安石变法，添设新官，司马光说是“侵官乱政”。生事：惹是生非。司马光认为王安石派人到各地去推行新法，是生事扰民。征利：与民争利。王安石推行青苗法、均输法，司马光认为是“欲尽夺商贾之利”，是与民争利。拒谏：拒不接受规劝。朝中有反对的意见，王安石拒不接受，司马光说其拒谏，不足于恕。

⑫人主：君主。

⑬有司：各部门负有专责的官。

⑭壬人：惯于用花言巧语谄媚之人。

⑮苟且：得过且过，苟且偷生。

⑯恤：关心，顾虑。

⑰上：皇上，指宋神宗。变此：改变这种风气。

⑱盘庚：商代的国君。他曾把国都迁至亳京(今河南偃师)，臣民都表示不满。《尚书·盘庚》序：“盘庚五迁，将治亳殷，民咨胥怨，作《盘庚》三篇。”

⑲胥：都。

⑳度：法度。

㉑度(duó)义：考虑到符合情理。

㉒膏泽斯民：降恩泽给老百姓。膏，油。泽，雨露。

㉓知：领教之意。

㉔无由：无从。

㉕不任：不胜。区区：自称的谦辞。向往之至：仰慕到了极点。

答曾子固书①

某启：久以疾病不为问，岂胜乡往！前书疑子固于读经有所不暇，故语及之。

连得书，疑某所谓经者佛经也，而教之以佛经之乱俗。某但言读经，则何以别于中国圣人之经？子固读吾书每如此，亦某所以疑子固于读经有所不暇也。

然世之不见全经②久矣。读经而已，则不足以知经，故某自百家诸子之书，至于《难经》、《素问》、《本草》、诸小说无所不读③，农夫女工，无所不问，然后于经为能知其大体而无疑。盖后世学者与先王之时异矣，不如是不足以尽圣人故也。扬雄④虽为不好非圣人之书，然于《墨》、《晏》、《邹》、《庄》、《申》、《韩》⑤，亦何所不读？彼致⑥其知而后读，以有所去取⑦，故异学不能乱也。惟其不能乱，故能有所去取者，所以明吾道而已。子固视吾所知，为尚可以异学⑧乱之者乎？非知我也。

方今乱俗不在于佛，乃在于学士大夫沉没利欲，以言相尚，不知自治⑨而已。子固以为如何？

苦寒，比日⑩侍奉万福，自爱。

【注释】

①曾子固：曾巩，字子固，南丰（今属江西）人。北宋著名散文家。与王安石关系极为亲密。王安石在给曾巩的这封信中提出了广泛阅读诸子百家经典和各种杂著小说并在实践中验证知识的观点。

②全经：指全部的经籍。

③《难经》：相传为战国时秦越人所写的医书。《素问》：秦汉时医人写的中医理论著作。《本草》：古代的医书，可能成于汉代。小说：古时指各种丛杂著作，一般记载神话传说、怪异故事、街谈巷语或事物考证等方面的内容。

④扬雄：西汉著名文学家，辞赋作品极为著名。他在《自序传》中曾说过"非圣哲之书不好也"的话。

⑤《墨》：即《墨子》，战国时鲁人墨翟所著。《晏》：即《晏子春秋》，记载春秋时齐大夫晏婴言行的著作。《邹》：即《邹子》、《邹子终始》，战国时齐人邹衍所著。《庄》：即《庄子》，战国时宋人庄周所著。《申》：即《申子》，战国时韩人申不害所著。《韩》：即《韩非子》，战国时韩人韩非所著。

⑥致：求得。

⑦去取：舍取。

⑧异学：指与儒家不同的各家学派的学说。

⑨自治：自己约束自己。

⑩比日：近日。

答吕吉甫书①

某启：与公同心，以至异意，皆缘国事，岂有它哉？同朝纷纷，公独助我，则我何憾[2]于公？人或言公，吾无与焉，则公何尤[3]于我？趣时便事[4]，吾不知其说焉；考实论情，公宜昭其如此。开喻重悉[5]，览之怅然。昔之在我者，诚无细故[6]之可疑；则今之在公者，尚何旧恶之足念？然公以壮烈[7]，方进为[8]于圣世，而某苶然衰疢[9]，特待尽于山林。趣舍异路[10]，则相呴以湿，不如相忘之愈也[11]。想趣召[12]在朝夕，惟良食[13]，为时自爱。

【注释】

①吕吉甫：即吕惠卿，字吉甫，泉州晋江（今属福建晋江）人。当初吕惠卿曾协助王安石大力推行变法，王安石罢相时曾举荐他为参知政事。王安石复相后，二人由于政见不合，矛盾日益加重，直至分裂。后来，吕惠卿写信讲和，王安石就写了这封回信阐明自己对二人合作与分裂的根本原因的看法，劝导人生世上应积极进取。

②何憾：有何不满意。

③何尤：为何怨恨。

④趣时便事：为了办事方便而趋附世态、投机取巧。趣，同"趋"。

⑤开喻重悉：开导晓喻十分明白。

⑥细故：无关紧要的小事情。

⑦壮烈：壮年。

⑧进为：积极进取，有所作为。

⑨苶(nié)然：迟钝虚弱的样子。疢(chèn)：疾病。

⑩趣舍异路：彼此进退的道路不同。

⑪"则相呴(xū)"二句：《庄子·天运》载："泉涸，鱼相与处于陆，相呴以湿，相濡以沫，不若相忘于江湖。"意思是说泉水干涸，鱼在陆地上相互吐沫沾湿相济，不如在浩浩荡荡的江湖中各自尽意游乐而相忘。

⑫趣召：应召赴任。

⑬良食：努力加餐饭。

与孙莘老书[1]

某昨日相见，殊匆匆。所示及讯狱事[2]，深思如此难处，足下[3]试思其方，因书示及。今世人相识，未见有切磋琢磨[4]如古之朋友者。盖能受善言者少，幸而其人有善人[5]之意，而与游者犹以为阳[6]不信也。此风甚可患。如某之不肖，虽不为有道，计足下犹当以善言处我，而未尝有善言见赐，岂以为不足语乎？足下尚如此，复何望于今世人也！是[7]为事，某亦虽多复辩论，非敢自强蔽以所识[8]，直以为不如是，则亦有所未悟，彼此之理，不尽在他人，恐以不能敬受其说，而欲是者因而已。

在足下聪明，想宜知鄙心，要当往复穷究道理耳。

古之人，未有不须友以成者。盖无朋友，则不闻其过，最患之大者。况某之不肖，所学者非世之所可用，而所任者非身之所能为，忍心拂性，苟取衣食，而冒人之寄属⑨。其大过宜日日有，方理稽求⑩可以自脱，冀足下时见谕也⑪。

盐秤子搔扰事⑫，幸疏示其详⑬，不敢作足下文字施行，要约束今后耳。足下既受人民社稷于上官⑭，势亦不得有所避，避太过，则其事将不直，而职事亦何由理⑮也。如盐秤子事，悉望疏示，自足下职事，然某不敢漏露也。至麾岭乡诗⑯，奉寄一览也。秋冷，自爱。

【注释】

①孙莘老：王安石的好友。王安石在这封信中一再强调，朋友之间应该互相信赖，不断切磋，反复论辩，以探明事理，增加情谊。

②讯狱：断案。

③足下：敬辞，称对方。古代下称上或同辈间相称都用“足下”。

④切磋琢磨：指古代镌刻磨制骨、石、象牙、玉等常用的四种工艺。后来用以比喻朋友之间相互商讨研究。

⑤善人：助人为善。

⑥阳：表面上。

⑦是：凡。

⑧蔽以所识：为个人的见识所蒙蔽。

⑨冒人之寄属：充任别人的属员。

⑩方理稽求：考察、探求方法和道理。

⑪冀：希望。见谕：给予开导。

⑫盐秤子：盐贩子。搔扰：搔乱生事。

⑬幸：希望。疏示：来书告知。

⑭上官：上级部门。

⑮理：处理。

⑯麾岭乡诗：指作者寄赠孙莘老的《度麾岭寄莘老》诗。

苏 轼

上梅直讲书①

某官执事：轼每读《诗》至《鸱鸮》②，读《书》至《君奭》③，常窃悲周公之不遇。及观《史》④，见孔子厄于陈、蔡之间⑤，而弦歌之声不绝。颜渊、仲由之徒，相与问答。夫子曰："'匪兕匪虎，率彼旷野'⑥，吾道非耶？吾何为于此？"颜渊曰："夫子之道至大，故天下莫能容。虽然，不容何病，不容然后见君子。"夫子油然而笑曰："回！使尔多财，吾为尔宰。"夫天下虽不能容，而其徒自足以自乐如此。乃今知周公之富贵，有不如夫子之贫贱。夫以召公之贤，以管、蔡之亲，而不知其心，则周公谁与乐其富贵？而夫子之所与共贫贱者，皆天下之贤才，则亦足与乐乎此矣！

轼七八岁时，始知读书。闻今天下有欧阳公者，其为人如古孟轲、韩愈之徒；而又有梅公者从之游，而与之上下其议论。其后益壮，始能读其文词，想见其为人，意其飘然脱去世俗之乐而自乐其乐也。方学为对偶声律之文，求升斗之禄，自度无以进见于诸公之间。来京师逾年，未尝窥其门。今年春，天下之士，群至于礼部，执事与欧阳公实亲试之，诚不自意⑦，获在第二。既而闻之人，执事爱其文，以为有孟轲之风，而欧阳公亦以其能不为世俗之文也而取焉。是以在此，非左右为之先容⑧，非亲旧为之请属，而向之十余年间闻其名而不得见者，一朝为知己。退而思之，人不可以苟富贵，亦不可以徒贫贱，有大贤焉而为其徒，则亦足恃⑨矣！苟其侥一时之幸，从车骑数十人，使闾巷⑩小民聚观而赞叹之，亦何以易此乐也！《传》⑪曰："不怨天，不尤人⑫。"盖"优哉游哉，可以卒岁"⑬。执事名满天下，而位不过五品，其容色温然而不怒，其文章宽厚敦朴而无怨言，此必有所乐乎斯道也。轼愿与闻焉！

【注释】

①苏轼：字子瞻，号东坡居士，眉山（今属四川）人。苏洵子。北宋大文学家、书画家。梅尧臣：字圣俞，宣城（今属安徽）人。北宋诗人。本文是苏轼在嘉祐二年（1057）考中进士后写给梅尧臣的一封信。梅尧臣是时任国子监直讲。嘉祐二年礼部试进士，梅尧臣作为参详官，助理阅卷，当读到苏轼的试卷时，大加赞赏，认为有孟轲之风，连忙转呈给主考官欧阳修。欧阳修看后大喜，认为不同凡响，欲定为第一名，但又恐是自家门人曾巩所作，只好取在第二，等撕开姓名的密封，才知道是苏轼所作。本文表达了作者对欧梅前辈识拔、赞许自己的感激之情，及自己中第后的由衷喜悦。

②《鸱鸮》：《诗经·豳风》篇名。周武王死后，周成王继位，周公辅佐成王，由于管叔、蔡叔散

布流言，说周公有篡位之嫌，故周公东征二年，而成王犹未知周公之意。周公乃作《鸱鸮》之诗以遗王，托鸟言志，表明心迹。

③《君奭》：《尚书》篇名。周公与召公共同辅佐成王，召公听信流言，亦疑周公，于是周公乃作《君奭》以自辩，并与召公互勉。奭，召公名，周公之弟。见《尚书·君奭》序。

④《史》：即《史记》。

⑤孔子厄于陈、蔡之间：鲁哀公六年（前489），孔子师徒在周游列国时，被陈、蔡两国大夫围困于郊野，在粮食断绝、有人生病的情况下，孔子仍弹琴诵诗，坚持讲学。厄，困厄。

⑥匪兕（sì）匪虎，率彼旷野：不是兕（犀牛一类的动物）不是虎，却不停地奔跑在旷野上。语出《诗经·小雅·何草不黄》。这里孔子用以自比。匪，通"非"。率，随，循。

⑦诚：实在。不自意：意想不到。

⑧先容：事先经人介绍推荐。

⑨恃：依赖。

⑩闾（lǘ）巷：乡间小道。

⑪《传》：指《论语》。

⑫不怨天，不尤人：为《论语·宪问》中的话。

⑬优哉游哉，可以卒岁：《左传·襄公二十一年》引《诗》曰："优哉游哉，聊以卒岁。"今《诗经·小雅·采菽》仅存"优哉游哉"一句。

与米元章书①

岭海八年②，亲友旷绝③，亦未尝关念④。独念吾元章迈往凌云之气、清雄绝世之文、超妙入神之字⑤，何时见之，以洗我积岁瘴毒⑥耶？今真见之矣，余无足云者⑦。

【注释】

①米元章：米芾，字元章，号鹿门居士，太原（今属山西）人，宋代杰出书画家。官至礼部员外郎、知淮阳军。

②岭海八年：指苏轼自宋神宗熙宁四年（1071）被贬出朝廷，历经八年。

③旷绝：疏远，断绝。

④关念：想念。

⑤迈往：一往无前。凌云：志气高超。清雄：清新杰出。超妙入神：高超绝妙。

⑥瘴毒：原指南方山区中能致人疾病的恶气，这里喻指世上俗气。

⑦余无足云者：其余就没有值得一提的了。

答谢民师书①

近奉违②，亟辱问讯③，具审④起居佳胜，感慰深矣。某受性刚简⑤，学迂材下，坐废累年⑥，不敢复齿缙绅⑦。自还海北⑧，见平生亲旧，惘然⑨如隔世人，况与左右无一日之雅⑩，而敢求交乎？数赐见临，倾盖如故⑪，幸甚过望，不可言也。

所示书教及诗赋杂文，观之熟矣。大略如行云流水，初无定质，但常行于所当行，常止于所不可不止，文理⑫自然，姿态横生。孔子曰："言之不文，行而不远⑬。"又曰："辞达而已矣⑭。"夫言止于达意，即疑若不文，是大不然。求物之妙⑮，如系风捕景⑯，能使是物⑰了然于心者，盖千万人而不一遇也。而况能使了然于口与手者乎？是之谓辞达。辞至于能达，则文不可胜用⑱矣。扬雄好为艰深之辞，以文⑲浅易之说，若正言⑳之，则人人知之矣。此正所谓雕虫篆刻㉑者。其《太玄》、《法言》，皆是类也。而独悔于赋，何哉？终身雕篆，而独变其音节㉒，便谓之经，可乎？屈原作《离骚经》㉓，盖风雅之再变者㉔，虽与日月争光可也。可以其似赋而谓之雕虫乎？使贾谊㉕见孔子，升堂有余㉖矣，而乃以赋鄙之㉗，至与司马相如同科㉘，雄之陋如此比者甚众㉙，可与知者道，难与俗人言也，因论文偶及之耳。欧阳文忠公㉚言文章如精金美玉，市有定价，非人所能以口舌定贵贱也。纷纷多言，岂能有益于左右，愧悚㉛不已！

所须惠力法雨堂两字㉜，轼本不善作大字，强作终不佳；又舟中局迫难写，未能如教。然轼方过临江㉝，当往游焉。或僧有所欲记录，当为作数句留院中，慰左右念亲之意。今日至峡山寺㉞，少留即去。愈远㉟，惟万万以时自爱㊱。

【注释】

①谢民师：谢举廉，字民师，新淦（今江西新干）人。宋哲宗元符三年（1100），苏轼自海南岛遇赦北归时，在广东做幕僚的谢民师曾带着自己的著作拜见过他，本文即是苏轼在广东省清远县舟行途中所作。文章内容主要是探讨写作方面的问题，倡导文理自然，要求深切体物，排斥内容浅易而貌为艰深之文，对后代散文的发展具有重要影响。

②奉违：指与对方告别。奉，敬辞。违，违离，别离。

③亟（qì）：屡次。辱：委曲，谦辞。

④具审：完全了解。审，了解，明白。

⑤刚简：秉性刚强，待人简慢。

⑥坐废累年：因事贬职多年。绍圣元年（1094），苏轼因为文讥斥先朝而远谪惠州（今广东惠阳），后又贬至琼州（今属海南省）做别驾，宋徽宗即位（1100），赦还。

⑦不敢复齿缙绅:不敢再和达官贵人交往。齿,居于同列。缙绅,即搢绅,士大夫。

⑧海北:即南海之北,指内地。海,南海。

⑨惘(wǎng)然:失意的样子。

⑩左右:对人的尊称,表示不敢直呼其名。无一日之雅:即以前没有一天的交往。雅,素常,指旧交情。

⑪倾盖如故:一见如故之意。倾盖,指停车交谈。盖,车盖,伞形。

⑫文理:文章的思路。

⑬"言之不文"二句:言辞缺乏文采,便不能传布得很远。语出《左传·襄公二十五年》。

⑭辞达而已矣:言辞能把意思表达清楚就够了。语出《论语·卫灵公》。辞,指言语。

⑮求物之妙:探求事物之奥妙。

⑯系风捕景:比喻事物难为,不可捕捉。景,同"影"。

⑰是物:此物,指所求得事物的奥妙。

⑱不可胜用:用不完。

⑲文:文饰。

⑳正言:直言不讳地说。

㉑雕虫篆刻:谓只注意雕琢字句。比喻小技。

㉒变其音节:赋体是有一定音调节奏的,这里是说不用赋的格律形式,改写散文。

㉓《离骚经》:即《离骚》,《楚辞》篇名。汉代王逸注《楚辞》时,把《离骚》尊为经,把《九章》、《九歌》等称为传。

㉔盖:大概是。再变:《诗经》里有"变风"、"变雅",苏轼以《离骚》比附风雅,故云再变。《史记·屈原贾生列传》:"《国风》好色而不淫,《小雅》怨诽而不乱,若《离骚》者,可谓兼之矣。……推此志也,虽与日月争光可也。"

㉕贾谊:西汉著名的辞赋家、政论家。

㉖升堂有余:先入门,次升堂,最后入室,古人用来比喻学问及道德修养程度的逐步提高。苏轼在这里以"升堂有余"比喻贾谊的学问及道德修养已达到"入室"的地步。语出《论语·先进》:"子曰:由也,升堂矣!未入于室也。"

㉗以赋鄙之:扬雄认为贾谊只能作赋,因而轻视他。

㉘司马相如:西汉著名的辞赋家。同科:同等,同列。

㉙陋:鄙陋,这里指见识低下。比:类。

㉚欧阳文忠公:即欧阳修,文忠是他的谥号。

㉛愧悚:惭愧和恐惧。

㉜须:需要。惠力:佛寺名,疑即慧力寺。《清一统志·临江府》:"慧力寺在清江县南二里,濒江。"法雨堂:当为寺中堂名。谢民师曾求苏轼给惠力寺题写"法雨堂"的匾额。

㉝临江:宋置军名,治所在今江西省清江县。

㉞峡山寺:即广庆寺,一名飞来寺,在广东省清远县东峡山上,为古代名刹之一。

㉟愈远:(离您)愈来愈远了。

㊱以时:因时,即随时节变化。自爱:保重身体。

答秦太虚书①

所居对岸武昌，山水绝佳。有蜀人王生在邑中②，往往为风涛所隔，不能即归，则王生能为杀鸡炊黍③，至数日不厌。又有潘生④者，作酒店樊口⑤，棹小舟径至店下⑥。村酒亦自醇酽⑦，柑桔椑⑧柿极多，大芋长尺余，不减⑨蜀中。外县米斗二十⑩，有水路可致。羊肉如北方，猪牛獐鹿如土，鱼蟹不论钱。岐亭监酒胡定之⑪，载书万卷随行，喜借人看。黄州曹官数人⑫，皆家善庖馔，喜作会⑬。太虚视此数事，吾事岂不既济⑭矣乎？欲与太虚言者无穷，但纸尽耳！展读至此，想当掀髯一笑也。

【注释】

①秦太虚：秦观，字少游，又字太虚，高邮（今属江苏）人，宋代著名词人。宋哲宗时为秘书省正字，兼国史院编修官，数年后被排斥，累遭贬谪至处州、郴州、雷州为地方官。后死于放还途中。

②王生：不详。邑：村落或城镇。

③杀鸡炊黍：《论语·微子》："（丈人）止子路宿，杀鸡为黍而食之，见其二子焉。"

④潘生：不详。

⑤樊口：今湖北省鄂城县西北。

⑥棹（zhào）：划船。径：直接。

⑦醇酽（chún yàn）：醇厚。

⑧椑（bēi）：柿的一种。

⑨不减：不差。

⑩米斗二十：米每斗二十钱。

⑪岐亭：地名。监酒：监督制酒的官吏。胡定之：人名，生平事迹不详。

⑫黄州：今湖北省黄冈、麻城、黄陂一带，州治所在古黄州城（今黄冈）。曹官：郡县属官。

⑬庖馔（zhuàn）：烹调。作会：聚会。

⑭既济：已经成功，指自己在逆境中就已经足够了。

与王敏仲①

某垂老投荒②，无复③生还之望，昨与长子迈诀④，已处置后事矣。今到海南，首当作棺，次便作墓。仍留手疏⑤与诸子：死即葬于海外。庶几延陵季子嬴博之义，父既可施之子，子独不可施之父乎⑥？生不挈⑦棺，死不扶柩⑧，此亦东坡之家风也。

此外，燕坐寂照⑨而已，所云途中邂逅⑩，意谓不如其已⑪。所欲言者，岂有过此者乎？故觍缕⑫此纸，以代面别。

【注释】

①王敏仲：人名，生平事迹不详。

②垂老投荒：将到老年来到荒远之地。苏轼六十二岁贬为琼州别驾，住在海南儋州。垂，将近。荒，荒远，指海南。

③无复：不再有。

④诀：诀别。

⑤手疏：手书，信。

⑥"庶几"三句：《礼记·檀弓下》："延陵季子适齐。于其返也，其长子死，葬于嬴博间。"庶几，差不多。嬴博，指葬于他乡。

⑦挈：携带。

⑧扶柩：陪送。柩，装有尸体的棺材。

⑨燕坐寂照：闲坐冷看，指孤单无聊。

⑩邂逅(xiè hòu)：偶然相遇。

⑪不如其已：不如不相见。

⑫觍(luó)缕：详尽。

与侄孙元老书

侄孙近来为学①何如？恐不免趋时②，然亦须多读书史，务令文字华实相副③，期[4]于实用乃佳。勿令得一第[5]后,所学便为弃物也。海外亦粗有书籍[6],六郎[7]亦不废学,虽不解对义[8],然作文极峻壮[9],有家法[10]。二郎、五郎见说亦长进[11],曾见他文字[12]否?侄孙宜熟前后汉史[13]及韩柳文。有便寄近文一两首来,慰海外老人[14]意也。

【注释】

①为学:做学问。

②趋时:跟随当时社会学风。

③华实:华丽的辞藻和朴质的文辞。相副:搭配恰当。

④期:要求。

⑤第:科举考试。

⑥海外:指海南。粗:略。

⑦六郎:苏轼的小儿子苏过,陪同苏轼贬到海南。

⑧对义:对策,宋朝进士考试的一项,用政事、经义等提出问题写在简策上,让考生对答。

⑨峻壮:深刻,有气势。

⑩家法:指文章华实相符。

⑪二郎:苏轼的儿子苏迈。五郎:苏轼的儿子苏迨。见说:见解,说理。

⑫文字:指文章。

⑬前后汉史:《汉书》和《后汉书》。

⑭海外老人:苏轼自谓。

苏 辙

上枢密韩太尉书①

太尉执事②：辙生好为文，思之至深。以为文者，气之所形③，然文不可以学而能④，气可以养而致⑤。孟子曰："我善养吾浩然之气⑥。"今观其文章，宽厚宏博⑦，充乎天地之间，称其气之小大⑧。太史公⑨行天下，周览四海名山大川，与燕、赵间豪俊交游，故其文疏荡⑩，颇有奇气。此二子者，岂尝执笔学为如此之文哉⑪？其气充乎其中⑫，而溢⑬乎其貌，动乎其言⑭，而见⑮乎其文，而不自知也。

辙生十有九年矣。其居家所与游者，不过其邻里乡党⑯之人，所见不过数百里之间，无高山大野，可登览以自广；百氏之书，虽无所不读，然皆古人之陈迹，不足以激发其志气。恐遂汩没⑰，故决然舍去，求天下奇闻壮观⑱，以知天地之广大。过秦、汉之故都⑲，恣观终南、嵩、华之高⑳，北顾黄河之奔流，慨然㉑想见古之豪杰。至京师㉒，仰观天子宫阙㉓之壮，与仓廪、府库、城池、苑囿之富且大也㉔，而后知天下之巨丽。见翰林欧阳公㉕，听其议论之宏辩，观其容貌之秀伟，与其门人贤士大夫㉖游，而后知天下之文章㉗聚乎此也。太尉以才略㉘冠天下，天下之所恃以无忧，四夷之所惮以不敢发㉙，入则周公、召公㉚，出则方叔、召虎㉛，而辙也未之见焉。

且夫人之学也，不志㉜其大，虽多而何为？辙之来㉝也，于山见终南、嵩、华之高，于水见黄河之大且深，于人见欧阳公，而犹以为未见太尉也，故愿得观贤人之光耀㉞，闻一言以自壮，然后可以尽天下之大观而无憾者矣。

辙年少，未能通习吏事。向之来，非有取于斗升之禄，偶然得之，非其所乐。然幸得赐归待选，使得优游数年之间，将归益治其文㉟，且学为政。太尉苟以为可教而辱教之㊱，又幸矣。

【注释】

①苏辙：字子由，号颍滨遗老，眉山（今属四川）人。苏轼之弟。北宋散文家。韩太尉：即韩琦，字稚圭，相州安阳（今属河南）人。官至枢密使、宰相。宋仁宗嘉祐二年（1057），十九岁的苏辙与兄苏轼一起考中进士，苏辙于当年便给枢密使韩琦写了这封信，以抒发对韩琦的景仰之情，并请求谒见和识拔。本文摆脱了一般干谒文的俗套，它以论文述志的姿态出现，显得高雅拔俗。韩琦时任枢密使（掌管全国军事），相当于秦汉时军事首脑太尉之职。

②执事：原指侍从左右供使令的人，后来书信中用作敬称，意思是不敢直接说话，请左右转达。

③气之所形:是由气所形成的。气,是指人的胸襟气度、情趣等。

④能:能够达到,完善。

⑤养:培养,修养。致:达到,求得。

⑥我善养吾浩然之气:见《孟子·公孙丑上》。浩然之气,刚正博大之气。

⑦宏博:宏大广博。

⑧称(chèn):相称,适合。小大:大小程度。

⑨太史公:司马迁。

⑩疏荡:疏放而跌荡,意思是洒脱而不拘束。

⑪岂:哪里。尝:曾经。

⑫充乎其中:充满于其心中。乎,于。中,心。

⑬溢:充满而流出来,洋溢。

⑭动乎其言:发于言。

⑮见:表现。

⑯乡党:即乡里。

⑰汩没:埋没。

⑱壮观:雄伟的景象。

⑲秦、汉之故都:秦国都城咸阳(在今陕西西安市东),西汉都城长安(今陕西西安),东汉都城洛阳(今河南洛阳)。

⑳恣:尽情。终南:山名,即终南山,在陕西省西安市南。嵩:即中岳嵩山,在河南省登丰县北。华:西岳华山,在陕西省华阴县南。

㉑慨然:感慨叹息的样子。

㉒京师:京城,指当时北宋都城汴京(今河南开封)。

㉓宫阙:指宫殿。

㉔仓廪:粮仓。府库:储藏财货的地方。池:指护城河。苑囿:皇家园林。

㉕欧阳公:欧阳修,曾任翰林学士。苏辙和苏轼中进士时,主考官就是欧阳修。

㉖门人贤士大夫:指曾巩、梅尧臣、苏舜钦等。

㉗文章:这里指有文才的人。

㉘才略:才能谋略。

㉙四夷:指当时四方边境的少数民族。惮(dàn):畏惧。发:侵扰。

㉚周公、召公:周公旦、召公奭(shì),都是周武王之弟,都曾助武王灭商。武王死后,成王年幼,周公摄政,召公任太保,与周公分陕而治,陕以西由召公治理。

㉛方叔、召虎:都是周宣王时的大夫,方叔曾领兵征伐荆蛮、玁狁有功,召虎曾征讨淮夷有功。玁狁,即秦汉时之匈奴。

㉜志:立志。

㉝辙之来:指自己到京应科举考试。

㉞光耀:风采。

㉟益:更。治:研究、钻研。

㊱苟:如果。可教:值得教。辱教之:意思是不以教导我为耻辱,是一种谦逊的说法。

李清照

投翰林学士綦崇礼启①

清照启:素习义方②,粗明诗礼。近因疾病,欲至膏肓,牛蚁不分③,灰钉已具④。尝药虽存弱弟⑤,应门唯有老兵。既而苍皇,因成造次。信彼如簧之说⑥,惑兹似锦之言⑦。弟既可欺,持官文书来辄信;身几欲死,非玉镜架亦安知。僶俛⑧难言,优柔莫决。呻吟未定,强以同归。视听才分,实难共处。忍以桑榆之晚节,配兹驵侩之下才⑨。身既怀臭之可嫌,惟求脱去;彼素抱璧之将往,决欲杀之。遂肆侵凌,日加殴击,可念刘伶之肋⑩,难胜石勒之拳⑪。局天扣地⑫,敢效谈娘⑬之善诉;升堂入室,素非李赤⑭之甘心。外援难求,自陈何害,岂期末事,乃得上闻。取自宸衷⑮,付之廷尉。被桎梏而置对,同凶丑而陈词。岂惟贾生羞与绛灌为伍⑯,何啻老子与韩非同传⑰。但祈脱死,莫望偿金。友凶横者十旬,盖非天降;居囹圄者九日,岂是人为!抵雀捐金,利当安往;将头碎璧,失固可知。实自谬愚,分知狱市。比盖伏遇内翰承旨⑱,搢绅望族⑲,冠盖清流,日下无双,人间第一。奉天克复,本缘陆贽之词;淮蔡底平,实以会昌之诏。哀怜无告,虽未解骖⑳;感戴鸿恩,如真出己。故兹白首,得免丹书。清照敢不省过知惭,扪心识愧。责全责智㉑,已难逃万世之讥;败德败名,何以见中朝之士。虽南山之竹,岂能穷多口之谈;惟智者之言,可以止无根之谤。高鹏尺鷃㉒,本异升沉;火鼠冰蚕㉓,难同嗜好。达人共悉,童子皆知。愿赐品题,与加湔洗㉔。譬当布衣蔬食,温故知新。再见江山,依旧一瓶一钵;重归畎亩,更须三沐三薰㉕。忝在葭莩㉖,敢兹尘渎㉗。

【注释】

①李清照:号易安居士,济南(今属山东)人。宋代著名词人。綦崇礼:字叔厚,北海(今山东昌乐县西)人。南宋名士。曾任翰林学士。李清照晚年再嫁张汝舟,因张汝舟十分卑劣,她甚为懊悔,毅然给翰林学士綦崇礼写信诉说了自己的不幸遭遇,表达了保持清名的真切意愿。

②义方:为人处世应遵守的规矩、法度。

③牛蚁不分:牛、蚁之声已分辨不清。形容病情极其严重。

④灰钉已具:护封棺材用的铁钉和灰已准备齐全。形容病危将死,已备好后事。

⑤弱弟:李清照之弟李迒。

⑥如簧之说:像笙中之簧那样动听的花言巧语。

⑦似锦之言:像锦绣一样的漂亮的话语。

⑧僶俛(mǐn miǎn):比喻时间短暂。

⑨驵(zǎng)侩之下才:指张汝舟。驵侩,品格低劣的市侩。

⑩刘伶之肋:刘伶是西晋名士。《世说新语·文学》曾引《竹林七贤论》:"(刘伶)尝与俗士相牾,其人攘袂而起,必欲筑之。伶和其色曰:'鸡肋岂足以当尊拳?'其人不觉废然而返。"

⑪石勒之拳:石勒是十六国时赵国国君。《晋书·石勒载记》:"初勒与李阳邻居,岁常争麻地,迭相殴击……乃使召阳。既至,勒与欢谑,引阳臂笑曰:'孤往日厌卿老拳,卿亦饱孤毒手。'"

⑫局天扣地:同"跼天蹐地",弯着身子,小步轻走。形容谨慎惶恐、小心翼翼的样子。

⑬谈娘:传说为艺人,曾扮演受丈夫虐待的妇人,摇身摆首作哭诉状。

⑭李赤:柳宗元《李赤传》说,李赤为厕鬼所惑,即以入厕为升堂入室。作者以此表白自己不甘心与污秽卑劣之人为伍。

⑮宸(chén)衷:帝王的心意。宸为北极星所在位置,借指帝王之所,引申为帝王。

⑯贾生羞与绛灌为伍:汉代贾谊以与绛侯周勃、灌婴同辈而感到羞耻。

⑰老子与韩非同传:《史记·老子韩非列传》记载老子、庄子、韩非子、申不害的事迹,故云"老子与韩非同传"。魏晋以后,有人认为老子等人为道家,韩非等人为法家,他们同传似为不伦不类。

⑱内翰承旨:内翰,即翰林学士的通称。承旨,是翰林学士中的资深者担任。此处指綦崇礼。

⑲搢(jìn)绅望族:指达官显贵。

⑳解骖:用财物救济人,也泛指救人危难。

㉑责全责智:求得保全名节,明智行事。

㉒高鹏尺鷃:大鹏和斥鷃。《庄子·逍遥游》载:"有鸟焉,其名为鹏,背若泰山,翼若垂天之云,抟扶摇羊角而上者九万里,绝云气,负青天,然后图南,且适南冥也。斥鷃笑之曰:'彼且奚适也?我腾跃而上,不过数仞而下,翱翔蓬蒿之间,此亦飞之至也。而彼且奚适也?'此小大之辩也。"斥鷃是一种小鸟,也叫"尺鷃"。

㉓火鼠冰蚕:火鼠是传说中生于火中的一种大老鼠。冰蚕是传说中以霜雪覆身结茧的一种奇蚕。火鼠与冰蚕,常比喻两种难以共处的事物,或指人与人格格不入。

㉔湔(jiān)洗:洗刷。湔,洗。

㉕三沐三薰:再三薰香沐浴洁身,用以表示敬重。

㉖忝在葭莩:忝,有愧于。葭莩,指亲戚。此言指有愧于和綦崇礼的亲戚关系。

㉗敢兹尘渎:冒昧地这样来麻烦您。尘渎,即烦劳、麻烦之意。

韩　驹

与叔兴书①

浮江②二千里，眼厌旌旗③，不料到此复见扰扰④也。然驹间关自贼中来⑤，最能言其情状，若无内应，决不能入，故须静以俟之⑥。扰则民怨，惊则民骇。二者足以召变⑦，不可不知也。

【注释】

①韩驹：字子苍，仙井监（今四川仁寿）人。少以文章闻名，宋徽宗时入仕，历官著作郎、中书舍人、直学院士、知江州等。叔兴：人名，生平事迹不详。

②浮江：乘船沿江而下。

③眼厌：看够了。厌，足，够。旌旗：指军队的行动。

④扰扰：混乱的样子，指为抗击金兵而忙碌纷乱的样子。

⑤间关：秘密地越过关卡。贼：指金兵占领的地区。

⑥俟之：等待时机。

⑦召变：招致事变。

朱 熹

给长子书①

早晚受业请益②，随众③例不得怠慢。日间思索有疑，用册子随手札记，候见质问④，不得放过。所闻诲语⑤，归安下处⑥，思省切要之言，逐日札记，归日⑦要看。见好文字，录取归来。

不得自擅出入。与人往还，初到问先生，有合⑧见者见之，不合见则不必往。人来相见，亦启禀然后往报之⑨。此外不得出入一步。居处须是居敬⑩，不得倨肆⑪惰慢。言语须要谛当⑫，不得戏笑喧哗。凡事谦恭，不得尚气⑬凌人，自取耻辱。

不得饮酒，荒思废业。亦恐言语差错，失己忤人⑭，尤当深戒。不可言人过恶⑮，及说人家长短是非。有来告者，亦勿酬答。于先生之前，尤不可说同学之短。

交游之间尤当审择⑯。虽是同学，亦不可无亲疏之辨。此皆当请于先生，听其所教。大凡敦厚忠信、能攻⑰吾过者，益友也；其谄谀轻薄、傲亵狎、导人为恶者⑱，损友⑲也。推此求之，亦自合见得五七分；更问以审之，百无所失矣。但恐志趣卑凡，不能克己从善，则益者不期疏⑳而日远，损者不期近而日亲，此须痛加检点而矫革㉑之，不可荏苒㉒渐习，自趋小人之域。如此，则虽有贤师长，亦无救拔自家处矣。

见人嘉言㉓善行，则敬慕而纪录之。见人好文字胜己者，则借来熟看，或传录之，而咨问之，思与之齐而后已。(不拘长少，惟善是取)。

以上数条，切宜谨守。其所未及，亦可据此推广。大抵只是"勤谨"二字。循之而上，有无限好事，吾虽未敢言，而窃为汝愿之；反之而下，有无限不好事，吾虽不欲言，而未免为汝忧之也。盖汝若好学，在家足可读书作文讲明义理，不待远离膝下，千里从师。汝既不能如此，即是自不好学，已无可望之理。然今遣汝者，恐汝在家汩㉔于俗务，不得专意；又父子之间，不欲昼夜督责，及无朋友闻见，故令汝一行。汝若到彼，能奋然勇为，力改故习，一味勤谨，则吾犹有望。不然，则徒劳费，只与在家一般，他日归来，又只是旧时伎俩㉕人物，不知汝将何面目归见父母亲戚乡党故旧㉖耶？念之！念之！"夙兴夜寐，无忝尔所生㉗！"在此一行，千万努力！

【注释】

①朱熹：字元晦，一字仲晦，号晦庵，别称紫阳。徽州婺源（今属江西）人，侨寓建阳（今属福建）。南宋著名哲学家、教育家，晚年主讲紫阳书院。曾任秘阁修撰等职。他发展了程颢、

程颐理气关系的学说，集理学之大成，后世称为程朱学派。这是朱熹给到外地读书的儿子的信，教育他如何学习和做人。

②请益：受教后更有所问。

③随众：跟从大家。

④候见：等见到。质问：向人请教以明辨是非。

⑤诲语：教诲的话。

⑥下处：居住的地方。

⑦归日：回来的日子。

⑧合：应当。

⑨启禀：报告。报：答复。

⑩居敬：居处恭谨。

⑪倨肆：傲慢，放纵。

⑫谛当：真实，合适。谛，真实无伪。

⑬尚气：发火。尚，通"上"。

⑭失己忤(wǔ)人：控制不住自己去顶撞他人。

⑮过恶：过错和不良行为。

⑯审择：仔细选择。

⑰攻：批评。

⑱亵(xiè)狎：亲近而不庄重。

⑲损友：于自己有害的朋友。

⑳不期疏：不希望疏远。

㉑矫革：矫正，改变。

㉒荏苒(rěn rǎn)：光阴逐渐过去。

㉓嘉言：善言。

㉔汩(gǔ)：沉溺。

㉕旧时伎俩：本领与原来一样。伎俩，技能。

㉖故旧：过去的朋友。

㉗"夙兴"二句：见于《诗经·小雅·小宛》。忝，侮辱。所生，生你的人，即父母。

复吕子阳①

被示缕缕②，具悉雅意③。古人有言曰："自靖，人自献于先王④。"此不独国家大臣之道当如此，凡人晓然，使此心明白洞达⑤，要自有知者。

前日诸友尝问陈平、王陵之事孰为正⑥，因答之曰："使王陵发心不欲王诸吕⑦，皎然⑧如日月之在上，不幸而以此国破身亡，其心皎然如日月之不可诬也。若只欲得直声⑨，以为在朝诸臣皆无我若者⑩，则济不济皆有遗恨耳⑪。使陈平生心必欲刘氏⑫之安，且委曲弥缝吕氏以为后日计⑬，不幸或事未济而死，此心皎然不可诬也。若占便宜，半私半公，则进退⑭皆罪耳。"

夫子⑮之所谓仁者，独论其心之所主⑯。若泛然外驰⑰，虽曰为善，犹君子之所弃也。亮虽不肖，然亦须要与此心为主，眼下虽不必其一一皆是，然此心之皎然，固自知之矣，正不待他人之为计也。吾人之用心，若果坦然明白，虽时下不净洁，终当有净洁时；虽不为人所知，终当有知时。若犹未免于慕外，虽声名赫然，在人心岂可欺哉！凡百⑱不在多言，各以此自反足矣。

子才回简⑲，一时⑳之妙答也。若如吾辈分明㉑说破，又烦吾友缕缕矣。

【注释】

①陈亮：字同甫，号龙川，婺州永康（今属浙江）人。宋光宗绍熙四年（1193）科举进士第一名，授签书建康军判官厅公事，死于上任途中。吕子阳：吕皓，字子阳，其兄吕约是陈亮的学生。这是陈亮给吕皓的回信。

②被示：指来信讲述的问题。缕缕：一丝一缕，指一件一件十分详细。

③具：完全。悉：知道。雅意：美意。

④"自靖"二句：见于《尚书·微子》，意谓各自考虑实现自己的志行，人人进献上达先王。

⑤洞达：透彻。

⑥陈平、王陵之事：陈平、王陵，汉高祖刘邦大臣。孝惠帝死，吕后打算立吕姓人为王，问王陵，王陵反对；问陈平，陈平说可以。吕后贬去王陵丞相之职，任用陈平为相。吕后死后，陈平与太尉周勃共同谋划，诛杀了吕姓诸王。孰：谁。

⑦发心：起心。王（wàng）：封王。诸吕：指吕后的亲属吕禄、吕产等人。

⑧皎然：光明的样子。

⑨直声：正直的名声。

⑩无我若者：没有像我一样的人。

⑪济:成功。遗恨:遗憾。

⑫刘氏:指刘邦建立的刘氏皇权。

⑬弥缝:缝合。这里指敷衍、附和的意思。以为后日计:为将来打算。

⑭进退:指成功或失败。

⑮夫子:孔子。

⑯心之所主:动机。

⑰泛然外驰:指越出正轨,即脱离了儒家的正统思想。

⑱凡百:所有的。

⑲子才:徐子才,陈亮的朋友。简:信。

⑳一时:当时。

㉑分明:明明白白地。

谢枋得

却聘书①

夷、齐虽不仕周，食西山之薇，亦当知武王之恩②；四皓虽不仕汉，茹商山之芝，亦当知高帝之恩③，况羹藜含粝于大元之土地乎④？

大元之赦某屡矣⑤！某受大元之恩亦厚矣！若效鲁仲连⑥蹈东海而死则不可。今既为大元之游民⑦矣，庄子曰："呼我为马者，应之以为马；呼我为牛者，应之以为牛⑧。"世之人有呼我为宋之逋播臣⑨者亦可，呼我为大元游惰民者亦可；呼我为宋顽民⑩者亦可，呼我为大元之逸民⑪者亦可。"为轮为弹，与化往来；虫臂鼠肝，随天付予⑫。"若贪恋官爵，昧于一行⑬，纵大元仁恕，天涵地容⑭，哀怜孤臣，不忍加戮，某有何面目见大元乎？

某与太平草木，同沾圣朝之雨露，生称善士⑮，死表于道⑯曰：宋处士⑰谢某之墓。虽死之日，犹生之年，感恩感德，天实临之⑱！司马子长⑲有言："人莫不有一死，死或重于泰山，或轻于鸿毛⑳。"先民广其说曰㉑：慷慨赴死易，从容就义难。公亦可以察某之心矣。

【注释】

①谢枋得：字君直，号叠山，弋阳（今属江西）人，宋朝末年为信州（今江西上饶）地方官。元军攻陷信州后，他隐姓埋名，每天穿着丧服，朝东大哭。宋亡后，隐居福建。福建参政魏天祐逼他去北京做官，他绝食而死。这是谢枋得给已投降元朝的老师留梦炎的信，拒绝了留梦炎的推荐。

②"夷、齐"三句：夷，伯夷；齐，叔齐。二人是商朝孤竹君的儿子，不愿即君位，逃到周国。周武王灭商后，他们逃到首阳山采薇菜度日，不吃周的粮食，饿死山中。西山，首阳山，在今河南省偃师县西北。武王，周武王，姓姬名发，西周开国之君。

③"四皓"三句：东园公、角里先生、夏黄公和绮里季隐居商山（今河南商县境内），采芝而食。西汉初，年龄都超过八十岁，汉高祖请他们出山为官，被拒绝。皓，白，比喻老人。茹，吃。高帝，汉高祖刘邦，西汉开国之君。

④羹藜：藜菜做成羹汤。羹，名词作动词用。藜，一种野菜。含粝（lì）：吃粗粮。粝，糙米。大元：元朝。

⑤赦（shè）：赦免。某：作者自称。

⑥鲁仲连：战国时齐国名士，不愿尊秦为帝，投东海而死。

⑦游民：没有职务的人。

⑧"呼我"四句:见于《庄子·天道》,字句略有出入。

⑨逋(bū)播臣:逃亡的臣子。逋,逃亡。播,流亡。

⑩顽民:明朝遗民中不从元朝统治的人。

⑪逸民:隐士。

⑫"为轮"四句:出自《庄子·大宗师》。是说自己可以随意化作车轮、弹弓,死后变作虫子的膀子、老鼠的肝脏,任随上天安排,都无所谓。作者的意思是自己把名誉利禄、生死都置之度外了。

⑬昧于一行:迷惑于一时的行为。

⑭天涵地容:像天地一样大度地包容。

⑮生称善士:活着时称得上好的士人。

⑯表于道:在墓前立碑。

⑰处士:隐居不做官的知识分子。

⑱天实临之:上天可以临察。实,起加强作用的语气词。

⑲司马子长:司马迁,字子长,《史记》作者。

⑳"人莫"三句:出自司马迁的《报任安书》,字句略有出入。

㉑先民:前人。广其说:推广他的说法。

吴 澄

答何友道书①

朋友中能文辞，可与商略②古今者，舍足下其谁③？兹④蒙惠书，累数百言⑤，言皆有用之实，而非无益之谈，虽古人相勉相成⑥之道，何以逾此！三复之余⑦，什袭⑧而藏之矣！

昔时子道齐王之意⑨，俾孟子为诸大夫国人矜式⑩，其意甚厚，而孟子亦岂不欲为此者哉，又岂不能为此者哉？而曰“夫时子恶知其不可也”⑪。孟子言其不可而不言其所以⑫不可，何欤？事固有未易言者⑬，而非可以言相授受⑭也，抑韩子有云⑮：知言之人⑯，不言而其意已传。庸讵⑰知夫不言者之非深言之也耶！

足下知言者也，岂待言而后知。故于答足下之意，不以言而以不言⑱，惟高明亮之⑲。不宣。

【注释】

①吴澄：字幼清，抚州（今属江西）人。南宋时中举，入元后屡被举荐，他均托词不仕。吴澄是元代著名的哲学家、散文家。何友道：元朝人，生平事迹不详。

②商略：讨论。

③舍：除去。其谁：还有谁。

④兹：代词，这。

⑤累：总计。言：字。

⑥相勉相成：互相勉励，彼此有利成长。

⑦三复：反复读。之余：之后。

⑧什袭：重重包裹。

⑨时子：战国时齐宣王的臣子。齐王之意：齐宣王不能任用孟子，想以优越的生活把孟子和他的学生养起来，作为齐国大夫和人民的榜样。事见《孟子·公孙丑下》。

⑩俾（bǐ）：使。矜式：榜样。

⑪夫时子恶知其不可也：见于《孟子·公孙丑下》。

⑫所以：表原因、理由。

⑬固：本来。未易言者：不容易说清楚的，不好明说的。

⑭言相授受：用语言传达，并让对方接受。授受，传递和接受。

⑮抑：表轻微转折，不过，然而。韩子：韩愈。

⑯知言之人：善于理解别人心意的人。

⑰庸讵(jù):怎么,哪里。

⑱以:用。

⑲高明:尊称。本指人的品行学问,此处用以指人。亮:通“谅”,谅解。

与介石书①

瓒奉别后，从兰陵东郭门外人家少憩三日②，待荆溪③发行李来，即归田舍；到家稍稍休息，而州县科差迫促骚然④，因叹那能复以愦愦从彼之榛榛乎⑤。因命扁舟入吴⑥，寓⑦村落中，调气静坐⑧，得以少舒其中磊磊者⑨。

一日，从一二林下人登灵岩山⑩，览观天池、石壁⑪之胜，寻姑胥台⑫古迹，若司马子长、苏长公⑬悲世愤俗，有不胜其哀。后百世而不及见古人，则求古迹，观以自解。惜不肖⑭非其人，回望太湖之西，诸山依约⑮，指点数螺⑯，若芥舟泛泛杯水中者⑰，当是铜官、离墨⑱，因并吾寄止⑲。公政著白云灭没处⑳，杜门㉑著书，降屈其心志，不能以道表见于当世㉒，真为之泣下沾襟㉓也！

闰月末暂还，系舟江渚㉔旁。稍治㉕夏衣，将复至吴，而过荆溪，附此上问㉖。阴雨浸淫㉗，不审何似㉘，伏惟乐道间居㉙，履候多福㉚。瓒招愆纳毁㉛，岂非以由己致之耶？复何敢怨天尤人，常自疚耳。末由参侍㉜，临书惘惘㉝，千万慎交㉞自爱。不备㉟。

【注释】

①倪瓒：字元镇，号云林，无锡（今属江苏）人，元末著名诗人、画家。介石：韩众，字介石，倪瓒的朋友。

②兰陵：指南兰陵，今江苏武进县。少：稍稍。憩（qì）：休息。

③荆溪：今江苏宜兴县。

④科差：派差人。骚然：被骚扰不安定的样子。

⑤愦愦（kuì）：昏乱的样子。榛榛（zhēn）：草木丛杂的样子，这里指州县的扰乱。

⑥扁舟：小船。吴：吴地。

⑦寓：住。

⑧调气静坐：练气打坐。

⑨少：稍微。舒：抒发。磊磊：指郁积心中的不平之气。

⑩林下人：指乡人。灵岩山：在今苏州市西，又名砚石山。

⑪天池、石壁：灵岩山附近华山上的两个景点。

⑫姑胥台：在华山附近的姑苏山，是春秋时吴国古迹。

⑬司马子长：司马迁。苏长公：苏轼。

⑭不肖：没有才能，作者自指，谦词。

⑮依约:隐约。

⑯数螺:比喻远处的山峰如同几只田螺。

⑰"若芥舟"句:出自《庄子·逍遥游》。芥舟,芥子壳大小的船。

⑱铜官、离墨:指今宜兴县南的君山、国山。

⑲并(bàng):靠近。寄止:居住的地方。

⑳政著:正在。政,通"正"。白云灭没处:指很遥远的地方。

㉑杜门:关门。杜,堵塞。

㉒"降屈"二句:指韩众只能降心屈志,去著立说,而不能从政,实现贤人之道。见,通"现"。

㉓泣下沾襟:眼泪流下沾湿了衣襟。

㉔渚(zhǔ):水中小陆地。

㉕治:治理,这里指收拾。

㉖上问:对身处上位的问候,这里指信。

㉗浸淫:渐渐来临。

㉘审:清楚,明白。何似:怎么样。

㉙乐道:以圣贤之道为乐。间:通"闲",闲暇。

㉚履候多福:书信客套话,指一切如意。履,指行为。候,指节气。

㉛招愆(qiān)纳毁:招致过失和毁谤。

㉜末由参侍:没有机会与你在一起。参,拜见。侍,侍奉。

㉝惘惘(wǎng):神情迷惘的样子。

㉞慎交:谨慎交往。

㉟不备:不一一写出。

吴 氏

临终答郑僖书①

哀哉！古人云："春蚕到死丝方尽，蜡烛成灰泪始干②。"诚哉是言也！

一自女媒通好之后，妒情之辈，登妾门者，其说不一：有云先生贫者，有云多子者，有云妻妒者。妾闻之，若风过耳③，但以真心相守。而母与伯以妾才艺俱全，不可为人次妻。周子又挟财以媚母氏，遂以一书为定。妾涕泣不已，两被母责，以致成病。而相思之情，又何可胜言！念欲相奔，百计不可，而此病欲危。昨日两奉④佳音，且喜又泣。母氏今已作噬脐之悔⑤，但妾魂飞靡定，神乱不常，虽师巫医卜，无所不至，而病略不减。

先生自宜将息⑥，更无以妾为念。以郎之才，不患无美色之妻；以妾之命，真恐不见有才之郎。若此生不救，抱恨于地下，料郎之情，岂能忘乎！然妾之死，无身后之累。郎若成疾，则故里梅花⑦，青青梅子，将倚之谁乎？倘得病除，必得相见。临终哽咽，不知所处。

【注释】

①郑僖：元代人，文雅多才。吴氏善吟咏，倾慕郑僖才华，郑僖也真诚爱恋吴氏，然而吴氏之母却听信谗言，拒绝了郑僖的求婚，执意将吴氏另许他人，活活拆散了一对痴情相恋的青年。吴氏因此终日抑郁寡欢，最后抱恨而死。吴氏在郑僖求婚被回绝后，曾写过多封信给郑僖，表达贤贞不渝的爱情，这是她临终前的一封信。

②"春蚕"二句：为唐代诗人李商隐《无题》(相见时难别亦难)之诗句。

③风过耳：俗称"耳旁风"，指把某些话根本不放在心上。

④奉：接到。

⑤噬脐之悔：噬脐，用牙齿咬腹脐，比喻根本办不到的事。"噬脐之悔"常用以比喻后悔已迟。

⑥将息：休养，保重。

⑦故里梅花：宋代人林逋不趋荣利，曾在西湖孤山隐居，他未娶妻又无子，居处多植梅养鹤，时人称他"梅妻鹤子"。这里含用此典。

赵鸾鸾

与柳颖书之一①

妾本良家，幼承慈训②。调铅傅粉，深处中闺；执枲治丝③，谨循《内则》④。惟知纫针而补缀，未解举案以齐眉⑤。天与⑥荣华，亲怜巧慧⑦。冰为神而玉为骨，蝤如领而手如荑⑧。

正及芳年，遴选⑨佳婿。讵期薄命，竟配下流⑩。遂尔辜其⑪出众之才，屈其倾城之貌。敛兹怨悔，寓厥⑫诗词。对月白之宵，遇风清之旦，强与语，强与笑，鸾伴山鸡；触于目，触于心，鹓随野鹜。孰料庸才短折，孱质孤嫠⑬。土木形骸，恶况暂空于眼底；风花情性，幽悰⑭尚忧于尊前。徒怀蔡琰之悲，永抱淑真之恨⑮。

已甘弃置，过辱聘求。盖以伸前时之好言，作日后之佳话。诚愿托身贵族，委质明公。挽桓君之鹿车，吹秦娥之凤管⑯。愿毕志以偕老，冀投身而相从。未侍光仪⑰，先申愚悃⑱，惟高明其谅之！

【注释】

①柳颖：元代人，是著名的才子。赵鸾鸾(字文鹓)与柳颖是近邻，二人相互倾慕。当初，赵鸾鸾之父曾将她许配给柳颖。但未及婚配。由于柳家遇祸，鸾母又将赵鸾鸾另许缪氏子。三个月后，缪氏子死，柳颖再次求婚，赵鸾鸾得嫁柳家。后来，由于贼寇纷乱，赵鸾鸾四处流落，终被柳颖寻得，二人隐居于徂徕山中。柳颖遇贼被害后，赵鸾鸾以自焚殉情。赵鸾鸾的这封信写在柳颖再次求婚之时。

②慈训：慈母的训诫。

③执枲(xǐ)治丝：剥麻理丝。枲，雄株的大麻。

④《内则》：即《礼记·内则》。

⑤举案以齐眉：汉代梁鸿、孟光夫妻恩爱，孟光每次给丈夫送饭时都举案齐眉，以示谦敬。后人常以此喻指恩爱谦敬的夫妻。

⑥与：赋予。

⑦亲：双亲。怜：爱怜。

⑧蝤(qiú)如领、手如荑：《诗经·卫风·硕人》中称颂美人有"领如蝤蛴"、"手如柔荑"之句。意思是颈项如天牛幼虫般洁白丰润，手指如白茅嫩芽般细腻柔软。

⑨遴(lín)选：挑选。

⑩下流：下等，指人才不好。

⑪其：作者自指。

⑫寓厥：全部寄寓其中。

⑬孱质孤嫠(lí)：孱质，孱弱的体质。孤嫠，孤独的寡妇。

⑭幽悰(cóng)：暗自庆幸。

⑮蔡琰之悲：蔡琰是东汉著名学者蔡邕之女，博学多才，精通音律，擅长诗文，但一生坎坷，婚姻不幸。淑真之恨：宋代著名才女朱淑真由于嫁人不淑，婚姻不美满，一生抑郁寡欢。

⑯桓君、秦娥：汉代女子桓少君初嫁鲍宣之时，嫁妆甚多，鲍宣不悦，桓少君乃尽还送娘家，穿短衣裳，与夫共挽鹿车回到乡里，拜姑舅礼毕，提瓮出汲。由此桓少君在古代被奉为勤俭持家、安于清贫的贤妻典型。相传春秋时秦穆公之女弄玉嫁与萧史，夫妻二人善吹箫，结果引来了凤鸟，二人一同升天而去。

⑰侍光仪：侍奉对方。表谦敬之辞。

⑱愚悃(kǔn)：自己的真诚之心。

与柳颖书之二①

妾鸾爰以出适，忽值凶徒。颠沛流离，艰难痛苦。残骸余喘，与死为邻。备历危疑，幸存贞节。皇天后土，实所鉴临。将殒灭微躯，则自经沟渎②；将混同末俗，则亵慢纲常③。是以毁坏面容，偷存视息④。虽落花无主，暂尔随风；而畜犬丧家，终然恋主。怆惶四顾，憔悴半生。肢体苟完，心胆俱丧。每遇穷檐夜雨，古道秋风，但有凝望眼穿，忆归肠断。壁灯半灭，泪尽眼枯。战鼓争喧，魂飞魄散。已分膏涂野草，血染泥沙。宁饲肉于鸟鸢，肯委身于狗彘。效投崖之烈女，慕断臂之贞妻⑤。

讵意复被播迁⑥，忽闻消耗⑦。如君无恙，赎妾有期。敢遽捐生，遂更忍死。妾即今见在济南，周其姓氏，"万户"其家，缘系汉人，差若良善。君得书之后，速备金帛来赎，不宜迁延稽缓，恐一时调拨，则转移他处矣。百年伉俪，一旦分张，覆水再收，拳拳盼望。所宜深虑，早致良图，毋使妾为阳台⑧不归之云也。伏楮凄断⑨，不知所云。

【注释】

①柳颖与赵鸾鸾夫妻二人在战乱中离散，赵鸾鸾流落周家为女佣。柳颖来寻，赵鸾鸾惊喜万分，托人将这封信捎给柳颖。

②自经沟渎：自尽于野外河沟。经，自缢。

③亵慢纲常：亵渎轻慢了纲常礼教。

④视息：视力与呼吸。此指生命。

⑤投崖之烈女、断臂之贞妻：古时传说有忠烈贤贞的女子为保全贞节毅然投崖、断臂。

⑥播迁：迁徙流转。

⑦消耗：消息，音讯。

⑧阳台：传说中的古台名。宋玉《高唐赋》曾记载楚王与巫山神女梦中相会一事，临别之际，神女自称："妾在巫山之阳，高丘之阻，旦为朝云，暮为行雨，朝朝暮暮，阳台之下。"后遂以阳台作为男女欢爱之典故。

⑨伏楮（chǔ）凄断：伏在信纸上凄然断肠。楮，木名，树皮可造纸，后常用作纸的代称。

方孝孺

答许廷慎书①

往在京师②，士人从濠③上来者，多能诵足下歌诗，固以窥见胸中之一二。去在临海④，遇林左民、张廷壁二子，问足下言行滋⑤详。二子自负为奇士，至说足下，辄弛然⑥自愧，以为莫及也，然后益信所窥之不妄⑦。近在王修德所，得所录文章数篇及手书⑧，深⑨欲读之，会仆家难作⑩，未果寓目⑪，辄引去⑫。重入京师，道途所行千余里，恒往来于怀。及到此，获《岁寒事记》⑬于友人家，览数行而大惊喜，命意持论⑭，卓卓不苟⑮，非流俗人⑯所敢望也。何足下取于天之厚至是⑰耶？

斯文世以为细事⑱，然最似为天所靳惜⑲。其赋于人也，铢施两较⑳，不肯多与。得之稍多者，便若为所记忆，时时迫蹙督责㉑，不使有斯须佚乐意㉒，此理绝不可晓，岂其可重者果在此耶？不然，何独忌㉓此而悦彼耶？如仆自揣㉔，百无所有，以粗识数字，大为所困。当危忧兢悚㉕时，自誓欲以所能归诸造物㉖，甘为庸人而不可得。足下幸安适无所苦，而骎骎焉欲抉发奇祕㉗，以与造化㉘争也。然其取忌亦太甚矣，得微㉙亦蹈其所忌乎？仆虽为斯文喜，然窃为足下悼，非计之得也。虽然，君子顾㉚于道如何耳，宁论利害哉？自古奇人伟士，不屈折于忧患，则不足以成其学。载籍所该㉛，大半皆不得意者之辞也，然后世卒光明崇大。安知忌之于一时者，非所以为无穷之幸；而悦之于俄顷者，非甚弃之耶？此可为足下道，聊以发笑，且自解耳！

左民多称王彻仲之贤，恨㉜无由见之。适㉝见其弟晃仲，亦雅士㉞，当是吾辈之秀，大不凡也。仆侍祖母故来此，其详有所难言。

【注释】

①方孝孺：字希直、希古，明宁海（今属浙江）人，惠帝时任侍讲学士，后因反对明成祖被杀。许廷慎：明黄岩（今属浙江）人，官给事中，以诗著名。

②往：往昔，过去。京师：指今江苏南京市。

③濠（háo）：水名，在今安徽凤阳县内。

④去：去年。临海：今浙江临海县。

⑤滋：更加。

⑥弛然：失意的样子。辄，就。

⑦窥：见。妄：虚假。

⑧手书:书信。

⑨深:十分。

⑩会:遇到。难(nàn)作:灾祸发生。方孝孺之父方克勤曾任济宁知府,有政声,后为下属诬告,被杀。

⑪未果寓目:没能看成。果,实现。

⑫引去:拿走了。

⑬《岁寒事记》:许廷慎的作品。

⑭命意持论:指文章的立意和所持论点。

⑮卓卓不苟:杰出超群。

⑯流俗人:一般人。

⑰至是:到这般程度。

⑱细事:小事情。

⑲靳(jìn)惜:吝惜。

⑳铢施两较:斤斤计较之意。铢,二十四铢为一两。

㉑迫蹙(cù):紧逼。督责:监督,要求。

㉒斯须:一会儿。佚乐意:安逸享乐的想法。

㉓忌:厌恶。

㉔自揣(chuǎi):自已估计。揣,揣测,估计。

㉕危忧兢悚(sǒng):因危险、忧虑而十分恐惧。

㉖造物:上天。

㉗骎骎(qīn)焉:迅速的样子。抉发:发掘。

㉘造化:犹造物。

㉙得微:得无,莫非。

㉚顾:考虑。

㉛载籍:记载文献的书籍。该:具有。

㉜恨:遗憾。

㉝适:正好。

㉞雅士:正人君子。

郑 氏

寄狱中书①

相公②奉召入朝，家中即使人刺探。乃知上③欲相公顺从，百计劝谕，以矢志不屈，遂致身入囹圄④。而廖镛、廖铭⑤等又复入狱相劝。小子⑥无知，皆事相公数年，乃竟屈于威武，淫于富贵，妄识大义，殊可恨也。

今得报，知相公又被召出狱，上和颜悦色，降坐温谕⑦，请相公草即位诏，且谓："朕法周公辅成王⑧耳。"相公询以"成王安在"，则曰："自焚死"。询以"何不立成王子"，则曰："国赖长君。"因问："何不立成王之弟?"乃曰："此朕家事，先生毋过劳苦。"辄令左右授笔札，曰："诏天下，非先生不可!"闻相公掷笔痛骂，谓："死则死耳，诏不可草!"讵料竟批逆鳞⑨，曰："尔不畏死，独不惧九族之诛⑩乎?"相公竟答以"十族⑪何妨"。

相公激义殉忠，天地为震。妾等死有余荣，誓当含笑就义，相从地下。忠孝节义，萃⑫于一门。他日灵归河岳⑬，气耀日星，逝之日即生之年。惟亲族故旧，未免为吾家累耳。书至此，肝肠已寸寸断矣。握管⑭心酸，不尽所言。

【注释】

①这是明代忠臣方孝孺临刑前，其妻郑氏寄给他的一封信。朱元璋第四子朱棣，被封燕王，朱元璋死后，其孙朱允炆被立为惠王，朝中议削藩，朱棣拥兵反叛，后攻占南京夺取帝位，年号永乐（1403～1424）。朱棣命前朝忠臣方孝孺起草即位诏书，方孝孺至死不从，后被诛杀十族，其妻郑氏自缢身亡。

②相公：旧时妻子对丈夫的尊称，此指方孝孺。

③上：皇上，指明成祖朱棣。

④囹圄（líng yǔ）：监狱。

⑤廖镛（yōng）、廖铭：方孝孺的家仆。

⑥小子：旧称年轻的男仆。

⑦降坐温谕：赐给座位，语气温和。

⑧周公辅成王：周公，即姬旦，周文王之子。辅助其兄周武王姬发推翻商朝，建立周朝。武王死后，他辅佐武王子成王即位。朱元璋之孙朱允炆即位后，其叔朱棣以周公自喻，以朱允炆比成王。

⑨讵（jù）：岂。批逆鳞：传说中龙体有倒生的鳞片，触之必杀人。古时认为人君为龙相，因称触怒人君为"批逆鳞"。

⑩九族之诛：古代刑罚之一，即诛灭犯人本身以上的父、祖、曾祖、高祖和以下的子、孙、曾孙、玄孙。

⑪十族：诛灭九族之外，再诛杀门人，称为“十族”。

⑫萃：集。

⑬河岳：黄河和五岳，河岳也泛指古代祭祀山河的对象。《诗经·周颂·时迈》：“怀柔百神，及河乔岳。”

⑭管：毛笔。

徐妙锦

答永乐帝书①

臣女生长华门，性甘淡泊。不羡禁苑深宫，钟鸣鼎食②；愿去荒庵小院，青磬红鱼③。不学园里夭桃，邀人欣赏；愿作山中小草，独自荣枯。听墙外秋虫，人嫌凄切；睹窗前冷月，自觉清辉。盖人生境遇各殊，因之观赏异趣。矧臣女素耽寂静④，处此幽旷清寂之境，隔绝荣华富贵之场，心胸颇觉朗然。

乃日昨阿兄遣使捧上谕来，臣女跪读之下，深感陛下哀怜臣女之至意，臣女诚万死莫赎也。伏思陛下以万乘⑤之尊，宵旰⑥勤劳，自宜求愉快身心之乐。幸外有台阁⑦诸臣，袍笏跻跄⑧；内有六宫嫔御，粉黛如云。而臣女一弱女子耳，才不足以辅佐万岁，德不足以母仪天下⑨。既得失无裨于陛下，而实违臣女之素志。臣女之所未愿者，谅陛下亦未必强愿⑩之也。

臣女愿为世外闲人⑪，不作繁华之想。前经面奏，陛下犹能忆之也。伏乞陛下俯允所求，并乞从此弗再以臣女为念，则尤为万幸耳。盖人喜夭桃秾李，我爱翠竹丹枫。从此贝叶蒲团，青灯古佛，长参⑫寂静，了此余生。臣女前曾荷沐圣恩，万千眷注。伏恳再哀而怜之，以全臣女之志愿，则不胜衔感⑬待命之至。

【注释】

①永乐帝：即明成祖朱棣，年号永乐（1403～1424）。永乐帝曾立魏国公徐达之女为仁圣孝皇后，皇后崩，永乐帝欲聘徐达第三女徐妙锦为继后，徐妙锦矢志不从，写了这封答信表明了自己不慕荣华、甘于淡泊、终生不嫁、断发为尼的心志，拒绝了永乐帝的聘令。

②钟鸣鼎食：撞钟列鼎而食，形容豪奢的生活。

③青磬（qìng）红鱼：青铜的磬和红色的木鱼，这是僧尼所用的佛教法器。

④矧（shěn）：何况。耽：喜爱。

⑤万乘：古时称一车四马为一乘，大的诸侯国才拥有万乘，后用以代指大国。

⑥宵旰（gàn）：是“宵衣旰食”的省称。意思是天未明就穿衣，天色已晚才进食。比喻极为勤勉。旰，天色晚，晚上。

⑦台阁：古时由尚书辅佐皇帝，尚书台设在宫廷建筑群中，所谓称为“台阁”。此处指朝廷各机构。

⑧袍笏（hù）：官服和笏板。笏板是大臣上朝时手执的记事板。跻跄：跻，登上。跄，走动。

⑨母仪天下：作为天下妇女的表率。仪，表率，榜样。

⑩强愿：勉强让人愿意。

⑪世外闲人：僧尼自称为世外闲人。

⑫长参：永远打坐参禅。参禅是佛教用语，指玄思冥想，探究佛理。

⑬衔感：心存感激之情。

罗　伦

戒族人书①

列位叔父、列位兄长：别后想得安康，伦别无他嘱，为人祖宗父兄者，惟愿有好子弟。所谓有好子弟者，非好田宅、好衣服、好官爵，一时夸耀闾里②者也。谓有好名节，与日月争光，与山岳争重，与霄垠③争久，足以安国家，足以风④四方，足以奠⑤苍生，足以垂后世，如汴宋之欧阳修⑥，如南渡之文丞相者是也⑦。若只求饱暖，习势利，如前所云，则所谓恶子弟，非好子弟也。此等子弟，在家未仕⑧也，足以辱祖宗、殃子孙、害身家；出而仕也，足以污朝廷、祸天下、负后世，甚至子孙有不敢认，如宋之蔡京、秦桧⑨，此岂父兄祖宗之所愿哉！想其势焰官爵富贵⑩，岂止如今日乡里中一二前辈也！而今日安在哉？然所谓好子弟者，亦在父兄子侄成就之耳。人才之盛，乡党⑪为最，然非父兄败之，则子孙丧之，取讥天下，贻笑后世，甚可恶也；载之史书，使后世之明君贤主，轻弃南人，未必不由此也。吾愿叔父听之，子侄戒之，其怂成我做天地间一个完人。盖未有治国不由齐家，家不齐而求治国，无此理也。何谓齐家？不争田地，不占山林，不尚争斗，不肆强梁⑫，不败乡里，不陵宗族，不扰官府，不尚奢侈，弟让其兄，侄让其叔，妇敬其夫，奴恭其主。只要认得一"忍"字、一"让"字，便齐⑬得家也。其要⑭在子弟读书与礼让。若不听吾言，譬如争一亩田、占一亩住基，两边不让，或致人命，或告官府，或集亲戚，所损甚大。若以此费置买前物，所费几倍，若曰住基无卖，此又愚也。其所以为此计者，不过遗自己之子耳。父母之心，爱子孙一也。今夺吾父母之子，以与自己之子，甚非我父母之心也。父母虽不在，逆其心，则逆天理矣，安知吾子孙不如今日之争哉！凡事皆此类也，而此事尤切，故特言之。今后若有田地等物不明，只许自家明白，不许扰及官府。我若不仕，尤当守此言也。其余取债⑮之属，民甚贫穷可悯，自己少用一分，便积得一分德。奴仆放横，不可放起。自今以后，无片言只字经动府县方好。不然，外人指议：此人要做好人，不能齐家，世间安有此等好人哉！由此得祸，不可知也。兼我在此，国事日在心怀，仲淹⑯做秀才时，便以天下为己任，况今日乎！进退⑰得失，有义有命，吾心视之，已如孤云野鹤⑱，脱洒无系⑲。自古坏事，皆是爱官职底⑳人弄得狼狈了脱，便根本㉑不安，枝叶安得保乎？戒之！戒之！若使我以区区官势来齐家，不以礼义相告，便成下等人了。但中间有等无知子弟与不才奴仆，弄出事来，则须治之以官耳。叔父须戒之，慎勿以吾言为迂㉒也。

【注释】

①罗伦:字彝正,号一峰,永丰(今属江西)人,明宪宗时官至修撰,数年后即辞官。为人刚直,崇高俭朴,严于律己。

②闾里:乡里。

③霄垠:天地。霄,去霄,指天。垠,土垠,指地。

④风(fěng):通“讽”,劝告。

⑤奠:定,安定。

⑥汴宋:北宋。北宋都城在汴京(今河南开封市),故称北宋为汴宋。欧阳修:北宋著名文学家,官至参知政事。

⑦南渡:指南宋。文丞相:文天祥,任宰相。宋亡被俘,不屈而死。

⑧仕:做官。

⑨蔡京:宋徽宗时任宰相,历史上著名的奸臣。秦桧:南宋高宗时任宰相,力主向金人求和,以“莫须有”的罪名害死名将岳飞父子。

⑩其:指蔡京、秦桧。势焰:气势。

⑪乡党:家乡。

⑫不肆强梁:不逞豪强。

⑬齐:整顿。

⑭要:主要,关键。

⑮取债:收债。

⑯仲淹:范仲淹,字希文,苏州吴县(今属江苏)人,北宋政治家。宋仁宋时任枢密副使、参知政事,推行政治改良措施受挫,贬为地方官。

⑰进退:做官或引退。

⑱孤云野鹤:比喻清高自在的人。

⑲脱洒:即洒脱,无拘无束之意。无系:没有约束。

⑳底:同“的”。

㉑根本:树的根和主干,比喻家族所依赖的人。

㉒迂:迂腐。

王守仁

答毛宪副书①

昨承遣人喻以祸福利害，且令勉赴大府请谢②。是非道谊深情③，决不至此。感激之至，言无所容。

但差人至龙场④凌侮，此自⑤差人挟势擅威，非大府使之也。龙场诸夷⑥与之争斗，此自诸夷愤愠⑦不平，亦非某使之也。然则大府固未尝辱某，某亦未尝傲大府⑧，何所得罪而遽⑨论谢乎？跪拜之礼，亦小官常分⑩，不足以为辱，然亦不当无故而行之。不当行而行，与当行而不行，其为取辱一⑪也。废逐小臣⑫，所守以待死者，忠信礼义而已。又弃此而不守，祸莫大焉。凡祸福利害之说，某亦尝讲之。君子以忠信为利⑬，礼义为福；苟忠信礼义之不存，虽禄之万钟⑭，爵以侯王之贵，君子犹谓之祸与害；如其忠信礼义之所在，虽剖心碎首，君子利而行之，自以为福也，况于流离窜逐之微乎？

某之居此，盖瘴疠蛊毒之与处⑮，魑魅魍魉⑯之与游，日有三死焉。然而居之泰然，未尝以动其中者⑰，诚知生死之有命，不以一朝之患⑱，而忘其终身之忧⑲也。大府苟欲加害，而在我诚有以取之，则不可谓无憾；使吾无有以取之而横罹⑳焉，则亦瘴疠而已尔，蛊毒而已尔，魑魅魍魉而已尔，吾岂以是动吾心哉！

执事㉑之谕，虽有所不敢承；然因是而益知所以自励，不敢苟有所隳堕㉒。则某也受教多矣，敢不顿首以谢！

【注释】

①王守仁：字伯安，余姚（今属浙江）人，明代著名哲学家、教育家，官至兵部尚书。毛宪副：毛伯温，字汝厉，当时任都察院左副都御史。都察院，明以前又称宪台，所以称他为宪副。王守仁因反对宦官刘瑾，被贬到贵州龙场驿。恩州太守差人侮辱他，当地少数民族抱不平打了差人。太守上告都察院，毛伯温传信要王守仁向太守谢罪，王守仁因而回了这封信。

②勉赴：勉强去。大府：高级官吏的衙门，指知州府。请谢：请罪，道歉。

③是：代词，这。道谊：同志交谊。

④龙场：驿名，在贵州省修文县。

⑤自：自然，当然。

⑥诸夷：一些少数民族民众。

⑦愤愠：愤怒。

⑧傲大府：对大府傲慢无理。

⑨遽:忽然。

⑩常分:本分。

⑪一:一样的。

⑫废逐小臣:被贬职流放的小官吏,此为作者自指。

⑬利:合宜。

⑭之:至,到达。万钟:指极高的薪俸。钟,古代量度单位,六石四斗为一钟。

⑮瘴:瘴气,南方山区中的湿热之气,中人则病。疠:瘟疫。蛊毒:各种毒虫制成的毒药。

⑯魑魅魍魉:山石草木之怪。

⑰以:因,因此。动:动摇。

⑱一朝之患:指瘴疠蛊毒。

⑲终身之忧:指忠信礼义。

⑳横罹(lí):意外遭难。罹,遭,逢。

㉑执事:旧时书信中用以称对方,谓不敢直陈,故向执事者陈述,表示尊敬,这里指毛伯温。

㉒隳(huī)堕:堕落。

答寇子惇书①

放逐②后,流连声伎③,不复拘检④,垂⑤二十年。人苦不自知⑥,仆既自知之,而又自忘之,此则深惑尔矣。有丑妇被黜⑦者,借邻女之饰,更往谓夫曰:"曩以不修⑧,子故弃妾。今修矣,子何辞焉?"其夫拒⑨,趋而出⑩。其姊尤⑪之曰:"一出已羞,更复何求?"其言虽鄙,可以理喻,惟万万念之。

【注释】

①康海:字德涵,号对山,武功(今属陕西)人,明孝宗时任修撰,后因刘瑾案所牵,除职。寇子惇,寇天叙,字子惇,榆次(今属山西)人,明武宗时官至应天府丞,明世宗时升刑部右侍郎。

②放逐:指被革职。

③流连:依恋不舍。声伎:歌妓。

④拘检:约束,检点。

⑤垂:将近。

⑥苦:苦恼。不自知:不了解自己。

⑦黜(chù):废弃,这里指抛弃。

⑧曩(nǎng):过去。以:介词,因为。不修:不修饰,不打扮。

⑨拒:拒绝。

⑩趋而出:跑出。

⑪尤:指责。

上万侍郎书①

居京师，荷蒙垂盼，念三十余年故知，殊不以地望逾绝而少变②。而大臣好贤乐善、休休有容③之度，非今世之所宜有也！有光是以亦不自嫌外④，以成盛德高谊之名，令海内之人见之。

有光晚得一第⑤，受命出宰百里⑥，才不逮志⑦，动与时忤⑧。然一念为民，不敢自堕于冥冥⑨之中，拊循劳徕⑩，使鳏寡不失其职。发于诚然，鬼神所知。使在建武⑪之世，宜有封侯爵赏之望；今被挫诎⑫如此，良可悯恻⑬。流言朋兴⑭，从而信之者十九⑮，小民之情，何以能自达于朝廷？赖阁下桑梓连壤⑯，所闻所见，独深知而信之。时人以有光徒读书无用，又老大，不能与后来英俊驰骋⑰，妄自测儗⑱，不待问而自以为甄别⑲已有定论矣。夫监郡之于有司之贤不肖⑳，多从意度㉑；又取信于所使咨访㉒之人，祇如㉓不睹其人之面，望其影而定其长短妍㉔丑，亦无当矣。如有加以私情爱憎，又如所谓流言者，使伯夷、申徒狄复生于今㉕，亦不免于世之尘垢，非饿死抱石，不能自明也。

昨者大计㉖郡吏，仅免下考㉗，今已见谓㉘不能为吏，又使匍匐于州县㉙，使益困迫而失其所性㉚，辗转狼狈，不复能自振于群毁之中㉛。夫以朝廷爱惜人才，当使之无失其所。如有光垂老，不肯自摧挫㉜，以求进于天子之科目㉝，至三十年而不退却。一旦得之，使之从百执事㉞，齿于下列㉟。不敢望公孙丞相、桓少傅㊱，仅如冯都尉㊲白首郎署，亦足以少答天下之士弹冠振衣㊳，愿立于朝之志矣。今之时，独贵少俊耳㊴，汉李太尉尝荐樊英等㊵，以为一日朝会㊶，见诸侍中并皆年少，无一宿儒㊷大人可以备顾问者，怅然为时惜之。有光顾何敢自列于昔贤之所荐，而番番㊸良士，膂力既愆㊹，我尚有之，以为国家用老成长厚之风，此亦当今公卿大臣之所宜留意者也。有光今已摧残至此。夫士之所负者，气耳。于其气之方盛，自以㊺古人之功业不足为，其稍歉则犹欲比肩于今人㊻，其又歉则视今人已不可及矣。方其久诎㊼于科试，得一第为州县吏，以为逾分㊽；今则顾念养生之计㊾，欲得郡文学㊿，已复不可望。计已无聊51，当引而去之52。譬行舟于水，值风水之顺快，可以一泻千里；至于逆浪排天，篙橹俱失，前进不止，未有不没溺者也。不于此时求住泊之所，当何所之53乎？

兹复有渎于阁下者54，自以禽鸟犹爱其羽，修身洁行，白首为小人所败。如此人[55]者，不徒欲穷其当世之禄位[56]，而又欲穷其后世之名，故自托于阁下之知，得一言明白，则万口不足以败之。假令数百人见誉，而阁下未之许，不足喜也；假令数百人见毁，而阁下未许之，不足惴[57]也。故大人君子一言，天下后世以为准。有光甘自放废[58]，得从荀卿[59]、屈原之后矣！

今兹遣人北上，为请先人敕命[60]，及上解官疏[61]，并道所以[62]。轻于冒渎[63]，无任惶悚[64]。不宣。

【注释】

①归有光：字熙甫，昆山（今属江苏）人，明代著名文学家。一生多次参加会试，直至六十岁才中进士，授长兴县令，官至太仆寺丞。万侍郎：万士和，江苏宜兴（今属江苏）人。初任户部右侍郎，后改礼部侍郎。归有光在长兴任县令时采取了一些不利富豪的措施，引起富豪及上司不满，将他调任顺德县通判，实际是贬抑他，因此他两次上疏请求辞职。这封信是他给上司的《又乞休文》的补充说明。

②地望：地位和声望。逾绝：差距极大。少：稍微。

③休休有容：宽容。休休，宽余的样子。

④嫌外：嫌弃，见外。

⑤晚得一第：晚年考中进士。

⑥出宰百里：出任县令。百里，指一县，古代一县之地方圆百里。

⑦才不逮志：才能低下不能实现志向。逮，赶上。

⑧忤（wǔ）：背离，抵触。

⑨冥冥：昏暗，指浑浑噩噩的样子。

⑩拊循：抚慰。劳徕：即劳来，体恤劳苦之人，招来离乡之民。

⑪建武：东汉光武帝刘秀的年号（25～26），这里指中兴之世。

⑫挫诎：挫折、贬斥。

⑬良：确实。悯恻：哀怜。

⑭流言：指中伤他的流言飞语。朋兴：群起。

⑮十九：十个中有九个。

⑯桑梓：家乡。古代屋前房后常种桑树和梓树，后来常以桑梓指故乡。连壤：土地相连接。宜兴和长兴相邻，故曰“连壤”。

⑰英俊：指才智杰出的人。驰骋：原为奔驰之义，这里指相提并论。

⑱测儗（nǐ）：推测，比较。

⑲甄别：鉴别。

⑳监郡：指各省负责监察的巡按御史。有司：官吏。

㉑意度：揣测。

㉒咨访：咨询察访。

㉓祗如：只要，仅仅。

㉔妍：美。

㉕伯夷：商朝末年孤竹君之子，不愿即君位，逃到周国。周武王灭商后，他和弟弟叔齐耻于

吃周的粮食,饿死在首阳山。申徒狄:商朝人,因不能行其道,抱石投河而死。

㉖大计:明朝三年进行一次的对外省官吏的考察。

㉗下考:似指对下级官吏的考察。

㉘见谓:被告知。

㉙"又使"句:指调他去任顺德通判。匍匐,奔忙。

㉚失其所性:失去自己的秉性,指失去他清高、正直的品性和志向。

㉛自振:自我振作。群毁:众人的毁谤。

㉜摧挫:摧折,挫折。

㉝天子之科目:泛指科举,这里指考进士。

㉞从:跟随。百执事:众官吏。执事,官府中供役使的人,这里指官吏。

㉟齿于下列:排在低级行列中。齿,排列。

㊱公孙丞相:汉武帝时丞相公孙弘,早年家贫未仕,直至六十岁才被征为博士。桓少傅:东汉光武帝时少傅桓荣。

㊲冯都尉:冯唐,汉文帝时为中郎署长,经汉景帝朝,直至汉武帝时,他已九十岁才升为车骑都尉。

㊳弹冠振衣:指做官。语出《楚辞·渔父》:"新沐者必弹冠,新浴者必振衣。"

㊴贵:珍视,重视。少俊:年轻有才能的人。

㊵李太尉:李固,东汉冲帝时为太尉。樊英:汉顺帝时入朝,不久以病免归。李固当时为将作大监,上疏以"一日朝会,见诸侍中并皆年少,无一宿儒大人可顾问者","诚以怅然为时惜之",建议召回樊英等旧臣。

㊶朝会:这里指大臣早上参见皇帝。

㊷宿儒:指旧儒老臣。

㊸番番(pó):白发苍苍的样子。番,通"皤"。

㊹膂力:体力。愆(qiān):丧失。

㊺以:认为。

㊻稍歉:稍差。比肩:肩并肩,等同。

㊼诎(qū):屈服,指挫折。

㊽逾分:超过了福分。

㊾养生之计:养家的出路。

㊿郡文学:指府、州、县的教授、学正、教谕等官职。

51无聊:无所依赖,指不能得到任何官职可以为生。

52引而去之:退下来并离开它。

53之:往,到。

54兹:代词,这。渎:轻慢。

55此人:作者自指。

56不徒:不仅仅。穷:穷尽,指追求。

57惴(zhuì):恐惧,害怕。

(58)放废：放逐贬官。

(59)荀卿：荀况，战国时人，仕齐，被人所谗；后到楚国当兰陵令，亦被废。

(60)先人：作者的父亲归正，曾任长兴县知县。敕命：朝廷的命令。

(61)上解官疏：呈上解职信，指他的《又乞休文》。

(62)所以：原因。

(63)冒渎：冒犯。

(64)无任：不胜。惶悚：恐惧。

宗　臣

报刘一丈书①

数千里外，得长者②时赐一书，以慰长想，即亦甚幸矣。何至更辱馈遗③，则不才益将何以报焉④！书中情意甚殷⑤，即长者之不忘老父，知老父之念长者深也。

至以"上下相孚，才德称位"语不才⑥，则不才有深感焉。夫才德不称，固自知之矣。至于不孚之病，则尤不才为甚。

且今之所谓孚者何哉？日夕策马候权者之门⑦，门者故不入，则甘言媚词，作妇人状⑧，袖金以私⑨之。即门者持刺入⑩，而主人又不即出见，立厩⑪中仆马之间，恶气袭衣袖，即饥寒毒热⑫不可忍，不去也。抵⑬暮，则前所受赠金者出，报客曰："相公⑭倦，谢客⑮矣，客请明日来。"即明日又不敢不来。夜披衣坐，闻鸡鸣即起盥栉⑯，走马抵门。门者怒曰："为谁⑰？"则曰："昨日之客来。"则又怒曰："何客之勤也！岂有相公此时出见客乎？"客心耻之⑱，强忍而与言曰："亡奈何⑲矣，姑容我入。"门者又得所赠金，则起而入之⑳；又立向㉑所立厩中。幸主者出，南面㉒召见，则惊走匍匐阶下㉓。主者曰："进！"则再拜㉔，故迟不起。起则上所上寿金㉕。主者故不受，则固请；主者故固不受，则又固请。然后命吏纳之。则又再拜，又故迟不起，起则五六揖，始出。出，揖门者曰："官人幸顾我㉖，他日来，幸勿阻我也。"门者答揖，大喜奔出。马上遇所交识㉗，即扬鞭语曰："适㉘自相公家来，相公厚我㉙！厚我！"且虚言状㉚。即所交识，亦心畏㉛相公厚之矣。相公又稍稍语人曰："某也贤！某也贤㉜！"闻者亦心计交赞之㉝。此世所谓上下相孚也。长者谓仆能之乎？

前所谓权门者，自岁时伏腊一刺之外㉞，即经年不往也。间道经其门㉟，则亦掩耳闭目，跃马疾走过之，若有所追逐者。斯则仆之褊㊱哉，以此常不见悦于长吏，仆则愈益不顾也。每大言曰："人生有命，吾唯守分尔已！"长者闻之，得无厌其为迂乎？

乡园多故㊲，不能不动客子之愁。至于长者之抱才而困㊳，则又令我怆然㊴有感。天之与先生者甚厚㊵，亡论㊶长者不欲轻弃之，即天意亦不欲长者之轻弃之也，幸宁心哉㊷！

【注释】

①宗臣：字子相，兴化（今属江苏）人，明代著名文学家。这是宗臣给其父辈好友刘一丈（刘墀石）的一封回信，信中揭露和讽刺了上层统治集团的黑暗腐朽，并对刘一丈进行了委婉的

劝慰。在当时文坛上,宗臣与李攀龙、王世贞、谢榛、梁有誉、徐中行、吴国伦齐名,合称"后七子"。本文是宗臣的一篇著名的书信体散文。

②长者:即刘一丈,名珍,字国珍,号稚石,是作者父亲宗周的至交好友,因排行第一,故称刘一丈。丈,旧时对长者的尊称。

③何至:哪里敢。更:再。辱:屈辱(您)。馈(kuì)遗(wèi):赠送礼物。

④益:更加。何以报:用什么来报答。

⑤殷:深厚。

⑥上下相孚,才德称位:上下级相互信任,才德与官位相配。孚,信任。称,相称,称职。语:有称赞的意思。不才:作者对自己的谦称。

⑦日夕:接近黄昏时。候:等候。权者:有权势的人,指严嵩之流。

⑧甘言媚词:甜言蜜语,谄媚奉承的话。作妇人状:(巴结门人)扭捏作态。

⑨私:在这里作动词,是私送的意思。

⑩即:即使。刺:名刺,谒见时用的名片。

⑪厩(jiù):马棚。

⑫毒热:酷热。

⑬抵:及,到。

⑭相公:唐宋以后对宰相的尊称。

⑮谢客:谢绝会客。

⑯盥(guàn)栉:洗脸和梳头。

⑰为谁:是谁。

⑱耻之:以之为耻,即感到这样可耻。

⑲亡奈何:没办法。亡,通"无"。

⑳起而入之:起身开门让客进府去。入之,使之入。

㉑向:先前。

㉒南面:古代以面向南坐为尊位。

㉓惊走:急急忙忙地跑去。匍匐:在地上爬,这里指趴在地上。

㉔再拜:拜了又拜。

㉕寿金:祝寿礼金,这里是指贿赂。

㉖官人:客对门人的尊称。幸顾我:多亏照顾我。

㉗所交识:朋友,熟人。

㉘适:刚才。

㉙厚我:厚待我。

㉚虚言状:虚假地描述相公厚待的情景。

㉛畏:敬佩,惊羡。

㉜稍稍:偶尔随便。某也贤:某人很有才德。某,指上文的"客"。

㉝心计:心中盘算。交:交相。

㉞岁时伏腊:泛指逢年过节。岁,年节。时,四时节令。伏腊,即夏伏、冬腊,都是祭祀的节日。刺:刺探。

㉟间:间或,有时。道经:路过。

㊱褊(biǎn):狭隘。

㊲乡园多故：家乡多变故。

㊳抱才而困：有才能的陷于困厄的境地，即怀才不遇。

㊴怆然：悲伤的样子。

㊵天之与先生者甚厚：指刘一丈的天赋、才德很好。

㊶亡论：不要说。亡，通“无”。

㊷幸：希望。宁心：安心。

周　怡

勉谕儿辈①

由俭入奢易，由奢入俭难。饮食衣服，若②思得之艰难，不敢轻易费用；酒食一餐，可办粗饭几日；纱绢一匹，可办粗衣几件。不馋③不寒足矣，何必图好吃好着④？常将有日思无日，莫待无时思有时，则子子孙孙常享温饱矣。

【注释】

①周怡：号讷溪，字顺之，明嘉靖时任吏科给事中，隆庆时任太常少卿，因抨击宦官，得罪皇帝，被贬至外州。这是他教训儿子勤俭修身持家的信。谕：告诉。

②若：你。

③馋：贪吃。

④着：穿着。

沈 錬

给子襄书①

范仲淹②做秀才时，即以天下事自任。况今南北告警，旱魃③连年，天变人灾，四方迭见④。当此之时，不可为无事矣！汝等不能出一言，道一策，以为朝廷国家，只知寻摘章句⑤，雍容于礼度之间⑥。答谓责任不在于我，因循岁月⑦，时至⑧而不为，事失而胥溺⑨，则汝等平生之所学者，更亦何益！南方风气秀拔⑩，岂无雄俊才杰之士邪！吾愿汝亲之敬之。其阿庸⑪无识之徒，愿汝疏之远之。天降烈祸，殿廷灰烬；旬日之内，宫殿继烧。此乃贼臣擅权肆恶⑫，以致阴阳失节⑬，而祸固起于朝廷，土木大兴，而害则延于百姓矣。宣大⑭臣僚，与敌通和，私相纳贿，无复⑮人理。吾以中心耿郁⑯，有事必直言于当道⑰，彼等亦稍畏缩。但廊庙⑱之中，欺君之计通行，而嚣⑲官之声大震，不能不动汝父之忧耳。

【注释】

①沈錬：字纯甫，号青霞，会稽（今浙江绍兴市）人。明嘉靖进士，性情刚正。因上疏弹劾严嵩，被廷杖，贬至保安（今陕西志丹县），后被诬陷与白莲教谋反，被杀。

②范仲淹：字希文，北宋著名政治家、文学家。范仲淹在年轻时就经常说："士当先天下之忧而忧，后天下之乐而乐。"后来他把这句话写入《岳阳楼记》。

③旱魃（bá）：迷信说法中的旱灾鬼怪。

④迭见（xiàn）：交替出现。

⑤寻摘章句：指写诗、词、文章。

⑥雍容：举止温文。礼度：礼数。

⑦因循岁月：让岁月白白流过。

⑧时至：时机到了。

⑨胥溺：全部陷溺，指大家受害。胥，全。

⑩风气秀拔：指文化发达，风气开通。

⑪阿庸：阿谀逢迎、庸俗。

⑫贼臣：指严嵩父子。擅权：专权。

⑬阴阳失节：古人认为，天地间有阴阳二气。二气和协，社会太平；二气失调，社会动荡。失节，失调。

⑭宣大：宣府、大同。为明代北方的边防要地。

⑮无复：没有。复，词尾，无义。人理：人性。

⑯中心：心中。耿郁：耿耿、郁结。
⑰当道：当权者。
⑱廊庙：朝廷。
⑲鬻(yù)：卖。

杨继盛

给子应尾应箕书[1]

人须要立志。初时立志为君子,后来多有变为小人的。若初时不先立下一个定志,则中无定向,便无所不为,便为天下之小人,众人皆贱恶你;你发愤立志要做个君子,则不拘做官不做官,人人都敬重你,故我要你第一先立起志气来。

心为人一身之主,如树之根,如果之蒂[2],最不可坏了心。心里若是存天理、存公道,则行出来便都是好事,便是君子这边的人。心里若存的是人欲,是私意,虽欲行好事,也是有始无终。虽欲外面做好人,也被人看破你,如根衰则树枯,蒂坏则果落,故我要你休把心坏了。

心以思为职[3],或独坐时,或深夜时,念头一起,则自思曰:"这是好念?是恶念?"若是好念,便扩充起来,必见之行;若是恶念,便禁止勿思。方[4]行一事则思之,以为此事合天理、不合天理?若是不合天理,便止而勿行;若是合天理,便行。不可为分毫违心害理之事,则上天必保护你,鬼神必加佑你;否则,天地鬼神必不容你。

你读书若中举中进士,思我之苦,不做官也是[5]。若是做官,必须正直忠厚,赤心随分[6]报国。固不可效我之狂愚,亦不可因我为忠受祸,遂改心易行,懈[7]了为善之志,惹人父贤子不肖[8]之笑。

我若不在,你母是个最正直不偏心的人,你两个要孝顺他,凡事依他,不可说你母向那个儿子,不向那个儿子;向那个媳妇,不向那个媳妇。要着[9]他生一些儿气,便是不孝,不但天诛[10]你,我在九泉之下,也摆布[11]你。

你两个是一母同胞的兄弟,当和好到老,不可各积私财,致起争端;不可因言语差错,小事差池[12],便面红耳赤。应箕性暴些,应尾自幼晓得他性儿的,看我面皮,若有些冲撞,担待他罢!应箕敬你哥哥,要十分小心,和敬我一般的敬才是。若你哥哥计较你些儿[13],你便自家跪拜与他陪礼;他若十分恼不解,你便央及你哥相好的朋友劝他。不可他恼了,你就不让他,你大伯这样无情的摆布我,我还敬他,是你眼见的。你待你哥,要学我才好。

应尾媳妇是儒家[14]女,应箕媳妇是宦家[15]女,此最难处。应尾要教导你媳妇,爱弟妻如亲妹,不可因他是官宦人家女,便气不过,生猜忌之心。应箕要教导你媳妇,敬嫂嫂如亲姊。衣服首饰休穿戴十分好的,你嫂嫂见了,口虽不言,心里便有几分不耐烦，嫌隙自此生矣。四季衣服，每遇出入，妯娌两个是一样的，兄弟两个也是一样的。每吃饭，你两个同你母一处吃，两个媳妇一处吃，不可各人和各人媳妇自己房里吃，久则就生恶了。

你两个不拘有天来大恼[16]，要私下请众亲戚讲和，切记不可告之于官。要是一人先告，后者把这手卷[17]送之于官，先告者即是不孝，官府必重治他。央及你两个，好歹与我长些志气。再预告问[18]官老先生，若见此卷，幸怜我苦情，教我二子，再三劝诱，使争而复和，则我九泉之下，必有衔结之报[19]。

你堂兄燕雄、燕豪、燕杰、燕贤，都是知好歹的人。虽在我身上冷淡，却不干他事。俗语云："好时是他人[20]，恶时是家人。"你两个要敬他、让他。祖产分有未均处，他若是爱便宜，也让他罢。切记休要争竞，自有旁人话短长[21]也。

你两个年幼，恐油滑人见了，便要哄诱你，或请你吃饭，或诱你赌博，或以心爱之物送你，或以美色诱你，一入他圈套，便吃他亏，不惟荡尽家业，且弄你成不得人。若是有这样人哄你，便想我的话来识破他：和你好，是不好的意思。便远了他。拣着老成忠厚、肯读书、肯学好的人，你就与他肝胆相交，语言必信，逐日与他相处，你自然成个好人，不入下流也。

读书见一件好事，则便思量：我将来必定要行；见一件不好的事，则便思量：我将来必定要戒。见一个好人则思量：我将来必要与他一般；见一个不好的人则思量：我将来切休要学他。则心地自然光明正大，行事自然不会苟且，便为天下第一等好人矣。

习举业[22]，只是要多记多作。四书[23]本经记文一千篇，读论一百篇，策一百篇，表五十道，判语八十条[24]，有余功则读五经白文[25]，好古文读一百篇。每日作文一篇，每月作论三篇、策二问。切记：不可一日无师傅。无师傅则无严惮、无稽考[26]，虽十分用功，终是疏散，以自在故也。又必须择好师。如一师不惬意，即辞了另寻，不可因循迁延，致误学业。又必择好朋友，日日会讲切磋，则举业不患其不成矣。

与人相处之道，第一要谦下诚实。同干事，则勿避劳苦；同饮食，则勿贪甘美；同行走，则勿择好路；同睡寝，则勿占床席。宁让人，勿使人让我；宁容人，勿使人容我；宁吃人之亏，勿使人吃我之亏；宁受人之气，勿使人受我之气。人有恩于我，则终身不忘；人有仇于我，则即时丢过。见人之善，则对人称扬不已；闻人之过，则绝口不对人言。有人向你说某人感你之恩，则云："他有恩于我，我无恩于他。"则感恩者闻之，其感益深。有人向你说某人恼你谤你，则云："彼与我平日最相好，岂有恼我谤我之理？"则恼我者闻之，其怨即解。人之胜似你，则敬重之，不可有傲忌之心；人之不如你，则谦待之，不可有轻贱之意。又与人相交，久而益密，则行之邦家[27]可无怨矣。

我一母同胞，见在者四人：你大伯、二姑、四姑及我。大伯有四个好子，且家道富实，不必你忧。你二姑、四姑俱贫穷，要你常看顾他，你敬他和敬我一般。至于五姑、六姑，亦不可视之如路人也。房族中人有饥寒者、不能葬者、不能嫁娶者，要你量力周济，不可忘一本[28]之念，漠然不关于心。

我家系诗礼士夫[29]之家，冠婚丧祭，必照家礼行。你若不知，当问之于人，不可随俗苟且，庶子孙有所观法[30]。你姊是你同胞的人，他日后若富贵便罢，若是穷，你两个要老实供给照顾他。你娘要与他东西，你两个休要违阻；若是有些违阻，不但失兄弟之情，且使你娘生气，又为不友，又为不孝。记之，记之！

杨应民是我自幼抚养他成人，你日后与他村里庄窠一所，坟左近地与他五十亩。他若公道便与他，若有分毫私心，私积钱财、房子、地土都休要与他。曲钺他若守分，到日后亦与他地二十亩，村宅一小所；若是生事，心里要回去，你就和你两个丈人商议告着他。原×××钱子买的他，放债一年银一两，得利六钱，按×年问他要，不可饶他。恐怕小厮门[31]照样儿行，你就难管。福寿儿、甲首儿、杨爱儿，都是监中伏侍我的人，日后都与他地二十亩，房一小所。以上各人，地都与他坟左近的，着他看守坟墓，许他种，不许他卖。

覆奏本已上，恐本下急，仓促之间，灯下写此，殊欠伦序[32]。然居家做人之道，尽在是矣。拿去你娘看后，做一个布袋装盛，放在我灵前桌上，每月初一、十五，合家大小灵前拜祭了，把这手卷从头至尾念一遍，合家听着。虽有紧事[33]，也休废了。

【注释】

①杨继盛：字仲芸，号椒山，明保定容城（今属河北）人，嘉靖时任兵部员外郎，因批评大将仇鸾误国而贬官。后起用为兵部武选司员外郎，又抨击宰相严嵩，下狱受刑。被杀。这是他在狱中给儿子应尾、应箕留下的遗书。

②蒂：瓜果与枝茎连接的部分。

③职：职能，功用。

④方：将。

⑤是：对，正确。

⑥随分（fèn）：依从职责。

⑦懈：放松。

⑧不肖：不像，指不像其父。

⑨着：教，让。

⑩诛：惩罚。

⑪摆布：指惩罚、为难。

⑫差池：差错。

⑬些儿：一点儿。

⑭儒家：读书人家。

⑮宦家：做官人家。

⑯天来大恼：天大的恼怒。

⑰手卷：指这封遗书。

⑱告问：问好。

⑲衔结之报：衔环结草似的报答。衔环，神话传说，汉代杨宝收养一只受伤的黄雀，百天后，鸟伤痊愈，飞去。当夜杨宝梦见黄衣童子赠予白环四枚，说会让杨宝子孙洁白，位至三公。

结草，据《左传·宣公十五年》记载。春秋时，晋大夫魏武子临终前命儿子魏颗用妾殉葬，魏颗不听，将妾嫁了人。后来魏颗同秦国力士杜回作战，见一老人把草扎起来绊倒了杜回，魏颗活捉了他。晚上魏颗梦见老人对他说：我就是那个妾的父亲。

⑳好时：顺利的时候。他人：外人。

㉑话短长：说谁对谁错。

㉒举业：科举考试。

㉓四书：《论语》、《孟子》和《礼记》中的《大学》、《中庸》的合称。

㉔论：议论文章。策：对策文。表：臣下给皇帝的上书。判语：批语。

㉕五经：《诗经》、《尚书》、《春秋》、《易经》、《礼记》的合称。白文：历代对经书有许多注疏，白文指没有注疏圈点的。

㉖严惮：严厉，畏惧。稽考：考核。

㉗邦家：国家。

㉘一本：同一个祖宗。

㉙士夫：士大夫，官宦。

㉚庶：期望。有所观法：有先例和效法的东西。

㉛门：同“们”。

㉜伦序：伦次，顺序。

㉝紧事：急事。

张居正

答湖广巡抚朱谨吾辞建亭书①

承示欲为不穀作三诏亭②,以彰天眷③,垂永久,意甚厚。但数年以来,建坊营作,损上储④,劳乡民,日夜念之,寝食弗宁。今幸诸务已就,庶几疲民少得休息⑤;乃无端又兴此大役⑥,是重困乡人,益吾不德也⑦。且古之所称不朽者三⑧,若夫恩宠之隆,阀阅⑨之盛,乃流俗之所艳⑩,非不朽之大业也。

吾平生学在师心⑪,不蕲⑫人知。不但一时之毁誉,不关于虑⑬;即万世之是非,亦所弗计⑭也,况欲侈恩席宠以夸耀流俗乎⑮!张文忠⑯,近时所称贤相,然其声施⑰于后世者,亦不因三诏亭而后显也。不穀虽不德,然其自计,似不在文忠之列。使后世诚有知我者,则所为不朽,固自有在,岂藉建亭而后传乎?露台百金之费,中人十家之产,汉帝犹且惜之⑱,况千金百家之产乎!当此岁饥民贫之时,计一金可活一人,千金当活千人矣!何为举百家之产、千人之命,弃之道旁,为官吏往来游憩之所乎?

且盛衰荣瘁⑲,理之常也。时异势殊,陵谷⑳迁变,高台倾,曲池㉑平,虽吾宅第且不能守,何有㉒于亭?数十年后,此不过十里铺前一接官亭耳,乌睹㉓所谓三诏者乎?此举比之建坊表宅㉔,尤为无益。已寄书敬修㉕儿达意官府,即檄㉖已行,工作已兴,亦必罢之。万望俯谅。

【注释】

①张居正:字叔大,号太岳,江陵(今属湖北)人,历官明嘉靖、隆庆两朝,数十年主持朝政,为明代著名政治家。这是张居正制止为他歌功颂德修亭而写给湖广巡抚朱谨吾的信。湖广:明朝省名,管辖今湖北、湖南两省。巡抚:省的主管官吏。

②示:给人看,这里是写信给我之意。不穀:不善,古代帝王诸侯的谦称,张居正身为宰辅,故可以此自称。三诏:见于《礼记·礼器》:"纳牲诏于庭,血毛诏于室,羹定诏于堂,三诏皆不同位。"诏,求告上天赐福。

③彰:明。天眷:皇帝的宠信。

④上储:国家储备。

⑤庶几:大概。少:稍微。

⑥乃:竟然。无端:无缘无故。

⑦益:增加。不德:没有德行。

⑧"且古之"句:《左传·襄公二十四年》:"太上有立德,其次有立功,其次有立言,虽久,不

废，此谓之不朽。”

⑨阀阅：门第。古以左门为阀，右门为阅。

⑩艳：艳羡。

⑪师心：以思想为老师。

⑫蕲(qí)：求。

⑬不关于虑：不在考虑的范围之内。

⑭亦所弗计：也不是考虑的内容。

⑮侈恩：过度的恩赐。席宠：凭借宠信。席，凭借，仗恃。

⑯张文忠：张孚敬，字秉用，永嘉(今浙江温州北)人，明武宗时入仕，官至华盖殿大学士，主政多年。

⑰施(yì)：延续。

⑱“露台”三句：汉文帝时，打算修一观察天象的露台，需用百金。文帝说：“百金，中人十家之产也。吾奉先帝宫室，常恐羞之，何以台为？”

⑲荣：花开。瘁：困病，这里指凋谢。

⑳陵谷：山陵和山谷。

㉑曲池：弯曲的池沼。

㉒何有：哪里有。

㉓乌睹：哪里看得见。乌，疑问副词，怎么，哪。

㉔建坊表宅：建立牌坊，表彰宅第。

㉕敬修：张居正的儿子。

㉖檄(xí)：公文，指制止建亭的公文。

李　贽

与焦弱侯①

人犹水也，豪杰犹巨鱼也。欲求巨鱼，必须异水②；欲求豪杰，必须异人，此的然③之理也！今夫井，非不清洁也，味非不甘美也，日用饮食非不切切④于人，若不可缺以旦夕也。然持任公⑤之钓者，则未尝井焉之之⑥矣。何也？以井不生鱼也，欲求三寸之鱼，亦了不⑦可得矣。

今夫海，未尝清洁也，未尝甘旨⑧也。然非万斛之舟⑨不可入，非生长于海者不可以履⑩于海。盖能活人，亦能杀人；能富人，亦能贫人。其不可恃之以为安⑪，倚之以为常⑫也明矣。然而鹍鹏化焉⑬，蛟龙藏焉，万宝之都⑭，而吞舟之鱼所乐而游遨也。彼但一开口，而百丈风帆并流以入，曾⑮无所于碍，则其腹中固已江、汉若矣⑯。此其为物，岂豫且⑰之所能制，网罟之所能牵耶⑱？自生自死，自去自来，水族千亿，惟有惊怪长太息而已，而况人未之见乎？

余家泉海⑲，海边人谓余言：有大鱼入港，潮去不得去，呼集数十百人，持刀斧，直上鱼背，恣意砍割，连数十百石，是鱼犹恬然⑳如故也。俄而潮至，复乘之而去矣。然此犹其小者也。乘潮入港，港可容身，则兹鱼亦苦不大㉑也。余有友莫姓者，住雷海㉒之滨，同官滇㉓中，亲为我言：有大鱼如山，初视，犹以为云若雾也。中午雾尽收，果见一山在海中，连亘若太行㉔，自东徙西，直至半月日乃休。则是鱼也，其长又奚啻㉕三千里者哉！

嗟呼！豪杰之士，亦若此焉尔矣。今若索豪士于乡人皆好之中，是犹钓鱼于井也，胡㉖可得也？则其人可谓智者欤？何也？豪杰之士决非乡人之所好，而乡人之中亦决不生豪杰。古今贤圣皆豪杰为之，非豪杰而能为圣贤者，自古无之矣。今日夜汲汲㉗，欲与天下之豪杰共为贤圣，而乃索豪杰于乡人，则非但失却豪杰，亦且失却贤圣之路矣！所谓北辕而南其辙㉘，亦又安可得也。吾见其人决非豪杰，亦决非有为圣贤之真志者。何也？若是真豪杰，决无有不识豪杰之人；若是真志要为圣贤，决无有不知贤圣之路者，尚安有坐井钓鱼之理也？

【注释】

①李贽：号卓吾，又号宏甫，泉州晋江（今属福建）人，曾任云南姚安知府，后辞官讲学。他自我标榜为“异端”，反对礼教，屡遭朝廷迫害，终以“敢倡乱道，惑世诬民”罪名入狱，自刭而死。焦弱侯：焦竑，字弱侯，江宁（今南京市）人，李贽的好友。明万历年间中进士，官至翰林

院修撰。

②异水：不同一般的水。

③的然：确实。

④切切：急迫的样子。

⑤任公：传说中善于钓大鱼的人，用五十头牛为鱼饵，在东海钓得一条巨鱼，使从浙江到苍梧的人饱食一顿。见于《庄子·外物》。

⑥井焉之之：到井边去。前一“之”字，助词。后一“之”字，动词，往。

⑦了不：一点也不，全不。

⑧甘旨：味道甜美。

⑨万斛之舟：大船。斛，容量单位，古代十斗为一斛，宋以后改五斗为一斛。

⑩履：踏，这里指游泳。

⑪恃之以为安：依赖它并认为很安全。

⑫倚之以为常：依靠它并认为可以很常久。

⑬鹍鹏化焉：见于《庄子·逍遥游》：“北冥有鱼，其名为鲲。鲲之大，不知其几千里也。化而为鸟，其名为鹏。鹏之背，不知其几千里也。”鹍，即鲲，大鱼名。

⑭都：聚集。

⑮曾：副词，表加强语气。

⑯固：本来。江、汉若：像长江、汉水一样。

⑰豫且：春秋时宋国人，曾以网捕得神龟。事见《史记·龟策列传》。

⑱网罟(gǔ)：网。罟，网。牵：束缚。

⑲泉海：即泉州。泉州临海，故称“泉海”。

⑳恬然：满不在乎的样子。

㉑苦不大：因港口不很大而难受。

㉒雷海：指雷州(今广东省海康县)海面。

㉓滇：贵州。

㉔连亘(gèn)：绵延不断。太行：太行山。

㉕奚啻(chì)：何止。啻，仅仅。

㉖胡：何。

㉗汲汲：指急切追寻的样子。

㉘北辕而南其辙：见于《战国策·魏策》，说有人想向南去楚国，却驾车往北走。北辕，车头向北。南辙，车辙向南面伸展。

戚继光妾

上戚大将军继光书①

敬上大将军麾下②：妾等自奉夫人命，遣别以后，初意本拟共赴清流，抛却红尘，以了残生。然窃思事非出于将军本意。将军深恩厚爱，未可遽忘；况爱儿被攫，亦未忍遽离。辗转思维，姑复偷生人世，惟希万一有相见之期耳。

虽然求死既不获，而图存亦殊难。拊膺自嗟③，彷徨四顾，扰扰尘寰，茫茫恨海，未识何处是妾等归宿地也。幸得此间定慧庵老尼，悲其所遇，亟相劝慰，拯而留之。而妾等自经此变，已澈悟世情，因皆披剃为尼。终日惟参禅焚香，常宣佛号，为将军及爱儿祝福，并忏悔妾等前愆④。然既经剃度焚修，身已为世外闲人⑤，自当无所挂碍，万念皆空。奈每于独拥寒被，梦回午夜之顷，犹觉爱儿酣卧怀中。此情此景，悲痛奚如！因此往事重重，一齐堆来心上，更难排遣。而于风雨凄其之夜，鱼磬⑥销沉之时，回忆将军之隆情⑦，爱儿之嬉笑，直如万箭攒心。

嗟乎伤哉！妾等自审⑧命薄，不能终身事将军，惟遥谂⑨将军则越岭登山，穿林度涧，率百万雄师，征鞑靼⑩，平倭寇⑪。攻寨毁垒，陷阵搴旗⑫，所向披靡，叠建奇勋。未识胜凯归旋，于解甲释胄⑬之余，对夫人而弄稚子，得能推爱屋及乌⑭之心，而犹念及妾等否也？窃念将军此时，正功业巍巍，升秩封赏，区宇讴歌，未必复以儿女之情，萦扰心曲也。果尔，则合浦无复珠还之望⑮，破镜难俟重圆之期矣⑯。思之思之，心犹未死，特再合辞冒昧上渎，不胜迫切待命之至。

【注释】

①戚继光：字元敬，号南塘，晚号孟诸，蓬莱（今属山东）人。明代抗倭名将，戚继光纳妾数人藏于别处，生有三子，夫人知道后，将妾全部驱逐，并把妾生之子留下。诸妾与戚继光情真意切，不忍让他左右为难，毅然断发为尼，十余年后，戚夫人死，众妾才得以回归。

②麾下：古代对武官的敬称。麾，军中旗帜。

③拊膺自嗟：拍着胸脯独自深深叹息。

④前愆（qiān）：以前的过失。

⑤世外闲人：僧尼自称不问世事、抛却红尘。

⑥鱼磬：木鱼和铜磬，二者都是佛教法器。

⑦隆情：盛情厚意。

⑧审：详知，明察。

⑨谂（shěn）：思念。

⑩鞑靼:我国古代北方诸民族的总称。明代把东部蒙古成吉思汗后裔各部称为“鞑靼”。

⑪倭寇:指元末明初在我国沿海地区侵扰抢掠的日本海盗。

⑫搴(qiān)旗:拔旗。

⑬解甲释胄:解下衣甲,脱下头盔,多指凯旋而归。

⑭爱屋及乌:《尚书大传·大战》中有“爱人者,兼其屋上之乌”之句。意思是由于喜爱屋子,连屋子上的乌鸦也喜爱上了。比喻推爱及人。

⑮合浦珠还:传说汉代合浦郡不产谷实,而海出珠宝,起先郡守极力搜刮,致使珍珠移往别处。后来孟尝为太守,制止搜刮,革弊图新,终于使珍珠复还。后用来比喻东西失而复得。

⑯破镜重圆:南朝陈代时,陈后主之妹乐昌公主初嫁徐德言,陈朝覆灭前夕,夫妻恐国乱失散,将一面镜子剖为两半,二人各执其一,并约定了万一失散后的联系办法。二人离散后数年,果然在约定的时间、地点相见,破镜对合重圆。后常用此比喻夫妻离散后幸获团圆。

马守真

致王百谷书①

妾秦淮筑室，小住萍踪②。略蓄雏环③，聊供肆应。乃风流学士，裘马少年，诗酒流连，几无虚夕。盘桓妆阁，竟引为殊荣。是以再拓隙地，更建回廊。池馆清疏，莳④花木以招蛱蝶；楼台幽静，扫曲径而延嘉宾。酒绿灯红，灯光灿烂；歌声舞影，舞态翩跹。时亦不少貂冠珠履之流，绸缪缱绻，朝朝暮暮，无尽无休，泄泄融融⑤，如胶如漆。但曲终人散，事过情迁。回想前尘，便如梦幻泡影矣。

自从檀郎⑥辱临寒舍，一见倾心，两情欢洽。迨⑦酒阑人去，送客留髡⑧，此夕爱情，何以逾之。时妾少负盛名，谬承公子王孙奖饰逾恒，推为六院之冠。以是艳羡者固多，而嫉妒者也不乏其人。乃不谓竟有官场败类，落魄才人，勾结不肖吏胥，横施强暴，借索逋⑨为词，以逮捕相恫，索诈数度，攫金半千。奈所蓄既尽，而欲壑未填。时则幸得西台御史，与檀郎有旧，得檀郎请为居间⑩，慨然俯允，始获解围，幸免鱼肉。此情此德，耿耿于怀。妾欣幸之余，无以克服，窃思郎既有心于妾，妾惟委身于郎。而郎谓："余岂欲得汝而援手⑪乎？脱人之危，而因以为利，去厄之哉几何⑫？古押衙⑬而在，匕首不陷于胸乎？"噫嘻！是蔼然仁者之言也。郎意良厚，我心维坚。第溯自妾受兹惊恐⑭，卧病河房，而郎亦径反吴门⑮，未遑⑯相送。从此一别，后会何期！昕夕⑰相思，形之梦寐。然此身不及相从，终难自释。以前迹象，若干年来时时入我梦中。

追此次贵友吴公来白下⑱，遥承寄语，藉稔⑲起居佳胜，欢忭奚如⑳。并闻菊秋望日㉑，为檀郎寿辰。届时妾当买楼船，载婵娟，专赴吴门，捧觞上寿也。身未登程，神已驰依左右矣。拜晤非遥，虔㉒候晋福。

【注释】

①王百谷：名稚登，字伯谷，江阴（今属江苏）人，移居苏州。明代文学家、书法家。王百谷曾与当时的著名歌妓马守真相识，并帮助她摆脱困境。马守真对王百谷感恩戴德，欲以身相许，遭到王百谷的婉拒。待王百谷七十大寿时，马守真专程率歌妓前去助幸，成为当时一大盛事。这封信写在祝寿之前，信中述说了自己的身世，回忆了与王百谷的交往，赞扬了王百谷救人于危难之中而又不求报答的豪爽襟怀。

②萍踪：萍生水中，飘浮无定，因称无定的行踪为"萍踪"。

③雏环：小丫环。

④莳(shí):栽植。

⑤泄泄融融:《左传·隐公元年》:“公入赋:‘大隧之中,其乐也融融。’姜出而赋:‘大燧之外,其乐也泄泄。’”泄泄融融,形容和乐的样子。

⑥檀郎:晋代潘岳小名檀奴,姿仪美好。后常以“檀郎”代称美男子或所爱慕的男子。

⑦迨(dài):等到。

⑧留髡:《史记·滑稽列传》:“主人留髡而送客。”是说主人送走其他客人而独留淳于髡尽情痛饮。后称留客痛饮为“留髡”。

⑨索逋:索取欠账。

⑩居间:做争执双方的调解人。

⑪援手:《孟子·离娄上》:“嫂溺,援之以手。”后遂以“援手”代指救助。

⑫去厄之哉几何:与降祸于人又有多少差别呢?

⑬古押衙:唐人小说中的一个人物形象,他舍己救人,成人之好,为人所称道。后以此代指侠士。

⑭第:只是。溯:回忆。

⑮吴门:苏州的别称。

⑯未遑(huáng):不暇,未及。

⑰昕夕:早晨和晚上,朝朝暮暮。

⑱白下:南京的别称。

⑲藉稔:借以悉知。稔,熟悉。

⑳欢忭(biàn):欢乐。忭,喜乐。奚如:怎样形容。

㉑菊秋:秋天的最后一个月,即九月,菊花正艳。望日:农历每月的十五日。

㉒虔:恭敬,虔诚。

熊廷弼

答陈志寰①

弼自甘废弃②久矣，一经诟逐③，无复世情④，几载耕农，苟活性命。不图公朝误举⑤，遂及虚庸⑥；早夜思维，但深惭悚⑦。况以一盘全负之局⑧，而冀一拨即转之功；则无子空枰⑨，何凭下手？旁观冷眼，谁与点筹⑩？群公苟且夕以为安，九重置缓急于不问⑪。似此景象，安卜所终⑫？此弼之所以日夜惊愁而大悔出山之误者也⑬！仰惟台臺以前辈之典型⑭，作后生之师导。如弼者，贸贸⑮以来，冥冥⑯而往，欲拯溺而溺已濡⑰体，欲救焚而焚已及身。先生亦何以为孺子先策⑱，而免于大声疾呼之救乎？归依⑲自幼，瞻对未由⑳。未申贽候之忱㉑，先受膏秣之馈㉒。再拜登嘉㉓，感激而继之以愧矣！敬缄勒谢㉔，临启曷胜佩戢㉕。

【注释】

①熊廷弼：字飞百，江夏（今湖北武汉）人。明末名将，后被权奸魏忠贤冤杀。陈志寰：陈所学，字正甫，号志寰，竟陵（今湖北天门）人。官至户部尚书，因触犯魏忠贤，辞官。明末，后金（后称为清）攻占沈阳、辽阳，京师震动，只好任用熊廷弼再次经略辽东。他给陈志寰的这封短信，袒露了对形势的忧虑。

②自甘废弃：万历四十七年（1618），熊廷弼经略辽东，有功，受到排挤，愤而辞官，故称自甘废弃。废弃，指贬官。

③诟逐：辱骂放逐，指受排挤离职。

④无复世情：不再有关心时政的心情。

⑤误举：错误地再举荐我。

⑥虚庸：虚弱、平庸的人。作者自谦之词。

⑦惭悚（sǒng）：惭愧、恐惧。

⑧局：棋局，喻辽东的军事形势。

⑨子：棋子，喻制胜的条件。枰（píng）：棋盘。

⑩谁与：同谁。点筹：指点、筹划。

⑪九重：指皇帝。缓急：急迫的政务，偏义复词。

⑫安卜所终：如何预测结果。

⑬所以：表原因。出山：离家做官。

⑭仰：仰仗。台：书信中对人的尊称。臺：汉代称尚书为“中臺”，陈志寰任户部尚书，故称“臺”。典型：榜样。

⑮贸贸：不加思索地。

⑯冥冥：糊里糊涂地。

⑰濡：浸湿。

⑱先策：事先策划。

⑲归依：归心依附，指倾慕归附。

⑳瞻对：尊敬地面对，指会面。未由：无由，没有机会。

㉑申：表示，表达。贽候：拿着礼物去问候。忱：真诚的心意。

㉒膏秣（mò）：肉和粮草。馈：馈赠。

㉓再拜登嘉：再次拜谢你的推崇和赞扬。《左传·襄公四年》："《鹿鸣》，君所以嘉寡君也，敢不拜嘉？"登，尊尚。

㉔缄（jiān）：书信，用作动词，写信。勒谢：深深感谢。勒，雕刻。

㉕启：陈述。曷胜：不胜。佩戢（jí）：非常敬佩。戢，通"辑"，聚集。

黄汝亨

复吴用修①

怀足下意，非楮墨可了②，彼此穷愁，亦复默会③，姑与足下陈说两境：

泉声咽石④，月色当户；修竹⑤千竿，芭蕉一片。或探名理⑥，时对佳客。清旷则弟蓄嵇阮⑦，飞扬则奴隶原尝⑧。萧然四壁⑨，傲睨千古⑩。此一境也。

采薇⑪颇艰，辟纑⑫不易。内窘中馈之奉⑬，外虚北海之尊⑭；更复⑮好义，先人守雌去道⑯；食指⑰如林，多口若棘⑱。风雅之趣既减，往来之礼务苛⑲。此又一境也。

两境迭⑳进，终归扰扰㉑。半是阿堵小贼㉒，坐困㉓英雄耳！吾与足下俱不免，故敢及之，此未可以示俗客也。

【注释】

①黄汝亨：字贞父，仁和（今浙江杭县）人，明万历年间中进士，官至江西布政司参议。年老归隐杭州西湖小蓬莱。吴用修：生平事迹不详。

②楮（chǔ）墨：纸和墨。了：了结，指表达完。

③亦复：也。复，词尾，无义。默会：无需说明，彼此心会。

④咽石：在岩石上发出断断续续的声响。

⑤修竹：长长的竹子。修，长。

⑥探名理：探究概念及其关系。名，概念。

⑦清旷：清高旷达。弟蓄嵇阮：把嵇康、阮籍当做弟弟，意思是比他们还要清旷。

⑧飞扬：飞扬跋扈。奴隶原尝：把平原君、孟尝君看作奴隶，意思是比他们还要飞扬。平原君、孟尝君是战国时权倾一时的贵族。

⑨萧然四壁：四壁空空，形容很贫穷。

⑩傲睨千古：傲视千古英雄人物。睨，斜眼看。

⑪采薇：采摘薇菜。商朝末年，伯夷、叔齐羞吃周朝粮食，隐居首阳山，采薇度日。

⑫辟纑（lú）：绩麻。战国时，陈仲子之兄为齐国卿，他弃兄而去，以绩麻为生。

⑬窘：窘困，缺少。中馈（kuì）：指衣食。

⑭虚：空着。北海之尊：待客的酒杯。北海，汉代孔融，曾任北海相，时称“孔北海”。平生好客，尝言：“座上客常满，杯中酒不空，吾无虑矣！”尊，通“樽”，酒杯。

⑮复：词尾，无义。

⑯守雌：指安于卑贱的地位。语出《老子》：“去其雄，守其雌。”去道：放弃理想和抱负。道，

思想、学说。

⑰食指：指人口。

⑱多口：众多的人口。棘：荆棘，比喻众多。

⑲务苛：必然繁杂。

⑳迭：交替。

㉑扰扰：烦乱的样子。

㉒阿堵小贼：金钱。阿堵，代词，这，指代金钱。《世说新语·规箴》："（王夷甫）口未尝言钱事，妇欲试之，令婢以钱绕床不得行。夷甫晨起，见钱阂行，呼婢曰：'举却阿堵物！'"

㉓坐困：徒然困住。

魏学洢

将赴浙狱遗友人书①

榷阉之杀忠良也②，以什佰③计，有死贬所④者，有死狱中、死杖下者，有死东西市⑤者，然皆随刑随毙，随毙随殓⑥；虽或⑦身首异处，犹能补缀成尸，使妻孥⑧相抱一哭而后盖棺，亦不幸之幸也。未有若先子⑨之备尝惨酷，未死而蛆蚋生肌⑩，既死六七日，犹故缓其旨⑪，俾⑫尸腐牢穴中，不使一寸肌肤获粘残骨入木者。足下读书万卷，见古忠臣之死，有惨毒如先子者哉！

矧⑬其人既死，坐赃⑭三千三百，度其家无四壁，势不能偿，必至卵巢俱倾，根荄⑮尽斩而后已。洢尝中夜环走，恸⑯极成癫，谓前此设有人焉，挺躬⑰仗义，贷⑱以多金，使得如数以输⑲，及期而纳⑳；彼纵意不在赃，犹得出诏狱、入法司㉑，俾父子相诀㉒而毙，不至割绝伤惨，遂至此也。岂意遍告亲知㉓，百无一应，推迟迁延，备极诈狙㉔。独范阳长者高倡醵金之议㉕，深乡㉖酷贫之士，素不通名者，莫不典衣鬻物以相和。然多者不过十余金，寡者数十青蚨㉗而已。伯夷㉘有难，岂颜回、原宪㉙所能助哉！已矣，勿复言哉！

昔人谓廉吏可为而不可为，犹谓妻子贫困已耳㉚。今则枉刑坐赃，罪延其孥，清白吏子孙其受祸有什佰于墨吏㉛者。福善祸淫㉜之说，岂特不验，且复㉝倒行逆施！茫茫天道，尚可问耶！今追比伊始㉞，洢将赴浙狱矣。先子罹祸，人不手援；岂先子既没，犹有出而援洢者哉！即或有之，顾昔不能活父，而今以自活，洢实痛之，不如速死之为愈也。嗟乎悲哉！

司马迁羞贫贱、轻仁义，洢颇怪其谬于圣人㉟，乃今知其不妄也。货殖、游侠诸篇，焉得不传千祀㊱哉！先子死，当葬首阳山侧；洢若死，须葬要离㊲冢旁。天地鄙狭㊳，莫可告语。昔先子槛车发平望㊴；啧啧奇足下不置㊵。侨良乡宾客傔从，俱似遥领足下意者㊶。及扶榇㊷南返，又闻经纬甚悉㊸。慨然叹足下义士，故拉血布此㊹。知回宪㊺无力，不能援伯夷急难，苟存此心，亦足慰先子与不肖㊻之双魂于地下也！临书哽咽，不能更言！

【注释】

①魏学洢(yī)：字子敬，嘉善(今属浙江)人。其父魏大中因弹劾宦官魏忠贤，遭诬陷入狱，备受折磨而死。他扶榇南归，早晚恸哭。不久也被阉党逼迫而死。

②榷(què)：估计。阉：太监，指宦官魏忠贤。魏忠贤在明熹宗时，把持朝政，屡设冤狱，陷害

忠良。

③什佰：即十百。

④贬所：被贬的地方。

⑤东西市：即刑场。

⑥殓(liàn)：把死人装进棺材。

⑦或：有的人。

⑧妻孥：妻子儿女。

⑨先子：死去的父亲，指魏大中。

⑩蛆蚋(ruì)生肌：肌体上已生出蛆虫。蚋，一种昆虫。

⑪故：故意地。缓其旨：指拖延时间，不告诉家属领取尸体。

⑫俾(bǐ)：使。

⑬矧(shěn)：况且。

⑭坐贿：判定受贿。魏大中被诬陷接受熊廷弼的贿赂。

⑮根荄(gāi)：树根为根，草根为荄，比喻家庭的根基，即家产。

⑯恸(tòng)：极度悲伤。

⑰挺躬：挺身。

⑱贷：借。

⑲输：交出。

⑳纳：纳入。

㉑诏狱：奉皇帝旨意关押罪犯的监狱。法司：司法部门，指刑部、大理寺。

㉒相诀：彼此诀别。

㉓岂意：哪里料到。亲知：亲戚朋友。

㉔备极：受尽了。诈狙：欺哄，窥伺。

㉕范阳长者：指孙奇逢、鹿正、孙承宗等人。范阳，今河北定兴县、容城县一带。醵(jù)金：凑钱。醵，本指凑钱饮酒，这里为凑钱之意。

㉖深乡：偏僻的地方。

㉗青蚨(fú)：铜钱。

㉘伯夷：商末孤竹君之子，不愿即君位，逃到首阳山，饿死山中。

㉙颜回、原宪：孔子的学生，贫穷而好学。

㉚"昔人"二句：昔人，指优孟。据《史记·滑稽列传》载，春秋时，楚相孙叔敖为官清廉，死后家贫。优孟装扮成孙叔敖去见楚王，楚王以为孙叔敖复生，打算用为相，优孟拒绝并作歌。歌词大意是：廉吏不可为，孙叔傲为楚相，今妻子穷困，负薪而食。

㉛墨吏：指贪官污吏。

㉜福善祸淫：意谓天降福给好人，降灾祸给恶人。

㉝且复：何况还要。

㉞追比：官府限时交纳钱物，过时受责。伊始：刚开始。

㉟"司马迁"二句：这是儒家对司马迁的批评。《汉书·司马迁传》赞曰："又其是非颇缪于圣人，……述货殖则崇势利而羞贱贫，此其所蔽也。"怪，责怪。圣人，指孔子、孟子。

㊱禩(sì)：同"祀"，年。

㊲要离：春秋时吴国人，受吴公子光派遣刺杀庆忌。他的墓在今江苏苏州市虎丘。

㊳鄙狭：狭窄。

㊴槛车：囚车。平望：镇名，在江苏吴江县内。

㊵啧啧：赞美声。不置：指没有袖手旁观。

㊶“侨良乡”二句：史载，魏大中被捕时，“雷电交作，风吼水立，士民匍匐水中，涧送者数万人”。侨良乡，乡镇名。傔（qiàn）从，侍从。

㊷扶榇（chèn）：送棺材。

㊸经纬：安排，料理。悉：周到。

㊹抆（wěn）血：擦眼中流出的血泪。布：陈述。

㊺回宪：回天。

㊻不肖：本意为不像其父，后常用于对自己的谦称。

刘秀华

答任芝卿书①

姊以陋姿，获亲吾弟。且喜居同梓里②，更欣地接芳邻。夙托茑萝③之谊，幸分砚席之辉。文字商量，疑难互晰。数年相处，两小无猜。虽在幼稚之年，已切景行④之志。及夫叙久交深，愈觉情投意洽。欢苗爱叶，赖阿母而栽培；凤侣鸾俦⑤，幸蹇修之撮合⑥。

方谓终身有托，夙愿堪偿，不图⑦好事多磨，良缘易阻。乃姊以晋妃奉召，遽尔辞家，滞迹都门，未由谋面。记得频行之际，辱承吾弟远道送行。临歧分袂，言与涕零。嗟乎吾弟！从此山川遥阻，寒暑几经。所恨闻问难通，竟尔鳞鸿⑧莫达。然当时与弟小别，意谓越岁定可重逢。盖姊入宫探姊后，原拟早日西还，得以欢谐白首。讵料即遭幸御⑨，且又册封昭妃。姊虽荷殊恩，实未尝忘弟。所恨阿姊鬼蜮，皇上昏淫，致使姊于吾弟一片真情，翻成虚意。

回忆花前斗草，月下联吟，一种相亲相爱之情，虽菡萏之并蒂，比翼之双飞，未足方⑩其情谊也。追昔感今，不胜怅怅；思母念弟，曷任依依！虽宫闱邃密，殿宇深沉，而新愁耿耿⑪，幽恨茫茫，断非重门深锁所能限也。所谓"鼓钟于宫，声闻于外"⑫。姊心身两地，而室迩人遥，亦莫可奈何而已。此间耳目繁多，防范严密，正如身在樊笼，奋飞无由。虽亦有弟之心，而岂能遽尔解脱。亦惟有含忍须臾，且俟万一之冀⑬而已。则夙昔之期，其俟诸来世之酬欤？呜呼痛哉！顷得来问，披读之下，觉行间字里，无限悲怀。弟心若此，姊恨何如！悠悠此情，未知何极！

【注释】

①任芝卿：明代人，与其表姐刘秀华同里同学，两小无猜，情笃意深。刘秀华的姐姐入宫被神宗封为晋妃，又召刘秀华入宫，也得到皇帝宠幸，被封为昭妃。这封信写于刘秀华应召入宫之后，寄与任芝卿表达相思之情。

②梓里：故乡。

③茑(niǎo)萝：茑和女萝是两种寄生植物，多比喻与人有亲戚关系，含有谦称依附别人的意思。

④景行：大路。曹丕《与大钟理书》中有"高山景行，私所慕仰"之句。常用作仰慕之意。

⑤凤侣鸾俦(chóu)：凤凰双飞。俦，伴侣，匹配。

⑥蹇(jiǎn)修：媒妁的代称。《楚辞·离骚》："吾令丰隆乘云兮，求宓妃之所在；解佩纕以结言兮，吾令蹇修以为理。"

⑦不图：不料。
⑧鳞鸿：代指书信。
⑨幸御：受到皇帝的宠幸。
⑩方：比。
⑪耿耿：心神不安。
⑫鼓钟于宫，声闻于外：语出《诗经·小雅·白华》。这里喻指作者身在宫中，心系任芝卿。
⑬万一之冀：万分之一的希望，比喻希望很渺茫。

与汤义仍①

作吴令，备诸苦趣。不知遂昌仙令②，趣复何如？俗语云："鹄般白③，鸦般黑。"由此推之，当不免矣！

人生几日耳！长林丰草④，何所不适，而自苦若是⑤。每看陶潜⑥，非不欲官者，非不丑贫⑦者。但欲官之心，不胜其好适⑧之心；丑贫之心，不胜其厌劳之心。故竟归去来兮⑨，宁乞食而不悔也。

弟观古往今来，唯有讨便宜人是第一种人。故漆园首以逍遥名篇⑩。鹏唯大，故垂天之翼⑪，人不得而笼致之⑫。若其可笼，必鹅鸭鸡犬之类，与夫负重致远之牛马耳。何也？为人用也。然则大人终无用哉？五石之瓢⑬，浮游于江海；参天之树，逍遥于广漠之间。大人之用，亦若此而已矣。且《易》不以龙配大人乎⑭！龙，何物也？飞则九天，潜则九地，而人岂得用之！由此观之，大人之不为人用久矣。对大人言，则小人也。弟，小人也。人之奔走驱逐我，固分⑮，又何厌焉？下笔及此，近况可知。知己教我。

【注释】

①袁宏道：字中郎，号石公，公安（今属湖北）人。明代著名文学家。明万历年间进士。曾任吴县县令，官至吏部郎中。汤义仍：汤显祖，字义仍，号海若、若士、清远道人，江西临川人。明代著名戏剧作家。万历进士，官至礼部主事。因上疏批评朝政，贬为徐闻县典史，后迁浙江遂昌知县。

②遂昌：今浙江省遂昌县。仙令：袁宏道按地区条件分县令为三等：最好的是"仙令"，中等为"才令"，下等为"奔走之令"。

③鹄（hú）：天鹅。般：一般，同样。

④长林丰草：嵇康《与山巨源绝交书》中指小鹿本来生长的自然环境，后被人擒获，不论怎样打扮它，它"逾思长林而志在丰草"。这里用以指安闲的田园生活。

⑤若是：像这样，指做吴令。

⑥陶潜：字渊明，柴桑（今江西省九江市西南）人，曾做过祭酒、参军、彭泽县令，后辞官归隐。

⑦丑贫：厌恶贫穷。

⑧好适：喜好清闲舒适。

⑨竟：终究。归去来兮：出自陶潜《归去来兮辞》。

⑩漆园：指庄子，名周，战国时人，曾任漆园吏，故以漆园称他。首以逍遥名篇：以"逍遥"为

篇名放在《庄子》全书之首。

⑪"鹏唯大"二句:《庄子·逍遥游》:"北冥有鱼,其名为鲲。鲲之大,不知其几千里也。化而为鸟,其名为鹏。鹏之背,不知其几千里也。怒而飞,其翼若垂天之云。"垂天之云,挂在天边的一片云彩。

⑫笼致之:用笼子把它装来。笼,笼子,作动词用,用笼子装。

⑬五石之瓢:能容五石的大瓢。见于《庄子·逍遥游》:"惠子谓庄子曰:魏王贻我大瓠之种,我树之成而实五石……剖之以为瓢,则瓠落无所容……何不虑以为大樽,而浮于江湖。"

⑭《易》:《周易》。以龙配大人:《易·乾卦》九五爻辞:"飞龙在天,利见大人。"

⑮固分:本来就是我的本分。

与丘长孺书①

闻长孺病甚,念念。若长孺死,东南风雅②尽矣,能无念耶?

弟作令备极丑态③,不可名状。大约遇上官则奴,候过客则妓,治钱谷则仓老人④,谕百姓则保山婆⑤。一日之间,百暖百寒,乍阴乍阳,人间恶趣,令一身尝尽矣。苦哉,毒哉!

家弟秋间欲过吴⑥,虽过吴,亦只好冷坐衙斋⑦,看诗读书,不得如往时携猢狲登虎丘山故事也⑧。

近日游兴发不?茂苑⑨主人虽无钱可赠客子,然尚有酒可醉,茶可饮,太湖一勺水⑩可游,洞庭一块石⑪可登,不大落寞⑫也。如何?

【注释】

①丘长孺:名坦,字坦之,号长孺,湖北麻城(今属湖北)人,"公安派"代表作家之一。本文是明万历二十三年(1595)夏袁宏道任江苏吴县知县时写给文友丘长孺的一封信,信中痛快淋漓地倾诉了他对官场生活的厌恶和对出仕的悔恨之情。

②风雅:有才华、文雅有风度的人。

③丑态:这里指初做官应酬不暇的狼狈样。

④仓老人:管理官仓的老吏。

⑤保山婆:媒婆。

⑥家弟:作者的弟弟袁中道。秋间:秋天。袁中道于当年九月到吴县后,住了半年。吴:吴县,即今江苏省苏州市。

⑦冷坐衙斋:指作者官务繁忙,无法陪弟弟去玩。

⑧猢狲:指小孩。虎丘山:是苏州市郊著名的游览胜地。

⑨茂苑:苏州的代称。

⑩一勺水：作者把太湖说成“一勺水”，显然是谦语。指不敢拿本地风物夸耀于客人，与下面的“一块石”同。

⑪一块石：指太湖中的东西洞庭山。

⑫落寞：寂寞无聊。

与顾绍芾秀才①

人生愿欲，绝无了②时。作童生③者，以得青衿④为了。然一入学宫，而不了犹故也。作孝廉⑤者，以得乌纱⑥为了，然一登甲第⑦，而不了犹故也。未得则前涂为究竟⑧，涂之又有涂焉，可终究⑨欤？已得则即景为寄寓⑩，寓之中无非寓者，故终身驰逐而已矣。且夫生之急于贵，死之甚于贱，审⑪矣！一童子辨⑫之，岂必贤知⑬而后决哉！然而今之作推知⑭者，恨不一日即三载也。何也？以促三载，有京官之利也⑮。官台省者⑯，恨不一日即八九载；官翰苑⑰者，恨不即时发白齿落也。何也？以老科道有堂卿之利⑱，老翰林有入阁⑲之利也。爱富贵之心，甚于爱生；恶贫贱之心，狠于恶死。茫茫不返，滔滔皆是⑳。即贤智或不免焉，愚哉贫哉！

病中勘得此机甚透㉑，故果于拂衣㉒。小刻二种寄上。

【注释】

①顾绍芾(fú)：字德甫，昆山(今属江苏)人，顾炎武的祖父，工于诗文。

②了：终止。

③童生：明代科举，凡入学前，不论年龄老幼，皆称“童生”；入学后称“生员”。

④青衿(jīn)：青色衣服，当时入学生员的服装，这里指代生员。

⑤孝廉：明代举人的别称。

⑥得乌纱：做官。明代中进士后才能授官职。乌纱，官帽。

⑦登甲第：中进士。

⑧前涂：上面一个等级。涂，通“途”。究竟：终点。

⑨终究：完全穷尽。

⑩即景：当前的境地，指身处的地位。寄寓：客店，暂时栖身的地方。

⑪审：清楚。

⑫辨：分辨。

⑬知：通“智”，聪明人。

⑭推知：推官、知事。明代推官主刑狱，知事主行政。

⑮“以促”二句：因为赶紧过去三年以后，有当京官的好处。

⑯台省：指中央机关。唐代以尚书省、门下省、中书省分立，总称台省。

⑰翰苑：翰林院，文学侍从署名，主要负责起草文告。

⑱科道：泛指中央机关官员。科，指都察院的吏、户、刑、工、礼、兵六科给事中。道，指十五道的监察御史。堂卿：指中央各部门的主管官员。

⑲阁：指文渊阁，明代主持中央机关政务的部门。

⑳滔滔皆是：到处都是。

㉑勘：考校，此指辨明。机：机巧，指深刻的道理。

㉒果：坚决。拂衣：指辞官。

徐 媛

训子书①

儿年几弱冠②，懦怯无为，于世情毫不谙练③，深为尔忧之。男子昂藏六尺于二仪间④，不奋发雄飞而挺两翼，日淹岁月，逸居⑤无教，与鸟兽何异？将来奈何为人？慎勿令亲者怜而恶者快！兢兢业业，无怠夙夜⑥，临事须外明于理而内决于心。钻燧⑦之火，可以续朝阳；挥翮⑧之风，可以继屏翳⑨。物固有小而益大，人岂无全用哉⑩？

习业当凝神伫思，戢足纳心⑪，鹜精于千仞之颠⑫，游心于八极之表⑬；浚发⑭于巧心，摅藻为春华⑮。应事以精，不畏不成形；造物以神，不患不为器。能尽我道而听天命，庶不愧于父母妻子矣⑯！循⑰此则终身不堕沦落，尚⑱勉之励之，以我言为箴⑲，勿愦愦于衷⑳，毋朦朦㉑于志。

【注释】

①徐媛：字小淑，明苏州（今属江苏）人，副使范允临妻，以文章享名当时。

②几（jī）：接近。弱冠：古代男子二十加冠，以示成人，然而身体未壮，故称“弱冠”。

③谙练：熟悉。

④昂藏：气度轩昂。二仪：指天、地。

⑤逸居：安闲地生活。

⑥无怠夙夜：早晚都不要懈怠。

⑦钻燧（suì）：钻木取火的方法。燧，木燧，取火的工具。

⑧翮：羽翼，指羽毛扇。

⑨屏翳：古神话里的风神，这里指风。

⑩全用：一切用处。

⑪戢足：收住脚步，指不要到处走。戢，收敛。纳心：专心。

⑫鹜（wù）：通“务”，努力。仞：古代长度单位，一仞约八尺。

⑬游心：思想驰骋。八极：八方极远的地方。表：外面。

⑭浚（jùn）发：开发。浚，疏通。

⑮摅（shū）藻：运用辞藻。摅，抒发。春华：春天的花。华，通“花”。

⑯庶：大概。妻子：妻子、儿女。

⑰循：按照。

⑱尚：还要。

⑲箴（zhēn）：箴言，规戒人的话。

⑳愦愦：糊涂。衷：心。

㉑朦朦：模糊不清。

夏完淳

遗夫人书①

三月结缡②，便遭大变③，而累淑女相依外家④，未尝以家门盛衰微见颜色⑤。虽德曜齐眉⑥，未可相喻，贤淑和孝，千古所难。不幸至今，吾又不得不死。吾死之后，夫人又不得不生。上有双慈⑦，下有一女，则上养下育，托之谁乎？然相劝以生，复何聊赖⑧！芜田废地，已委之蔓草荒烟；同气连枝⑨，原等于隔肤行路⑩。青年丧偶，才及二九之期⑪；沧海横流⑫，又丁百六之会⑬。茕茕⑭一人，生理⑮尽矣。呜呼！言至此，肝肠寸寸断。执笔心酸，对纸泪滴，欲书则一字俱无，欲言则万般难吐。吾死矣，吾死矣！方寸已断⑯。平生为他人指画了了⑰，今日为夫人一思究竟⑱，便如乱丝积麻。身后之事，一听裁断⑲，我不能道一语也。停笔欲绝。去年江东储贰⑳诞生，各官封典㉑俱有，我不曾得。夫人，夫人！汝亦先朝命妇㉒也。吾累汝，吾误汝，复何言哉！呜呼！见此纸如见吾也。外书奉秦篆细君㉓。

【注释】

①夏完淳：原名复，字存古，号小隐，松江华亭（今上海松江）人。明末，清军进攻江南，夏完淳随父在松江抗清。松江失陷后，他与老师陈子龙、岳父钱梅上书鲁王，鲁王封他中书舍人，他的谢表被发觉，被捕后，不屈被杀。死时仅十七岁。这是他在狱中写给夫人钱秦篆的遗书。

②结缡（lí）：结婚。古代女子出嫁时，用红色盖头覆面，称为“结缡”。

③大变：指松江失陷后，夏完淳的父亲夏允彝投水而死。

④淑女：指夫人钱秦篆。外家：岳父家。

⑤见（xiàn）：显露。颜色：脸色。

⑥德曜齐眉：贤德就像孟光举案齐眉一样明亮。孟光是东汉梁鸿的妻子，夫妻相敬如宾。孟光给梁鸿上饭时，双手举案到双眉处，不敢抬头，以示尊敬。

⑦双慈：指夏完淳的生母陆氏、嫡母盛氏。

⑧聊赖：依赖。

⑨同气连枝：同族兄弟。

⑩行路：路上的行人。

⑪二九之期：指钱秦篆当时十八岁。

⑫沧海横流：指社会剧烈动荡。

⑬丁百六之会：指遭到厄运。丁，正当。百六，古代有百六阳九为厄运的说法。

⑭茕茕(qióng):孤独的样子。

⑮生理:生计,指钱秦篆今后的生计。

⑯方寸已断:指心中十分悲痛。方寸,心。

⑰指画:指点。了了:清楚明白。

⑱究竟:指未来的境况。

⑲裁断:决定。

⑳储贰:指太子,南明隆武帝之子。

㉑封典:朝廷给官员的封赏。

㉒命妇:受到朝廷加封的妇女。

㉓细君:原是汉代东方朔妻子的称名,后代常用以指妻子。

狱中上母书①

不孝完淳今日死矣!以身殉父,不得以身报母矣!

痛自严君见背②,两易春秋③。冤酷④日深,艰辛历尽。本图复见天日,以报大仇,恤死荣生⑤,告成黄土⑥;奈天不佑我,钟虐先朝⑦,一旅⑧才兴,便成齑粉⑨。去年之举⑩,淳已自分必死,谁知不死,死于今日也。斤斤⑪延此二年之命,菽水之养⑫无一日焉。致慈君托迹于空门⑬,生母寄生于别姓⑭,一门漂泊,生不得相依,死不得相问。淳今日又溘然先从九京⑮,不孝之罪,上通于天。呜呼!双慈在堂,下有妹女。门祚⑯衰薄,终鲜⑰兄弟,淳一死不足惜,哀哀八口,何以为生?虽然,已矣⑱。淳之身,父之所遗;淳之身,君之所用。为父为君,死亦何负⑲于双慈!但慈君推干就湿⑳,教礼习诗,十五年如一日,嫡母慈惠,千古所难㉑。大恩未酬,令人痛绝!

慈君托之义融女兄㉒,生母托之昭南女弟㉓。淳死之后,新妇遗腹得雄㉔,便以为家门之幸。如其不然,万勿置后㉕!会稽大望㉖,至今而零极㉗矣!节义文章,如我父子者几人哉?立一不肖后如西铭先生㉘,为人所诟笑,何如不立之为愈㉙耶?呜呼!大造茫茫㉚,总归无后。有一日中兴再造㉛,则庙食㉜千秋,岂止麦饭豚蹄,不为馁鬼㉝而已哉!若有妄言立后者,淳且与先文忠在冥冥诛殛顽嚚㉞,决不肯舍!兵戈天地,淳死后,乱且未有定期。双慈善保玉体,无以淳为念。二十年后,淳且与先文忠为北塞之举㉟矣!勿悲勿悲!相托之言,慎勿相负!武功甥㊱将来大器,家事尽以委之。寒食盂兰㊲,一杯清酒,一盏寒灯,不至作若敖之鬼㊳,则吾愿毕矣!新妇结缡㊴二年,贤孝素著㊵,武功甥好为我善待之,亦武功渭阳情㊶也。

语无伦次，将死言善[42]，痛哉痛哉！人生孰无死？贵得死所耳！父得为忠臣，子得为孝子。含笑归太虚[43]，了我分内事。大道本无生[44]，视身若敝屣[45]。但为气所激，缘悟天人理[46]。恶梦十七年，报仇在来世。神游天地间，可以无愧矣！

【注释】

①此是明末著名抗清少年民族英雄、杰出文学家夏完淳于清顺治四年(1647)于南京狱中写给嫡母盛氏的绝笔书，此信熔骨肉之情与民族之痛、家庭琐事与国家大计于一炉，抒发了国破家亡之痛恨和诀别亲人之悲情，表达了坚定的复仇决心和视死如归的英雄气概。

②严君：对父亲的敬称。见背：去世。

③两易春秋：已过了两年。

④酷：惨痛。

⑤恤死荣生：使死去的人得到赐谥的安慰，使活着的人得到荣封。

⑥告成黄土：指等复明成功后，告慰死去的父亲。黄土，指坟墓。

⑦钟：聚集。虐：灾难。先朝，明朝。此句指明朝覆亡。

⑧一旅：古代军队的编制，五百人为一旅。据《左传·哀公元年》和《史记·吴太伯世家》载，夏少康曾凭借着"有土一成有众一旅"的基础，终于恢复了国家。后世便以一旅代称初建的义军。

⑨齑(jī)粉：碎屑，粉末。这里指崩溃。

⑩去年之举：指顺治三年(1646)夏完淳和老师陈子龙、岳父钱梅起兵抗清失败事。

⑪斤斤：明察的样子。这里指多余。

⑫菽水之养：《礼记·檀弓下》："啜菽饮水尽其欢，斯之谓孝。"后世便以菽水之养代指贫家对父母的供养。菽，豆。

⑬慈君：慈母，指作者嫡母盛氏。托迹：藏身。空门：佛门，佛寺。这时盛氏已削发为尼。

⑭生母：作者的生母陆氏(夏允彝的妾)。寄生：寄居。

⑮溘(kè)然：忽然。九京：又称"九原"，本是古代晋国贵族的墓地，后来用如九泉，指地下。

⑯门祚(zuò)：家运。祚，福分。

⑰鲜：少。这里指没有。

⑱已矣：犹言算了。

⑲负：对不起。

⑳推干就湿：即把床上干处让给幼儿，自己睡在湿处。指嫡母抚育自己的辛苦。

㉑难：难见，罕见。

㉒义融女兄：作者的姐姐夏淑吉，字美南，号荆隐，又号义融。

㉓昭南女弟：作者的妹妹夏惠吉，字昭南，号兰隐。

㉔新妇：指作者的妻子钱秦篆，因结婚刚两年，故云"新妇"。雄：男孩。

㉕置后：抱养别人家的孩子作为后嗣。

㉖会稽大望：会稽郡的大族。作者的故乡松江县属会稽郡。这里指夏姓是个大族。

㉗零极：零落，衰败。

㉘西铭先生：张溥，字天如，别号西铭，明末文学家。张溥无子，死后，由钱谦益等代为立嗣，名永锡。

㉙愈：好。

㉚大造：造化，指天。茫茫：不明。

㉛中兴再造：指明朝复兴。

㉜庙食：指鬼神在祠庙里享受祭祀。

㉝馁鬼：饿鬼。

㉞先文忠：作者的父亲夏允彝死后，谥号“文忠”。冥冥：阴间。诛殛（jí）：杀死。顽嚚（yín）：愚蠢而又顽固不化。

㉟北塞之举：出师北伐，把清兵逐出北方边境。此句指死后再度为人，二十年后还要和父亲一起抗清。

㊱武功甥：作者的姐姐夏淑吉的儿子侯檠，字武功。

㊲寒食：寒食节，旧时于寒食清明祭扫先墓。盂兰：即盂兰盆，佛教于七月十五日举行盂兰盆法会，燃灯祭祀，谓可救先亡倒悬之苦，超度鬼魂。后来人们也就在这一天祭祀祖先。盂兰盆是梵语，意思是解救苦难。

㊳若敖之鬼：没有后代的饿鬼。若敖是楚国的同姓氏族。春秋时，楚国令尹子文是若敖氏的后人，他担心侄子越椒行为不正会给整个若敖氏家族带来灾难，临死时说：“鬼犹求食，若敖氏之鬼，不其馁而！”后来，若敖氏终因越椒叛楚而被族灭。

㊴结缡：指女子出嫁。古时女子出嫁时，母亲亲自为其带上佩巾。缡，佩巾。

㊵素著：一向是很显著。素，一向，向来。

㊶渭阳情：甥舅之情。春秋时晋国公子重耳曾流亡秦国避难，他是秦穆公太子康公的舅舅，后来穆公帮助重耳回国为君，康公送他至渭水之阳（水的北面为阳），作诗赠别，后人遂用“渭阳”指代甥舅情谊。

㊷将死言善：意思是人快死的时候，所说的话是善意的。

㊸归太虚：归天或回到天堂。

㊹大道本无生：按道家的说法，人本来是从无而生，死后又归于无。

㊺敝屣（xǐ）：破草鞋，

㊻缘：因。天人理：天意与人事的道理。

李际阳母

遗子弟书①

行后不见一信，某②多疑人也，这番③我心甚挂牵，不比往时。昨闻人云：尔不好钱，只是以身借人④，似乎不得时人欣羡⑤，我心窃喜，但恐非尔所及⑥也。

从古圣贤，哪个不以身借人？尧、舜以身借洪荒者也⑦。死呼渡河如宗泽⑧，死守睢阳如巡、远⑨，以身借宗社者也。荆轲、聂政⑩，以身借受恩者也。孔、孟⑪，以身借万古长夜⑫者也。释迦⑬，以身借万世作慈航⑭者也。从古圣贤，皆是以身借人。子果有是，更当勉力多为，无前进后退。只要认得理真，力所可为，虽天下非之而不顾，即害之所在，虽千万人，吾往矣！切莫因人言而终止也。是嘱，是嘱！

大都⑮世态炎凉，而宦途人多疑忌，议论间，常要小心打点，未可如居乡⑯率心与宦途人应对也。莫视应对为末节⑰，要知洒扫应对，便可精义入神⑱。试味足以兴⑲，足以容⑳，皆是小心中做出事业。从古圣贤，没一个不仔细小心。只有子路率尔而对㉑，夫子哂之㉒。须慎哉！须慎哉！

【注释】

①李际阳母：明朝人，生平事迹不详。她在信中为儿子做官不爱钱，尽力为别人做事而欣喜；鼓励儿子只要认准真理，就不计较利害得失，表现出崇高的思想。

②某：李母自称。

③这番：这次。

④以身借人：替别人做事。

⑤欣羡：欣赏、羡慕。

⑥及：达到，指做得到。

⑦尧、舜：传说中父系氏族社会后期部落联盟领袖，后遂作为中国古代社会圣明君主的代表。洪荒：指远古混沌、荒漠的世界。

⑧宗泽：字汝霖，婺州义乌（今浙江义乌）人，南宋抗金名将。曾多次上疏劝宋高宗回汴京，不准，忧愤而死，临死还三呼“渡河”。

⑨巡、远：唐张巡、许远，在抗击安禄山叛军时，死守睢阳数月，城破被杀。

⑩荆轲：战国时的著名刺客，受恩于燕国太子丹，为报恩刺杀秦王，未成，被杀。聂政：战国时著名刺客，为报严仲子之恩刺杀韩相侠累，被杀。

⑪孔、孟：孔子和孟子。

⑫万古长夜：南宋理学家朱熹说：“天不生仲尼，万古如长夜。”

⑬释迦：释迦牟尼，佛教的创始人。

⑭慈航：佛教认为，菩萨慈悲，救苍生出生死苦海，就如舟航的摆渡人，所以称"慈航"。

⑮大都：大致。

⑯率心：随意。

⑰末节：小事。

⑱精义入神：精心讲求它的意义，有很深的道理。

⑲试味：体会。兴：振奋。

⑳容：包容。

㉑子路：姓仲名由，字子路，又字季路，孔子的学生。率尔：不加思索地。

㉒夫子：指孔子。哂(shěn)：微笑，有讥笑之意。

王思任

让马瑶草①

阁下文采风流，才情义侠，职② 素钦慕。当国破众疑之际，爰立今上③，以定时局，以为古之郭汾阳④，今之于少保⑤ 也。然而一立之后，阁下气骄满腹，政本自由⑥，兵权独握，从不讲战守之事，而只知贪黩⑦ 之谋。酒色逢君⑧，门墙固党⑨，以致人心解体，士气不扬。叛兵⑩ 至则束手无策，强敌来而先期以走⑪。致今乘舆播迁⑫，社稷邱墟⑬。阁下谋国至此，即喙⑭ 长三尺，亦何以自解也！

以职上计⑮，莫若明水一盂⑯，自刎以谢⑰ 天下。则忠愤节义之士，尚尔相亮无他⑱。若但求全首领⑲，亦当立解枢权⑳，授之才能清正大臣，以召英雄豪杰，呼号惕厉㉑，犹当幸望中兴。如或逍遥湖上，潦倒烟霞，仍效贾似道㉒ 之故辙，千古笑齿已经冷绝㉓。再不然如伯嚭渡江㉔，吾越乃报仇雪耻之国，非藏垢纳污之区也，职当先赴胥涛㉕，乞素车白马以拒阁下。

上干洪怒㉖，死不赎辜㉗。阁下以国法处之，则当束身以候缇骑㉘；私法处之，则当引领以待钼麑㉙。

【注释】

①王思任：字季重，号谑庵，山阴（今浙江绍兴）人。明末任九江佥事、礼部右侍郎、尚书，清兵攻破绍兴，绝食而死。马瑶草：马士英，字瑶草，贵阳（今属贵州）人。明崇祯皇帝自杀后，他拥立福王在南京称帝，任东阁大学士、太保，专横独断，贪污受贿，镇压百姓。南京陷落后，在南逃中被清军俘杀。这封信是王思任在马士英南逃中写给他的，愤怒谴责了他的种种罪行。让：谴责。

②职：下级对上级的自称。

③爰：于是。今上：现在的皇上，指福王朱由崧。

④郭汾阳：郭子仪，封汾阳王。安史之乱爆发，唐玄宗逃到四川，唐肃宗即位，郭子仪任副元帅，收复了长安、洛阳。

⑤于少保：于谦。明英宗被瓦剌人俘虏，他拥立明景帝，打败瓦剌，功封少保，后被冤杀。

⑥政本自由：政务完全由自己决定。

⑦贪黩（dú）：贪污，胡作非为。

⑧逢君：讨好、谄媚皇帝。

⑨门墙固党：指排斥异己、拉帮结派。

⑩叛兵：指左良玉以“清君侧”为名进军南京新朝廷。

⑪强敌：指南下的清军。先期：事先。

⑫乘舆：本指皇帝的车子，敬指皇帝。播迁：流离迁徙。

⑬邱墟：变成废墟。邱，通“丘”。

⑭喙（huì）：嘴。

⑮上计：最好的打算。

⑯明水一盂：一盆清水，上古用水盆作为镜子。这里指反省自己的罪行。

⑰谢：谢罪。

⑱尚尔：尚且。相亮：谅解。亮，通“谅”。

⑲但：只要。求全首领：要求保全性命。

⑳枢权：中央大权。枢，中枢。宋代掌中央大权的机构叫枢密院。

㉑呼号：奔走呼叫，这里指号召。惕厉：出自《周易·乾》：“夕惕若厉。”指早晚忧虑、担心。

㉒贾似道：字师襄，南宋台州（今浙江临海）人，官至左丞相兼枢密使，置军国大政于脑后，经常挟妓宴游于西子湖上。

㉓“千古”句：意指自古以来对奸臣的嘲笑已经数不清了。人笑必开口，口常张开，牙齿即变冷。

㉔伯嚭（pǐ）渡江：春秋时吴王夫差大臣伯嚭，本为楚人，遇乱渡江投吴，为夫差重用，致使吴灭。

㉕胥涛：钱塘江的波涛。胥，伍子胥。据《录异记》载，伍子胥被吴王所杀，投尸江中。伍子胥魂魄不散，驱水为涛，乘素车白马，立于涛上。

㉖干：冒犯。洪怒：大怒。

㉗赎辜：抵罪。

㉘束身：捆绑身体。缇（tí）骑：逮捕犯人的官役。

㉙引领：伸长脖子。钼麑（chú ní）：春秋时晋国刺客，晋灵公曾遣他刺杀赵盾。这里泛指刺客。

黄道周

在徽州寄家书①

三朝②颠覆矣！事弘光，而弘光蒙尘③；奉潞藩④，而潞藩衔璧⑤，栖迟⑥此身，即老死牖下⑦，有何颜面！生平耻为易节之士，从此遂志⑧，亦无所恨⑨，但恐为曾、闵⑩所笑耳。为子当孝，为臣当忠，无所愧而已。

廿五日至初三发婺源，初六日至新安。欲往金陵⑪，当在五、六日间。此行洪亨九⑫决不可与相见。即见亦无全理⑬。夷、齐、巢、许之间，吾知所处矣⑭。

【注释】

①黄道周：明代漳浦（今属福建）人，历官崇祯皇帝、南明弘光帝、隆武帝三朝，为清军所俘于婺源，押至南京，被杀。这是黄道周在押解至徽州（今安徽歙县）时给家人的遗书。

②三朝：指崇祯、弘光、隆武三朝。

③蒙尘：皇帝被迫离开京城或被俘。崇祯帝自杀后，明福王朱由崧被立为皇帝，改元弘光帝。清军南下，俘虏了弘光帝。

④奉：拥戴。潞藩：指明潞王朱常涝。藩，诸侯王的封国。

⑤衔璧：投降。古代君主投降，要缚住双手，口衔一只玉璧作为进见之礼。

⑥栖迟：游息。指悠闲的生活。

⑦老死牖（yǒu）下：指老死家中。牖，窗。

⑧遂志：实现自己的志向，指以死殉国。

⑨恨：遗憾。

⑩恐为曾、闵所笑：曾参、闵子骞都是孔子的学生，以孝著称，为侍奉父母，不愿外出做官。他们认为身体发肤，受之父母，不敢毁伤。黄道周准备殉国，所以说“恐为曾、闵所笑”。

⑪金陵：今江苏省南京市。

⑫洪亨九：洪承畴，号亨九，明末重臣，与清军在松山决战，被俘投降。后来，随清军入关，在南京总督军务，镇压抗清力量。

⑬无全理：没有保全生命的道理，指必死无疑。黄道周就是被洪承畴所杀。

⑭夷、齐：伯夷、叔齐，商朝孤竹君之子。孤竹君死，两人都不愿为君，逃到周国。周武王灭商后，他们不吃周朝的粮食，饿死在首阳山。巢、许：巢父、许由，尧时的隐士。相传尧将天下让给许由，许由逃到颍水边洗耳朵。巢父在水边饮牛，责怪许由在此洗耳朵，污染了流水。黄道周这句话的意思是自己在伯夷、叔齐以死明志和巢父、许由独善其身之间作出了选择，即宁死不屈。

陈淑娟

寄龙希哲书①

姊不幸生长蓬门，家复多故。所幸令姑母恺悌②慈祥，视同己出，故常得依依膝下。而令姑母又爱吾弟聪明好学，且善伺人意，以是相处一家，举家欢欣。承吾弟以骨肉视姊，故姊亦骨肉待吾弟，即老母亦爱弟逾恒焉。犹记誓言凤尾③，诗咏楼头，顷刻成言，才思敏捷，诚使姊敬慕无已。当时并为姊解释诗意，谆谆不倦。此情此景，若在目前。乃流光如矢，忽忽已越三年。尔时姊即默念吾弟决非池中物④，他日定当贵显。窃欲以蒲柳之质为托，盖父既早亡，母年渐老，长兄则书写公门，次兄则陷身吏役，二嫂并皆悍恶。此吾弟之所深知。但得远离凶犷⑤，获托丝萝⑥，则吾弟纵无官，亦不失为士君子妻耳。否则，万一流落俗子手中，有死而已。姊自审⑦志识若此，谅不为吾弟所窃笑。故于梅花香里，即面达吾弟，吾弟曾云："拳拳⑧于怀，未尝或忘。即堂上⑨亦久蓄此心，惟以嫂氏凶悍，姑母未敢竭意怂恿，致使堂上未免犹豫耳。返家之后，定将禀明堂上，早为玉成⑩，决不使姊怅惘也。"一语既诺，两情共矢⑪。姊之欢慰，为何如乎！

然自与吾弟别后，又将期年⑫。梅开岭上，竟无消息之传；竹翠园中，未得平安之报。言犹在耳，人岂忘情！惟念弟本信人⑬，得无姊真薄命欤？前尘⑭回首，泪下沾襟矣！想吾弟此时，正猛攻学业，他日飞黄腾达，姊未识能分得余荣否也。私忖今日似不当再以琐事渎吾弟，然事有不得不为吾弟告者：盖前因老母留住戚家，二嫂时以厉色疾言，向姊寻衅，终日汹汹，刻无宁晷⑮。姊虽中心忿忿，奈莫敢出言，惟有执巾揾泪，倚几含颦⑯，日常处身于荆棘丛中，虽老母归来，亦难左袒⑰。嗟乎！姊之死所，顾安在耶？每拟月明人静，趋赴夜台⑱。弟⑲一念老母，辄惧与姊俱尽，以是残喘苟延。而吾弟婚姻，因循未决，不将为姊所误，亦非计也。岁月迁延，徒看狰狞面目。姊寸心已乱，五内如焚，万念皆休，一筹莫展。辗转思维⑳，除老母外，惟吾弟差㉑堪告语。想弟多情人也，定能披荆斩棘，拯姊而登坦途。临书迫切，不知所云，惟吾弟念之图之。

【注释】

①龙希哲：明代人，与陈淑娟真诚相爱，约为夫妇。这封信是陈淑娟在寄人篱下、终日难熬的情形下写给龙希哲的，希望能尽早与龙希哲结合，摆脱不幸的境况。

②恺悌：和蔼可亲，平易近人。

③凤尾：即凤尾竹。

④池中物：《三国志·吴书·周瑜传》中曾有“恐蛟龙得云雨，终非池中物”之句，后常用“池中物”比喻蛰居一隅、胸无大志之人。

⑤犷：凶悍蛮横。

⑥获托丝萝：丝与女萝都是缠绕、攀附而生的植物，此以“获托丝萝”喻指自己嫁与龙希哲为妻。

⑦自审：自知。审，明察，详知。

⑧拳拳：紧紧抓住不放手。这里是牢牢记住的意思。

⑨堂上：对母亲的敬称。

⑩玉成：敬辞，成全。此指成全婚事。

⑪矢：通“誓”。

⑫期(jī)年：一周年。

⑬信人：信诚忠厚之人。

⑭前尘：旧事，往事。

⑮晷(guǐ)：日影，引申为时间。

⑯颦：皱眉。

⑰左袒：据《史记·吕太后本纪》载，汉朝大将周勃欲清除吕氏，维护刘氏，在军中称拥护吕氏的右袒(露出右臂)，拥护刘氏的左袒，军中皆左袒。后来用“左袒”喻指偏护一方。

⑱夜台：坟墓。

⑲弟：通“第”，但。

⑳思维：思考，考虑。

㉑差：尚，略。

刘翠翠

答金静安书①

伤哉吾哥，今生意谓无相见之日矣。夫时隔八年，地违千里，世当丧乱，境处幽窘，纵使竭尽毕世之功，踏遍天涯之路，亦复难于团合，奚自追寻？何况门禁森严，阃闱② 深邃，既不容擅越雷池；抑且兵燹③ 频年，棘荆载道，更难于独冒风尘。心愿两违，恨愁交并。然而破镜重圆之望，还珠合浦之期，常自馨香默祷，寝食难忘。而吾哥之音容笑貌，与夫昔日之唱随切磋，更未尝一日去怀，亦只有徒唤奈何而已。

回思妹与吾哥，自幼相交，青梅竹马，两小无猜，则情逾骨肉；长大后同窗，结为腻友，学问攻错④，文艺商量，则爱如连理⑤；比及成年，燕尔新婚，鹿车共挽，鸿案相庄，则又相敬如宾。此二十余载之中，情好之笃，蔑⑥ 以复加。自谓普天下多情之侣，何以逾此哉！乃焉知砚席结于半生，衾裯终于五月。一朝诀别，八载分飞。此日欣逢，徒增惆怅。毕身苦恨，难事销除。嗟乎！生已负君，死当相从耳。

方昔日小竖传呼，谓有阿兄相访，骤闻之下，颇觉惊惶。窃思不远千里而来，其必吾哥无疑；苟不然，复有伊谁？此时柔肠寸断，五内如焚。及抵堂前，则果见吾哥。始而惊，继而喜，终则悲之不胜。平日虽有百种相思，千般离恨，而相见之下，竟自欲诉无话。兼之将军在旁，纪纲⑦ 侍侧，更多嫌忌，启齿为艰。然而心如利刀之攒，泪已夺眶而下矣，不得已忍悲退入。自此终朝愁念，竟夕焦劳。默忖⑧ 吾哥容颜憔悴，衣服敝污，自必以关山千里，跋涉数年而致此。吾哥困顿道途，流离沟壑，出入锋镝，冒突风霜，为妹出生入死，沐雨栉风。吾哥之力惫矣！吾哥之心伤矣！嗟乎！吾哥之情隆矣，泰山不足以喻其高也；而妹之罪亦大矣，东海不足以况⑨ 其深也。其何自蔽厥辜⑩，而报吾哥之德哉！

伏思当日提携出走，仓皇相失之时，悲惋惊骇，莫可言状。奔波日夜，杂沓⑪ 东西，涉水逾山，攀藤拊葛，餐风宿露，断梗飘萍，苦不胜言，几濒危殆。想吾哥千里来此，其苦况更当十百倍于此也。吾哥之冒死相寻，无非为妹一人；而妹之忍死须臾，苟延残喘，亦无非欲冀与吾哥一晤耳。乃不幸俘虏随军，驰驱异域，东西莫审⑫，日月蹉跎，弥久弥行，弥行弥远。兵事稍定，遂抵湖州。当时窃念离家已逾千里，必无生还之望。但吾哥恩情深挚，必至相寻，故忍辱偷生，惟求一晤而死。今吾哥果远道而至，妹则大错已成。虽然抱恨终天，顾妹之初誓必践矣。

呜呼！此生不能报吾哥，必当报之于来生。此生不能续旧盟，必当续之于来生也。吾哥英年硕学，前程远大，惟望努力自爱，强饭加餐。取贤妇非难，擢巍科[13]亦易。幸弗以妹为念。谨布腹心，掬诚奉告，附答小诗一律，聊志哀思。妹誓约之语，终当践行，决不有负也。纸短情长，言尽于此。惟冀垂悯，不胜呜咽。

【注释】

①金静安：明代人，与聪颖多才的刘翠翠两小无猜，情真意切，后结为夫妻。因兵祸之乱，二人离散，刘翠翠被掠随军。八年之后，金静安终于在李将军府中寻得刘翠翠。二人相见，先惊后喜再悲，刘翠翠密写了这封信，回忆了两人自幼亲密相处及婚后的美满生活，描述了重逢后不能接近的极度痛苦和对丈夫冒死相寻的无限感激，并表明了来生再续前缘的誓言。

②阃闱（kǔn wéi）：古时指妇女居住的内室。

③兵燹（xiǎn）：兵乱纵火焚烧，常代指兵乱、战争。

④攻错：语出《诗经·小雅·鹤鸣》："它山之石，可以攻玉。……它山之石，可以攻错。"错，磨玉石的粗石。后因以"攻错"比喻借鉴他人学问，改正自己过失。

⑤连理：连理枝，比喻美好的爱情。

⑥蔑：无。

⑦纪纲：古时指统领仆隶的人，后亦泛指仆人。

⑧忖：思量，揣度。

⑨况：比方，比拟。

⑩自蔽厥辜：自求减轻罪过。厥，其。

⑪杂沓：众多杂乱的样子。

⑫审：明察，详知。

⑬擢巍科：考取功名。巍科，犹言高科。

柳　儿

遗文郎书①

文生郎君足下：柳绿衣② 贱质，朱粉微姿。托沐清光，充于下陈③。花间泫露④，月下娇风，一度相逢，几番薄幸⑤。自谓侍巾执拂，长过此生，暮雨朝云⑥，当无虚望。

孰知哀生于乐，欢极而愁。行乐及期，风波顿起。衅生同席，祸始平头⑦。郎既湖海生涯，音书迢递；柳遂风尘轻薄，花絮飘零。无计侍郎，有东风之两泪；何颜辞主，落西江之一枝。石氏斛珠⑧，非余所望；谢家团扇⑨，从此长辞。焚笔架之珊瑚，陪牙筹之钱帛。春风秋月，已非唱和之场；烟草红花，永绝风流之会。层层锦账，不解恨颜；淡淡银釭，独悬秋泪。或酒醒梦回，忽然念及；或樽前镜里，触意寻思。万感交深，三生⑩ 永断。想郎之意，颇同鄙怀。但落花无返树之期，逝云无归山之理。况郎壮质，以妾陋姿，使他日裘马封侯，绮罗接席，新欢伊迩，无忘故人。郎存萱蒯⑪ 之心，妾免蘼芜⑫ 之恨，则环草⑬ 微忱，死生靡替者也⑭。呜呼！幽恨茫茫，新愁耿耿。金凫烟冷，银鸭香沉⑮。黄衫之谐⑯，非敢望矣；青衣⑰ 之诮，能无恨焉！

嗟乎文生！儿女柔情，去而顿远；英雄侠骨，炼则愈坚。四海荆榛，一身金玉。片言珍重，寸心欲绝矣。春罗一幅，豆蔻香销；锦带二围，鸳鸯睡暖。悬郎下体，如见旧人。妾恨如山，侯门似海⑬。生死之际，如斯而已。

【注释】

①文郎：文生，柳儿原是他的侍女，二人交好，后因柳儿妒妇之过，被逐出文家。

②绿衣：《诗经·邶风·绿衣》朱熹注："绿，苍胜黄之间色，……间色贱而以为衣。"后常以绿衣代指侍女。

③下陈：古代贵族家庭堂下陈放礼物、站列婢妾的地方，常借指姬妾。

④泫（xuàn）露：欲坠的露珠。

⑤薄幸：指男女幽会欢合。

⑥暮雨朝云：借指男女欢会。

⑦平头：奴婢。此乃作者自指。

⑧石氏斛珠：传说晋代豪富石崇用数十斛明珠买女子绿珠为妾。

⑨谢家团扇：据《宋书·乐志》载，中书令王珉与嫂婢谢芳姿交好，王珉喜用白团扇，谢芳姿善歌舞，因作《团扇歌》。另一典出自西汉班婕妤《怨歌行》，她曾用团扇夏日受人喜爱，秋天

被人冷落的情形比喻女子宠辱无定的命运。

⑩三生：佛教语，指前生、今生和来生。

⑪菅蒯：菅、蒯都是草名，其茎可编席、造纸、制作绳索及鞋屦等。

⑫蘼芜：香草名。汉五言诗《上山采蘼芜》中写弃妇"上山采蘼芜，下山逢故夫"，后常用蘼芜代指弃妇。

⑬环草："结草衔环"之省称。传说古时有一老者及一黄雀，曾分别以结草擒敌和衔环报主的方式报答恩人。后常以此比喻感恩戴德、至死不忘。

⑭靡：不。替：止歇，断绝。

⑮金凫、银鸭：香炉代称。古时常把香炉制成凫、鸭形状，外涂以金银，腹中燃香，烟从口出。

⑯黄衫之谐：据唐传奇《霍小玉传》载，霍王女霍小玉与陇上名士李益交好，后被李益抛弃，霍小玉终日忧郁，忽有黄衫侠士打抱不平，挟李益面见霍小玉，霍小玉与李益相见，怒目厉声，恸哭而绝。

⑰青衣：汉代以后皆以青衣为贱，往往称奴婢为青衣。这里是作者自称。

⑱侯门似海：相传唐代孟郊与其姑母一侍女相恋，后来侍女被卖于连帅。一日，二人路遇，孟郊曾写诗"侯门一入深似海，从此萧郎是路人"以抒发感慨。萧郎，旧时指女子爱恋的情人。后来人们常用"侯门似海"形容显贵之家难以接近。

遗文郎永别书①

红粉飘零，青衣憔悴。柔情薄命，遗恨千秋。命也何如，时乎不再。生离死别，春往秋来。黯然销魂，悲哉永诀！

一年行乐，月何事而频亏？三月艳阳，草何心而更绿？银釭夜夜，愁添鹦鹉之杯②；锦帐年年，恨积怨鸯之冢③。郎非负义，妾岂忘心？才子风流，绮罗如梦；阿侬④心事，云水成尘！沧海珠归，于今绝念；昆山玉碎，无用偷生。看路畔之萧郎⑤，恨河间之姹女。朱栏独依，绿绮⑥空焚。已矣何言，哀哉自悼。使后人知我心者，春酒一樽，秋江两泪，吊我于夜台之下⑦，则蔓草青烟，兹恨不休。庶⑧有以报君之恩，完郎之志。

嗟乎文生！芦花江上，柳絮楼边，烟雨凄然，知郎心矣。郎心若此，妾恨如斯。葳蕤之锁九重，难遮去梦⑨；宛转之山千迭，不断来愁。恨耶恨耶！寸心不忘，千里如重闱⑩耳。新旧忽移，匪红楼之自眩；屠沽⑪相对，比青冢而尤哀。天乎？人乎？果何道乎⑫？

【注释】

①文生与侍女柳儿爱恋通好，后因妒妇之名，柳儿被逐出家门。离别之后，柳儿日夜思恋与

文生在一起的欢乐时光，悲叹自己不幸的命运。这是柳儿表达诀别之情的一封短信。

②鹦鹉之杯：古时用南海所产的贝壳制成的一种酒杯，形如鹦鹉。

③鸳鸯之冢：相恋男女死后合葬之墓。

④阿侬：古代吴人的自称，犹言我。

⑤萧郎：旧时指深为女子所爱的男子。

⑥绿绮：古代琴名，后用为琴的代称。

⑦夜台：坟墓。

⑧庶：庶几，也许可以。

⑨葳蕤：草木繁茂的样子，此处借指门庭显赫。九重：原指帝王居所，后来借指门庭难近。难遮去梦：难禁梦魂飞越。

⑩重闱：指女子居住的内室。

⑪屠沽：杀猪卖酒之徒，借指市井俗人。

⑫果何道乎：究竟该怎样讲呢。

李香君

在南都后宫私寄侯公子书①

落花无主，妾所深悲；飞絮依人，妾所深耻②。自君远赴汴梁，屈指流光③，梅开二度矣。日与母氏④相依，未下胡梯⑤一步。方冀重来崔护⑥，人面相逢；前度刘郎⑦，天台再到。而乃音乖黄犬⑧，卜残灯畔金钱⑨；信杳青鸾⑩，盼断天台明月。已焉哉！悲莫悲于生别离。妾之处境，亦如李后主所云"终日以眼泪洗面"而已⑪。

比⑫闻燕京戒严，君后⑬下殿。龙友⑭偶来过访，妾探询音耗，渠⑮惟望北涕零，哽无一语。呜呼！花残月缺，望夫方深化石之嗟⑯；地拆天崩，神州忽抱陆沉之痛⑰。由甲申迄乙酉⑱。此数月中，烽烟蔽日，鼙鼓⑲震空。南都君臣，遭此奇变，意必存包胥⑳哭楚之心，子房㉑复韩之志，卧薪尝胆㉒，敌忾同仇。不谓正位㉓以后，马㉔入阁，阮㉕巡江。虎狼杂进，猫鼠同眠。翻三朝之旧案，党祸重兴；投一网于诸贤，蔓抄殆遍㉖。而妾却㚒夙恨，几蹈非灾㉗。所幸龙友一力斡旋，方免提钦勘问。然犹逼充乐部㉘，供奉掖庭㉙。奏新声于玉树，春风歌燕子之笺㉚；叶雅调于红牙㉛，夜月谱春灯之曲㉜。嗟嗟！天子无愁，相臣有度㉝，此妾言之而伤心，公子闻之而疾首者也。

虽然，我躬不阅，遑恤其他㉞。睹星河之耿耿㉟，永巷㊱如年；听钟鼓之迟迟，良宵未曙。花真独活㊲，何时再斗芳菲㊳；草是寄生㊴，惟有相依形影。乃有苏髯㊵幼弟，柳老㊶疏宗，同为菊部㊷之俦，共隶梨园㊸之队。哀妾无告，悯妾可怜，愿传红叶之书㊹，慨作黄衫之客㊺。噫！佳人虽属沙吒利，义士今逢古押衙㊻。患难知己，妾真感激涕零矣。

远望中州，神飞左右。未裁素纸，若有千言；及拂红笺㊼，竟无一字。回转柔肠，寸寸欲折。附寄素扇香囊，并玉玦金钿各一。吁！桃花艳褪，血痕岂化胭脂㊽；豆蔻香销，手泽尚含兰麝㊾。妾之志固如玉玦，未卜㊿公子之志，能似金钿否也？宏光[51]二月，香君手缄。

【注释】

①李香君：明末著名歌妓。南都：此指南明都城南京。侯公子：侯方域，字朝宗，号雪苑，河南商丘（今属河南）人，明末复社名士，与名妓李香君相约终身。李香君与侯方域分别后，被逼作南都乐妓。这封信即是她在乐部所写。在这封信中，李香君对南明王朝君臣误国的行径进行了无情的讽刺和抨击，把对侯方域的刻骨铭心的爱和思念表露得淋漓尽致，是一篇

声情并茂的著名书信。

②"落花"四句:写自己与侯方域别后被逼入乐部的悲恨和耻辱。

③流光:光阴。因时间逝去如流水,故云。

④母氏:指鸨母,妓女的养母。此指作者养母李贞丽。

⑤胡梯:楼梯。

⑥冀:希冀,希望。崔护:唐代诗人,其《游城南诗》:"去年今日此门中,人面桃花相映红。人面不知何处去,桃花依旧笑春风。"唐人孟棨《本事诗》将此诗演绎成一个美丽动人的爱情故事。后遂以"人面桃花"喻指所爱慕而不能再见的女子,以及由此产生的怅惘之情。此处以崔护代指候方域。

⑦前度刘郎:相传汉明帝永平(58～75)年间,刘晨、阮肇去天台山采药,在桃源洞遇到女仙,极尽欢爱。后二人还乡。多年后,两人重返天台。后因称去而复来的人为"前度刘郎"。此处代指侯方域。

⑧乖:背离,隔断。黄犬:相传西晋文学家陆机养有黄耳犬,能传送家书。

⑨卜残灯畔金钱:在灯下用金钱占卜吉凶,因占卜时间太久,以致金钱都残破了。

⑩青鸾:青鸟,相传为西王母的信使。

⑪李后主:五代南唐后主李煜。宋太祖开宝八年(975),宋兵攻进金陵(今南京),灭南唐,李煜被俘至宋都汴梁(今河南开封),李煜愁忧危苦,"终日以眼泪洗面"。

⑫比:近来。

⑬君后:指崇祯帝和周皇后。

⑭龙友:指侯方域挚友杨文骢,字龙友。南明时为兵部右侍郎兼右佥都御史,后在抗清中不屈而死。

⑮渠:他,指杨文骢。

⑯望夫石:据南朝宋刘义庆《幽明录》记载,武昌北山有望夫石,状若人立。相传古时有一贞妇,其夫去远方从役,此妇携幼儿到北山为夫饯行,望着丈夫远去的背影,此妇悲痛嗟叹,遂化为石。

⑰坼(chè):断裂。陆沉:陆地沉陷,喻指国土沦亡。

⑱甲申:明崇祯十七年(1644),清兵入关,占领北京,崇祯帝吊死煤山(今北京景山)。迄:到。乙酉:南明隆武元年(1645)。

⑲鼙(pí)鼓:战鼓。

⑳包胥:即申包胥,春秋时楚国大夫。吴军攻楚,入楚都郢,申包胥西去秦国乞求援兵,秦国不允,申包胥在秦庭号咷大哭了七天七夜,终于感动了秦王,出兵救楚。

㉑子房:张良,字子房,战国末年韩人。其家族五世相韩,后秦灭韩,张良结交力士,在博浪沙椎击秦始皇,失利后逃往下邳(今江苏沛县)。后辅佐刘邦,建立了西汉王朝。

㉒卧薪尝胆:春秋时,越王勾践为报吴国世仇,睡卧在柴草上,座旁悬一苦胆,辄尝苦味,终于励志养锐,战败吴国。

㉓正位:指弘光帝朱由崧于公元1643年继承福王封爵,次年明亡,被马士英等拥立于南京。

㉔马:马士英,明末贵阳(今属贵州)人,别字瑶草。崇祯末任凤阳总督。明亡后,他在南京立福王为帝,升任东阁大学士,与阮大铖狼狈为奸。清兵攻破南京后被杀。

㉕阮:阮大铖,明末怀宁(今属安徽)人,字集之。早年依附宦官魏忠贤,迫害东林党人。崇祯时被斥逐,匿居南京。福王即位后,出任兵部尚书,后降清,为清军所杀。

㉖"翻三朝"四句:三朝,指明神宗、光宗、熹宗三朝。此四句言魏忠贤、阮大铖权奸推翻神

宗、光宗、熹宗三朝的旧案，重启东林党人之祸，忠臣贤士几乎被一网打尽。

㉗“而妾”二句：却，拒绝，推却。奁（lián），古代盛梳妆用品的器具，后常用作婚嫁物品。非灾，非人的灾祸，指死亡。据孔尚任《桃花扇》传奇载，阮大铖为拉拢、收买侯方域，暗中资助李香君妆奁，被香君断然拒绝。阮大铖大怒，依附马士英，对侯、李进行迫害，并逼迫李香君嫁与漕抚田仰作妾，香君誓死不从，以头撞地，血溅侯方域与她定情时所赠的扇面。友人杨文骢就血点画成一枝桃花。

㉘乐部：主管音乐的官署。

㉙掖庭：皇宫中的旁舍，为嫔妃所居之处。

㉚燕子之笺：即《燕子笺》传奇，为阮大铖作。

㉛叶：同“协”，调节。红牙：红牙板，用以调节乐曲节拍的乐器。

㉜春灯之曲：即《春灯谜》传奇，为阮大铖作。

㉝有度：指有据《燕子笺》、《春灯谜》而谱的曲子。度，度曲，谱曲。

㉞“我躬”二句：语出《诗经·邶风·谷风》。躬，自身。阅，容。遑（huáng），闲暇。恤，体恤，顾念。

㉟耿耿：微明的样子。

㊱永巷：汉代幽禁妃嫔或宫女的处所，此指作者幽居之长巷。

㊲独活：中药名。此处“花真独活”义取双关，即指独活花，亦有“独自得活”之意。

㊳芳菲：花草美盛芬芳。

㊴寄生：植物名，即菟丝子，其茎上有吸取别的植物养料的器官，多寄生在豆科植物上。此处的“草是寄生”亦有双关义，既指寄生草，亦有“草草寄托余生”之意。

㊵苏髯：原指苏轼。“苏髯幼弟”指苏昆生，明末清初著名唱曲艺人。

㊶柳老：指柳宗元。“柳老疏宗”指柳敬亭，明末清初著名说书艺人。

㊷菊部：宫中歌舞艺人所在之所。

㊸梨园：唐玄宗时教授伶人的处所，后因称演戏的处所为梨园。

㊹红叶之书：据宋刘斧《青琐高议·流红记》载，唐僖宗时，宫女韩氏以红叶题诗，御沟流出，为士子于祐所得，于祐亦题一诗，投放御沟上流，韩氏得而藏之。后来，僖宗遣放宫女三千人，于祐恰好娶了韩氏，二人各自从箱内取红叶相示，不禁开怀大喜。

㊺黄衫之客：据唐蒋防《霍小玉传》载，霍王女霍小玉与陇西名士李益相爱，后为李益抛弃，小玉忧郁而病，危在旦夕。忽有身穿黄衫的豪士挟李益至，与小玉相见。小玉怒目厉声，长恸而绝。

㊻“佳人”二句：出自宋王诜诗：“佳人已属沙吒利，义士今无古押衙。”沙吒利：据唐许尧佐《柳氏传》记载，唐代诗人韩翃有幸姬柳氏在安史之乱中奔散，出家为尼，为蕃将沙吒利所劫。韩翃依虞候许俊计，救出柳氏，遂得团聚。此处以“沙吒利”代指强夺人妻的权贵，言自己为豪权劫持，危在旦夕。古押衙：唐传奇中的一个人物，好舍生忘死，成人之好。后遂用为义士的代称。

㊼红笺：唐元和中名妓薛涛自创深红小彩笺，时人称为“薛涛笺”，又称“红笺”。此指信笺。

㊽血痕岂化胭脂：指血溅桃花扇一事。

㊾手泽：手汗。兰麝（shè）：兰草和麝香，二者均为香料。

㊿卜：猜测。

(51)宏光：即“弘光”，南明福王朱由崧的年号（1645）。

柳 是

寄钱牧斋书①

古来才子佳妇，儿女英雄，遇合②甚奇，终始不易③。如司马相如之遇文君④，如红拂之归李靖⑤，心窃慕之⑥。

自悲沦落，堕入平康⑦。每当花晨月夕，侑酒征歌之时⑧，亦不鲜少年郎君、风流学士，绸缪缱绻⑨，无尽无休。但是事过情移，便如梦幻泡影，故觉味同嚼蜡，情似青蚕。年复一年，因服饰之奢縻，食用之耗费，入不敷出，渐渐债负不赀⑩，交游淡薄。故又觉一身躯壳以外，都是为累，几乎欲把八千烦恼丝⑪割去，一意焚修，长斋事佛。

自从相公辱临⑫寒家一见倾心，密谈尽夕。此夕恩情美满，盟誓如山，为有生以来所未有，遂又觉入世尚有此生欢乐。复蒙挥霍万金，始得委身⑬，服伺朝夕。春宵苦短，冬日正长。冰雪情坚，芙蓉帐暖。海棠睡足，松柏耐寒。此中情事，十年如一日。

不意河山变迁，家国多难⑭。相公勤劳国家⑮，日不暇给。奔走北上⑯，跋涉风霜。从此分手，独抱灯昏。妾以为相公富贵已足，功业已高，正好偕隐林泉⑰，以娱晚景⑱。江南春好，柳丝牵舫⑲，湖镜开颜。相公徜徉⑳于此间，亦得乐趣。妾虽不足比文君、红拂之才之美，藉得追陪杖履㉑，学朝云㉒之侍东坡，了㉓此一生，愿㉔斯足矣。

【注释】

①柳是：字如是，号蘼芜。本名杨爱，后改姓柳。明末清初吴江（今属江西）人，为当时驰名大江南北的名妓。工诗，尤善七律。与著名文学家钱谦益相恋。钱谦益：号牧斋，江办常熟（今属江苏省）人，明万历进士，为东林党重要成员，后降清为礼部尚书。这封信即是柳如是在钱谦益降清北上时所写，信中力劝钱谦益辞官归隐，对钱之失节仕清深表不满。

②遇合：相遇而彼此赏识。

③易：改变。此指变易初衷。

④司马相如之遇文君：据《史记·司马相如列传》记载，西汉大文学家司马相如有一次到临邛游玩，临邛富人卓王孙邀请县令和司马相如去家中饮酒，相如在席间弹奏乐曲。此时卓王孙有女文君刚刚丧夫，在娘家守寡，喜爱音乐，又慕相如为人，乃于门外窃听之。相如乃寄情于琴声以挑弄她，文君心喜，乃与相如夜奔成都。

⑤红拂之归李靖：据五代前蜀杜光庭《虬髯传》载，隋末李靖以布衣拜见越国公杨素，杨素侍

婢中有一位执红拂的，容貌甚美，深情脉脉地注视着李靖。李靖回旅店后，半夜时，忽见红拂妓来投，二人相悦，一道逃到太原。

⑥窃慕：私下向往。之：指文君奔相如、红拂归李靖事。

⑦平康：指妓院。唐朝时，京城长安有平康坊，为专门教习乐伎之所，后遂以“平康”代指妓院。

⑧侑(yòu)酒：陪酒，劝酒。

⑨绸缪缱绻(chóu miù qiǎn quǎn)：情意缠绵、深厚。

⑩不赀(zī)：不可计数。赀，计量。

⑪八千烦恼丝：指头发。佛教认为，有欲即烦恼，蓄发乃有欲之一种，故称头发为烦恼丝。

⑫辱临：光临。辱，谦辞。

⑬委身：托身。此指钱谦益为柳如是赎身，柳才能托身于钱。

⑭家国多难：指清兵入关，明朝覆亡。

⑮相公：旧时妻子对丈夫的敬称。柳如是为钱之宠妾，故云。勤劳国家：为国事辛勤劳苦地奔波。

⑯奔走北上：指钱谦益北上仕清一事。

⑰林泉：山林泉石胜境，指退隐之地。

⑱晚景：晚年。

⑲舫(fǎng)：画船。

⑳徜徉(cháng yáng)：自由自在地来往。

㉑杖履：杖，拐杖，履，鞋子。杖履代指左右。

㉒朝云：北宋大文豪苏轼(号东坡)的侍妾，姓王，钱塘(今浙江杭州)人。苏东坡被贬惠州(今属广东省)时，朝云日夕相随，后卒于惠州。

㉓了(liǎo)：结束。

㉔斯：乃。

黄宗羲

谢陈介眉代辞博学宏儒书①

吾兄与国雯②书，见及言都下③诸公，欲以不肖姓名尘之荐牍④。叶讱庵先生且于经筵御前面奏⑤，其后讱庵移文吏部，吾兄力止。始闻之而骇，已喟然而叹⑥，且喜兄之知我也。

某幼离党祸⑦，废书者五年。二十一岁始学为科举，思欲以章句扬于当时⑧，委弃方幅典诰之书而不视⑨。年近四十，蓦逢丧乱⑩，负母流离⑪，退栖陋室⑫，与百姓杂处。又乌得⑬有奇闻异见，下逮于农琐哉⑭？是空疏不学，未有甚于某者也！

今朝廷举博学宏儒，以备顾问。此为何等，谓之博学？吾意临平石鼓⑮、青州墓刻⑯，有一事之不知，即其罪矣！谓之宏儒，慎墨⑰得进其谈，惠邓⑱敢窜其察，即其罪矣！故非万人之英不能居此至美之名也。即以前代博学宏辞科而论：以真德秀⑲处之，尚曰宏而不博；以留元刚⑳处之，尚曰博而不宏。王应麟㉑欲举是科，乃于制度典故，考索殆遍，今之《玉海》㉒，其稿本也。见㉓成《玉海》，某尚未一过㉔，况《玉海》所本㉕，馆阁万卷，纂要钩玄，取诸胸怀乎？乃如之人㉖，而欲当是选，是引里母田妇，而坐于平王之孙、卫侯之妻之列也㉗。胡㉘能不骇？

从来士之求知者多矣，往往觌面而无所遇合㉙。以昌黎㉚之贤，光范门下㉛，三上书而不报㉜。故投行卷展坐席者㉝，非危苦之词不道，非夸大之论不陈，揖洗割肉、破琴侍帚、穿屦行雪中㉞，百方以博巨公一日之知㉟，然而有得有不得。某于讱庵未尝有一面之雅、尺素之通㊱。前岁观海于海盐㊲，遇彭骏孙㊳，言讱庵使之问学；去岁正月读所赠董在中㊴诗，其间称许过当；今又云云，其何以得此于讱庵哉？夫讱庵之留心人物如此，向若得道骊艺襮㊵之士而与之，则可以为天下贺矣！无如某仅一愆帙之细民也㊶，孤负讱庵，此某之所以㊷叹也。

某年近七十，不学而衰；稍涉人世，便如行雾露中。老母年登九十，子妇死丧略尽；家近山海，兵声不时撼动，尘起镝鸣㊸，则扶持遁命。二十年以来，不敢妄渡钱塘，渡亦不敢一月留也。母子相依，以延漏刻㊹。若复使之待诏金马㊺，魏野所谓断送老头皮也㊻。嗟呼！人之相知，贵相知心。王阳在位，贡禹弹冠㊼；戴逵逃吴，张玄止召㊽。古人或出或处，未尝不藉友朋之力。不然，则山稽魏谢㊾，徒以富贵为市耳！非兄知我，何以有是乎！

讱庵先生处，意欲通书，然草野㊿而通书朝贵，非分所宜。陈履常[51]曰："公他日成功谢事，幅巾[52]东归，某当御款段[53]，乘下泽[54]，候公于上东门外。”此其例也。

【注释】

①黄宗羲：字太冲，号南雷，余姚（今属浙江）人，明清之际著名史学家、启蒙思想家。陈介眉：即陈锡嘏，清康熙时官编修、庶吉士。博学鸿儒：唐代设立的选拔学识渊博的士人的科制名，清康熙十七年(1678)举行。

②国雯：范光阳，号北山。

③都下：京城。

④不肖：作者自谦之称。尘：本尘埃义，用为动词，玷污。荐牍：推荐的文书。牍，文书，公文。

⑤叶讱庵：叶方蔼，字子吉，号讱庵，昆山（今属江苏）人，清康熙年间官至刑部右侍郎。经筵：给皇帝讲经论史。御前：在皇帝面前。

⑥已：后来。喟(kuì)然：叹气的样子。

⑦幼离党祸：幼年遭受党祸。黄宗羲之父黄尊素明末任御史，因弹劾魏忠贤，被害死于监狱中。离，通“罹”，遭遇。党祸，指党派之争而引起的灾祸。

⑧章句：本指文章的章节句读，这里指科考的八股文。扬：扬名。

⑨方幅：正方形的。典诰：本指《尚书》中《尧典》、《舜典》、《汤诰》等，这里泛指传统的儒家典籍。

⑩蓦(mò)：突然。丧乱：指清军入关，明朝灭亡，社会动乱。

⑪负母流离：陪同母亲离开家乡。

⑫陋室：简陋的居室。

⑬乌得：哪里能。乌，哪，怎么。

⑭逮：到，及。农琐：农家琐事。

⑮临平石鼓：据《晋书·张华传》载，晋武帝时，吴郡临平（今浙江余杭县）湖岸崩塌，出一石鼓，击之无声。武帝问张华，张华说须用四川桐木，刻为鱼形击之，武帝依此行之，果然声闻数里。

⑯青州墓刻：据《南史·贾希镜传》载，宋孝武帝时，青州（今山东临淄）古墓中出一石碑，上刻“青州世子，东海女郎”，众臣不知是何人，贾希镜说：“这是司马越女嫁苟晞儿。”派人寻访，果然不错。

⑰慎墨：慎到、墨翟，战国时人，他们分别为法家、墨家的代表。

⑱惠邓：惠施、邓析。惠施，战国时宋人，名家代表人物。邓析，春秋时郑人，曾作《竹刑》。窜其察：指渗入他的思想观点之中。

⑲真德秀：字景元，南宋宁宗时人，中博学宏词科，官至参知政事。

⑳留元刚：字茂潜，南宋宁宗时人，中博学宏词科，官至起居舍人。

㉑王应麟：字伯厚，南宋人，中进士后，闭门读书二十年，中博学宏词科。

㉒《玉海》：类书名。

㉓见：通“现”。

㉔一过：看一遍。

㉕所本：根据的文献姿料。

㉖之人：此人，指作者自己。

⑰平王之孙：指王姬，周平王的孙女，嫁齐侯。卫侯之妻：指卫庄公妻庄姜。《诗经》中说她们都非常美貌。

㉘胡：怎么。

㉙觌(dí)面：见面。遇合：指得到对方赏识。

㉚昌黎：韩愈，字退之，唐邓州南阳(今属河南)人，祖籍昌黎，世称“韩昌黎”。

㉛光范门下：语见韩愈《上宰相书》，意谓可以使门第生辉。

㉜“三上书”句：韩愈考中进士后，曾于贞元十一年(795)三次上书宰相求官，均不得回答。不报，不回答。

㉝行卷：唐代士人将自己的诗文送交达官贵人，以求赏识，称作行卷。展坐席：将文章展开在坐席上。

㉞揖洗：郦食其见汉高祖刘邦，刘邦正在洗脚，郦食其只长揖而不跪拜。割肉：汉武帝赐群臣肉，因重臣未到不分肉，东方朔拔剑自己割了肉回家。武帝知道后责问他，他巧言对答，反得武帝赏赐。破琴：唐陈子昂在京都长安，不为人知。他用一千缗(一串钱为一缗)购得一琴，旁人惊问，他召集众人说：“我有文百轴，不为人知。此乐乃贱工之役，岂愚留心哉!”然后抛掉琴，把文章分给众人，名声大振。侍帚：西汉魏勃想见齐相曹参，无从通达，于时常在齐相舍人门外扫地，舍人为之通报。穿屦(jù)行雪：东郭先生长期不得任用，很贫穷，衣衫褴褛，在雪中行走，履有上无下，足践雪地。后因向卫青献计并通过卫青拜为郡都尉。

㉟百方：千方百计。巨公：皇帝或达官。

㊱雅：旧交。尺素：书信。

㊲海盐：今浙江省海盐县。

㊳彭骏孙：彭孙遹，海盐人，清康熙时中博学鸿儒科，官至翰林学士。

㊴董在中：字允滔，黄宗羲的弟子。

㊵道弸(péng)艺襮(bó)：道德充实，才艺突出。弸，充实。襮，暴露。

㊶愆(qiān)餱(hóu)细民：因粮食获罪的小民。愆，过失。餱，干粮。

㊷所以：表原因。

㊸尘起镝鸣：指战争到来。镝，响箭。

㊹漏刻：指时间。漏，古代以滴水来计时的器具。

㊺金马：金马门，汉代宫门名。皇帝召见优秀士人，令其待诏的地方。

㊻魏野：北宋隐士，被荐出仕，拒不奉诏。断送老头皮：指被杀。北宋隐士杨朴，被荐入京，答皇帝之问，说臣妻赠诗：“更休落魄贪杯酒，亦莫猖狂爱咏诗。今日捉将官里去，这回断送老头皮。”

㊼“王阳”二句：出自《汉书·王吉传》。王阳：王吉，字子阳，与贡禹相好。王吉显贵，贡禹也将作官。弹冠，弹去冠上尘土，指去作官。

㊽戴逵：东晋人，孝武帝多次征召，郡县催逼，逃至吴郡。会稽内史谢玄上疏请武帝停止征召。张玄：当作谢玄。

㊾山嵇：山涛和嵇康。二人隐居竹林为友，后山涛出山作官，并举荐嵇康，嵇康写《与山巨源绝交书》，因此被杀。魏谢：魏天祐和谢枋得。魏天祐任元朝福建行省参议，举荐宋朝遗民谢枋得，并强迫他到京师，谢枋得绝食而死。

㊿草野：草野之民。

51陈履常：陈师道，字履常，北宋时人，为人正直。章惇在枢密院任职，属秦观延至，陈师道写信回绝。

㊾幅巾：古代男子用绢一幅束发，此指辞官。

㊿款段：马行缓慢的样子，此指缓慢行走的马。

54下泽：下泽车，便于在沼泽行走的短毂车。

顾炎武

与徐甥公肃书①

幼时侍先祖②，自十三四岁，读完《资治通鉴》③后，即示之以邸报④；泰昌⑤以来，颇窥崖略⑥，然忧患⑦之余，重以老耄⑧，不谈此事，已三十年，都不记忆。而所藏史录奏状一二千本，悉为亡友借观⑨。中郎被收⑩，琴书俱尽。承吾甥来札惓惓⑪，勉以一代文献，衰朽讵足副此⑫？既叨⑬下问，观书柱史⑭，无妨往还⑮。正未知绛人甲子、郯子云师，可备赵孟、叔孙之对否耳⑯？

夫史书之作，鉴往所以训今。忆昔庚辰、辛巳⑰之间，国步阽危⑱，方州⑲瓦解。而老成硕彦⑳，品节矫然㉑。下多折槛之陈㉒，上有转圜之听㉓。思贾谊之言㉔，每闻于谕旨㉕；烹宏羊之论㉖，屡见于封章㉗。遗风善政，迄今可想。而昊天不吊㉘，大命忽焉㉙。山岳崩颓，江河日下；三风不儆㉚，六逆弥臻㉛。以今所睹，国维人表㉜，视昔十不得二三。而民穷财尽，又倍蓰而无算矣㉝。身当史局㉞，因事纳规㉟。造郄之谟㊱，沃心之告㊲，有急于编摩㊳者；固不待汗简奏功㊴，然后为千秋金镜㊵之献也。

关辅荒凉㊶，非复㊷十年以前风景。而鸡肋蚕丛㊸，尚烦戎略㊹；飞刍挽粟㊺，岂顾民生。至有六旬老妇、七岁孤儿，挈米八升，赴营千里，于是强者鹿铤㊻，弱者雉经㊼，阖门而聚哭投河，并村而张旂㊽抗令。此一方之隐忧，而庙堂㊾之上，或未之深悉也。吾以望七之龄㊿，客居斯土[51]。饮瀣餐霞[52]，足怡[53]贞性；登岩俯洞，将卜幽栖[54]。恐鹤唳[55]之重惊，即鱼潜[56]之非乐；是以忘其出位[57]，贡此狂言。请赋祈招之诗[58]，以代麦丘之祝[59]。不忘百姓，敢自托于鲁儒[60]；维此哲人[61]，庶兴哀于周雅[62]。当事君子[63]，倘亦有闻而叹息者乎！东土饥荒，颇传行旅[64]；江南水旱，亦察舆谣[65]。涉青云[66]以远游，驾四牡而靡骋[67]。所望随时示以音问。不悉。

【注释】

①顾炎武：字宁人，昆山（今属江苏）人，明清之际著名启蒙思想家和语文学家。徐公肃：徐元文，字公肃，昆山人，清顺治时进士，官至文华殿大学士、户部尚书，后辞官。徐元文写信邀请顾炎武赴博学宏词科，顾炎武写了这封信婉言拒绝。

②先祖：指顾绍芾。顾炎武自幼过继给顾绍芾之子顾同吉为螟蛉子。

③《资治通鉴》：宋司马光领衔主编的一部上起战国、下至五代的编年体通史。

④邸报：汉唐时地方长官在京城设邸，抄录朝廷诏令奏章等报回，叫邸报；后代也称朝廷官

报为邸报。

⑤泰昌：明光宗朱常洛年号(1620)。

⑥崖略：大概，大致情况。

⑦忧患：指作者经历的参加抗清起义失败、两次入狱、被刺等挫折。

⑧重以：加上。耄(mào)：老人年七十以上称"耄"。

⑨亡友：指吴炎、潘柽章，因撰写《明史记》被清廷所杀。

⑩中郎：指东汉蔡邕，曾任中郎将。王允杀董卓，受牵连被杀。被收：被捕。

⑪惓惓(quán quán)：情意恳切的样子。

⑫衰朽：作者自称，谦辞。讵足：哪里够得上。

⑬叨(tāo)：辱，谦辞。

⑭观书柱史：指在政府图书馆看书。柱史，柱下史，周朝掌管图书册籍的官吏。

⑮往还：往来，指奔走。

⑯"正未知"二句：只是不知道遇到绛县人说甲子、郯子讲解云师时，能否回答赵孟、叔孙婼的问话吗？绛人甲子：春秋时绛县有一老人，人问他年龄，他说："我生那年，正月初一逢甲子，现已过四百四十五个甲子，最后一个，也过了三分之一。"人都不知他的年龄，后来晋大夫算出他七十三岁。晋正卿赵孟任他为绛县师。郯子云师：春秋时郯国国君朝鲁，鲁大夫叔孙婼问他："你的祖先少昊氏以云名官，何故？"他回答说："黄帝以云为标记，所以称云师，以云为名。"

⑰庚辰、辛巳：即明崇祯十三(1640)、十四年(1641)。

⑱国步：国家命运。阽(diàn)危：临近危险。阽，临近。

⑲方州：州郡，指国家。

⑳硕彦：指学问很深博的人。硕，大。彦，有才学的人。

㉑矫然：刚直的样子。

㉒下：臣子。折槛之陈：指对皇帝的冒死陈述。折槛，汉成帝时，大臣朱云请求斩佞臣张禹，皇帝大怒，要杀朱云，朱云抓住栏槛，栏槛折断。

㉓上：皇上。转圜(yuán)之听：虚心听取臣下的意见。转圜，见《汉书·梅福传》"昔高祖纳善若不及，从谏若转圜。"

㉔思贾谊之言：汉文帝时，贾谊曾建议削弱诸侯国的势力。他死后，汉文帝"思贾谊之言，乃分齐为六国。"

㉕谕旨：皇帝的旨意。

㉖烹宏羊之论：指诛杀奸臣的主张。宏羊，即桑弘羊，西汉政治家。主张盐铁官营，被认作奸臣。一年天旱，大臣求雨卜辞说："烹弘羊，天乃雨。"

㉗封章：又称封事，加密封的奏章。

㉘昊(hào)天不吊：苍天不怜悯。昊，大。吊，怜悯。

㉙大命：天命，指国家的命运。忽：渺茫，指完结。

㉚三风：巫风、淫风、乱风。儆(jǐng)：戒备。

㉛六逆：指古代社会所谓违反伦常的六件事：贱妨贵、少陵长、远间亲、新间旧、小加大、淫破义。弥臻：全都出现了。弥，全，遍。臻，至，到。

㉜国维：维系国家的伦理道德。人表：人的表率，这里指作为人的表率的品质。

㉝倍蓰(xǐ)：几倍。蓰，五倍。无算：无法计算。

㉞史局：史馆。

㉟因事纳规：根据具体事情规劝。

㊱造膝之谟：指亲友的谋划。造膝，膝盖相碰，比喻亲近。膝，通“膝”。

㊲沃心之告：对人有启发的言语。

㊳编摩：编写。

㊴汗简：史书，又称“汗青”。奏功：成功。

㊵千秋金镜：喻指可以作为永久鉴戒的东西。《新唐书·张九龄传》：“千秋节公卿并献宝鉴，九龄上事鉴十章，号《千秋宝鉴》。”镜，喻指鉴戒。

㊶关辅：指关中，因辅卫着长安城，故称“关辅”。

㊷非复：不再是。

㊸鸡肋：喻路途艰难险阻。蚕丛：相传蜀王的先祖，指代蜀地。

㊹戎略：军事谋略。

㊺飞刍挽粟：运送粮草。

㊻鹿铤：铤而走险。

㊼雉经：同“自刭”，自杀。

㊽旂(qí)：同“旗”。

㊾庙堂：朝廷。

㊿望七之龄：接近七十的年龄。作者当时六十八岁。

51斯土：这个地方。斯，代词，这。

52饮瀣(xiè)餐霞：喝水气、吃云霞，指隐居。瀣，沆瀣，夜间的水气。

53怡：保养，怡养。

54卜：选择。幽栖：幽静的居地。

55鹤唳：风声鹤唳，指战争。唳，鸣叫。

56鱼潜：如鱼潜水，喻隐居。

57出位：超越自己的职位。

58祈招之诗：古逸诗名，祭公为劝谏周穆王巡游天下所作。

59麦丘之祝：春秋时齐桓公行至麦丘，遇老者为他祝寿。

60自托于鲁儒：意指潜心读书做学问。鲁儒，指孔子。

61哲人：有才智之人，指古代诗人。

62周雅：指《诗经》中的《大雅》、《小雅》。《诗经·序》：“雅者，正也，言王政之所由兴废也。”

63当事君子：指当权者。

64颇：多。行旅：指路途。

65舆谣：群众的歌谣。舆，众人。

66涉青云：指远游。

67四牡：四匹马拉的车。牡，公马。靡骋：不知驰向哪里。靡，不，没有。

与人书[①]

《宋史》言刘忠肃每戒子弟曰[②]："士当以器识[③]为先，一命为文人，无足观矣。"仆自一读此言，便绝应酬文字，所以养其器识而不堕于文人也。悬牌于室，以拒来请，人所共见，足下尚不知耶？抑将谓随俗为之而无伤于器识耶？中孚为其先妣求传再三[④]，终已辞之，盖止为一人一家之事，而无关于经术政理之大，则不作也。韩文公文起八代之衰[⑤]，若但作《原道》、《原毁》、《争臣论》、《平淮西碑》、《张中丞传后序》诸篇，而一切铭状概为谢绝，则诚近代之泰山北斗[⑥]矣，今犹未敢许也。此非仆之言，当日刘叉[⑦]已讥之。

【注释】

①此信就拒绝为人作传一事，说明了学者当以器识为先，不应随同流俗的道理。

②刘忠肃：刘挚，字莘老，北宋永静军东光（今属河北）人。嘉祐进士，官至仆射，卒谥忠肃。

③器识：器量识见。

④中孚：李颙，字中孚，陕西盩厔（今陕西周至）人，清初大儒，隐居不仕，与顾炎武为友。先妣：已故之母。

⑤韩文公：即韩愈。文起八代之衰：谓韩愈倡导古文，使散文创作经八代之衰颓而得以复振。八代，谓东汉，魏、晋、宋、齐、梁、陈、隋。

⑥泰山北斗：比喻韩愈为文坛领袖。语见《新唐书·韩愈传赞》："自愈没，其言大行，学者仰之如泰山、北斗云。"

⑦刘叉：《新唐书·韩愈传》作"刘义"，为当时侠士，闻韩愈交接天下士，步归之。后因争语，持韩愈金数斤而去，且讥之曰："此谀墓中人得耳，不若与刘君为寿！"

与叶讱庵书[①]

去冬韩元少[②]书来，言曾欲与执事[③]荐及鄙人，已而中止。顷闻史局中复有物色及之者[④]，无论昏耄[⑤]之资，不能黾勉从事。而执事同里[⑥]人也，一生怀抱，敢不直陈之左右？先妣⑦未嫁过门，养姑抱嗣，为吴中第一奇节⑧，蒙朝廷旌表⑨。国亡绝粒⑩，以女子而蹈首阳之烈⑪。临终遗命，有无仕异代之言，载于志状⑫。故人人可出，而炎武必不可出矣。《记》曰：将贻父母令名，必果；将贻父母羞辱，必不果⑬。七十老翁何所求？正欠一死。若必相逼，则以身殉之矣！一死而先妣之大节愈彰于天下，使不类⑭之子得附以成名，此亦人生难得之遭逢也。谨此奉闻。

【注释】

①叶讱庵：叶方蔼，字子吉，号讱庵，昆山（今属江苏）人。顺治进士，康熙时官至刑部右侍郎。在此信中，顾炎武陈述了他遵从亡母"无仕异代"的教诲及不为清廷效劳的心志。

②韩元少：名菼，字元少，康熙时官至礼部尚书。

③执事：对叶讱庵的敬称。

④顷：近来。史局：官方撰修史书的机构。清康熙时，史局中有人举荐顾炎武修《明史》，不就。

⑤昏耄：老迈昏聩。

⑥同里：同乡。

⑦先妣：指顾氏亡母王氏。

⑧吴中：指苏州（今属江苏）一带。奇节：节操非凡之人。

⑨旌表：表彰。

⑩绝粒：绝食。

⑪首阳之烈：指伯夷、叔齐以身殉节的壮烈行为。周武王灭商后，商孤竹君之子伯夷、叔齐耻食周粟，饿死于首阳山中。

⑫志状：墓志铭和记载死者生平事迹的行状。

⑬"将贻"四句：语本《礼记·内则》。谓父母去世后，儿子想到行善事将给父母留下美名，就一定能果断地去做；想到行恶事将给父母留下羞辱，就一定不会果断地去做。

⑭不类：犹不肖。

与友人辞祝书①

昨见子德，云：明府将以贱辰光临赐祝②。窃惟生日之礼，古人所无。《小弁》之逐子，始说"我辰"③；《哀郢》之故臣，乃言"初度"④。故唐文皇以"劬劳"之训，垂泣以对群臣⑤。而近时孙退谷、张篑山著论⑥，欲废此礼。彼居常处顺者犹且辞之，况鄙人生丁不造⑦，情事异人，流离四方，偷存视息，若前世王华、王肃、陆襄、虞荔、王慧龙之伦⑧，便当终身布衣疏食，不听音乐，不参喜事。即不能然，而又以此日接朋友之觞⑨，炫世俗之目，岂不于我心有戚戚⑩乎？知我者，当闵其不幸而吊慰之，不当施之以非礼之礼，使之拂其心而夭其性也⑪。用是直摅衷曲⑫，布诸执事，惟祈鉴之。

【注释】

①此信拒绝友人为自己祝寿，表达了对时俗的鄙弃。

②明府：对州郡长官或县令的尊称。贱辰：谦称自己的生日。

③“《小弁》”二句：《小弁》，《诗经·小雅》篇名。旧说周幽王宠爱褒姒，废申后，逐太子宜臼，此诗即宜臼所作。诗中有“天之生我，我辰安在”之语。辰，指降生之时。

④“《哀郢》”二句：《哀郢》，《楚辞·九章》篇名，屈原作。郢，战国时楚国首都。楚顷襄王二十一年，秦将白起攻破楚都郢，屈原因作此诗，抒其哀思。故臣，指屈原，为楚国人，故称。初度，初生之时，语见屈原《离骚》“皇览揆余初度兮”。

⑤“故唐文皇”二句：唐文皇，即唐太宗李世民。唐太宗曾在生日对大臣说：“《诗》云：哀哀父母，生我劬劳。奈何以劬劳之日，更为欢乐乎？”因而感泣。

⑥孙退谷：孙承泽，字耳北，号北海，亦号退谷，清初任吏部侍郎。张篑山：张贞生，字干臣，一字篑山，官至翰林学士。

⑦丁：当。不造：家室多难。

⑧王华：字子骏，南朝宋临沂人。因其父存亡不测，故布衣蔬食，十余年不交游。王肃；字恭懿，北魏临沂人。其父及兄弟皆为萧赜所杀，王肃布衣蔬食二年不改。陆襄：字师卿，梁吴郡吴县人。其父陆闲为齐始安王萧遥光扬州治中，永元末年，遥光作乱，台军攻陷城，闲与第二子绛俱遇难。陆襄痛父兄之死，终身布衣蔬食，不听音乐。虞荔：字山披，南朝陈余姚人。其母死于侯景之乱中，他终身布衣蔬食，不听音乐。王慧龙：北魏太原晋阳人。其祖父王愉合家被刘裕所杀，王慧龙布衣蔬食，不参吉事。

⑨觞：酒杯。

⑩戚戚：忧惧。

⑪拂：违逆。夭：折，丧失。性：本性。

⑫摅(shū)：抒发。衷曲：内心的感情。

与王虹友书①

流寓关华②，已及二载。幸得栖迟③泉石，不与弓旌④，而此中一二绅韦⑤颇知重道。管幼安之客公孙，惟说六经之旨⑥；乐正裘之友献子，初无百乘之家⑦。若使戎马不生，弦歌无辍，即此可为优游卒岁之地矣。惟是筋力衰陨，山川缅邈。获麟西野，粗成拨乱之书⑧；化鹤辽东，未卜归来之日⑨。言念邦族，憬然⑩如何！

【注释】

①此信为顾炎武寓居陕西华阴县时所作。信中抒写了隐居之乐和对故乡亲人的思念。王虹友:王摅,字虹友,善诗文。

②关华:即今陕西华阴县。

③栖迟:隐居。

④不与弓旌:谓不应召做官。古代征聘之礼,招虞人以弓,招大夫以旌。

⑤绅韦:罢官而闲居之士。

⑥"管幼安"二句:管宁,字幼安,三国魏北海朱虚人。汉末,避乱居辽东,依公孙度,唯谈论经典,不涉世事。这里以管宁为喻,表明自己不问世事。

⑦"乐正裘"二句:《孟子·万章下》:"孟献子,百乘之家也,有友五人焉:乐正裘,牧仲,其三人,则予忘之矣。献子之与此五人者友也,无献子之家者也。此五人者,亦有献子之家,则不与之友矣。"这里以乐正裘和孟献子交友之事为喻,表明自己与人交往,丝毫不以权势为意。百乘,一百辆车,古代大夫所有。

⑧"获麟"二句:据《史记·孔子世家》记载,鲁哀公十四年,西狩于大野,叔孙氏之车子(造车之人)钼商获兽,以为不祥,孔子观之,曰:"麟也。"孔子修《春秋》,至此绝笔。拨乱之书,即《春秋》。这里盖以孔子写成《春秋》之事,暗喻自己写成了《天下郡国利病书》及《日知录》等书。

⑨"化鹤"二句:传说汉辽东人丁令威在灵虚山学道成仙,后化作仙鹤飞回故乡。此用其事,言人世变迁,未知何日回归故乡。

⑩憬然:形容思虑深远。

与友人论学书①

比往来南北②,颇承友朋推一日之长③,问道于盲④。窃⑤叹夫百余年以来之为学者,往往言心言性⑥,而茫乎不得其解也。

命与仁⑦,夫子之所罕言也;性与天道,子贡之所未得闻也⑧。性命之理,著之《易传》⑨,未尝数以语人⑩。其答问士也,则曰:"行己有耻"⑪;其为学,则曰:"好古敏求"⑫;其与门弟子言,举尧、舜相传所谓"危微精一"之说⑬,一切不道,而但曰"允执其中,四海困穷,天禄永终"⑭。呜呼!圣人之所以为学者,何其平易而可循⑮也!故曰:"下学而上达⑯。"颜子⑰之几乎圣也,犹曰:"博我以文⑱。"其告哀公也⑲,明善之功⑳,先之以博学。自曾子㉑而下,笃实无若子夏㉒,而其言仁也,则曰:"博学而笃志,切问而近思㉓。"

今之君子则不然。聚宾客门人之学者数十百人㉔,"譬诸草木,区以别矣"㉕,而一皆与之言心言性，舍多学而识，以求一贯之方[26]；置四海之困穷不言，而终日讲“危微精一”之说。是必其道之高于夫子，而其门弟子之贤于子贡，祧东鲁而直接二帝之心传者也[27]。我弗敢知也。

《孟子》一书，言心言性，亦谆谆[28]矣。乃至万章、公孙丑、陈代、陈臻、周霄、彭更[29]之所问，与孟子之所答者，常在乎出处、去就、辞受、取与[30]之间。以伊尹之元圣[31]，尧、舜其君其民[32]之盛德大功，而其本乃在乎千驷、一介之不视不取[33]。伯夷[34]、伊尹之不同于孔子也，而其同者，则以“行一不义，杀一不辜，而得天下不为”[35]。是故性也，命也，天也，夫子之所罕言。而今之君子之所恒言也；出处、去就、辞受、取与之辨，孔子、孟子之所恒言，而今之君子所罕言也。谓忠与清[36]之未至于仁，而不知不忠与清而可以言仁者，未之有也；谓不忮不求之不足以尽道[37]，而不知终身于忮且求而可以言道者，未之有也。我弗敢知也。

愚所谓圣人之道者如之何？曰“博学于文”，曰“行己有耻”。自一身以至于天下国家，皆学之事也；自子臣弟友以至出入、往来、辞受、取与之间，皆有耻之事也。耻之于人大矣！不耻恶[38]衣恶食，而耻匹夫匹妇之不被其泽[39]，故曰：“万物皆备于我矣，反身而诚[40]。”呜呼！士而不先言耻，则为无本之人；非好古而多闻，则为空虚之学。以无本之人，而讲空虚之学，吾见其日从事于圣人而去之弥远[41]也。虽然，非愚之所敢言也。且以区区之见，私诸同志而求起予[42]。

【注释】

①本文是顾炎武于康熙六年(1667)写给他的好友、布衣学者张尔岐的一封论述治学的信。作为开有清一代学术风气的大学者，顾炎武在此信中从哲学和人生观的高度，阐述了读书、治学与修身养德的重要性，号召人们既要“博学于文”，更要“行己有耻”。全文立论鲜明，论述严密，说理透彻，是一篇对清代学术风气颇有影响的纲领性作品。

②比：近来。往来南北：清兵南下时，三十一岁的顾炎武在苏州参加抗清斗争。失败后，往来于山东、河北、山西、陕西一带，一边考察，一边著书立说。

③一日之长：年岁稍大一点。推：尊重。

④问道于盲：向瞎子问路。作者自谦之词。意思是向我这无知的人请教。

⑤窃：私下。

⑥心：人的心灵、意识。性：本性。心和性是宋、明理学家的中心论题。

⑦命与仁：即命运和道德。命，即命运，指人的福祸贵贱等。仁，儒家的道德规范。《论语·子罕》：“子罕言利与命与仁。”罕，少。

⑧性与天道：语出《论语·公冶长》：“子贡曰：‘夫子之文章，可得而闻也；夫子之言性与天道，不可得而闻也。’”天道，天命。子贡：孔子的弟子，姓端木，名赐。

⑨《易传》：相传是儒家学派的代表人物孔子所撰，是解释《易经》的著作。

⑩数：屡次，多次。语：告诉。

⑪行己有耻：对自己的立身行事要有羞耻之心。语出《论语·子路》。

⑫好古敏求：爱好古代的学问，勤勉地探求。语出《论语·述而》。

⑬危微精一：相传是尧、舜心心相传的修身治国的精微之道。《尚书·大禹谟》：“人心惟危，道心惟微，惟精惟一，允执厥中。”危，危险，险恶。微，微妙。精，精慎。一，专一。

⑭但：只。允：真诚。执：坚持。中：不偏不倚的中道。此数句出自《论语·尧曰》。意谓，为政之道在于不偏不倚，否则天下就会穷困，上帝赐予的福禄就会永远结束了。

⑮循：遵循。

⑯下学而上达：意为下学人事，就可上通天理。语出《论语·宪问》。

⑰颜子：孔子弟子颜回，字子渊。

⑱博：使我渊博。文：指诗书礼乐等。

⑲其：指孔子。哀公：鲁哀公。

⑳明善之功：认识和修明善德的有效办法。语出《礼记·中庸》。

㉑曾子：即曾参，字子舆，孔子弟子。

㉒笃实：忠诚老实。子夏：即卜商，孔子弟子。

㉓笃志：志向专一。切问：恳切地请教别人。近思：多思考当前的问题。二句语出《论语·子张》："子夏曰：'博学而笃志，切问而近思，仁在其中矣！'"

㉔门人：弟子。学者：求学的人。

㉕譬诸草木，区以别矣：意谓学术就像草木，可区别为各种各类。语出《论语·子张》。

㉖多学而识(zhì)：多多地(或广泛地)学习而又能记得住。一贯之方：指理学家的危微精一之说。

㉗祧(tiāo)：远祖之庙，这里作"越过"讲。东鲁：指孔子。祧东鲁，指不以孔子为祖。二帝：指尧、舜。

㉘谆谆：诲人不倦的样子。

㉙万章、公孙丑、陈代、陈臻、周霄、彭更：都是孟子的弟子。

㉚出处：做官和隐居。去就：辞官和做官。辞受：拒绝和接受。取与：拿取和给予。

㉛伊尹：商汤的相，名挚，助汤灭夏桀。元圣：大圣人。

㉜尧、舜其君其民：使其君如尧舜，使其民如尧舜时之民。

㉝本：本性，为人之本。千驷、一介之不视不取：意谓只要不符合道义，不管多么多的东西或多么少的东西，都不取于别人，也不给予别人。语出《孟子·万章上》。驷，四匹马共拉的一辆车。介，同"芥"，细物。

㉞伯夷：商代末年孤竹君之子，不赞成武王伐纣，商亡，不食周粟，与其弟叔齐饿死于首阳山。

㉟"行一"三句：语出《孟子·公孙丑上》。不辜，无罪的人。

㊱忠与清：忠君和清廉。此句是说仅做到忠君和清廉还不能算仁。

㊲忮(zhì)：嫉妒。求：贪求。

㊳恶：粗劣。

㊴被其泽：受他的恩惠。

㊵反身：反躬自问。诚：忠诚踏实。二句语出《孟子·尽心上》。

㊶弥远：越来越远。

㊷私：私下。起：启发，开导。

与李中孚书①

衰疾渐侵，行须扶杖，南归尚未可期。久居秦晋②，日用不过君平③百钱，皆取办囊橐，未尝求人。过江而南，费须五倍，舟车所历，来往六千。求人则丧己④，不求则不达，以此徘徊未果。华令迟君谋为朱子祠堂⑤，卜于云台观⑥之右，捐俸百金，弟亦以四十金佐之。七月四日买地，十日开土，中秋后即百堵⑦皆作。然堂庑门垣，备制⑧而已，不欲再起书院，惟祠中用主⑨像，遵足下前论，主题曰"太师徽国文公朱子神位"，像合用林下冠服⑩，敢祈足下考订明确示之。

太夫人祠已建立否？委作记文，岂敢固辞，以自外于知己？顾先妣以贞孝受旌⑪，顷使舍侄于墓旁建一小祠，尚未得立，日夜痛心。若使不立母祠，而为足下之母作祠文，是为不敬其亲而敬他人矣，足下亦何取其人乎？贵地高人逸士甚不乏人，似不须弟，若谓非弟不可，则时乎有待，必鄙愿已就，方可泚笔⑫耳。

【注释】

①李中孚：即李颙，见顾炎武《与人书》注④。信中叙述了南归无期及不愿为筹集路费而求助于人，表现了作者贫贱不移的节操。信中还表达了念念不忘"以贞孝受旌"的亡母的感情。

②秦晋：今陕西、山西一带。

③君平：严遵，字君平，汉蜀郡人。卜筮于成都市，日得百钱，足以自养，则闭肆下帘读《老子》。此句以严君平自喻，表明其不屑为谋生而忙碌。

④丧己：谓丧失自己的气节。

⑤华令：华阴县令。朱子：即朱熹，宋代大儒。据《朱子年谱》载，淳熙十二年(1185)，朱熹曾主管华山云台观。

⑥云台观：在今陕西省华阴县南华山之下。

⑦堵：墙。

⑧备制：谓简略构造，聊以符合形制。

⑨主：神主。

⑩林下冠服：罢官后闲居之服。

⑪"顾先妣"句：参见顾炎武《与叶讱庵书》。

⑫泚(cǐ)笔：以笔蘸墨。

侯方域

癸未去金陵日与阮光禄书①

仆窃闻"君子处己②,不欲自恕而苛责他人以非其道"③。今执事④之于仆,乃有不然者,愿为执事陈之。

执事,仆之父行⑤也。神宗之末,与大人⑥同朝,相得甚欢⑦,其后乃有欲终事执事而不能者,执事当自追忆其故,不必仆言之也。大人削官归⑧,仆时方少⑨。每侍,未尝不念执事之才而嗟惜者弥日⑩。及仆稍长,知读书,求友金陵。将戒途⑪,而大人送之曰:"金陵有御史成公勇者⑫,虽于我为后进,我常心重之,汝至,当以为师。又有老友方公孔炤⑬,汝当持刺⑭拜于床下。"语不及执事⑮。及至金陵,则成公已得罪去⑯,仅见方公,而其子以智者⑰,仆之夙交⑱也,以此晨夕过从⑲。执事与方公同为父行,理当谒,然而不敢者,执事当自追忆其故,不必仆言之也。今执事乃责仆与方公厚,而与执事薄,噫!亦过矣。

忽一日,有王将军过仆⑳,甚恭。每一至,必邀仆为诗歌。既得之,必喜。而为仆贳酒奏伎㉑,招游舫㉒,携山屐㉓,殷殷㉔积旬不倦。仆初不解,既而疑,以问将军。将军乃屏人㉕以告仆曰:"是皆阮光禄所愿纳交于君者也。光禄方为诸君所诟㉖,愿更以道之君之友陈君定生、吴君次尾㉗,庶稍湔㉘乎!"仆敛容谢之曰:"光禄身为贵卿,又不少佳宾客,足自娱,安用此二三书生为哉!仆道之两君,必重为两君所绝。若仆独私从光禄游,又窃恐无益光禄。辱㉙相款八日,意良厚,然不得不绝矣。"凡此皆仆平心称量,自以为未甚太过,而执事顾㉚含怒不已,仆诚无所逃罪矣!

昨夜方寝,而杨令君文骢叩门过仆曰㉛:"左将军㉜兵且来,都人汹汹㉝,阮兴禄飏言㉞于清议堂云:子与有旧㉟,且应之于内。子盍行乎㊱?"仆乃知执事不独见怒,而且恨之,欲置之族灭而后快也。仆与左诚有旧,亦已奉熊尚书㊲之教,驰书止之,其心事尚不可知。若其犯顺,则贼也;仆诚应之于内,亦贼也。士君子稍知礼义,何至甘心作贼?万一有焉,此必日暮途穷,倒行而逆施㊳,若昔日干儿义孙㊴之徒,计无复之,容出于此㊵。而仆岂其人耶!何执事文织之深也㊶。

窃怪执事常愿下交天下士,而展转蹉跎㊷,乃至嫁祸而灭人之族,亦甚违其本念。倘一旦追忆天下士所以相远之故,未必不悔,悔未必不改。果悔且改,静待之数年,心事未必不暴白㊸,心事果暴白,天下士未必不接踵而至执事之门。仆果见天下士接踵而至执事之门,亦必且随属其后,长揖谢过,岂为晚乎?而奈何阴毒左计㊹，一至于此。

仆今已遭乱无家，扁舟短棹㊺，措㊻此身甚易。独惜执事忮机㊼一动，长伏草莽㊽则已，万一复得志，必至杀尽天下士，以酬其宿㊾所不快。则是使天下士终不复至执事之门，而后世操简书㊿以议执事者，不能如仆之词微而义婉也。仆且去，可以不言，然恐执事不察，终谓仆于长者傲，故敢述其区区[51]，不宣[52]。

【注释】

①侯方域：字朝宗，河南商丘人，明末“复社”成员。癸未：明崇祯十六年（1643）。去：离开。金陵：今南京市。阮光禄：即阮大铖，明末阉党余孽，崇祯元年起为光禄卿。明亡后，与马士英等人拥立福王在金陵称帝，大兴党狱，迫害“复社”文人。侯方域与张溥、陈定生等交游，抨击阉堂阮大铖、马士英等人，故深为阮、马忌恨，侯方域为避祸，乃逃离金陵到宜兴陈定生处避难。这封信即是作者离开金陵时所写。信中无情地揭露了阮大铖的丑恶嘴脸，洋溢着不屈权势的战斗精神。

②处己：对待自己。

③自恕：自己原谅自己。非其道：否定别人的为人、行事。非，非议，否定。

④执事：旧时指侍从左右供使令的人。书信中用以称对方，表示不敢直陈，而向执事者陈述，以示尊敬。

⑤父行：与父同辈行。

⑥大人：父亲，作者父亲侯恂，曾任户部尚书。

⑦相得甚欢：阮大铖少有俊才，在投靠阉党魏忠贤之前，深受侯恂爱重。

⑧大人削官归：熹宗天启四年（1624），魏忠贤大兴党狱，阮大铖阿附于魏，侯恂以反对阉党魏忠贤，而被革职归里。

⑨仆时方少：当时侯方域年仅七岁。仆，古时男子自谦之词。

⑩弥日：终日。

⑪戒途：启程。

⑫成公勇者：成勇，字仁有，天启进士，崇祯时为南京御史。

⑬方公孔炤（zhāo）：即方孔炤，字潜夫，安徽桐城人。万历进士，曾官湖广巡抚。

⑭刺：名片。

⑮语不及执事：没有提到您。

⑯成公已得罪去：成勇因上疏斥责杨嗣昌，被削籍戍宁波卫。

⑰以智：即方以智，方孔炤之子，字密之，号曼公，明清之际思想家、科学家。崇祯进士，官至翰林院检讨。清人，出家为僧。

⑱夙交：素交，故交。

⑲过从：相互来往。

⑳王将军：阮大铖门客。过：探视。

㉑贳（shì）酒：赊酒。此为“买酒”之意。奏伎：演奏歌舞。

㉒招游舫：替雇游船。

㉓携山屐：帮（我）拿登山鞋。

㉔殷殷：热情，恳切。

㉕屏人：叫其他人退避。

㉖诸君:指当时反对阮大铖的南京名士。诟:指责,辱骂。

㉗陈君定生:陈定生,即陈贞慧,字定生,复社领袖之一,曾与吴应箕等抨击阉党余孽阮大铖。明亡,隐居不出。吴君次尾:即吴应箕,字次尾,亦复社领袖之一。清入明亡,次尾起兵抗清,兵败被获,不屈而死。

㉘湔(jiān):洗,洗雪。

㉙辱:歉辞,犹言承蒙。

㉚顾:却。

㉛杨令君文骢:杨文骢,字龙友,贵阳人。崇祯时任江宁知县。弘光朝任兵备副使,后隆武帝立,任兵部右侍郎,在浙江抗清,兵败而死。令君,汉末以来称尚书令及郎中令为"令君"。

㉜左将军:即左良玉。时左良玉镇荆襄,打着清君侧的旗号,进军南京,讨伐马士英。南明朝野上下疑左良玉有反意,大为震恐。阮大铖诬侯方域为左良玉作内应,陷害侯方域。

㉝都人:即金陵人。明人称金陵为留都或陪都。汹汹:恐怖的喧闹声。

㉞飏言:大肆扬言。

㉟子:你。有旧:有交情,犹言有关系。指左良玉为侯方域父亲侯恂所提拔,左尝三过商邱,拜伏如家人。

㊱盍(hé):何不。行:逃走。

㊲熊尚书:兵部尚书熊明遇。当左良玉兵至九江时,熊明遇大恐,请侯恂以书劝谕。

㊳日暮途穷,倒行而逆施:据《史记·伍子胥列传》载,伍子胥引吴兵入楚,掘楚平王墓,鞭平王尸。申包胥使人责子胥,"伍子胥曰:'为我谢申包胥曰:吾日暮途远,吾故倒行而逆施之。'"比喻被迫无奈,才做出有悖情理的事。

㊴干儿义孙:魏忠贤有"十孩儿、四十孙"之称。此指阿附魏忠贤的奸佞小人。阮大铖曾依附魏忠贤,造《百官图》,残杀杨涟、左光斗等人,阉党败后,被废为民,故侯方域以此诋之。

㊵容:可能,或许。出于此:干出这样的事。

㊶文织:谓舞文弄法,罗织人罪。

㊷蹉跎:犹豫不决。

㊸暴白:显露。

㊹左计:不适当的计算。

㊺棹(zhào):船桨。

㊻措:安置。

㊼忮(zhì)机:忌恨之心。

㊽草莽:指民间。

㊾宿:平素。

㊿操简书:指写书。古代用竹简记事,称"简书"。

(51)区区:细微,微小。此为作者谦称自己的看法。

(52)不宣:不尽。旧时书信末尾的常用语。

答田中丞书①

承示省讼②,惭恧③无所自容。执事与仆,齿不啻倍蓰④,位不啻悬隔,顾猥与仆道及少年之游,谓执事往日曾以兼金三百招致金陵伎⑤,为伎所却,仆实教之,而因以爬垢索瘢⑥,甚指议执事者。仆诚不自修饬⑦,然窃恐重为执事累也。使执事无可议,则昔贤如白太傅、欧阳公、东坡居士⑧,皆与鸣珂⑨,不废酬答,未闻后世之议之也,何独至执事而苛求之?执事果有可议,即不征伎,庸但已乎⑩?

仆之来金陵也,太仓张西铭偶语仆曰⑪:"金陵有女伎李姓,能歌玉茗堂词⑫,尤落落有风调⑬。"仆因与相识,间作小诗赠之。未几下第去,不复更与相见。后半岁,乃闻其却执事金,尝窃叹异,自谓如此伎不尽,而又安从教之?且执事之邀之,在仆去金陵之后。今天下如执事者,不止一人,岂仆居常独时时标举执事之姓名,预告此伎,谓异日或邀若⑭,必不得往乎?此伎而⑮无知也者,以执事三百金之厚赀⑯,中丞之贵,方且⑰奔命恐后,岂犹记忆一落拓书生之言?倘其有知,则以三百金之赀,中丞之贵,曾⑱不能一动之,此其胸中必自有说⑲,而何待乎仆之告之也!

士君子立身行己,自有本末,反复来示,益复汗下。仆虽书生,常恐一有蹉跌⑳,将为此伎所笑,而又能以生平读数卷书、赋数首诗之伎俩,遂颐指㉑而使之耶?惟执事垂察。不宣。

【注释】

①田中丞:即田仰,阿附权宦魏忠贤。金陵教坊名妓李香君许身侯方域,田仰谋夺之,以金三百锾招李香君一见,香君曰:"是故以八座父事魏珰者耶?"却其金而不往。田仰惭怒,因而中伤李香君与侯方域。此信反驳其谣言,揭露了田仰的卑鄙无耻,同时表明了自己的清白,赞美了李香君的品格。

②承示:指听到田仰诬蔑自己的话。省讼:反省,自责。

③惭恧(nǜ):惭愧。

④不啻:不仅。倍蓰(xǐ):言相差甚远。蓰,五倍。

⑤兼金:好金,其价值兼倍于普通之金,故称。金陵伎:即金陵教坊名妓李香君。

⑥爬垢索瘢:犹吹毛求疵。东汉赵壹《刺世疾邪赋》:"所好则钻皮出其毛羽,所恶则洗垢求其瘢痕。"瘢,疮痕。

⑦修饬:约束,检点。

⑧白太傅:唐白居易。欧阳公:宋欧阳修。东坡居士:宋苏轼。

⑨鸣珂:盖妓女所居之教坊名。

⑩庸：难道。已：止，指议论平息。

⑪太仓：县名，今属浙江。张西铭，名溥，字天如，崇祯年间创办复社。

⑫玉茗堂词：明代大戏曲家汤显祖所作。玉茗堂，汤氏所居堂名。

⑬落落：高超貌。风调：风度。

⑭若：你。

⑮而：如果。

⑯赀：同“资”。

⑰方且：正要。

⑱曾：竟然。

⑲说：见解。

⑳蹉跌：过失。

㉑颐指：以脸色指使人，形容气焰盛。

为司徒公与宁南侯书①

顷待罪师中②，每接音徽③，嘉壮志，又未尝不叹。以将军之材武④，所向无前，而掎角无人⑤，卒致一篑⑥遗恨。今凶焰复张，堕⑦坏名城，不下十数，飞扬跋扈，益非昔比。虽然，天厚其毒，于斯极矣。非常之功，必待非常之人。一时阃⑧外士锐马腾，有如将军者乎？忠义威略，有如将军者乎？久于行阵，熟悉情状，有如将军者乎？然则今日所称为熊罴⑨，不二心者，舍将军其谁？老夫曩者仓卒拜命⑩，固以主忧臣辱，金革之义，不敢控辞。亦缘与将军知契素深，相须如左右手。倘得凭先声⑪，歼渠俘馘⑫，实千载一时。不谓六年患难，病疢⑬已笃，更遭家变⑭，痛毁之过，遂致癃废⑮。爰以采薪之忧⑯，未毕尽瘁⑰，顾念高厚⑱，末繇报塞⑲，惟愿将军贾其余勇⑳，灭此朝食㉑。是则十五年旧部所以不忘老夫，而老夫借手以答万一，犹以其身耳矣。勉旃！勉旃！

乡士丧乱，已无宁宇。阖门百口，将寄白下㉒。喘息未苏，风鹤㉓频警。相传谓将军驻节江州㉔，且扬帆而前。老夫以为必不然。即陪京㉕卿大夫亦共信之，而无如市井仓皇㉖，讹以滋讹，几于三人成虎㉗。夫江州三楚㉘要害，麾下汛防之冲也㉙。郧襄㉚不戒，贼势鸱张㉛，时有未利，或需左次㉜以骄之。储威夙饱㉝，弭㉞图收复，在将军必有确画㉟。过此一步，便非分壤㊱，冒嫌涉疑，义何居焉？若云部曲就粮㊲，非出本愿，则尤不可。朝廷所以重将军者，以能节制经纬㊳，危不异于安也。荆土千里，自可具食，岂谓小饥，动至同诸军士仓皇耶？甚则无识之人，料麾下自率前驱,伴送室帑[39]。匈奴未灭,何以家为[40]?生平审处[41],岂后嫖姚[42]?或者以垂白[43]在堂,此自纲纪[44]奉移内郡,何必双旌聿来相宅[45]?况陪京高皇帝弓剑所藏[46],禁地[47]肃清。将军疆场师武[48],未取进止[49],讵宜展觐[50]?语云:"流言止于智者。"若将军今日之事,其为流言,又不待智者而决之矣。惟是老夫与将军,义则故人,情实一家,每闻将军奏凯献捷,报效朝廷,则喜动颜色,倾耳而听,引席而前,惟恐其言之尽也。或功高而不见谅,道路之口,发为无稽[51],则辄掩耳而走,避席而去,蹙乎[52]其不愿闻也。

顷者,浪语[53]最堪骇异。虽知其妄,必以相告。将军十年建竖[54],中外[55]倚赖,所当矜重[56]以副人望。郭汾阳[57]功盖天下,势极一时,而国体[58]所关,呼之未尝不来,遣之未尝不去。当其去来,若不自知其大将也。同时临淮[59],亦与齐名。其后,势位之际,稍不能忘[60],偃蹇蹉跎,乃至偏较不复禀承[61]。此无他,功名愈盛,责备愈深。善外形迹,昭白宜早,惟三思留意焉。不宣。

【注释】

①司徒公:即侯方域之父侯恂,崇祯六年(1633)迁户部尚书。宁南侯:即左良玉,字昆山,明末山东临清人。曾为侯恂部下,因功封宁南侯,擢太子太保,镇守荆襄。福王时,以清君侧为名,引兵欲趋金陵,讨伐马士英,至九江而死。此信为侯方域为其父而写,信中叙及旧情,对左良玉欲兴兵事加以婉言规劝。

②"顷待"句:谓崇祯九年侯恂为大臣薛观、温体仁所嫉,劾其靡费军饷,于京师逮捕入狱。顷,近来。师,京师。

③音徽:指言谈。

④材武:军事才干。

⑤掎角:兵分两面以对敌。

⑥一篑:《书·旅獒》:"为山九仞,功亏一篑。"此借指功败垂成。篑,筐。

⑦堕:通"隳",毁坏。

⑧阃(kǔn):国门。

⑨熊罴:喻勇猛的将士。《书·康王之诰》:"则亦有熊罴之士,不二心之臣,保乂王家。"

⑩拜命:受命,指拜官任职。

⑪先声:先张声威,以挫伤敌人的士气。《左传·宣公十二年》:"军志曰:先人有夺人之心。"

⑫渠:其。俘馘(guó):俘,被俘的敌人;馘,从敌人尸体上割下的左耳。合指被歼灭的敌人。

⑬病疢(chèn):疾病。

⑭家变:指崇祯十五年农民起义军攻破归德,侯恂之父及夫人皆死于战乱。

⑮癃(lóng)废:衰病而无用。

⑯采薪之忧:自称有病的谦辞,言病不能采薪。《孟子·公孙丑下》:"孟仲子对曰:昔者有王命,有采薪之忧,不能造朝。"

⑰尽瘁:竭尽心力报效国家。

⑱高厚:指朝廷的恩泽。

⑲繇:同"由"。报塞:报答。

⑳贾(gǔ)其余勇:献出有余的勇力。《左传·成公二年》:"欲勇者贾余余勇。"

㉑灭此朝食:消灭了敌人再吃早饭,言歼敌之易。《左传·成公二年》:"齐侯曰:'余姑剪灭此而朝食。'"

㉒白下:即南京。

㉓风鹤:即风声鹤唳,形容惊慌疑惧。

㉔驻节:驻屯军队。节,将帅的符节。江州:今江西省九江市。

㉕陪京:指南京。

㉖无如:无奈。市井:商贾。

㉗三人成虎:谓流言传播开来,令人信以为真。《战国策·魏策二》:"夫市之无虎明矣,然而三人言而成虎。"

㉘三楚:古代楚地,后有西楚、东楚、南楚之分,故称。

㉙麾下:对将帅的敬称,此指左良玉。汛防:防守。冲:要害之处。

㉚郧襄:郧阳和襄阳(今并属湖北省)。

㉛鸱张:鸱鸮张其翼,比喻猖狂。

㉜左次:在高险之地的左方驻兵。《易·师》:"师左次,无咎。"疏:"师在高险之左以次止,则无凶咎也。"

㉝储威夙饱:蓄养威力,平素吃饱,谓养精蓄锐。

㉞殚:尽。

㉟确画:精确的计划。

㊱分壤:犹本分。

㊲部曲:部下。就粮:靠近产粮地区。这是左良玉移师的借口。

㊳经纬:治理部队,使之有秩序。

㊴室帑:妻子儿女。帑,通"孥"。

㊵"匈奴"二句:汉霍去病击匈奴有功,封冠军侯,为骠骑将军。汉武帝为造府第,霍去病辞谢道:"匈奴未灭,无以家为。"此用其语,表示功臣当以国家利益为重,而不应居功自傲,满足私欲。

㊶审处:审慎处世。

㊷嫖姚:霍去病曾任嫖姚校尉,此代指之。

㊸垂白:年迈的双亲。

㊹纲纪:管理家务的仆人。

㊺旌:旌节。聿:助词。相宅:谓定居之前,先对所居之地加以观察和占卜。

㊻高皇帝:指明太祖。弓剑所藏:指陵寝之地。

㊼禁地:禁止擅入之地,此指帝王陵寝。

㊽师武:军队。

㊾取:得到。进止:有关前进或停止的命令。

㊿讵:岂。展觐:进见皇帝。

51无稽:没有根据的话。

52蹙乎:局促貌。

53浪语:流言。

54建竖:同"建树",建立功业。

55中外:朝廷内外。

⑯矜重：谨慎持重。

⑰郭汾阳：即郭子仪，唐华州郑人。玄宗时，为朔方节度使，平定安史之乱，功居首位，封汾阳王。

⑱国体：国家大事。

⑲临淮：即李光弼，唐营州柳城人。玄宗时，为河东节度使，平定安史之乱，与郭子仪齐名，封临淮郡王。

⑳“势位”二句：言不能忘记权势地位。

㉑“偃蹇”二句：谓使军队受困，虚度时光，以致偏将不再听命。偃蹇，困顿。禀承，听命。

魏　禧

与李翰林书①

蜀②之山，峭狭而自上，奇险甲天下。故人才不多生，生则必奇。执事蜀奇士也，通籍③后，侨④江南，足迹交天下，才益博大。以蜀之人居江南而游天下，其奇且博大也固宜，抑⑤又当不独在文章。禧江右鄙夫⑥，县最僻，于文章宜无所知。天下称文盛矣，执事少所可⑦。尝闻友人闵宾连⑧，窃谓禧为可与言⑨，又奉书⑩征所未刻文，谨录若干首以献。禧隐居金精翠微山⑪，奇石四十里，为古神仙之宅，自谓足终老。然尝披蜀图志⑫，则是固盆盎中物，不得望部娄⑬。禧不敢更费辞，惟执事教，幸赐德音⑭焉。

【注释】

①魏禧：字叔子，宁都（今属江西）人。明末，结庐翠微峰。与兄际瑞、弟礼皆以文章称，号“宁都三魏”。康熙时，举博学宏词，以疾辞。魏禧接到李翰林征求文章的书信，因写此信以答之。

②蜀：今四川省。

③通籍：谓进士及第。

④侨：寄居。

⑤抑：或者。

⑥江右：江西。鄙夫：鄙陋之人。

⑦执事：对李翰林的敬称。可：赞许。

⑧闵宾连：歙县（今属安徽）人。

⑨可与言：可以共同谈论文章。

⑩奉书：谓奉接李翰林的书信。

⑪金精：山名，在江西宁都县北，道家列为三十五福地。翠微山：金精十二峰之一。

⑫蜀图志：记载蜀中地理的图书。

⑬“则是”二句：言自己所居的金精翠微山不能与蜀中的山相比。盆盎中物，比喻其小。部娄，小山。

⑭德音：善言。

复六松书①

"死友"②一语,此仆十数年来最伤心③事。每登高望远,辄怆然涕下,有子昂④"天地悠悠"之叹。吾辈德业相勖⑤,无儿女态,然气谊所结,自有一段贯金石、射日月、齐生死、诚一专精、不可磨灭之处。此在千百年后犹得而想见之,况指顾⑥数十年之间耶?仆于天性骨肉中,颇不可解⑦,此外则一腔热血,亦欲一用。非用于君,则用于友,悠悠泛泛⑧,无所用之,又安能禁宝剑沉埋⑨之恨?仆所以期待二三至友者,颇不以世人所谓,遂足相许⑩。旅寓屏营⑪,百感交集,聊因人来,为一及之。

【注释】

①六松:盖即曾灿,字青藜,一字止山,清宁都(今属江西)人。明亡,落发为僧,遨游闽浙两广间,后归,筑室曰"六松草堂"。与魏禧等九人倡导古文实学,称"易堂九子"。信中赞叹友辈深挚的情谊,又为自己怀才不遇而感喟。

②"死友":六松信中之语,谓交谊至死不变的朋友。

③伤心:盖伤心知音之难觅。

④子昂:陈子昂,字伯平,唐梓州射洪(今属四川)人,官至右拾遗。其《登幽州台歌》云:"前不见古人,后不见来者。念天地之悠悠,独怆然而涕下。"

⑤德业相勖:谓在德行修养和事业方面相互勉励。

⑥指顾:一指一顾之间,形容时间短暂。

⑦解:解脱。以上二句谓自己笃于骨肉之情。

⑧悠悠泛泛:飘浮不定,没有着落。

⑨宝剑沉埋:比喻怀才不遇。

⑩"颇不"二句:谓并不是根据世人所说,便轻易赞许和任用。

⑪屏营:惶恐貌。

给子世侃书

自出门后,三次大病,参药之费,计五十金。七月,光福一病,仅存皮骨,揽镜以照，徒然心惊。当沉疴[1]时，自念家死客死[2]，要有前定，然汝母无依，汝尚未婚娶成立，不能不动心耳。吾垂[3]六十无子，立汝为后，吾弟、吾弟媳阴驱显率[4]，使汝为吾子。然吾兄弟如一身，视诸子不太异[5]。古人于世父[6]、叔父并称父子，不称叔侄。即今汝为吾子，与未为子一间耳，况吾兄弟乎？吾家世忠厚，征君积德力善[7]，为乡里望人[8]。吾兄弟少好口语，舌锋铦利[9]，颇以此贾怨谤[10]。然未尝敢行一害人事、欺诈人财、败众以成私也。

汝资性略聪明，能晓事。夫聪明当用于正，亲师取友，迸归一路[11]，则为圣贤、为豪杰，事半而功倍；若用于不正，则适足以长傲、饰非、助恶，归于杀身而败名。不然，即用于无益事。小若了了[12]，稍长，锋颖[13]消亡，一事无成，终归废物而已。吾以家贫负石田[14]出游，自念老矣，欲为汝营婚娶，不以债负相遗[15]。不能家居教汝，又去吾庐叔父远[16]，少督责。汝母妇人，多姑息之爱，吾以此耿耿于心也。

吾先代来称素封[17]者八世，至征君家声益大。吾兄弟以文学为当路所礼[18]，又肯出气力为人，故门第虽小，在僻邑中尝若气焰[19]，族里姻友于汝兄弟辈多礼貌，优容其失，汝勿以此为得意。夫吾何德何能于姻族，而姻族乃折节包荒若此[20]？吾惧乎有失而背督之者相倍蓰也[21]。吾幼补诸生[22]，长而有闻[23]，今碌碌若此。汝辈不逮[24]吾，不知几寻丈[25]，敢长傲乎？孔子曰："后生可畏，焉知来者之不如今也。四十、五十而无闻焉，斯亦不足畏也已[26]。"吾手所提抱人，今为祖父者，不知凡几。汝童而长，壮而老，直旦暮间事[27]。吾家五世无六十上人，他日思吾言始知之。父母爱子均然，妇人尤望其子之孝顺，汝事母大小节宜加意。溪水泛涨不时，当慎出入，守先生约束。花源亦可督之习字也。庚申[28]八月朔日，力疾书于吴门之桃花坞。

【注释】

①沉疴(kē)：重病。

②家死：死于家中。客死：死于外。

③垂：将近。

④阴驱：暗示。显率：明白地提示。

⑤不太异：没有很大差别。

⑥世父：伯父。

⑦征君：曾受朝廷征召而不接受的人，这里指魏禧之父。力善：尽力行善。

⑧望人：众望所归的人。

⑨舌锋铦(xiān)利：说话尖刻。铦，锋利。

⑩贾(gǔ)怨谤：惹来怨恨和批评。贾，买卖，指换来。

⑪迸归一路：志同道合，走一条路。

⑫了了：聪明。

⑬锋颖：锋芒。颖，东西末端尖锐处。

⑭石田：指砚台。带着砚台谋生，故称砚台为"石田"。

⑮债负：负债。相遗：留下。

⑯去：距离。吾庐：我家。

⑰素封：虽无朝廷封赐，却与有封赐的显贵一样有名望。

⑱当路：当政者。礼：礼遇。

⑲尝若气焰：好像曾有些气势。

⑳折节：谦虚。包荒：宽容。

㉑背督之者：背后责备我的人。倍蓰（xǐ）：一倍、五倍。蓰，五倍。

㉒诸生：指秀才。

㉓有闻：有些名气。

㉔逮：及，赶得上。

㉕几寻丈：几寻几丈，指彼此的差距。寻，古代八尺为一寻。

㉖“后生”四句：见《论语·子罕》。

㉗直：仅仅。旦暮间事：一早一晚间的事，形容时间过得太快。

㉘庚申：清康熙二十年，即公元 1680 年。

董　白

临入清宫致冒辟疆书①

董白再拜致书公子左右：记得秦淮画舫，初侍歌筵。乍见目成②，旋又别去。诵李商隐“身无彩凤双飞翼”一诗，此身已许公子矣。厥后河房卧病，一息仅存。窃思天上人间，断无相见之日。不意此时公子忽临，病中握手，尚疑是梦。自是始日有起色。然斯时人事变幻莫测，此心虽已有寄托，而此身犹不及相从。积虑丛思，仍难自释。幸有虞山老尚书③与公子深交，慨然为之排难解纷，为之偿债脱籍④，轻车遣从致之如皋。至是方得被充下陈⑤，奉侍公子。从此抱衾裯于夙夜，偎冷暖者频年。携雨携云⑥，靡朝靡夕。犹忆午夜制茗，水绘⑦题经；甲字煎香⑧，朴巢订谱⑨。凡此一颦一笑之间，皆为予取予求⑩之地。此情可待成追忆，只是当时已惘然⑪。

比者⑫天翻地覆，国破家亡，王师在途，杀人盈野。公子簪缨世胄⑬，自宜金玉其身；贱妾蒲柳残姿，岂惜葑菲下体⑭！自从举家避难，相携潜匿荒村，妾以步履艰难，遂至中途相失。寻寻觅觅，踽踽凉凉⑮。忽有游骑过前，目不转睛，视妾遽相问曰：“汝董小宛耶？”颔之，即下骑，以骑载妾而驱至一军次，报曰：“迎得董小宛至矣。”妾此时心中忐忑，不知所以。满拟膏其斧钺⑯，即亦不惧。讵意不加强暴，载之后车，犹以为与公子有交，亦欣然就道。无何⑰抵金陵，旋有媪婢数人相与迎迓⑱入行馆。渐知有异，觅死不获。第⑲以公子望重当时，贱妾虚名误赚，此亦有所由来也。为公子计，为国家计，皆不得轻于一死以塞责，转恐贻公子之戚。此白之一段深衷，谨披沥⑳于公子之前。

伏念奉侍晨夕，备历春秋。正赋云鬟玉臂之情㉑，忽惊云浮玉垒之耗㉒。不料千古未来之奇祸，于妾一身当之。公子以妾为已死，妾期公子于来生。嗟乎！文姬归汉㉓，知已无期；昭君和番㉔，从兹不返矣。临书哽咽，无泪可挥。伏惟珍爱，无以妾为念。

【注释】

①冒辟疆：即冒襄，字辟疆，如皋（今属江苏）人。明末清初著名文学家。与当时著名的歌妓董白（字小宛）相识相爱。明亡后，冒襄隐居不仕，潜心著述。清兵南下时，冒襄携董白辗转于离乱之间。后来，董白被掠入清宫，这封信就写于被掠将入宫之时。

②目成：一见钟情。男女之间以眉目传情，故云。

③虞山老尚书:文中指当时文名甚大的钱谦益,号牧斋,虞山(今江苏常熟市西北)人,官至礼部尚书。

④脱籍:指妓女脱离妓院从良。

⑤下陈:古代贵族家庭堂下陈放礼物、站立婢妾的地方。常用以借指姬妾。

⑥携雨携云:指男女欢合。

⑦水绘:冒襄之园名。

⑧甲字:甲时,入夜时分。煎香:燃香。

⑨朴巢:冒襄之室名。订谱:编订曲谱。

⑩予取予求:指任意取求。

⑪"此情"二句:出自唐代诗人李商隐《锦瑟》诗。

⑫比者:近来。

⑬簪缨:古代官吏的冠饰,喻指显贵。世胄(zhòu):世家,贵族的子孙。

⑭葑(fēng)菲下体:葑和菲的根茎。葑,蔓菁。菲,芦菔(fú)。这里用以比喻自身卑贱。

⑮踽踽(jǔ)凉凉:孤独冷清貌。

⑯膏(gào)其斧钺(yuè):指被刀斧杀死。膏,滋润,涂染。钺,一种似斧的兵器。

⑰无何:不久。

⑱迎迓(yà):迎接。

⑲第:但,只。

⑳披沥:披胆沥胆,谓竭诚相示。

㉑云鬟玉臂之情:指夫妻相恋的感情。云鬟,蓬松如云的发鬟。玉臂,女子胳臂的美称。杜甫《月夜》诗中有"香雾云鬟湿,清辉玉臂寒"之句,描写妻子思念丈夫的情形。

㉒云浮玉垒之耗:指战争的噩耗。

㉓文姬归汉:指汉末蔡琰(字文姬)被曹操从匈奴赎回一事。

㉔昭君和番:指西汉王嫱(字昭君)自请与匈奴和亲事。

朱彝尊

寄谭十一兄左羽书①

江生自昌平②至，述十一兄比来颇有不豫之色③。叩其故④，则以贤主人好音乐，延吴下歌板师⑤，所进食单⑥，恒倍主客之奉⑦，思辞之归。弟以为不足介意也。昔者孔子以燔肉不至行⑧，穆生以醴酒不设去⑨，则以先至后不至，先设后不设，是为礼貌衰则去之，去之固宜矣。在《易·同人》之《象》曰："君子以类族辨物⑩。"盖物各有族⑪，在人类而辨之。君子惟自审其分处焉⑫，斯无不自得矣。不观夫昏⑬者乎？娶妻而纳彩⑭，俪皮、纯帛可也⑮。至于买妾，有费百金者。若欲落营妓之籍⑯，非千金不可。其流愈下，其直⑰益高，礼固有以少为贵者。且歌板师之教曲，在兄未适馆⑱以前。主人既置之别馆，不与同席，每食但与兄偕，则能类族辨物矣。食单之丰，譬如以鱼饲狸⑲，以肉喂犬，于兄何损焉？孟子有言："饮食之人，则人贱之⑳。"兄若引去，不知者将以兄为饮食之人，其可哉？故特附书左右，惟垂听焉。

【注释】

①朱彝尊：字锡鬯，号竹垞，清秀水（今浙江嘉兴）人。康熙时任检讨。谭左羽：名瑄，字左羽，清嘉兴（今属浙江）人，官至礼科给事中。谭瑄曾为家塾之师，以主人礼薄，欲辞而归。朱彝尊在这封信中说明了君子当"类族辨物"的道理，劝谭瑄莫做"饮食之人"。

②昌平：县名，今属北京市。

③比来：近来。豫：愉快。

④叩：问。故：缘故。

⑤延：请。歌板：打击乐器，又名"檀板"。歌板师，即击打檀板的乐师。

⑥食单：开列食品名称的单子。

⑦恒：常。主客之奉：主人给塾师的薪俸。奉，通"俸"。

⑧"昔者"句：《孟子·告子下》："孔子为鲁司寇，不用，从而祭，燔肉不至，不税冕而行。不知者以为为肉也，其知者以为为无礼也。"燔肉，祭肉。古礼，举行宗庙社稷等祭祀后，当把祭肉分送同姓之国及有关的人。

⑨"穆生"句：西汉时，楚元王刘交以穆生、白生、申公为中大夫，待之以礼。穆生不嗜酒，元王每置酒，常为穆生设醴。及元王之孙戊即位，亦常为之设醴，后忘设，穆生退曰："可以逝矣，醴酒不设，王之意怠。"申公、白生劝之，穆生又曰："先王之所以礼吾三人者，为道之存故也。今而忽之，是忘道也。忘道之人，胡可与久处？"遂谢病去。醴酒，甜酒。

⑩类族辨物：类聚人或事物，分别其流品。

⑪族：品类。

⑫审：审慎对待。分处：本分和应处的地位。

⑬昏："婚"之古字。

⑭纳彩：男方向女方送求婚的礼物，为古代结婚时所行六礼之一。

⑮俪皮：成对的鹿皮。纯帛：即缁帛，黑色的帛。

⑯落：除。营妓：军营中的妓女。籍：名册。落籍，谓除名。

⑰直：通"值"，价值。

⑱适馆：到他人家塾中任教。

⑲狸：狸奴，即猫。

⑳"饮食"二句：见《孟子·告子上》。谓只讲究饮食的人，人们就轻视他。

王弘撰

与赵韫退大参书①

昨承执事枉驾②,以贵乡诸先生之命,属为贺相国冯公寿文③,且云本之相国意,又述相国尝称弘撰文为不戾④于古法。此虽弘撰所惶悚不敢当,而知己之谊,则有中心藏之而不忘者。即当欣跃操觚⑤,竭其所蓄,直写相国硕德伟抱、辅世长民之大略,以求得相国之欢。然而审之于己,度之于世,皆有所不可。故敢敬陈其愚,唯执事详察焉。

弘撰以衰病之人,谬叨⑥荐举。尝具词控诸本省抚军⑦,转咨⑧吏部,不允。嗣⑨又奉旨严催,不得已,勉强匍匐以来京师,复具词令小儿抱呈吏部,又不允。借居昊天寺僧舍,僵卧一榻,两月以来,未尝出寺门一步。即大人先生有忘贵⑩惠顾者,皆不能答拜,特令小儿持一刺⑪诣门称谢而已,须白齿危,两目昏花,不能作楷书。意欲临期尚复陈情,冀幸于万一,蒙天子之矜怜而放还田里。

夫贺相国之寿,非细故⑫也。诸先生或在翰苑⑬,或在台省⑭,或在部司⑮,皆闻望素著,人人属耳目⑯焉。公为屏障⑰以为相国寿,则其文必传视都下,非可以私藏巾笥⑱者也。弘撰进而不能应天子之诏,乃退而作贺相国之寿文,无论学疏才短,不能揄扬⑲相国之德,即朝廷宽厚之恩,亦未必以此为罪。而揆之于法,既有所不合;揣之于心,亦有所不安。甚至使不知者,以弘撰于相国素不识面,今一旦为此文,疑为夤缘⑳相国之门,希图录用,欺世盗名,将必有指摘之及。不但文不足为相国重,而且重为相国累,此弘撰之所以逡巡㉑而不敢承也。

即执事代为弘撰筹之,亦岂有不知是者哉?不然,操天下文章之柄,为天子教育人才,天下之士,望之如泰山北斗,伏谒门下者,咸思得邀相国之一盼为荣,其间负名位而擅词华者㉒,固繁有徒,而相国独属意㉓于贱子,身非木石,岂不有心识此义者?而顾推委而不为,有此人情也乎?所谓韩愈亦人耳,所行如此,欲以何求耶㉔?是用直布腹心,唯执事裁之谅之,并乞上告相国,倘邀惠㉕于相国,得归老华山,为击壤之民㉖,以遂其畎亩作息之愿,午夜一灯,晓窗万字,其不能忘相国之德,将以传之纪载,而形之歌咏者,必有在矣。燕山易水,共闻斯语,唯执事图之。

【注释】

①王弘撰:字无异,一字文修,号山史,清陕西华阴人。康熙时,举博学鸿儒,以病辞。赵韫退:赵进美,字韫叔,一字韫退。清初,官至福建按察使。赵进美本相国冯溥之意,嘱王弘撰

为冯溥写贺寿之文，王弘撰写此信表示拒绝，表现了他不事权贵的孤高品格。

②执事：对赵韫退的敬称。枉驾：称人来访的敬辞。

③属：嘱托。相国冯公：冯溥，字孔博，一字易斋，益都（今山东青州）人。

④戾：违背。

⑤操觚：犹言执笔。

⑥叨：承受。

⑦控：投。抚军：即巡抚。

⑧咨：征求意见。

⑨嗣：继，接着。

⑩忘贵：忘记自己高贵的身份。

⑪刺：名片。

⑫细故：小事。

⑬翰苑：即翰林院，掌编修国史与草拟制诰等事。

⑭台省：盖即内阁。

⑮部司：各个部门的官署。

⑯属耳目：加以注意。

⑰屏障：屏风之类。

⑱巾笥（sì）：以巾覆盖的箱箧。

⑲揄扬：宣扬。

⑳夤（yín）缘：攀缘。

㉑逡巡：犹豫。

㉒负名位：承受着名誉和地位。擅词华：擅长于做文章。

㉓属意：注意，留心。

㉔“所谓”三句：韩愈《释言》：“前之谤我于宰相者，翰林不知也；后之谤我于翰林者，宰相不知也。今二公合处而会言，若及愈，必曰：韩愈亦人耳，彼敖宰相，又敖翰林，其将何求？”此用其句，谓恐怕自己会像韩愈那样受到毁谤，被执政者误解为傲慢。

㉕邀惠：求得恩惠。

㉖“得归”二句：谓归隐终老于华山，作为太平盛世的村野之人。击壤，相传尧时，有老人击壤而歌曰：“日出而作，日入而息，凿井而饮，耕田而食，帝何力于我哉？”后遂以击壤喻太平盛世。

方　苞

与王昆绳书①

包顿首：自斋中交手②，未得再见。接手书，义笃而辞质③，虽古之为交者，岂有过哉！苞从事朋游间近十年，心事臭味④相同，知其深处，有如吾兄者乎！

出都门⑤，运舟南浮⑥，去离风沙尘埃之苦，耳目开涤⑦。又违膝下色养久⑧，得归省视⑨，颇忘其身之贱贫。独念二三友朋，乖隔⑩异地，会合不可以期。梦中时时见兄与褐夫⑪辈，抵掌今故⑫，酣喜笑呼，觉而怛然增索离之恨⑬。

苞以十月下旬至家，留八日，便饥驱宣歙间⑭。入泾河⑮，路见左右高峰刺天，水清冷见底，崖岩参差万叠，风云往还，古木奇藤修篁郁盘有生气⑯。聚落⑰居人，貌甚闲暇。因念古者庄周、陶潜之徒⑱，逍遥纵脱⑲，岩居而川观⑳，无一事系其心；天地日月山川之精，浸灌胸臆，以郁其奇㉑，故其文章，皆肖以出㉒。使仆于此间得一亩之宫㉓、数顷之田，耕且养，穷经㉔而著书，胸中豁然，不为外物侵乱，其所成就，未必遂后于古人。乃终岁仆仆㉕，向人索衣食。或山行水宿，颠顿怵迫㉖；或胥易枝系㉗，束缚于尘事㉘，不能一日宽闲其心。君子固穷，不畏其身辛苦憔悴，诚恐神智滑昏㉙，学殖荒落㉚，抱无穷之志，而卒事不成也。苞之生二十六年矣，使蹉跎昏忽，常如既往。则由此而四十、五十，岂有难哉！无所得于身，无所得于后，是将与众人同其蔑蔑㉛也。每念兹事，如沉疴之附其身，中夜起立，绕屋彷徨，仆夫童奴，怪诧不知所谓。苞之心事，谁可告语哉？吾兄其安以为苞策㉜哉？

吾兄得举㉝，士友间鲜㉞不相庆，而苞窃有惧焉。退之㉟云："众人之进，未始不为退㊱。"愿时自觉也！苞迩者㊲欲穷治诸经，破旧说之藩篱㊳，而求其所以云之意。虽冒风雪，入逆旅㊴，不敢一刻自废。日月迅迈㊵，惟各勖励㊶，以慰索居㊷。苞顿首。

【注释】

①方苞：字灵皋，桐城（今属安徽）人，清代桐城学派的鼻祖。康熙间中进士，因受牵入狱，遇赦后官至礼部侍郎。王昆绳：王源，康熙间举人。

②斋：书房。交手：拱手而别。

③义笃（dǔ）：情意深厚。笃，厚重。辞质：言语朴质。

④臭味：趣味。

⑤都门：京城，即北京。

⑥南浮：南行。

⑦开涤：开阔一新。

⑧违膝下色养久：离开双亲很久。当时，方苞离家已经三年。膝下，子女幼时依于父母之膝下，因用以表示对父母的爱慕，后遂作为子女与父母通信时对父母的敬称。色养，和颜悦色地奉养父母。

⑨省(xǐng)视：看望。

⑩乖隔：分隔。

⑪褐夫：戴名世，字褐夫，桐城人。后因在他的《南山集》中使用明朝永历年号，被处死，并牵连了方苞。

⑫抵掌：击掌而谈，喻其亲密。今故：古今。

⑬怛然：忧伤的样子。索离：孤单离群。恨：遗憾。

⑭饥驱：因饥饿的驱使，指为谋生计。宣歙(shè)：安徽宣城、歙县。

⑮泾河：在今安徽省内，又名藤溪。

⑯修篁(huáng)：高竹。郁盘：茂郁交叉。

⑰聚落：村落。

⑱庄周：庄子，战国时宋人，主张清静无为，独尊老子。陶潜：一名渊明，字元亮，东晋大诗人，曾为彭泽令，因不愿“为五斗米折腰”而弃官归隐，以诗酒为娱。

⑲纵脱：闲散超脱。

⑳岩居：住在山中。川观：欣赏自然景色。

㉑郁：聚集。奇：不平凡。

㉒肖以出：指文章把自然景色充分表现出来。肖，像。

㉓宫：房屋。

㉔穷经：钻研经籍。经，指儒家经典。

㉕仆仆：劳碌的样子。

㉖颠顿：颠沛困乏。怵迫：诱惑逼迫。怵，诱惑。

㉗胥易：小官吏供役办事。易，治。枝系：被小事束缚。

㉘尘事：庸俗的事情。

㉙滑昏：麻木昏乱。滑，平滑，指精神麻木。

㉚学殖：学业。荒落：荒废。

㉛蔑蔑：卑微。

㉜策：打算。

㉝吾兄得举：王昆绳中举人。

㉞鲜：少。

㉟退之：韩愈，字退之。

㊱“众人”二句：见韩愈《答侯继书》。

㊲迩者：近来。

㊳藩篱：篱笆，指框框。

㊴逆旅：旅店。

㊵迅迈：飞逝。

㊶勖(xù)励：勉励。

㊷索居：分离而独居。

顾有孝

与吴汉槎书①

与兄言别，已累岁②矣。关河③辽阔，通问维艰。遐念昔游④，曷胜⑤怅惘。然患难⑥之来，当以心制境⑦，不当以境役⑧心，处处体认，则顺境反不若逆境之受益矣！夫子⑨不云乎："陈蔡之间，某之幸也⑩！"《孟子》发畎亩⑪一章，实发明⑫此语。弟读史书，至句践之栖会稽、重耳之过曹卫⑬，辄掀髯而笑：两君老谋壮事，皆从此而发。因知庸庸者⑭多厚福，非天私⑮其人，正不屑以患难鞭策之也！假两君遭遇升平，沉溺势利，虽与鲁哀、卫灵同其碌碌⑯，亦未可知。今之勋业烂然，声名盖代⑰若此，拜会稽、曹卫之助匪细矣⑱！汉槎足下，勉之勉之！

荀卿氏⑲有言："怨人者穷，怨天者无志⑳。"愿汉槎详味㉑其言，则目下漂流绝塞㉒，家室流离㉓，亦作会稽、曹卫观可耳。由此而竖起脊梁，潜心理道㉔，以上承天意，则今日之忌㉕兄祸兄者，非兄之益友耶？汉槎勉之！远大在前，努力自爱。万里贻书，不作一世俗相慰语，不敢以世俗之人待吾汉槎故也。他日者，策蹇㉖归来，非复吴下阿蒙㉗。弟为汉槎庆，即为世道庆矣。毋辜吾望也！

【注释】

①顾有孝：字茂伦，吴江（今属江苏）人，清康熙十七年（1678），举荐参加博学宏词科，不就，终身不仕。吴汉槎：吴北骞，字汉槎，吴江人，有诗名，因无辜牵涉到科场考试舞弊案中，流放黑龙江二十三年。获赦后三年即病逝。这封信是顾有孝为安慰他而写的。

②累岁：多年。

③关河：关山河川，指两人相隔的山河。

④遐念：遥想。遐，远。昔游：从前的交游。

⑤曷胜：不胜。

⑥患难：指吴汉槎受牵连遭流放。

⑦以心制境：用思想和精神克服不利的处境。

⑧役：支配。

⑨夫子：指孔子。

⑩"陈蔡"二句：见于《孔子家语・困誓》："孔子曰：'夫陈蔡之间，丘之幸也！'"孔子周游列国时，困于陈、蔡二国途中，断粮七天。

⑪《孟子》发畎（quǎn）亩：见于《孟子・告子下》。

⑫发明：阐发。

⑬勾践之栖会稽：春秋末期，吴王夫差大破越军，越王勾践困于会稽，不得已降吴。后卧薪尝胆，经过十年生聚、十年教训，终于消灭了吴国。重耳之过曹卫：春秋时晋国公子重耳被迫出奔，经过卫国，卫文公不接纳，以至乞食于野人；经过曹国，曹公无礼。重耳回国后，励精图治，建立了霸业。

⑭庸庸者：平庸的人。

⑮私：偏爱。

⑯鲁哀：鲁哀公，春秋末鲁国国君，平庸无为。卫灵：卫灵公，春秋末卫国国君，平庸无能。碌碌：碌碌无为。

⑰盖代：盖世。

⑱拜：拜受。细：小。

⑲荀卿氏：即荀况，后人称荀子。

⑳“怨人”二句：见《荀子·法行》。志，通“识”。

㉑味：品味。

㉒绝塞：遥远的边塞，指吴汉槎所在的黑龙江宁古塔。

㉓家室流离：吴汉槎流放时，父母妻子兄弟同时流放，但一年后遇赦，父母兄弟中途返回。

㉔潜心理道：一心钻研、领悟政治思想或学问。

㉕忌：憎恨。

㉖策蹇：骑驴。策，鞭打。蹇，蹇驴，跛脚驴，这里指驴。

㉗吴下阿蒙：三国时吴国大将吕蒙。吴蒙曾在孙权督使下努力学习，后遇鲁肃，鲁肃大为惊讶，说：“非复吴下阿蒙。”

汤传楹

与展成①

日来秋色绝佳,闭门兀坐②,令我神爽③都尽。思与君家买一叶④,薄游虎溪⑤。看露苇⑥催黄,烟蒲注绿⑦。坐生公石⑧上,游目四旷⑨:秋树如沐翠微之色⑩,渲染襟裾⑪。仰听寒蝉咽呜,老莺残弄⑫,一部清商乐⑬,不减江州司马⑭听琵琶时。或可廓清愁怀,泠汰悒绪⑮,差胜阛阓中苍蝇声耳⑯。胸中块垒⑰,急须以西山爽气⑱消之。吾与君登百尺楼⑲,把酒问青天⑳。酒后耳热,白眼视诸卿。求田问舍㉑,碌碌黄尘㉒,如蜣螂转丸㉓,不觉抚掌大噱!此真旧日元龙豪举㉔,安能效小儿曹牛衣对泣㉕哉?

白云在袖㉖,期以诘朝㉗。

【注释】

①汤传楹:字子輸,吴县(今江苏苏州)人,工词曲,一生未仕。展成:尤侗,字展成,长洲(今江苏苏州)人,清康熙间中博学宏词科,官翰林院检修。这是汤传楹邀请友人郊游的短信。

②兀坐:独自端坐。

③神爽:豪爽的精神、气概。

④一叶:一叶扁舟,小船。

⑤薄:聊且。虎溪:水名,在苏州市虎丘山下,北通运河。

⑥露苇:秋天受霜的芦苇。

⑦烟蒲:指远看如同烟雾一般的成片蒲柳。蒲,蒲柳,植物名。注绿:将绿色注入水中,指倒影。

⑧生公石:虎丘山上一平石,传说晋代高僧竺道生在此说法,故云。

⑨四旷:四野。

⑩沐:沉浸。翠微之色:青色。

⑪渲染襟裾:意谓四周的青色与自己的青衫很协调地交织在一起。

⑫残弄:指在秋天作最后的啼叫。弄,吹奏,这里指啼叫。

⑬清商乐:汉魏乐曲名,原产生于民间,唐代列入十部乐中。

⑭江州司马:唐代大诗人白居易贬为江州司马,在江边听一女子弹奏琵琶后,写了名篇《琵琶行》。

⑮泠(líng)汰:消除。悒绪:抑郁的心情。

⑯差胜:稍稍超过。阛阓(huán huì):市场。

⑰块垒：比喻心中郁积的忧愤情绪。

⑱西山爽气：《世说新语·简傲》："王子猷作桓车骑参军，桓谓王曰：'卿在府日久，比当相料理。'徽之初不答，直高视，以手版柱颊云：'西山朝来，致有爽气。'"

⑲百尺楼：比喻清高的境界。

⑳把酒问青天：见苏轼《水调歌头》。

㉑求田问舍：追求田地房舍。

㉒黄尘：黄色尘土，喻指污浊的人世。

㉓蜣螂转丸：屎壳郎常把粪滚成球形，运回巢中以备过冬食用。

㉔元龙豪举：陈登（字元龙）豪放的行为。

㉕牛衣对泣：汉代王章贫困，无被褥，与妻子躺在牛衣中相对而泣。牛衣，为牛御寒的草或麻织物。

㉖白云在袖：意为启程在即。

㉗诘朝，明晨。

郑　燮

雍正十年杭州韬光庵中寄舍弟墨①

谁非黄帝尧舜之子孙，而至于今日，其不幸而为臧获②，为婢妾，为舆台、皂隶③，窘穷迫逼，无可奈何。非其数十代以前即自臧获、婢妾、舆台、皂隶来也。一旦奋发有为，精勤不倦，有及身而富贵者矣，有及其子孙而富贵者矣，王侯将相岂有种乎④！而一二失路名家⑤，落魄贵胄⑥，借祖宗以欺人，述先代而自大，辄⑦曰：彼何人也，反在霄汉⑧？我何人也，反在泥涂⑨？天道⑩不可凭，人事⑪不可问。嗟乎！不知此正所谓天道人事也。天道福善祸淫⑫，彼善而富贵，尔淫而贫贱，理也，庸何伤⑬？天道循环倚伏⑭，彼祖宗贫贱，今当富贵；尔祖宗富贵，今当贫贱，理也，又何伤？天道如此，人事即在其中矣。愚兄为秀才时，检家中旧书簏⑮，得前代家奴契卷⑯，即于灯下焚去，并不返诸其人。恐明与之，反多一番形迹，增一番愧恧⑰。自我用之，从不书券，合则留，不合则去。何苦存此一纸，使吾后世子孙借为口实，以便苛求抑勒⑱乎！如此存心，是为人处，即是为己处。若事事预留把柄，使入其网罗，无能逃脱，其穷愈速，其祸即来，其子孙即有不可问之事、不可测之忧。试看世间会打算的，何曾打算得别人一点，真是算尽自家耳！可哀可叹，吾弟识⑲之。

【注释】

①郑燮：字克柔，号板桥，兴化（今属江苏）人，清代著名书画、文学家，“扬州八怪”之一。雍正十年：公元 1732 年。墨：指信。

②臧获：奴仆。

③舆台：奴隶中的两个等级，后泛指奴仆。皂隶：衙门的差役。

④这句话出于《史记·陈涉世家》：“王侯将相宁有种乎！”

⑤失路：失去仕途，指不得志。名家：著名官宦家族的人。

⑥贵胄：贵族的后裔。胄，后代。

⑦辄：就。

⑧霄汉：云霄、银河，比喻高位。

⑨泥涂：比喻低下的社会地位。

⑩天道：指上天的意志。

⑪人事：人间的事情，指人的灾祥。

⑫福善：给好人福。祸淫：给邪恶的人灾祸。

⑬庸何伤：难道有什么损害吗？庸，疑问词，难道。

⑭倚伏：相互依存，相互转化。

⑮书簏（lù）：书箱。簏，竹箱。

⑯契卷：文书，契约。

⑰恧（nǜ）：惭愧。

⑱抑勒：压制，勒索。

⑲识：懂得。

范县署中寄舍弟墨第四书①

十月二十六日得家书，知新置田获秋稼五百斛②，甚喜。而今而后，堪为农夫以没世③矣！要须制碓④，制磨，制筛、罗、簸箕，制大小扫帚，制升、斗、斛。家中妇女，率诸婢妾，皆令习舂、揄、蹂、簸之事⑤，便是一种靠田园长子孙气象。天寒冰冻时，穷亲戚朋友到门，先泡一大碗炒米送手中，佐以酱姜一小碟，最是暖老温贫之具。暇日咽碎米饼，煮糊涂粥，双手捧碗，缩颈而啜之，霜晨雪早，得此周身俱暖。嗟呼！嗟呼！吾其长为农夫以没世乎！我想天地间第一等人，只有农夫，而士为四民⑥之末。农夫上者种田百亩，其次七八十亩，其次五六十亩，皆苦其身，勤其力，耕种收获，以养天下之人。使天下无农夫，举世皆饿死矣。我辈读书人，入则孝，出则弟，守先待后⑦。得志，泽⑧加于民；不得志，修身见⑨于世，所以又高于农夫一等。今则不然，一捧书本，便想中举、中进士、作官、如何攫⑩取金钱、造大房屋、置多田产。起手便错走了路头，后来越做越坏，总没有个好结果。其不能发达者，乡里作恶，小头锐面⑪，更不可当。夫束修⑫自好者，岂无其人；经济自期⑬，抗怀千古⑭者，亦所在多有。而好人为坏人所累，遂令我辈开不得口；一开口，人便笑曰：汝辈书生，总是会说，他日居官，便不如此说了。所以忍气吞声，只得挨人笑骂。工人制器利用，贾人搬有运无，皆有便民之处，而士独于民大不便，无怪乎居四民之末也！且求居四民之末而亦不可得也！愚兄平生最重农夫，新招佃地人，必须待之以礼。彼称我为主人，我称彼为客户，主客原是对待之义，我何贵而彼何贱乎？要体貌⑮他，要怜悯他。有所借贷，要周全他；不能尝还，要宽让他。尝笑唐人七夕⑯诗，咏牛郎织女，皆作会别可怜之语，殊失命名本旨⑰。织女，衣之源也；牵牛，食之本也。在天，星为最贵，天顾⑱重之，而人反不重乎！其务本勤民，呈象昭昭可鉴矣。吾邑妇人，不能织绸织布，然而主中馈⑲，习针线，犹不失为勤谨。近日颇有听鼓儿词，以斗叶⑳为戏者，风俗荡轶㉑，亟宜戒之。吾家业地虽有三百亩，总是典产㉒，不可久恃。将来须买田二百亩，予兄弟二人，各得百亩足矣，亦古者一夫受田百亩之义也㉓。若再求多，便是占人产业，莫大罪过。天下无田无业者多矣，我独何人，贪求无厌，穷民将何所措足㉔乎！或曰：世上连阡越陌㉕数百顷有余者，子将奈何？应之曰：他自做他家事，我自做我家事，世道盛则一德遵王㉖，风俗偷㉗则不同为恶，亦板桥之家法也。哥哥字。

【注释】

①范县：今河南范县。乾隆年间郑板桥中了进士，后出任范县县令。

②斛(hú)：古代量器，十斗为一斛。

③没世：终生。

④碓(duì)：舂米的器具。

⑤揄：舀取。蹂：通"揉"，搓。

⑥四民：指农、工、商、士。

⑦入则孝，出则弟，守先待后：这句话出于《孟子·滕文公下》："入则孝，出则悌，守先王之道，以待后之学者。"入，指在家。弟，通"悌"，顺从兄长。

⑧泽：恩惠。

⑨见(xiàn)：显现。

⑩攫(jué)：抓取，夺取。

⑪小头锐面：削尖脑袋和脸面，指到处钻营。

⑫束修：约束。

⑬经济：经世济民，即治理政务。自期：作为自己的目标、志向。

⑭抗怀千古：保持高尚的情操，以流传千古。

⑮体貌：待之以礼貌。

⑯七夕：指农历七月七日。神话传说，每年的这一天，牛郎与织女搭鹊桥过银河相见。

⑰殊：很。本旨：原意。

⑱顾：反而，却。

⑲中馈：古代妇女在家主持饮食等事。

⑳斗叶：玩叶子戏，古代一种斗输赢的游戏。

㉑荡轶：放荡。

㉒曲产：典来的产业。曲，典当，以实物作抵押借贷。

㉓古者一夫受田百亩之义：这是孟子理想的社会模式。

㉔何所措足：何处存身的意思。措，放置。

㉕连阡越陌：大小道路纵横相连，形容地面广大。

㉖一德遵王：一心遵奉王法。

㉗偷：不厚道。

彭端淑

为学一首示子侄①

天下事有难易乎？为之，则难者亦易矣；不为，则易者亦难矣。人之为学有难易乎？学之，则难者亦易矣；不学，则易者亦难矣。

吾资之昏②，不逮人③也，吾材之庸，不逮人也；旦旦④而学之，久而不怠⑤焉，迄乎成⑥，而亦不知其昏与庸也。吾资之聪，倍人⑦也，吾材之敏，倍人也；屏弃而不用，其与昏与庸无以异也。圣人之道⑧，卒于鲁也传之⑨。然则昏庸聪敏之用，岂有常⑩哉！

蜀之鄙⑪，有二僧：其一贫，其一富。贫者语于富者曰："吾欲之南海⑫，何如？"富者曰："子何恃而往⑬？"曰："吾一瓶一钵足矣⑭。"富者曰："吾数年来欲买舟而下，犹未能也。子何恃而往！"越⑮明年，贫者自南海还，以告富者，富者有惭色。西蜀之去南海，不知几千里也，僧之富者不能至，而贫者至之。人之立志，顾⑯不如蜀鄙之僧哉！

是故聪与敏，可恃而不可恃也；自恃其聪与敏而不学者，自败⑰者也。昏与庸，可限⑱而不可限也；不自限其昏与庸而力学不倦者，自力者⑲也。

【注释】

①彭端淑：字乐斋，丹稜（今属四川）人。雍正十一年（1733）进士，历任吏部郎中、顺天乡试同考官等职。后辞官回四川，主讲锦江书院。这是彭端淑写给他的子侄们的一封关于探讨做学问的信。信中以蜀地二僧人去南海的故事为喻，生动地阐述了万事难与易的辩证关系，勉励人们勤奋向学，积极进取，以达理想之彼岸。全文短小精悍，朴实无华，而说服力极强，为论说短文中的名篇佳作。

②资：天资禀赋。昏：愚钝。

③不逮人：不及别人。

④旦旦：每天。

⑤怠：松懈。

⑥迄乎成：直到成功。

⑦倍人：成倍地高于别人。

⑧圣人之道：孔子的道统。

⑨卒：终于。鲁：钝拙，这里指孔子弟子曾参。《论语·先进》曰："参也鲁。"

⑩常：定规。

⑪鄙：边境。

⑫之：到。南海：指今浙江省的普陀山，是我国佛教胜地之一，俗称南海。

⑬何恃而往：靠什么前去。

⑭瓶、钵：和尚乞食用具。

⑮越：到了。

⑯顾：反而。

⑰自败：自己使自己失败。

⑱限：限制。

⑲自力者：力求上进的人。

袁　枚

给弟香亭书[①]

阿通年十七矣，饱食暖衣，读书懒惰。欲其知考试之难，故命考上元[②]以劳苦之，非望其入学也。如果入学，便入江宁籍贯，祖宗邱墓[③]之乡，一旦捐弃[④]，揆之齐太公五世葬周之义[⑤]，于我心有慽慽焉[⑥]。两儿俱不与金陵人联姻，正为此也。不料此地诸生，竟以冒籍[⑦]控官，我不以为怨，而以为德。何也？以其实获我心[⑧]故也。不料弟与纾亭大为不平，引成例[⑨]千言，赴诉于县。我以为真客气也。

夫才不才者，本也[⑩]；考不考者，末也[⑪]。儿果才，则试金陵可，试武林可，即不试亦可；儿果不才，则试金陵不可，试武林不可，必不试废业而后可。为父兄者，不教以读书学文，而徒与他人争闲气，何不揣其本而齐其末[⑫]哉！"知子莫若父"，阿通文理粗浮，与"秀才"二字相离尚远。若以为此地文风不如杭州，容易入学，此之谓"不与齐楚争强，而甘与江黄竞霸"[⑬]，何其薄待儿孙，诒谋[⑭]之可鄙哉！子路[⑮]曰："君子之仕也，行其义也"[⑯]，非贪爵禄荣耀也。李鹤峰中丞之女叶夫人慰儿落弟[⑰]诗云："当年蓬矢桑弧[⑱]意，岂为科名始读书？"大哉言乎！闺阁[⑲]中有此见解，今之士大夫都应羞死。要知此理不明，虽得科名、作高官，必至误国误民，并误其身而后已。无基而厚墉[⑳]，虽高必颠，非所以[㉑]爱之，实所以害之也。然而人所处之境，亦复[㉒]不同，有不得不求科名者，如我与弟是也。家无立锥[㉓]，不得科名，则此身衣食无着。陶渊明[㉔]云："聊欲弦歌，以为三径之资"[㉕]，非得已也。有可以不求科名者，如阿通、阿长是也。我弟兄遭逢盛世，清俸之余，薄有田产，儿辈可以度日，倘能安分守己，无险情赘行[㉖]，如马少游[㉗]所云："骑款段[㉘]马，作乡党之善人。"是[㉙]即吾家之佳子弟，老夫死亦瞑目矣，尚何敢妄有所希冀哉！

不特[㉚]此也。我阅历人世七十年，尝见天下多冤枉事。有刚悍之才，不为丈夫而偏作妇人者；有柔懦之性，不为女子而偏作丈夫者；有其才不过工匠、农夫，而枉作士大夫者；有其才可以为士大夫，而屈作工匠、村农者。偶然遭际[㉛]，遂戕贼杞柳以为桮棬[㉜]，殊可浩叹！《中庸》[㉝]有言："率性[㉞]之谓道"，再言："修道之谓教"，盖言性之所无，虽教亦无益也。孔、孟深明此理，故孔教伯鱼[㉟]，不过学《诗》、学《礼》；义方[㊱]之训，轻描淡写，流水行云[㊲]，绝无督责。倘使当时不趋庭[㊳]，不独立，或伯鱼谬对以《诗》、《礼》之已学，或貌应父命，退而不学《诗》，不学《礼》，夫子竟[㊴]听其言而信其行耶？不视其所以察其所安耶？何严于他人，而宽于儿子耶？至孟子则云：

“父子之间不责善”[40]，且以责善为不祥。似乎孟子之子尚不如伯鱼，故不屑教诲，致伤和气，被公孙丑[41]一问，不得不权[42]词相答，而至今卒不知孟子之子为何人，岂非圣贤不甚望子之明效大验[43]哉？善乎北齐颜之推[44]曰：“子孙者，不过天地间一苍生耳，与我何与，而世人过于宝惜爱护之。”此真达人之见，不可不知。

有门下士，因阿通不考为我怏怏者，又有为我再三画策者，余笑而应之曰：“许由[45]能让天下，而其家人犹爱惜其皮冠；鹪鹩[46]愁凤凰无处栖宿，为谋一瓦缝以居之。诸公爱我，何以异兹[47]？韩、柳、欧、苏，谁个靠儿孙俎豆者[48]？箕畴五福[49]，儿孙不与[50]焉。”附及之，以解弟与纾亭之惑。

【注释】

①袁枚：字子才，号简斋，又号随园老人，钱塘（今浙江杭州）人，清乾隆间中进士，做过溧水（今属江苏）、江宁（今江苏南京）知县。后父死辞官，定居江宁小仓山。他是清代中期著名诗人和诗论家。

②上元：县名，今属南京。

③邱墓：坟墓。邱，通“丘”。

④捐弃：除去。捐，除去。

⑤揆（kuí）：揣度。齐太公：即姜子牙，姜姓，名望，辅助周文王灭商，封于齐。死后葬于周，五世之后改葬于齐。

⑥这句话出自《孟子·梁惠王上》，意思是在我的心中豁然明亮了。戚戚，心动的样子。

⑦冒籍：假冒籍贯。

⑧实获我心：出于《诗经·邶风·绿衣》，意思是的确与我的意思相合。

⑨成例：往昔的实例。

⑩才不才者，本也：有没有才能是最根本的。本，树的根和茎。

⑪考不考者，末也：参不参加科考是不重要的。末，树梢。

⑫不揣其本而齐其末：这句话见于《孟子·告子下》，意思是不揣度他的基础是否一样，却只是比较它的顶端是否一致。

⑬不与齐楚争强，而甘与江黄竞霸：意思是因为虚弱不敢与齐国、楚国争强，只能甘心与江国、黄国争霸。齐、楚，春秋时力量最强大的五国中的两国。江、黄，春秋时小国，先后被楚国所灭。

⑭诒谋：遗留下来的计谋。诒，同“贻”，遗留。

⑮子路：名仲由，一字季路，孔子的学生。

⑯这句话出自《论语·微子》。仕，做官。行其义，做他应该做的事。

⑰落弟：科考不中。弟，通“第”。

⑱蓬矢桑弧：《礼记·内则》：“周君世子生……射人以桑弧篷矢，六射天地四方。”比喻男子志向四方，后人即用“桑弧蓬矢”勉励人胸怀大志。桑弧，桑条做的弓。逢矢，蓬草做的箭。

⑲闺阁：内室，指妇女。

⑳墉（yōng）：高墙。

㉑所以：表示方法、手段。

㉒亦复：也。复，词尾，没有意义。

㉓立锥：立锥之地，指极小的土地。

㉔陶渊明：名潜，字元亮，柴桑（今江西九江市西南）人，曾任江州祭酒、彭泽县令等官，后辞官隐居。

㉕"聊欲"二句，意思是姑且去做官，将所得薪俸作为日后退隐之用。弦歌，指做官。三径，指隐居后居住的田园。

㉖赘行：不正当的行为。赘，行之不当。

㉗马少游：东汉伏波将军马援的堂弟。

㉘款段：马行迟缓的样子。

㉙是：代词，这。

㉚特：仅仅。

㉛遭际：遭遇，生活中相逢。

㉜戕（qiāng）贼杞柳以为桮（bēi）棬（quān）：语见《孟子·告子上》，意思是不顾杞柳树的本性，砍伐用做杯盘。戕贼，伤害。桮棬，即杯圈，杯盘。

㉝《中庸》：《礼记》中的一章。

㉞率性：依循本性。率，依循。

㉟伯鱼：孔鲤，字伯鱼，孔子的儿子。

㊱义方：行事的规则。

㊲流水行云：比喻一带而过，不深入。

㊳趋庭：快步走过厅堂。《论语·季氏》："（孔子）尝独立，鲤趋而过庭。曰：'学《诗》乎？'对曰：'未也。''不学《诗》，无以言。'鲤退而学《诗》。他日，又独立。鲤趋而过庭。曰：'学《礼》乎？'对曰：'未也。''不学《礼》，无以立。'鲤退而学《礼》。"

㊴竟：究竟。

㊵"父子"句：出于《孟子·离娄上》，意思是不要因为没有教好儿子，父子彼此责备。

㊶公孙丑：孟子的学生。

㊷权词：灵活机变、搪塞的言语。

㊸明效大验：指对事理的是非曲直十分清楚明白。

㊹颜之推：字介，临沂（今属山东）人，历官南朝梁、北齐、北周、隋，所著《颜氏家训》在封建时代很受重视。

㊺许由：上古隐士，相传尧曾把天下让给他，他不受，隐居于箕山。

㊻鷦鷯：小鸟名。

㊼兹：代词，这。

㊽韩、柳、欧、苏：韩愈、柳宗元、欧阳修、苏轼。俎豆：古代祭祀所用的礼器，这里是祭祀之意。

㊾箕畴：即九畴，传说是上古大禹治水时，天帝赐他的九种方法。五福：九畴中第九法中"向用五福，威用六极"的"五福"，按《尚书·洪范》说："一曰寿，二曰富，三曰康宁，四曰攸好德，五曰考终命。"

㊿不予：不参加，不涉及。

上尹制府乞病启①

枚历官有年，奉职无状②，蒙明公恩勤③并至，荐擢④交加，虽停年之资格难回⑤，而知己之深恩未报。人虽草木，必不谢芳华于雨露之秋；水近楼台⑥，益当效涓滴⑦于高深之世。不意⑧本月三日，故里书来，慈亲⑨卧病。枚违养⑩之余，已深踧踖⑪，得信之后，愈觉惊疑。

伏念枚东浙之鄙人⑫也，世守一经⑬，家徒四壁。对此日琴堂之官烛⑭，忆当年丙舍⑮之书灯。授稚子之经，划残荻草⑯；具先生之馔⑰，撤尽簪环⑱。余胆罢含⑲，断机⑳尚在；未尝不指随心痛㉑，目与云飞㉒！

自蒙丹陛㉓之恩，得奉版舆之乐㉔。春晖寸草㉕，养志㉖八年。然而萱㉗爱家乡，种河阳而不茂㉘；笋生冬日㉙，觉梓里之尤甘㉚。客秋之莼菜香时㉛，堂上之鱼轩返矣㉜。枚欲再行迎养，则衰年有恙，难涉关河㉝；倘远讯平安，则隅坐无人㉞，谁调汤药。在亲闱喜少惧多之日，实人子难进易退之时。瞻望乡关，何心簪笏㉟。

夫人情于日暮颓唐之际㊱，顾子孙侍侧而能益精神；儒生于方寸瞀乱之余㊲，虽星夜办公而必多丛脞㊳。在朝廷无枚数百辈，未必遽㊴少人才；在老母抚枚三十年，原为承欢㊵今日。情虽殷于报国，志已决于辞官。第养之一言，固须臾所难缓；而终之一字，非人子所忍言。且高堂之年齿未符，或恐事违成例㊶。大府之遭逢难遇㊷，未免官爱江南。兹当五内焚如㊸，忽尔三秋痁作㊹。思路无归，得疾为名㊺。

伏愿明公，念枚乌鸟情深㊻，允其养亲之素志㊼；怜枚犬马力薄，准以乞病之文书。实缘依恋晨昏㊽，退而求息；非敢膏肓泉石㊾，借此鸣高㊿。得蒙篆摄[51]有人，当即星驰就道。或老人见子，顿减沉疴[52]；则故吏怀恩，还思努力。此日得归膝下，皆仁人之曲体鳏生[53]。他年重谒军门[54]，如婴儿之再投慈母。

【注释】

①尹制府：尹继善，字元长，任两江总督。制府，总督府。本文是袁枚任知县时给两江总督尹世继善写的一封告假辞官的书信。

②无状：不像样子，指政绩不好。

③恩勤：恩情和帮助。

④荐擢：举荐和提拔。

⑤停年之资格：根据服官年限提拔官吏叫“停年格”。这里指为官时间。

⑥水近楼台：脱自北宋苏麟诗“近水楼台先得月”，比喻接近尹继善。

⑦涓滴：喻指微小的力量。高深之世：政治高明、世风淳厚的社会。

⑧不意：不料。

⑨慈亲：母亲。

⑩违养：缺少供养。

⑪踧踖(cù jí)：不安的样子。

⑫鄙人：边远地区的人。

⑬世守一经：世代靠习读经书科举出身。

⑭琴堂：书房。官烛：官府供应的蜡烛。

⑮丙舍：厢房。后汉宫中正室两旁的房屋次于甲乙，称“丙舍”。

⑯划残荻草：南北朝时，陶弘景家贫，其母用荻草为笔，在灰中画字教他学习。

⑰具：供应。馔(zhuàn)：饮食。

⑱尽撤簪环：指变卖了所有的首饰。

⑲余胆罢含：虽然不再口含熊胆丸了。唐朝柳仲郢母把熊胆搓成丸子，让他含丸夜读，使其不忘刻苦。

⑳断机：孟子幼时逃学回家，母亲用刀割断织机的线来规劝他。

㉑指随心痛：指母子相互感应。据晋代干宝《搜神记》载，曾参心动，回家问其母，母曰：因思念你而咬了手指。

㉒目与云飞：指遥念远方的双亲。据《唐书·狄仁杰传》载，狄仁杰在并州做官，远离父母。一次登太行山，见远方白云，对左右说：我父母就住在白云下。

㉓丹陛：皇宫中的红色台阶，借指皇帝。陛，台阶。

㉔奉版舆之乐：指做官后用版舆接父母来任职之地。版舆，车名。

㉕春晖寸草：指报答父母的养育之恩。孟郊《游子吟》：“谁言寸草心，报得三春晖。”春晖，春天的阳光，比喻父母的恩情。

㉖养志：顺承父母的意志。

㉗萱：萱堂，指母亲。

㉘种河阳而不茂：萱草种植在河阳不能茂盛。喻指其母不愿住在南京。

㉙笋生冬日：三国时，孟宗之母爱吃笋，时值冬季，笋未生出，孟宗哀叹，笋为之生出。

㉚梓里：家乡。尤甘：很美。

㉛“客秋”句：指秋天是客居者思念故乡的季节。晋张翰，吴人，在洛阳做官，见秋风起，想起家乡的莼菜、鲈鱼鲙，即辞官回乡。

㉜堂上：指母亲。鱼軿(píng)：四周有遮掩的车。

㉝关河：关隘、河川，指艰难的路途。

㉞隅坐无人：指母亲身边无人照料。隅坐，旁坐。

㉟簪笏(hù)：簪子和板笏，均为做官的用品，这里指做官。

㊱日暮：指晚年。颓唐：指精神不及。

㊲方寸：内心。瞀(mào)乱：烦乱。

㊳丛脞(cuǒ)：烦琐。

㊴遽：突然。

㊵承欢：顺承父母的高兴。

㊶“且高堂”二句：按当时习惯，父母年过七十，方可辞官养亲。高堂，指父母。年齿，年龄。当年其母六十二岁，未满七十，故云“年齿未符”。

㊷大府：总督府，指尹继善。遭逢：指尹继善对作者的了解、恩惠和器重。

㊸五内：五脏。焚如：焚烧，指焦虑。

㊹忽尔：忽然。痁(shān)作：疟疾发作。

㊺得疾为名：以生病作为理由，请求辞官。

㊻乌乌：乌鸦。古人认为乌鸦是孝鸟，长大后能喂养它的双亲。

㊼素志：长时期的意愿。

㊽晨昏：早上问安，晚上为父母安放被褥。

㊾膏肓(huāng)泉石：指隐居。

㊿鸣高：自命清高。

51篆摄：代理自己的官职。篆，篆文，指官印。摄，代理。

52沉疴：重病。疴，病。

53仁人：有仁爱之心的人，指尹继善。曲体：屈身体恤。鲰(zōu)生：小人，作者自谦之词。

54谒(yè)：拜见。军门：总督门下。总督，又称“制军”。

姚 鼐

复鲁絜非书①

桐城姚鼐顿首，絜非先生足下：相知恨少，晚遇先生。接其人，知为君子矣；读其文，非君子不能也。往与程鱼门、周书昌尝论古今才士②，惟为古文者最少。苟为之，必杰士也，况为之专且善如先生乎？辱书，引义谦而见推过当，非所敢任。鼐自幼迄衰，获侍贤人长者为师友，剽取见闻，加臆度为说，非真知文能为文也，奚③辱命之哉？盖虚怀乐取者，君子之心；而诵所得以正于君子，亦鄙陋之志也。

鼐闻天地之道，阴阳刚柔而已。文者，天地之精英，而阴阳刚柔之发也。惟圣人之言，统二气之会而弗偏④，然而《易》、《诗》、《书》、《论语》所载，亦间有可以刚柔分矣，值其时其人告语之体各有宜也⑤。自诸子而降，其为文无有弗偏者。其得于阳与刚之美者，则其文如霆如电，如长风之出谷，如崇山峻崖，如决大川，如奔骐骥⑥；其光也如杲日，如火，如金镠⑦铁；其于人也，如凭高视远，如君而朝⑧万众，如鼓万勇士而战之。其得于阴与柔之美者，则其文如升初日，如清风，如云如霞如烟，如幽林曲涧⑨，如沦如漾⑩，如珠玉之辉，如鸿鹄之鸣而入寥廓⑪；其于人也，漻乎其如叹⑫，邈乎其如有思⑬，暖乎其如喜⑭，愀乎其如悲⑮。观其文，讽⑯其音，则为文者之性情形状，举以殊焉⑰。且夫阴阳刚柔，其本二端，造物者糅而气有多寡进绌⑱，则品次亿万⑲，以至于不可穷，万物生焉，故曰一阴一阳之为道⑳。夫文之多变，亦若是也。糅而偏胜可也㉑，偏胜之极㉒，一有一绝无㉓，与夫刚不足为刚、柔不足为柔者，皆不可以言文。今夫野人孺子闻乐，以为声歌弦管之会尔。苟善乐者闻之，则五音十二律㉔，必有一当㉕，接于耳而分矣㉖。夫论文者岂异于是乎？宋朝欧阳、曾公之文㉗，其才皆偏于柔之美者也。欧公能取异已者之长而时济㉘之，曾公能避所短而不犯。观先生之文，殆近于二公焉。抑人之学文，其功力所能至者，陈理义必明当，布置取舍、繁简廉肉不失法㉙，吐辞雅驯㉚，不芜㉛而已。古今至此者盖不数数㉜得，然尚非文之至。文之至者，通乎神明，人力不及施也。先生以为然乎？

惠寄之文，刻本固当见与，钞本谨封还。然钞本不能胜刻者。诸体以书疏赠序为上，记事之文次之，认辩又次之。鼐亦窃识㉝数语于其间，未必当也。《梅崖集》㉞果有逾人处，恨不识其人。郎君令甥皆美才未易量，听所好，恣为之，勿拘其迹可也。于所寄文辄妄评说，勿罪勿罪。秋暑，惟体中安否？千万自爱。七月朔日。

【注释】

①姚鼐:字姬传,一字梦穀,清桐城(今属安徽)人,乾隆时,任四库馆纂修官,后主讲江南、紫阳、钟山书院,为桐城派古文创作的代表人物。鲁絜非:名九皋,字絜非,清江西新城人。乾隆时,任山西夏县知县。在这封信中,姚鼐发表了对文章风格等问题的见解。

②程鱼门:名晋芳,字鱼门,清歙县(今属安徽)人。乾隆时,官吏部主事,为《四库全书》纂修官。周书昌:名永年,字书昌,清历城(今山东济南)人。乾隆时,召修《四库全书》,授编修。

③奚:何。

④统:统括。二气:阴阳二气。会:会合。弗偏:不偏于一端。

⑤"值其"句:谓在不同时间、对不同人物的告语,其风格也有所不同。体,风格。

⑥骐骥:良马。

⑦镠(liú):品质优良的黄金。

⑧朝:臣见君,此谓使之朝拜。

⑨幽林:幽静的树林。曲涧:曲折的涧溪。

⑩沦:水面泛起微波。漾:水波荡漾。

⑪鸿鹄:天鹅。寥廓:旷远的天空。

⑫"漻(liú)乎"句:言文章清寂的风格,如同人在叹息。漻,清寂貌。

⑬"邈乎"句:言文章邈远的情调,如同人在思虑。

⑭"暖乎"句:言文章温和的风格,如同人在喜悦。

⑮"愀乎"句:言文章忧伤的风格,如同人在悲愁。愀,忧伤。

⑯讽:吟诵。

⑰举:全。殊:不同。

⑱糅:杂糅。进绌:进退。绌,退。

⑲品次:分别种类,加以次列。亿万:指天地万物。

⑳一阴一阳之为道:语见《周易·系辞上》。谓一阴一阳相互作用,是天地万物发展变化的规律。

㉑"糅而"句:谓杂糅阴阳刚柔之气,稍偏于一端,还是可以的。

㉒偏胜之极:谓偏向一端的情况达到极点。

㉓"一有"句:谓刚则唯见其刚,柔则唯见其柔。

㉔五音:古代音乐的五个音阶,即:宫、商、角、徵、羽。十二律:古代音乐的十二个标准音,依次为:黄钟、大吕、太簇,夹钟、姑洗、中吕、蕤宾、林钟、夷则、南吕、无射、应钟。十二律分阴阳两类,奇数为阳律,称六律;偶数为阴律,称六吕。

㉕必有一当:谓五音十二律中,必有一种与乐曲相适应。

㉖"接于"句:谓善乐者闻之则能分别。

㉗欧阳:即欧阳修。曾公:即曾巩。

㉘济:补益,谓以他人之长补己之短。

㉙廉:细微。肉:丰满。

㉚雅驯:雅正。

㉛芜:芜杂。

㉜数数:频繁,经常。

㉝识：记录。

㉞《梅崖集》：朱仕琇著。仕琇字斐瞻，号梅崖，清建宁（今福建建瓯）人。乾隆时，为庶吉士、福宁府教授。

复蒋松如书①

久处闾里②，不获与海内贤士相见，耳目为之聩霿③。冬间，舍侄浣江寄至先生大作数篇，展而读之，若麒麟、凤凰之骤接于目，欣忭④不能自已。聊识⑤其意于行间，顾犹恐颂叹盛美之有弗尽⑥，而其颇有所引绳⑦者，将惧得罪于高明，而被庸妄专辄⑧之罪也。乃旋获惠赐手书，引义甚谦，而反以愚见所论为喜。于是鼐益俯而自惭，而又以知君子之衷，虚怀善诱，乐取人善之至于斯也。鼐与先生虽未及相见，而蒙知爱之谊如此，得不附于左右，而自谓草木臭味⑨之不远者乎？心乎爱矣，何不谓矣⑩。尚有所欲陈说于前者，愿卒尽其愚焉。

自秦汉以来，诸儒说经者多矣。其合与离，固非一途。逮宋程朱⑪出，实于古人精深之旨所得为多，而其审求文辞往复之情，亦更为曲当⑫，非如古儒者之拙滞⑬而不协于情也。而其生平修己立德，又实足以践行其所言，而为后世之所向慕。故元明以来，皆以其学取士，利禄之途一开，为其学者以为进趋富贵而已。其言有失，犹奉而不敢稍违之，其得亦不知其所以为得也，斯固数百年以来学者之陋习也。然今世学者乃思一切矫之，以专宗汉学为主，以攻驳程朱为能，倡于一二专己好名之人，而相率而效者，因大为学术之害。夫汉人之为言，非无有善于宋而当从者也，然苟大小⑭之不分，精粗之弗别，是则今之为学者之陋，且有甚于往者。为时文之士守一先生之说，而失于隘⑮者矣。博闻强识，以助宋君子之所遗则可也，以将跨越宋君子则不可也。鼐往昔在都中，与戴东原⑯辈往复尝论此事，作《送钱献之序》，发明此旨，非不自度其力小而孤，而义不可以默焉耳。先生胸中似犹有汉学之意存焉，而未能豁然决去之者，故复为极论之。"木铎"之义，苏氏说，《集注》固取之矣，然不以为正解者，以其对"何患于丧"意少远也⑰。至盆成见杀之《集注》⑱，义甚精当，先生曷为驳之哉？朱子说诚亦有误者，而此条恐未误也，望更思之。

鼐于蓉庵先生为后辈，相去甚远，于颍州⑲乃同年耳。先生谓颍州曰兄，固于鼐同一辈行，而过于谦，非所宜也。客中惟保重，时赐教言为冀⑳。愚陋率达臆见，幸终宥㉑之。

【注释】

①作者在这封信中表达了对宋代程朱经学的推崇，而反对"专宗汉学"、"以攻驳程朱为能"

的做法。蒋松如:生平事迹不详。

②闾里:乡间。

③瞢霿(mèng):闭塞。

④欣忭:欢欣。

⑤识:记。

⑥顾:只是。弗:不。

⑦引绳:批评。

⑧专辄:专断轻率。

⑨臭味:气味。

⑩"心乎"二句:见《诗经·小雅·隰桑》,谓心中敬爱君子,怎能不告诉他。

⑪程朱:即程颢、程颐兄弟与朱熹,为宋代著名学者。

⑫曲当:周到而允当。

⑬拙滞:笨拙而死板。

⑭大小:谓宋学主义理,汉学主考据训诂,有大小之别。下文"精粗"则谓二者有精粗之别。

⑮隘:狭隘。

⑯戴东原:戴震,字东原,清休宁(今属安徽)人,曾任四库馆纂修官,授庶吉士。为清代著名学者。

⑰"木铎"五句:《论语:八佾》:"二三子何患于丧乎?天下之无道也久矣,天将以夫子为木铎。"朱熹《集注》:"丧,谓失位去国……木铎,金口木舌,施政教时所振,以警众者也。言乱极当治,天必将使夫子得位设教,不久失位也。"又引苏辙说云:"或曰:'木铎所以狥于道路,言天使夫子失位,周流四方以行其教,如木铎之狥于道路也。'"此谓朱熹虽采用了苏辙对"木铎"的解释,但不作为正解,而只以"或曰"的形式引述,是因为苏辙对"何患于丧"的解释不够切当。

⑱"至盆成"句:《孟子·尽心下》:"盆成括仕于齐。孟子曰:'死矣盆成括!'盆成括见杀。"朱熹《集注》:"盆成,姓。括,名也。恃才妄作,所以取祸。"

⑲颍州:即蒋熊昌,字澄川,清阳湖(今江苏常州)人。与姚鼐为同年进士,曾任安徽颍州府知府。

⑳冀:希望。

㉑宥:原谅。

与伯昂从侄孙一首

书至,具悉近祉①。承以对联见寄,八分②殊妙。吾见未能楷书学八分者,终不佳。伯昂惟本善楷书,故进为八分,极有笔力也。所作诗则不佳,盖缘③初入手,即染邪气，不能洗脱。虽天分好处，偶亦发露，然亦希矣。必欲学此事，非取古大家正矩潜心一番④，不能有所成就。近体⑤只用吾选本，其间各家，门径不同，随其天资所近，先取一家之诗熟读精思，必有所见，然后又及一家，知其所以异，又知其所以同。同者必归于雅正。不著纤豪俗气⑥，起复转摺⑦，必有法度，不可苟且牵率⑧，致不成章。至其神妙之境，又须于无意中忽然遇之，非可力探。然非功力之深，终身必不遇此境也。古体⑨伯昂尤有魔气。就其才所进，可先读阮亭所选古诗内昌黎诗读之⑩，然后上溯子美⑪，下及子瞻⑫，庶不至如游骑之无归也。

【注释】

①祉(zhǐ)：福。

②八分：隶书的别名。

③缘：因为。

④古大家：古代名家。正矩：规范。矩，法则。潜心：专心。

⑤近体：近体诗，又叫“律诗”。

⑥著：附着，带有。纤豪：丝毫。纤，细小。豪，通“毫”。

⑦起复转摺：指诗的结构。

⑧牵率：牵强，草率。

⑨古体：古体诗。

⑩阮亭：清王士禛，字子真，号阮亭，别号渔洋山人，善文词，尤工于诗。昌黎：唐韩愈。

⑪子美：唐杜甫，字子美。

⑫子瞻：宋苏轼，字子瞻。

聂继模

给子书①

你在官，不宜数②问家事。道远鸿稀③，徒乱人意，正以无家信为平安耳。你向④家居本少，二老习为固然，岁时伏腊⑤，不甚思念。今遣你妻子赴任，未免增一番怅恋，想亦不过一时情绪，久后渐就平坦，无为过虑⑥。

山僻⑦知县，事简责轻，最足钝人志气，须时时将此心提醒激发，无事寻出有事，有事终归无事。今服官⑧年余，民情熟悉，正好兴利除害。若因地方偏小，上司或存宽恕，偷安藏拙⑨，日成痿痹⑩，是为世界木偶人，无论将来⑪，不克⑫大有所为，无以对此山谷愚民，且何以无负师门指授⑬？

见答黄孝廉札⑭，有"为报先生春睡熟，道人轻撞五更钟"句，此大不可⑮。《诗》⑯曰："夙兴夜寐，无忝尔所生⑰。"居官者宜晚睡早起，头梆⑱盥漱，二梆视事，虽无事亦然。庶几习惯成性，后来猝任繁剧⑲，不觉其劳，翻⑳为受益。

【注释】

①聂继模：字乐山，衡山（今属湖南）人，善医术。他的儿子聂焘中进士后做了县令，他便写了这封信告诫儿子。

②数（shuò）：多次，频繁。

③鸿稀：书信少。鸿，鸿雁传书。汉代苏武出使匈奴，被扣十九年。匈奴谎称苏武已死，汉朝使者也谎称汉天子射得一只鸿雁，雁脚捆有苏武的信，匈奴只好放回了苏武。

④向：过去。

⑤岁时：一年中的季节。伏腊：夏季的伏日、冬季的腊日。

⑥过虑：过分考虑。

⑦山僻：山区偏僻之处。

⑧服官：做官。

⑨偷安藏拙：得过且过，不尽力处理好疑难事务。

⑩痿痹（wěi bì）：肢体萎缩、麻木，这里指精神懒惰，麻木不仁。

⑪无论将来：谈不到未来的前程。

⑫克：能。

⑬无负：不辜负。师门：老师。

⑭札：书信。

⑮聂焘答黄孝廉信的两句话，谈到了自己早上因熟睡晚起，聂继模认为很不好。

⑯《诗》:指《诗经·小雅·小宛》。

⑰夙兴:早起。寐:睡觉。忝:侮辱。所生:指父母。

⑱头梆:清早敲第一次梆子。梆,巡夜人依时敲击的器具。

⑲猝(cù):突然。繁剧:繁重劳累的工作。

⑳翻:反。

纪 昀

与余存吾太史书①

昀再拜启，存吾太史阁下：承示《戴东原事略》②，具见表章③古学之深心，所举著书大旨，亦具得作者本意。惟中有一条，略须商榷。

东原与昀交二十余年，主④昀家前后几十年，凡所撰录，不以昀为弇陋⑤，颇相质证⑥，无不犁然有当于心者⑦。独《声韵考》⑧一编，东原计昀必异论⑨，竟不谋⑩而付刻。刻成昀乃见之，遂为平生之遗憾。

盖东原研究古义，务求精核⑪，于诸家无所偏主。其坚持成见者，则在不使外国之学胜中国，不使后人之学胜古人。故于等韵⑫之学，以孙炎反切为鼻祖⑬，而排斥神珙反纽为元和以后之说⑭。夫神珙为元和中人，固无疑义，然《隋书·经籍志》明载梵书以十四字贯一切音⑮，汉明帝时与佛经同入中国，实在孙炎以前百余年。且《志》为唐人所撰，远有端绪⑯，非宋以后臆揣⑰者比，安得以等韵之学归诸神珙，反谓为孙炎之末派旁支哉！东原博极群书，此条⑱不应不见。昀尝举此条诘东原，东原亦不应不记。而刻是书⑲时仍讳而不言，务伸己说⑳，遂类西河毛氏之所为㉑，是亦通人之一蔽也㉒。

若姑㉓置此书不言，而括其与江慎修论古音者为一条㉔，则东原平生著作遂粹然无瑕㉕，似亦爱人以德之一端㉖。昀于东原交不薄，尝自恨当时不能与力争，失朋友规过之义㉗。故今日特布腹心于左右㉘，祈刊改此条㉙，勿彰㉚其短，以尽平生相与㉛之情。刍荛之言㉜，是否可采，惟高明详裁之㉝。

【注释】

①纪昀：字晓岚，一字春帆，直隶献县（今属河北）人。清代著名学者、文学家。乾隆进士，官至礼部尚书、协办大学士。本文是纪昀写给好友余廷灿（号存吾）的一封回信。当时，余廷灿正任翰林院检讨，而明清时期翰林院主管修史一事，故纪昀在信中称余延灿为“太史”。信中表达了纪昀对余廷灿所撰呈《戴东原事略》的看法，并对亡友戴东原（戴震）的学术事业进行了实事求是的评价。

②示：给人观看。戴东原：戴震，字东原，休宁（今属安徽）人，清代著名学者、思想家。生前是纪昀的至交好友。

③表章：表白颂扬，使之光大。

④主：寄居。

⑤弇（yǎn）陋：见识浅陋。弇，遮蔽。

⑥质证:询问以证实。

⑦犁然有当于心者:语出《庄子·山木》:"木声与人声犁然有当于心者。"犁然,犹释然,分明清楚的样子。

⑧《声韵考》:载东原所著。

⑨异论:不同的看法。

⑩谋:商酌。

⑪核:可靠。

⑫等韵:古代分析发音原理及发音方法的学科。

⑬孙炎:汉末魏初学者,创"反切"法。鼻祖:老祖宗。

⑭神珙(gǒng):唐代僧人,著有《四声五音反纽图序》。元和:唐宪宗年号(806~820)。

⑮梵书:佛经。十四字:元音字母。

⑯端绪:头绪。

⑰臆揣:随意揣测。臆,心胸。

⑱此条:指《隋书·经籍志》所说反切来源。

⑲是书:此书。

⑳务:一定。伸:申明,表明。已说:已见。

㉑类:似。西河毛氏:毛奇龄,萧山(今属浙江省)人,清初语言学家,人称"西河先生",著有《古今通韵》等书。

㉒是:此,这个。通人:学识渊博贯通古今的人。蔽:壅隔,不通明。

㉓姑:姑且,暂且。

㉔括:概括。江慎修:江永,字慎修,安徽婺源(今属江西)人,清初音韵学家、经学家,著有《古韵标准》、《四声切韵表》、《音学辨微》等。

㉕粹然无瑕:纯粹无缺。瑕,缺点。

㉖爱人以德:语本《礼记·檀弓上》"君子之爱人也以德,细人之爱人也以姑息"。一端:一斑。

㉗规:规劝。过:过错。

㉘布:布陈,陈述。腹心:真诚的心意。左右:敬辞,指余存吾。古代写信时不直称对方其人,仅称他的左右以示尊敬。

㉙祈:祈求,希望。刊改:删改。

㉚彰:昭示,显明。

㉛相与:相交往。

㉜刍荛(chú ráo)之言:割草砍柴人所说的话。刍,割草。荛,砍柴。此为作者自谦之词,言自己的话不足珍重。

㉝高明:对人的尊称,此指余存吾。裁:裁定,定夺。

洪亮吉

与孙季逑书①

季逑足下：日来用力何似②？亮吉三千里外，每有造述③，手未握管④，心县此人⑤。虽才分素定，亦契慕⑥有独至也！

吾辈好尚既符，嗜欲又寡；幼不随搔头弄姿、顾影促步之客⑦，以求一时之怜⑧；长实思研精蓄神、忘寝与食，以希一得之获。惟吾年差长⑨，忧患频集，坐此不逮足下耳⑩。然犬马之齿⑪，三十有四，距强壮⑫之日，尚复六年。上亦冀展尺寸之效⑬，竭志力以报先人；下庶几垂竹帛之声⑭，传姓名以无惭生我⑮。每览子桓之论："日月逝于上，体貌衰于下，忽然与万物迁化"⑯，及长沙所述："佚游荒醉，生无益于时，死无闻于后，是自弃也"⑰，感此数语，掩卷⑱而悲，并日而学⑲。又佣力⑳之暇，余晷㉑尚富。疏野之质㉒，本乏知交㉓，鸡胶胶㉔则随暗影以披衣，烛就跋则携素册以到枕㉕。衣上落虱，多而不嫌㉖。凝尘浮冠，日以积寸。非门外人刺㉗，巷侧过车，不知所处在京邑之内，所居界㉘公卿之间也。

夫人之智力有限，今世之士，或县心于贵势㉙，或役志㉚于高名。在人者㉛未来，在己者㉜已失。又或放情于博奕之趣㉝，毕命于花鸟之妍㉞；劳瘁㉟既同，岁月共尽。若此，皆巧者之失也。间常自思，使扬子云移研经之术以媚世㊱，未必胜汉廷诸人㊲，而坐废㊳深沉之思；韦宏嗣舍著史之长以事棋㊴，未必充吴国上选，而并忘渐渍之效㊵。二子者，专其所独至，而弃其所不能，为足妒耳。每以自慰，亦惟敢告足下也。

【注释】

①洪亮吉：字君直，又字稚存，号北江，清阳湖（今江苏常州）人。曾任编修，督学贵州。通音韵、训诂，尤工骈文。孙季逑：孙星衍，字伯渊，阳湖人，清代著名学者。

②何似：怎么样。

③造述：著作。造，创作。述，疏解前人的作品。

④握管：执笔。

⑤县：通"悬"，惦念。此人：指孙季逑。

⑥契慕：投合和倾慕。

⑦搔头弄姿：指故作姿态、装模作样。顾影促步：自我欣赏。

⑧一时：当时。怜：爱。

⑨差长：稍大一些。作者长孙季逑七岁。

⑩坐此：因此。不逮：不及。

⑪犬马之齿：自己的年龄，这是作者谦虚的说法。齿，年龄。

⑫强壮：古以四十岁为强壮。

⑬展：施展。尺寸之效：微小的力量。

⑭庶几：希望。垂竹帛之声：让自己的著作流传后世。垂，流传。竹帛，古代书写工具，指著作。

⑮生我：指父母。

⑯"每览"四句：子桓：曹丕，字子桓，曹操的儿子。引文见于曹丕所著《典论·论文》。

⑰"及长沙"五句：长沙，指陶侃，封长沙郡公。引文见于《晋书·陶侃传》中陶侃之言。佚游荒醉：游乐太醉。

⑱掩卷：合上书本。

⑲并日而学：两天的学业，一天学完。

⑳佣力：用力，指用功。

㉑余晷（guǐ）：剩余的时间。晷，用日影测定时间的仪器，指时间。

㉒疏野之质：不愿受礼法约束的禀性。

㉓知交：知己。

㉔胶胶：鸡叫声。

㉕烛就跋：蜡烛烧完。就，接近。跋，蜡烛心。素册：书本。素，生帛，古人用以写字。册，简册，也是古代书写的用具。

㉖"衣上"二句：指不修边幅。

㉗入刺：送入名片，指来客。刺，名片。

㉘界：处在。

㉙县心：把思想寄托在。县，通"悬"。贵势：富贵和权势。

㉚役志：为志向所驱使。

㉛在人者：别人身上有的东西，指富贵、权势和名望。

㉜在己者：指自己的优点。

㉝放情：放纵感情。博奕：指下棋之类争输赢的游戏。

㉞毕命：用毕生精力。妍：美丽。

㉟劳瘁：劳累。

㊱扬子云：扬雄，字子云，蜀郡成都（今属四川）人，汉代经学家，口吃不善言。移：改变。媚世：迎合世俗的风尚。

㊲汉廷诸人：指汉朝宫廷中那些巧言令色的人。

㊳坐废：白白地荒废。坐，徒然。

㊴韦宏嗣：韦曜，字宏嗣，三国时吴国史学家，著有《吴书》。事棋：从事棋艺。韦曜曾任太子中庶子，写过《博奕论》，历陈博奕之弊，以规劝太子。

㊵渐渍之效：逐渐浸蚀的作用。

方婉仪

由母家寄罗两峰书①

与君结缡②数载,从无一日分离。纵未敢窃比梁孟之举案齐眉③,而相敬如宾亦不肯让冀上馌耕之夫妇④。读书楼中,吟诗江上,君有《鬼趣图》⑤之戏作,妾有半格诗⑥之耽吟。古人品王摩诘"诗中有画,画中有诗"⑦;赵松雪调谑管夫人"你肚皮里有我,我肚皮里有你"⑧。此则婉仪印诸心而萦之怀者也。

昨闻慈母有采薪之忧⑨,婉仪久违定省⑩,念切劬劳⑪,暂抛枕席之爱,递买归宁⑫之舟。寂寞川途,平添惆怅。幸布帆无恙,已于月杪安抵屯溪⑬,计在途一月之久。有时凉风冷雨,萧索篷窗;亦有时值明月良宵,但独自凭舷,终觉寡欢。又念君读书秋夜,只有唧唧虫声,照人吟叹,衾寒枕冷,饭剩羹残,无人调护。二三知好⑭,时或过从,藉以排遣。但孤眠滋味,甚无聊赖。此又婉仪印诸心而萦之怀者也。

老母疾虽愈,惟以母女分别久,一时不忍教妾便赋归与⑮,只好割爱承欢,小作勾留⑯。慈爱如母,自亦不肯留依⑰久住。岭上梅开,归期可卜⑱。心悬廿四桥⑲边,梦绕二分明月⑳,侧身东望,意远神驰。

【注释】

①罗两峰:罗聘,字遁夫,号两峰,清甘泉(今江苏扬州)人。清代著名画家,为"清州八怪"之一。方婉仪:号白莲居士,歙县(今属安徽)人,罗两峰之妻,工画,长于梅兰竹石。这封信是方婉仪回娘家省母时所写,信中以俏丽的文笔抒写了她对丈夫刻骨铭心的爱和深深的思念之情。

②结缡(lí):结婚,成亲。缡,女子的佩巾。

③梁孟之举案齐眉:据《后汉书·梁鸿传》记载,梁鸿与妻子孟光恩爱非常。梁鸿为人赁舂,每次回家,孟光都准备好饭菜,不敢在梁鸿前仰视,辄举案(托盘)齐眉。后遂以"举案齐眉"形容夫妻相敬相爱。

④让:逊色。冀上馌(yè)耕之夫妇:《左传·僖公三十三年》:"臼季使过冀,见冀缺耨,其妻馌(送饭)之,敬,相待如宾。"后因以形容夫妇相互尊敬。

⑤《鬼趣图》:为罗聘名作。鬼趣,佛教语,指夜叉、罗刹、饥鬼等境域。

⑥半格诗:一种歌行体,格律不像近体诗那样严格,但又不同于纯粹的古风。

⑦古人:指苏轼。品:品评,评论。王摩诘:王维,字摩诘,唐代著名诗人和画家。诗中有画,画中有诗:语出苏轼《东坡题跋》卷五《书摩诘蓝田烟雨图》:"味摩诘之诗,诗中有画;观摩诘之画,画中有诗。"味,体会,揣摩。

⑧赵松雪：赵孟頫(fǔ)，元代大书法家，号松雪道人。管夫人：管道升，赵孟頫妻。据明蒋一葵《尧山堂外记》记载，赵孟頫欲纳妾，便作词给管夫人说："我为学士，尔做夫人。岂不闻陶学士有桃叶、桃根，苏学士有朝云、暮雪？我便要多娶几个吴姬越女，无过分。你年纪已过四旬，只管占住玉堂春。"夫人答词道："尔侬我侬，忒煞情多。情多处，热似水。把一块泥，捻一个你，塑一个我。将咱两个，一齐打破，用水调和。再捻一个你，再塑一具我。我泥中有尔，尔泥中有我。我与尔生同一个衾，死同一个椁。"赵孟頫览词，只笑得前仰后合，遂作罢。按，此处的"你肚皮里有我，我肚皮里有你"系由管道升词中的"我泥中有尔，尔泥中有我"变化而来。

⑨采薪之忧：《孟子·公孙丑下》："有采薪之忧，不能造朝。"朱熹注："言病不能采薪。"后用为生病的婉辞。

⑩定省(xǐng)：即"昏定晨省"，旧指子女早晚向父母问安。

⑪劬(qú)劳：《诗经·小雅·蓼莪》："哀哀父母，生我劬劳。"后因以指父母养育子女的劳苦。

⑫归宁：旧指已婚女子回娘家省视父母。

⑬月杪(miǎo)：月底。杪，树木的末梢，引申为年月季节的末尾。屯溪：镇名，即今安徽省黄山市驻地。

⑭知好：知心好友。

⑮归与：《论语·公冶长》："子在陈，曰：'归与！归与！'"此处"归与"有"回家"之意。

⑯勾留：逗留，停留。

⑰侬(nóng)：我。

⑱卜：预计。

⑲廿四桥：在今江苏省扬州市。唐杜牧《寄扬州韩绰判官》："二十四桥明月夜，玉人何处教吹箫？"罗聘家在扬州，故以"二十四桥"代指扬州。

⑳二分明月：代指扬州。唐徐凝《忆扬州》："天下三分明月夜，二分无赖是扬州。"

云　仙

致状元顾晴芬书[1]

筑阉在云栖烟霞[2]之间，一琴一瓢，一炉一钵，亦啸亦咏。春来名花解语，好鸟弄晴；夏时清风徐来，荷香清暑；秋月明辉，蟾华[3]皎洁；冬日可爱，岭秀孤松。有时引鹤于孤山断桥之畔[4]，凭眺晚晴；亦有时泛舟于柳浪花港[5]之中，倘佯美景。怡然自乐，悠悠忘机[6]。

不期潘岳投闲[7]，携琴湖上，顿使妙常[8]感遇，惊燕帘间。撤帐夜寒，帏灯春暖，人生至此，不负青春。别来经岁经年[9]，伤情伤意。李易安词"帘卷西风，人比黄花瘦"一语[10]，可为我写照。以寄左右[11]，君闻之，当不知并何感触也。

君廷试以第一人入选[12]，闻之雀跃三百。从来才人，均须经过此一日。此日志高意得可知，然不知经多少日之锻炼而成，始不负此日之举。方外人[13]闻之，均为之色喜。要亦有一段情缘在，情缘一结，索解殊难。我非大彻大悟[14]人，于此中三昧[15]，放得过，忍不过。近来只觉意马心猿[16]，羁勒不住。日[17]在清静道场中，夜永[18]如年，颠倒梦想，不能自已。《经》云"照见五蕴皆空"[19]，我说五蕴皆空，即非五蕴皆空。作如是观，何住应云[20]耶？此吾之堕落苦厄障中，君能一度[21]否？云栖烟霞之间，一庵如寄[22]，怎禁得风雨飘摇。同是天涯沦落人，青衫泪湿君怀袖[23]。蒲团枯寐，垆香琴韵，非复旧时。春秋佳日，啸咏情怀。质之金马玉堂人[24]：当如何发付[25]我也？

【注释】

①云仙：清嘉庆年间女道士，俗姓陆，余杭（今浙江杭州）人。顾晴芬：顾皋，字缄石，又字晴芬，金匮（今江苏无锡）人。清嘉庆六年（1801）恩科状元，累官户部左侍郎。工诗文书画，皆泽古得自然之趣。顾晴芬在杭州西湖游赏时，结识了女道士云仙，二人诗文切磋，琴书研磨，遂成良伴。嘉庆六年，顾晴芬中进士第一（状元），云仙闻讯，喜不自胜，乃写信致贺，并向顾氏大胆而热烈地表白了自己非他莫属的心迹。

②云栖烟霞：指云栖寺和烟霞洞，在今杭州。

③蟾华：月华，月光。蟾，传说月亮中有蟾蜍，故以"蟾"为月的代称。

④孤山：在今杭州西湖的里湖和外湖之间，因其多梅花，又名"梅岭"。为西湖胜景之一。断桥：一名"段桥"，又名"宝祐桥"，桥处在里西湖和外西湖的分水点上。"断桥残雪"为西湖十景之一。

⑤柳浪花港：即"柳浪闻莺"和"花港观鱼"，为西湖十景中的两个景点。

⑥忘机:泯除机心,指一种淡泊宁静的心境。机,机巧,巧诈。

⑦潘岳:字安仁,荥阳中牟(今属河南)人,西晋著名文学家。相传他姿貌丰美,后遂以其名作为美男子的代称。投闲:抽空,乘隙。这里以潘岳代指顾晴芬。

⑧妙常:陈妙常,南宋女贞观尼姑,与观主之侄潘必正(潘法)相恋,观主窥知后,催逼潘必正去临安(今浙江杭州)赶考。陈妙常为爱所激,离观追赶,终于在老艄公的指引下,于秋河边追上潘必正。这里以陈妙常自喻。

⑨经岁经年:一年又一年。

⑩李易安:即李清照,宋代著名女词人,号易安居士。帘卷西风,人比黄花瘦:为李清照《醉花阴·九日》中词句,也是传颂千载的丽词佳句。

⑪左右:旧时书信中称对方。不称其人,仅称他的左右以示尊敬。

⑫廷试:旧时科举制度中皇帝对会试寻取的贡士在殿廷上亲自策问的考试,亦称"殿试"。廷试第一名称为状元。

⑬方外人:世外人,旧时僧人、道士皆称为方外人。

⑭大彻大悟:彻,通。悟,领悟。佛教用语,指去烦恼,悟真理,破迷妄,开真智。

⑮三昧:佛教用语,意思是使心神平静,杂念止息,为佛教的重要修行方法之一。

⑯意马心猿:也作"心猿意马"。佛教用语,形容人的心思流荡散乱,变化无常。

⑰日:每天。

⑱永:长。

⑲《经》:即唐玄奘译的《般若波罗密多心经》。该经云:"照见五蕴皆空,度一切若厄。"五蕴:佛教用语,即色(形相)、爱(情欲)、想(意念)、行(行为)、识(心灵)。

⑳何住应云:《金刚般若波罗密经》:"善男子,善女人,发阿耨多罗三藐三菩提心,应云何住?云何降伏其心?"此处之"何住应云"即"应云何住"之倒装,意谓如何压抑欲念。

㉑度:佛家谓离俗出生死为度,此处有"解脱"意。

㉒寄:依附,暂时寄托。

㉓"同是"二句:唐代大诗人白居易《琵琶行》:"同是天涯沦落人,相逢何必曾相识。""座中泣下谁最多?江州司马青衫湿。"

㉔质:询问。金马玉堂:金马,金马门,汉代宫门名。玉堂,玉堂殿,汉代殿名。后因以"金马玉堂"代指翰林院。

㉕发付:打发,处置。

吴　定

答鲍觉生书①

顷邀惠书，省②仆动静安否，情重辞温，增仆远望。仆自足下北游，沉默闲处，叹左右益少通敏③之才、可与之深言文字者，以此私恚④，他无足怀。

仆八岁之塾，诵四子、六艺之书⑤，慨然愿游春秋之世，追陪颜、曾、闵、冉、游、夏之伦⑥，执经杏坛⑦，觌⑧圣人之德辉，沐浴车服礼器之余韵⑨。又思游南北宋之世，偕杨、游、黄、蔡诸人⑩，立程子、朱子之堂，饫⑪闻其训诫。已念二者虽不可得，然乌知今世不有道德渊纯之士聚众讲学、可扶翼我者⑫？既成童，出与乡间读书之子游，见其所倾向者，无非科举之学，众人一志，传习成风。叩⑬以圣贤之道，则群怪以为狂痴而笑之。退而告诸父兄，始知讲道劝学之风，海内衰歇者数十年矣。于是怆然内悲，太息向之所志不度也⑭。

年既壮，涉历东越吴楚之交，交游日广以远。见有嗜好三代旧章法物⑮，以考订为工，有慕秦汉以来之诗歌古文，以文藻风流相尚⑯，私心喜且慕，谓此虽非吾学所急，抑亦可备斯道什一之资⑰，宜以余力讲明其术也。于是或师焉，或友焉，盖自幼至今，同志相导之助，莫盛于此时矣。

今者年已五十，足不涉四方，而四方雄俊之群旧尝假馆于歙者⑱，或散或亡，不可复合，无所慰其意。冀得一二秀髦⑲后进，与之相劝相成，而来游者类溺没于科举旧习，而不能为之展其志、拓其才。盖虽考订辞章之末⑳，鲜有能助我者，况其他乎？呜呼！幼志不可遂㉑矣，即壮岁师友相从之欢亦渺不可复。甚矣！岁晚而道益孤也！

今夫积云成露，积霜成雪，积溪涧之水成江河。何者？有所因㉒也。骐骥一跃，可方驽马十驾㉓。然使欲东而西，欲南而北，则虽骐骥输驽马矣。何者？力虽强，无策㉔之者也。君子之志于道也，合众人之贤明以群相诱掖㉕，虽中材，企及之而有余。竭一己之私智微能，委曲㉖与道相从，虽豪杰有所不足。仆之智不逮㉗中人，而偏违众，有志于道，譬如深居暗室，无人导延，乃欲积跬步以致千里㉘，吾知有画地㉙以终焉已。乡者仆方稚昧㉚，不自度德薄才庸，奋然以继鲁、邹、洛、闽之传自任㉛，其志岂小哉？岁今艾㉜矣，而所可者止此。思欲毕智尽才，责功暮齿㉝，而独学之苦，反甚于前，遇歧途，畴㉞能指我哉？此所以中夜伏枕太息，而深以不克成其幼稚之志自悲也。足下少而才，在门墙㉟中最为笃志于学者，因来书念仆勤拳，故发愤举仆今昔之恨，而一为足下道之如此。

【注释】

①吴定：字殿麟，号澹泉，清歙县（今属安徽）人。嘉庆初，举孝廉方正。鲍觉生：名桂星，字双五，一字觉生，清安徽歙县人。官至詹事。曾从吴定学诗古文。在这封信中，作者叙述了自己平生求学之志，为时人溺于科举的鄙习而感喟。

②省：问候。

③通敏：通达聪敏。

④恚（huì）：憾恨。

⑤四子：指《大学》、《中庸》、《论语》、《孟子》。六艺：指《易》、《诗》、《书》、《礼》、《乐》、《春秋》。

⑥颜：颜回，字子渊，鲁人。曾：曾参，字子舆，鲁人。闵：闵损，字子骞，鲁人。冉：冉耕，字伯牛，鲁人。游：言偃，字子游，吴人。夏：卜商，字子夏，卫人。数人皆孔子弟子。

⑦杏坛：孔子讲经之处，故地在今山东省曲阜市。

⑧觌（dí）：见。

⑨沐浴：比喻受到熏陶。车服礼器：指古代的典章制度。

⑩杨：杨时，字中立，将乐人。游：游酢，字定夫，建阳人。与杨时同为程颢、程颐的弟子。黄：黄干，字直卿，闽县人。蔡：蔡元定，字季通，建阳人，其子蔡沉，字仲默，与黄干同为朱熹的弟子。

⑪饫：饱。

⑫渊纯：深厚纯粹。扶翼：扶助。

⑬叩：问。

⑭太息：叹息。不度：意料不到。

⑮三代：夏、商、周。旧章法物：旧的典章年度和体现着礼仪制度的器物。

⑯尚：崇尚。

⑰抑：或者。斯道：即研究经典的学问。什一：十分之一。资：帮助。

⑱群旧：众故交。假馆：寄居。

⑲秀髦：优秀。

⑳末：微末之事。

㉑遂：实现。

㉒因：凭借。

㉓“骐骥”二句：《荀子·劝学》：“骐骥一跃，不能十步。驽马十驾，功在不舍。”此化用其语。骐骥，良马。方，相比。驽马，劣马。十驾，十日的路程。

㉔策：以鞭驱之。

㉕诱掖：诱导扶持。

㉖委曲：详尽周到。

㉗逮：及。

㉘积跬步以致千里：《荀子·劝学》：“故不积蹞步，无以至千里。”蹞，同“跬”，半步。

㉙画地：即画地为牢，比喻只能在有限的范围内有所成就。

㉚乡者：昔日。稚昧：幼稚愚昧。

㉛鲁、邹、洛、闽之传：指孔子、孟子、二程和朱熹所传的学问。孔子为鲁人，孟子为邹人，二

程为洛阳人，朱熹曾学经于闽，故代指之。

㉜艾：五十岁为艾。

㉝责功：求得成功。暮齿：晚年。

㉞畴：谁。

㉟门墙：师门。

示诸生书①

道学②之名，不见于经。自《宋史》创立道学之传，以尊濂、洛、关、闽诸贤③，一时从其游者，罔非沐仁浴义④，暗然为心性之谋⑤，何其盛也。时代⑥日迁，陵夷⑦至于有明之季，高顾讲学东林⑧，士慕其道学之名，而依附之者，未免伪君子厕⑨其间矣，非若宋世伪学之禁罔诸贤也⑩。

夫行而伪焉，俗之所以不古也。然行而伪焉，俗犹未尽不古也。何则？天下尚知道学之可贵而崇奉之，故群喜其名而思窃之也。至于怵然⑪以道学为戒，而相与讪⑫之、笑之、挤排之，则风俗乃颓然不可收拾矣。夫教化之权，未尝不振于上，而草泽⑬之下，无复有人焉宣上德意，明其道以倡率斯民，故俗之敝如此也。是则昔之君子虑其以好名而后托之⑭，今之君子虞⑮其以被谤而去之。吁！可畏哉！《齐邱子》曰："涧松所以能凌霜者，藏正气也；美玉所以犯火者，畜⑯至精也。"士生于今，苟非毅然秉不惧不愠之操，吾知破方而就圆，毁直而为曲，以求免于今之世者相环矣，非志愿使然，盖有所不获已⑰也。然则不居道学之名而卓然蹈道学之实者，宁非今世豪杰之士哉！

【注释】

①在此信中，作者盛赞宋儒开创的理学，批判了"以好名而托之"、"以被谤而去之"的不良风气。

②道学：即宋儒开创的理学。

③濂、洛、关、闽诸贤：指濂溪周敦颐，洛阳程颢、程颐，关中张载，闽中朱熹，为宋代理学四派的代表人物。

④罔非：无非。沐仁浴义：接受仁义学说的熏陶。

⑤暗然：潜心笃志。谋：思索，研究。

⑥代：更替。

⑦陵夷：衰落。

⑧高顾：即高攀龙和顾宪成。高字存之，顾字叔时，皆无锡（今属江苏）人，讲学东林书院，评

议朝政，反对宦官魏忠贤，被视为东林党。东林：东林书院，故址在今江苏省无锡市，宋代杨时讲学之处，元代废为僧舍，明顾宪成等倡议重修。

⑨厕：参与。

⑩“非若”句：宋宁宗时，韩侂胄执政，为了排斥异己，目理学为伪学，罢黜理学家，削朱熹官，贬蔡元定于道州。诬罔，诬蔑冤枉。

⑪怵然：惊惧貌。

⑫讪：讥讽。

⑬草泽：指民间。

⑭好名：喜慕道学之名。托：依托。

⑮虞：忧虑。

⑯畜：畜养。

⑰不获已：不得已。

董晼贞

寄汤贻汾书①

自君之出，几历星霜。紫燕伯劳，分飞两地②。“岂无膏沐，谁适为容③？”虽有弱女慰情，争似齐眉举案④？天寒日暮，倚伫抚松，寂寂无可排遣。有时寄兴，写梅数帧，天地心孤，亦复谁能省⑤得？

夫子⑥浙西远官，敦诗说礼⑦，幸值承平。然训练士卒，骑射劳形。纵春夏读书，秋冬射猎，亦足以骋其壮怀。惟君以累代书香，只因先人殉国家之难，袭此武职，遂令抛弃笔砚，从事执干戈以卫社稷。《诗》云：“伯也执殳，为王前驱”⑧，夫子之谓也；又云：“自伯之东，首如飞蓬”⑨，晼贞之谓也。诗言其志，亦言其情。情之所至，志为之坚。君有其志，妾有其情。有时志为情移，情为志转。君为志而移其情耶？抑⑩为情而转其志耶？夫志在功名富贵，则其志渝⑪；志在流水高山⑫，则其志笃。君渝其志而转其情欤？抑移其情而笃其志欤？

孟浩然有南山归卧之诗⑬，孔稚圭有北山招隐之文⑭。山南山北，即君与妾鸿光⑮唱随之地也。况钟阜⑯云深，蒋岩⑰林密，泉清泉浊，可以栖迟，何必向软红尘⑱里求生活哉？转使容膝⑲庐虚，画眉⑳阁冷。李白所谓“人生若梦，为欢几何”㉑，此言及时行乐也；陶潜有云：“三径就荒，松菊犹存”㉒，此言今是昨非㉓也。君何惜一官而不赋归去来兮㉔，自甘心为形役㉕乎？归与！归与㉖！陌上花开，可以缓缓归矣㉗。

【注释】

①董晼贞：清文学家汤贻汾妻，字双湖，阳湖（今江苏常州）人，工诗能文，才艺超群。汤贻汾：字若仪，号雨生，晚号粥翁，武进（今属江苏）人。清代文学家，兼善书画。以抚标中军参将擢温州副总兵，因病不赴，退隐南京，咸丰七年（1853）太平军攻陷南京时投池而死。本文是董晼贞写给当时在浙江任军职的汤贻汾的一封家书，信中抒写了对丈夫的无限思念之情，奉劝他急流勇退，辞官归隐，以享天年。

②紫燕伯劳，分飞两地：紫燕，一种紫颔的燕子。伯劳：一种黑首蓝颈的鸟。古乐府《东飞伯劳歌》：“东飞伯劳西飞燕，黄姑织女时相见。”黄姑，牵牛。后遂以“劳燕双飞”比喻亲朋别离。

③岂无膏沐，谁适（dí）为容：为《诗经·卫风·伯兮》诗句，意谓，哪里没有脂粉头油，叫我为谁去梳洗打扮？

④争似：怎能比得上。齐眉举案：即“举案齐眉”，用东汉梁鸿、孟光夫妇举案齐眉故事。

⑤省：理解。

⑥夫子：旧时妻子对丈夫的敬称。

⑦敦：笃信。说：同"悦"，喜欢。

⑧伯也执殳，为王前驱：为《诗经·卫风·伯兮》诗句，意谓，夫君手中拿殳杖，为王打仗做先锋。

⑨自伯之东，首如飞蓬：亦为《诗经·卫风·伯兮》诗句，意谓，自从夫君东方去，我的头发乱蓬蓬。

⑩抑：抑或，还是。

⑪渝：改变。

⑫流水高山：亦作"高山流水"。《列子·汤问》："伯牙善鼓琴，钟子期善听。伯牙鼓琴，志在登高山，钟子期曰：'善哉！峨峨兮若泰山！'志在流水，曰：'善哉！洋洋兮若江河！'伯牙所念，钟子期必得之。"本谓乐曲高妙，后亦用此为知音难遇之典。

⑬孟浩然：唐代著名诗人，襄阳（今湖北襄樊）人。其诗与王维齐名，是唐代山水田园诗派的代表作家。南山归卧之诗：指孟浩然的《京还赠张维》中的"拂衣去何处，高枕南山南"之诗句。按，此诗句表现了归隐之意。南山，即终南山，代指隐居之处。

⑭孔稚圭：字德璋，会稽山阴（今浙江绍兴）人，南朝齐代文学家。北山招隐之文：指孔稚圭的《北山移文》。孔稚圭在该文中揭穿了假隐士周颙的画皮，表现了他高洁的情操和孤介拔俗的品格。北山，又名钟山，即今南京紫金山，代指隐居之所。

⑮鸿光：梁鸿和孟光。

⑯钟阜：即钟山。

⑰蒋岩：即蒋山，亦即钟山。因汉末秣陵尉蒋子文死难于此，三国吴时，孙权为避祖父钟名讳，改钟山为蒋山。

⑱软红尘：苏轼《次韵蒋颖叔钱穆父从驾景灵宫》："半白不羞垂领发，软红犹恋属车尘。"自注："前辈戏语：西湖风月，不如东华软红香土。"东华，指京城。后遂以"软红尘"代指京城繁华景象。

⑲容膝：室小仅能容双膝，极言其狭小。陶潜《归去来兮辞》："倚南窗以寄傲，审容膝之易安。"

⑳画眉：据《汉书·张敞传》载，张敞为京兆尹时，常为妻画眉。后因用"画眉"形容夫妻恩爱。

㉑人生苦梦，为欢几何：李白《春夜宴从弟桃李园序》作"浮生若梦，为欢几何"，言人生苦短，自当及时行乐也。

㉒三径就荒，松菊犹存：为陶潜《归去来兮辞》中语句。三径，指家园。

㉓今是昨非：陶潜《归去来兮辞》："实迷途其未远，觉今是而昨非。"

㉔归去来兮：即"归去"之意。来，语助词，无实义。

㉕形役：为自身形体所役使，指心志为功名利禄所束缚。陶潜《归去来兮辞》："既自以心为形役，奚惆怅而独悲！"

㉖归与：回去吧。《论语·公冶长》："子在陈，曰：'归与！归与！吾党之小人狂简，斐然成章，不知所以裁之。'"

㉗"陌上"二句：言春暖花开之时，即当作回家之计。陌，田间小路。

林则徐

致怡良书①

今日闻一切俱许②，则明日自可免攻，但鄙见窃大有虑者，不得不密陈于阁下。缘许价一节，或云已许先付二百万，或云先付一百万，此系先已定约，不在此次所议之条也。然银却未付，此次定和③之后，彼必先索现银，无论二百万无所出，即一百万出于何地？此时洋商断不能垫，恐必图借库款。窃思关、潘、运三库④，微论阁下与芸皋未必首肯⑤，即楚香⑥能担得起乎？如此项竟不应付，则再过三日，恐必长躯直入，以索欠为名，公然迫城劫库，此举自必预防。然防之断非空言可了，若仅虚报(丁勇)约数，临时传集不到，或有人而器械火药不应手，与位置不得其宜，均之⑦与无人等耳。

当此万紧之际，据鄙见看来，只有两三天工夫，似须开出事宜条款⑧，备出应用器具杂物，派定地段人员。且须知会⑨众绅，齐集筹议，激以天良义愤，励以保卫身家，使之转相维系，固结莫解，始可以安众志而保会垣⑩。然其势即不能不宣扬于众，究须婉商爵相⑪否？惟阁下裁⑫之。

盖和是虎门内外之事，防是内河至省城之事，似亦两不相悖⑬。若以正言相告，至诚感动，或亦不至抵牾⑭，未知是否？至库项如果可许借给，则此举固不必急筹，鄙意鳃鳃⑮过虑耳，正以许给之难故⑯也。再闻城内外汉奸极多，最怕放火，而放火莫怕于药局⑰，又各监狱八月间之事⑱，不可不防。各营军心同已大散，如何收拾，又费清神⑲矣。昨言黄埔贸易，今其所要各条中直在沙角开舱，与昨所传不甚符合，此则关税全是子虚，然较之疆士城垣犹为事之小者⑳也。

【注释】

①林则徐：字元抚，一字少穆，清侯官(今福建福州)人。道光年间任湖广总督，为钦差大臣，赴广州禁鸦片。在鸦片战争中，屡败入侵英军。又任两广总督。后被谮革职。林则徐被腐败卖国的清政府革职后，针对《穿鼻草约》中丧权辱国的条款，于道光二十一年(1814)正月毅然给当时的广东巡抚怡良写了这封密信。信中建议抓紧时机，积极布防，全民发动，保卫省城，维护国家的主权和民族的尊严。

②俱许：全部答应。这里指卖国贼琦善私自全部答应了英国侵略者义律提出的割地、赔款等无理要求。

③此次定和：指琦善与义律订立的《穿鼻草约》。主要条款，一是割让香港；二是赔偿烟价六

百万银两，先付一百万；三是两国公文平等往来；四是于二月一日前开放广州港口，并在香港通商规程实施以前，贸易在黄埔进行；五是英国撤出沙角、大角炮台，归还定海。

④关、藩、运三库：指粤海关库、广东省库、盐运司库。

⑤芸皋：即宋劭谷，当时任广东盐运使。首肯：同意。

⑥楚香：即梁宝常，当时任广东布政使。

⑦均之：比较、衡量这几方面。

⑧事宜条款：指处理当时局势的成文意见。

⑨知会：口头通知。

⑩会垣：省会城市，指广州。

⑪爵相：有爵位的大臣，此指琦善。

⑫裁：裁决，明断。

⑬两不相悖：两者并不冲突。指签订和约是虎门内外的事情，搞好防御是内河到省城间的事情，这两件事应区分开来。

⑭抵牾：阻挠和破坏。

⑮鳃鳃（xǐ）：恐惧的样子。

⑯故：缘故。

⑰药局：火药库。

⑱监狱八月间之事：指清朝实行的秋审制度。

⑲清神：纯洁的精神，敬辞。

⑳事之小者：事情的末节，或指小事。

致姚春木王冬寿书①

春木、冬寿两先生师席：别已四载，思何可言？去年仲冬及岁暮，在祥符河干②，先后奉到春翁三书、冬兄二札并各赠谪戍一诗，及附录数首，所以爱惜而诲注之者，皆从胸膈中推诚而出，岂寻常慰藉语所能仿佛一二哉！三复紬绎③，背汗心铭④，恨不能作累日面谈，以倾衷臆⑤。又值河事孔艰之际，昕夕在畚锸间⑥，未遑裁答⑦。迨河上蒇工⑧，则仍有荷戈之役⑨矣。行至西安，痁⑩作而伏，几濒于殆⑪，因是迟迟无以奉报，万罪万罪。

夏杪⑫痁始渐止，初秋由长安西行，比于兰州晤唐观察⑬，询之两先生仍馆荆州，吟著如旧，虽皆不免依人，而韩、孟云龙合并之缘⑭，为可羡也。

近者时事至此⑮，令人焦愤填胸。贱子一身休咎，又奚足道？第爱我者既以累纸长言⑯，反复慰谕，亦姑陈其厓略⑰，不敢贻贤者以失听也。徐自亥年赴粤，早知身蹈危机,所以不敢稍避者,当造膝[18]时,训谕之切,委任之重,皆臣下所垂泣而承者,岂复有所观望[19]?及至羊城,以一纸谕夷,宣布德威,不数日即得其缴烟之禀,禀中既缮汉文,复加夷字,画夷押,盖夷印,慎重如彼,似可谓诚心恭顺矣。(原禀进呈,现存枢省。)遂于虎门海口收烟,徐与夷舶连樯相对者,再阅月[20]。其时犬羊之性[21],一有不愿,第以半段枪加我足矣。何以后来猖獗诸状,独不施诸当日?且毁烟之时,遵旨出示令诸夷观看,彼来观者归而勒[22]成一卷书,备记其事,是明知此物之当毁,亦彰彰矣。收缴以后,并未罪其一人,唯谕以宽既往,儆将来,取其切结,以为久远通市[23]之法度,他国人皆已遵具,即英国人亦已取具数结[24]。惟义律与积惯卖烟者十余人,屡行反复,致与舟师接仗[25],我师叠挫其衄[26],彼即禀恳转圜[27]。是冬明奉上谕,禁其贸易,且叠荷密旨,区区税银,不足计较。徐曾奏请彼国已具结者,仍准通商,奉谕究系该国之人,不应允准。钦此!此办理禁烟之原委也。

英夷兵船之来,本在意中。徐在都时,所面陈者,姑置勿论,即到粤后,奏请敕下沿海严防者,亦已五次,各省奉到廷寄率皆复奏,若浙中前抚军,则并胪列[28]六条入告矣。定海之攻,天津之诉,皆徐所先期奏闻者。庚子春夏间,逆夷添集兵船来粤,徐已移督两广,只有添船雇勇,日在虎门操练,以资剿堵[29]。而逆船之赴浙,有由粤折去者,亦有未至粤而径赴浙者。是秋知有变局[30],徐犹自陈赴浙收复定海,而未得行。于是在羊城杜门省愆[31],不敢过问。迨和议不成,沙角虎门先后失守,不得已仍自雇水勇千人,拟别为一队,未几奉有赴浙之命[32],遂以离粤,彼四月间事,固徐所未与闻也。到浙兼旬,奉文遣戍[33],行至淮、扬,蒙恩改发河工效力。自八月至今年三月,乃复西行。此三年来踪迹之大略也。

自念祸福死生,早已度外置之,唯逆焰[34]已苦燎原,身虽放逐,安能委诸不闻不见[35]?润州[36]失后,未得续耗,不知近日又复何似?愈行愈远,徒觉忧心如焚耳。窃谓剿夷而不谋船炮水军,是自取败也。沿海口岸防之已不胜防,况又入长江与内河乎?逆夷以舟以窟宅,本不能离水,所以狼奔豕突频陷郡邑城垣者,以水中无剿御之人、战胜之具,故无所用其却顾耳[37]。侧闻议军务者,皆曰不可攻其所长,故不与水战,而专于陆守,此说在前一二年犹可,今则岸兵之溃,更甚于水,又安所得其短而攻之?况岸上之城郭廛庐[38],弁兵营垒,皆有定位者也,水中之船无定位者也。彼以无定攻有定,便无一炮虚发。我以有定攻无定,舟一躲闪,则炮子落水矣。彼之大炮,远及十里内外,若我炮不能及彼,彼炮先已及我,是器不良也。彼之放炮,如内地之放排枪,连声不断,我放一炮后,须展转移时,再放一炮,是技不熟也。求良且熟焉,亦无他缪巧[39]耳。不此之务,即远调百万貔貅[40],恐只供临敌之一哄,况逆船朝南暮北,唯水军始能尾追,岸兵能顷刻移动否?盖内地将弁兵丁,虽不乏久历戎行之人,而皆觌[41]面接仗,似此之相距十里八里,彼此不见面而接仗者,未之前闻,故所谋往往相左[42]。

徐尝谓剿夷有八字要言,"器良、技熟、胆壮、心齐"是已。第一要大炮得用,今此一物,置之不讲,真令岳、韩[43]束手,奈何奈何!前曾觅一炮书,铸法练法,皆与外洋相同，精之则不患无以制敌，扬州有刊本，惜鱼豕㊹尚多，未知两君曾见之否？徐前年获谴之后，尚力陈船炮事，若彼时专务此具，今日亦不至如是棘手。为今之计，战船制造不及，唯漳、泉、潮三郡民商之船，尚可雇用。其水军亦须于彼募敢死之士，缘其平日顶凶舍命，有死无生，今以重资募其赴敌，尚有生死两途，必能效命。次则老虎颈之盐船与人，亦尚可以酌用，但须善于驾驭耳。逆艘深入险地，是谓我中原无人也。若得计得法，正可殄灭无遗㊺。不然咽喉被梗，岂堪设想耶？两先生非亲军旅者，徐之覼缕㊻此事，亦正为局外人，乃不妨言之，幸勿以示他人，切祷！切祷！

大作未及尽和，惟谪戍五律，专为徐而作，谨次韵㊼各一章，附请削正。……三、四两儿，年已渐长，而连岁奔波，学俱不进。三儿于己亥岁，乘便在里中小试㊽，谬掇一衿㊾，现在却携此两儿出关，缘大儿汝舟，不能擅自随去，须奏明请旨，而大府均惮于代奏，是以随至关中，仍不能赴关外耳。诸叨注问㊿，故以附陈。

此时江左[51]军情，果能大得捷音，则如天之福。倘被久踞，则恢复之策，扼要首在荆、襄[52]，须连结秦、蜀[53]以为之。不识局中筹及否[54]？龙沙[55]万里，鳞羽[56]难通，但有相思，勿劳惠答[57]也。……余惟为道自重[58]。不宣。愚弟林则徐手顿首。

壬寅仲秋上浣兰州旅次[59]。

【注释】

①姚春木：即姚椿，字春木，江苏娄县（今上海松江）人。曾先后在河南夷山、湖北荆南、松江景吴等书院讲学，与林则徐交情甚好。王冬寿：即王柏心，字子寿，监利（今属湖北）人。曾任刑部主事，并与姚椿一起在荆州书院讲过学，与林则徐交情甚好。这是清道光二十二年(1842)八月林则徐在遣戍伊犁途中路过兰州时写给姚春木和王冬寿的信。

②祥符河干：祥符，即今开封市。河干，河边，此指黄河边。林则徐在谪戍途中，曾奉命在此协办河工。

③三复紬(chōu)绎：指反复体会。紬绎，阐述。

④背汗心铭：背汗，汗流浃背，形容极度惶恐或惭愧的样子。心铭，铭刻在心，比喻感受极为深刻。

⑤衷臆：内心话。

⑥昕夕：从早到晚。畚(běn)锸(chā)：畚，畚箕。锸，铁锹。

⑦未遑裁答：没有来得及写回信。

⑧迨：及，等到。蒇(chǎn)：完成。

⑨荷戈之役：指正在谪戍途中。荷戈，扛着兵器。

⑩痁(shān)：疟疾。

⑪殆：生命危险。

⑫夏杪(miǎo)：夏末。杪，树枝的细梢，引申为岁月季节之末。

⑬唐观察：即唐树义，曾任兰州府知府、兰州道员等职。

⑭韩：指唐代大诗人、散文家韩愈。孟：指唐代诗人孟郊。二人关系密切，诗风相近，并称韩孟。云龙：传说龙行生云，云龙不离，比喻关系极为融洽。

⑮时事至此：指1842年7月英国侵略军攻占镇江、直逼南京的危急形势。

⑯第:但。累纸长言:指长达几张纸的信。

⑰厓(yá)略:大略。

⑱造膝:到膝下,指在皇帝身边。

⑲观望:犹豫不定。

⑳再阅月:经历两个月。

㉑犬羊之性:此指外国侵略者残暴掳掠成性。

㉒勒:刻,引申为写。

㉓通市:通商贸易。

㉔取具数结:此指英国商人也有几个具结长久贸易制度的。

㉕舟师:水军。接仗:开战。

㉖叠挫其衄(nǜ):多次挫败他们。

㉗转圜:调停,斡旋。

㉘胪(lú)列:罗列。

㉙剿堵:围剿堵截。

㉚变局:局势发生了变化。英军犯广州、厦门受挫,转而北上攻陷定海,直接将炮舰开到天津海口,威胁清政府。道光皇帝连忙派大臣琦善与侵略者议和,致使禁烟抗敌的局势急转直下。

㉛杜门省(xǐng)愆(qiān):闭门思过。

㉜赴浙之命:指1841年4月16日道光皇帝授予林则徐四品卿衔,命赴浙江军营协办海防事务一事。

㉝奉文遣戍:指1841年6月林则徐来到浙江定海,7月又接到兵部咨文,被革职遣戍伊犁。

㉞逆焰:指英国侵略军的嚣张气焰。

㉟安能:岂能。委诸:抛开这些。

㊱润州:即今江苏省镇江市。

㊲却顾:顾虑,害怕。

㊳廛(chán)庐:泛指房舍。廛,古代城市平民房舍。庐,古代乡村房舍。

㊴缪巧:狡诈之术。

㊵貔貅(pí xiū):古代传说中的一种猛兽,借以比喻勇猛的军队。

㊶觌(dí):相见。

㊷相左:相违背。

㊸岳、韩:指南宋著名的爱国英雄岳飞、韩世忠。

㊹鱼豕:即鲁鱼亥豕。"鲁"和"鱼"、"亥"和"豕"的篆文字形相近,往往容易写错,因此古时常用以指书籍传抄或刊印的文字错误。

㊺殄灭无遗:全部消灭。

㊻觋(luó)缕:"一条"一条地详尽地陈述。

㊼次韵:又叫"步韵",指依照对方所赠诗中的韵及其用韵的先后次序写诗作答。

㊽小试:旧时指童生应府、县官及学政的考试,考取后得到生员(秀才)资格。

㊾谬掇一衿:误取为一名秀才。这是自谦的说法。衿,青衿,指秀才。

㊿叨(tāo):谦辞,辱承的意思。注问:询问。

51江左:江东。

㊷荆、襄:荆州、襄阳,泛指湖南、湖北一带。

㊸秦、蜀:指陕西、四川一带。

㊹局中:指清政府当局。筹及:筹划及此。

㊺龙沙:指塞外沙漠之地。

㊻鳞羽:借指书信。传说古人曾把信放在鱼腹内或系在雁足上来传递。

㊼惠答:敬辞,指对方的回复。

㊽余惟为道自重:其余只有为共同的志向而自我保重了。

㊾壬寅仲秋上浣兰州旅次:壬寅年,即道光二十二年(1842)。仲秋,阴历八月。上浣,上旬。旅次,旅途中暂停的地方。

复邵蕙西书①

蕙西大兄大人执事,中元②后三日,得诵手教,辘辘数千言,于时事之得失利病,当代士夫之品谊文章,犁然抒发胸臆,不随俗为俯仰③,非具范孟博④澄清天下之志,许之将⑤月旦士林之识者,曷足语此⑥!惟于不佞奖借逾量⑦,殊令人面赧舌挢不敢自信⑧。岂退之⑨所谓诱之使进于道者耶?至殷殷然属勿以年衰引身而退,则爱之愈挚而望之愈深。虽然不佞之于执事,非有握手觌⑩面之交也,间以一书相酬答,亦未及倾吐心曲也,而执事之肫切⑪如是者,岂有私于庸鄙⑫哉!在执事固或误采虚声⑬而奖借,不佞之衰钝,无以深负厚望,且感且愧。

夫为国首以人才为重,此扼要之谈也。然人之才地各异,亦因用之者为转换。有才而不用与无才同,用之而不使之尽其才与不用同。且当其未用之先,犹有所冀也,及用之而不能尽其才,或且以文法绳之⑭,猜忌谴之,则其人之志困而不能自伸,而天下之有才者,闻之亦多自阻。自古老臣志士之不能竟其用者此也。以王伯安⑮之才,国家所祷祀以求者也,然非本兵有人,则宸濠之役亦必为宵人⑯所挠,而不足以有成。然则培养之、扶植之,使天下之才皆足以为我用,是所望于执事所谓虚公⑰而好善之人矣。今日之人才诚不知其何如,而诚得虚公好善之人求之,则以汇聚、以汇征,因其所长而分任之,虽艰巨纷投未有不立办者,否则,内忧外患交集于一时,安能以有数之人才公给之耶!况天下事,势合则易为功,势分则难为力,姚、宋、韩、范皆同心合意以措天下于泰山之安⑱,故功成而不甚劳。若武乡侯则三代下一人耳⑲,而独任之而无为助,故终其身无一日暇,而成败不敢逆睹,非才分之有优绌,乃时之难易、势之分合为之也。

今之时势,观其外犹一浑全⑳之器也,而内之空虚无一足以自固。即得大有为者以振作之，尚恐其难以程效㉑，况相率而入于因循粉饰㉒之途，其何以济耶！狂澜东下，诚有心者所欷歔㉓而不能已耳。执事所深嫉者在于剜肉疗饥，吮血止渴，此诚确论，然上下皆明知之而故蹈之，亦曰计无所出云耳。夫以担囊揭箧负匮之盗，而无如之何，且相率而讳匿之，将顺之，竭江海而取偿于沟渎，其涸有不立待者耶！大疾不治而药其轻者、小者，即效亦奚以为？况药施于此而疾且发于彼。即如大教所论圜法㉔，停铸减铸非不可行，然停减者已七八省矣。即以闽省言之，停炉已三十年，不独银钱皆有票，即洋钱亦用票，而银之贵且日甚一日。执事见京局铸出之钱而讶为过重，要知其重者砂也，非铜也，故掷地易碎。果其纯铜，则甫铸成而毁之者众矣，亦常不给㉕之势也。外省所用之钱，轻而小者十之七八，其用重钱者仅一二耳。银之所贵者无他，岁去五千万有数可稽㉖，其以洋银入者不及一也，譬如人之精血日耗于外，而惟于五官六腑自求运气之术，能敌其外出者乎？

至于滇南铜政败坏极矣，往时鄙论亦主不运铜之议，谓一年可先省百万铜本㉗也。及来滇始知其不可。若铜本一岁不发，则滇必乱，乱弭而所费且浮于铜本矣㉘，终亦不能不发也，是势之无如何者也。执事又谓将未发之仓谷变价待拨，似有激而言之。然仓谷者缓急所资也，今亏空虽甚，要不致颗粒俱无，许其变价则困鹿为之一空矣㉙。设遇旱潦与兵革之事，虽白银可以易米，而急切无及，将如之何？此则迂见之所不敢强同，要亦不敢自以为是也。

不佞鲜学寡闻，自释褐至今三十余稔矣㉚。驰驱中外，虽不敢妄自菲薄，而荷两朝知遇，无以仰答高深，又未尝不时萦惭恧㉛。前者岛夷弗靖㉜，自愧以壮往招尤㉝。及生入玉关，惟以得归为幸，乃荷圣慈再造㉞，重忝㉟封圻之任，报称愈难。年来盗匪之恣纵，汉、回之纠纷，竭其蠢遇勉为措置，幸不至覆悚诒诮㊱，然筋力则已颓然矣。筹边重任，非一官一邑之比，而衰惫之躯厕㊲其间，使擘画未周㊳，则贻患非细，将如国事何？将如民事何？所以反复筹计而不敢苟禄㊴者此耳。新秋暑退，即讳履候胜常㊵，无任延傃㊶。

【注释】

①邵蕙西：即邵懿辰，字蕙西，清仁和（今浙江杭州）人，当时任刑部员外郎。清道光二十九年（1849）七月，林则徐因病势加剧奏请开缺回籍，邵惠西写信劝他勿引退，林则徐写了这封回信，表达了对时事的不满，又表明自己对衰败的局势无能为力，表示仍要告疾还乡。

②中元：中元节，旧历七月十五日。

③俯仰：随波逐流，缺乏主见。

④范孟博：范滂，字孟博，东汉汝南（今属河南）人，曾任汝南太守的属吏，有澄清天下的志向。

⑤许之将：许邵，字之将，东汉汝南人，是当时的名士，喜欢评论人物，每月初与人集中聚会评说，被称为“月旦评”。

⑥曷足语此：怎么能够说出这样的话。

⑦不佞：不才，自我的谦称。奖借逾量：夸奖过分。

⑧面赪（chēng）：脸红，难为情的样子。舌挢（jiǎo）：翘起舌头，惊讶或害怕的样子。

⑨退之：韩愈，字退之，唐代文学家。

⑩觌(dí)：见，相见。

⑪肫(zhūn)切：真诚恳切。

⑫庸鄙：平庸鄙陋，这里是自谦之语。

⑬虚声：虚假的声誉。

⑭以文法绳之：用法律、规则束缚他。

⑮王伯安：王守仁，字伯安，明代主观唯心主义哲学家，学识渊博，曾任南京兵部尚书，平定过叛臣朱宸濠争夺皇位的叛乱。

⑯宵人：小人。

⑰虚公：一心为公。

⑱姚、宋、韩、范：姚，指姚崇，曾任唐代宰相，主张免除租赋以外的负担，奖励群众劝谏和选拔人才。宋，指宋璟，曾任唐代宰相，主张宽赋役，省刑罚，选拔人才，百官各尽其职。韩，指韩琦，北宋仁宗时进士，曾任陕西安抚使，防御西夏入侵。范，指范仲淹，北宋真宗时进士，曾任参加政事，他忧国忧民，力主建立严密的任官制度，发展农桑，整顿武备，推行法制。措：安置。

⑲武乡侯：即诸葛亮，三国时著名政治家、军事家，蜀国刘禅继位后封他为武乡侯。三代，指夏、商、周三个朝代。此句言诸葛亮为夏商周三代以来的第一人。

⑳浑全：完整。

㉑程效：收到效果。

㉒因循粉饰：守旧疲沓，粉饰太平。

㉓欷歔(xīxū)：叹息。

㉔大教：对对方书信的敬称。圜(yuán)法：即钱法，指清代的铸钱制度。

㉕不给：不够，不充足。

㉖岁去五千万：指每年外流白银五千万两。有数可稽：有数可查。

㉗铜木：指清政府每年办运京铜时，预先由户部拨付的银两。

㉘弭：止，息。浮：超过。

㉙囷(qūn)鹿：粮仓。囷为圆形粮仓，鹿为方形粮仓。

㉚释褐(hè)：指脱去布衣换上官服。褐，粗布衣服。稔：年。

㉛萦：牵挂。惭恧(nù)：惭愧。

㉜岛夷：指英国侵略者。弗靖：没有平定。

㉝壮往招尤：忧抱壮志而去，结果招致了过失。尤，过失。

㉞荷：承受。再造：重生。

㉟忝(tiǎn)：有辱，有愧于。

㊱覆悚(sù)诒诮(qiào)：因不胜任而误事，被人讥诮。覆悚，鼎里的食物由于鼎足折断而倾泻出来。比喻败坏事业。诒，通“贻”，遗留。诮，责备，讥诮。

㊲厕：置，参加。

㊳使：假使，倘若。擘(bò)画：筹划，安排。

㊴苟禄：不称职却贪恋禄位而不肯退职。

㊵谉(shěn)：同“审”，知晓，明白。履候：届时，此指起居。

㊶无任延傃(sù)：不胜思念。

陆继辂

与友人书①

伻②来，言所治地僻而土瘠，城中居民不及百家。大府以足下曾任繁剧③，才大不可以简县④屈，若以治狱⑤，留省中待迁其可，足下遂瞻顾⑥不行。仆闻之，未以为信。何者？地僻则官无奔走迎候之劳，可专志为治；土瘠则民无骄奢淫荡之习，而教令易行。此正宜足下所乐，乃自春徂夏，犹未上事⑦，是非徒有所瞻顾，而实自薄⑧之不屑往也？果尔，则足下之才，方今郡守、监司不逮什百者⑨，何可数计，而足下乃浮湛⑩县令，将并薄之不为耶？

向在京师，见牧令谒吏部出者⑪，欣戚之意，判然见于颜色⑫。叩⑬其故，则曰：某地官富，某地贫。讼言⑭而不讳。吏习⑮如此，可为深叹。岂足下胸中亦有此等计较，未能悉化耶⑯？抑⑰别有他故？望即裁答⑱，毋令久蓄此疑。

【注释】

①陆继辂：字祁孙，清江苏阳湖（今江苏常州）人。嘉庆举人，官贵溪知县。陆氏友人被任命为知县，因地僻土瘠而不往，陆氏因写此信以示规劝。

②伻：使者。

③大府：指巡抚、布政使和按察使。足下：敬辞，指对方。古时下称上或同辈相称都是用“足下”。繁剧：繁重的事务。

④简县：事务简单的县，清代有繁县、简县之别。

⑤治狱：管理诉讼。

⑥瞻顾：前瞻后顾，犹豫不决。

⑦上事：上任。

⑧薄：轻视。

⑨郡守：知府。监司：清代对布政使、按察使及各道道员的统称。不逮什百：谓相差甚远。逮，及。什百，十倍百倍。

⑩湛：通“沉”。

⑪牧令：州县的长吏。谒：进见。吏部：掌管全国官吏任免、升降、调动等事的官署。

⑫欣：欣喜。戚：忧伤。判然：分明。

⑬叩：问。

⑭讼言：明言。

⑮吏习：官场的风气。

⑯悉：全，都。化：消除。

⑰抑：或者。

⑱裁答：裁笺作答。

刘嗣绾

贻友人书①

长江帆驶,闻在杪秋②;道出鸠兹③,冀展良觌④。比奉故人告⑤,知足下因举孝廉方正⑥,迫于归里。足下名场坐困⑦,垂⑧二十年;倚闾之望⑨,未知所慰。窃体介母求禄之意⑩,冀逐毛生奉檄⑪之愿。足下之心,亦良⑫苦矣!顾进退出处⑬,所当三思。

古者,周崇六行⑭,仁让同兴⑮;汉制四科⑯,贤良并策⑰。朝重端门之典⑱,世高讲幄之风⑲。大儒循吏⑳,鲜不由此㉑。方㉒郡邑之举也,足下当固辞,不能以曹邱之扬㉓,自解于毛遂之荐也㉔。且名者,实之宾也。诚使素履有孚㉕,嘉遁无闷㉖。归厚之门,昔人所旌㉗;通德之里,过者犹式㉘。如徒以名焉而已,季良名流,取之以诫子弟㉙;公谨才士,黜之以惩风俗㉚。彼叶公所好之龙,腾笑乎公卿㉛;羊公不舞之鹤,贻嗤乎宾客㉜。由来旧矣。

夫人即至哲㉝,必不能掩己之短,以兼人之长;人即至愚,亦必不肯弃其所工,而用其所拙。今足下既不获㉞焚弃笔砚,删除词藻,就绳墨之训㉟,务布帛之言㊱;去文苑而入儒林㊲,舍文章而谈道德,则必至名实不相符,言行不相顾。虚车不足以行远,赝鼎不足以入庙㊳。系而无用,致叹匏瓜㊴;华而不实,贻讥桂树㊵。若足下者,为麒麟之楦㊶耶,为鹦鹉之车㊷耶?仆窃为足下不取也!

什学植㊸未成,行能无算㊹。前望修途㊺,茫无所托。顾以知交之雅㊻,聊尽忠告之道。荠甘荼苦㊼,鉴此区区㊽。足下勿滥南郭之吹㊾,免贻北山之笑㊿也,幸甚。

【注释】

①刘嗣绾(wǎn):字醇甫,清阳湖(今江苏常州)人,嘉庆进士,任翰林院编修,后辞官主持东林书院。这是他善意劝谏友人不要热衷名利的信。

②杪(miǎo)秋:晚秋。杪,本指树梢,引申为晚末之义。

③鸠兹:古代地名,在今安徽省芜湖市东。

④冀展良觌(dí):希望有很好的会面。觌,指会见。

⑤比:及,等到。奉:承接。

⑥孝廉方正:科举名,由各级官府保举孝廉方正之士,经督抚核实,赐予官职。其优秀者,可送部考试任用。

⑦名场：指科举入仕。坐困：指长期不得意。

⑧垂：近。

⑨倚闾之望：指母亲对儿子的盼望。闾，里门。

⑩窃：私自，谦辞。体：体会。介母求禄：春秋时介子推跟随晋公子重耳出亡十九年，重耳即位后，未封赏介子推，其母说："盍亦求之？"

⑪毛生奉檄（xí）：东汉毛义以孝闻名，官府用公文征召他为守令，毛义奉公文而入，面有喜色。檄，公文。

⑫良：十分。

⑬进退出处：做官或隐退。"进"、"出"同义，做官。退，退隐。处，隐居。

⑭六行：指孝、友、睦、姻、任、恤六种行为。见于《周礼·地官·大司徒》。

⑮仁让同兴：指《礼记·大学》中所言："一家仁，一国兴仁；一家让，一国兴让。"

⑯汉制四科：汉代诏令建立征召士人的四种科目：德行高洁，志节清白；学修行通，能任傅士；明习法令，足以决疑；刚毅多略，遭事不惑。

⑰贤良：汉代所设举荐人才的科目之一，这里指代其他一些如方正、孝悌、力田等科目。并策：一同举荐。策，简策，将被荐人名书在简策上。

⑱朝：朝廷。端门：指御史衙门，管对被举荐的士子考试。典：主管。

⑲高：尊崇。讲幄：设帐讲书。

⑳大儒：著名的学者。循吏：守法的官吏。

㉑鲜：少。由此：经过这条路。

㉒方：正当。

㉓曹邱之扬：汉初曹邱生曾周游天下，颂扬季布之名。邱，又写作"丘"。

㉔自解：自己解释。毛遂之荐：战国时赵国平原君门客毛遂，自荐出使楚国求救，以解秦军侵赵之危。

㉕素履有孚：守本分就有信用。素履，指守本分。孚，信。

㉖嘉遁无闷：好的隐居没有烦恼。

㉗"归厚"二句：晋嵇含题其门为"归厚之门"。旌，表彰。

㉘"通德"二句：东汉名儒郑玄为世所敬重，北海相孔融以郑玄的名义设立一乡，叫郑公乡；又拓宽他的门衢，使高车能过，叫通德门。黄巾义军下令不准进入郑玄所居之乡。式，扶着车轼致敬。

㉙"季良"二句：杜季良侠义，颇有名望，但马援在《戒兄子严、敦书》中说"不愿汝曹效之"，因为"效季良不得，陷为天下轻薄子，所谓画虎不成反类狗者也"。

㉚"公瑾"二句：唐太宗时，王公瑾有名气，参加会试，不为考官王师旦所取。太宗问王师旦为何不录取，王师旦说王公瑾文采浮华，录取他会败坏文风。黜（chù），罢免。

㉛"彼叶公"二句：春秋时楚国叶公子高喜欢龙，真龙来了，他却吓破了胆。

㉜"羊公"二句：羊叔子有善于跳舞的鹤，一次向客人炫耀，宾客让他将鹤赶来，不料鹤并不跳舞，客人大笑。嗤，讥笑。

㉝哲：聪明。

㉞不获：不能。

㉟就绳墨之训：指去做官。绳墨，木匠取直的墨线，引申为法度。

㊱布帛之言：指务实的言论。

㊲去：离开。文苑：指以诗文闻名之士。儒林：指博通经书的学者。

㊳赝(yàn)鼎：伪造的鼎。鼎，古代用以祭祀的礼器。

㊴"系而"二句：孔子不为诸侯所用，叹道："吾岂匏瓜也哉，焉能系而不食！"匏(páo)瓜，葫芦。

㊵"华而"二句：《汉书·五行志》载民谣："桂树华不实，黄爵巢甚颠。"华，同"花"，开花。实，果实，用为动词，结果实。贻，遗留。

㊶麒麟之楦(xuàn)：喻指外表华美却无大用的东西。楦，制鞋帽时所用的型胎。

㊷鹦鹉之车：也是喻指徒有外表却无大用的东西。

㊸学植：学业。

㊹无算：不能数，指很少。

㊺修途：前途，指将来。

㊻顾：不过。雅：素来，指老交情。

㊼荠(jì)甘荼(tú)苦：良药苦口之意。《诗经·邶风·谷风》："谁谓荼苦，其甘如荠。"荠，野菜。荼，苦菜。

㊽区区：爱慕之心。

㊾滥：不真实。南郭之吹：南郭先生吹竽，即滥竽充数。

㊿北山之笑：南齐周颙隐居北山，后应召为县令。孔稚圭作《北山移文》嘲笑周颙假做隐士，沽名钓誉。北山，南京钟山。

梅曾亮

上某公书①

久未肃启②,歉然于中③。伏计盛暑就道④,明公高识远度,必能坦然,惟顺时节宣⑤,加意卫摄为重⑥。

天之成就伟人,各有意度⑦。如陆敬舆、李伯纪⑧诸公,其困苦冤抑⑨,百倍于闾巷⑩之小民,而天不为悔,以为成其名而增重以天下后世之望者,与郭令公、裴司空⑪之功成名立无以异也。太史公⑫曰:“人能弘道,无如命何⑬。”此犹有竞心⑭焉。若《淮南子》之言,则进乎是矣。其操之也若发机,其纵之也若委衣⑮,此则命无如人何耳。不能默默,进其餍饫者为馈⑯,伏惟亮察不宣。

【注释】

①梅曾亮:字伯言,清上元(今江苏南京)人,道光进士,官户部郎中。某公:似指林则徐,字元抚,一字少穆,清侯官(今福建福州)人。道光时官两广总督,以禁鸦片事获罪,谪戍伊犁。盖林则徐将起程,梅曾亮写此信以慰勉之。

②肃:恭敬。启:陈述。

③歉然:不安。中:心中。

④就道:盖谓林则徐起程赴伊犁。

⑤节宣:谓劳逸有节,宣散其气。

⑥卫摄:爱护保养身体。

⑦意度:旨意和态度。

⑧陆敬舆:名贽,字敬舆,唐嘉兴人。德宗时,为中书侍郎,同平章事。为裴延龄所谮,贬忠州别驾。李伯纪:名纲,字伯纪,宋邵武人。靖康初,为兵部侍郎,力主抗金,被谪。高宗即位,召为相,加强内治,整顿军政边防,力图恢复,又遭排挤,七十余日而罢官。

⑨冤抑:冤枉和压抑。

⑩闾巷:民间。

⑪郭令公:名子仪,唐华州人。平定安史之乱,功第一,肃宗时为太尉,中书令,封汾阳王。裴司空:名度,字中立,唐闻喜人。宪宗时,平定吴元济之乱有功,封晋国公。

⑫太史公:即司马迁。

⑬“人能”二句:谓人能弘扬道,却无法改变命运。

⑭竞心:争胜之心。

⑮“其操”二句:语本《淮南子·原道训》。谓当有所用心时,则如发动机弩,十分迅速;无所用心时,则如使衣裳垂着,十分从容闲适。或动或静,皆顺乎自然。

⑯餍饫:饱,这里比喻对学问感悟深切。馈:赠送。

吴敏树

答李香州书①

香州三兄足下：见乡试录②，喜浏士中式者多③，而宿好④诸君皆不与，又可惜也。浏中科名⑤近来有日盛之势，后生初试，动辄得之。如吾香州好古多学，乃不得与之并，场屋⑥如此久矣，其无足怪也。

承惠手书，滔滔千百言，旨趣浩大，不可以骤穷⑦。其于鄙人阿好⑧过誉，万不敢当。然不意香州何以勤勤切切，至于如此？岂非平昔深慕古人奇节伟行，见时之人无似焉者，乃如鄙人之迂拙⑨，亦以为少能自异于俗，而故深许之也？嗟乎！世之人无为古人之所为者。其所不为，则必厌忌而共排之，宜也。若鄙人者，即不能少有似于古人，而又欲强自异于今人。作一教官，尚不免遭诟讪⑩，被弹射⑪，仅自逃避而去。此独可以终老乡里，幸全其身命而止耳。今乃欲复入京师，以其童然垂白之老叟⑫，与群少年争进于春官⑬，此何为哉？香州既厚爱我，又以他日非常之望见属于我，非聊用相戏云尔耶？既以愧君，又自笑也。然所为区区欲一行者，非果自意其尚有用于世而然也，又非不自知其不合于时之人，而欲侥幸于一试也。

平生时读书，颇喜用意⑭。一二所及，欲上与古人议论，相为发明。而又好为诗古文辞，文章源流，上下得失之故，差⑮谓不迷于其心。盖京师者，非独功名富贵者之所走趋⑯，而学道艺术⑰之家亦往往在焉。如欲熟知其人，揽其所长，间⑱从之驰骋笔墨之林，以快吾意，而发吾之才，非久留与居游，则未可也。若其终不偶于有司⑲，以罢⑳而归，乃吾命也，庸可易乎㉑？因香州爱我，聊具言㉒之，他不悉㉓。

【注释】

①吴敏树：字本深，号南屏，清巴陵（今属湖南）人。道光举人，官浏阳训导，工于古文。李香州乡试未中，吴敏树写此信以慰勉之，并述说了自己的怀抱。

②乡试录：乡试中试者的名录。科举时代，在省城举行的考试为乡试，中试者为举人。

③浏：即浏阳，今属湖南。中式：被录取。

④宿好：平素要好。

⑤科名：科举的名目。

⑥场屋：考场。

⑦骤：很快。穷：穷尽，完全理解。

⑧阿好：偏爱。

⑨迂拙：迂腐朴拙。

⑩诟讪：辱骂，讥讽。

⑪弹射：指责。

⑫童然：头发稀疏貌。垂：即将。

⑬春官：即礼部，主会试。明清科举制度，乡试中试者称举人，次年，以举人试之礼部，称会试。

⑭用意：用心领会。

⑮差：庶几，差不多。

⑯走趋：趋附。

⑰艺术：泛指各种学问、技艺。

⑱间：时而。

⑲偶：合。有司：官府。

⑳罢：罢黜。

㉑庸：岂。易：改变。

㉒具言：详细陈述。

㉓悉：尽言。

曾国藩

复贺耦耕中丞书①

国藩顿首耦耕前辈大人阁下：二月接奉手示，兼辱雅贶②，感谢感谢！过蒙矜宠③，奖饰溢量④。国藩本以无本之学，寻声逐响⑤，自从镜海先生⑥游，稍乃粗识指归⑦，坐智见明⑧，亦耿耿⑨耳。乃甫涉向道之藩⑩，遽钓过情之誉⑪，是再辱也。盖尝抉剔⑫平生之病源，养痈⑬藏瘤，百孔杂出，而其要在不诚而已矣。

窃以为天地之所以不息，国之所以立，贤人之德业之所以可大可久⑭，皆诚为之也。故曰：诚者，物之终始，不诚无物⑮。今之学者，言考据则持为骋辩之具⑯，讲经济则据为猎名之津⑰，言之者不怍⑱，信之者贵耳⑲，转相欺谩，不以为耻。至如仕途积习，益尚虚文⑳，奸弊所在，蹈之而不怪，知之而不言，彼此涂饰，聊以自保，泄泄㉑成风，阿㉒同骇异。故每私发狂议，谓今日而言治术㉓，则莫若综核名实㉔；今日而言学术，则莫若取笃实践履㉕之士。物穷则变，救浮华者莫如质㉖。积玩㉗之后，振之以猛㉘，意在斯乎？

方今时事孔棘㉙，追究厉阶㉚之生，何尝不归咎于发难者？彼岂实见天下之大计，当痛惩而廓清之哉？岂豫知今日之变，实能自我收之哉？不过以语言欺人，思先登要路㉛耳。国藩以兹内省，早岁所为涉览书册、讲求众艺者，何一非欺人之事？所为高谈古今、嘐嘐㉜自许者，何一非欺人之言？中夜以思，汗下如霤㉝。顷观先生所为楹贴，道在存诚云云，旨㉞哉！其暗然㉟君子之言乎！果存诚而不自欺，则圣学王道又有他哉？镜海先生，庶几不欺者也。倭艮峰㊱前辈，见过自讼㊲，言动无妄。吴竹如比部㊳，天质木讷㊴，贞足干事㊵。同乡则黎月桥前辈至性肫肫㊶，陈岱云行己知耻㊷，冯树堂有志力学，皆勉于笃实者也。国藩虽愚柔，既闻明训，敢不请事？若夫读书之道，博学详说，经世之才，遍采广询，自度智慧精神，终恐有所不逮，惟当谨守绳墨㊸，不敢以浮夸导子弟，不敢以暴弃殆父母之遗体㊹。其有所进，幸也；无所进，终吾身而已矣。

辱承扶掖之盛心，恐不察其浅鄙，而期许过实，故谨布一二，以为请益㊺之地，亦附于《皇华》三拜㊻之义云。书不宣尽，伏维垂鉴。

【注释】

①曾国藩：字伯涵，号涤生，清湖南湘乡人。道光进士，官至武英殿大学士、两江总督，封毅勇侯。贺耦耕：名长龄，字耦耕，道光时为贵州巡抚，升云贵总督。在这封信中，作者论述了

治术、学术皆须以“诚”为本的道理。

②贶：赐。

③矜宠：夸奖，宠爱。

④奖饰：夸奖。溢量：过分。

⑤寻声逐响：比喻治学尚未深入，而只是泛泛地涉猎。

⑥镜海先生：唐鉴，字镜海，嘉庆进士，官江宁布政使，入为太常卿。咸丰初，命回江南主书院讲席。

⑦指归：旨意。

⑧坐眢(yuān)见明：坐在枯井中见到一点亮光，比喻识见狭小。眢，枯井。

⑨耿耿：明亮。

⑩甫：刚刚。藩：境界。

⑪遽：很快。钓：骗取。过情：不真实。

⑫抉剔：挖抉剔除。

⑬痈：恶疮。

⑭“贤人”句：《易·系辞上》：“可久则贤人之德，可大则贤人之业。”德业，道德业绩。

⑮“诚者”三句：见《礼记·中庸》。

⑯考据：对古籍中文字音义及古代典章制度等进行考证的学问。骋辩：发挥辩才。

⑰经济：经国济民的学问。猎名：夺取名誉。津：手段。

⑱怍：惭愧。

⑲贵耳：重视耳闻。

⑳尚：崇尚。虚文：空洞的文章。

㉑泄泄：舒缓貌。

㉒阿：喜爱。

㉓治术：治国之术。

㉔综核名实：综合考核事物的名称和实际。

㉕践履：身体力行。

㉖质：质朴。

㉗积玩：积成轻慢的风气。

㉘振：使振作。猛：严厉。

㉙孔：很。棘：通“急”。

㉚厉阶：祸患产生的原因。

㉛要路：显要的地位。

㉜嘐嘐(jiāo)：言语浮夸。

㉝霤(liù)：从屋檐流下的水。

㉞旨：美。

㉟暗然：深沉。

㊱倭艮峰：倭仁，字艮峰，蒙古正白旗人。道光进士，官至文华殿大学士，精研义理之学。与曾国藩相友善。

㊲讼：责备。

㊳吴竹如：吴廷栋，字竹如，清霍山（今属安徽）人。同治时官至刑部右侍郎。比部：即刑部。

㊴天质：天性。木讷：质朴迟钝。

㊵贞足干事：《易·乾·文言》："贞固足以干事。"贞，坚守正道。

㊶肫肫（zhūn）：诚恳貌。

㊷行己知耻：自己行事知道羞耻。《论语·子路》："行己有耻。"

㊸绳墨：规矩，法度。

㊹暴弃：不珍惜。殆：危及。

㊺请益：已受教益而更有所问。

㊻《皇华》三拜：《左传·襄公四年》："穆叔如晋……晋侯享之……歌《鹿鸣》之三，三拜。"《鹿鸣》之三，即《诗经·小雅·鹿鸣之什》的《鹿鸣》、《四牡》、《皇皇者华》三首。三拜，即每歌一首一拜谢。《皇华》即《皇皇者华》，为君遣使臣之作，诗中有"周爰咨诹"、"周爰咨谋"、"周爰咨度"、"周爰咨询"等句。周，忠信。谓向忠信之士请教，故拜谢之。此用其义。

复吴南屏书①

三月初旬奉复一函②，想已达览。旋③接上年腊月惠书并大著诗文全集各五十部，就审履祺康胜④，无任企仰⑤。大集古文敬读一过，视昔年仅见零篇断幅⑥者尤为卓绝。大抵节节顿挫，不矜奇辞奥句⑦，而字字若履危⑧石而下，落纸乃迟重⑨绝伦。其中闲适之文，清旷自怡，萧然⑩物外。如《说钓》、《杂说》、《程日新传》、《屠禹甸序》之类，若翱翔于云表，俯视而有至乐。国藩尝好读陶公及韦、白、苏、陆闲适之诗⑪，观其博揽物态，逸趣横生，栩栩⑫焉神愉而体轻，令人欲弃百事而从之游，而惜古文家少此恬适之一种。独柳子厚⑬山水记破空而游，并物我而纳诸大适之域⑭，非他家所可及。今乃于尊集数数⑮遘之，故编中虽兼众长，而仆观此等尤高也。

《与欧阳筱岑书》中论及桐城文派⑯，不右刘、姚⑰，至比姚氏于吕居仁⑱，讥评得无少过？刘氏诚非有过绝辈流之诣⑲，姚氏则深造自得，词旨渊雅。其文为世所称诵者，如《庄子章义序》、《礼笺序》、《复张君书》、《复蒋松如书》、《与孔㧑约论禘祭书》、《赠㧑约假归序》、《赠钱献之序》、《朱竹君传》、《仪郑堂记》、《南园诗存序》、《绵庄文集序》等篇，皆义精而词俊，敻绝尘表⑳。其不厌㉑人意者，惜少雄直之气、驱迈㉒之势。姚氏因有偏于阴柔之说，又尝自谢为才弱矣。其论文亦多诣极之语㉓，国史称其有古人所未尝言，鼐独抉其微而发其蕴。惟亟称海峰㉔，不免阿于私好。要之，方氏以后，惜抱固当为百年正宗，未可与海峰同类而并薄之也。浅谬之见，惟希裁正。

国藩回任江表，眴㉕逾半年。辖境粒平㉖，雨泽沾足，岁事可望丰稔㉗。惟是精力日衰，前发疝气[28]，虽已痊愈，目光蒙蒙，无术挽回。吏治兵事，均未能悉心料理，深为愧悚[29]。吾乡会匪[30]窃发，益阳、龙阳[31]等城相继被扰。此辈游荡无业，常思逐风尘而得逞。湘省年年发难，剿之而不畏，抚之而无术。纵使十次速灭，而设有一次迁延，则桑梓[32]之患不堪设想，殊以为虑。

【注释】

①吴南屏：即吴敏树，号南屏。信中称赞吴敏树的闲适之文具有“清旷自怡，萧然物外”的风格，可与柳宗元山水游记相比；又阐述了对桐城派的看法，认为方苞之后，姚鼐当为百年正宗。

②函：封。

③旋：不久。

④审：详问。履：福禄。祺：福。康：安乐。胜：美好。

⑤企仰：踮起脚跟仰望，即盼望之义。

⑥零篇断幅：零散的篇章。

⑦矜：夸耀。奥：深奥。

⑧危：高峻。

⑨迟重：舒缓稳重。

⑩萧然：超逸貌。

⑪陶公：即东晋大诗人陶潜。韦、白、苏、陆：即唐代大诗人韦应物、白居易，宋代大诗人苏轼、陆游。

⑫栩栩：形容生动活泼。

⑬柳子厚：柳宗元，字子厚。

⑭大适之域：与大自然相适应的境界。

⑮数数：屡次。

⑯桐城文派：为清代中叶最著名的古文流派，其代表人物方苞、姚鼐、刘大櫆皆安徽桐城人，故称为“桐城派”。

⑰右：尊崇。刘、姚：即刘大櫆、姚鼐。

⑱吕居仁：吕本中，字居仁，宋寿州（今安徽寿县）人。官至中书舍人。为江西诗派作家。

⑲过绝：超越。辈流：同辈，同一流的人。诣：造诣。

⑳敻（xiòng）绝：高远。尘表：尘世之外。

㉑厌：满足。

㉒驱迈：豪迈奔放。

㉓诣：达到。极：极点。

㉔亟：屡次。海峰：刘大櫆，号海峰。

㉕眴：同“瞬”。

㉖敉（mǐ）平：平安。敉，安定。

㉗岁事：农事。丰稔：丰收。

㉘疝气：即小肠串气之疾。

㉙愧悚：惭愧，恐惧。

㉚会匪：对农民起义组织的蔑称。

㉛益阳、龙阳：县名，今皆属湖南省。

㉜桑梓：故乡。

复陈右铭太守书①

四月二十七日接到惠书，并附寄大文一册，知台②从去岁北行，以途中染疾，就医历下③，至正月之杪④乃达京师。是时鄙人适已出都，未及相见为怅。

阁下志节嶙峋⑤，器识⑥宏达，又能虚怀取善，兼揽众长。来书所称，自吴侍郎⑦以下，若涂君、张君、方君，皆时贤之卓然能自立者。惟鄙人器能窳薄⑧，谬蒙崇奖，非所敢承。前以久玷⑨高位，颇思避位让贤，保全晚节。赴阙⑩以后，欲布斯怀，而未得其方，亦遂不复陈请。来书又盛引古义，力言不可遽萌退志。今已承乏⑪此间，进止殊不自由，第⑫恐精力日颓，无补艰危，止速谤耳⑬。

大著粗读一过，骏快激昂，有陈同甫、叶水心⑭诸人之风。仆昔备官朝列⑮，亦尝好观古人之文章，窃以自唐以后，善学韩公者莫如王介甫氏⑯，而近世知言君子，惟桐城方氏、姚氏所得尤多⑰。因就数家之作而考其风旨⑱，私立禁约，以为有必不可犯者，而后其法严而道始复。大抵剽窃前言，句摹字拟，是为戒律之首。称人之善，依于庸德⑲，不宜褒扬溢量⑳，动称奇行异征㉑，邻㉒于小说诞妄者之所为。贬人之恶，又加慎焉。一篇之内，端绪不宜繁多。譬如万山旁薄㉓，必有主峰；龙衮九章㉔，但挈一领。否则首尾衡决㉕，陈义芜杂，滋㉖足戒也。识度㉗曾不异人，或乃竞为僻字涩句，以骇庸众㉘，斫自然之元气㉙，斯又才士之所同蔽㉚，戒律之所必严。明兹数者，持守勿失，然后下笔，造次㉛皆有法度，乃可专精以理吾之气，深求韩公所谓与相如、子云同工者㉜。熟读而强探㉝，长吟而反覆，使其气若翔翥于虚无之表㉞，其辞跌宕俊迈，而不可以方物㉟。盖论其本则循戒律之说，词愈简而道愈进。论其末则抗吾气以与古人之气相翕㊱，有欲求太简而不得者。兼营乎本末，斟酌乎繁简，此自昔志士之所为毕生矻矻㊲，而吾辈所当勉焉者也。国藩粗识途径，所求绝少。在军日久，旧业益荒。忽忽衰老，百无一成。既承切问，略举所见，以资参证。

别示种烟之弊及李编修书，膏腴地亩，舍五稼而种罂粟㊳，不惟民病艰食，亦人心风俗之忧。直隶㊴土壤硗薄，闻种此者尚少，若果渐染此习，自应通饬严禁。但非年丰民乐，生聚教训㊵，亦未易以文告㊶争耳。

【注释】

①陈右铭：陈宝箴，字右铭，清义宁（今属江西）人。咸丰间，参曾国藩军幕，以知府官湖南。

光绪间，为湖南巡抚。在此信中，曾国藩阐述了写作古文的原则和方法。

②台：对人尊称之词。

③历下：故地在今山东济南。

④杪：末。

⑤嶙峋：山峰高峻貌，这里比喻志节高尚。

⑥器识：器量识见。

⑦吴侍郎：吴存义，字和甫，清泰兴（今属江苏）人。道光进士，官至吏部左侍郎，以清廉著称。

⑧器能：才能。窳（yǔ）薄：低劣，浅薄。

⑨玷：辱。

⑩阙：京师。

⑪承乏：对自己任职的谦辞，谓官位一时缺乏人选，由自己暂时充任。

⑫第：只。

⑬止：只。速：招致。谤：攻诋。

⑭陈同甫：陈亮，字同甫，宋永康人。才气超迈，著有《龙川文集》。叶水心：叶适，字正则，学者称水心先生，宋永嘉人。淳熙进士，宁宗时任宝文阁待制，兼江淮制置使。富于著述，自成一家。

⑮朝列：朝臣之列。

⑯韩公：即韩愈。王介甫：王安石，字介甫。

⑰方氏：方苞，字灵皋，号望溪，清桐城（今属安徽）人。康熙进士，累官礼部侍郎。工于古文，为桐城派开创者。姚氏：即姚鼐。

⑱风旨：风格，旨趣。

⑲庸德：平常的德行。

⑳溢量：过分。

㉑征：迹象。

㉒邻：近似。

㉓旁薄：同"磅礴"，广大貌。

㉔龙衮：帝王朝服。九章：九种图案，即：龙、山、华虫、火、宗彝、藻、粉米、黼、黻。

㉕衡决：脱节。

㉖滋：更加。

㉗识度：识见，气度。

㉘庸众：一般人。

㉙"斫自"句：谓损害作品质朴自然的思想感情。

㉚蔽：受蒙蔽，不明白。

㉛造次：犹言每一时刻。

㉜相如：即司马相如。子云：即扬雄，字子云，汉成都人。二人皆汉代著名作家，尤工辞赋。

㉝强探：努力探讨。

㉞翔翥：飞翔。虚无：太空。

㉟方物：以他物比方，即形容。

㊱抗：激扬。翕：合。

㊲砊砊(kēng):勤勉不止貌。

㊳罂粟:植物名,果实未成熟时,汁液可用为制鸦片之原料。

㊴直隶:即今河北省。硗薄:贫瘠。

㊵生聚:繁衍人口,聚积物资。教训:教化施行。

㊶文告:官府的告示。

与李眉生书①

申夫新刻之《聪训斋语》与吴漕帅所刻之《庭训格言》②,不特可以进德③,可以居业④,并可以惜福⑤,可以养身却病。阁下重听⑥之恙已全愈否?如尚未愈,除酌服补剂外,似宜常常看此二书,以资静摄⑦。

昔年曾与阁下道及逆亿命数⑧,是一薄德⑨,大约读书人犯此弊者最多。聪明而运蹇⑩者,厥⑪弊尤深。富贵得志之人,亦未尝不扰扰⑫焉。沉溺于逆亿命数之中,惟熟读《聪训斋语》,可去此弊。凡病在根本者,贵于内外交养。养内之道,第一将此心放在太平地方,久久自有功效。近将张公书⑬告舍沅弟及儿侄辈,兹并以奉勖⑭。

【注释】

①李眉生:李鸿裔,字眉生,清中江(今属四川)人。咸丰举人,官至江苏按察使。在此信中,作者称赞《聪训斋语》与《庭训格言》二书可以进德居业、养身却病,并劝李眉生读书以静摄。

②申夫:李榕,字申夫,清剑州(今四川剑阁)人。咸丰中从曾国藩治理营务,后为湖南布政使。《聪训斋语》:张英著,英字敦复,清桐城(今属安徽)人。官至文华殿大学士。吴漕帅:吴棠,字仲宣,清盱眙(今属江苏)人。咸丰间为漕运总督,后任四川总督。《庭训格言》:清世宗所述圣祖训诫之言。

③进德:增进道德修养。

④居业:成就事业。

⑤惜福:珍惜、保有幸福。

⑥重听:耳聋。

⑦静摄:静养。摄,养生。

⑧逆亿:预料。《论语·宪问》:"不逆诈,不亿不信。"命数:命运。

⑨薄德:浅薄的品德。

⑩运蹇:命运不好。蹇,困窘。

⑪厥:其。

⑫扰扰:忧虑纷多。

⑬张公书：即张英《聪训斋语》。

⑭奉勖：奉上，以示勉励。

复彭丽生书①

前承惠书，存唁不孝②。顷又蒙手书，所以期勖③故人，甚笃且勤。国藩积愆丛慝④，无实行而盗虚声⑤，为神明所不容。乃不陨灭我躬⑥，而延祸于吾母，椎⑦心悔憾。盖不得自比于人数⑧，其又何经济⑨之足言？顾⑩如足下所称，今日不可救药之端⑪，惟在人心陷溺⑫，绝无廉耻云云，则国藩之私见，实与贤者相吻合。窃尝以为无兵不足深忧，无饷⑬不足痛哭。独举目斯世，求一攘⑭利不先、赴义恐后、忠愤耿耿者，不可亟⑮得。或仅得之，而又屈居卑下，往往抑郁不伸，以挫以去以死⑯。而贪饕⑰退缩者，果骧首⑱而上腾，而富贵，而名誉，而老健不死，此其可为浩叹者也。足下与某公书，言之至为深痛。积年痒疥，为君一搔，忧患余生，得少快慰。

国藩来此⑲，盖以鄂中失守⑳，恐其㉑回窜，不得不出，以自别于畏死者之徒。至于求有补济，则肮脏㉒之性，将以方枘周旋于圆凿之中，亦知其钼铻而鲜当矣㉓。刻下所志惟在练兵、除暴二事㉔。练兵则犹七年之病，求三年之艾㉕；除暴则借一方之良，锄一方之莠㉖。故急访各州县公正绅耆㉗，佐我不逮㉘。先与之一书，然后剀切㉙示喻之。

年来饱更世故，又经忧患，齿发稍侵㉚，精神颓败。幸故人一来顾我，相对叙论，收召散亡之魂魄，祓濯如山之尘垢㉛，庶生新机而还旧识，即拯时艰于万一，亦未可知。郭筠仙、刘霞仙、罗罗山㉜及平日交旧都来此间，尚望足下惠然命驾，无任伫企。

【注释】

①信中为君子抑郁不伸、小人"骧首上腾"的现象而慨叹。

②存唁：慰问遇到丧事的人。不孝：作者自称。

③期勖：期望，勉励。

④丛：积聚。慝：恶。

⑤虚声：虚假的声誉。

⑥陨灭：毁灭。躬：身。

⑦椎：击打。

⑧人数：人类。

⑨经济：经国济民。

⑩顾：只是。

⑪端：原因。

⑫陷溺：堕落。

⑬饷：军粮。

⑭攘：侵夺。

⑮亟：迅速。

⑯挫：受挫折。去：被罢官或贬谪。

⑰贪饕：贪婪。

⑱骧首：昂首。

⑲来此：谓到湖南组织湘军，以镇压太平军。

⑳鄂中失守：谓太平军攻陷武昌。

㉑其：指太平军。

㉒肮脏：高亢正直。

㉓"将以"二句：《楚辞·宋玉〈九辩〉》："圆凿而方枘兮，吾固知其钼铻而难入。"此用其义，喻自己的性格与世俗格格不入。方枘，方榫。圆凿，圆孔。钼铻，不相合。鲜，少。

㉔刻下：目前。除暴：指镇压太平军起义。

㉕犹七年之病，求三年之艾：语出《孟子·离娄上》。谓譬如得了七年的病，要寻求三年的陈艾来治理，比喻好方法不容易得到。艾，草名，可用于灸疗，干久益善。

㉖莠：杂草，比喻恶人。

㉗绅耆：指地方上有地位的老人。

㉘逮：及。

㉙剀(kǎi)切：切实。

㉚稍侵：渐衰。

㉛祓濯：涤除。尘垢：比喻忧闷情绪。

㉜郭筠仙：郭嵩焘，字伯琛，号筠仙，清湘阴(今属湖南)人。光绪年间官至兵部左侍郎。刘霞仙：刘蓉，字孟容，号霞仙，清湘乡(今属湖南省)人。曾为曾国藩幕僚，官至陕西巡抚。罗罗山：罗泽南，字仲岳，号罗山，清湘乡人。官至布政使。

张裕钊

与黎莼斋书①

前在金陵②,相从谭䜩③,讥评古今人,私心甚快。别后倏忽月余日矣,寒窗短檠④,时时隐几⑤思足下,不可弭忘⑥。裕钊自惟生平于人世都无所耆好⑦,独自幼酷喜文事。顾⑧尝窃怪学问之道,若义理、考据、词章之属⑨,其涂径至博,其号称为专家,亦往往而有。独至于古文,而能者盖寡。自曾文正公⑩没,足下及至甫⑪又不得常聚晤,块⑫坐独处,四顾茕然⑬,无可与语。近者李佛笙⑭乃颇有意于此,时相从问为文法。所入虽未深,然佛笙故天亮⑮出于人人,乃时有解悟处,此差⑯足语耳。

夫文章之事,非资才敻绝而程功致力之深且久者⑰,则必不能以至。才优而力深矣,其能至以几于成与不能成⑱,则亦有天⑲焉。既至而几于成矣,其传不传⑳,与传之显若晦若近与远,则又有天焉。且诚令其至而几于成,成焉而传,传焉而显且远,而吾文信不敝㉑于百世,吾身则既泯然㉒死矣。其取吾文而叹慕贵惜之者,吾皆不得而见之矣。捐弃一世华靡荣乐之娱,穷毕生之力,若形瘁神,以侥幸于或成或不成、或传或不传之数㉓,而慕想乎千百岁后冥漠杳渺邈不及见之虚誉,而不以自止,岂非所谓至迂而大惑者哉?宜彼世之所谓贤俊、能一切以取富贵显荣者讪笑而背驰之也。

虽然,庄周有言:“民食刍豢,麋鹿食荐,蝍蛆甘带,鸱鸦嗜鼠,四者孰知正味㉔?”生人之耆好,各赋受于其生初,其不齐至不可以巧历算㉕。则夫孳孳㉖焉勤一世于文字之业者,无亦所耆出于其性而不能自解者与?且吾观古之能文者,若司马迁、韩愈、欧阳修之徒,其始设心措意,亦无过存乎以文自见,卒其所至,世不得徒以文人目之。是故深于文者,其能事既足以自娱嬖㉗,及其所诣益邃以博㉘,乃与知乎圣人之道,而达乎天地万物之原。独居呕吟㉙一室之中,而敖然睥睨乎尘壒之外㉚,虽天下又孰有能易之者哉?又皇暇校量于我生以前与身后之赢失而为之进退哉㉛?

思足下不得见,索居亡聊㉜,辄一吐其胸臆之所积,自怡取快意而已。非足下,仆亦不发此也。天气骤寒,惟万万保练自爱。不宣。

【注释】

①张裕钊:字廉卿,清湖北武昌人。道光举人,官内阁中书。黎莼斋:黎庶昌,号莼斋,清贵

州遵义人，官至川东道，两次出使日本。信中表达了不计功名利禄而献身古文事业的志趣。

②金陵：南京。

③谭：同“谈”，谈论。蓺：同“艺”，文学艺术。

④檠：灯架。

⑤隐几：倚着几案。

⑥弭忘：忘却。弭，止。

⑦自惟：自思。耆：通“嗜”。

⑧顾：只是。

⑨义理：指宋儒所开创的理学。考据：考证古代典籍中文字音义及古代典章制度等问题的学问。词章：研究诗文的学问。

⑩曾文正公：即曾国藩，谥“文正”。

⑪至甫：即吴挚甫。

⑫块：孤独。

⑬茕然：孤独貌。

⑭李佛笙：曾任知府。

⑮天亮：天赋的聪慧。

⑯差：庶几，差不多。

⑰敻绝：极高，不同凡响。程功：按一定的课程下工夫。

⑱成：成功。

⑲有天：在于天意。

⑳传：流传。

㉑敝：衰。

㉒泯然：无声无息。

㉓数：运气。

㉔“民食”五句：见《庄子·齐物论》。刍豢，指禽兽。食草者为刍，食谷者为豢。荐，草。蝍蛆，蜈蚣。甘，甜美，爱吃。带，蛇。蜈蚣好吃蛇脑。鸱，猫头鹰。鸦，乌鸦。耆，通“嗜”，爱吃。这段话比喻不同的人各有其爱好，标准也不同。此用其意。

㉕巧历算：精通历算之人。

㉖孳孳：勤奋不倦。

㉗娱嬖：娱乐。嬖，悦。

㉘诣：达到。邃：深邃。

㉙呕吟：吟咏。

㉚睥睨：斜视。尘壒：尘世。

㉛皇：同“遑”，何，怎么。暇：闲暇。赢失：得失。

㉜索居：独居。亡：通“无”。

上洪秀全启①

司理中宫制诰事待罪妾傅鸾祥②,谨上启天王陛下:窃臣妾以蒲柳陋姿③,过蒙恩宠。奉侍无状,深惧干犯④天威,致罹⑤重谴。乃承复载鸿慈,曲宥⑥臣妾,仅予贬居曲院⑦。由二月初五旨下,迄今已逾二十日矣。嗟嗟!望昭阳之日影,愧玉颜不及寒鸦⑧;瞻太液⑨之波光,倚修竹自怜翠袖⑩。

方谓长门⑪寂寂,度夜如年;永巷沉沉⑫,见天无日。乃蒙宫婢林小红传旨垂问,并恩赐鲛帕⑬一方,明珠一粒。祗⑭领之余,感继⑮以泣。昔江采蘋答明皇有云⑯:"长门镇日无梳洗,何必珍珠慰寂寥⑰。"妾则以为寂寥之慰,陛下非明皇也。况鲛帕为千丝织就,含缠绵宛转之思;明珠非九曲穿成,寓皎洁光明之意。臣妾何人,敢蒙垂念。谨献上指甲一枚,青丝一缕,以表妾悔罪之忱,以示妾感恩之意。谨启。

【注释】

①傅鸾祥:金陵(今南京)才女,长于词翰,为太平天国领袖洪秀全掌理制诰事,为洪秀全红粉知己。洪秀全:清广东花县人。太平天国革命领袖。1851年建立太平天国,称天王。1864年在南京自杀。本文是傅鸾祥在幽室中接到洪所赐手帕、明珠等物时写给洪秀全的一封谢恩信,信中表白了自己对洪的忠悃和爱恋,并对洪秀全赐物于己表示了深深的感谢。

②司理:掌管。中宫:皇后居住之处。制诰事:起草文告之事。待罪:旧时官吏常怕因失职而获罪,因以"待罪"为供职时谦辞。意谓听候治罪。

③窃:私下以为。旧时多用为表示个人意见的谦辞。薄柳:即水杨,因其早凋,常用来比喻衰弱的体质。此处喻指地位低贱。

④干犯:冒犯。

⑤罹(lí):遭受,蒙受。

⑥曲宥:曲予宽恕。

⑦曲院:幽隐的小院。

⑧"望昭阳"二句:唐王昌龄《长信秋词五首》其三:"玉颜不及寒鸦色,犹带昭阳日影来。"昭阳,汉宫名。后常以"昭阳"代指皇后所居之所。

⑨太液:太液池,皇家池苑。西汉太液池在今西安市西北古长安城的建章宫之北,唐太液池在今西安市东北的大明宫之北。

⑩修竹:修长的竹枝。翠袖:翠绿色的衣袖,代指美女。此为作者自指。

⑪长门:汉宫名。汉武帝时,陈皇后失宠,贬居长门宫。后遂以"长门"代指宫妃幽居之处。寂寂:冷静,寂寞。

⑫永巷:汉代囚禁妃嫔或宫女的处所。西汉时,高祖戚夫人曾囚禁于此。沉沉:犹深沉。

⑬鲛(jiāo)帕:薄纱手帕。

⑭祇(zhǐ):敬。

⑮继:随后,接着。

⑯江采蘋:唐玄宗爱妃,莆田(今属福建)人。玄宗因其性喜梅花,名曰"梅妃"。后杨玉环(杨贵妃)擅宠,迁梅妃于上阳宫。明皇:唐玄宗。

⑰"长门"二句:为梅妃诗句。史载,梅妃被迁上阳宫后,唐玄宗非常想念她。正巧外国使臣进献珍珠,玄宗便令人给梅妃送去一斛珍珠。梅妃不受,赋《谢赐珍珠》诗致谢。诗曰:"桂叶双眉久不描,残妆和泪污红绡。长门尽日无梳洗,何必珍珠慰寂寥。"

左宗棠

致孝威孝宽①

孝威孝宽知之：我于二十八日开船，是夜泊三汊矶，廿九日泊湘阴县城外，三十日即过湖抵岳州②。南风甚正，舟行顺速，可毋念也。我此次北行，非其素志③。尔等虽小，当亦略知一二。世局如何，家事如何，均不必为尔等言之。惟刻难忘者，尔等近年读书无甚进境，气质毫未变化；恐日复一日，将求为寻常子弟不可得，空负我一片期望之心耳。夜间思及，辄不成眠，今复为尔等言之。(尔等能领受与否，则我不能强之，然固不能已于言也。)读书要目到、口到、心到。尔读书不看清字画偏旁，不辨明句读④，不记清头尾，是目不到也。喉、舌、唇、牙、齿五音，并不清晰伶俐，朦胧含糊，听不明白，或多几字，或少几字，只图混过，就是口不到也。经传精义奥旨，初学固不能通，至于大略粗解，原易明白，稍肯用心体会，一字求一字下落，一句求一句道理，一事求一事原委；虚字审其神气，实字测其义理，自然渐有所悟。一时思索不得，即请先生解说；一时尚未融澌⑤，即将上下文或别章别部义理相近者反复推寻，务期了然于心⑥，了然于口，始可放手。总要将此心运在字里行间，时复思绎⑦，乃为心到。今尔读书总是混过日子，身在案前，耳目不知用到何处。心中胡思乱想，全无收敛归著之时，悠悠忽忽，日复一日，好似读书是答应人家功夫，是欺哄人家、掩饰人家耳目的勾当。昨日所不知不能者，今日仍是不知不能；其去年所不知不能，今年仍是不知不能。孝威今年十五，孝宽今年十四，转眼就长成大人矣。从前所知所能者，究竟能比乡村子弟之佳者否？试自忖⑧之。读书做人，先要立志，想古来圣贤豪杰是我者般⑨年纪时，是何气象？是何学问？是何才干？我现在那一件可以经他？想父母命我读书，延⑩师训课，是何志愿⑪？是何意思？我那一件可以对父母？看同时一辈人，父母常背后夸赞者，是何好样？斥詈⑫者，是何坏样，好样要学，坏样断不可学。心中要想个明白，立定主意，念念要学好，事事要学好，自己坏样一概猛省猛改，断不许少有回护，不可因循苟且。务期与古时圣贤豪杰少小时志气一般，方可慰父母之心，免被他人耻笑。志患不立，尤患不坚。偶然听一段好话，听一件好事，亦知歆动⑬羡慕，当时亦说我要与他一样。不过几时几日，此念就不知如何销歇⑭去了。此是尔志不坚，还由不能立志之故。如果一心向上，有何事业不能做成，陶桓公⑮有云："大禹惜寸阴，吾辈当惜分阴。"古人用心之勤如此。

韩文公[16]云："业精于勤而荒于嬉。"凡事皆然，不仅读书，而读书更要勤苦。何也？百工技艺、医学、农学均是一件事，道理尚易通晓。至吾儒读书，天地民物莫非己任，宇宙古今事理均须融澈[17]于心，然后施为有本[18]。人生读书之日最是难得，尔等有成与否，就在此数年上见分晓。若仍如从前悠忽过日，再数年依然故我，还能冒读书名色，充读书人否？思之，思之！孝威气质轻浮，心思不能沉下。年逾成童而童心未化，视听言动无非一种轻扬浮躁之气，屡经谕责，毫不知改。孝宽气质昏惰，外蠢内傲，又贪嬉戏，毫无一点好处；开卷便昏昏欲睡，全不提醒振作；一至偷闲玩耍，便觉分外精神。年已十四，而诗文不知何物，字画又丑劣不堪。见人好处，不知自愧，真不知将来作何等人物！我在家时常训督，未见悛[19]改。我今出门，想起尔等顽钝不成材料光景，心中片刻不能放下。尔等如有人心，想尔父此段苦心，亦知自愧自恨，求痛改前非以慰我否？亲朋中子弟佳者颇少，我不在家，尔等在塾读书，不必应酬交接。外受傅训，入奉母仪[20]可也。读书用功，最要专一无间断。今年以我北行之故，亲朋子侄来家送我，先生又以送考耽误功课，闻二月初三、四始能上馆。所谓一年之计在于春者又去月余矣！若夏秋有科考，则忙忙碌碌又过一年，如何是好？今特谕尔：自二月初一日起，将每日功课，按月各写一小本寄京一次，便我查阅。如先生是日未在馆，亦即注明，使我知之。屋前街道，屋后菜园，不准擅出行走。如奉母命出外，亦须速出速归。"出必告，反必面"，断不可任意往来。同学之友，如果诚实发愤，无妄言妄动，固宜为同类；倘或不然，则同斋割席[21]，勿与亲昵为要。家中书籍，勿轻易借人，恐有损失。如必须借看者，每借去则粘一条于书架，注明某日某人借去某书，以便随时取回。

【注释】

①左宗棠：字季高，湘阴（今湖南）人，清末洋务派领袖。

②湖：指洞庭湖。岳州：今湖南岳阳市。

③素志：平素的志向。

④句读（dòu）：古人的断句方法：一句话结束，在字旁加一点或小圆圈，称为"句"；句中需要停顿，在字下加一点，称为"读"。

⑤融澌：融会贯通。澌，疏导，引申为通畅。

⑥务：一定。期：要求。了然：明白。

⑦思绎（yì）：思考，推究。绎，演绎，推导。

⑧忖（cǔn）：揣度。

⑨者般：这样。

⑩延：邀请。

⑪志愿：愿望。

⑫詈（lì）：骂。

⑬歆动：感动。

⑭销歇：消散，停息。

⑮陶桓公：晋朝陶侃，字士行，浔阳（今江西九江）人，曾任荆州、广州刺史，封长沙郡公。死

后谥号“桓”。

⑯韩文公:韩愈。

⑰融澈:融通透澈。澈,水清。

⑱施为:实现为行动。有本:有原则。

⑲悛(quān):改。

⑳母仪:本指做母亲的典范,此指母亲。

㉑割席:意指绝交。东汉时管宁、华歆同席读书,有人乘高车经过门前。华歆放下书去看,管宁割断同坐的席子,说:“你不是我的朋友。”

邓 瑶

与崇海秋大令书①

仆南楚之鄙人也②，德行不足以服一乡，文采不足以庇一身③，自取弃绝于海内贤豪长者，足下乃一见倾心，以为稍异于众，辱④而交之。久之，情好益笃⑤，且欲结为兄弟之好，如世俗之订为兰谱⑥者。言之数四⑦，仆未之答，请为白其区区之私焉⑧。

仆年十岁时，读昌黎文，至"平居里巷相慕悦，酒食游戏相征逐"数语⑨，诵未终篇，尝掩卷太息⑩，以为世固有若是之人哉⑪！宁老死不愿相见也。及年十三，出应童子试⑫，所识者，郡县之士耳。十八应举人于长沙，所识者，九郡四直隶州⑬之士。闻见所及，其中结为交游，如昌黎之所云者，所在⑭而有。及二十五岁游京师。京师，人海也，贤士大夫之以文章道德援引后进⑮，培养人才，为士人之所亟欲求见者，未尝无其人。然而如昌黎所云者，其人又岂缺乎哉？瑶窃耻之。故自出应童子试以至于今，年将四十矣。游历所至，同辈之谬见亲爱⑯者，尝溺于世俗之见，约订盟好，仆辄婉谢之，然未尝一日忘其人。呜呼！世之所谓密交好友者，岂果有金石之坚、胶漆之固耶？大抵通仕籍者⑰，视其人之官高于我，又有气力能推挽⑱我，则从而师事之⑲；虽年齿⑳相去甚远，俯首称弟子不少㉑愧。若其人与吾同僚，而声气通显可恃为夤缘之助㉒，则从而兄弟之，互书姓名、籍贯，与其祖父兄弟及妻子名氏于简㉓，交易藏弆㉔，是谓兰谱。订盟后，两家妻妾子女遂可迭相往来，视为通家㉕。其穷而在下者，亦各有兄弟之交，用夸结纳㉖。当其缔交伊始㉗，涖㉘之以神明，申㉙之以盟誓，真若死生祸福可以以之㉚，而《诗》所云："虽有兄弟，不如友生"㉛者，信不诬矣。曾几何时，向之结为兄弟者，今忽视若途人，或成仇敌。人未尝不咎其隙末凶终㉜，吾以为始之不慎，势所必然。

足下阅历多矣，宁见结为兄弟者之果可恃乎？故仆坚持初见，不敢轻效世俗之所为。虽遇足下至诚恳切，数申前意，不敢破戒以从。盖道德之交，贵以诚信相终始，固不在乎称谓之密、仪文㉝之厚也。且人必先于兄弟之伦㉞，自问已尽，无少缺陷，然后可言交友。若兄弟而途人之㉟，反能执途人而兄弟之㊱，有是理乎？人亦肯信之乎？孔子大圣，尚云事兄未能㊲。仆于至亲骨肉间，负疚㊳实多；友朋之际，岂能自信必如兄弟之亲耶！足下亦何所取于仆也？且足下所约同盟之某君，其人有高才而少笃实㊴，伏波所云，"效季良不得，陷为天下轻薄子，所谓画虎不成反类狗者也”[40]。仆所与友[41]，归必告诸父母及吾叔父。今先君虽见背[42]，而老母与叔父训诫綦严[43]，交游不可不慎，诚不敢蹈马氏画虎之诮[44]。区区之意，惟足下谅之！

虽然，足下文章之美，风仪[45]之笃，与眷待不肖之厚[46]，则已铭诸心版[47]，且将传示子孙。《诗》[48]不云乎：“中心藏之，何日忘之[49]！”是诗也，请为足下诵焉。

【注释】

①邓瑶：字伯昭，新化（今属湖南）人，曾任麻阳县教谕。崇海秋：生平事迹不详。大令：县令。大，表尊敬。这是邓瑶婉言拒绝崇海秋想与他结拜兄弟的信。

②南楚：指湖南一带。鄙人：穷乡僻壤的人。

③文采：文章词采，指才能。庇一身：指得到官职。庇，荫庇。

④辱：屈身。

⑤情好：情谊。笃（dǔ）：深厚。

⑥兰谱：又称“金兰”，异姓人结为兄弟，互换谱序。《易·系辞上》：“二人同心，其利断金；同心之言，其臭如兰。”

⑦数四：多次。

⑧白：下对上陈述，作者自谦的说法。区区之私：自己小小的心思。

⑨“读昌黎文”三句：昌黎，指韩愈，因韩之郡望是昌黎县，故称。引文见《柳子厚墓志铭》。征逐，招呼追随。

⑩掩卷：合上书本。太息：叹息。

⑪固有：原来有。是：此，这。

⑫童子试：县学考试，中者称秀才。

⑬九郡四直隶州：指当时湖南的政区分划，为九个府和四个直辖州。

⑭所在：处处。

⑮援引：提拔引荐。后进：后辈。

⑯谬见亲爱：错误地亲近、爱慕。见，助词，无义。

⑰大抵：一般。通仕籍：作官的人。

⑱推挽：推荐、扶持。

⑲师事之：当作教师来侍奉他。

⑳年齿：年龄。

㉑少：稍微，丝毫。

㉒声气通显：声音和气息可以通达显贵。夤（yín）缘：攀缘，喻指巴结权贵。

㉓简：简册。

㉔交易：交换。藏弆（jǔ）：收藏。弆，密藏。

㉕通家：世代有交谊之家。

㉖用夸结纳：因势单力薄而结交。夸，柔弱。结纳，结交。

㉗缔交：结交。伊始：开始。

㉘涖（lì）：临。

㉙申：申说。

㉚以之：用它。

㉛虽有兄弟，不如友生：见《诗经·小雅·常棣》。友生，朋友。

㉜咎：责备。隙末区终：嫌隙和坏事的始末。

㉝仪文：仪式。

㉞兄弟之伦：兄弟关系。

㉟途人之：把兄弟视为路人。

㊱兄弟之：把途人当做兄弟。

㊲“孔子”二句：据《孔子家语》记载，孔子有兄长，早亡，所以说“事兄未能”。

㊳负疚：感到内疚。

㊴笃实：厚道老实。

㊵“伏波”四句：伏波，东汉马援，为伏波将军。引文见马援《诫兄子严、敦书》。季良，杜季良，豪侠好义。

㊶与友：结交的朋友。与，结交。

㊷先君：指死去的父亲。见背：指死亡。

㊸綦(qí)严：很严。綦，极。

㊹诮(qiào)：谴责。

㊺风仪：风度仪表。

㊻眷待：以爱心对待。不肖：不像其先人。这里是作者谦称自己。

㊼铭：刻。心版：心上。

㊽《诗》：《诗经》。

㊾“中心”二句：见《诗经·小雅·隰桑》。

张之洞

致儿子书①

吾儿知悉:汝出门去国已半月余矣,为父未尝一日忘汝。父母爱子,无微不至,其言恨不能一日不离汝,然必令汝出门者,盖欲汝用功上进,为后日国家干城②之器、有用之才耳。方今国事扰攘③,外寇纷来,边境累失,腹地亦危。振兴之道,第一在治国。治国之道不一,而练兵实为首端。汝自幼即好弄,在书房中,一遇先生外出,即跳掷嬉笑,无所不为,今幸科举早废,否则汝亦终以一秀才老其身,决不能折桂探杏④,为金马玉堂中人物也⑤。故学校肇⑥开,即送汝入校。当时,诸前辈犹多不以然,然余固深知汝之性情,知决非科甲中人,故排万难以送汝入校。果也,除体操外,绝无寸进。余少年登科,自负清流⑦,而汝若此,真令余愤愧欲死。然世事多艰,习武亦佳,因送汝东渡,入日本士官学校肄业,不与汝之性情相违。汝今既入此,应努力上进,尽得其奥。勿惮劳,勿恃贵,勇猛刚毅,务必养成一军人资格。汝之前途,正亦未有限量。国家正在用武之秋,汝只患不能自立,勿患人之己知。志之,志之!勿忘,勿忘!

抑余又有诫汝者:汝随余在两湖,固总督大人之贵介⑧子也,无人不恭待汝。今则去国⑨万里矣,汝平日所挟以傲人者,将不复可挟,万一不幸肇祸,仅足贻⑩堂上以忧。汝此后当自视为贫民,为贱卒,苦身戮⑪力,以从事于所学,不特得学问上之益,而可借是磨炼身心,即后日得余之庇⑫,毕业而后,得一官一职,亦可深知在下者之苦,而不致予智自雄。余五旬外之人也,服官一品,名满天下,然犹兢兢也,常自恐惧,不敢放恣。汝随余久,当必亲炙⑬之,勿自以为贵介子弟而漫不经心,此则非余之所望于尔也,汝其慎之。

寒暖更宜自己留意,尤戒有狭邪⑭赌博等行为,即幸不被人知悉,亦耗费精神,抛荒学业;万一被人发觉,甚或为日本官吏拘捕,则余之面目,将何所在?汝固不足惜,而余则何如?更宜力除,至嘱,至嘱!余身体甚佳,家中大小亦均平安,不必系念。汝尽心求学,勿妄外骛⑮。汝苟竿头日上⑯,余亦心广体胖矣。父涛示。五月十九日。

【注释】

①张之洞:字孝达,号香涛,清南皮(今属河北)人。曾任翰林院侍讲学士、内客学士、山西巡抚、两广总督等职,提倡办工厂、修铁路,后任军机大臣。

②干城：抵抗外敌。干，盾牌；城，城郭。二者都起防御作用。

③扰攘：混乱。

④折桂：晋郤诜举贤良对策最优，自称“犹桂林之一枝”，后代即以科举及第为“折桂”。探杏：唐代进士在杏园赴“探花宴”，后来即以中探花为探杏。

⑤金马：金马门，东汉宫门的名称，代指朝廷。玉堂：汉代宫殿名称，唐宋以后又以称翰林院。

⑥肇：开始。

⑦清流：有名望的清高的士大夫。

⑧贵介：尊贵。介，大 。

⑨去国：离开国家。

⑩贻：遗留。

⑪戮：并，合。

⑫庇：庇护，保护。

⑬亲炙：亲自受教。

⑭狭邪：指嫖娼宿妓。

⑮外骛：指不专心学业。

⑯竿头日上：比喻一天一天上进。

吴汝纶

与儿书①

凡为官者，子孙往往无德，以习于骄恣浇薄故也②。吾听闻汝骂苓姐，说伯父不配作官，汝父作官有钱；欲逐出苓姐，不令食汝父之钱等语。伤天伦，灭人理，莫此为甚！世人常说长兄当父，长嫂当母。子有钱财，当归于父；弟有钱财，当归于兄。吾与尔伯父，终身未尝分异，岂有分别尔我有无之理！伯父在时，吾不能事之如父，今亡已八年，不可再见矣，吾常痛心，故令汝兼继伯父，望汝读书明道理。岂知汝幼稚之年，居心发言，已如此骄恣浇薄哉！伯父才学，十倍胜我，其未仕③，乃命也，何不配之有！作官之钱，皆取之百姓，非好钱也。故好官必不爱钱，吾虽无德，岂愿以此等之钱豢养汝曹私妻子哉④！兄弟之子，古称"犹子"，言与子无异。苓姐，吾兄之子也，与汝何异！我若独私汝，逐苓姐，不与食，尚为非人，况汝耶！且汝亦为伯父继子，若尽逐诸侄，则汝亦在当逐之内矣！凡为人，先从孝友起。孝，不但敬爱生父，凡伯父、叔父，皆当敬爱之；不但敬爱生母，凡嫡母、继母、伯叔母皆当敬爱之，乃谓之孝。友，则同父之兄弟姐妹，同祖之兄弟姐妹，同曾祖、高祖之兄弟姐妹，皆当和让，此乃古人所谓亲九族也。读书不知此，用书何为！童幼有时争言，吾亦不禁，独令人伤心之言，不得出诸口；较量钱财有无，悖理⑤行私之事，不可存于心。将吾此书熟读记牢，以防再犯，并令诸兄弟姐，各写一通⑥。

【注释】

①吴汝纶：字挚甫，清末桐城（今属安徽）人，曾任冀州知州、京师大学堂总教习，注重洋务，为桐城派后期作家。

②骄恣：骄傲放纵。浇薄：刻薄。

③仕：做官。

④豢养：养育。汝曹：你们。曹，等。

⑤悖理：违背理义。

⑥一通：一份。

李慈铭

复某书①

仆息交绝游②,政③畏见妄人,闻妄语。足下于仆,非总角④之好,无平生之欢,乃以绝不相涉之言,妄附于诤友⑤之列,诚仆所不解。顷复以长牍⑥见责,诋仆为妄,且恐仆不能句读而自句读之,吾知妄人自有所归也。足下少年得意,读一二破碎书,自以为见理已深,狂谵⑦百出。仆诚未闻道,亦不足称文人。然如足下者,恐须息心静气,从仆等游十余年,方可启齿牙也!仆老多病,无闲气力与后生较是非,原书附还,以后见绝可也。

【注释】

①李慈铭:字悉伯,清会稽(今浙江绍兴)人。光绪进士,官山西道监察御史。

②息交绝游:语出陶潜《归去来兮辞》,指断绝一切社交活动。

③政:通“正”。

④总角:童时束发为髻,状如角,故称总角。此指童时。

⑤诤友:能直言规劝的朋友。

⑥长牍:长信。

⑦狂谵(zhān):狂妄之言。谵,病中说胡话。

顾若璞

与弟[①]

夫溘云[②]逝，骨铄[③]魂销，帷殡而哭[④]，不如死之久矣，岂能视息[⑤]人世，复有所谓缘情靡丽之作[⑥]邪？徒以[⑦]死节易，守节难，有藐诸孤[⑧]在，不敢不学古丸熊画荻者[⑨]，以俟[⑩]其成。当是时，君舅[⑪]方督学西江，余复远[⑫]我父母兄弟，念不稍涉经史[⑬]，奚以课[⑭]藐诸孤而俟之成？余日惴惴[⑮]，惧终负初志，以不得从夫子于九京也[⑯]。于是酒浆组纴之暇[⑰]，陈发所藏书[⑱]，自四子经传以及古史鉴、《皇明通记》、《大政记》之属[⑲]，日夜披览如不及。二子者，从外傅[⑳]入，辄令篝灯坐隅[㉑]，为陈说吾所明，更相率咿唔[㉒]，至丙夜[㉓]乃罢。顾复[㉔]乐之，诚不自知其瘁[㉕]也。日月渐多，见闻与积，圣经贤传，育德洗心，旁及骚雅[㉖]词赋，游焉息焉[㉗]，冀以自发其哀思，舒其愤闷，幸不底[㉘]于幽忧之疾。而春鸟秋虫，感时流响[㉙]，率尔操觚[㉚]，藏诸笥箧[㉛]；虽然，亦不平鸣耳[㉜]，讵敢方古班、左诸淑媛[㉝]，取邯郸学步之诮耶[㉞]！

【注释】

①顾若璞：字和之，钱塘（今浙江杭州）人，黄东生之妻，能写古文、诗词，著有《卧月轩合集》。

②溘云：溘然，突然。

③铄（shuò）：熔化。

④帷：用帷幔围住。殡：停放灵柩。

⑤视息：眼看、呼吸。此指生存。

⑥缘情靡丽之作：抒发感情、辞藻华丽的作品。靡丽，华丽。

⑦徒以：只因。

⑧藐诸孤：几个幼小的孤儿。藐，小。

⑨丸熊：将熊胆搓成丸子。唐柳仲郢幼时读书，母亲用熊胆丸给他提神。丸熊就成了母亲苦心教子的典故。画荻：宋欧阳修年幼家贫，母亲用芦荻杆作笔、以地为纸教他写字。

⑩俟：等待。

⑪君舅：丈夫的父亲。

⑫远：远离。

⑬涉：涉猎。经史：经书、史书。

⑭课：督促。

⑮惴惴：恐惧不安貌。

⑯夫子：指顾若璞的丈夫。九京：墓地。

⑰酒浆组纴之暇：做饭菜、酒浆、缝衣织布外的闲暇时间。组，编织。纴，纺织。

⑱陈：陈列。发：打开。

⑲四子：即四书，包括《论语》、《孟子》和曾参所作《大学》、子思所作《中庸》。经传：指儒家的经典著作，如《诗》、《书》、《易》、《礼》、《春秋》三传等。古史鉴：指历代的正史及《资治通鉴》等。《皇明通记》、《大政记》：记述明代历史的书。

⑳外傅：外面的老师。

㉑篝灯：用灯罩罩住灯。篝，竹笼。隅：屋角。

㉒咿(yī)唔：读书声。

㉓丙夜：半夜三更时。丙，天干的第三位，常用以指第三。

㉔顾复：不过。复，词尾，无义。

㉕瘁：劳苦。

㉖骚雅：指诗歌。骚，本指楚辞中的《离骚》。雅，本指《诗经》中的《大雅》和《小雅》。后来就把骚、雅合起来指诗歌。

㉗游焉息焉：在里面漫游、休息。

㉘底：至。

㉙感时流响：感应季节的到来发出鸣响。

㉚率尔：不加思索地。操觚(gū)：写作。觚，木简。

㉛笥(sì)箧：箱子。笥，竹制方形盛器。箧，小箱。

㉜不平鸣：鸣不平的作品。

㉝讵(jù)敢：岂敢。方：比方，与……相提并论。班：班昭，东汉女史学家。左：左芬，西晋女文学家。淑媛：才貌兼有的女子。

㉞邯郸学步：意为模仿他人不成，反而失去原有的能力。出自《庄子·秋水》中的一则寓言。诮(qiào)：谴责。

陆进

与九牧侄①

古人云：问途于已经②。而余，过来人也。乐任意气，务泛览③。近已头颅半白，兼有婚嫁累，何可复得少年，如谢家儿佩紫罗囊耶？吾侄隽才异度④，先要立念真诚，断此病根。盖任意气，德性便不能沉着；务泛览，举业便不能专工。惟虚心以择友，深心以读书，矻矻⑤穷年，守兹二戒，出而科名⑥，则为纯臣；处而衡泌⑦，则为名儒。千里相思，书此以勖⑧。

【注释】

①陆进：字荩思，仁和（今江苏滨海）人，清代诗人。这是作者晚年给侄儿陆九牧的信。

②已经：已经走过这条路的人。

③泛览：泛泛浏览书籍。

④隽（jùn）才：杰出的才能。隽，通"俊"。异度：不平常的气度。

⑤矻矻（kū）：勤劳不倦的样子。

⑥科名：科考得名。

⑦处而衡泌：退处家中隐居。衡泌，语出《诗经·陈风·衡门》："衡门之下，可可栖迟。泌之洋洋，可以乐饥。"后遂以衡泌代指隐居之地。

⑧勖：勉励。

赴义前别父书①

父亲大人膝下，跪禀[2]者：此为儿最后亲笔之禀。此禀如果到家，则儿已不在人世者久矣！儿死不足惜，第[3]此次之事，未曾禀告大人，实为大罪！故临死特将其就死之原因，为大人陈之。

窃自满洲入关以来，凌辱我汉人无所不至。迄于今日，外患逼迫，瓜分之祸，已在目前，满洲政府，犹不愿实心改良政治，以图强盛；仅以预备立宪之空名，炫惑[4]内外之观听，必欲断送土地于外人，然后始大快于其心。是以满政府一日不去，中国一日不免于危亡，故欲保全国土，必自驱满始，此固人人所共知也。儿蓄此志已久，只以时机未至，故隐忍未发。迩者[5]，海内外诸同志共谋起义，以扑[6]满政府，以救祖国。祖国之存亡，在此一举。事败，则中国不免于亡，四万万人皆死，不特儿一人；如事成，则四万万人皆生，儿虽死亦乐也。只以大人爱儿者，故临死不敢不禀告，但望大人以国事为心，勿伤儿之死，则幸甚矣！

夫男儿在世，不能建功立业，以强祖国，使同胞享幸福，虽奋斗而死，亦大乐也；且为祖国而死，亦义所应尔[7]也。儿刻已念有六岁矣[8]。我于家庭，本有应尽之责任，只以国家不能保，则身家亦不能保，即为身家计，亦不能不于死中求生也。儿今日竭力驱满，尽国家之责任者，亦即所谓保身家也。他日革命成功，我家之人，皆为中华新国民，而子孙万世亦可以长保无虞[9]，则儿虽死，亦瞑目于地下矣。惟从此以往，一切家事，均不能为大人分忧，甚为抱憾！幸有寿兄及诸孙在，则儿或可稍安于地下也。惟祈大人得信后，切不可过于伤心，以碍福体，则儿罪更大矣。幸谅之！

兹付上致颖媳信一通，俟其到汉时面交。并祈得书时，即遣人赴日本接其归国，因彼一人在东，无人照料，种种不妥也。如能早归，以尽子媳之职，或能轻儿不孝之罪。临死不尽所言，惟祈大人善保玉体，以慰儿于地下。旭孙将来长成，乞善导其爱国之精神，临书不胜企祷[10]之至！敬请万福金安！儿声洞赴义前一日禀于广州城。

家中诸大人及诸兄弟姐妹、诸嫂、诸侄儿女、诸亲戚，统此告别。

【注释】

①方声洞：字子明，福建侯官人，近代民主革命烈士。十七岁留学日本，后参加孙中山领导的同盟会，从事反清革命活动。1911 年 3 月 29 日参加攻打广州督署时壮烈牺牲，年仅二十

六岁，是黄花岗七十二烈士之一。

②禀：告知。

③第：但是。

④炫惑：夸耀，迷惑。

⑤迩者：近来。迩，近。

⑥扑：推翻。

⑦尔：如此。

⑧刻：铭刻。念有六岁：二十六岁。念，“廿”的大写体。

⑨虞：忧患。

⑩企祷：盼望，祈求。

林觉民

与妻书①

意映卿卿如晤②:吾今以此书与汝永别矣!吾作此书时,尚是世中一人;汝看此书时,吾已成阴间一鬼。吾作此书,泪珠和笔墨齐下,不能竟书而搁笔,又恐汝不察吾衷③,谓吾忍舍汝而死,谓吾不知汝之不欲吾死也,故遂忍悲为汝言之。

吾至爱汝,即此爱汝一念,使吾勇于就死也。吾自遇汝以来,常愿天下有情人都成眷属④;然遍地腥云,满街狼犬⑤,称心快意,几家能够?司马青衫⑥,吾不能学太上之忘情⑦也。语云:仁者"老吾老以及人之老,幼吾幼以及人之幼",吾充吾爱汝之心,助天下人爱其所爱,所以敢先汝而死,不顾汝也。汝体吾此心,于啼哭之余,亦以天下人为念,当亦乐牺牲吾身与汝身之福利,为天下人谋永福也。汝其勿悲!

汝忆否?四五年前某夕,吾尝语曰:"与使吾先死也,无宁汝先吾而死。"汝初闻言而怒,后经吾婉解,虽不谓吾言为是,而亦无词相答。吾之意,盖谓以汝之弱,必不能禁⑧失吾之悲,吾先死,留苦于汝,吾心不忍,故宁请汝先死,吾担悲也。嗟夫!谁知吾卒先汝而死乎?吾真真不能忘汝也!回忆后街之屋,入门穿廊,过前后厅,又三四折,有小厅,厅旁一屋,为吾与汝双栖之所。初婚三四月,适冬之望日⑨前后,窗外疏梅筛月影,依稀掩映,吾与(汝)并肩携手,低低切切⑩,何事不语?何情不诉?及今思之,空余泪痕。又回忆六七年前,吾之逃家复归⑪也,汝泣告我:"望今后有远行,必以告妾。妾愿随君行。"吾亦既许汝矣。前十余日回家,即欲乘便以此行之事语汝,及与汝相对,又不能启口。且以汝之有身⑫也,更恐不胜悲,故惟日日呼酒买醉。嗟夫!当时余之心悲,盖不能以寸管⑬形容之。

吾诚愿与汝相守以死,第以今日事势观之,天灾可以死,盗贼可以死,瓜分之日可以死,奸官污吏虐民可以死,吾辈处今日之中国,国中无地无时不可以死。到那时使吾眼睁睁看汝死,或使汝眼睁睁看我死,吾能之乎?抑汝能之乎?即可不死,而离散不相见,徒使两地眼成穿而骨化石⑭,试问古来几曾见破镜能重圆?则较死为苦也,将奈之何?今日吾与汝幸双健,天下人不当死而死者与不愿离而离者,不可数计。钟情如我辈者,能忍之乎?此吾所以敢率性就死不顾汝也。吾今死无余憾,国事成不成自有同志者在。依新⑮已五岁,转眼成人,汝其善抚之,使之肖我。汝腹中之物,吾疑其女也,女必象汝,吾心甚慰;或又是男,则亦教其以父志为志,则我死后尚有二意洞[16]在也。甚幸，甚幸！吾家后日当甚贫，贫无所苦，清静过日而已。

吾今与汝无言矣。吾居九泉之下遥闻汝哭声，当哭相和[17]也。吾平日不信有鬼，今则又望其真有。今人又言心电感应[18]有道，吾亦望其言是实。则吾之死，吾灵尚依依旁汝也，汝不必以无侣悲。

吾平生未尝以吾志语汝，是吾不是处；然语之又恐汝日日为吾担忧。吾牺牲百死而不辞，而使汝担忧，的的[19]非吾所忍。吾爱汝至，所以为汝谋者惟恐不尽。汝幸而偶我[20]，又何不幸而生今日之中国！吾幸而得汝，又何不幸而生今日之中国！卒不忍独善其身。嗟夫！巾短情长[21]，所未尽者，尚有万千，汝可以模拟得之。吾今不能见汝矣！汝不能舍吾，其时时于梦中得我乎？一恸！

辛未三月念六夜四鼓[22]，意洞手书。

家中诸母[23]皆通文，有不解处，望请其指教，当尽吾意为幸。

【注释】

①林觉民：字意洞，号抖飞，又号天外生，福建闵侯（今福州）人，清末黄花岗七十二烈士之一。本文是林觉民于宣统三年(1911)三月，在广州起义前夕写给妻子陈意映的诀别书。信中熔国事与家事、报国之志与夫妻之情于一炉，抒写了作者光风霁月般的壮士情怀和坚贞不屈的战斗精神。情真意切，豪气激荡，洵为书信散文之绝唱。

②意映：作者的妻子陈意映。卿卿：旧时丈夫对妻子的爱称。

③察：明察，理解。衷：内心。

④愿天下有情人都成眷属：语出《西厢记》第五本第四折[清江引]："愿普天下有情的都成了眷属"。

⑤满街狼犬：指清政府实行血腥残暴统治，到处都是清廷爪牙。

⑥司马青衫：唐代诗人白居易被贬为江州司马，心情郁闷，远行中，在浔阳江头偶遇一妓女弹琵琶哭诉自己的悲惨身世，不觉泪湿青衫。白居易有感而赋《琵琶行》，诗中有云："座中泣下谁最多？江州司马青衫湿。"

⑦太上之忘情：圣人忘情，指道德高尚而情怀淡泊者对世俗人情无动于衷。

⑧禁：忍受。

⑨望日：阴历每月的十五日。

⑩低低切切：轻声地窃窃私语。

⑪逃家复归：指林觉民瞒着家人外出参加革命后归来。

⑫有身：即怀孕。

⑬寸管：毛笔。

⑭眼成穿：望眼欲穿 。骨化石：古代传说，有一人外出久不归，其妻每日登山远望，久而久之化成石头，人称"望夫石"。

⑮依新：作者长子。

⑯意洞：林觉民字意洞。

⑰和(hè)：唱和。此指作者亡灵与妻子同哭。

⑱心电感应：近代有人认为，亲人之间可通过心电传导互相感知，传说人死后仍能与亲人相

感应。

⑲的的：的确。

⑳偶我：嫁给我，以我为偶。

㉑巾短情长：即纸短情长。当时林觉民是将信写在一块白布方巾上的。

㉒辛未：应为“辛亥”，是作者笔误。宣统三年(1911)为辛亥。三月念六：三月二十六日。念，“廿”的大写体。四鼓：四更。

㉓诸母：伯母、婶母。

陈凤仙

答周煦春书①

周郎足下：妾守香闺，一任春色年年，不解着看花眼②。不意天台之洞未扃，使我刘郎直入③，百炼钢竟化作绕指柔矣④。数宵恩爱，一旦分离，使妾落落⑤难言。念兄之姿貌也，六郎⑥似莲花也；忆兄之才华也，李白唾珠玉⑦也；想兄之笑语也，萧郎⑧吹凤箫也。早知相会倍相思，何似当初不相识。

向者所赠金鱼扇坠、金蟆戒指，然扇坠在手，玉人在心；戒指在指，情人在握。睹物兴怀，心如舂杵。是岂金鱼金蟆，在吾心之跳跃耶？此虽表记，实作愁端。嗟哉愁乎！梦断巫山岭上云⑨；嗟哉愁乎！泪流扬子江中水。妾不知离恨天如此其高也！妾不知相思海如此其深也！妾无他愿，苍穹有意，后土有情，两姓有缘，三生有幸，使妾得与兄作并头莲、比翼鸟⑩，吾愿毕⑪矣。纸短情长，略抒数语，伏惟心照。荷荷。

【注释】

①周煦春：清代人，与其才貌双全的表妹陈凤仙相爱并结为夫妇。这封信是陈凤仙写给周煦春表达相思相爱之情的。

②花眼：花心，春情。此句言自己不解春情。

③"不意"二句：天台之洞，天台山的桃源洞。扃(jiōng)，关闭。此句用刘晨、阮肇天台山采药遭遇女仙事代指自己与周煦春相爱。

④百炼钢、绕指柔：晋刘琨《重赠卢堪》诗中有"何意百炼钢，化为绕指柔"之句。此处形容爱情经过艰苦锻炼而变得成熟。

⑤落落：孤单寂寞貌。

⑥六郎：唐时张昌宗貌美，排行第六，人称六郎，有人奉承他美如莲花。

⑦珠玉：此处指精美的诗文。

⑧萧郎：传说春秋时人萧史善吹箫，娶秦穆公女弄玉为妻，夫妻二人在吹箫时曾吸引来了凤凰。

⑨巫山岭上云：借指男女幽会。

⑩并头莲、比翼鸟：喻指恩爱夫妻。

⑪毕：满足。

卢元素

寄钱东书①

去岁冬月,西上汴梁②,今已篱菊黄矣,计别来已九度月圆,人犹未返。

最惊心者,在暮春之时,道途忽梗③,音讯不通,两月之久。彼时之情,真觉无可奈何。厥后又闻君在津沽④,勾留逆旅⑤,为病魔所扰。客中孤寂,且复卧病,无人调护,如何将息⑥耶?昨复得手书云:"一月内由津至都⑦,复遄返津门⑧,席不暇暖,又受保定⑨之聘。"三旬之间,舟车仆仆,草草劳人。以君孱弱之质,病后亦未尝调养,风霜劳碌,岂能胜跋涉之苦!只以家贫子幼,致使君饥趋出走,饱尝霜桥、人迹、月店、鸡声之况味⑩。不知近状如何?身体当健胜否?主宾尚融洽否?眠食均安适否?深以为念。

妾自春间悬悬⑪至今,临风盼信,对月怀人。每到夜深,候小女儿睡熟,独自倚枕向一穗孤灯,凄凄切切地想,悲悲恻恻地落泪。念君在客,怎得如妾夜夜伤心。若使君在家见妾,又不知如何痛惜。常忆起与君结缡⑫时及数载缱绻之情,所谓"闺中之事,有甚于画眉者"⑬。五更时恍惚睡去,似与君共倚枕上,喁喁私语。一时又似迎君门外,握手珍重,道一向相思,恨君亦复怨君。一时又似再与君别,含悲忍泪,相对无话。君慰妾曰:"暂时离别,春秋佳节,便赋归与⑭。"然相对握手,半日犹不舍分别。又似儿女牵衣,呼爷唤母,一段凄恻情怀,尤使妾不忍复睹。忽听阿瑞哭喊道:"娘,怎么爷⑮又去了?"妾惊而视之,方知是在梦中,不知是醒是睡。因恨成痴,转悲作想,梦魂颠倒,遂至生此幻相⑯耳。君亦常有梦到家否耶?

暮春之后,君来书便说:"六、七月间,可以移家北上。"后又得书云:"中秋节前南归。"妾便日携儿女,倚门而望。不意望眼将穿,尚无消息。空帷独掩,惟与儿女泪眼相看。此境此情,实不欲告君,恐添君愁闷也。

今又到节近重阳,转令雁信沉沉、鱼音杳杳⑰。恐行人已在途耶?抑洪乔不作寄书邮以致浮沉耶⑱?均不足虑,但恐君又为病损,用是⑲深以为忧。近来衣服钗环,典质已罄⑳,罗雀掘鼠㉑,张罗无门。自入秋以来,神思恹恹,支持无力,病又深矣。亲邻间以不入耳㉒之言,动加讪笑,尤令人悲。固㉓知君心坚志定,绝不以绮情相牵恋。但以人情而论,孤客行踪,无可排遣,或亦呼朋啸侣,问柳寻花,偶然一赋闲情,聊以抒其郁抱。况烟视媚行㉔,不过空相㉕,梦幻泡影,作如是观。第念君绮才藻虑㉖,未免有情,窃恐一失足成千古恨㉗,此恨绵绵无尽期㉘。

回忆芍药栏深，芙蓉帐掩，鹣鹣㉙比翼，燕燕于飞㉚。而今共命迦陵㉛，变作分飞蝴蝶，远隔天涯。尚有翠眉蹙蹙㉜，黄口㉝嗷嗷。可怜虫或萦君念，相思味只教妾尝。有情人当不如是，痴心者何以处之？郑先生今已解馆㉞，儿子辈就傅㉟，亦无此笔钱，只好从妾灯前，教其温习课业。妾十指均裂，心血已枯，而彭家债务，频频催索，伊将全家到乡里去㊱。妾维持无术，应付已穷，首如飞蓬㊲，心如飘絮㊳。日月如流，凉风正厉。盼信信不至，盼君君不归。灯下书此，只觉纸短言长，不能尽其万一。

【注释】

①卢元素：清江都(今江苏扬州)人，才士钱东偏房。钱东：字东皋，号袖海，清钱塘(今浙江杭州)人。工诗善画，尤善词曲。卢元素在此信中娓娓动听地讲述了夫妻分别后的情景，表现了她对丈夫的深切思念和关爱，并对丈夫提出了善意的警告和规劝，读来颇为感人。

②汴梁：今河南省开封市。

③梗：阻。

④厥：其。津沽：天津的别称。

⑤勾留：逗留。逆旅：客舍，旅馆。

⑥将息：休养，调养。

⑦津：天津。都：京都，即今北京市。

⑧遄(chuán)：速。津门：天津。

⑨保定：保定府，今河北省保定市。

⑩霜桥、人迹、月店、鸡声：出自唐温庭筠《商山早行》："鸡声茅店月，人迹板桥霜。"极言征途孤独凄清之苦。况味：景况和情味。

⑪悬悬：挂念。

⑫结缡(lí)：结婚。古代女子出嫁，母亲将佩巾结在女儿身上，称为"结缡"，后因用为成婚的代称。

⑬闺中之事，有甚于画眉者：据《汉书·张敞传》记载，张敞为京兆尹，尝为妇画眉，长安城中传说张京兆眉妩，有司奏知皇上。皇上问之，他回答说："臣闻闺房之内，夫妇之私，有过于画眉者。"

⑭归与：《论语·公冶长》："子在陈，曰：'归与！归与！'""归与"犹言"回去吧"，指回家。

⑮爷：父亲。

⑯幻想：幻境，幻觉。

⑰转令：反倒是。雁信、鱼音：均指书信。沉沉、杳杳：均指杳无音讯。

⑱抑：还是。洪乔：晋人殷羡的字。据《世说新语·任诞》记载，殷羡出为豫章太守，临行前，京城人士托他捎书信一百余函，他行至石头城，将书信全部投到水中，说："沉者自沉，浮者自浮，殷洪乔不为致书邮。"这里以殷洪乔代指捎信人。

⑲用是：因此，所以。

⑳典质已罄：典当一空。罄，尽。

㉑罗雀掘鼠：《新唐书·张巡传》："睢阳食尽，至罗雀掘鼠，煮铠弩以食。"这里以"罗雀掘鼠"形容四处奔波、想方设法筹款觅粮。极言生活之困苦艰辛。

㉒不入耳：不堪入耳。

㉓固:本来。

㉔烟视媚行:微视徐行。指新妇的举止神态。语出《吕氏春秋·不屈》:“人有新娶归者,妇至,宜安矜,烟视媚行。”

㉕空相:佛教所说的一切皆空之相。

㉖第:但,只。绮才藻虑:美才精虑。

㉗一失足成千古恨:失足,跌跤,比喻犯错误。形容一旦犯了错误或者误入歧途,就会遗憾终身。语出明杨仪《明良记》:“唐解元寅既废弃,诗云:‘一失脚成千古笑,再回头是百年人。’”

㉘此恨绵绵无尽期:语出白居易《长恨歌》:“天长地久有时尽,此恨绵绵无绝期。”

㉙鹣鹣(jiān):鸟名,即比翼鸟。传说此鸟一目一翼,不比不飞。后常用以比喻夫妇。

㉚燕燕于飞:《诗经·邶风·燕燕》:“燕燕于飞,差池其羽。”后因用“燕燕于飞”比喻夫妻恩爱和谐。

㉛迦陵:一种仙鸟,其鸣声优美动听。

㉜翠眉:古时女子以翠黛描眉,故以“翠眉”代指妇人之眉。此处为作者自指。蹙蹙:局促不得伸展。

㉝黄口:儿童。

㉞解馆:解除塾师之聘。

㉟就傅:从师学习。

㊱伊:他。将:带,携。

㊲首如飞蓬:言丈夫在外,自己懒于修饰,头发如飘飞的蓬草一般。《诗经·卫风·伯兮》:“自伯之东,首如飞蓬。”

㊳心如飘絮:心就像飘飞的柳絮一样没有着落。

章炳麟

甲寅五月二十三日家书①

汤夫人左右:不通函件几四旬,以吾蕉萃②,知君亦无生人之趣。幽居③数月,隐忧少寐。饮食仆役之费,素皆自给,不欲受人喂养,今遂不名一泉④,延之六月,则槁⑤饿而死矣。亦不欲从人告贷及求家中寄资,盖如劳瘵⑥之人,不可饮以人参上药,使缠绵患苦,不速脱离也。

乌乎!夫复何言!知君存念,今寄故衣以为记志,观之亦如对我耳。斯衣制于日本,昔始与同人提倡大义⑦,召日本缝人⑧为之。日本衣皆有员规标章⑨,遂标汉字。今十年矣。念其与我同更患难,常藏之箧笥⑩,以为纪念。吾虽賈毙⑪,魂魄当在斯衣也。亡后尚有书籍遗稿留在京师,君幸能北来一抚⑫,庶不至与云烟俱散。自度平生,志愿未遂,惟薄宦⑬两年,未尝妄取非分⑭,犹可无疚⑮神明耳。

先公及太夫人墓在泉唐留下村九条沙⑯,自更患难,东窜嵎夷⑰,违冢墓⑱者八岁矣。辛亥旋归⑲,半载中抵杭三次,皆以尘事迫促,又未及躬自展省⑳。违离茔兆㉑,遂十一年。今岁八月四日,则先公九十生辰也。自去岁初春,已拟及时为营佛事㉒,以抒永怀㉓,今果不得遂愿。君于是日。当为我谒祭墓前,感且不朽。

吾生二十三岁而孤,愤疾东胡㉔,绝意考试,故得研精学术,忝㉕为人师。中间遭离㉖祸乱,辛苦亦已至矣。不死于清廷购捕㉗之时,而死于民国告成之后,又何言哉!吾死已后,中夏㉘文化亦亡矣!

家本寡资,谂㉙君孤苦,能勤修自业,观览佛经以自尉㉚藉。此亦君之所能,而尊舅氏谷臣先生之遗教也。长老如汤蛰仙㉛先生,至戚如龚未生㉜,皆宜引以自辅。此二君者,死生之际,必不负人,其余可信者鲜矣。言尽于斯,临颖悲愤。炳麟白。

【注释】

①章炳麟:一名绛,号太炎,余杭(今属浙江)人。辛亥革命以前,曾创立爱国学舍,鼓吹革命,因而被捕。在狱中,参与光复会,出狱后,逃亡日本,加入同盟会。辛亥革命后,曾为筹边使,后为袁世凯所幽禁,袁氏失败后,获得自由,遂专治学术。为我国近代著名思想家与学者。这封家信作于1914年,系章氏被幽禁时的作品。信中与夫人诀别,并嘱以后事,表达了满腔悲愤和对华夏文化的热爱。

②蕉萃:同“憔悴”。

③幽居:指被袁世凯幽禁。

④泉:钱。
⑤槁:枯瘦。
⑥劳瘵:肺病。
⑦“昔始”句:谓在日本加入同盟会,倡导革命。
⑧缝人:裁缝。
⑨员规:即圆规。员,通“圆”。标章:标志。
⑩箧笥:小箱子之类的竹器。
⑪贾(yǔn)毙:死去。贾,同“陨”。
⑫抚:料理。
⑬薄宦:做卑微的官,指民国初年任筹边使。
⑭非分:不应得的财物。
⑮疚:惭愧不安。
⑯泉唐:同“钱塘”,今属浙江余杭县。九条沙:地名。
⑰“自更”二句:谓光绪年间以提倡革命而被捕,后逃亡日本。嵎夷,东方之地,此指日本。
⑱冢墓:指先人的坟墓。
⑲旋归:还归。
⑳展省:在墓前行礼省视。
㉑茔兆:墓地。
㉒佛事:请僧人诵经、祈祷等事。
㉓永怀:永久思念。
㉔东胡:指清王朝。
㉕忝:谦辞 ,犹言愧 。
㉖遭离:遭逢。
㉗购捕:悬赏缉捕。
㉘中夏:中国。
㉙谂:通“念”,思念。
㉚尉:通“慰”。
㉛汤蛰仙:汤寿潜,字蛰仙,浙江山阴人。辛亥革命时,曾为浙江都督。
㉜龚未生:章炳麟之婿。